BASTEI
LÜBBE
TASCHENBUCH

Weitere Titel der Autorin:

Hansetochter
Das Geheimnis von Stralsund
Die Feinde der Hansetochter

Sabine Weiß

Die Tochter des Fechtmeisters

HISTORISCHER ROMAN

BASTEI LÜBBE
TASCHENBUCH

BASTEI LÜBBE TASCHENBUCH
Band 17481

Dieser Titel ist auch als E-Book erschienen.

MIX
Papier aus verantwortungsvollen Quellen
FSC® C019821

Originalausgabe

Textredaktion: Ulrike Strerath-Bolz, Friedberg
Titelillustration: Johannes Wiebel | punchdesign, München,
unter Verwendung von Motiven von © shutterstock/DarkBird;
shutterstock/rticknor; © akg-images
Umschlaggestaltung: Johannes Wiebel | punchdesign, München
Satz: two-up, Düsseldorf
Gesetzt aus der Caslon
Druck und Verarbeitung: Druckerei C.H. Beck
Printed in Germany
ISBN 978-3-404-17481-2

1 3 5 7 6 4 2

Sie finden uns im Internet unter www.luebbe.de
Bitte beachten Sie auch: www.lesejury.de

Erschrickst du gerne, das Fechten nimmer lerne.

Fechtbuch von Johannes Liechtenauer

Personenverzeichnis

ROSTOCK

Clarissa Nykrantz, Tochter des Fechtmeisters

Fritjoff und Lievke Nykrantz, Fechtmeister und seine Frau, Clarissas Eltern

Alf, Knecht

Hilde, Magd

Carl, Fritjoffs Bruder

Barbara, Bierbrauerin und Clarissas Freundin

Bernhard, Barbaras Mann und Rechtsgelehrter

Diethard von Reipenstein, Student

Gerold Grammig, Meister der Federfechter

GANZEKENDORP

Benedicta, Carls und Fritjoffs Mutter

Wutzow, Großbauer

SCHWERIN

Meister Thies, Messerschmied

Joachim Meyer, Fechtmeister*

Jodocus Thies, Messerschmied

Thekla, seine Frau

Maria, seine Schwester

FRANKFURT AM MAIN

Paulus, Christoff Rösener*, Levin und Gerd, Fechtmeister der Marxbrüder

Benjamin und Ezra, Fechtschüler aus Prag

Irmel, Paulus' Frau

Salvator Fabris, Fechtmeister*

Rudolf Eisenhut, genannt Capo Ferro, Fechtmeister*

Gaukler
Leander Marvig, Klopffechter
Gallus Marvig, Baumeister und Klopffechter
Engelin, Gallus' Geliebte, Seiltänzerin
Sixt, Klopffechter
Caspar, Feuerschlucker
Freihart, Grimassenschneider
Ursel, Wahrsagerin

PRAG
Arkadi, Spielmann
Donna Felicitas, jüdische Geschäftsfrau
David, ihr Sohn
Jaro, ihr Gehilfe
Rudolf II., Kaiser*

WIEN
Erzherzog Matthias*, Bruder des Kaisers
Dorle, Hure
Heinrich Julius, Herzog zu Braunschweig und Lüneburg*

PASSAU
Erzherzog Leopold, Bischof von Passau*
Seraphim, Jesuitenpater
Jan, Novize

NÜRNBERG
Ambrosius, Leanders Kindheitsfreund und Bruder der tödlich verunglückten Ninchen
Grietgen, seine Frau
Meister Thomas, Baumeister

* Historisch verbürgte Persönlichkeiten

1

Ganzekendorp, nördliches Mecklenburg, Sommer 1566

Hüfthoch steckte der Mann im Erdloch. Obgleich er halb bewegungslos war, fürchtete sich der Junge vor ihm. In dem wutverzerrten Gesicht des Mannes bleckten die Lippen wundrot. Der dichte Bart gab die Zähne frei, als wären es Reißer, wie die Wölfe sie hatten, die ständig ums Dorf strichen. Noch mehr schüchterte den Jungen der Streitkolben ein. Es war eine scharfkantige, schwere Waffe, aber der Mann schwang sie über dem Kopf, als wöge sie nichts. Die Mutter des Jungen war dagegen nur mit einem Feldstein bewaffnet. Der Fünfjährige streckte die Arme nach ihr aus, doch sein großer Bruder hielt ihn fest. Die Frau wickelte sich das Ende ihres Tuchs um die Hand. In die Mitte hatte sie den Stein gebunden, ein Band sollte ihn an seinem Platz halten. Die Waffe wirkte wie ein Spielzeug auf den Jungen – lachhaft, verglichen mit dem gewaltigen Streitkolben.

Seine Mutter richtete sich auf. Würde sie zu ihnen kommen? Er wünschte es sich so sehr! Leinenwäsche spannte um ihren Leib, deutlich zeichnete sich ihr Körper darunter ab. Die mageren Arme und Beine, die weichen Brüste, an die er sich so gerne schmiegte. Ihre Haare waren von einer Haube bedeckt. Sie blickte ihren Gegner an, stolz trotz ihrer Notlage und ihres unschicklichen Aussehens. Der Junge liebte und bewunderte sie mehr denn je. Den Streitkolben senkend lachte ihr Gegner sie aus. Wutzow war der reichste Mann im Dorf, ein Großbauer, dem alle nur mit zu Boden gerichtetem Blick begegneten.

Am Rande der Lichtung johlten die Zuschauer. Der Junge erkannte die Dorfbewohner kaum wieder. Keiner von ihnen hatte für ihre Mutter eintreten wollen. Sein Bruder mit seinen zehn

Jahren und er waren hingegen noch zu jung, um sie zu verteidigen. Das Kind ballte die Fäuste. Er würde für sie kämpfen, wenn er dürfte. Warum war er noch nicht groß?

Noch immer redeten der Dorfvorsteher und der Pfarrer. Bange wandte sich der Junge seinem Bruder zu. »Vielleicht lassen sie Mutter doch gehen?«

Das Scheppern des Schwerts auf einem Schild zerschlug seine Hoffnungen. So ungestüm drängten die Dörfler nach diesem Signal heran, dass sie von den Bütteln zurückgehalten werden mussten.

»Nein, das glaube ich nicht. Gott steh uns bei.« Sein Bruder sank auf die Knie. Der Blick des Jungen verschwamm. Obgleich er sich auf die Lippen biss, konnte er die Tränen nicht zurückhalten.

Nun trat der Dorfvorsteher in den Kreis und forderte die Zuschauer zur Ruhe auf. Er wartete, bis nur noch das Scharren der Füße auf dem staubigen Boden und vereinzeltes Hüsteln zu hören war. Dann führte er die Regeln des Kampfes auf. Es war ein Wortschwall, den der Junge kaum verstand. Eines aber begriff er: Gott führte die Waffen der Kämpfenden. Und Gott würde demjenigen zum Sieg verhelfen, der im Recht war.

Ein himmelblauer Schmetterling fing den Blick des Jungen ein. Wie schön er war! Halb tanzend flatterte er an der Menge entlang. Als ein Mädchen ihn einzufangen versuchte, konnte der Falter im letzten Augenblick entkommen.

Der Pfarrer sprach ein Gebet. Die Stimme seines Bruders im Ohr, öffnete der Junge den Mund, um ebenfalls zu beten, doch ihm fiel kein einziges Wort mehr ein. Die Angst vertrieb jeden klaren Gedanken. Jetzt wurde gesungen. In Gottes Namen fahren wir … Der Fünfjährige hob den Blick und sah in das lächelnde Gesicht seiner Mutter. Tapfer wischte er sich den Rotz von der Nase.

Kaum war das Lied verklungen, begann Großbauer Wutzow

zu brüllen. Der Streitkolben pfiff durch die Luft. Die Mutter hob den Stein in ihrer Schlinge. Sie schwang ihn hin und her, bis er gleichmäßig kreiste. Ihr zarter Körper wurde mitgerissen wie ein Schilfrohr im Wind. Wie viel Kraft musste sie diese Bewegung kosten! Dann schlug sie zu. Der Junge schnappte nach Luft. Dumpf knallte der Stein in die Erde. Der Mann konterte. Nur knapp verfehlte der Kolben die Schulter der Mutter. Einen tiefen Krater hinterließ er in der Erde. Sie sprang zurück. Die Zuschauer juchzten, manche buhten auch. Erneut hob sie den Stein, kreiselte ihn und tänzelte um die Grube. Immer wieder schlug der Großbauer nach ihr, aber sie war außer Reichweite. Abrupt sprang sie vor. Der Stein sauste hinab und fuhr haarscharf an der Brust des Mannes vorbei. Ihr Tuch hatte sich um seine Streithand gewickelt. Geschickt versuchte sie, ihrem Gegner den Kolben zu entwinden. Gleichzeitig zog und zerrte der Mann an dem Band. Mit einem Ruck riss Wutzow sie auf die Grube zu. Einige Dorfbewohner zischten erregt. Der Junge umkrallte die Hand seines Bruders. Dieser hielt die Augen zusammengekniffen und murmelte ein Gebet. Die Mutter lag auf der Erde und rang verbissen mit ihrem Gegner. Der Junge konnte ihr schweres Atmen hören, sah die dunklen Flecken, die sich unter ihren Achseln ausbreiteten, den Schweiß auf ihrer Stirn. Die linke Hand des Mannes packte sie am Nacken, die rechte drehte den Streitkolben ihrem Leib entgegen. Sie wand sich, aber ihr Gegner war stärker.

»Mutter!« Der Angstschrei des Jungen wurde von den blökenden Schaulustigen übertönt.

Mit einem Ruck befreite sie sich aus dem Klammergriff und sprang den Mann an, packte seinen Hals. Knallrot schwoll dessen Gesicht an. Jetzt hatte sie ihn! Da buckelte Wutzow und warf sie halb herum. Sie strampelte mit den Beinen, wollte Abstand gewinnen. Das Band hatte sich im Ringen von seiner Streithand gelöst. Taumelnd kam sie auf die Füße, den Feldstein hinter sich herschleifend. In diesem Moment holte der Mann mit dem Streitkolben aus und traf sie zwischen den Beinen. Sie klappte zusammen. Leinen riss, Blut strömte. Die Hände vor das tränennasse Gesicht geschlagen, hörte der Junge das Stöhnen der Mutter. Er zwang die Finger auseinander und sah, wie sie sich etwas entfernt von der Grube sammelte. Zitternd tasteten ihre Finger nach den Wunden an Oberschenkel und Gesäß. Da war der Schmetterling wieder. Dicht flatterte er über die Erde.

»Maak se doot!«, forderte ein Mann aus der Menge den Tod der Mutter.

Der Junge wollte zu seiner Mutter laufen, aber eine Hand packte ihn an der Schulter. Die Nachbarin.

»Las dat. Du bis doch plietsch. Die geiht to'n Deuwel.«

Der Junge schluchzte. Der Großbauer tat seiner Mutter weh. Er musste ihr doch helfen!

Erneut wollte seine Mutter den Stein schwingen, brachte ihn aber kaum noch hoch. Schwerfällig ging sie auf ihren Gegner zu. Sie holte aus, täuschte an und verletzte ihn am Kopf. Gleichzeitig schwang der Mann den Streitkolben. Hart traf er ihre Seite. Sie ging in die Knie. Das Gesicht des Bauern war schmerzverzerrt und blutig. Wutzow drehte den Kolben und zog sie zu sich heran. Als er nahe genug war, riss er den Streitkolben aus ihrem Fleisch. Noch einmal schlug er zu. Sie fiel. Triumphierend zerrte er sie mit seiner Waffe in die Grube. Gott hatte den Kampf zu seinen Gunsten entschieden.

2

Wien, April 1606

Mit angehaltenem Atem legte sie das Ohr an die Tapetentür. Noch war es still. Hoffentlich hatte niemand sie gesehen! In der Wiener Hofburg wimmelte es nur so von Bediensteten, ein Zustand, den Dorle in den letzten Wochen schätzen gelernt hatte. Sie fühlte sich selbst schon wie eine Prinzessin! Umso dümmer war es von ihr, ins Zimmer des Leibkammerdieners einzudringen. Ohne ein Risiko einzugehen, wäre Dorle allerdings niemals dort gelandet, wo sie jetzt war. Und dem Statthalter Österreichs schien es gerade zu gefallen, dass sie nicht so zimperlich war wie die Damen bei Hofe.

Schritte. Verhaltene Männerstimmen.

Würde sie wirklich etwas mitbekommen? Hoffentlich ging es nicht nur um langweilige Jagdgeschichten! Andererseits hatte Matthias sehr geheimnisvoll getan, was dieses Treffen anging. Vorhin, im Bett, hatte er bedeutungsschwanger verkündet, dass dieser Abend alles verändern könne. Während Dorle sich auf ihm abmühte, hatte er von seinen Verhandlungserfolgen mit den Ungarn und den Türken schwadroniert. Auch sein Bruder, der Kaiser, würde nicht umhinkommen, seine Leistungen zu würdigen, hatte er gesagt. Es war sein Lieblingsthema, und sie hatte allerlei Kniffe anwenden müssen, damit er sich ihr voll und ganz widmete. Ohnehin versagten seine Kräfte schnell, vor allem, wenn er, wie so oft, dem Wein zu stark zugesprochen hatte. Aber trotz ihrer jungen Jahre hatte sie einige Fertigkeiten, die Eheweiber ihren Männern nicht bieten konnten. Und damit brachte sie auch Matthias in Wallung. Am Ende hatte er sie bedauernd zurückgelassen; so sollte es sein. Dorle würde sich eilen müssen, um nach der Besprechung in die Schlafkammer zurückzukehren. Er würde keine Zeit verlieren, um ihr Liebesspiel fortzusetzen.

Geistesabwesend rieb sie über ihren gänsehautprickelnden Körper. Abgesehen von den gut beheizten Räumen der Herrschaften war es kalt und zugig in der Hofburg. Zudem trug sie das dünne Kleid, das der Erzherzog ihr geschenkt hatte und das ihm wegen seiner Schlitze so gut gefiel.

Dorle erstarrte. Vier Stimmen, nein fünf. Und da – das kriecherische Säuseln des Leibkammerdieners! Was, wenn er durch die Tapetentür treten würde? Aber nur ruhig. Matthias hatte gesagt, das Treffen sei so geheim, dass nicht einmal Diener in der Nähe geduldet würden.

»… die Verhandlungen auf einem guten Wege sind. Der Vertrag mit den Türken ist dank meines Geschicks so gut wie geschlossen.«

Erzherzog Matthias' selbstgefällig vorgetragene Rede verklang. Tatsächlich ächzte das Habsburgerreich schon seit mehr als zehn Jahren unter den Kosten des zähen Türkenkrieges. Dass der Krieg nun mit einem Ausgleich statt mit einem Sieg enden sollte, verbitterte vor allem jene, die ihre Ehemänner und Söhne an der Grenze des Osmanischen Reiches verloren hatten.

»Wir werden allerdings nicht umhinkommen, den Ungarn Zugeständnisse zu machen«, fuhr Matthias fort. Eine weitere Stimme. Dorle kniff die Augen zusammen, um sich ganz aufs Lauschen zu konzentrieren. Wer war das? Kannte sie den Mann?

»Ja, mein ehrenwerter Ferdinand, ich weiß, es ist eine Zumutung. Ihr habt in Graz für unseren Glauben Großes geleistet. Aber in diesem Fall wird uns nichts anderes übrig bleiben. Wir werden den Protestanten schon noch früh genug die Ohren lang ziehen!«, verkündete Matthias.

Aha, Ferdinand – der Vetter des Kaisers. Erzherzog von Innerösterreich. Was Matthias als Großtat bezeichnete, war die Vertreibung Hunderter Protestanten, die Schließung evangelischer

Kirchen und die Verbrennung lutherischer Bücher, das wusste selbst sie, die sich ansonsten aus Glaubensfragen heraushielt. Religion brachte nur Streit. Und sie musste schon genug kämpfen, um ihre eigene Zukunft zu sichern.

Ihre Ohrmuschel pulsierte von dem Druck gegen die Tür. Sie vernahm einen weiteren Mann, doch Dorle konnte sein Murmeln nicht verstehen. Vermutlich saß er im Gegensatz zu Matthias weiter von ihr entfernt.

»… stimme ich Euch voll und ganz zu, Exzellenz …«, antwortete Matthias seinem Gegenüber.

Er musste Melchior Klesl meinen, den Bischof von Wien. Matthias vertraute ihm. Nein, viel mehr: Er war froh, dass Klesl ihm den mühseligen Schreibkram und einen Großteil des politischen Strippenziehens abnahm. Klesl, Sohn eines Bäckers und früherer Protestant, war von den Jesuiten zum katholischen Glauben bekehrt worden und galt auf der Straße als gewiefte Ketzergeißel.

Sie wärmte ihre Brüste mit den Händen. Die kalte Haut schmerzte schon.

»Weshalb habt Ihr uns denn nun hierherbestellt? Wichtige Ordensgeschäfte warten auf mich.« Noch jemand. Gemessene Sprechweise, harter Tonfall. Ein weiterer Pfaffe?

»Nur die Ruhe, verehrter Maximilian.«

Sie lächelte. Ihr Liebhaber machte es ihr leicht: Erzherzog Maximilian, ein weiterer Kaiserbruder. Hochmeister des Deutschen Ordens und Statthalter von Tirol. Nur die Erzherzöge Albrecht und Leopold schienen zu fehlen, ansonsten war der engste männliche Familienkreis komplett. Tatsächlich eine illustre Runde.

Nachdem sie Matthias' Gunst erlangt hatte, war sie eilends darangegangen, sich mit den Verwandtschaftsverhältnissen der Casa d'Austria vertraut zu machen, doch noch immer hatte sie nicht ganz durchschaut, wer mit wem paktierte. Sie kannte nur einen, der das komplizierte Machtgeflecht bei Hof durchschaute, und sie konnte sich glücklich schätzen, dass dieser hohe Herr ihr Vertrauen schenkte.

Matthias räusperte sich, dann senkte er die Stimme. Nun verstand sie nur noch einzelne Wörter. Es schien um den Kaiser zu gehen. Von »Verzagtheit« war die Rede, von »Desinteresse« und von »Geistesblödigkeit«. Meinte er etwa, dass Kaiser Rudolf verrückt war?

»So kann es nicht weitergehen. Ich habe bewiesen, dass ich fähig bin zu regieren«, verkündete Matthias.

»… Niederlanden?«

»Ich verbitte mir das, Maximilian Ernst! Das ist Geschichte!«, brauste Matthias auf.

Es war also noch ein Habsburger anwesend. Ein Vetter, glaubte sie zumindest. Maximilian Ernst war ein kleines Licht. Dennoch: Sein Einwand musste einen wunden Punkt bei Matthias getroffen haben. Sie würde sich nach dieser Geschichte um die Niederlande erkundigen. Vielleicht konnte sie die Information zu ihrem Vorteil nutzen.

Leise schlugen Dorles Zähne aufeinander. Ihre Füße kribbelten. Seit dem vorletzten Winter waren zwei ihrer Zehen taub, und sie konnte Kälte nur schwer ertragen. Lange würde sie hier nicht mehr ausharren. Und wie sollte sie später im Bett Matthias ihren Zustand erklären? Er war zwar eitel, aber nicht dumm.

»Als ältester der Erzherzöge bin ich bereit, Verantwortung zu übernehmen.«

»… Thronfolger. Mein Sohn …«, hörte sie Ferdinand einwenden.

»Natürlich werde ich die Heiratsverhandlungen entschlossen vorantreiben«, fiel Matthias ihm ins Wort. »Nachkommen werden nicht auf sich warten lassen. Ich bin noch jung genug …«,

Jung, nun ja, beinahe fünfzig war ihr Geliebter, und er scheute bekanntermaßen die Ehe wie der Teufel das Weihwasser. Erzherzog Ferdinand hatte einen Sohn, erinnerte sie sich jetzt. Doch genau wie Erzherzog Matthias war auch Kaiser Rudolf noch immer unverheiratet, ein unziemlicher Zustand, wie halb Österreich fand, weil die Thronfolge ungesichert war. Sie begann um ihre Zukunft zu bangen. Was würde mit ihr geschehen, wenn Matthias heiratete? Müsste sie auf die Straße zurück? Das wollte sie auf keinen Fall! Sie musste sich Matthias unentbehrlich machen. Noch nie hatte sie so gut gelebt wie als Geliebte des Erzherzogs. Vielleicht konnte er ja auch Kaiser werden, ohne zu heiraten. Sein Bruder machte es ihm doch vor. Es hieß, dass Kaiser Rudolf mit seinen verschiedenen Geliebten mehrere Kinder hatte. Wenn auch Matthias an ihr festhielte … Schon malte sie sich in schillerndsten Farben Gewänder, Kutschen und Schmuck aus. Warum sollte es ihr nicht gelingen, nach ganz oben zu kommen?

Matthias klang entschlossen: »Wir müssen unsere Bruder- und Vetternliebe vergessen und im Dienste des Reiches handeln. Rudolf muss Einhalt geboten werden. Er ist regierungsunfähig, das steht fest. Schon lange hätte er einen Nachfolger ernennen müssen. Aber er hat nur Alchemie im Kopf, Sternenkunde und die schönen Künste. In seinem Prager Schloss hat Rudolf sich verschanzt. Das allein ist doch schon ein Zeichen seiner Geistesblödigkeit – unser schönes Wien zu verschmähen! Es ist unverantwortlich, so einen an der Spitze des Staates zu belassen, wenn man die politischen Querelen in Ungarn und den Krieg mit den Türken bedenkt. Im ganzen Reich drohen die Protestanten, die Führung zu übernehmen. Im Norden sind weite Landstriche vollständig in protestantischen Händen. Sogar in den Erblanden kommen wir kaum noch gegen sie an. Es muss etwas getan werden, und zwar schnell!«

Einwände und Zustimmung brandeten auf. Erzherzog Matthias und Bischof Klesl dirigierten geschickt das Gespräch. Nach einer Weile schienen die Kritiker überzeugt. Der habsburgische

Familienrat beschloss Rudolfs Absetzung und erkannte Matthias als Oberhaupt an. Beim spanischen König, dem Papst und anderen Fürsten wollten die Erzherzöge um Unterstützung nachsuchen – im Geheimen, verstand sich, denn schließlich planten sie ja nichts Geringeres als einen Sturz des Kaisers.

Dorle konnte ihr Zittern nicht mehr kontrollieren. Schnell unter die Federdecken und den Leib aufwärmen, bevor der Erzherzog zurückkam! Vorsichtig löste sie ihr Ohr von der Tapetentür und rieb die schmerzende Haut. Doch es war nicht nur die Kälte, die ihr zusetzte, es war auch das Gehörte.

Seine eigenen Brüder und Vettern wollten den Kaiser loswerden. Familienzusammenhalt schien keine Bedeutung für diese Männer zu haben. Dabei war Familie doch das Wichtigste, was man hatte! Sie, die als Waise aufgewachsen war, wusste das besser als jeder andere. Noch ein letztes Mal legte sie das Ohr an die Tür.

»… wenn nötig, mit Gewalt.« Dorle zuckte zurück. Würden seine engsten Verwandten Kaiser Rudolf tatsächlich etwas antun?

3

Rostock, Mecklenburg, August 1608

Der Kaufmann hieß den Knecht seinen Karren beiseitelenken, eine Patrizierin wechselte die Seite, selbst ein Ratsmann machte ihnen Platz, als sie forsch durch Rostocks Straßen schritten. Marius spürte das Wippen des Degens an seiner Seite, die bewundernden Blicke der Frauen auf seiner einnehmenden Gestalt und seinen Waffenbruder Alexander neben sich. Er fühlte sich unbesiegbar. Sogar Clarissa hatte ihn vorhin bewundernd angesehen. Sein neuer Radmantel aus tiefblauem Samt harmonierte aber auch ausgezeichnet mit seinen hellblauen Augen und seinem schulterlangen Blondschopf. Clarissa. Noch einmal spürte er den Gefühlen nach, die dieser Name in ihm auslöste. Die Tochter seines Fechtmeisters hatte ihn gleich fasziniert. Mit ihrer schwarzen Mähne, den tiefblauen Augen, ihrer vornehmen Blässe und den vollen Lippen strahlte sie eine Mischung aus Unnahbarkeit und Sinnlichkeit aus, die ihn ungeheuer reizte. Äußerlich würde sie einen hübschen Kontrast zu ihm abgeben. Und natürlich wäre sie eine gute Partie. Aber in den vier Wochen, in denen sie nun schon unter einem Dach lebten, hatte sie stets züchtigen Abstand zu ihm gehalten. Schon öfter hatte Marius versucht, sie allein abzupassen, aber stets war jemand dazwischengeplatzt. Heute musste es sein! Heute musste er herausfinden, ob sie ebenfalls etwas für ihn empfand! Schließlich würden sie bald getrennt.

Wenn ihm nur sein Freund und Waffenbruder nicht in die Quere kam! Alexander, dieser Schwerenöter. Schon oft hatten sie um die Gunst einer Frau konkurriert. Mal hatte der eine obsiegt, mal der andere. Es war Geschmackssache: Alexander war ein muskulöser, übergroßer Mann. Stets perfekt in Auftreten und Haltung, hatte er etwas von einer gespannten Armbrust. Bart und Haare glänzten tiefbraun, und er war ein geschätzter, weil großzügiger Kunde bei den Bartscherern der Stadt. Auch jetzt umgab ihn der feine Duft von Seife, wie Marius feststellte. Im Umgang mit dem weiblichen Geschlecht war Alexander geradlinig und ließ nichts anbrennen. Im Gegensatz zu Alexander betrachtete Marius sich als geschmeidig, charmant und gefällig. Glücklicherweise hatte sein Freund bislang kein Interesse an Clarissa gezeigt. Es gab allerdings auch so genügend Frauen, die ihm schöne Augen machten. Mit Alexander wurde es in dieser Hinsicht nie langweilig.

Sie hatten die Workrenterstraße und den Hafenbezirk hinter sich gelassen, in dem sich das Haus des Fechtmeisters befand. Inzwischen schritten sie an der Marienkirche vorbei auf den Neuen Markt zu. Zufrieden nahm Marius die Szenerie in sich auf. Seine Zeit in Rostock hatte seinem Leben eine neue Richtung gegeben. Von Anfang an hatte die alte Hanse- und Fürstenstadt ihn beeindruckt. Diese Fülle sattroter Giebelhäuser aus Backstein, die sich am Ufer der Unterwarnow ausbreiteten! Die unzähligen Kaufmannsläden und Braustuben! Die Vielfalt von Sprachen und Menschen! Rostock war eine quirlige Stadt. Schiffe aus dem gesamten Ostseeraum und darüber hinaus liefen den Hafen an. Auf den Straßen mischten sich Seeleute und Studenten aus verschiedensten Ländern mit den Einheimischen. Vor allem Holländisch und Brabantisch waren allerorten zu hören. Aber auch Schweden, Dänen und Norweger suchten die Hauptstadt des Landes Mecklenburg häufig auf, sogar Finnen und Isländer gab es hier. Viele schrieben sich an der Universität Rostock ein. Die Alma Mater Rostochiensis war die erste Universität im Ostseeraum gewesen und eine der ältesten und größten im ganzen Norden, was in Rostock gerne betont wurde.

Marius lüftete mit dem Zeigefinger die kleine Halskrause. Es war heiß, aber förmliche Kleidung war unabdingbar. Sie durften ihren Meister zu einem ganz besonderen Fest begleiten. Eine Doktorpromotion und Hochzeit auf einen Schlag, das kam nicht so oft vor. Es war ein feierlicher Abschluss ihrer Zeit in Rostock, dachte Marius. Hierhergekommen war er als einfacher Kürschner-Geselle aus dem mecklenburgischen Güstrow. Nun war er bald ein Meister des Schwerts. Er würde eine gehobene Stellung erringen, und niemand würde ihm mehr respektlos begegnen.

»Mach Platz da, du Schelm!«

Die Schulter des Entgegenkommenden rammte ihn. Marius wankte. Wer wagte es? Er griff nach seinem Degenknauf. Ein Pausbäckiger, ein Hagerer und ein Stämmiger bauten sich vor ihnen auf. Alle drei hatten sie die Hand am Degen. Diese Geste allein rechtfertigte schon einen Kampf! Es waren Studenten der Universität Rostock. Bestickte Wappen an den kurzen Überröcken, die sie zu Wams und Strumpfhosen trugen, wiesen sie als Adelige aus. Er hatte sie zu spät gesehen, gerade erst waren sie aus der Gasse gebogen.

Alexander stürzte vor. Oft suchten Studenten Streit mit Bürgern und Handwerkern. Gerade Adelige waren auf Ehrenhändel aus.

»Ihr Herren lasst es an Respekt mangeln«, sagte Alexander laut.

Der Pausbäckige schnaubte verächtlich. »Sagt einer, dem die Ehre versagt werden müsste, einen Degen zu tragen!«

»Ich verstehe gut, dass es Euch schwerfällt zu begreifen, dass Eure Zeit abgelaufen ist«, sagte Alexander maliziös lächelnd.

Eine alte Frau drängte sich mit ihrem Karren beinahe an die Häuserwand, um vorbei zu sein, bevor die Klingen gekreuzt wurden.

Der Hagere neigte sich zu seinen Kommilitonen. »Wie meint er das?«

»Ich meine, dass der Adel sich selbst zugrunde gerichtet hat, wie man ja an Euch sieht«, sagte Alexander laut, als wäre sein Gegenüber nicht nur begriffsstutzig, sondern auch taub.

»Du …« Zischend wurde der Stahl aus der Scheide gerissen.

Alexanders Körper spannte sich.

Marius' Knie waren hingegen weich. Er hatte sich noch immer nicht an derartige Herausforderungen gewöhnt. Beschwichtigend legte er die Hand auf den Arm seines Waffenbruders. »Lass gut sein. Warum sollten wir wegen dieser Dummköpfe unsere Meisterprüfung gefährden?«, mahnte er leise.

Doch Alexander ignorierte ihn. Über seinen katzenfellglatten Bart streichend, lachte er seinen Herausforderer an. »Nur zu! Wenn Ihr Glück habt, finden sich bald Büttel ein, die Euch zur Strafe in den Finkenbauer oder den Karzer werfen. Ansonsten könnte diese Unverschämtheit auch Euer Leben kosten.«

Jahrelang war Studenten das Waffentragen verboten gewesen. Seit aber immer mehr Adelige auf die Universität drängten, verbreiteten sich die höfischen Sitten wieder. Inzwischen war es Studenten erlaubt, nachts einen Degen zu tragen, sofern gleichzeitig eine Laterne mitgeführt wurde. Diese Einschränkung wurde aber wenig beachtet, obgleich Raufhändel streng geahndet wurden.

Aus den Läden traten erste Schaulustige. Der Kampf würde sich schnell herumsprechen.

»Ein Ehrenkampf ist unausweichlich. Nenn mir Stunde und Ort für unseren Zweikampf!«

»Wir sind zu einer Festivität geladen. Seht uns also nach, dass wir für Raufereien keine Zeit haben.«

»Wir sind auch zu einem Fest eingeladen.«

Marius schwante, dass sie das gleiche Fest meinen könnten, auch wenn sie jetzt noch in unterschiedlichen Richtungen unterwegs waren. »Was für ein Zufall! Lasst uns also den Frieden wahren«, warf er dazwischen.

Aber es war zu spät.

Der Stahl fuhr in die Scheide zurück.

»Mitternacht im Rosengarten«, forderte der Pausbäckige leise.

Alexander neigte das Haupt. »Es wird mir ein Vergnügen sein.«

Weit ausholend schritt Alexander weiter. Marius folgte ihm eilig.

»Bist du verrückt, dich auf eine Herausforderung einzulassen?«, flüsterte er und ärgerte sich darüber, dass seine Stimme bebte. »Morgen reisen wir gen Frankfurt ab! Willst du alles riskieren, was wir erreicht haben, nur um ein paar dummerhaftige Adelige zu maßregeln?«

Bei der großen Fechtschule der Bruderschaft Sankt Marx, dem Turnier, das alljährlich zur Herbstmesse am Main stattfand, würden sie in wenigen Wochen ihr Können unter Beweis stellen. Wenn es ihnen gelänge, sich vor den vier Hauptleuten der Fechtbruderschaft zu behaupten, würden sie zu Meistern des Schwerts ernannt. Danach folgte nur noch die Probezeit von zwei Jahren, in denen sie sich nichts zuschulden kommen lassen durften, und danach könnten sie selbst Schüler ausbilden. Ein einträgliches Geschäft.

Beinahe mitleidig lächelte Alexander ihn an. Seine Halsmuskeln spielten dabei. »Du bist mein Waffenbruder und mir lieb und teuer – aber du bist ein solcher Feigling!«

Alexander wich einem Mann aus, der das Pflaster mit Wasser aus den hölzernen Leitungen besprühte, damit es nicht so staubte. Dabei hatte das Jahr nass angefangen, hatte ihr Meister erzählt. Im Februar war das Hochwasser bis an das Mönchtor gestiegen. Der Sommer war kühl und feucht gewesen, gerade erst waren die Wolken gewichen. Jetzt brannte die Sonne allerdings so unbarmherzig, als wollte sie Versäumtes aufholen.

Aus den Brauereien zog der süßliche Duft von Getreide. Ein kühles Bier wäre jetzt genau das Richtige, dachte Marius sehnsüchtig. Er hatte in Rostock so manchen Humpen geleert. Aber selbst wenn er jeden Tag ein anderes probiert hätte, hätte er es nicht geschafft, alle Rostocker Biere zu kosten, schließlich fand sich in etwa jedem dritten Haus eine Brauerei. Ans Kniesenack, das Gersten-Starkbier aus seiner Heimat Güstrow, kam aber kaum eines der Biere heran, fand er.

»Ich bin kein Feigling! Ich bin nur vernünftig. Du weißt, dass der Rostocker Rat hart gegen derartige Kämpfe vorgeht.«

Sie passierten das Rathaus und bogen in die Wasserstraße ein. Zu ihrer Linken prangte ein prächtiges Giebelhaus mit glasierten Ziegeln und aufwendigem Figurenschmuck. Nun ging es bergab; Rostock war auf mehreren Hügeln erbaut, zwischen denen Flussarme und wasserreiche Gruben lagen.

»Es ist unser letzter Abend! Wer will uns was, wenn wir erst mal weg sind? Wir dürfen uns nur nicht erwischen lassen«, sagte Alexander.

Marius legte theatralisch eine Hand auf die Brust. Da er durch die Fechtausbildung derzeit nicht mit der Verarbeitung von Fellen beschäftigt war, hatten sich die Entzündungen an seinen Fingern beruhigt, sodass er sich nicht mehr für ihren Anblick schämen musste.

»Wir? Ich werde auf keinen Fall zum Rosengarten gehen. Die Nachtwächter haben die Plätze um den Wall im Blick – so oft, wie dort Kämpfe stattfinden!« Er tätschelte Alexanders Schulter. »Nein, ich werde unseren Abschied gebührend feiern.«

Alexander lachte so laut, dass sich die Frauen, die auf dem Neuen Markt beim Garbrater anstanden, nach ihnen umdrehten. Es roch gut, sodass Marius das Wasser im Mund zusammenlief.

»Und der einen oder anderen Jungfrau das Herz brechen? Bei Hochzeiten sind die Jungfern ja immer besonders aufgeschlossen.«

Sie liebten nun mal die Frauen. Ihr Fechtmeister tolerierte ihre Eskapaden, denn Fritjoff war den Freuden des Leibes ebenfalls nicht abgeneigt. Regelmäßig waren die Schüler unfreiwillig Zeugen der Ehedramen in seinem Haus geworden. Wenn Fritjoff nach fremdem Duftwasser riechend nach Hause kam, machte ihm seine Frau stets die Hölle heiß. Sie schrie und weinte und zog sich dann schmollend zurück. Wenn Fritjoff ihr folgte, gelang es ihm allerdings schnell, sie zu besänftigen – bis zum nächsten Mal.

Marius erinnerte sich an einen Abend, an dem sich Fritjoff und seine Frau in ihrer Kammer gestritten hatten. Clarissa hatte, wie so oft, Laute gespielt, doch die Trauer auf ihrem Gesicht war nicht zu übersehen gewesen. Also hatte er versucht, sie mit einer Partie Tric-Trac abzulenken, was ihm auch gelungen war. Sie war ihm gewogen, das spürte er. Leider hatte die Magd ihnen Gesellschaft geleistet. Aber heute Abend würde er Clarissa ganz für sich haben, dafür würde er schon sorgen.

Er grinste. »Wie du schon sagtest: Es ist unser letzter Abend.«

Jemand rannte im Obergeschoss hektisch hin und her, bei Clarissa jedoch war es still. Noch einmal ließ sie die Finger über ihre Laute tanzen. Die Musik perlte durch das, was ihr Vater den Fechtsaal nannte. Tatsächlich war die Diele ihres Giebelhauses, abgesehen vom Waffenschrank und den Schilden, leer. Clarissa hoffte, dass die Musik ihre Mutter entspannen würde. Doch da hörte sie von oben Lievkes Stimme: »Meine Haare – die Flechten lösen sich!«, beschwerte sich ihre Mutter.

»Und mein Hut ist verschwunden!«, murrte nun auch noch Clarissas Vater lautstark.

Da war wohl Hilfe nötig. Clarissa legte auf dem Weg zur Treppe eine Hand auf den Hausbaum und drehte sich ein paar Mal um die tragende Säule im Kreis. Sie freute sich auf das Fest, war aber auch nervös. Ihre Mutter hielt sie von Vergnügungen fern. Sie fürchtete stets, Clarissa könnte etwas zustoßen oder sie könne in schlechte Gesellschaft geraten. Jetzt war Clarissa achtzehn Jahre alt, und die meisten Eltern hätten sich wohl darangemacht, einen geeigneten Ehemann zu finden. Ihre Eltern jedoch nicht. Clarissa war froh darüber. Sie liebte die Welt des Vaters, an der sie teilhaben durfte, solange sie in seinem Haus lebte. Wer wusste schon, ob es ihr mit einem Ehemann ebenso gut gehen würde?

Am Treppenfuß huschte Clarissa an dem Spiegel vorbei, den ihr Vater für seinen Unterricht benötigte. Sie sah nur flüchtig hinein. Sie hatte weder das grazile Aussehen, das sie bei manchen anderen Frauen bewunderte, noch eine besonders weibliche Figur mit ausladenden Hüften, weichen Armen und prallem Busen, wie viele Männer sie zu schätzen schienen. Die meisten ihrer Geschlechtsgenossinnen und viele Männer überragte sie um Haupteslänge. Tiefschwarz wellten sich ihre Haare den Rücken hinab. Das Einzige, was sie an sich bemerkenswert fand, waren ihre Augen – sie hatten das Meerblau von Aquamarinen und waren von langen Wimpern eingerahmt. Vor allem aber hielt die Kleidung sie vom Blick in den Spiegel ab: Ihre Mutter bestand auf üppigen Roben und buntem Haarschmuck. Auch heute baumelten Bommeln und Borten an ihrem Kleid. Das breite, noch zusätzlich wärmende Hüftpolster und das enge Mieder trugen auch nicht zu ihrem Wohlbefinden bei. Clarissa hatte schon oft versucht, schlichtere Gewänder durchzusetzen, aber ihre Mutter hatte darauf immer so empfindlich reagiert, dass Clarissa sich ihr zuliebe fügte.

Sie eilte die Stufen empor. Ihre Eltern waren oft spät dran, heute jedoch könnten sie das Beste verpassen. Noch nie waren sie zu einer Doktorfeier mit anschließender Hochzeit eingeladen worden. Nur weil es ihre Freundin und Nachbarin Barbara war, die heiratete, waren sie überhaupt in den Genuss einer Einladung gekommen. Der halbe Rat würde da sein, dazu die akademischen Stände und einige Herrschaften von Adel. Als wohlhabende Witwe eines Brauers, deren Vater zudem im Rat gewesen war, war Barbara eine gute Partie. Mehrere Doktoranden hatten um sie geworben. Sie alle verfügten über viel Wissen, aber über wenig Geld, um sich nach dem Studium eine Existenz aufzubauen. Barbaras Familie hatte den Vielversprechendsten ausgesucht, obgleich die Braut noch immer um ihren ersten Mann trauerte.

»Hilde, wo ist mein … Ach, verdammt, da hab ich den Hut ja!«, hörte sie ihren Vater brummen.

Clarissa trat in die Schlafkammer der Eltern, wo ihre Mutter auf einem Schemel saß. Die Magd stand hinter ihr und mühte sich mit den Haarnadeln. Hildes Unterlippe bebte, sie war vierzehn und erst seit wenigen Monaten bei ihnen angestellt.

»Als heute Morgen eine schwarze Katze über den Fenstersims spazierte, wusste ich, das bedeutet Unglück! Und nun die vielen Verzögerungen! Vielleicht sollten wir lieber im Haus bleiben.« Clarissas Mutter umklammerte den Talisman, den sie an einer Kette um den Hals trug. Es war ein silbernes Röhrchen mit einem Kreuz darauf. Als Kind hatte Clarissa oft darum gebeten, einmal das Röhrchen öffnen zu dürfen, aber ihre Mutter hatte es stets verweigert. Lievke war furchtbar abergläubisch.

Aufmunternd lächelte Clarissa sie an. »Aber Mutter, das bedeutet vermutlich nur, dass wir Mäuse unterm Dach haben. Wir sollten uns lieber selbst eine weitere Katze zulegen.« Sie war in all den Jahren Expertin für das Widerlegen böser Omen geworden. Aberglaube fand in ihr keinen Platz. Für unerklärliche Phänomene oder seltsame Zusammenhänge gab es immer eine vernünftige Erklärung, davon war sie überzeugt.

»Ich weiß nicht … Nicht einmal meine Haare wollen sitzen«, haderte Clarissas Mutter. Mit ihren neununddreißig Jahren war Lievke recht eitel. Sie war Näherin am Hof des Herzogs von Mecklenburg gewesen und wollte am liebsten alle anderen Bürgerinnen mit ihrem Aussehen übertrumpfen. Auch heute war sie sorgfältig zurechtgemacht und geschminkt. Sie streckte die Arme nach Clarissa aus. »Komm her, meine Blume. Wie schön du musiziert hast!«

Clarissa freute sich über das Lob; sie hatte das Lied nur einmal auf dem Jahrmarkt gehört und lange geübt, bevor sie es fehlerfrei nachspielen konnte. »Darf ich helfen?«, bot sie an.

»Lieber nicht! Du ruinierst meine Frisur noch ganz!« Lievke war überzeugt davon, dass Clarissa ein Pechvogel war und zudem zwei linke Hände hatte. Woher dieser Glaube rührte, wusste Clarissa nicht, aber seit frühester Kindheit ließ ihre Mutter sie kaum eine wichtige Aufgabe übernehmen. Allmählich glaubte Clarissa selbst, dass sie ungeschickt war.

Die Magd stocherte mit den verzierten Nadeln im Haar ihrer Herrin. Lievke warf Clarissa einen zweifelnden Blick zu. »Also gut, sonst zieht dein Vater noch ohne uns los.« Das kam natürlich nicht infrage. Eifersüchtig wachte Lievke über jeden Schritt ihres Mannes, was Fritjoff umso öfter zum Ausbüxen verleitete. Clarissa fand es furchtbar, wenn ihr Vater mit anderen Frauen poussierte. Andererseits konnte sie seinen Freiheitsdrang nachfühlen. Wer wollte schon ständig kontrolliert werden?

Nach wenigen Minuten waren die Haare geflochten und hochgesteckt. Statt eines Dankes blickte Lievke ihre Tochter prüfend an.

»Wo ist deine neue Schnebbe, Blümchen?«, fragte sie. Clarissa störten die ständigen Kosenamen. Es war, als wäre sie acht, nicht achtzehn. Hoffentlich hielt sich ihre Mutter später beim Fest damit zurück.

»Ich muss sie verlegt haben«, schwindelte Clarissa. Sie hatte die scheußliche Haube mit den aufdringlichen Spitzen, deren drei Ecken auf der Kopfhaut piekten, unter ihrem Bett verschwinden lassen.

Ihre Mutter schürzte schmollend die Lippen. »Clarissa?«

»Aber Mutter …«

»Ich habe die Haube eigens für diese Hochzeit gefertigt. So viel Mühe habe ich mir gemacht! Willst du mir das wirklich antun?«

Willst du mir das wirklich antun? Die anderen Jungfern werden sich über mich lustig machen, hätte Clarissa gerne geantwortet, aber ihre Mutter war dünnhäutig und konnte leicht in Tränen ausbrechen, was nicht nur die Schminke zunichtemachen würde. Also fügte sie sich und ging, um angeblich nach der Schnebbe zu suchen.

»Es ist so still im Haus. Wo ist Alf?«, wollte die Mutter wissen, als sie wenig später die Haube auf Clarissas Kopf zurechtrückte.

Alf war der Gehilfe des Vaters, ein älterer Mann, der die Schüler mit seiner schroffen, urwüchsigen Art stets zunächst einschüchterte. Er verfügte über eine unendliche Geduld, die man als Schüler hasste, wenn man zum hundertsten Mal die vier Prinzipalhäue wiederholen sollte, später aber schätzen lernte. »Je mehr du dich im Spiel übst, desto mehr denkst du daran im Ernst«, zitierte ihr Vater oft die alten Fechtmeister. Clarissa hatte viel von Alf gelernt, was ihr hoffentlich helfen würde, wenn sie sich in den nächsten Wochen um die Schüler kümmerte.

»Alf lässt die Jungen vor den Toren der Stadt ihre Übungen machen«, berichtete Clarissa und folgte ihrer Mutter die Treppe hinab.

Vier Jungen zwischen zehn und zwölf Jahren lernten derzeit bei Fritjoff die Grundzüge der Fechtkunst. Sie stammten aus Familien, die nicht wohlhabend genug waren, sich eigene Fechtmeister zu leisten, aber dennoch auf diesen Teil der Ausbildung für ihre Kinder nicht verzichten wollten. Clarissa bewunderte ihren Vater für seine Fechtkunst und sein Geschick als Lehrer. Sie mochte viele der Fechtschüler, gerade die kleinen rührten sie. Einige waren während der Lehrzeit wie Brüder für sie geworden. Ihre Mutter umsorgte die Jungen liebevoll; dass sie keine weiteren Kinder hatten, war der wunde Punkt in der Ehe ihrer Eltern. Clarissa mied das Thema, soweit es ging. Sie hatte selbst lernen müssen, sich nicht mit zu viel Herz auf die Schüler einzulassen, um nicht jedes Mal traurig zu sein, wenn sie wieder gingen.

Lievke strich über ihre mit Kol nachgezogenen Augenbrauen. »Hoffentlich lässt er sie sich müde laufen. Ich will keinen Schlamassel im Haus, wenn wir unterwegs sind. Und die Herren Alexander und Marius?«

»Sie sind vorausgegangen.«

»Wenn das man gut geht! Bei jungen Männern weiß man nie! Die Katze heute Morgen … Ob meine Nerven das aushalten?«

Clarissas Vater polterte die Treppe hinunter. Für einen Mann, der sich beim Fechten so geschmeidig zu bewegen vermochte, war Fritjoff ohne Schwert in der Hand eher grobschlächtig. Er war siebenundvierzig, und seine buschigen Haare waren mehr grau als schwarz. Mit seinem muskelbepackten Körper, dem roten Gesicht und den lachenden Augen sah man ihm an, dass er das Leben liebte. Nun ging er zu seiner Frau und nahm ihr Gesicht in beide Hände. Lievke protestierte schwach, doch er küsste sie auf Wangen und Mund.

»Deinen Nerven wird die Feier guttun, warte nur ab. Wunderschön seht ihr beide aus!« Ihr Vater zwinkerte Clarissa zu; er wusste genau, wie sie diese Kleider hasste. Am Kannentisch schenkte er sich Bier ein. »Und übrigens: ›Die jungen Männer‹ wissen sich schon zu benehmen«, verteidigte er seine Schüler, als er getrunken hatte.

»Das hoffe ich sehr. Wir wollen doch einen guten Eindruck machen!«, erwiderte Lievke. Nervös zupfte sie an ihrem Mühlsteinkragen. »Wir sollten gehen. Hast du das Geld?«

Die Glocken der sieben Rostocker Kirchen begannen zu läuten. War es schon so spät?

Eilig wandten sie sich der Tür zu. Im Nebenraum lagen die ersten Reisebündel für Frankfurt. Eine Tür führte zur Schmiede des Vaters. Fritjoff war ausgebildeter Schwertfeger, die Endfertigung von Schwertern und Dolchen hatte er inzwischen allerdings seinem Altgesellen Tietke überlassen, um sich selbst ganz der Fechtschule zu widmen.

»Nur ein Schlückchen noch. Wenn ich an den Sermon in der Kirche denke, ist meine Kehle schon jetzt ausgetrocknet!« Er stürzte das Bier hinunter. Bedauernd tätschelte er den Beutel an seinem Gürtel. »So viel muss es ja wohl sein. Selbst eine reiche Witwe kann arm werden, wenn sie für ihren Zukünftigen Promotionsfeier und Hochzeit bezahlen muss – von dem Strafgeld ganz zu schweigen.«

Clarissa wusste nicht, was er damit meinte, und hakte nach: »Strafgeld?«.

»Das Strafgeld wird fällig, weil Barbara und ihr Zukünftiger so etwas Hehres wie die Promotion durch eine profane Vermählung entweihen. Die Regeln der Universität Rostock sind strikt. Deshalb weiß ich ja auch nicht, ob sie mit mir altem Querkopf auskommen würden.«

»Wie meinst du das?«, wunderte sich Clarissa.

»Es heißt, die Universität wird einen neuen Fechtmeister einstellen. Darüber will ich mit dem Vizekanzler sprechen.«

Clarissa stutzte; davon hörte sie zum ersten Mal. War ihr Vater mit seinem Leben als freier Fechtmeister nicht zufrieden? Als Meister des Schwerts unterrichtete er vor allem Bürgersöhne und Handwerksgesellen in den sieben ritterlichen Wehren: Schwert, Dusack, Rapier, Dolch, halbe Stange, Hellebarde und langer Spieß. Mokierte er sich nicht oft über den plumpen Fechtstil der Studenten? Aber vielleicht wäre gerade das ein Grund, an der Universität anzufangen.

Sie traten auf die Straße hinaus. Die Platea Wokrenten stellte die Verbindung zum Stadthafen her, weshalb hier ständiger Betrieb herrschte. Hügelan stiefelten sie los. Vor dem Amtshaus der Krämer hielten Kaufleute einen Klönschnack. Bürgerpaare gingen spazieren, Kinder tollten kreiseldrehend, reifenschlagend oder auf Steckenpferden über das Pflaster.

Lievke grüßte hoheitsvoll in alle Richtungen. Als Frau eines Fechtmeisters war sie ein angesehenes Mitglied der Gemeinde.

Vor ihnen mühte sich ein altes Mütterchen, ihren Handwagen die Kellertreppe hinunterzubugsieren. Fritjoff kam ihr zu Hilfe. Auch Clarissa wollte mit anfassen, aber ihre Mutter stieß ihr den Ellbogen in die Seite, also hielt sie sich zurück. Aber auch so brachte sie der weite, hügelige Weg über den Neuen Markt bis zur Altstadt ins Schwitzen.

Am Juristenkolleg in der Altschmiedestraße hatte die Prozession schon begonnen. Die Musik der Studenten hallte durch die Gassen. Zwei Männer in Ornat gingen, die Universitätszepter tragend, voraus. In Zweierreihen folgten die Doktoranden. Neben Bernhard, Barbaras Zukünftigem, wurden sieben weitere junge Männer »in doctorem jurae« promoviert, wie es offiziell hieß. Danach kamen die Braut und ihre Eltern. Barbara sah bildschön aus in ihrem neuen Kleid. Sie war nur fünf Jahre älter als Clarissa, hatte aber durch die Krankheit und den Tod ihres Mannes schon die Härten des Lebens erfahren müssen. Clarissa hatte ihr im letzten Jahr oft beigestanden und freute sich, die Freundin jetzt wieder glücklich zu sehen.

Ihre Familie wartete, bis die Academici und die Adeligen sie passiert hatten, dann reihten sie sich in die Prozession ein. Wie feierlich alle aussahen mit ihren Spitzenkragen und den glänzenden Schauschwertern an der Seite! Clarissa wollte ihren Vater zu seinen Plänen befragen, aber sie spürte Alexander und Marius hinter sich. Die Nähe der jungen Männer machte sie befangen, außerdem wollte sie die Pläne ihres Vaters nicht vor ihnen ansprechen. Und die Zinken und Posaunen dröhnten ohnehin zu laut für jedes Gespräch.

Nun ging es wieder hügelan zum Neuen Markt. Was für ein Hin und Her! Clarissas Mutter atmete schwer, sie war so weites Laufen nicht gewöhnt. Wenn Rostock nur nicht so groß wäre! Clarissa hakte Lievke unter, um sie zu entlasten. Endlich hatten sie die Ebene der Mittelstadt erreicht. Hinter den Giebelhäusern wirkte die Marienkirche gewaltig groß und klotzig wie eine

Festung. Die Pforten waren bereits geöffnet. Clarissa fühlte sich in Sankt Marien oft verloren. Dennoch mochte sie die Kirche, weil sie die astronomische Uhr beherbergte, ein Wunderwerk der Mechanik, das ihr Vater ihr, als sie ein kleines Mädchen gewesen war, ausführlich erklärt hatte. Manche Gemeindemitglieder forderten die Abschaffung der Uhr, weil sie nach wie vor die Namenstage der papistischen Heiligen anzeigte und deshalb für den alten, in Rostock abgeschafften katholischen Glauben stand, aber Clarissa hoffte, dass sie sich nicht durchsetzen würden. Was hatte ein Zeitmesser denn schon mit Religion zu tun?

Die Feierlichkeiten in der Marienkirche waren langwierig. Nach der Promotion verteilten die Studenten Geschenke an Professoren und Würdenträger: zwei Pfund Konfekt, fünf Pott Malvasier-Wein, diverse Ellen Damast und Seide sowie zwölf Paar Handschuhe. Erst dann folgte die Trauung. Anschließend zog die Gemeinschaft zum Neuen Haus an der Südseite des Hopfenmarktes, wo das Festmahl stattfinden sollte. Zahlreiche junge Männer in feiner Kleidung und mit Degen am Gürtel warteten bereits. Das wunderte Clarissa nicht, der Hopfenmarkt war das Zentrum des universitären Lebens in Rostock. An diesem Platz befanden sich auch viele der Regentien, in denen die Studenten untergebracht waren. Der benachbarte evangelische Damenstift zum Heiligen Kreuz lag hingegen wie verrammelt da. Weltliches und geistliches Leben blieben streng getrennt.

Sie bemerkte, wie Marius seinem Freund den Ellbogen in die Seite stieß. »Noch mehr Studenten, so scheint es. Das kann ja heiter werden.« Er klang nicht begeistert. »Was soll's, solange getanzt werden kann! Clarissa, wirst du mir deine Gunst schenken?«, fragte er.

Er sah gut aus, fand sie, und sie war überzeugt, dass sich die Frauen darum reißen würden, von ihm zum Tanz geführt zu werden.

In diesem Augenblick nahm Alexander ihre Hand und deutete einen Kuss an; sein Bart kitzelte ihren Handrücken. »Oder gebührt mir der erste Tanz, holde Maid?«

Clarissa spürte, wie ihr die Hitze in die Wangen schoss. Alexander konnte Frauen gefährlich werden. Manche Freundin hatte von gestohlenen Küssen berichtet. Aber da sie, seit sie denken konnte, mit den Schülern des Vaters unter einem Dach lebte, hatte sie gelernt, mit Avancen umzugehen.

»Ihr wollt euch doch nicht etwa um mich schlagen?«, scherzte sie, wohl wissend, dass den jungen Männern so etwas streng verboten war. Auf den strafenden Blick ihrer Mutter hin setzte sie hinzu: »Natürlich werde ich euren galanten Bitten nachkommen und mit jedem von euch tanzen.«

Diener öffneten die Pforten des Neuen Hauses, Musik strömte auf den Platz hinaus. Mit einem Kribbeln im Bauch reihte sich Clarissa in die Schlange der Gratulanten ein. Schließlich umarmte sie ihre Freundin. Zu ihrer Überraschung brach Barbara in Tränen aus.

»Oje, was ist denn, min Leew? Weine nicht! Das soll doch dein schönster Tag werden!«, versuchte sie die Freundin zu trösten.

»Ich weiß nicht … ob ich das alles schaffe! Die vielen hohen Herren! Sie sind so viel gebildeter als ich! Ich werde meinem … Mann Schande machen!«, schluchzte Barbara.

Clarissa drückte sie fest. »Du musst doch nicht mit ihnen disputieren! Das erwartet keiner von dir. Und selbst wenn … Wenn ich an manches Verkaufsgespräch denke, das ich belauscht habe – da bist du doch auch nicht so verlegen!« Sie lachte bei der Erinnerung an die Schlagfertigkeit ihrer Freundin.

Ein Lächeln stahl sich auf Barbaras Gesicht. »Das stimmt. Und diese Heirat hat in gewisser Weise auch mit Handel zu tun. Zwanzig Gulden für die Kasse der Universität, zwölf Taler als Strafe dafür, dass wir heute Hochzeit feiern, und weitere Gelder für die Universitäts- und Kirchendiener. Dann die Geschenke!«

Was Geld anging, behielt Barbara immer einen klaren Kopf. Vor allem über die Übergabe der Handschuhe, die in der Kirche in einer Silberschale von Knaben dargebracht worden waren, hatte Clarissa sich gewundert.

»So viel ist das! Das ist ja ungeheuerlich! Dann hat sich erst recht niemand zu beschweren! Sei einfach du selbst, dann …« Bevor Clarissa den Satz beenden konnte, wurden sie von einer fülligen Patrizierin mit Mühlsteinkragen beiseitegeschoben.

Ihre Freundin tupfte sich die Tränen ab und warf Clarissa ein Lächeln zu, ehe sie sich der Gratulantin zuwandte.

Suchend sah Clarissa sich nach ihrer Familie um. Überall hatten sich Grüppchen gebildet. Ihr Vater sprach mit einem Mann in Robe, der ein Barett auf dem Kopf trug. War das der Vizekanzler der Universität? Die Schüler ihres Vaters tranken Bier und liebäugelten mit jungen Frauen. Ihre Mutter stand neben einer Bürgerin und plauderte, immer wieder Diener anhaltend, um sich von den silbernen Konfekttabletts Zuckermandeln und Braunen Kuchen zu picken.

Wenig später wurden sie zu Tisch gerufen. Das Festmahl begann. Clarissa nahm sich nur mäßig von Braten, Pastete, geräuchertem Fleisch und Austern. Die Vorfreude vertrieb ihren Hunger. Die anderen sprachen reichlich dem Rheinwein und den leckeren Gerichten zu. Vielen stieg der Wein zu Kopf. Ihr Vater erzählte Witze, die Mutter kicherte, und selbst die Gelehrten wurden ganz unakademisch laut.

Endlich war es so weit, die Tafel wurde aufgehoben. Zunächst wurde der Fakultätentanz der Universitätsangehörigen abgehalten. Es war ein würdevoller Tanz, bei dem die Paare gestelzt wie Pfauen daherschritten. Heiterer wurde es, als das frisch verheiratete Paar den Brauttanz vorführte. Schließlich wurde die Tanzfläche auch für alle anderen freigegeben. Als Vortänzer führten die Brautleute den Reigen an, die anderen Paare bewegten sich in einem Schreittanz hinterher. Clarissa konnte es kaum abwarten, dass der Rhythmus schneller und die Schritte und Drehungen fröhlicher wurden. Ihr fiel auf, dass trotz der gelösten Stimmung die Gesellschaft in zwei Teile zerfiel: hier die Bürger und Handwerker, dort die Studenten und Akademiker. Im Verlauf des Abends gab es zwischen diesen Gruppen immer wieder Rangeleien darüber, wem es zustand, den Vortanz auszuführen. Barbara und ihr Bräutigam versuchten dabei stets zu vermitteln. Es waren zwei Welten, die in ihrer Stadt und auch in Barbaras Ehe zusammenkamen.

Am Anfang war Clarissa noch unsicher – zu selten war sie auf einem Ball gewesen. Als sie aber immer häufiger aufgefordert wurde und sich keiner ihrer Tanzpartner beschwerte, genoss sie das Fest in vollen Zügen. Clarissa drehte sich auf dem Parkett, bis sie den Schweiß auf ihrem Rücken spürte und die Füße in ihren engen Schuhen schmerzten. Die Luft war zum Schneiden dick.

Sie sah sich nach ihren Eltern um. Ihr Vater schwang eine fremde Frau im Tanz, und ihre Mutter fixierte die beiden von ihrem Stuhl aus, als würde sie am liebsten dazwischengehen. Lautstark tranken sich die Studenten mit Humpen zu. Andere sprangen wie Kälber über die Tanzfläche. Glaubten sie, sie könnten damit jemandem imponieren?

»Wollen wir an die frische Luft?«, fragte Marius, dem sie bereits einige Tänze gewährt hatte, in diesem Moment.

Auch Alexander hatte sie aufgefordert, war aber schnell von Marius abgelöst worden. Marius hatte die ganze Zeit über geredet. Er hatte von Rostock geschwärmt, ihren Vater gelobt und über den Verlauf der Fechtschule in Frankfurt spekuliert. Clarissa hatte sich auf ihre Tanzschritte konzentriert und ihm gelauscht; sie wäre wohl ohnehin kaum zu Wort gekommen. Für ihren Geschmack sprach Marius etwas zu viel über sich selbst. Oft rühmte er sich oder forderte von anderen ein Lob ein.

Über dem Hopfenmarkt standen die Sterne am Himmel. Im

Fackelschein des Neuen Hauses hatten sich Menschentrauben gebildet. Viele Hochzeitsgäste genossen die warme Nacht. Der Rest des Platzes lag im Dunkel. Ein Windstoß trug den Geruch des Meeres zu ihnen. Hinter ihnen torkelten Studenten aus dem Festsaal. Offenbar suchten sie jemanden.

»Ich bin wohl nicht der Einzige, der auf diese Idee gekommen ist. Komm, wir gehen ein Stück«, sagte Marius. Ohne eine Antwort abzuwarten, nahm er sie bei der Hand und zog sie in eine nahe gelegene Gasse.

Clarissa zögerte, doch die Aufregung trieb sie weiter. In der Gasse zog Marius sie an sich. Sein Atem roch nach Bier. Er wollte sie küssen, und Clarissa spürte die Lust, etwas Verbotenes zu tun.

»Was macht ihr Turteltäubchen denn hier?« Eine rauchige Stimme ließ sie zusammenfahren.

Alexander schob sich aus den Schatten, gefolgt von einer jungen Frau, deren Lippen sehr rot waren und deren Kleidung leicht derangiert wirkte. Clarissa hatte sie vorhin bei einem der Universitätsangehörigen gesehen, vermutlich war sie seine Tochter. Marius wollte seinen Freund konsterniert weiterkomplimentieren, doch Alexander dachte gar nicht daran.

»Bist du sicher, dass es deinem Vater gefällt, wenn du dich in dunklen Gassen herumdrückst?«, fragte er mit schwerer Zunge und legte Clarissa eine Hand an die Wange. »Ich sorge mich um dich, Vögelchen.«

Alexanders Berührung verwirrte sie. Gleichzeitig fühlte sie sich ertappt und beschämt.

Überreizt eilte Clarissa auf den Platz zurück. Ihre Mutter hatte sie oft genug gewarnt: Die Ehre einer Frau war ein hohes Gut. Sie durfte keine Dummheiten machen.

Als sie auf den Hopfenmarkt einbogen, schrie jemand auf. Drei Studenten stürzten auf sie zu. Neben einem, der ihr besonders stämmig, und einem anderen, der ihr besonders hochgewachsen erschien, war da noch ein Student, der durch seine Pausbacken und die flachsblonden Haare wie ein Pennäler wirkte.

»Da ist meine Schwester ja! Du schon wieder! Was hast du ihr angetan?!«, brüllte der Flachshaarige Alexander an.

Meinte er die andere junge Frau? Schon zog er seinen Degen und fuchtelte damit herum. Clarissa wurde es angst und bange. Abgesehen davon, dass Marius und Alexander angetrunken waren und sie in einem Kampf ihr Leben verlieren könnten, dürften sie gar nicht kämpfen – ebenso wenig wie die Academici.

Die beiden Studenten hielten ihren Kumpan auf. »Nicht hier!«

Auf Alexanders Erwiderung entbrannte ein giftiger Wortwechsel zwischen den jungen Männern.

Clarissa nahm ihren Rocksaum in die Hände und rannte los, um ihren Vater zu holen. Als sie ihn in einer Ecke des Festsaals gefunden hatte, verzweifelte sie fast. Er war betrunken! Hochrot und zornig, mit glasigen Augen, steckte er mitten in einem Streit mit einem anderen Mann. Ihre Mutter stand daneben und nestelte nervös an ihrem Talisman. Der Fremde trug, den Kopf mit den öligen Haaren hochmütig in den Nacken gelegt, einen Degen an der Seite.

»Es ist mir egal, wer Ihr seid und wie berühmt Eure Lehrmeister waren und wem Ihr alles gedient haben wollt! Auf Eure Fähigkeiten kommt es an, auf nichts sonst! Und die müsst Ihr erst mal beweisen, bevor Ihr mir mein Auskommen als Fechtmeister abspenstig machen wollt!«, zischte ihr Vater gerade.

Sein Gegenüber stemmte eine Hand in die Hüfte. Es sollte lässig wirken, aber Clarissa sah die Anspannung in seinen Gliedern. »Ihr sprecht mit Gerold Grammig, einem Meister der Federfechter vom Greifenfels!«

Ihr Vater lachte laut. »Habt Ihr Euch den Namen selbst ausgedacht, damit er schön grimmig klingt?! Überhaupt, was ist das schon?! Ihr sprecht mit Fritjoff Nykrantz, einem Meister der Fechtbruderschaft von Sankt Marx.«

Fritjoff hatte schon oft die Rivalität der beiden Fechtergesellschaften erwähnt, Clarissa wusste aber nichts Genaues darüber. Sie wollte ihn gerade auf sich aufmerksam machen, als der fremde Fechter die Stimme hob: »Ich bin zumindest nicht dabei, mir meinen Ruf zu ruinieren so wie Ihr! Man hört, Ihr werdet ständig betrunken und in Begleitung loser Weiber aufgegriffen. Vor so einem ist mir nicht bange!«

Was erlaubte sich dieser Laffe! Beschämt sank ihre Mutter noch tiefer in sich zusammen. Clarissa sah, wie sehr sich ihr Vater zusammennehmen musste, um nicht loszubrüllen oder sein Gegenüber zu schlagen. Wahrlich nicht der richtige Moment, ihn zu unterbrechen, aber ihr blieb nichts anderes übrig. Die Sicherheit seiner Schüler ging vor.

»Vater, auf ein Wort«, ging sie dazwischen.

Ihr Vater hob die Hand, um sie aufzuhalten.

»Es ist wichtig!«

Fritjoff wandte sich dem anderen Fechtmeister zu. »Ich fordere Genugtuung für Eure Unverschämtheit.«

»Ihr sollt Euren Zweikampf bekommen.« Mit zackigen Schritten ging Grammig davon.

Nun fuhr ihr Vater herum. »Was ist denn?!«

»Alexander und Marius«, sagte sie nur, als er schon hinausstürmte.

Lievke legte die Hand auf Clarissas Arm. Es war eine zarte Berührung, die zeigte, wie erschöpft ihre Mutter war. »Ich wusste, heute droht uns Böses. Lass uns nach Hause gehen, bevor noch mehr passiert.«

Fritjoff fluchte. Auf dem Hopfenmarkt waren seine Schüler nicht zu sehen. Er hätte sich nicht so lange mit diesem Möchtegern-Fechtmeister abgeben sollen, der angekündigt hatte, sich in Rostock niederzulassen. Junge Männer durfte man nie aus den Augen verlieren! Aber er konnte hier keine Konkurrenz gebrauchen. So viele Bürger und Handwerker gab es in der Hansestadt nicht, die sich am Schwert ausbilden ließen. Fechtschulen waren im Süden des Reiches wesentlich verbreiteter, das wusste Fritjoff nur zu gut. Jahrelang war er zwischen den Fechterhochburgen Frankfurt, Nürnberg und Augsburg gependelt. Aber dann hatte ihn die Liebe nach Rostock verschlagen, und jetzt musste er sehen, wie er hier seinen Lebensunterhalt bestritt.

Die Nachtluft kühlte schnell ab, ein Hauch von Herbst lag in der Luft. Fritjoff schüttelte die Schwere seiner Glieder ab. Vielleicht hätte er doch die eine oder andere Kanne Bier weniger trinken sollen. Es gab einen Ort, der für Herausforderungen bevorzugt wurde. Er würde sich sputen müssen, dass er in den Rosengarten kam.

Marius und Alexander hörten die Rufe des Nachtwächters und drängten sich in einen Hauseingang. Sie durften sich nicht erwischen lassen. Wo ihre Kontrahenten wohl steckten? Sie hatten sich am Hopfenmarkt getrennt. Die Studenten hatten die junge Frau weggeführt. Ob sie damit rechnen mussten, hinterrücks von ihnen überfallen zu werden?

Vor ihnen ragte die aus Back- und Feldsteinen gefertigte Stadtmauer mit ihren hölzernen Wehrgängen auf. Marius hielt die Luft an und versuchte den Schluckauf loszuwerden, der ihn immer quälte, wenn er aufgeregt war. Er war ungern im Dunkeln unterwegs – und jetzt musste er zu einem Degenkampf! Sie würden einen Höllenärger bekommen, denn Meister Fritjoff war, was den Ehrenkodex der Fechter anging, sehr streng. Das hatte er nur Alexander zu verdanken mit seiner ewigen Leichtfertigkeit! Außerdem waren sie viel zu betrunken, um zu kämpfen.

Marius rang nach Luft. »Dass der Zufall dir ausgerechnet die Schwester unseres Herausforderers in die Arme treibt … Hätte es nicht eines von den Bürgermädchen sein können? Oder eine Handwerkermaid?«, beschwerte er sich erneut hicksend.

Alexander unterdrückte das Grinsen nicht einmal.

»Moment mal … Du … hast es gewusst?«, fragte Marius mit schwerer Zunge.

Ein Achselzucken. »Sie ist ja zusammen mit den Studenten angekommen. Hübsches Ding. Konnte nicht widerstehen.«

Unwillen wallte in Marius auf. »Du, du …« Was hatte Alexander ihnen da nur eingebrockt! Das wurde ja immer schlimmer! Konnten sie diesen Vorfall nicht irgendwie ungeschehen machen? Trunken rieb er sich über das Gesicht. »Vergessen wir die ganze Sache«, murmelte er. »Lass uns einfach zum Meister zurückgehen. Wir holen uns unser …« Das Wort fiel ihm nicht ein. Er hickste. »… unser Donnerwetter ab und gut.«

»Wir können jetzt nicht mehr zurück.« Alexander streckte den Kopf aus dem Hauseingang und sah sich um. Der Nachtwächter war verschwunden.

Sein Freund eilte los, und Marius mühte sich, Anschluss zu halten. »Unsere Eltern werden uns die Hölle heißmachen, wenn das Geld für die Fechtausbildung verschwendet ist«, sagte er. Denn dass sie ihre Meisterprüfung verdarben, stand für ihn fest. All die Mühen, die Quälerei umsonst. Fechten zu lernen war für Marius eine ungeheure Anstrengung gewesen. Es fiel ihm nicht leicht, sich die Schritte und Schläge zu merken. Er hatte auch keine Freude daran. Das Einzige, was er wollte, war der Titel: Meister des Schwerts. Und nun war er dabei, auch diesen zu riskieren.

An Alexander perlte die Warnung ab: »Meine nicht«, sagte er nur gelassen.

Geld war nicht Alexanders Problem. Sein Problem war, dass er sich nirgendwo zu Hause fühlen konnte. Sein Vater hatte Alexander seit seiner Kindheit herumgeschickt. Erst hatte der Junge auf der Domschule gelebt, dann bei seinem Handwerksmeister, und ab und zu hatte er Freunde besucht. Vermutlich war Alexander mehr bei Marius' Familie gewesen als zu Hause. Doch natürlich war es sehr großzügig, dass der Vater so viel Geld für die Ausbildung des Sohnes ausgab. Und bei zwei älteren Brüdern konnte Alexander nicht damit rechnen, jemals die Goldschmiede des Vaters zu übernehmen, sondern würde sich beim Militär oder der Geistlichkeit verdingen müssen. Fritjoff hatte ihretwegen bereits Kontakte zum Herzogtum Braunschweig-Wolfenbüttel geknüpft – der Herzog hatte ein großes stehendes Heer. In Mecklenburg war in dieser Hinsicht ja nichts zu holen.

»Meister Fritjoff reißt uns den Kopf ab.«

»Als ob er uns, was Frauen angeht, ein Vorbild wäre«, lachte Alexander.

»Du lässt es an Respekt mangeln.«

Alexander wandte sich ihm zu. Marius sah, wie die Kinnmuskeln seines Waffenbruders arbeiteten. »Verschwinde, wenn du willst. Ich schaffe das allein.«

Auch wenn er es dieses Mal nicht aussprach, schwang der erneute Vorwurf, ein Feigling zu sein, in Alexanders Worten mit. Marius spürte, wie sein Stolz sich regte, und er preschte voraus.

»Wo bleibst du denn?«, rief er Alexander über die Schulter zu.

Der Rosengarten war ein verwirrendes Gemälde aus Grautönen und Schwarz. Wer konnte da alles in den Schatten lauern? Aber ihre Herausforderer hatten sich nicht versteckt, das bemerkte er jetzt. Nebeneinander standen sie zwischen den hoch aufragenden Lindenbäumen, drei Schatten vor Mauergrau. Der süße Duft der Linden ließ Marius schwindeln. Seine Knie waren weich. Es stimmte, schalt er sich innerlich selbst, er war ein Angsthase. Wenn er aber daran dachte, wie viele schon bei ähnlichen Auseinandersetzungen ihr Leben gelassen hatten! Selbst seine Nase zu verlieren, wie es dem berühmten Astronomen Tycho Brahe hier ergangen war, wäre grauenvoll. Aber immerhin hatte Brahe es von Rostock aus auch mit Kupfernase bis an den Hof von Kaiser Rudolf nach Prag gebracht. Man scherzte, er habe sich dort eine goldene Nase verdient. Marius musste schmunzeln – vielleicht sollte er die Geschichte vor Clarissa zum Besten geben.

Eine Klinge blitzte im Mondschein, als der pausbäckige Student den Degen zückte. »Wir haben meine Schwester nach Hause gebracht und bestraft. Sie hat gesagt, du hättest sie geschändet. Ich fürchte, die kleine Hure wird nicht zu schätzen wissen, dass du dein Leben für sie lassen wirst.« Alexander schob seinen Umhang beiseite und legte die Hand auf den Degenknauf. Allein ihn zu duzen war eine Anmaßung.

»Euch scheint nicht klar zu sein, dass Ihr Euch selbst beschädigt, wenn Ihr so über Eure Angehörige sprecht. Das bestätigt meine Vermutung, dass der Adel an seinem Niedergang selbst die meiste Schuld trägt. Abgesehen davon: Sie lügt. Ich habe nichts getan, was sie nicht gewollt und genossen hätte.«

»Du Hurenbock!« Der Pausbäckige stürmte vor, wild mit dem Degen fuchtelnd.

Wenn Meister Fritjoff das sehen würde, er würde ihm die Waffe abnehmen und ihm erst einmal ein paar Wochen Bein- und Armarbeit verpassen, dachte Marius. Oft erzählte ihr Meister, dass manche Schüler im ersten Lehrjahr kein Schwert anrühren dürften, weil sie noch nicht würdig seien.

Warum zog Alexander seinen Degen nicht? Marius sog die Luft ein. Sirrend fuhr die Klinge über den Kopf seines Freundes. Alexander duckte sich im letzten Augenblick. Wieder holte der Student aus. Jetzt machte Alexander einen Satz und rammte seinem Gegner den Kopf in den Leib. Der Student stürzte zu Boden, der Degen flog ihm aus der Hand. Alexander trat die Waffe weg. Doch da hatten schon die beiden anderen ihre Degen herausgerissen und griffen den Fechtschüler an.

Der Pausbäckige rappelte sich auf und eilte zu seiner Waffe. Nun standen sie Alexander zu dritt bewaffnet gegenüber. Marius wusste, dass er einschreiten musste. Kalt lag ihm das Heft in der

Hand, aber noch hatte er die Waffe nicht aus der Scheide befreit. Auch Alexander hatte seinen Degen bislang stecken lassen.

»Ist es das, was Ihr unter Ehre versteht, Ihr Herren? Zu dritt einen Unbewaffneten niedermachen?«, höhnte Alexander.

Der Pausbäckige gab seinen Kumpanen einen Wink und tat einen Schritt auf Alexander zu. Die Degenspitze berührte beinahe dessen Gesicht, doch Marius' Freund blieb ganz ruhig. Wie leichtsinnig Alexander war! Oder war es Gottvertrauen?

In diesem Moment brach eine Urgewalt aus dem Gebüsch und riss dem Pausbäckigen mit bloßen Händen den Degen weg. Meister Fritjoff! Mit einem Faustschlag streckte er den Studenten nieder. Das unangenehme Knacken eines Knochens war zu hören. Laut heulte der Pausbäckige auf. Die anderen kamen heran. Ehe Alexander oder Marius ihrem Meister beispringen konnten, hatte dieser dem Stämmigen einen so kräftigen Tritt verpasst, dass er den Hageren gleich mit umriss. Beide landeten im Dreck. Meister Fritjoff nahm die drei Degen an sich.

»Das wird euch lehren, des Nachts keine ehrbaren Bürger hinterrücks anzugreifen«, knurrte er.

Der Stämmige rappelte sich hoch. »Aber wir haben nicht …«, begann er zu protestieren.

Alexander wollte ihn verprügeln, doch Fritjoff wies seinen Schüler in die Schranken und verpasste dem Studenten eine Maulschelle.

»Es ist Euch nicht erlaubt, uns …«

Auch diesen Satz konnte der Student nicht beenden. Stattdessen jammerte er nach einem weiteren Schlag lauthals über zwei verlorene Zähne. Der Hagere sprang auf die Füße und half seinen Kumpanen auf. Wüste Drohungen ausstoßend, flüchteten die Studenten in die nächste Gasse.

Meister Fritjoff ließ sie ziehen und wandte sich seinen Schülern zu. Drohend ragte seine gewaltige Gestalt vor ihnen auf.

»Und jetzt zu euch, Bürschchen.«

Clarissa schwang die Beine aus dem Bett. Neben ihr seufzte es leise. Nicht zu fassen, dass Hilde bei diesem Getöse schlafen konnte! Sie selbst hatte sich in den letzten Stunden von einer Seite auf die andere gewälzt. Die Freude über den Ball, das Erlebnis mit Marius und schließlich der drohende Kampf hatten sie in eine Erregung versetzt, die nur langsam wieder abflaute. Bange hatte sie im Bett auf Geräusche gelauscht, fürchtend, dass ihr Vater seine Schüler schwer verletzt oder gar tot nach Hause bringen würde. Um Fritjoff selbst hatte Clarissa sich weniger gesorgt. Sie hielt ihren Vater für unbezwingbar.

Schließlich hatte es an der Tür gepoltert, und dann waren Schritte durchs Haus gedröhnt. Als ihr Vater lautstark geschimpft und noch lauter gelacht hatte, wusste sie, dass den Schülern nichts geschehen war. Eingeschüchtertes Murmeln verriet, dass sich Marius und Alexander zu rechtfertigen versuchten, doch Vaters harsche Worte brachten sie ein ums andere Mal zum Schweigen. Sie verstand nicht alles, aber sie wusste auch so, was er sagte: Ihr Verhalten war unentschuldbar und eines Fechtmeisters unwürdig.

Aber anscheinend hatte sich die Wut ihres Vaters nach einer Weile gelegt. Sie hörte, wie Krüge aneinanderschepperten. Die Stimmen wurden lauter und lallender. Zum Feiern war ihrem Vater jeder Anlass willkommen.

Jetzt hätte sie wieder einschlafen können, aber es gelang ihr nicht. Sie stand auf, ihre Blase drückte. Ihren Durst hatte sie nach dem Ball mit einem Becher Dünnbier gelöscht. Clarissa suchte den Nachttopf und hatte sich gerade wieder hingelegt, als etwas sie stutzen ließ. Hatte sie ein ungewöhnliches Geräusch gehört? Nein, es war nur die Stille, die in ihrem Kopf dröhnte. Waren die Männer inzwischen etwa zu Bett gegangen? Sie konnte es sich kaum vorstellen. Auf Zehenspitzen tapste sie zur Treppe, da schepperte es laut. Angst durchfuhr sie siedend heiß. Ersticktes Zischen, ein Schrei. Und der Geruch! Rauch! War ein

Feuer außer Kontrolle geraten oder eine Kerze umgestürzt und die Männer hatten es nicht bemerkt?

Clarissa sprang die Treppe hinunter und lief zur Dielentür. Flackerndes Licht. Ein Mann lag auf dem Boden – es war Marius! Sie reckte den Hals, damit sie in den Raum spähen konnte, ohne selbst gesehen zu werden. Einer der Studenten, die sie auf dem Fest gesehen hatte, hatte Alexander gepackt und hielt ihm einen Dolch an die Kehle. Alexanders Lippe war aufgesprungen, die rechte Wange geschwollen. Daneben lag Alf in einer Blutlache, der Gehilfe war schwer verletzt. Und ihr Vater? Ein weiterer Student hielt ihn mit seinem Degen in Schach. Das Blut pumpte durch Clarissas Körper. Waren da noch mehr Eindringlinge? Egal: Sie musste das Risiko eingehen und schnell handeln!

Diethard von Reipenstein leckte das verschorfte Blut von seiner Lippe und umkrallte den Oberkörper seines Gegners fester. Er schnaubte erstickt, als er sprach; durch seine gebrochene Nase bekam er kaum noch Luft: »Jetzt lachst du nicht mehr, was? Abbitte sollst du leisten, bevor ich auch dir die Zähne ausschlage! Oder soll ich deine Fratze erst kaputt schlagen, was meinst du? Dann werden die Weiber dich keines Blickes mehr würdigen, du Hurenbock!«

Sein Opfer bäumte sich bei der Beleidigung auf, aber Diethards Dolchspitze bohrte sich gefährlich in seinen Hals, sodass er wieder erstarrte.

Diethard grinste seine Freunde an. Nachdem sie im Rosengarten so schmählich geschlagen worden waren, erfuhr er endlich Genugtuung. Harald und Friedhelm hatten den Schwanz einziehen wollen. Als sie aber nach einiger Zeit in der Hinterstube des Wirtshauses, in dem sie ihre Sinne betäubten, angefangen hatten zu sticheln, war ihm klar geworden, dass er Rache nehmen musste, um sein Gesicht und die Ehre seiner Familie zu wahren. Die Hackordnung in der Studentenschaft war brutal.

Als Freiherr von Reipenstein stand ihm unbestritten die Führung zu, daran durfte nicht gerüttelt werden. Das hatte ihm sein Vater deutlich zu verstehen gegeben. Diethard durfte sich nicht von diesen dahergelaufenen Handwerkern den Schneid abkaufen lassen, und wenn sie tausend Mal meinten, ein Schwert tragen zu dürfen. Sie hätten ihre dreckigen Finger nie an eine Adelige legen dürfen! Seine Schwester war aber auch zu dumm gewesen, sich darauf einzulassen.

Mit etwas Geld hatte er zwei weitere Kommilitonen überreden können, ihnen Waffenhilfe zu leisten. Die beiden durchwühlten die Schränke nach Wertsachen, umso besser, dann würde es nach einem Einbruch aussehen. Wie gut, dass es verarmten Adel gab, dachte Diethard verächtlich.

Genüsslich strich er mit der Dolchspitze über den Hals seines Opfers und ritzte höher und höher, bis ein schmaler blutiger Streifen zum Mundwinkel führte. Der Hüne zischte. Als hätte er es gehört, zuckten die Lider des blonden Schönlings, der bewusstlos auf dem Boden lag. Sie würden ihm einen erneuten Schlag verpassen müssen. Ihr Plan war aufgegangen. Sie hatten erst das Fenster eingeworfen, dann eine Fackel hinterhergeschmissen und waren durch Fenster und Tür gesprungen. Dem Blonden hatten sie den Knüppel übergezogen und die beiden anderen mit ihren Waffen in Schach halten können. Mit dem Auftauchen des Älteren, dem einfachen Hemd nach zu urteilen wohl eine Art Knecht, hatten sie allerdings nicht gerechnet. Diethard hatte ihn glücklich mit dem Degen in den Oberschenkel getroffen, sodass auch er außer Gefecht gesetzt war.

Ein Krachen. Diethard fuhr herum. Der Fechtmeister versuchte, sich zu befreien. Friedhelm und er rangen miteinander, schon fiel Friedhelms Degen zu Boden. Doch da kam Harald zu Hilfe und stach zu. Die Degenspitze drang tief in den Arm des Mannes ein. Friedhelm nahm seinen Degen und hieb dem Fechtmeister mit dem Knauf auf den Kopf, dass er zusammensackte.

Etwas irritierte Diethard. Gebannt starrte er ins Innere des Hauses. Alles war finster. Trotzdem war es ihm, als hätte er dort eine Bewegung gesehen. Sie mussten sich beeilen.

»Machen wir Schluss mit ihnen!«

Von Neuem setzte er den Dolch an die Stelle des Halses, an der er das Leben pulsieren sah. Da – wieder ein Schatten an der Tür, dann ein Aufblitzen.

Dumpf schlug ein Messer in seine Schulter.

Der Schmerz raubte ihm den Atem, die Wucht des Schlages riss ihn zurück. Wer hatte das Messer geworfen? Er hatte keine Zeit, sich darum zu kümmern. Sein Gefangener nutzte den Augenblick der Schwäche und entwand sich seinem Griff. Diethard riss die Klinge aus seiner Schulter – ihm wurde schwarz vor Augen. Da warf sich der Bärtige schon auf ihn und streckte sich nach dem Dolch. Auch der Blonde regte sich auf dem Boden.

Aus dem Augenwinkel bemerkte Diethard, dass eine hochgewachsene Gestalt in die Diele sprang. Er sah einen nachtschwarzen Umhang, der herumwirbelte, Stahl, der durch die Luft gleißte, hörte das Klirren der Degen. Zu viert gingen seine Kumpane auf den Fremden los, aber im Nu hatte dieser sie entwaffnet. Fassungslos gab Diethard einen Lidschlag lang nicht Acht – und wurde auf den Bauch geschmissen. Sein Gegner bog ihm den Arm auf den Rücken und setzte ihm nun seinerseits die Dolchspitze an den Hals. Diethard schrie haltlos, als die Wunde in seiner Schulter weiter aufbrach.

Als die Büttel eintrafen, war der Unbekannte längst verschwunden. Diethard hatte ein weiteres Mal verloren. Aber gegen wen?

4

Klonkernd schepperte der Knüppel auf den Schild.

»Aufstehen!«

Mit einem Ruck fuhr Marius hoch. Sein Schädel spannte, als würde er gleich platzen. Erinnerungen sickerten durch seine nebligen Gedanken: die Feier, das Bier, der Kampf im Rosengarten und schließlich der Überfall im Haus des Meisters. Aufstöhnend ließ er sich zurücksinken.

»Hoch mit euch!«

Das Dröhnen näherte sich schnell. Eine Hand zerrte an seinem Arm.

»Komm schon!«, sagte Alexander, die Lippen geschwollen, dunkelrote Wunden auf Hals und Wange tragend.

Sie rappelten sich hoch und taumelten an den Jungen vorbei, die die Männer verstohlen beobachteten.

»Verschwindet, ihr Zwerge!«, scheuchte Alexander sie weg. Kichernd stoben die Jungen auseinander.

Dong! Dong! Dong! Unerträglich laut. Marius hätte sich am liebsten die Ohren zugehalten. Meister Fritjoff stand in der Tür. Abgesehen von einem Verband um den Oberarm sah er so frisch aus wie immer. Wie machte er das nur?

»Wir begegnen einander mit Respekt. Entschuldige dich bei deinen Mitschülern, Alexander! Sie mögen zwar jünger sein, aber sie sind möglicherweise reifer als ihr«, fauchte er. »Nein, ich bin sicher, sie sind reifer als ihr zwei.«

Gepresst brachte Alexander die Entschuldigung hervor. Die Jungen mussten sich auf die Lippen beißen, um ein weiteres nervöses Kichern zu unterdrücken.

Ein erneutes Hämmern auf den Schild. »Ab in den Hinterhof. Alle Prinzipalhäue, alle Hauptläger samt Beiläger, zwanzig Mal, fürs Erste. Und ich will keine schlampig ausgeführten Bewegungen sehen!«

Marius biss die Zähne zusammen. Jeder Muskel in seinem Körper brannte. Ober-, Unter-, Mittel- und Zornhau waren schon eine Qual, aber dazu noch Oberhut, Ochs, Olber und Pflug samt der Beiläger Zornhut, Brechfenster, Langort, Schrankhut, Einhorn, Schlüssel, Eisenport und Wechsel? Wie sollte er das schaffen?

»Fahren wir denn heute nicht nach Frankfurt?«, protestierte er. Ihm fiel plötzlich der Gehilfe ein. »Was ist mit Alf? Ist er schwer verletzt?«

»Das wagst du zu fragen?!« Meister Fritjoff trieb ihn weiter, den Holzknüppel drohend erhoben. Zerknirscht fügte Marius sich in sein Schicksal. Mit seinem Brummschädel fiel es ihm schwer, die Bewegungen korrekt auszuführen. Schritt für Schritt hielt er sie sich vor Augen. Oberhut: Linker Fuß vor, das Schwert hoch über dem Kopf, die Spitze weist schräg nach hinten und oben. Wie schwer das Schwert heute war! In seinem Schädel drehte sich alles, als er sich neigte. Marius taumelte leicht, suchte sicheren Stand. Rechter Ochs: Linker Fuß vor, das Schwert mit dem Heft neben dem Kopf, sodass die Spitze dem imaginären Gegner ins Gesicht zeigt. Linker Ochs – umgekehrt. Seine Nackenmuskeln brannten, als er die Ellbogen waagerecht hielt. Olber: Linker Fuß vor, Schwert mit der Spitze über dem ausgestreckten Fuß, die kurze Schneide oben, die lange unten. Falsch herum! Er drehte das Heft zwischen den Fingern; seine Handfläche war schweißnass. Zornhut: Linker Fuß vor, mit dem Schwert weit über der rechten Schulter ausholen. Er verspürte einen dumpfen Druck im Hinterkopf und verfluchte das viele Bier, das gestern seinen Weg durch seine Kehle gefunden hatte. Langort: Linker Fuß vor, die Waffe mit ausgestreckten Armen vor dem Gesicht. Eisenport: Rechter Fuß vor, das Schwert mit gestreckt hängenden Armen mit dem Heft vor dem Knie, die Spitze wiederum gegen das Gesicht des Kontrahenten gerichtet. Weit auseinander die Beine, tief stehen, mahnte er sich. Seine Arme zitterten, die Handgelenke waren steif vor Anstrengung. Zudem war Alexander neben ihm schneller. Marius wollte sich seine Schwäche nicht anmerken lassen, also riss er sich zusammen. Hangetort: Rechter Fuß vor, die Waffe mit ausgestreckten Armen so halten, dass die Klinge etwas abwärts gegen die Erde hängt. Er unterdrückte ein angestrengtes Schnaufen. In den Schlüssel: Linker Fuß vor, das Schwert mit gekreuzten Armen vor der Brust, sodass die kurze Schneide auf dem linken Arm liegt und die Spitze auf das Gesicht des Gegners weist. Das Einhorn: Linker Fuß vorn, aufflügeln, mit verschränkten Armen zur Rechten, sodass die Spitze nach oben zeigt. Wieder von vorn. Oberhut …

Erst als er zum zwanzigsten Mal ins Einhorn ging und seine Arme zitterten wie Aspik, wurde ihm die Ungeheuerlichkeit der gestrigen Nacht bewusst. Wie hatten die Studenten auf die Idee kommen können, bei Meister Fritjoff einzubrechen? Hatten sie wirklich vorgehabt, sie umzubringen? Oder hatten sie ihnen nur einen Schrecken einjagen wollen? Würden sie für den Überfall zur Rechenschaft gezogen? Und wer war der Kämpfer gewesen, der ihnen zu Hilfe gekommen war?

Clarissa reichte ihrer Mutter das in Alkohol getränkte Leinentuch. Alf presste die Zähne zusammen, als Lievke die Wunde reinigte. Tief war der Degen in den Oberschenkel eingedrungen. Alf hatte viel Blut verloren. Wenn sie die Wunde nur etwas später abgebunden hätte, wäre er vermutlich gestorben. Clarissa hatte nach dem Kampf sofort den Umhang abgeworfen und die Männer medizinisch versorgt. Die Ereignisse des letzten Abends hatten sie verstört. Es hatte sie viel Mut gekostet, die Eindringlinge anzugreifen. Doch wenig später war sie ungeheuer stolz gewesen, dass sie die Studenten so schnell entwaffnet hatte. Dass ihr sogar der Messerwurf gelungen war, hätte sie nie zu hoffen gewagt! Zu selten leistete sie ihrem Vater Gesellschaft, wenn er Messer auf eine Zielscheibe im Garten warf. Gleichzeitig hatte sie sich gefragt, wie es geendet wäre, wenn sie auf Leben und Tod hätte kämpfen müssen. Ihr Vater hatte sie seit frühester Jugend unterrichtet, aber jemanden töten, das wollte sie nicht. Für sie war das Fechten eine Ertüchtigung, die ihren Körper stärkte und ihren Geist zur Ruhe brachte. Sie ging ganz darin auf, die Bewegungen korrekt auszuführen, für Zweifel und Grübeleien blieb dabei keine Zeit.

»Ach, wat möt ick all erläben! Wo duert mi dat!« Alf schüttelte matt den Kopf. Er fiel oft in die breite Rostocker Mundart. »Werd nich reisen können. Kann nich helpen.«

Fritjoff starrte aus dem Fenster in den Hof, wo sich seine Schüler abmühten. Nun drehte er sich zu ihnen um. »De Arbeit is keen Has, se löppt uns nich weg«, gab er mit einem bitteren Lächeln zurück. »Zerbrich dir darüber nicht den Kopf. Es ist nur wichtig, dass du wieder gesund wirst.«

»Dieser Flasskopp! Dat is'n Düwel sin Äbenbild«, schimpfte Alf über den Studenten mit dem flachsblonden Haar und den Pausbacken.

»Der wird zur Rechenschaft gezogen, dafür sorge ich! Genau wie die anderen Dummköpfe!«, versprach Fritjoff. Seit er heute früh die Augen aufgeschlagen hatte, schimpfte Fritjoff über seine Schüler und die Studenten. Jetzt schüttelte er wieder den Kopf. »Ich fürchte, sie sind noch nicht so weit. Diese Technik! Ohne Disziplin, die Kerle!«, murmelte er. »Sieh dir nur Marius' Bewegungen an – keine Spannung! Wie ein nasser Sack. Alexander ist besser, aber wie er das Schwert hält! Als wollte er es würgen! Das ist doch kein Knüppel, Junge! Und diese hochgezogenen Schultern. Kraft hat er genug, aber warum ist er so verkrampft?«

Clarissa half ihrer Mutter, Alfs Wunde zu verbinden. Sie war seit dem frühen Morgen so beschäftigt damit gewesen, Alf zu versorgen und ihre Aufgaben im Haushalt zu erledigen, dass sie sich über die Folgen des Angriffs keine Gedanken gemacht hatte. Würde ihr Vater dennoch zur Frankfurter Messe reisen? Wer würde sich um Vaters Buch kümmern, wenn Alf es nicht konnte? Clarissa half ihrem Vater seit Längerem als Schreiberin und Zeichnerin bei einem Manuskript, in dem er sein Wissen über die Fechtkunst festhalten wollte. Es war eine anregende und interessante Aufgabe. Da ihr Vater die Versammlung der Fechter in Frankfurt nicht verlassen konnte, hätte Alf die Verhandlungen mit den Buchdruckern übernehmen sollen. Was sollte nun werden?

Lievke richtete das Wort an ihren Mann: »Du musst nicht so streng mit ihnen sein, Liebster. Alexander und Marius sind Handwerker, die sich ein wenig Zeit für ihre Fechtausbildung abknapsen – keine Adeligen, die die Muße haben, ihr halbes Leben auf die Verfeinerung ihrer … wie heißen sie noch gleich?«

»Haue und Huten«, warf Clarissa ein. »Oder Läger.«

»Ach ja«, seufzte Lievke. »Auf die Verfeinerung ihrer Haue und Huten zu verwenden. Ich möchte dich nicht missen, Liebster, aber es ist Herbstmesse, da müssen Marius und Alexander ihre Prüfungen ablegen. Wir brauchen die letzte Rate des Lehrgelds von ihnen. Die Pacht für Haus und Schmiede sind fällig. Tietke hat mir in den Ohren gelegen …«

Fritjoff horchte auf. »Was will er schon wieder?«

Der Altgeselle Tietke führte Fritjoffs Schmiede selbstständig und wünschte sich schon seit Langem, sie ganz zu übernehmen und selbst Meister zu werden.

Clarissa spürte den knappen Blick ihrer Mutter auf sich. »Du weißt schon …«

Tietke hatte öfter angedeutet, er wolle um Clarissas Hand anhalten. Das wäre der einfachste Weg – er könnte Meister werden, und zugleich bliebe die Schmiede in Fritjoffs Familie. Clarissa war Tietke allerdings immer aus dem Weg gegangen; er war ein grober, einfältiger Kerl, den sie niemals heiraten wollte.

Zu Clarissas Erleichterung schüttelte ihr Vater entschieden den Kopf. »Kommt nicht infrage. Die Schmiede bleibt in meinem Besitz. Wir bekommen das Geld schon irgendwie zusammen!«

»Aber die Bezahlung der Dienstleute, der neuen Waffen, unserer Gewänder ist ebenfalls fällig. Außerdem habe ich so schöne Stoffe beim Tuchhändler gesehen.« Lievke sorgte sich stets, dass das Geld nicht reichen könnte, und gab es doch mit vollen Händen aus. Weder sie noch ihr Mann mochten sich einschränken. »Wir brauchen deinen Lohn als Fechtmeister also dringend.«

»Natürlich reisen wir!« Fritjoffs scharfer Ton schreckte Clarissa auf. »Dann muss das Buch eben warten. Auch wenn es mir sehr schwerfallen wird, es hier zu lassen.«

Offenbar hatte er einen ähnlichen Gedankengang verfolgt wie Clarissa.

Lievke warf die Hände in die Luft. »Das Buch! Immer brütest du nur über den Aufzeichnungen. Selbst unsere Tochter hast du damit ganz verrückt gemacht. Ich verstehe ohnehin nicht, was du dir davon versprichst!«

Clarissa hatte manchmal den Eindruck, dass ihre Mutter die Arbeit an dem Buch nur deshalb ablehnte, weil Fritjoff dadurch weniger Zeit für sie hatte. Ihre Mutter war eifersüchtig, nicht nur auf andere Frauen, sondern auch auf ein Buch.

»Vaters Erkenntnisse …«, mischte Clarissa sich jetzt ein.

»Erkenntnisse nennst du das! Ich weiß nicht, was ich davon halten soll!«

Fritjoff stemmte die Hände in die Hüften. »Die Kunst des Fechtens hat sich weiterentwickelt, seit das letzte große Fechtbuch erschienen ist. Ich kann für mich in Anspruch nehmen, einige der wichtigsten Schläge weiterentwickelt zu haben. Joachim

Meyers ›Gründtliche Beschreibung der Kunst des Fechtens‹ ist 1570 zum ersten Mal erschienen, danach gab es nichts wirklich Neues mehr. Wenn meine Lehre als Fechtbuch erscheint, wird es meinen Ruhm mehren und mir mehr zahlungskräftige Schüler verschaffen.«

»Warum lässt du es nicht hier drucken? Auch Rostock hat gute Buchdrucker!«

»Ich brauche einen Drucker mit den richtigen Verbindungen. Jemand, der medizinische Abhandlungen, Erbauungsliteratur oder Gesangbücher druckt, nützt mir nichts.«

Lievke schüttelte düster den Kopf. »So ein Buch würde doch nur dazu führen, dass jeder deine angeblichen Errungenschaften stiehlt und uns die Schüler ausbleiben. Selbst hier wird die Konkurrenz größer – wenn ich an den Herrn von gestern Abend denke.«

Fritjoff brauste auf. »Herrn nennst du ihn – hat er dir schöne Augen gemacht?! Leugne es nicht, ich habe es gesehen!«

»Bist du närrisch! Du warst es doch, der sich mit den Weibern vergnügt hat, wie jedermann weiß!« Ihr Ton wurde schrill.

Verlegen blickte Clarissa Alf an, doch der Knecht hatte vor Schmerzen die Augen zusammengekniffen. Manchmal kam es ihr so vor, als herrschte zwischen ihren Eltern eine ständige Spannung, die sich mal in Liebesbekundungen und mal in Wutausbrüchen zeigte. Ihr waren diese Gefühlswallungen peinlich, und sie wünschte, sie könnte ihnen aus dem Weg gehen. Ein Einfall keimte in Clarissa.

»Ich könnte doch mit nach Frankfurt reiten und mich nach Druckern für das Buch umhören!«, platzte sie heraus. »Ich kenne es ohnehin beinahe genauso gut wie Vater.«

Ihre Mutter zwirbelte ihre Glückskette. »Kommt gar nicht infrage! Du kannst mich nicht auch noch verlassen! Dann bleibe ich ja mutterseelenallein hier zurück! Das stehe ich nicht durch!« Lievke suchte vorsorglich nach einem Taschentuch, um sich die

Tränen abzutupfen, die nicht mehr lange auf sich warten lassen würden. »Und wer weiß, was dir alles zustoßen könnte, bei deinem …«

Fritjoff jedoch strahlte. Er fiel seiner Frau ins Wort. »Wunderbar! Alf kann sich hier um die Knaben kümmern, und Clarissa spricht mit den Druckern! Dir werden sie nichts abschlagen können, Kind!« Es klang, als wäre es bereits entschieden.

»Das ist doch viel zu gefährlich! Wenn Clarissa nun etwas passiert! Oder euch beiden – ich darf gar nicht daran denken! Was soll dann aus mir werden? Vorhin schlug eine Schwalbe gegen das Fenster – ein ganz schlechtes Omen!«, wandte Lievke tränenerstickt ein.

Doch Fritjoff ließ das nicht gelten: »Papperlapapp, wer sollte Clarissa schon gefährlich werden? Ich werde sie beschützen – und auf der Messe gebe ich ihr Alexander oder Marius zum Schutz mit.«

»Was denen zuzutrauen ist, haben wir ja gerade gesehen«, meinte Lievke sarkastisch.

»Du magst es glauben oder nicht, Alexander und Marius haben sich durchaus anständig verhalten. Alexander hat die Ehre der jungen Adeligen gewahrt, das hat er mir versichert. Und sie haben nicht gegen das Zweikampfverbot verstoßen – die Studenten waren es.« Fritjoff hockte sich neben seine Frau und nahm ihre Hand. »Du weißt, dass ich unsere Tochter nie in Gefahr bringen würde – die Frucht unserer Liebe!« Leidenschaftlich küsste er ihre Finger.

Clarissa wandte peinlich berührt den Blick ab und bemerkte, dass auch Alf wieder die Augen schloss. Konnten ihre Eltern sich nicht versöhnen, wenn sie allein waren?

Sie räusperte sich. »Ich kümmere mich dann mal um die Jungen!«, sagte sie und nahm die Waschschüssel.

Ihr Vater erhob sich. »Ich muss auch los. Der Rektor der Universität hat mich zum Gespräch gebeten.«

Lievke hielt seine Hand, als wollte sie sie gar nicht mehr loslassen. »Aber bleib nicht zu lange fort.«

Als Clarissa das Wasser ausgekippt hatte und in den Hinterhof gehen wollte, rief ihr Vater sie stattdessen in den Fechtsaal. Er ging zur Wand mit den Übungswaffen und ließ die Hand an Schwert, Dusack, Hellebarde, Stange und Dolch entlanggleiten. Entschlossen nahm er zwei Rapiere mit stumpfen Spitzen vom Halter. Fritjoff wusste, dass seine Tochter das schlanke Einhandschwert dem Langschwert vorzog; das geringere Gewicht des Rapiers machte Hiebe und Stiche leichter und schneller.

»Ich habe es zwar nicht selbst gesehen, weil ich noch bewusstlos war, aber ich höre, du hast die Studenten schnell entwaffnet. Gut gemacht.« Er hielt Clarissa das Übungsschwert hin. »Du weißt aber, dass mir das nicht reicht.« Sie zog sich bereitwillig lange Lederhandschuhe an.

Er neigte die Spitze seiner Waffe ihr entgegen, dann hob er die Schneide grüßend vor sein Gesicht und senkte sie seitlich zu Boden – der Fechtergruß, das Zeichen, dass sie angreifen sollte. Seit Langem schon wollte er sie dazu bringen, mehr ins Vor, in den Angriff, zu gehen. »Du kennst das System der vier Blößen. Bring mich dazu, dir Blößen zu bieten, und triff mich!«

Clarissa hielt inne, so schwer es ihr auch fiel. Sie liebte das Fechten, obgleich ihre Mutter sie gewarnt hatte, dass es für Frauen unschicklich sei. Und irgendwie hatte Lievke ja auch recht: Es gab schlicht und ergreifend keine Frauen, die fochten. Kämpfende Frauen waren entweder Walküren wie Brünhild oder Heilige wie Johanna von Orléans. Clarissa war weder das eine noch das andere, obgleich sie die Blößen natürlich kannte. Der Gegner wurde in der Fechttheorie in mehrere Teile, die Blößen, unterteilt: Auf der Höhe des Bauches zwischen oben und unten und zwischen links und rechts. Als vornehmste Blöße galt der Kopf, der ebenfalls gedanklich geviertelt wurde. Diese Wahl war so logisch wie grausam: Nach einem Stich durch das Auge konnte kein Gegner mehr Gegenwehr leisten. Wenn man also beispielsweise zu einem Oberhau ansetzte und das Schwert hob, legte man seinen Körper dem Gegner bloß.

»Ich möchte fechten, um mich verteidigen zu können – ja. Aber um jemanden zu töten – nein.« Schon als Kind hatte sie sich geweigert, Motten und Spinnen totzuschlagen. Sie hatte die Tiere zum Entsetzen ihrer Mutter in die Hand genommen und aus dem Haus getragen. Sie suchte nach Harmonie, wollte mit jedermann gut Freund sein. Deshalb hatte sie sich auch so sehr überwinden müssen, gegen die studentischen Einbrecher vorzugehen. Dass sie einen von ihnen verletzt hatte, tat ihr leid. Sie hätte sich anschließend am liebsten bei ihm entschuldigt. Andererseits hatte der Student nichts Besseres verdient.

»Es kann Situationen geben, in denen es nicht ausreicht, sich nur zu verteidigen.«

Nachdenklich schwang sie das Schwert. Sie mochte das Gewicht des Rapiers in ihrer Hand. Ihr gefiel das Gefühl, wie sich die Bewegung der Waffe auf ihren Körper übertrug, bis es ihr vorkam, als wäre die Klinge ein Teil ihrer selbst.

»Du hast Mutter doch gerade gesagt, wie ungefährlich die Reise ist.«

Er lächelte. »Würde sie uns sonst gehen lassen?« Er gab ihr einen Wink. »Rechter Ochs.« Dieses Mal folgte sie seiner Aufforderung; es war eine reine Spiegelfechterei. »Linker Ochs, Pflug, Hut des Tags, Olber, Zornhut.« Immer schneller kamen seine Ansagen. Sie brauchte nicht nachzudenken. Die Grundhaltungen waren ihr in Fleisch und Blut übergegangen. »Und jetzt greif mich an.«

Außer Atem löste sie die bedrohliche Kampfhaltung, in der sie die Klinge hoch über die Schulter gereckt hatte, und legte das Rapier auf das Parkett.

»Nein!«, sagte sie fest und lief hinaus.

Alexander und Marius standen am Brunnen und rieben sich mit feuchten Tüchern ab. Ihre Muskeln waren vom Training wie aufgepumpt, Marius' nackter Oberkörper glänzte. Alexanders Brustkorb hingegen wurde von einer engen Lederweste umspannt. Sie trugen einfache Beinlinge, die an Hüften und Oberschenkeln klebten. Clarissa starrte an ihnen vorbei zu den Jungen, die – nachdem sie so lange unbeaufsichtigt geblieben waren – inzwischen angefangen hatten herumzualbern. Clarissa war an den Anblick halbnackter Männer gewöhnt. Seit sie denken konnte, hatten sie Schüler ihres Vaters bei sich im Haus beherbergt. Doch je älter sie wurde, desto verlegener machte sie das selbstgewisse, kraftstrotzende Auftreten mancher Männer. War es doch kein guter Einfall gewesen, mit ihnen nach Frankfurt zu reisen?

»Ich würde mich auch gerne mal von ihr entwaffnen lassen«, sagte Alexander feixend zu Marius – laut genug, dass Clarissa es mitbekam. »Oder was meinst du?«

Der Angesprochene zögerte. Marius war die Möglichkeit anscheinend noch gar nicht in den Kopf gekommen, dass es Clarissa gewesen war, die ihnen zu Hilfe geeilt war. »Ein ungewöhnlicher Anblick war es schon«, murmelte er.

»Oder bist du es gar nicht gewesen? Unser geheimer Retter?«, rief Alexander jetzt Clarissa zu.

Schwang in seiner Stimme etwa auch noch Spott mit? Jetzt hatte sie aber genug! Clarissa fuhr herum.

»Wen meinst du eigentlich? Denjenigen, der Alf vor dem Verbluten bewahrt hat, nachdem ihr in eurer Dummheit die Studenten gegen euch aufbringen musstet? Meinst du den? Denjenigen, der meinen Vater gerettet hat und eure kleinen Leben?« Sie legte den Zeigefinger ans Kinn. »Lass mich überlegen. Das Einzige, das mir dazu einfällt, ist, dass du wohl noch immer zu viel überschüssige Kraft hast, um solche Reden zu führen.« Sie machte eine entschlossene Handbewegung Richtung Flügelanbau. »Vater hat befohlen, dass ihr die Haue und Huten wiederholt, bis er zu euch kommt.«

Das stimmte zwar nicht, aber Strafe musste sein. Zufrieden registrierte sie Marius' bestürzte Miene. Sie wandte sich ab, damit die Männer nicht das Lächeln sahen, das über ihr Gesicht huschte.

»Und danke für euer Mitgefühl: Alf ist außer Lebensgefahr«, sagte sie lakonisch, bevor sie sich den kleineren Jungen widmete, um sie bei den Stockübungen zu beaufsichtigen.

Pallas Athene, bewehrt mit Schwert und Schild, begrüßte die Besucher des Weißen Kollegs am Hopfenmarkt. Als Beschützerin der Wissenschaften wurde sie auch an der Universität Rostock geehrt. Nur passend für Lumen Vandaliae, die Leuchte des Nordens, wie man die Hochschule gerne nannte, dachte Fritjoff. Er war durch die Schlupftür des großen Portals in das weiß verputzte Backsteingebäude getreten. Aus einem Saal des Weißen Kollegs drang Stimmengewirr auf den Flur. Herrisches Hämmern machte dem Lärm ein Ende. Studenten eilten an Fritjoff vorbei. Ihre Tracht bestand aus einem schlichten dunklen Gewand und einer Kappe. Ein Mann mit einem viereckigen Barett kam ihm entgegen; in sich versunken, nahm er den Besucher kaum wahr. Fritjoff witterte den Geruch von Papier und Tinte in der Luft. Er drückte die Schultern durch. Seine Armwunde pochte, der Rücken schmerzte von den Anstrengungen der Nacht. Zudem schüchterte die Atmosphäre der Gelehrsamkeit und des Wissens ihn ein. Schließlich hatte er kaum eine Schule besucht. Er überließ seiner Tochter das Schreiben seines Buches nicht nur, weil er die Bewegungen nachvollziehen musste, während er diktierte, sondern auch, weil es ihm große Mühe bereitete, die Schreibfeder zu führen. Diese Schwäche verbarg er, so gut er konnte. Seine krakeligen Notizen ließ er niemanden sehen. Dass Clarissa ihn nach Frankfurt begleiten würde, gefiel ihm daher gut. So würde er gar nicht erst in Gefahr geraten, sich eine Blöße zu geben. Um ihre Sicherheit sorgte er sich nicht.

Auch seine Frau war früher nicht so ängstlich gewesen. Erst ein schwerer Verlust hatte sie dazu gemacht. Bevor sich sein Gemüt verdüstern konnte, spitzte er die Lippen und pfiff ein Lied.

Ein Universitätsdiener, der sich ihm, mit Büchern beladen, näherte, musterte ihn. Fritjoff konnte sich vorstellen, was in dem Kopf des Mannes vorging: stattliche Erscheinung, feine Kleidung, aber ungehöriges Benehmen – soll ich ihn hinausscheuchen oder nicht?

»Ich muss Euch bitten, Ruhe zu bewahren, mein Herr. Die Lektionen sind in vollem Gange. Darf ich Euch wohin geleiten?«, entschied der Diener sich für die höfliche Variante. Als er vor Fritjoff stehen blieb, wirkte er gequält. Die Bücher schienen schwer zu sein.

»Euer Angebot ist sehr freundlich. Der Rektor hat mich zu sich gebeten. Er schrieb, er sei in der Bibliothek.«

Die Universität Rostock war an unterschiedlichen Orten der Stadt beheimatet. Die Juristenfakultät saß am Alten Markt und in der Altschmiedestraße. Etliche weitere Gebäude befanden sich am Hopfenmarkt. Das frei stehende Auditorium Magnum hatte im früheren Rathaus Platz gefunden. Am Rande des Hopfenmarktes gab es neben dem Kreuzkloster Regentien wie Adlerburg, Das Einhorn oder Der Rote Löwe. Im Weißen Kolleg hatten das Collegium Philosophicum und die Universitätsbibliothek ihren Sitz.

Noch vor Morgengrauen hatte der Bote an die Tür geklopft und einen Brief des Rektors überreicht. Die Nachricht schien dem Rektor wichtig zu sein. Vermutlich wollte er verhindern, dass der Fechtmeister das skandalöse Benehmen der Studenten bekannt machte. Fritjoff überlegte seitdem, wie er diese Situation für sich nutzen sollte. Er kannte das Universitätsoberhaupt nicht, die Rektoren wechselten alle halbe Jahre. In einer gestochenen

Schrift hatte er als Johannes Assverus Ampsing unterschrieben, Rektor, Doktor der Medizin und Leibarzt des Herzogs.

Der Universitätsdiener führte Fritjoff den Gang hinab. Gefährlich schwankte der Bücherstapel auf seinen Armen. Vor einer mit Schnitzereien versehenen zweiflügeligen Pforte blieben sie stehen. Sie zeigte die Wappensymbole Rostocks: das Fabelwesen Greif, den Stierkopf und das Schild in den Stadtfarben Blau, Silber und Rot.

»Wen darf ich melden?«, erkundigte sich der Diener.

Als Fritjoff seinen Namen genannt hatte, sah sich der Mann auf dem Gang um. Er musste jetzt klopfen, aber wohin mit den Büchern? Auf den Boden wollte er sie offenbar nicht legen. Fritjoff ließ seinen Blick schweifen. Es war wichtig, Haltung zu bewahren. Kein Herr von Stand würde in einer derartigen Situation Hilfsbereitschaft erkennen lassen, sondern eher Ungeduld zeigen. Das jedoch ließ Fritjoffs Menschlichkeit nicht zu. Gelassenheit war gefragt.

Schließlich seufzte der Diener und legte die Bücher auf das Fensterbrett; halb hing der Stapel über. Er klopfte an die hohe Tür und trat ein. Nach einem kurzen Wortwechsel wurde Fritjoff eingelassen. Der Raum mit den dunklen Paneelen und deckenhohen Bücherregalen war groß. Auf einer gewaltigen Tafel lagen unzählige Bücher und Schriftrollen neben einem Globus. Fritjoff fiel der Gelehrte Magnus Pegel ein, dem er vor Jahren einige Fechtlektionen erteilt hatte. Pegel hatte an der Universität Rostock Mathematik und Astronomie unterrichtet, bevor er kurzzeitig Rektor geworden war. Ein kluger Mann, dessen Hirn ständig mit verrückten Einfällen beschäftigt war. Einmal hatte er von einer seiner Erfindungen berichtet: einem Schiff, das durch die Lüfte segeln könne. Fritjoff hatte das nicht ernst genommen und umso mehr gestaunt, dass Pegel kaiserlicher Berater in Prag geworden war, genauso wie ein weiterer Doktor, mit dem er gut bekannt gewesen war: Michael Maier, Arzt und Alchemist.

Als sich die Tür hinter Fritjoff schloss, hörten sie aus dem Flur lautes Poltern.

»Was geht denn da vor?«, fragte der Rektor irritiert, der sich gerade ein Buch aus dem Regal gezogen hatte. Johannes Assverus Ampsing war ein dicker Mann mit weichen Hängewangen und buschigen Augenbrauen.

»Die Schwere des Wissens macht sich in diesem Tempel der Gelehrsamkeit bemerkbar. Ihr wolltet mich sprechen, ehrenwerter Herr Rektor?«, begann Fritjoff ohne Umschweife.

»Wir tragen uns mit dem Gedanken, einen neuen Fechtmeister anzustellen.« Sein Zungenschlag verriet, dass er aus den Niederlanden kam.

Seine Antwort erstaunte Fritjoff. »Ich hörte davon. Ich dachte allerdings, Eure Nachricht hinge mit dem unseligen Angriff einiger Studenten auf mein Haus zusammen.«

»Die besagten Studenten werden bestraft. Sie sind bereits im Karzer.« Ampsing tat die Angelegenheit mit einer Geste ab, als würde er eine Fliege verscheuchen. »Ihr seid in unserer Stadt als Fechtmeister tätig?« Die buschigen Augenbrauen des Rektors zogen sich prüfend zusammen.

»Das ist richtig«, antwortete Fritjoff, beharrte dann aber: »Mein Gehilfe wurde bei dem Angriff schwer verletzt, zwei meiner Schüler leicht, ich selbst wurde am Arm verwundet. Glücklicherweise ist es nicht mein Schwertarm. Auch wurde mein Haus bei dem Angriff beschädigt.«

»Die Verantwortlichen werden Euch eine Entschädigung zahlen, dafür werden wir sorgen.« Wieder wechselte der Rektor das Thema: »Ihr wisst, dass auch andere Fechtmeister sich um diese ehrenvolle Aufgabe beworben haben, die wir Euch bieten?«

»Ich habe davon gehört. So wird der Fall nicht vor Gericht kommen?«, hakte er erneut nach.

Dieses Mal machte sich Ampsing jedoch gar nicht mehr die

Mühe, auf Fritjoff einzugehen. »Es ist ein Meister der Federfechter darunter, einer vom Kaiser privilegierten Fechtschule.«

»Die Freifechter wurden erst 1607 von Kaiser Rudolf privilegiert. Das erste kaiserliche Privileg meiner Bruderschaft, der Marxbrüder, ist beinahe zweihundert Jahre älter.«

Der Rektor spazierte mit den Fingerspitzen über den Globus. »Natürlich wäre es nicht sehr zuträglich für Eure Tätigkeit als Fechtmeister, wenn Ihr die Studentenschaft gegen Euch aufbringen würdet.«

»Respekt ist das Erste, was die Studenten lernen sollten.«

»Da pflichte ich Euch bei. Ich bin allerdings nicht sicher, ob ein städtischer Schwertmeister ein respektables, auskömmliches Leben in Rostock führen könnte, wenn ein anderer Fechtmeister umfassend von der Universität gefördert würde.« Bisher war nur zeitweise ein Fechtmeister von der Universität beschäftigt worden, das wusste Fritjoff wohl. Der akademische Fechtmeister hatte im Doberaner Hof unterrichtet. Sollte das eine Drohung sein? Abschwächend zog der Professor die Mundwinkel hoch. »Denn tatsächlich ist der Lohn, den wir dem zukünftigen Fechtmeister anbieten, ansehnlich. Und auch die Entschädigung, die die Familien unserer Studenten zu zahlen bereit sind, um sie vor der Schande eines Gerichtsverfahrens zu bewahren, ist … Nun sagen wir, üppig.«

Er nannte zwei Summen, die Fritjoff beinahe schwindeln ließen. Dennoch: Er war nicht käuflich.

Der Rektor erhob sich mühsam, sein Gewicht machte ihm wohl zu schaffen. »Begleitet mich, um zu sehen, dass ich es ernst meine.«

Professor Ampsing schlurfte aus dem Zimmer und den Gang hinunter, und Fritjoff schritt gemächlich hinterher. Vorsichtig tapste der Professor mehrere Treppen hinab, sodass er ihm regelmäßig auf den Hacken hing.

Die erzwungene Langsamkeit gab ihm Zeit, über den ersten

Teil des Gesprächs nachzudenken. Natürlich war er zornig, das Verhalten der Studenten war ebenso skandalös wie kriminell, und es war ein Affront, wie Ampsing ihr Vergehen abtat. Andererseits war er von Natur aus nicht nachtragend. Wenn er auf eine Anzeige verzichtete, bräuchte er sich um die Pacht und weitere Ausgaben vorerst keine Sorgen mehr zu machen. Auch Alf könnte das Schmerzensgeld gut gebrauchen, das wusste er. Ein Prozess war hingegen langwierig und der Ausgang ungewiss.

Schließlich erreichten sie den Keller des Gebäudes. Der Rektor nahm eine Lampe vom Haken und öffnete mit einem großen Schlüssel die Tür. Laute Rufe hallten im Gang. Es roch muffig nach altem Stroh und einrieselnder Feuchtigkeit. Sie passierten mehrere leere Zellen. Dunkle Löcher mit weiß bepelzten Mauern und kalten Steinplatten. Als sie die belegte Zelle erreichten, verstummten die Beschimpfungen, Drohungen und Proteste. In dünner Unterkleidung kauerten drei junge Männer auf dem Boden. Sie wirkten trotz der Sommerhitze verfroren. Als sie den Rektor erkannten, sprangen sie auf. Es waren die Studenten aus dem Rosengarten. Finster starrte der Pausbäckige Fritjoff an. Der Fechtmeister erwiderte den Blick kalt. Der Student wollte etwas sagen, doch der Rektor gebot ihm mit einer Geste zu schweigen.

»Hier sitzen die Übeltäter. Den beiden anderen habe ich bereits ihr Stipendium entzogen und sie der Universität verwiesen. Ihr seht also, dass die Universität die Ihren nicht schont.«

Der Rektor wandte sich abrupt wieder dem Ausgang zu. Er wollte anscheinend so wenig Zeit wie möglich auf diese Angelegenheit verwenden. Fritjoff folgte ihm. Der Karzer fiel ins Dunkel zurück. Rufe ertönten.

»Herr Rektor, habt Erbarmen!«

»Wann kommen wir endlich hier heraus?«

Ein drohender Schrei erklang. »Wehe, wenn mein Vater erfährt, was mir angetan wurde! Ich bin ein Freiherr aus dem Hause Reipenstein! Das lassen wir uns nicht bieten!«

Noch lange nachdem die Karzertür ins Schloss gefallen war, glaubte Fritjoff die hasserfüllten Blicke des Pausbäckigen auf sich zu spüren.

Gegen Mittag machten sich Clarissa und Lievke zum Markt auf. Fritjoff hatte Alexander und Marius dazu verdonnert, sich um die Fechtkinder zu kümmern, und die beiden jungen Männer hatten sich zähneknirschend gefügt. Zunächst gingen Mutter und Tochter zum Rathaus, an dessen Seite Goldschmiede, Buchdrucker und Knochenhauer ihre Stände hatten.

»Hoffentlich bekommen wir noch frisches Fleisch an den Schrangen. Ich will euch morgen kalten Braten einpacken, damit ihr bei Kräften bleibt.« Lievke blieb stehen und seufzte. »Ich fühle ein Stechen in der Brust. Wenn ich mich gestern nur nicht verkühlt habe! Wer wird sich um mich kümmern, wenn ich krank darniederliege?«

Immer wieder hatte ihre Mutter darüber geklagt, dass nicht nur ihr Mann, sondern auch ihre Tochter sie im Stich lassen wollte. Clarissa kam sich schon wie eine Rabentochter vor. Sie legte die Hand auf den Arm ihrer Mutter. »Natürlich würde ich bleiben, um dich zu pflegen. Du bist wichtiger als Vaters Buch«, sagte Clarissa liebevoll. Sie meinte es ernst, hoffte aber, dass es so weit nicht kommen würde.

Lievke zögerte einen Augenblick. Beinahe fürchtete Clarissa schon, sie würde ihr Angebot annehmen. »Nein, das können wir ihm nicht antun. Und so lange seid ihr ja nicht fort. Hilde ist da, um mir zu helfen. Ich habe die Köchin, und auch Alf wird es bald wieder gut genug gehen, dass er seine Arbeit aufnehmen kann«, sprach Lievke sich selbst Trost zu. Da bemerkte sie den Stand des Hosenmachers. »Komm, wir wollen dir eine Hose kaufen, die du unterziehen kannst. Ich schaffe es nicht, so schnell eine zu nähen. Und ihr wollt ja morgen schon aufbrechen.«

Eine halbe Stunde später war Clarissas Korb gut gefüllt. Sie hatten Fleisch bekommen, Gemüse, Brot und eine Hose aus dunklem Leinen.

Auf dem Heimweg wurde Clarissas Aufmerksamkeit auf ein Plakat gezogen, das an einer Hauswand klebte: Zwei Fechter waren darauf abgebildet, und darüber prangte in bunten Lettern ein Schriftzug: »*Wer diese ritterliche Kunst will sehen, der komme am Nachmittag auf den Zimmerhof*«, las sie vor.

Plötzlich war bei Lievke von Erschöpfung nichts mehr zu spüren. »Grammig! Dieser Mensch wagt es tatsächlich, in Rostock eine Fechtschule abzuhalten! Das muss dein Vater erfahren!«, schimpfte sie und zog ihre Tochter erbost weiter.

Sie holten Fritjoff aus Alfs Kammer. Clarissas Vater wirkte ungewöhnlich ernst. »Grammig will mir also wirklich meinen Platz streitig machen. Dann werde ich ihn heute Nachmittag in die Schranken weisen müssen.«

Lievke berührte besorgt den verbundenen Arm ihres Mannes. »Aber deine Verletzung …«

»Nur ein Nadelstich, mehr nicht«, winkte Fritjoff ab.

Er holte sein liebstes Langschwert aus dem Fechtsaal, das am Knauf mit einem Löwenkopf verziert war. Fritjoff befestigte es am Gürtel und wandte sich zum Gehen. »Schick die Meisterschüler nachher zum Zimmerhof. Dort bekommen sie schon mal einen Vorgeschmack auf Frankfurt.«

Entrüstet fragte Lievke: »Wo willst du denn jetzt schon hin? Grammigs Fechtschule soll doch erst am Nachmittag stattfinden.«

»Zum Universitätsrektor.«

Später, auf dem Weg zum Zimmerhof, dem Bauhof zwischen Steintor und Schwaanschem Tor, platzte Fritjoff beinahe vor Wut. Er hatte dem Rektor mitgeteilt, dass er über das halbe Duell im Rosengarten hinwegsehen, den Überfall bei sich zu Hause jedoch gerichtlich geahndet sehen wollte. Alf und er waren sich einig gewesen, dass die Studenten mit diesem gefährlichen und verbrecherischen Verhalten nicht davonkommen durften. Es musste einen Prozess geben. Der Rektor war erbost gewesen. Er hatte Fritjoff mit Gerüchten über seinen Lebenswandel konfrontiert und den anderen Fechtmeister in den höchsten Tönen gelobt. Schließlich hatte er Fritjoff offen gedroht. Doch er hatte sich nicht einschüchtern lassen. Um die Zukunft war ihm nicht bange: Er hatte Freunde bei den Handwerkszünften und kannte etliche Ratsmänner gut. Sie würden zu ihm halten, auch wenn die Universität einen anderen Fechtmeister engagierte. Notfalls müsste er eben verstärkt in anderen Städten um Fechtschüler werben. Er hatte schon weitaus Schlimmeres in seinem Leben überstanden.

Kompakt ragten Steintor und Stadtmauer vor ihm auf. Das Steintor war neben dem Kröpeliner Tor das wichtigste der sieben Landtore Rostocks, weil es in die Stadtgärten und nach Schwerin führte. Ihm kam bei der Verteidigung der Stadt besondere Bedeutung zu, auch befand sich vor ihm die Richtstätte. Nach einer Auseinandersetzung mit dem Herzog von Mecklenburg hatten die Rostocker es in den Siebzigerjahren des letzten Jahrhunderts schleifen müssen. Der Landesherr hatte befohlen, aus den Trümmern im Rosengarten eine Festung zu errichten, um die rebellische Bevölkerung besser kontrollieren zu können. Doch dann hatte man sich auf einen Erbenvertrag geeinigt, der die Herrschaft der Herzöge festschrieb. Die Rostocker erkauften sich gleichzeitig viele Freiheiten von den Landesherren. Sogleich ließen sie den verhassten Neubau abreißen und bauten die Stadtbefestigung größer und schöner wieder auf. Heute war der breite Backsteinbau mit dem Schindeldach ein Symbol für den Rostocker Bürgerstolz. *In deinen Mauern herrsche Eintracht und allgemeines Wohlergehen*, beschwor eine lateinische Inschrift neben dem Rostocker Stadtwappen den Zusammenhalt der Bewohner. Von Eintracht konnte keine Rede sein, grollte Fritjoff gerade.

Auf dem Bauhof hatten sich bereits etliche Zuschauer versammelt. Kinder waren auf Packen frisch gebrannter Ziegel geklettert, alte Frauen und Männer saßen auf Holzhaufen. Am Klirren des Stahls und an dem Klatschen der Menschen erkannte Fritjoff, dass der Schaukampf schon begonnen hatte. Er spürte das Spiel seiner Rückenmuskeln, als er die Hand auf sein Schwert legte. Es hatte lange gedauert, bis er Zuschauer bei einer Fechtschule akzeptieren, ja genießen konnte, bis er begriffen hatte, dass die Menschen kamen, um Fechtkunst zu erleben, nicht um Blut zu sehen.

Ein Aufschrei, dann ein triumphierender Ausruf: »Noch jemand, der sich mit mir messen möchte? Bitte, tretet vor! Keiner?«

»Ich möchte mich mit Euch messen! Wir haben ja ohnehin noch eine Rechnung offen.«

Fritjoffs Stimme schallte weithin über den Zimmerhof. Köpfe wandten sich um. Er entdeckte Alexander und Marius in der Menge. Auf den Gesichtern seiner Schüler prangten blaue Flecken und Wunden; auch ihnen war er es schuldig, dass die Studenten ordnungsgemäß bestraft wurden. Dennoch kam es ihm wie ein merkwürdiger Zufall vor, dass er sich hier, in der Nähe des Rosengartens, zum zweiten Mal innerhalb von vierundzwanzig Stunden schlagen sollte.

Die Menschen bildeten eine Gasse, und dann sah er den Fechtmeister. Gerold Grammig trug ein wattiertes Wams und stoffreiche Pluderhosen, als würde ihn ein Kampf selbst bei der Augusthitze nicht ins Schwitzen bringen. Fritjoff bemerkte zufrieden, wie sich Grammigs Gesicht verdüsterte, als er ihn erkannte. Der Zuschauerring schloss sich hinter ihnen. Der fremde Fechtmeister grüßte nicht, sondern trat mit dem rechten Fuß vor, hielt sein Gehilz neben das vorgeschobene Knie und reckte die Schwertspitze vor, als wollte er Fritjoff von unten in den Leib stechen. Der Pflug war eine typische Hut für jemanden, der sich sicher fühlen und den Angriff des anderen abwarten wollte. Fritjoff wollte ihn aus der Ruhe bringen. Er zeigte seinem Gegner den Fechtergruß, dann näherte er sich ihm, während er sein Schwert in Form einer Acht um den Körper schwingen ließ. Als Fritjoff merkte, dass sein Gegenüber nervös zu werden begann, richtete er seine Augen auf das linke Ohr seines Gegners und täuschte einen Oberhau an. Grammig musste kontern und löste sich aus dem Pflug, um den Schlag in der Luft abzufangen. Doch Fritjoff ließ die Klinge zu seiner Linken ablaufen und zielte auf die untere Blöße. Funken sprühten, als die Klingen in die Bindung gingen. Mit der Stärke seiner Klinge stieß Fritjoff seinen Gegner von sich. Behände fuhr er mit gekreuzten Armen auf und versuchte, Grammig mit der kurzen Schneide auf den Kopf zu schlagen. Überrumpelt riss Grammig sein Schwert hoch, folgte der Klinge und hätte Fritjoff beinahe am Ohr getroffen. Doch der Fechtmeister der Marxbrüder schwang sein Schwert um seinen Kopf und tat einen Streich auf die andere Seite von Grammigs Kopf. Fritjoffs Gegner sprang zurück und hob sein Schwert. Gewaltig wie ein Büffel hechtete er auf Fritjoff zu. Dieser riss seine quer gestellte Klinge unter Grammigs Arme, löste dabei seine linke Hand vom Knopf und griff seine Klinge in der Mitte, um den Schlag zu blocken. Heftig rumsten die Arme des Gegners auf sein Schwert, Grammigs Klinge ging jedoch ins Leere. Nun ließ Fritjoff seine Klinge los, wendete sein Schwert, holte erneut aus und traf Grammigs Oberarm. Der Federfechter zuckte zurück. Sein Wams färbte sich rot.

Mit diesem Blutzoll war der Kampf vorbei. Gedemütigt verließ der fremde Fechtmeister den Platz. Fritjoff nahm zufrieden die Gratulationen der Zuschauer und seiner Schüler an. Das war geklärt. Nun konnte er unbesorgt nach Frankfurt reisen.

5

Vor dem Haus hielten die Jungen die Pferde bereit. Gepäck und Waffen waren schon verstaut. Die Sonne war gerade erst aufgegangen, aber die Reisenden wollten die kühlen Stunden des Morgens bestmöglich nutzen.

Clarissa trug einen breitkrempigen Strohhut, ein robustes Reisekleid und darunter die Leinenhosen. Schon jetzt schwitzend, verabschiedete sie sich von den Schülern. Fritjoff hatte ihnen zum ersten Mal erlaubt, ein Kurzschwert zu tragen – zu tragen, nicht zu ziehen! –, und Clarissa fand, dass jeder der Jungen sofort einen Kopf größer wirkte. Wie so oft wunderte sie sich darüber, welche Wirkung Waffen auf das männliche Gemüt hatten.

Der kleine Kai strich gedankenverloren über die Nüstern eines Pferdes. Clarissa tippte ihm auf die Schulter und hielt ihm die Hand hin. Wie es ihm wohl ergehen würde? Der schmächtige Junge hatte ein lahmes Bein und würde es immer schwer haben, aber zumindest lernte er, sich zu behaupten. Kai wurde rot, als sie ihm alles Gute wünschte. Doch dann wanderten seine Augen bewundernd zum Haus; er hatte offenbar etwas Interessanteres entdeckt.

Clarissa folgte seinem Blick. Alexander und Marius waren aus der Tür getreten, die Satteltaschen locker über den Schultern. Mit ihren federgeschmückten Hüten und den feinen Anzügen sahen sie sehr schmuck aus, dennoch schaute Clarissa demonstrativ an ihnen vorbei. Es hatte sie gekränkt, dass Alexander sich gegen ihre Teilnahme an der Reise ausgesprochen hatte. Er war der Meinung, Clarissa hielte sie auf, und Marius hatte nicht widersprochen, obgleich er sie beim Ball doch so umworben hatte.

Als sie sah, dass ihr Vater zusätzlich zu seinem Lieblingsschwert eine Pistole am Sattel befestigte, wurde Clarissa mulmig zumute. Rechnete er etwa mit einer Situation, in der ihre Fechtkunst nicht ausreichen würde? Lievke reichte ihr eine große Provianttasche. Nachdem Clarissa diese festgezurrt hatte, nahm ihre Mutter sie beiseite.

»Es ist keine Schande umzukehren«, flüsterte sie. »Dein Vater wird jemanden anheuern, der dich sicher zurückbringt. Der Körper von uns Frauen ist für langes Reiten nicht gemacht.«

Clarissa schloss ihre Mutter in die Arme. »Ich komme zu dir zurück, früher oder später«, versprach sie lächelnd.

Als Fritjoff und Lievke sich innig verabschiedeten, war von der Haustür das Klirren von Glas zu hören. Alle fuhren herum. Alf stand im Eingang. Der Knecht hatte sich auf einen Stock gestützt und hob entschuldigend die Schultern.

»Dunnerwetter! Dat heb ick toschulden kamen lassen, dat kann ick nich anners seggen«, stieß Alf hervor und fügte zerknirscht hinzu, er sei humpelnd an den Schrank gestoßen und habe dabei eins der alten Gläser zerbrochen.

Statt ihn zu schelten, lachte Lievke auf: »Scherben! Ein glückliches Vorzeichen! Die Reise wird gut enden!«

Unauffällig sah Clarissa ihren Vater an, der ihren Blick jedoch lächelnd mied.

Als sie durch das Stadttor ritten, brachen die Sonnenstrahlen durch die Baumwipfel. Tiefblau und wolkenlos wölbte sich der Himmel über ihnen. Es würde ein heißer Tag werden. Vor der Stadtmauer herrschte bereits viel Betrieb. Arbeiter, die in den Buden und Kellern Rostocks hausten, strebten den Gärten und Feldern zu. Erntewagen wurden in die Stadt gelenkt, um die Marktstände zu bestücken. Hellgrün reckte sich der Hopfen auf Holzgestellen zur ersten Sonne. Die Flügel der Mühlen wippten träge. Clarissas Pferd trottete dem ihres Vaters hinterher. Es war im Gegensatz zu Fritjoffs spritzigem Ross ein älteres

Pferd, das eigentlich nicht mehr für weite Strecken genutzt wurde. Clarissa hoffte, sie könnte darauf mit den anderen mithalten.

Marius schloss zu ihr auf, die Augen blitzend vor Neugier. »Also, stimmt es nun, dass du die Studenten unschädlich gemacht hast, oder …«

In diesem Augenblick schmetterte Fritjoff die ersten Worte eines Liedes. Entschuldigend lächelnd stimmte Clarissa mit ein; sie hatte nichts dagegen, Marius noch ein wenig zappeln zu lassen. Ohnehin fürchtete sie, er würde mit dem Ausspruch reagieren, dass Fechten sich für Frauen nicht gehöre. Und sie wollte sich doch die Laune nicht verderben lassen. Es war ein Tag zum Jubilieren. Zum ersten Mal durfte sie auf Reisen gehen! Schließlich ließ auch Marius sich von dem Lied mitreißen, während Alexander ihren Gesang belächelte.

Bald war die Straße frei. Das Land war flach und gab einen weiten Blick frei. Überall arbeiteten Bauern auf den Getreidefeldern. Nicht umsonst bezeichnete man Mecklenburg als Kornkammer des Reiches. Weiterhin fröhlich singend, ritten die vier durch die Vormittagssonne.

»Welcher will Meister sein des Schwerts
in diesem ritterlichen Scherz
derselb in die Herbstmess allein
zieh hin gen Frankfurt am Main
allda wird er examiniert
von dem Meister des Schwerts probiert!«

Fritjoff ließ das Lied ausklingen. Erklärend fügte er hinzu: »Das wusste schon der Meistersänger Hans Sachs. Unsere Reise steht in langer Tradition. Das Fechten gehört zu den ältesten Wettbewerben der Menschheit. Wir ziehen durch die Lande, wie es die Fechtmeister schon immer getan haben, um ihr Wissen zu mehren. Was wisst ihr Burschen über die Geschichte des Fechtens?«, wandte er sich an seine Schüler.

Clarissa drückte sanft die Hacken in die Flanken ihres Pferdes, um Anschluss zu halten. Es war immer interessant, wenn ihr Vater etwas von seinem Wissen preisgab.

»Was gehen mich Ereignisse aus längst vergangenen Zeiten an? Ich will lernen, wie heute gefochten wird«, maulte Marius.

»Der Schwertkampf hat eine lange Geschichte. Vieles, was heute gelehrt wird, ist verfälscht und verwässert. Deshalb ist es wichtig, die Ursprünge der Fechtkunst zu ergründen«, wies Fritjoff ihn zurecht und hakte noch einmal nach.

Alexander und Marius brummten etwas von Rittern, Knappen und Turnieren, erwähnten aber auch den Namen Liechtenauer.

»Und wer war dieser berühmte Mann?« Im Gegensatz zu Clarissa wussten sie es nicht genau. »Na, wenn ihr nicht einmal den kennt …«, spottete Fritjoff.

»Er hat ein Fechtbuch geschrieben. Es sind Liechtenauers Merkverse, die Ihr uns einbläut«, sagte Alexander.

»Na also, geht doch! Ihr habt Glück, dass ihr nur praktisch geprüft werdet«, lachte Fritjoff gutmütig. »Johannes Liechtenauer hat nicht *irgendein* Fechtbuch geschrieben, er hat vor zweihundert Jahren *das wichtigste* Fechtbuch geschrieben. Auf ihn geht unsere Kunst zurück.«

»Vor Jahrhunderten! Sage ich doch! Da traten Ritter in bleischwerer Rüstung gegeneinander an. Feuerwaffen und Leichtschwerter wie das Rapier, mit dem man hauen und stechen kann, waren noch gar nicht erfunden!«, rief Marius aus.

Fritjoff konnte über diesen Einwand nur den Kopf schütteln. »Die Grundzüge der Fechtkunst sind dieselben geblieben, die Weisheiten Liechtenauers gelten noch immer. Feuerwaffen zu laden ist langwierig, und schnell sind die Kugeln verschossen. Im Nahkampf sind Schwerter und Dolche deshalb enorm wichtig. Mann gegen Mann werden Kämpfe entschieden.«

Die Landschaft wurde waldreicher. Vor ihnen flogen Vögel auf, Kaninchen stoben vom Wegrand, als sie sich näherten. Ein Reh sprang durchs hohe Gras und schreckte einen Schwarm Schmetterlinge auf. Zu Clarissas Überraschung waren sie blau. Derartig gefärbte Schmetterlinge hatte sie noch nie gesehen, und sie konnte kaum an sich halten.

»Sieh nur!«, unterbrach sie ihren Vater begeistert.

Fritjoff verstummte. Mit einem Schlag veränderte sich sein Gesichtsausdruck. Es war, als würden seine Züge in sich zusammenfallen, dachte Clarissa. Erschrocken über seine Reaktion, wollte sie wissen, ob alles in Ordnung sei. Doch er hob nur abwehrend die Hand und wechselte in eine schnellere Gangart.

Clarissa blieb zurück.

Marius brachte sein Pferd neben ihres. »Lüfte dein Geheimnis, schöne Frau. Warst du unsere Retterin?«, fragte er engelsgleich lächelnd.

Doch Clarissa stand nicht der Sinn nach Geplänkel.

»Und wenn es so wäre? Schon in den alten Schriften heißt es, dass Frauen im Schwertkampf unterrichtet wurden. Sagt dir der Name Walpurgis denn nichts?«, sagte sie schnippisch.

Ihr Vater hatte ihr einmal von einem uralten Fechtbuch erzählt, in dem eine Frau namens Walpurgis unter den Schülern gezeigt wurde. Clarissa tappte Fritjoff hinterher. Doch der wollte von Gesellschaft nichts wissen. In sich gekehrt ritt ihr Vater voraus. Was hatte ihm nur so die Laune verhagelt?

Fritjoff biss die Zähne zusammen und drückte den Rücken durch. Er war eben nicht mehr der Jüngste. Vielleicht wäre es doch besser gewesen, sich auf das Angebot der Universität einzulassen; es böte Sicherheit. Der Ritt war jedoch nicht der Grund für seine Verspannung. Auch die Wunde nicht, obgleich sie pochte und er sie möglicherweise aufschneiden musste, um den Eiter abfließen zu lassen. Es war der Anblick der Bläulinge gewesen, der ihn kalt erwischt hatte. Die Schrecken seiner Kindheit saßen tief, vermutlich würden sie ihn begleiten bis ins Grab. Meistens gelang es ihm, die Vergangenheit zu vergessen, aber wenn er sich doch einmal erinnerte, war es ein Schock. Jedes Mal wieder erschütterte es ihn, in was für einer Welt er aufgewachsen war. Ganzekendorp war nur wenige Reitstunden vom aufgeklärten, humanistisch geprägten Rostock entfernt gewesen. Und doch hatten dort, zwischen Feldern und Wäldern, Stumpfsinn und Unwissenheit geherrscht. Nie hätte der Dorfvorsteher ein Kampfordal anordnen dürfen, das hatte Fritjoff später erfahren. Er hätte ihre Mutter an die nächste Stadt verweisen müssen, wo sie offiziell Anklage gegen den Großbauern hätte erheben können. Gerichtliche Zweikämpfe waren längst verboten gewesen, aber der Dorfvorsteher hatte dieses Verbot einfach ignoriert. War der Zweikampf nicht eine göttliche Prüfung, wie die Hexenproben es waren?, hatte er sich später zu verteidigen versucht. Vielleicht hatte es ihm auch gefallen, die frühere Laienschwester aus dem Kloster Ribnitz so hart zu strafen. Vielleicht hatte er sie bloßstellen wollen. Viele Dorfbewohner waren misstrauisch gewesen, weil sie fürchteten, dass Benedicta noch immer dem alten Glauben anhinge. Dabei war Mecklenburg durch und durch protestantisch. Auch seine Mutter hatte dem Katholizismus abgeschworen. All das hatte Fritjoff damals nicht gewusst, hilflos hatte er dem Lauf des Schicksals zusehen müssen. Benedicta hatte der ungleiche Kampf das Leben gekostet. Sein Bruder Carl und er hatten nur mit knapper Not überlebt. Nie wieder waren ihre Seelen heil geworden, bis zu ihrer endgültigen Trennung nicht, und auch diese war letztlich wohl auf den Gerichtskampf und seine Folgen zurückzuführen, dachte Fritjoff niedergeschlagen, während er durch die sommerlichen Felder ritt.

6

Ganzekendorp, Sommer 1566

Als sie die Tote aus dem Erdloch zogen, verstummte der Jubel der Menschen schlagartig. So schnell sie zusammengekommen waren, zerstreute sich die Menge. Die meisten starrten beschämt an den Brüdern vorbei, während sie vom Kampfplatz flohen. Andere sahen die Jungen mitleidig an. Aufgebracht wollte der Pfarrer vom Dorfvorsteher wissen, warum dieser den tödlichen Ausgang des Kampfes nicht verhindert hatte. Die Brüder bekamen nichts mehr davon mit. Fritjoff rannte zu seiner Mutter und warf sich neben ihr auf die Erde. Niemand hielt ihn jetzt mehr auf. Er griff nach ihrer Hand, umarmte sie, legte die Wange auf ihre Brust. Doch sie lag reglos da. Ihre Augen waren gebrochen. Schon sirrten Fliegen über die blutigen Wunden an Schläfe und Unterleib, die der Streitkolben gerissen hatte.

Der Mörder war aus dem Loch gesprungen. Hoch aufgerichtet stand Wutzow neben den Kindern, die Waffe in der Hand wiegend. Er grinste selbstgewiss.

»Gott hat sie für ihre Verleumdungen bestraft. Ich bin ein unbescholtener Großbauer, kein Schänder. Sie hat bekommen, was sie verdiente«, sagte Wutzow.

Fritjoff starrte ihn an, als sähe er ihn das erste Mal. Wie merkwürdig sein Gesicht war: flach, beinahe eingedellt, den Holzschalen gleich, aus denen sie ihre Suppe löffelten, glatt und unberührt.

In diesem Moment ertönte ein Brüllen. Eine schnelle Bewegung, ein dumpfes Geräusch. Carl, sein Bruder! Er hatte den Großbauern von den Füßen gerissen und hieb jetzt mit seinen Kinderfäusten auf ihn ein. Ohne Mühe packte der Mann den

Zehnjährigen und schleuderte ihn in den Staub. Fritjoffs Herz schlug Trommelwirbel, es schien vor Anstrengung zu platzen. Er wollte bei seiner Mutter sein – und gleichzeitig seinem Bruder zu Hilfe kommen.

Drohend hob der Großbauer den Streitkolben gegen Carl. »Weg mit dir, sonst schlage ich dich auch noch tot!«

Carl rappelte sich hoch. Wirr standen seine rabenschwarzen Haare ab. Sein Gesicht war fleckig. Gerade als er die Fäuste von Neuem heben wollte, führte der Dorfvorsteher den Mann weg.

Die Brüder blieben mit der toten Mutter zurück. Allein.

Er hatte es aufgegeben, die Fliegen wegzuscheuchen. Die Insekten stoben kurz auf, aber kaum, dass sich seine Hand senkte, waren sie wieder da. Auch weinen konnte Fritjoff nicht mehr. Sein Bruder hatte den Oberkörper der Mutter umfasst und leise murmelnd gewiegt. Irgendwann war Carl verschwunden. Fritjoff wusste nicht, wie lange er schon allein bei der Leiche saß. Die Sonne brannte auf ihn nieder, er nahm es kaum wahr. Er hatte keinen Durst, keinen Hunger. Da war nur diese überwältigende, niederschmetternde Trauer. Und die Angst. Erst war Vater gestorben, jetzt auch Mutter. Würde auch Carl ihn verlassen? Was würde aus ihm werden, wenn er zurückbliebe? Wie könnte er allein überleben? Am liebsten würde er sich verkriechen, irgendwohin, gleich hier, in dieses Loch. Er könnte sterben, mit ihr. Dann brauchte er sich zumindest nicht mehr vor dem zu fürchten, was kommen könnte. Der Fünfjährige schmiegte sich an seine tote Mutter. Wie kalt sie war. Und doch war sie alles, was er hatte.

Nichts war mehr da. Selbst das wenige, das der Geldverleiher ihnen gelassen hatte, war verschwunden. Der Fensterladen der Hütte war geborsten, die Tür eingetreten. Die Plünderer hatten keine Zeit verloren, dachte Carl bitter. Waren es die Nachbarn gewesen? Der Hufschmied oder der Tischler? Diese Heuchler! Freundlich grüßend und hinter vorgehaltener Hand über die arme Witwe mit den zwei Söhnen lästernd. Der Hass, den er mühsam bezwungen hatte, brauste auf, tosend wie ein Sturm. Wütend schlug er um sich, trat gegen alles, was ihm in die Quere kam. Wut auf den Großbauern, der ihre Mutter als Magd angeheuert und geschändet hatte. Wegen ihrer Furcht vor Wutzow und weil sich dessen Hof etwas vom Dorf entfernt befand, hatte kein Bewohner es mitbekommen – oder nicht mitbekommen wollen. Glücklicherweise hatte ihre Mutter fliehen können. Aber nun, da sie es gewagt hatte, ihn wegen der Vergewaltigung anzuklagen, hatte er sie totgeschlagen! Diese Ungeheuerlichkeit brachte Carls Blut zum Kochen. Aber er war auch wütend auf den Dorfvorsteher, der den gerichtlichen Zweikampf angeordnet hatte. Auf den Pfarrer, der den Kampf nicht verhindert hatte. Auf den jüdischen Geldverleiher, der beim Rostocker Pfingstmarkt auf die Zahlung der Schulden gedrängt hatte. Seine Unbarmherzigkeit hatte ihre Mutter erst dazu getrieben, ihren Stolz zu vergessen und sich als Magd zu verdingen. Wütend auf die Nachbarn, die, kaum, dass ihre Mutter den letzten Atemzug getan hatte, das Haus geplündert hatten – obgleich sie genau wussten, dass die Söhne ohne jeden Besitz zur Bettelei, ja vielleicht zum Tode verdammt waren. Eine Gnade nur, dass sein Bruder Fritjoff das alles noch nicht verstand.

Carl drosch gegen die Holzwand, bis sie brach. Splitter fuhren tief in seine Knöchel. Aufschluchzend sank er zu Boden. Er hatte gebetet und gebettelt, aber Gott hatte ihn nicht erhört. Nein, Gott hatte sie verlassen. Es gab nur noch ihn, ihn und seinen Bruder Fritjoff, niemanden sonst. Mühsam kam Carl auf die Füße. Er durchsuchte die Trümmer nach irgendetwas, was er zu Geld machen konnte. Tonperlen fielen ihm im Schutt ins Auge. Carl hob sie auf. Die bunte Farbe war von ihnen abgeplatzt. Der Rosenkranz stammte aus der Zeit, die seine Mutter im Kloster verbracht hatte. Er hatte keinen materiellen Wert. Trotzdem musste er seiner Mutter etwas bedeutet haben. Für Carl war er in diesem Augenblick nur ein Symbol des Gottes, der seine Mutter nicht beschützt hatte. Verzweifelt trat er den Rosenkranz in den Schmutz, bis nichts mehr davon zu sehen war. Er presste die Hände auf das Gesicht. Sie besaßen nichts mehr. Wie sollten sie seine Mutter nur unter die Erde bringen? Und wie sollten sie weiterleben?

Als er zum Gerichtsplatz zurückkam, war Fritjoff fort. Neben der Grube lag die Leiche ihrer Mutter, jemand hatte ein Tuch über ihr Gesicht gedeckt. Von plötzlicher Sorge erfüllt, begann Carl zu rufen. Mutter hatte sich stets darauf verlassen, dass er sich um Fritjoff kümmerte. Er rannte zu den Büschen an der Lichtung. Sah hinter jeden Baum. Nichts. Laut rief er den Namen seines kleinen Bruders.

»Mach nich so 'n Krakeel. Hier isser doch.«

Der Abdecker wies auf die Grube. Carl hatte ihn anflehen müssen, die Mutter zu beerdigen; sie würden die Kosten abarbeiten, so lange es auch dauerte. Eigentlich sorgte der Abdecker für die Verwertung des verendeten Viehs, aber in ihrem Dorf war er auch für die menschlichen Verstorbenen verantwortlich. Er war ein feister Mann, das Gegenteil von den ausgemergelten Abbildern des Todes, die auf Gemälden in der Kirche zu sehen waren.

Der Junge stürzte zu dem Erdloch. Zusammengekrümmt, der nackte Oberkörper verdreckt, lag Fritjoff auf dem Grund der Grube. Carl streckte die Hand nach ihm aus. Fritjoff reagierte nicht. Vorsichtig ließ Carl sich zu seinem Bruder in die Grube gleiten und zog ihn hoch. Oben angekommen, klopfte er ihm den Dreck ab. Der Kleine starrte ihn verstört an. Carl fühlte, dass er ihn in die Arme schließen sollte, aber er vermochte es nicht. In ihm war so viel Zorn, dass die Liebe keinen Raum mehr hatte.

»Mit'n bisschen weniger Stolz hätt's nich so weit kommen

müssen. Nur'n bisschen das Maul halten, hätt gereicht. Aber nein, sie muss ja die Nonne rauskehren.« Als er Carls stechenden Blick bemerkte, spuckte der Abdecker aus. »Du wolltest was von mir, is doch so, oder? Soll der Leib eurer Mutter Krähenfraß werden? Nun fass auch mit an, Spirrfink!« Carl schlug die Augen nieder und machte sich an die Arbeit.

Der Stein traf ihn am Rücken. Als Carl herumfuhr, wippten die Äste des Busches neben der Holzkapelle. Er hörte das erstickte Kichern der Kinder. In den ersten Tagen nach dem Tod der Mutter hatten die Dorfbewohner durch die Brüder hindurchgesehen, als gäbe es sie gar nicht. Das war schlimm gewesen. Aber Carl verfluchte den Tag noch mehr, an dem sie die Scheu abgelegt hatten. Für die Dorfkinder waren er und sein Bruder Abschaum: arm, verwaist und in den Diensten des Abdeckers stehend. Noch furchtbarer war für ihn aber, regelmäßig dem Mörder ihrer Mutter begegnen zu müssen. Den Kopf hoch erhoben, kutschierte der Großbauer mit seinem neuen Wagen durchs Dorf. Der Wunsch nach Rache fraß Carl auf. Er biss die Zähne zusammen.

»Du bist so stark! Gleich haben wir es geschafft! Es ist nicht mehr weit!«, feuerte Fritjoff ihn an. Sein Bruder schien immer zu spüren, wie es um Carl stand, und versuchte ihn oft aufzumuntern. Auch wenn Fritjoff nachts noch um ihre Mutter weinte, hatte er doch seine Lebensfreude wiedergefunden. Während Carl in seinem Hass versank, konnte der Kleine sich an Winzigkeiten freuen. An einem Eichhörnchen, das von Baum zu Baum sprang. Einem Schmetterling, der die letzten Blumen suchte. Den bunt gefärbten Herbstblättern.

Jetzt verstärkte Fritjoff den Druck auf die Rückseite des Karrens, den sie schoben. Besorgt bemerkte Carl sein knappes Hemd und die kurzen Hosen. Fritjoff war ein gutes Stück in die Höhe geschossen; seine Gelenke stachen knöchern zwischen den mageren Gliedmaßen hervor. Carl sah die Gänsehaut auf dem Arm des Sechsjährigen. Der Winter kam. Woher sollten sie warme Kleidung nehmen? Sie arbeiteten hart, aber die Beerdigung der Mutter war noch lange nicht abbezahlt.

Carl wischte die feuchten Finger an der Hose ab, bevor er den Griff des Karrens wieder umschloss. Die Blasen auf seinen Handballen waren aufgeplatzt. Hoch mit Holz beladen, war der Karren sehr schwer. Der Weg war verschlammt, seit Wochen hatte es geregnet. Es hieß, die Ernte würde mager, und der Abdecker sorgte vor. Er rechnete mit einem arbeitsreichen Winter, das Holz würde für viele Särge reichen. Als Carl den Karren weiterzog, brannten seine Hände wie Feuer.

»Au!«

Alarmiert fuhr Carl herum. Fritjoff hielt sich den Kopf. Er hatte eine Platzwunde auf der Stirn, sein Gesicht war schmerzverzerrt. Wieder raschelte es im Gebüsch. Carl ließ die Deichsel fallen. Dieses Mal würde er die Plagegeister nicht davonkommen lassen.

»Schwöre bei Gott, dass du deine Hand nie wieder gegen unschuldige Kinder erheben wirst!«

»Nein!«, presste Carl heraus. Er würde ihre Ehre immer wieder verteidigen! Und nie mehr würde er zu Gott schwören!

Der Abdecker schüttelte den Kopf, während er die Rute durch seine Hand gleiten ließ. »Dann verdienst du es nicht anders!«

Scharf fuhr das Holz erneut auf Carls entblößten Rücken. Der Schmerz ließ ihn schwindeln, doch er biss die Zähne zusammen. Er würde nicht nachgeben.

Erst nach dem neununddreißigsten Rutenstreich ging er in die Knie und weinte schließlich doch. Der Abdecker schnappte sich Fritjoff, um ihn auch noch zu strafen, obgleich der Kleine keines der Dorfkinder verprügelt hatte, sondern auch noch versucht hatte, Carl aufzuhalten. Als er das sah, stellte sich der Zehnjährige zum ersten Mal vor, wie es wäre, blutige Rache zu nehmen.

7

Zwischen Rostock und Schwerin, August 1608

Nach dem flunderplatten Land um Rostock herum schlängelte sich der Weg nun zwischen Hügeln und kleinen Bergen hindurch. Wälder flankierten den Weg, imposante Eichen in tiefem Grün. Auf einer Lichtung an einem der unzähligen Bäche, die das Land durchschnitten, machten sie Halt. Clarissa führte ihr Pferd zum Bach und ließ es saufen. Decke und Provianttasche unter dem Arm, suchte sie einen Schattenplatz. Sie hatte schon jetzt das Gefühl, dass ihre Haut von dem ungewohnt langen Aufenthalt in der Sonne glühte. Sie musste aufpassen, sonst sähe sie bald aus wie eine Bäuerin! Durstig trank sie aus ihrem Wasserschlauch. Das Hemd klebte ihr am Leib, und sie wünschte, sie könnte sich ausziehen. Sie lockerte ihr Brusttuch etwas und kniete sich, um ihren schmerzenden Hintern zu schonen, auf die Decke. Während sie den Proviant auspackte, beobachtete sie die Männer. Alexander rieb sein Pferd ab, Marius hatte sich bäuchlings ins Gras geworfen. Er schreckte auf, als Fritjoff die Spitze eines Übungsschwerts auf seinen Rücken senkte. Ihr Vater schien zu seiner üblichen Gelassenheit zurückgefunden zu haben. Was war vorhin nur in ihn gefahren?

»Ihr werdet die Pause für Übungen nutzen«, kündigte Fritjoff an.

Alexander legte bereitwillig Wams und Hut ab, doch Marius machte sich nur zögerlich bereit. Er schirmte die Hand gegen die Sonne und sah Clarissa an.

»Komm doch! Deine Gesellschaft könnte diese drögen Übungen auflockern!«, rief er ihr zu.

Sie wünschte, sie dürfte! Aber Fritjoff würde es wohl kaum gestatten. Eine Antwort lag Clarissa auf der Zunge, doch ihr Vater kam ihr zuvor.

»Willst *du* Meister des Schwerts werden oder meine Tochter? Bedenke: Alle Kunst taugt nichts ohne Übung. Los, ins Einhorn!«

Die Schüler gehorchten den Anweisungen ihres Meisters, der nacheinander die unterschiedlichen Huten aufrief. Sie übten zunächst mit dem Langschwert, der Königsdisziplin der Schwertmeister.

»Jede Bewegung muss sitzen. Sie muss euch in Fleisch und Blut übergegangen sein. Ihr müsst die Klinge spüren, als ob sie die Verlängerung eurer Hand wäre. Ihr dürft nicht nachdenken, wenn ihr in Frankfurt im Ring steht. Hunderte Zuschauer werden euch auspfeifen oder anfeuern. Ihr werdet Schwertkämpfer sehen, die so talentiert sind, dass es euch den Atem verschlagen wird. Wenn ihr gegen sie nur einen Augenblick zögert oder den falschen Konter wählt, werdet ihr verlieren. Deshalb müsst ihr das Verhalten eurer Gegner schon weit im Voraus ahnen. Da hilft nur Übung.«

Streng kontrollierte er jedes Detail ihrer Körperhaltung. »Alexander – lass die Schultern locker. Schwing das Schwert ein paar Mal aus dem Handgelenk. Den Knopf locker umfassen, wie eine Frauenbrust! Das kannst du doch! Ja, besser! Marius – mehr Spannung! Wenn du so langsam bist, wird jeder Gegner sofort deine Blößen ausnutzen. Schneller! Nein, du sollst nicht so fechten, als ob du einem Hasen hinterherläufst!« Nach diesem Durchgang ließ er sie gegeneinander antreten.

Clarissa beobachtete sie aufmerksam. Alexander war präzise, aber immer noch verkrampft. Es schien ihr, als überlegte er vor jeder Haltung einen Lidschlag zu lange. Marius hingegen schien jede Bewegung Mühe zu kosten. Er agierte schlaff, und wenn er schneller werden sollte, verwechselte er Kraft mit Geschicklichkeit. Dennoch machte es ihr Spaß, ihnen zuzusehen. Beide waren ansehnliche Männer, und sie konnte kaum sagen, wer ihr besser gefiel. Aber ob sie sich in Frankfurt gegen vier Hauptleute der Marxbrüder behaupten konnten?

Obgleich es nur Übungsschwerter waren, leuchteten die Arme der Männer bald hellrot von den aufgefangenen Schlägen. Marius zog sich zudem einen Nasenstüber zu, er schien sich öfter ungeschickt anzustellen, was Clarissa schon fast wieder niedlich fand. Am Schluss einer langen Übungszeit – das Stück Käse und die Wurst auf ihrem Proviantpaket schwammen schon im Fett – focht Fritjoff mit seinen Schülern noch einen Kampf aus. Ihr Vater führte das Schwert mit Eleganz und Lässigkeit. Clarissa hatte ihn nie in einem Ernstkampf erlebt und fragte sich, ob er diese Leichtigkeit unter Druck ablegen würde. Die Schüler behaupteten sich gut. Verschwitzt beendeten sie das Training mit einer Verbeugung. Die Schwerter wurden mit etwas Öl und weichen Tüchern poliert und wieder verstaut. Dann erst gingen die Männer zum Bach, um den Schweiß abzuspülen. Zum Essen warfen sie die Hemden locker über ihre feuchten Oberkörper. Gemeinsam stärkten sie sich. Eine Weile waren nur der Gesang der Vögel, das Sirren der Grillen und das Rascheln des Windes im Schilf zu hören.

Fritjoff wischte das Fett von seinem Vorlegemesser und erhob sich. »Es ist Zeit. Packt die Sachen«, forderte er sie auf und wandte sich erneut dem Bach zu.

Clarissa verstaute den Rest des Proviants. Als ihr Vater danach noch immer nicht zurück war, ging auch sie zum Schilfgürtel. Fritjoff saß auf einem Stein am Ufer und spülte seine Armwunde, die weiter klaffte, als sie es in Erinnerung gehabt hatte. Es war erstaunlich, dass er trotzdem hatte fechten können. Besorgt fragte sie ihn, ob er Hilfe benötige.

»Die Wunde hat sich entzündet, aber ich habe den Eiter abgelassen. Du kannst den Arm wieder verbinden.«

Sie lief los, um ein neues Leinentuch aus ihrer Satteltasche zu holen. Die jungen Männer hatten sich im Gras ausgestreckt.

»Zu schade, dass du dich nicht zu uns legen kannst«, meinte Marius und schob einen Grashalm in den Mundwinkel.

Angespannt schweigend eilte sie zu ihrem Vater zurück. Nachdem sie ihn versorgt hatte, hielt Fritjoff sie auf. Zwischen seinen Augenbrauen zeigte sich eine Falte, als er sprach.

»Sie wollen Schwertmeister sein und sollten sich zu benehmen wissen. Du darfst aber nie vergessen, dass sie auch nur Männer sind. Erlaube ihnen keine Freiheiten. Wahre deine Ehre. Ich habe dich auf diese Reise mitgenommen, weil ich weiß, dass ich dir vertrauen kann. Enttäusch mich nicht.« Es schien, als wäre ihm erst jetzt klar geworden, was es bedeutete, seine Tochter mit den Junggesellen reisen zu lassen. Für einen Augenblick ergriff er ihre Hand. »Um deine Tugend sorge ich mich nicht. Aber die Triebe in ihnen sind stark, das weiß ich aus eigener Erfahrung. Wir Männer sind nur arme Sünder.«

Clarissa fielen die zahlreichen Situationen ein, in denen ihr Vater mit Frauen geschäkert hatte – eine peinliche Erinnerung. Sie sprang auf. »Ich gebe auf mich acht«, versicherte sie ihm eilig. »Außerdem weiß ich mich ja zu verteidigen. Dank dir.«

Als sie weiterritten, war Fritjoff noch immer ernst, wenn auch aus anderen Gründen. »Bleib in meiner Nähe, in diesen Wäldern sind oft Räuber unterwegs«, warnte er seine Tochter.

Aufgeschreckt spähte Clarissa ins Dickicht am Wegrand. Sie hatte bislang die Natur genossen und sich keine Gedanken über mögliche Gefahren gemacht. Blätter raschelten im Wind. Sie neigte den Kopf über die Schulter. Schmal schlängelte sich der ausgetretene Weg, bis er hinter efeubewachsenen Eichen verschwand. Ob dahinter schon die Räuber lauerten? Aber was sollte ihr im Schutz dreier Schwertkämpfer schon geschehen, beruhigte sie sich.

Diethard von Reipenstein riss an den Zügeln und lenkte sein Pferd hinter einen Eichenstamm. Gleich nachdem sein Vater ihn aus dem Karzer freigekauft hatte, war er losgeritten. Diese Schmach konnte er nicht auf sich sitzen lassen! Seit er die Fechter eingeholt hatte, wartete er auf eine Gelegenheit. Aber die Lage war ungünstig, die Männer redeten unentwegt. Der, dem er die Klinge in den Leib rammen wollte, blieb nie für sich. Einen Kampf Mann gegen Mann scheute Diethard nicht, aber es gleich mit drei Fechtern aufzunehmen, das wollte er nicht riskieren. Und jetzt drehte sich die hübsche Schwarzhaarige auch noch neugierig um. Das hatte sie doch den ganzen Tag nicht getan! Er übte sich in Geduld. Seine Zeit würde schon noch kommen.

Am Abend erreichten sie Bützow, das, von sumpfigen Wiesen umgeben, unweit der Warnow lag. Das kleine Schloss wirkte verlassen, aber auf dem Gelände des Klosters Bethlehem, das im Zuge der Reformation in ein fürstliches Armenhaus verwandelt worden war, sah man zahlreiche Menschen. Über der Warnow tanzten die Mücken, während Fischer ihre Reusen im Fluss kontrollierten. Auch Clarissa scheuchte unwillig einen der Plagegeister weg. Die Luft war heiß und drückend geworden. In der Ferne dröhnte ab und zu dumpfes Grollen; ein Gewitter war im Anzug. Clarissa war froh, dass sie die Nacht nicht unter freiem Himmel verbringen würden. Aus den offenen Türen und Fenstern eines Gasthauses lärmte es. Müde traten sie ein. Die Schankstube war voller Männer, die sich an kaltem Braten und Bier gütlich taten. Es waren Handwerker und Kaufleute, die Gesichter glänzend und rot. Clarissa roch den Schweiß der Männer und spürte ihre neugierigen Blicke auf sich. Mehrere junge Frauen trugen Bierkannen zu den Tischen. Ihr Vater verhandelte mit dem Wirt über die Zimmer. Als er zu ihnen zurückkam, wirkte er unzufrieden.

»Er hat nur noch ein Bett für uns frei. Und einen anderen

Gasthof gibt es im Moment in Bützow nicht«, sagte er. Clarissa stutzte. Wie stellte er sich das vor? Sollte sie etwa mit den drei Männern in einem Bett schlafen? Marius und Alexander zogen amüsiert die Augenbrauen hoch.

»Und ich …«, begann sie.

»Du kannst bei den Mägden schlafen, ausnahmsweise, sagt der Wirt«, beruhigte ihr Vater sie.

Ein Schankweib kam vorbei, die Hände voller leerer Humpen. Vertraulich legte Fritjoff ihr die Hand auf die Hüfte und hielt sie so auf; die junge Frau protestierte nicht, sondern begann sofort mit ihm zu schäkern.

»Bring uns Bier und Essen«, forderte Fritjoff sie auf und lachte seine Reisegefährten an. »Früher als nötig sollten wir ohnehin nicht unser ungastliches Lager aufsuchen. Ihr jungen Kerle schnarcht und furzt sicher wie die Stiere.«

Als sie kurz darauf am Tisch saßen und Clarissa fettige Fleischstücke undefinierbarer Herkunft auf ihrem Teller hin und her schob, gesellten sich nach und nach Männer zu ihnen und fragten sie über Neuigkeiten aus Rostock und nach ihrem Reiseziel aus. Ihr Vater und seine Schüler gaben bereitwillig Auskunft und sprachen dabei eifrig dem Bier zu. Inzwischen wurden sie von mehreren Schankweibern umschwirrt, die sich offenbar ein gutes Geschäft versprachen.

Clarissa war der einzige weibliche Gast in der Schankstube. Immer wieder bemerkte sie, dass sie gemustert wurde. Mal berührte sie ein Mann im Vorbeigehen wie aus Versehen, oder ihr Gegenüber stieß sie mit den Füßen an. Es war nicht so aufdringlich, dass sie sich darüber beschweren konnte; dennoch fühlte sie sich bedrängt, und sie verabschiedete sich früh zur Nacht. Mehrere Männer machten bedauernde Bemerkungen, aber als einer zotig wurde, verbot Fritjoff ihm den Mund. Der Mann drohte ihrem Vater Schläge an. Mit ein paar begütigenden Worten und einem spendierten Bier konnte Fritjoff wieder Frieden stiften.

Ihr Vater brachte Clarissa nach oben zur Schlafkammer der Mägde. Das Fenster stand offen, es war schwül. Blitze teilten den Nachthimmel. Noch regnete es nicht. Aus den Spannbetten roch es stockig nach altem Stroh. Fritjoff inspizierte die Winkel und sah unter die Betten, als könnte dort jemand lauern. Dann holte er ihr Bündel, aus dem etwas Längliches herausragte.

»Ich habe ein Rapier und einen Dolch in deine Kleidung gewickelt. Mach davon Gebrauch, wenn es nötig sein sollte. Und ruf um Hilfe – wir sind gleich nebenan«, sagte er und wies auf die benachbarte Tür.

Clarissa dankte ihm für die Vorsichtsmaßnahme. Bevor sie die Tür der Kammer schloss, sah sie jedoch, dass ihr Vater wieder in den Schankraum zurückkehrte. Obgleich es noch immer sehr warm war, legte sie sich angekleidet ins Bett und starrte in die Dunkelheit. Sie war hungrig, aber das Fleisch war eklig und das Brot hart gewesen. Etwas kribbelte an ihrem Handgelenk – vermutlich Flöhe oder sonstiges Getier. Schroff schüttelte sie den Arm.

Stunden später wälzte Clarissa sich noch immer auf dem harten Lager. Sie war verschwitzt, und ihr Kopf brummte von dem warmen Muff im Zimmer. Drückend lag die Luft in der Kammer. Ein Blitz. Dumpfes Grollen. Nach Erleichterung suchend, trat sie ans Fenster. Bislang war keine der Mägde zu ihr gestoßen. Auch auf der Straße war niemand zu sehen. Doch da – ein Schatten an der Hauswand. Gewisper, leises Lachen. Ein Mann zog eine Frau in einen Hauseingang. Wieder dieses Lachen. Ob Marius der Mann war, Alexander – oder gar ihr Vater? Beschämt stieß sie sich vom Fensterbrett ab. Im Flur polterte es. Eine Männerstimme. Clarissa zerrte ihren Dolch aus dem Gepäck. Ihre Hand bebte. Als sie vorgeschlagen hatte, ihren Vater nach Frankfurt zu begleiten, hatte sie nicht darüber nachgedacht, was das bedeutete. Überall konnten Schwierigkeiten lauern, jeder Moment barg Gefahren. Würde sie jede Nacht in Angst verbringen? Es war still geworden. Sie zwang sich zur Ruhe und legte sich hin. Ein gleißender Blitz, ohrenbetäubender Donner, und endlich platschten die ersten Tropfen gegen die Hauswand.

Mit einem Knall wurde die Tür aufgestoßen. Clarissa fuhr hoch. Ein Mann stand schwankend im Türrahmen. Er verbreitete einen durchdringenden Alkoholdunst und kniff die Augen zusammen.

»Das ist nicht … die Männerkammer …«, lallte er und taumelte ihr entgegen. »Oder, Liebchen?« Er grinste. Fast hatte er ihr Bett erreicht.

Clarissa sprang auf, und mit einer einzigen fließenden Bewegung wechselte sie den Dolch in die linke Hand und packte mit der rechten das Rapier. Heftig blinzelnd starrte der Mann sie eine Ewigkeit lang an, dann stolperte er hinaus. Clarissa sprang auf und warf die Tür hinter ihm zu. Ihr Atem ging schnell. Er hatte sich wohl wirklich im Eingang geirrt. Dennoch: Wie sollte sie da bloß noch ein Auge zutun? Aber sie musste es versuchen.

Doch kaum hatte sie das Bett wieder erreicht, hörte sie das Fauchen von Stahl auf Stahl, Trampeln und einen erstickten Schrei. »Clarissa … Hilfe!« Sie riss die Tür auf und eilte, Dolch und Rapier noch immer gezückt, auf den Flur.

Ein Mann im Umhang stand im Dunkel und reckte ihr Dolch und Degen entgegen. Mit wem hatte er gekämpft? Wer hatte um Hilfe geschrien? Egal! Die Waffen klirrten, als sie ihn zu entwaffnen versuchte, doch er konterte jede ihrer Bewegungen. Warum kam ihr niemand zu Hilfe? Der pladdernde Regen musste ihre Kampfgeräusche übertönen. Und wo war der Betrunkene geblieben? Die leichte Schlaffheit im Schlag ihres Gegners kam ihr bekannt vor. Sie erstarrte.

»Marius?«, fragte sie ungläubig.

Lachend zog der Mann die Kapuze vom Kopf. Er war es. Clarissa spürte, wie ihre Anspannung überbrodelte. Machte er sich lustig über sie? Spielte er mit ihrer Angst? Wütend schlug Clarissa ihm den Degen aus der Hand. Er ließ es geschehen, umfasste ihre Taille und presste sich an sie.

»Bist du es also doch gewesen, die uns gerettet hat. Jetzt habe ich den Beweis. Eine wilde Amazone bist du, oder?«, raunte er und wollte sie küssen.

Impulsiv trat Clarissa ihm auf den Fuß. Als er zusammenzuckte, riss sie sich los und stieß ihn von sich. Marius krachte gegen die Tür der Männerkammer. Die Tür schlug auf und traf den Betrunkenen, der sich auf den Boden gelegt hatte. Der Lärm war nun wohl auch in der Schankstube zu hören gewesen, denn Fritjoff eilte ihr entgegen. Hinter ihm tauchte eine Magd mit gerötetem Gesicht und gelockertem Leibchen auf. Also doch. Ihr Vater war unverbesserlich! Clarissa spürte die Hitze auf ihren Wangen.

Fritjoff musterte sie. »Alles in Ordnung?«, fragte er, wartete ihre Antwort aber nicht ab. »In die Kammer mit dir«, wies er sie scharf an. Dann wandte er sich an Marius: »Und du kommst mit – Alexander ist in Schwierigkeiten.«

Der Adelige krümmte sich im Matsch. Regen lief über Alexanders Gesicht und wusch den Geschmack der Magd von seinen Lippen, mit der er sich vergnügt hatte, ehe er angegriffen worden war. Er hatte den Studenten aus Rostock sofort erkannt und gewusst, dass er dieses Mal einem Kampf nicht aus dem Wege gehen konnte. Dabei wollte er nichts so sehr, wie Meister des Schwerts werden. Wenn er dieses Ziel nur wegen dieses Trottels nicht erreichte, hätte der Student allein deswegen schon den Tod verdient. Bislang hatte er dem Adeligen nur eine Wunde im Oberschenkel verpasst, was Alexander als gerechter Ausgleich für Alfs Verletzung erschien. Noch hing die Spitze seines Rapiers über der Brust des Angreifers. Er brauchte nur zuzustoßen.

»Ich werde meine Schwester rächen, das wirst du sehen!«, schimpfte der Verletzte nasal. Die Mitte seines Gesichts war dunkel geschwollen, die gebrochene Nase würde lange brauchen, bis sie wieder verheilt war.

Der Ritzer auf Alexanders Wange war hingegen kaum noch sichtbar; er war froh darüber, dass seine Haut so schnell heilte. Jetzt bewegte er die Rapierspitze weiter, bis sie die Halsbeuge des Studenten berührte. Dieser keuchte und versuchte wegzukriechen, musste es aber mit schmerzverzerrtem Gesicht schnell wieder aufgeben.

»Ihr kennt Euch wohl so gar nicht aus, wie? Ihr habt mich zum Zweikampf gefordert. Ich habe Euch besiegt. Daraus folgert?« Vorsichtig piekste Alexander den Unterlegenen; er wollte ihm keine tödliche Verletzung zufügen.

»Dass du …«

»Dass Ihr …«, verbesserte er.

Der Student verzog das Gesicht.

»Alexander – nicht!«

Der Ruf ließ ihn auffahren. Er sah die Gasse hinauf. Fritjoff und Marius stürmten durch den strömenden Regen heran. Bis zu den Knien spritzte der Schlamm an ihnen hoch. Gasthof und Stall lagen im Dunkeln. Im Schatten glaubte Alexander die Gestalt der Magd zu erkennen. In diesem Moment hob der Student den Arm, um das Schwert abzuwehren. Geistesgegenwärtig trat Alexander die Hand weg und verstärkte den Druck seines Degens.

»Ihr wolltet Euren Satz zu Ende bringen«, forderte er ruhig. »Ihr liegt geschlagen auf dem Boden. Daraus folgert …? Sagt es.«

»Dass Ihr … gesiegt habt«, presste der Student schließlich hervor.

Alexander senkte sein Schwert.

Sein Meister und sein Waffenbruder hatten sie erreicht.

»Er hat mich im Stall überfallen«, erklärte Alexander und stellte sich darauf ein, dass sein Fechtmeister ihm die Leviten lesen würde.

»Was hast du im Stall …?«, begann Fritjoff, winkte aber ab und wandte sich dem Studenten zu. »Ich dachte, Ihr steckt noch im Karzer, Herr von Reipenstein, wo Ihr hingehört.«

Der Angesprochene wimmerte. »Helft mir, er hat mich schwer verletzt!« Seine Hände wanderten die Oberschenkel entlang.

Fritjoff kniete sich neben den Adeligen, riss seine Hose auf und begutachtete die Wunde. Dann drückte er das Fleisch neben der Einstichstelle. Blut quoll heraus. Der Student heulte auf.

»Denkt Euch, so eine Wunde habe ich erst vor wenigen Tagen gesehen, und zwar an meinem Arm«, sagte der Fechtmeister. »Ich kann nicht sagen, dass Ihr es nicht verdient hättet. Aber ich will kein Unmensch sein. Marius, bring die Wundtasche aus der Kammer. Und du fasst mit an, Alexander.«

Marius eilte los. Die Männer trugen den durchnässten und verdreckten Studenten in den Schutz eines Daches. Fritjoff riss einen Stoffstreifen vom Hosenbein und band das Bein oberhalb der Wunde ab. Als Marius die Tasche brachte, reinigte Fritjoff die Wunde und verband sie anschließend.

»Dann wollen wir Euch mal den Bütteln übergeben und nach Rostock bringen lassen. Dieses Mal wird der Rektor es nicht mehr vermeiden können, Euch von der Universität auszuschließen.«

Der Student verzog greinend das Gesicht und griff Fritjoffs Hand. »Nein, bitte …«

Der Fechtmeister riss sich los. »Uns wird nichts anderes übrig bleiben. Ihr habt meinen Schüler angegriffen, dafür gibt es Zeugen.«

»Eine Magd, die sich nicht zu schade war, sich mit Eurem Schüler zu vergnügen!« Verächtlich spie der Adelige den Satz aus.

»Eine Magd, genau. Ihr hingegen – wo sind Eure Zeugen? Noch im Karzer? Habt Ihr Eure Kumpane dort sitzen gelassen?«

»Die Ehre meiner Schwester …«

Fritjoff zog ihn hoch. Der Verletzte stöhnte auf. »Die Ehre Eurer Schwester ist nie verletzt worden. Marius, stütz ihn auf dem Weg zu den Bütteln.«

»Ich beflecke meine neuen Kleider! Er ist dreckig wie ein Schwein«, wehrte sich Marius.

Reipenstein jammerte. »Bitte, habt Mitleid! Ich werde verschwinden und Euch nicht wieder angreifen, ich verspreche es!«

Fritjoff betrachtete ihn angewidert. »Was meint ihr?«, richtete er das Wort an seine Schüler.

Langwierige Gespräche mit den Bütteln würden sie nur unnötig aufhalten, dachte Alexander, und durch Clarissa waren sie ohnehin langsamer als sonst.

»Ich hätte da eine Idee«, sagte Alexander und hielt seine Freude über den Einfall nicht zurück.

Nach einer Nacht im Schweinestall des Gasthauses ließen sie Diethard von Reipenstein gehen. Verwundet und erniedrigt machte sich der Adelige auf seinem Pferd davon. Als Clarissa die Gaststube zum Morgenmahl betrat, waren die Männer in Hochstimmung ob ihres Sieges. Wegen des ständigen Kommens und Gehens in der Kammer – als die letzte Magd endlich ins Bett ging, stand die erste schon wieder auf – hatte sie die ganze Nacht über kein Auge zugetan. Sie war wütend auf Marius, der die gefährliche Fechtprobe riskiert und sich dann auch noch Freiheiten ihr gegenüber erlaubt hatte. Aber sie war ebenso erbost über das Verhalten ihres Vaters, der anscheinend die erstbeste Gelegenheit genutzt hatte, um seine Ehefrau zu betrügen.

Als die Männer von nächtlichen Gesprächen in der Gaststube und dem Angriff auf Alexander berichteten, legte sich ihr Zorn etwas. So war ihr Vater doch nicht mit der Magd beisammen gewesen, sondern hatte im Schankraum gesessen, als die Magd den Angriff beobachtete? Aber was hatte Alexander draußen gemacht? Clarissa wollte es lieber nicht wissen. Ihr reichten die verliebten Blicke, die die Magd dem Fechtschüler zuwarf. Marius' Laune hingegen war gedämpft. Hatte er ihrem Vater von seinem Scheinangriff berichtet? Fritjoff erwähnte ihn allerdings nicht, und sie schmollte zu sehr, um ihn darauf anzusprechen. Denn egal, was er am gestrigen Abend getan hatte – er hatte sie allein gelassen. Jeder hätte ihr etwas antun können, ohne dass ihr Vater es auch nur bemerkt hätte. Sie hatte Glück gehabt, dass es nur Marius gewesen war, der es auf sie abgesehen hatte. Sie würde vorsichtiger sein müssen. Letztlich war sie auf dieser Reise auf sich allein gestellt, das war ihr jetzt klar.

Zeitig brachen sie auf. Bis Schwerin war es noch ein guter Tagesritt. Clarissa hielt Abstand zu den Männern. Ihr Vater ritt schweigend voraus. Jetzt wirkte er wieder ungewöhnlich bedrückt, ganz so, als wäre er in Gedanken an einem weit entfernten Ort.

8

Im Mecklenburgischen, Sommer 1569

Der Mond hing voll über der Lichtung, als Fritjoff erwachte. Zunächst wusste er nicht, wo er war. Dann fiel es ihm wieder ein. Gestern hatten sie die letzten Schulden für die Beerdigung ihrer Mutter endgültig abgegolten. Drei Jahre hatte es gedauert. Eine schier unendliche Zeit der Erniedrigung, der Knochenarbeit und der Prügel. Keinen Augenblick länger hatten sie im Haus des Abdeckers bleiben wollen.

Fritjoff drehte sich auf den Rücken und blinzelte schlaftrunken in den Himmel. Wie frei er sich fühlte! Fledermäuse schienen die funkelnden Sterne zu umflattern wie Motten das Licht.

»Sieh nur, Carl, sie tanzen«, murmelte er und streckte die Hand nach seinem Bruder aus.

Carls Lager war leer, doch Fritjoff kam nicht dazu, sich darüber zu wundern. Schon fielen ihm wieder die Augen zu. Sie waren weit gewandert. Er war hungrig gewesen und hatte, um seinen Hunger zu dämpfen, auf Steinen gelutscht. Quälend lange hatten sie angespitzte Äste in den Fluss rammen müssen, bevor sie einen Fisch gefangen hatten. Er wollte wach bleiben, um Carl die tanzenden Fledermäuse zu zeigen, aber seine Augen brannten, und die Lider waren schwer.

Am nächsten Morgen sagte Carl, er sei nur schnell in den Büschen gewesen. Fritjoff musste seine Rückkehr verschlafen haben.

Der Bauer musterte sie abschätzig. Er wies auf Carl. »Dich kann ich als Pferdeknecht gebrauchen, aber für den Kleinen habe ich keine Verwendung«, sagte er.

Es war ein großer Hof mit vielen Kornfeldern, Viehhaltung und einer Pferdezucht. Hier fanden sicher viele Tagelöhner ihr Auskommen – warum nicht auch sie?

Fritjoff streckte sich so hoch, wie es seine acht Jahre zuließen. Natürlich war er klein im Vergleich zu seinem dreizehnjährigen Bruder, der zwar mager war, aber viele Muskeln hatte. Carl war in seinen Augen schon beinahe ein Mann, wenn man von den Pickeln und seiner brüchigen Stimme absah, die im Moment heiser und kieksig war.

»Ich bin auch stark«, verkündete Fritjoff und spürte dabei das tiefe Loch in seinem Magen.

So lange suchten sie schon nach Arbeit! So oft waren sie abgewiesen oder betrogen worden. Zuletzt hatten sie einem Bauern geholfen, der sie erst schlecht versorgt und ihnen später die versprochene Entlohnung verweigert hatte – selbst als Carl ihm Prügel androhte. Seit zwei Tagen ernährten sie sich von Beeren und Pilzen.

Jetzt musste der Bauer lachen. »Das glaube ich. Aber nicht stark genug.« Er wurde wieder ernst. »Kinder habe ich selbst. Ich brauche jemanden, der anpacken kann.«

»Uns beide oder keiner«, beharrte Carl.

»Dann keiner«, bedauerte der Mann.

Carl zögerte. Fritjoff sah, wie sein Bruder die Fäuste ballte. Da war die Wut wieder, die Carl so oft packte und ihn dazu trieb, etwas durch die Gegend zu werfen oder Streit zu suchen. Fritjoff konnte das nicht leiden. Er zupfte an Carls Hemd.

»Komm, wir fragen woanders.«

Als sie ein paar Schritte gegangen waren, hörten sie die Stimme des Mannes noch einmal: »Also gut. Er kann den Frauen bei der Getreideernte helfen.«

Staub lag über den Feldern. Fritjoff musste husten. Er war erschöpft, seine Füße waren von den scharfen Weizenstoppeln wund, und die Finger brannten, weil er sie an den scharfen Halmen aufgeschnitten hatte. Außerdem hatte er Hunger, wie immer. Aber es würde noch dauern, bevor er seine Schale Getreidebrei und seinen Becher Wasser bekam. Zu viele warteten vor ihm. Männer näherten sich der Essensschlange, kräftig und laut wie so viele der Wanderarbeiter. Ihre Schultern waren breit, die Gesichter sonnengegerbt. Zielstrebig gingen die Männer an den Wartenden vorbei zum Proviantwagen.

»Wir haben alle Hunger!«, hörte Fritjoff hinter sich Carl ausrufen.

Weitere Wanderarbeiter zogen an ihnen vorüber.

»He!«, wollte Carl sie aufhalten.

Die Frau vor ihnen warf den Brüdern einen müden Blick zu. »Lass gut sein«, sagte sie nur.

Carl reckte sich. »Das geht so nicht! Wir warten alle!«, setzte er nach.

Einer der Männer drehte sich um und suchte die Reihe nach dem Rufenden ab. Zielstrebig kam er auf sie zu. Er sah gefährlich aus. Schweiß und Staub hatten sich auf seinem Gesicht zu dunklen Schlieren vermischt. Fritjoff zog den Kopf zwischen die Schultern, aber Carl reckte sich.

»Gib Ruhe«, knurrte der Mann.

»Wir haben alle gewartet. Es ist nicht richtig, dass ihr einfach so vordrängelt!«, sagte Carl, und nur Fritjoff vernahm das Beben in seiner Stimme.

»Und was willst du dagegen tun?«

»Euch auffordern, es zu lassen.«

Ohne ein weiteres Wort rammte der Mann Carl beide Handflächen gegen die Brust. Fritjoff hörte, wie Carl die Luft ausstieß, und sah, wie er zurücktaumelte. Er stürzte seinem Bruder hinterher und wollte ihm aufhelfen.

Der Wanderarbeiter spuckte aus. »Da hast du meine Antwort!«

Carl stemmte sich hoch. »Wenn du mich auch schlägst, bleibt es doch Unrecht«, setzte er trotzig nach.

Bei diesen Worten fuhr der Mann herum und packte ihn. Schon holte er mit der Faust aus. Voller Angst wollte Fritjoff sich dazwischendrängen.

»Halt!« Plötzlich stand der Bauer neben ihnen. »Aufhören«, sagte er zu dem Arbeiter, und zu den Brüdern: »Mitkommen.«

Fritjoffs Magen fühlte sich an, als läge ein Stein darin. Sein Herz wurde schwer. Würde der Bauer sie bestrafen, weil sie Unruhe gestiftet hatten? Aber er konnte doch gar nichts dafür! Trotz regte sich in ihm. Gleichzeitig wurden ihm die Knie schwach vor Sorge.

Im Schatten des Hauses war es angenehm kühl. Fritjoff spähte durch die angelehnte Tür und sah den Bauernsohn, der am Tisch in einer vollen Breischale herumstocherte. Der Bauer setzte sich auf die Bank an der Hauswand und schenkte sich aus einem Krug ein.

»Was sagtet ihr doch gleich, woher ihr kommt?«, fragte er.

Carl fuhr mit der Hand über seine Brust. Die Stelle, wo der Schlag ihn getroffen hatte, schien zu schmerzen. »Ich glaube, wir haben gar nicht darüber gesprochen.«

»Werd nicht frech, Bürschchen!«

»Das war nicht …«

Hart setzte der Mann den Becher ab. »Ich habe mich gerade mit einem der neuen Arbeiter unterhalten. Er hatte allerlei Neuigkeiten. So erzählte er unter anderem, dass es in Ganzekendorp gebrannt habe. Bei einem Großbauern. Schlimm, schlimm.« Angeekelt blickte er in seinen Becher.

Wovon sprach der Mann? Fritjoff verstand es nicht. Sie kamen aus Ganzekendorp, aber mit einem Brand hatten sie nichts zu tun.

»Wutzows Scheune – niedergebrannt. Die Ernte – vernichtet.

Das Feuer griff auf das Haus über. Glücklicherweise ist dem hohen Herrn nichts passiert.« Er schüttete das Dünnbier in hohem Bogen weg, mehrere Fliegen regten sich in den nassen Flecken im Sand. Durchdringend sah er Carl an. »Zwei Jungen sollen den Brand gelegt haben, heißt es. Brüder. Aus Rache.«

Fritjoff wurde schlecht. Krampfhaft fixierte er seine Füße, die schmutzig und aufgerissen waren. Carl schwieg. Er konnte nichts damit zu tun haben. Außerdem waren sie die ganze Zeit zusammen gewesen. Also schluckte Fritjoff trocken und beeilte sich, zu versichern: »Das kann nicht sein. Wir waren's nicht. Die ganze Zeit waren wir zus…«

Der Mann erhob sich und packte die Peitsche, die neben ihm an der Wand hing. »Kein Wort mehr. Brandstifter gehören bestraft. Verschwindet, bevor ich es mir anders überlege.«

Fritjoff packte die Angst. Er griff Carls heiße, trockene Hand und zog ihn mit sich. Warum hatte sein Bruder die Vorwürfe nicht entkräftet?

Gemessenen Schrittes hatte Carl sie vom Hof geführt, obgleich Fritjoff an ihm gezerrt hatte. Erst als Carl sagte, wenn sie liefen, würden sie sich erst recht verdächtig machen, bezwang Fritjoff seine Hast. Als sie weit genug weg vom Hof waren, hielt er es nicht mehr aus.

»In unserer ersten Nacht unterwegs, als die Fledermäuse tanzten, hast du da …«

Doch Carl ließ ihn den ungeheuerlichen Verdacht nicht aussprechen. »Was denkst du denn von mir?«, fuhr er ihn an.

Fritjoff zuckte zurück, das harte Glitzern in den Augen seines Bruders schüchterte ihn ein. »Der Großbauer hat einen Schuldigen gesucht. Da kamen wir ihm gerade recht. Drei Jahre lang hat unser Anblick ihn jeden Tag daran erinnert, dass er ein Mörder ist. Und jetzt will er uns nach dem Mord an Mutter auch noch fertigmachen.«

Fritjoff biss sich auf die Lippe. »Aber warum hast du uns nicht verteidigt? Warum sind wir geflohen?«

Bitterkeit sprach aus den Worten seines Bruders, als er antwortete: »Wer hätte uns schon geglaubt?«

9

Zwischen Bützow und Schwerin, August 1608

Schwer hing das regennasse Kleid an Clarissas Körper. Die Haare klebten an ihrer Haut. Ständig kontrollierte sie, ob das Manuskript ihres Vaters im Wachsleinen noch gut verstaut war. Es kam ihr schon so vor, als würde die Sonne nie wieder scheinen.

Erst gegen Mittag hörte der Regen auf. Sie hielten an einem kleinen Teich und ließen die Pferde grasen. Bis zum Bauch waren die Rösser dreckbespritzt. Zwischenzeitlich hatten sie versucht, das Tempo zu erhöhen, aber die Tiere wirkten bald erschöpft. Immerhin war es warm, sodass alles schnell trocknen würde. Clarissa schaute nach ihren Reisegefährten. Alexander legte bereits sein Wams ab und begann auf der Wiese zu üben. Marius schlug sich ins Gebüsch. Ihr Vater nestelte an seinem Gepäck. Da Clarissa mit niemandem geplaudert hatte, war der Ritt langweilig gewesen. Aber jetzt hatte sie das Schmollen satt. Alexander wiederholte mehrere Huten, stockte aber immer wieder beim Schlüssel. Seine Hände hielten das Schwert umklammert, was ihm das Stechen aus dieser Position schwer machte. Ohne etwas mehr Lockerheit in den Handgelenken würde er den Schlag nie meistern. Entschlossen ging sie zu ihm. Sie nahm an, dass Marius seinem Freund von der nächtlichen Begegnung berichtet hatte; er wusste also, dass sie fechten konnte. Alexander würdigte sie keines Blickes. War er wirklich so vertieft?

»Ich habe auch lange gebraucht, bis ich den Schlüssel konnte; fast dachte ich, ich schaffe es nie«, sagte sie.

»Frauen sind auch nicht dafür gemacht.«

Sie ignorierte den Einwand. »Vielleicht ist diese Hut aber auch nicht kampfentscheidend. Vater sagte, sie sieht zwar gut aus, taugt aber im Kampf wenig.«

Konzentriert wiederholte Alexander die Bewegungen. »Maßt du dir allen Ernstes an, mir Unterricht zu erteilen?«

Seine schroffe Reaktion schüchterte sie ein. »Ich … nein, ich wollte nur helfen.«

»Ich brauche deine Hilfe nicht.«

Für Clarissa stand nun endgültig fest, dass Alexander sie nicht mochte. Die Anzeichen deuteten schon lange darauf hin: Alexander beachtete sie wenig, reagierte mit losen Sprüchen oder beendete jedes Gespräch so schnell wie möglich. Einzig beim Ball, als sie mit Marius in der Gasse gewesen war, hatte Alexander Interesse gezeigt. Aber da war er auch betrunken gewesen.

»Wie auch immer: Deine Handgelenke sind zu steif, der Griff am Gehilz zu fest«, schnappte sie.

In diesem Augenblick gesellte sich Marius zu ihnen. »Da spricht die Fechtmeisterin«, sagte er lächelnd.

Alexander blaffte sie an. »Plaudern könnt ihr woanders, ich muss jetzt üben. Willst du nicht auch trainieren?«, setzte er an Marius gerichtet hinzu.

»Einen Augenblick noch«, vertröstete Marius seinen Freund.

Wortlos ging Alexander auf Abstand.

»Ich wollte ihn nicht brüskieren«, gestand Clarissa. Ihre Wut hatte sich längst gelegt, inzwischen fand sie Marius' nächtliche Aktion beinahe zum Lachen.

»Ist nicht deine Schuld. Er kann ganz schön empfindlich sein.« Marius legte den Kopf schief, sein Blick war arglos und offen. »Ich möchte dich um Verzeihung bitten.«

»Das ist aber auch überfällig«, brach es aus Clarissa heraus.

Marius drehte zerknirscht eine seiner blonden Haarsträhnen zwischen den Fingern. »Du hast so geheimnisvoll getan, da konnte ich einfach nicht widerstehen.«

»Du hättest mich noch einmal in Ruhe fragen oder meinen Vater auf meine Fechtkenntnisse ansprechen können.«

Er lächelte verschmitzt. »Ich fand meinen Plan gar nicht so schlecht, und aufgegangen ist er auch. Ehrlich gesagt war es ein Genuss, dich aus dem Zimmer stürzen zu sehen. Ich glaube, ich würde für diesen Anblick wieder deinen Zorn riskieren, so schön und wild warst du.«

Clarissa spürte, wie ihr das Blut in die Wangen schoss. »Ich hätte dich verletzen können.«

»Das wäre es wert gewesen.«

Ihr wurde nun so heiß, dass sie verlegen den Kopf abwandte. Noch nie hatte ihr jemand so geschmeichelt. »Ich fechte seit meiner Kindheit«, gab sie zu. »Mutter sieht es nicht gerne.«

»Das wundert mich nicht. Der Umgang mit Schwertern erfordert Kraft und ist gefährlich. Sicher erschwert er auch die Suche nach einem Heiratskandidaten. Kein Mann möchte eine Amazone, die stärker ist als er selbst«, sagte Marius kritisch.

»Mir gefallen eben die Bewegungen.«

»Etwas mehr steckt schon dahinter, oder?«, grinste Marius. »Wie auch immer: Von deinem Kampfgeist haben wir im Haus deines Vaters profitiert. Ich bin sehr froh, dass du uns begleitest. Eine Frau bringt das Beste in uns Männern zum Vorschein.«

Abgelenkt blickte Clarissa zu ihrem Vater, der sich wieder an seinem Arm zu schaffen machte. Auch ihr Zorn auf Fritjoff war inzwischen verpufft. Sicher konnte er Hilfe gebrauchen. Sie wollte sich abwenden, doch Marius nahm ihre Hand und sah ihr tief in die Augen.

»Ich würde sehr gerne mehr Zeit mit dir verbringen, wenn du mich nur ließest. Du gefällst mir sehr, Clarissa.«

Verwirrt machte sie sich los und ging zu ihrem Vater. Sie nahm ihm das saubere Linnen ab und reinigte die Wunde. Die Schwellung war zurückgegangen, und unter der Einstichstelle schien sich kaum noch Eiter zu sammeln. Prüfend blickte Fritjoff sie an. Clarissa hoffte, dass ihr Vater die Röte in ihrem Gesicht nicht bemerkte.

»Ich habe dich mit Marius reden gehört. Ist alles in Ordnung? Ist etwas im Gasthof vorgefallen? Dort habt ihr euch anscheinend auch schon unterhalten, des Nachts.«

Sollte sie Marius verraten oder die Angelegenheit nun, da er sich entschuldigt hatte, auf sich beruhen lassen? »Ich habe Lärm gehört. Jemand schien in Gefahr zu sein«, sagte sie wahrheitsgemäß und verband die Wunde sorgfältig.

»Du musst Alexanders Kampf durchs Fenster gehört haben. Gut, dass deine Mutter nichts davon weiß. Ich hätte dafür sorgen müssen, dass die ganze Zeit eine Magd bei dir bleibt. Ich darf dich einfach nicht aus den Augen lassen«, sagte Fritjoff weich.

»Es ist ja nichts passiert.«

Fritjoff nickte nachdenklich, dann erhob er sich und rief seine Schüler zu sich. Prüfend musterte er sie. »Wir sind erst etwas über einen Tag unterwegs und haben doch schon jede Menge Zwischenfälle erlebt. So kann es nicht weitergehen. Wir haben noch einen weiten Weg vor uns, und in der Zwischenzeit habt ihr viel zu lernen. Ich ermahne euch zu Konzentration und Anstand. Geht Streitereien aus dem Weg, verhaltet euch unauffällig und höflich, und lasst die Finger von Frauen! Wenn ihr erst die Prüfung hinter euch habt, könnt ihr euch vergnügen, so viel ihr wollt. Aber bis dahin verlange ich Disziplin. Ich will mich nicht mit euch blamieren!«

Er wies seine Schüler an, sich mit dem Dusack zu bewaffnen. Marius und Alexander reagierten ungehalten. Das geschwungene hölzerne Schwert wurde oft als erste Trainingswaffe im Fechtunterricht verwendet; es kam aus ihrer Sicht einer Degradierung gleich, ihnen die Langschwerter zu nehmen. Clarissa mochte das Kämpfen mit dem Dusack. Die Hauen und Huten ähnelten denen beim Schwertkampf, aber der Dusack ermöglichte viel schnellere, tänzerische Bewegungen. Außerdem war ein Kampf mit der hölzernen Übungswaffe recht ungefährlich.

»Wir pauken weiter Technik, Schnelligkeit und Taktik. Ohne diese werdet ihr nie bei der Fechtschule bestehen! Wir haben nur noch einige Wochen – müht euch also redlich! In Schwerin werden wir noch einmal die grundsätzlichen Abläufe durchgehen, vielleicht begreift ihr es dann. Oder besser: Clarissa, zeig ihnen, wie es geht! Ich möchte meinen Arm noch etwas schonen.«

Die Schüler wirkten nicht gerade begeistert. Dieses Mal war Clarissa nicht schüchtern, im Gegenteil, sie freute sich, selbst wieder eine Waffe zu schwingen und den Männern zu beweisen, was sie konnte. Fritjoff und sie tanzten im Kampf umeinander, ließen die Bewegungen leicht fließen, und am Ende ließ er sie gewinnen. Alexander beobachtete sie abschätzig, während Marius' Blicke so wohlwollend waren, dass es ihr schon wieder peinlich wurde.

Nun sollten die Schüler antreten. Auch sie legten sich mächtig ins Zeug.

Als Fritjoff den Unterricht beendete, hatte die Sonne ihren Höchststand längst hinter sich. Sie nahmen eine kleine Mahlzeit ein. Anschließend schlug auch Clarissa sich ins Gebüsch. Überall im Gehölz schien es zu knacken. War der rachsüchtige Student zurückgekehrt? Wurden sie von Räubern belauert? Trotz ihrer Bedenken konnte sie sich nicht überwinden, einen der Männer zu bitten, über sie zu wachen. Mit rasendem Herzen kehrte sie zu den Pausierenden zurück; sie war das Reisen und die damit verbundenen Unbequemlichkeiten einfach nicht gewöhnt.

Der Weg war nun breit genug, dass sie nebeneinander reiten konnten. Alexander und Marius unterhielten sich. Clarissa war froh darüber; sie wusste nicht, wie sie auf Marius' Werben reagieren sollte. Bei Fritjoffs Ermahnungen hatte sie sich ebenfalls angesprochen gefühlt. Sie durfte ihm weder Schande machen noch die Reise erschweren.

Gedankenverloren blickte ihr Vater die Straße hinauf. Regen setzte wieder ein, aber er schien ihn gar nicht wahrzunehmen. Clarissa glaubte einen Hauch Trauer auf seinem Gesicht zu erkennen.

»Sorgst du dich wegen deiner Schüler?«

»Das nicht«, sagte Fritjoff mit überraschend rauer Stimme. »Ich denke an meine erste Zeit in Schwerin zurück. Ich war noch ein Kind und hatte das Glück, dort den berühmten Fechtmeister Joachim Meyer zu erleben. Es war ein schicksalhafter Moment in meinem Leben.«

Merkwürdig, dass ihm diese Begegnung, die Jahrzehnte her war, so naheging, wunderte sich Clarissa.

10

Schwerin, Februar 1571

Eifrig führte Fritjoff den Wetzstein über das Eisen. Er blinzelte Schweißtropfen, die in seinen Augenwinkel rannen, weg. Obgleich sich draußen der Schnee türmte, war es heiß und stickig in der Schmiede. Meister Thies hatte einen guten Ruf über die Schweriner Stadtgrenzen hinaus, was dazu führte, dass er sogar in der ruhigen Jahreszeit viel zu tun hatte. Das war ihr Glück. Wieder einmal waren Carl und er gerade noch vor Wintereinbruch untergeschlüpft. Mit dem Frost verflüchtigten sich die Arbeitsmöglichkeiten für Waisenkinder extrem. Im Winter hielt jeder seine Vorräte zusammen, zu schnell drohte der Hunger. Unnütze Mäuler wollte keiner stopfen. Fritjoff kannte das Gefühl, eine ungewisse Zukunft zu haben, inzwischen gut, doch er hatte sich nicht daran gewöhnt.

Seit dem Tod ihrer Mutter hatten die Brüder alle paar Monate weiterziehen müssen. Der ständige Kampf ums Überleben und die Plackerei bedrückten ihn auch nach fünf Jahren noch. Wie erholsam war es dagegen bei diesem Waffenschmied: Der Meister war gutmütig, Familie und Gesellen hatten sie freundlich aufgenommen, und Fritjoff mochte die Kundschaft. Er hatte Kämpen in voller Rüstung bestaunen können, war furchterregenden Söldnern aus dem Weg gegangen und hatte die blitzenden Harnische und Schwerter der Bürger und Handwerker bewundert. Am besten war aber, dass er zum ersten Mal in seinem Leben einen Freund gefunden hatte.

Er warf Jodocus, der neben ihm den Wetzstein führte, ein Lächeln zu. Jodocus war der Sohn des Schmieds. Mit seinem rötlichen, igelkurzen Haar wirkte er frech und war tatsächlich stets zu Scherzen aufgelegt. Er war zehn, wie Fritjoff, wurde allerdings wegen eines Makels allgemein belächelt: Er stotterte. Fritjoff störte sich nicht daran.

Aufgeregtes Gestikulieren zog seine Aufmerksamkeit auf sich. Fassungslos und beschämt starrte Fritjoff zu dem wütenden Gesellen Veit und seinem Bruder Carl. Nicht schon wieder! Hoffentlich bemerkte Jodocus den Streit nicht auch. Nur gut, dass das Hämmern der Zuschläger auf dem Amboss, das Pumpen der Blasebälge und das Schleifen des Schmirgelsteins den Wortwechsel übertönten. Dass Fritjoffs Kopf glühte, lag nun nicht mehr nur an der bollernden Esse. Es fiel ihm zunehmend schwer, Carls Wutausbrüche hinzunehmen. Fritjoff wusste nicht, wie es kam, aber selbst wenn Carl keinen Streit suchte, endeten doch viele Tage in einer Prügelei und einer Maßregelung durch den Meister. Nur dass dieser nicht, wie damals der Abdecker, zur Rute griff, sondern einen Vortrag über angemessenes Verhalten hielt. Vermutlich duldete Meister Thies sie nur noch aus Mitleid. Doch Fritjoff wagte es nicht, seinem Bruder ins Gewissen zu reden. Er liebte Carl und respektierte ihn, schließlich ersetzte er ihm Vater und Mutter. Dennoch tat es ihm weh, seine ständigen Streitereien mitzubekommen. Er sah es schon kommen: Bald würden sie auch diesen Ort verlassen müssen. Das wollte er um keinen Preis! Er war glücklich hier. Zumal der Meister gesagt hatte, er könne ihn wegen seines Talents irgendwann als Lehrling annehmen und ausbilden. Wenn sie nur irgendwie das Lehrgeld zusammenbringen könnten! Sie hatten ein wenig gespart, aber das Geld war ein echter Notgroschen. So oder so war es eine Möglichkeit, mit der er nach all dem Unglück nie gerechnet hätte. Seine Mutter wäre stolz, wenn sie wüsste, dass er als Schmied in die Fußstapfen seines Vaters treten würde. Leider erinnerte er sich kaum an ihn, und mit Carl wagte er nicht über ihre Eltern zu sprechen. Fritjoff spürte, dass Kummer über das Schicksal seiner Familie der Ursprung für den Groll seines Bruders war.

Der gleichmäßige Rhythmus der Ambosshämmer verstummte. Die Stimme des Gesellen klang jetzt übermäßig laut: »Du sollst ihr keine schönen Augen machen, sage ich!«

Alle wandten sich den Streithähnen zu, nur Fritjoff senkte den Blick. Konzentriert, als müsste er eine Scharte ausgleichen, bewegte Fritjoff den Wetzstein. Er hatte es befürchtet. Maria, die Tochter des Meisters, hatte ein Auge auf Carl geworfen. Sie ließ den Brüdern Kleinigkeiten aus der Küche zukommen, reichte Carl Eintopf, bevor die besten Stücke herausgefischt waren, und passte ihn oft zu kurzen Neckereien ab. Veit, dem Gesellen, gefiel Marias Interesse an dem Fremden ganz und gar nicht. Hatte Carl das nicht bemerkt? Riskierte er leichtfertig einen Streit, oder wollte er den Gesellen provozieren? Fritjoff wusste es nicht. Er verstand seinen großen Bruder einfach nicht mehr.

»Das tue ich nicht!«, erklang Carls Stimme.

»Lügner!« Poltern drang an Fritjoffs Ohr.

Er wollte nicht aufsehen. Das Holz, das Carl gerade noch im Arm gehalten hatte, musste heruntergefallen sein. Carl war für das Hacken des Holzes, das Heranschaffen der Kohle und die Befeuerung der Esse zuständig. Manchmal half er auch an den Blasebälgen oder im Stall; er hatte ein Händchen für Pferde.

Schließlich ertönte ein lauter Ruf des Meisters: »Haltet Frieden! Veit, du arbeitest weiter – und du, Carl, gehst raus! Schipp den Schnee vorm Haus! Los, geh schon!«

Fluchend stürmte Carl durch die Tür. Fritjoff konnte sich nicht mehr zügeln und sah auf. Er bemerkte, dass die Menschen auf dem Platz einen Bogen um Carl machten. Es verwunderte ihn nicht. Carl war mit seinen inzwischen fünfzehn Jahren hochgewachsen und breitschultrig, ein Hauklotz von einem Mann. Sein Gesicht war durch eine tiefe Narbe gezeichnet, die quer über seine Wange verlief. Der Abdecker hatte sie Carl zugefügt, als dieser sich geweigert hatte, den Gottesdienst zu besuchen. Wenn Carl jemandem zornig entgegenstürzte, wusste man, dass man besser das Weite suchte. Auch Fritjoff hatte lernen müssen, seinem Bruder in diesem Zustand aus dem Weg zu gehen.

Carl verschwand im Schneegestöber. Wo wollte er hin? Traurig senkte Fritjoff den Blick.

Meister Thies trat zu den beiden Jungen und kontrollierte ihre Arbeiten. »Sauber habt ihr den Wetzstein genutzt. Jetzt könnt ihr ölen und polieren«, sagte er.

Jodocus lächelte Fritjoff stolz an. Sie arbeiteten an alten, schartigen Dolchen, und es machte ihnen Freude, sie zu neuem Glanz zu bringen. Zaghaft gab der Waisenjunge das Lächeln zurück.

Die Worte, die der Meister anschließend an den Gesellen richtete, vertrieben jedoch alle aufkeimenden guten Gefühle wieder. »Es reicht jetzt wirklich!«, murrte Meister Thies. »Ich kann in meiner Schmiede keinen Streit gebrauchen.«

Fritjoffs Hoffnung zerging. Er hatte es gewusst, sie würden weiterziehen müssen. Am liebsten hätte er geweint.

Carl drängte sich an dick eingemummelten Männern und Frauen vorbei über den Marktplatz. Alle wollten möglichst schnell aus dem Eisregen und den Schneeböen heraus, die über den Platz peitschten. Tränen der Wut brannten in Carls Augen, aber er hatte seit dem Tod seiner Mutter nicht mehr geweint. Keinen Augenblick länger hielt er es in der Schmiede aus! Die Enge und Hitze dort schnürten ihn ein. Die Almosen, die der Schmied ihnen so großzügig zukommen ließ. Die Dankbarkeit, die er dafür heucheln musste. Sein ganzes Leben lang war er anderen auf Gedeih und Verderb ausgeliefert gewesen – und er hasste diese Erniedrigung so sehr! Er hatte etwas Besseres verdient, das wusste er. Er war zu Großem fähig! Andere von niederem Stand schafften es doch auch, sich Respekt zu verschaffen. Immer wieder hatte er durchreisende Landsknechte befragt. Vier rheinische Goldgulden bekamen sie pro Monat von ihrem Dienstherrn, eine unfassbar hohe Summe. Mit ihrem einschüchternden Ruf und dem Verdienst kam die Anerkennung. Auch Carl wollte für sich stehen, tun, was ihm gefiel – ohne auf andere Rücksicht zu nehmen. Außerdem liebte er Schwerter. Glänzenden Stahl. Den Geruch von Metall. Kräftige Parierstangen, die jeden Stoß abfangen konnten. Kunstvoll verzierte Griffe. Die Schärfe der Klingen auf seiner Haut, eine stete Gefahr. Schwerter versprachen Macht, verschafften Respekt, schüchterten ein und dienten zur Rache. Nach alldem hungerte er so sehr! Das Feuer bei dem Mörder seiner Mutter hatte er nicht gelegt, aber er wünschte, er hätte es getan. Wenn man ihn ohnehin für schuldig hielt …

Ein Mann kreuzte seinen Weg, und Carl rempelte ihn an. Sollte er sich doch beschweren, ein Kräftemessen käme ihm gerade recht! Sein Gegenüber musterte ihn, zog den Kopf ein und stapfte eilig durch die Schneeschauer weiter. Carl fröstelte enttäuscht. An eine Weiterreise war nicht zu denken. Es blieb ihm nichts anderes übrig, als klein beizugeben und Schnee zu schaufeln. Die Schäkereien mit der Meisterstochter taten ihm gut. Maria langweilte sich in der Schmiede. Ihr Vater ließ ihr viele Freiheiten, und sie nutzte diese weidlich aus. Sie hungerte nach Schmeicheleien. Carl verstand nicht, dass sie alles, was sie hatte – und sie besaß so viel! –, aufs Spiel setzte. Andererseits dachte er nicht daran, sich ihr zu entziehen. Schließlich schien sie etwas in ihm zu sehen, was andere nicht sahen.

Die Tür wurde aufgerissen. Eine eisige Bö züngelte in die Schmiede. Schneeflocken stoben durch den Spalt und schmolzen binnen Augenblicken. Ein Mann stapfte herein, die hohe Gestalt unter einem Umhang verborgen. Unter dem Arm trug er einen dicken, langen Beutel, der offenkundig einiges Gewicht hatte. Hüstelnd schob er die Kapuze vom Kopf. Ein markantes, gerötetes Gesicht kam zum Vorschein. Die bucklige Nase sprach von vielen Kämpfen. Niedrig war der Haaransatz, dicht der Bart.

»Finde ich hier Meister Thies?« Der fremdartige, weiche Klang in der Stimme ließ Carl aufhorchen. Der Mann war nicht von hier. Carl beobachtete, wie sich die Züge des Meisters aufhellten. Seine Armmuskeln brannten schmerzhaft, aber Carl pumpte weiter. Nachdem er Schnee geschippt hatte, tat er wieder Dienst an der Esse und verhielt sich dabei so unauffällig wie möglich.

»Joachim!«, begrüßte der Meister den Fremden und legte den Schmiedehammer ab.

Die Männer schüttelten sich die Hände. Der Fremde wurde von einem Hustenanfall geschüttelt.

»Schnell, helft ihm!«, forderte der Meister. Froh, die eintönige Arbeit sein lassen zu können, eilte Carl zur Tür und nahm dem Fremden den Beutel ab.

»Vorsichtig damit!«, mahnte der Fechtmeister ihn.

Von dem Gewicht ging Carl beinahe in die Knie. Leise klirrte der Beutel, als Carl ihn auf den Tisch wuchtete. Schwerter! Am liebsten hätte Carl ihn geöffnet. Er konnte die Waffen durch das gewachste Leder spüren. Langschwerter, Kurzschwerter, Dolche und etwas, was er noch nicht kannte. Unauffällig tastete er den Beutel ab.

Meister Thies wandte sich an seine Leute: »Macht Schluss für heute! Der Knecht soll Joachims Pferd in den Stall schaffen und abreiben! Und die Magd soll gewärmtes Bier und Suppe für unseren Gast bringen! Sag meinem Weib, Joachim Meyer, der berühmte Fechtmeister aus Straßburg, ist da.«

Der Lehrjunge und die Gesellen eilten davon. Noch einmal tauchten die Köpfe von Fritjoff und Jodocus an der Tür zum Hinterhaus auf. Neugierig beobachteten die Kinder die Männer, dann verschwanden auch sie in der Wohnstube.

Joachim Meyer warf den Umhang ab. Ein gepolstertes Samtwams und aufgebauschte Kniehosen, die auf Höhe seiner Scham mit einer auffälligen Schleife verziert waren, kamen zum Vorschein. Die Kleidung war feucht gefleckt, und er schälte sich aus dem Wams, bevor er einen Schemel ergriff. Ganz nah stellte er ihn an die Esse und setzte sich. Wohlig streckte er den Rücken. Unter seinem ebenfalls schneefeuchten Hemd spielten die Muskeln. Maria brachte gewärmtes Bier, und auch die Ehefrau des Meisters trat ein, um den Besuch zu begrüßen.

»Wollt Ihr nicht zu uns in die Stube kommen?«, fragte die Hausherrin den Gast verwundert.

»Später gerne. Aber das ist es, was ich jetzt brauche! Freundschaft und Feuer!« Die Schultern rollend, wandte Joachim sich Meister Thies zu. »Am 4. Jänner bin ich in Straßburg aufgebrochen. Das Wetter war mild, der Ritt gen Norden versprach leicht zu werden. Aber das Gegenteil war der Fall.«

»Kein Mensch würde freiwillig um diese Jahreszeit eine so weite Reise auf sich nehmen.«

»Du sprichst wahr. Ich bin dem Herzog verpflichtet, der mich als Fechtmeister angeheuert hat.«

Meister Thies riss die Augen auf. »Du ziehst mein Haus dem Schweriner Schloss vor?«, wunderte er sich.

Joachims Lachen wurde von einem erneuten Hustenanfall unterbrochen. Hastig trank er von dem gewärmten Bier. »Ich muss erst mal wieder auftauen! Kennst du Schlösser? Kalte Gemäuer! Erst recht für einen Gast, der überraschend eintrifft. Bis da richtig eingeheizt ist …«

Meister Thies schenkte nach. »Du bist mir willkommen, Fechtbruder.«

»Das hatte ich gehofft.«

Meister Thies schickte den Knecht zum Schloss, um die Ankunft des Fechtmeisters anzukündigen, damit der Kamin angeheizt wurde. Carl wollte sich gerade wieder seiner Arbeit zuwenden, als der Gast seine Bewegung bemerkte.

»Bring mir die Schwerter, Bursche.«

Nichts tat Carl lieber! Vorsichtig legte er den Beutel auf den

Boden vor die Männer. Joachim öffnete das Leder und zog vorsichtig das erste Schwert heraus. Es war ein imposantes Langschwert, dessen glänzende Klinge durch matte Flecken verunstaltet wurde. Prüfend strich er über die Klinge. »Trotz aller Pflege haben die Wochen der Feuchtigkeit und des Frosts ihnen geschadet.«

»Ich kann sie trocken wischen und polieren«, bot Carl an.

Der Meister wollte ihm gerade den Mund verbieten, als der Fechtmeister ihm zuvorkam. »Als Messerschmied gebe ich meine Waffen nicht gern in fremde Hände, aber …« Er stockte. Offenbar verlor er den Faden, denn er führte den Satz nicht zu Ende. Meyers Augen glänzten fiebrig, Schweiß perlte über sein Gesicht. Auch sein Hemd war nass. Er sah krank aus.

»Natürlich, Herr.« Carl holte tief Luft, dann platzte er vor Begeisterung heraus: »Es sind nur so wunderschöne Schwerter. Nürnberger Stahl. Oder Solinger? Sie sollten in einem tadellosen Zustand sein.«

»Das sollten sie. Vielleicht kannst du mir zur Hand gehen, wenn ich sie bereit mache.«

Meister Thies räusperte sich und warf ein: »Ich darf die Lehrjungen und Gesellen nicht vergessen. Sie werden sich darum reißen, dir zur Hand zu gehen.«

Müde rieb Joachim sich über das rot feuchte Gesicht. »Es ist deine Schmiede. Wir machen es so, wie es dir richtig erscheint.«

Eine Weile plauderten die Männer noch, dann erhob sich der Fechtmeister. »Ich fürchte, ich muss jetzt zum Schloss aufbrechen.«

Meister Thies wirkte besorgt. »Willst du nicht lieber bleiben? So erhitzt, wie du bist … Bei der Witterung … Du holst dir den Tod.«

Wieder lachte Joachim Meyer heiser. »Wenn, dann habe ich ihn mir schon geholt. Außerdem heißt es doch:

Der Tod ist gewiss, ungewiss der Tag.
Die Stund auch niemand wissen mag
Darum fürcht Gott und denk dabei
Dass jede Stund die letzte sei.«

Dann setzte er hinzu: »Sorg dich nicht, ich bin zäh.«

Der Meister machte einen weiteren Versuch, den Freund zum Bleiben zu bewegen, dann hieß er Carl das Pferd aus dem Stall zu holen. Es war dunkel geworden. Aus den Häusern roch es nach Torffeuern. Schneegriesel schnitt den Nachthimmel in graue Streifen. Der Fechtmeister hatte seine Schwerter wieder verpackt und Wams wie Umhang fest verschlossen.

»Man sieht kaum die Hand vor Augen. Ich kann Euren Gast zum Schloss bringen«, bot Carl an.

Der Meister blickte abwägend hinaus. »Ja, das ist wohl besser.«

Carl führte das Pferd am Zügel durch die Altstadt Schwerins zum See. Seine Fackel warf einen warmen Schein auf den Schneematsch der Gassen. Die Schlappen an seinen Füßen waren durchnässt, aber das störte ihn nicht. Carl hatte viele Fragen an den Fechtmeister.

»Wie seid Ihr Schwertmeister geworden? In wessen Diensten habt Ihr gekämpft? In welchen Schlachten habt Ihr gefochten?«, rief er über die Schulter.

Der Mann antwortete nicht.

Carl sah sich um. Joachim Meyer saß zusammengesunken im Sattel. Das Licht schlug tiefe Schatten unter seine Wangenknochen. Hatte der Wind Carls Fragen davongetragen oder war Meyer zu schwach, um zu antworten?

Sie hatten die Altstadt verlassen. Vor ihnen erhob sich das Schweriner Schloss – ein glanzvoller Anblick. Da es auf einer kleinen Insel erbaut war, spiegelten sich Fackeln und Kerzenschein auf der Wasseroberfläche des Sees. Auf der Brücke nahmen Diener in Livree sie in Empfang. Sie würdigten Carl keines Blickes. Den Fechtmeister begrüßten sie hingegen ehrerbietig. Mit einem Anflug von Neid sah Carl ihnen nach. Respekt und Macht. Hoffentlich würde der Fechtmeister schon morgen in die Schmiede kommen, um seine Schwerter in Ordnung bringen zu lassen.

»Ist eee… er Mes…serschmied wie dd… du, Vater? Aber www… wo ist seine Schschsch… Schmiede? Warum reist er aaa… als Fechtmeister umher? Und www… warum fechtet er überhau… haupt?«

Jodocus rutschte auf seinem Sitz herum. Vom Knechtetisch aus lauschte Fritjoff neugierig. Gestern Abend, nachdem der Geselle sie von der Schmiedetür weggejagt hatte, hatten die beiden Freunde noch lange über den geheimnisvollen Besucher gerätselt.

Meister Thies stützte die Arme auf den Tisch und löffelte ruhig seine Suppe. Er wartete Jodocus' Gestotter geduldig ab, im Gegensatz zu den meisten anderen Bewohnern des Hauses. Die Fragen seines Sohnes schienen Meister Thies nichts auszumachen, dessen Neugier ihn nicht zu stören.

Fritjoff waren diese freundlichen Umgangsformen völlig unbekannt. Schüchtern wagte auch er, die Stimme zu erheben. »Wo lebt er? Hat er Kinder? Warum hat er so viele Schwerter? Und warum …«

Meister Thies hob lachend die Hände. »Schon gut!«, rief er. »Er kommt aus Basel, lebt jedoch mit seiner Familie in Straßburg. Joachim ist Messerschmied, das stimmt. Aber wir Meister und Gesellen müssen unseren Beitrag zur Stadtverteidigung leisten. Also schaffen wir Schwerter und Harnische an und lernen das Fechten. Ich dachte, das wüsstest du schon, Sohn.«

Jodocus' Wangen röteten sich. »JJJ… Ja, aber … Er ist iiir… irgendwie anders!«

»Das liegt daran, dass er die Fechtkunst tiefer ergründet hat. Er hat keine Schmiede mehr, sondern verdient als Fechtmeister sein Geld. Jahrelang ist Joachim bis nach Italien gereist, hat die unterschiedlichsten Fechtmeister aufgesucht und von ihnen gelernt. Seine Kunst hat er sogar in Fechtbüchern festgehalten. Sein Ruhm hat sich bis nach Mecklenburg herumgesprochen, und deshalb hat ihn der Herzog engagiert.«

Fritjoff bemerkte, dass auch sein Bruder dem Gespräch aufmerksam folgte. Vielleicht gab es ja doch noch Hoffnung für einen längeren Aufenthalt in der Schmiede. Meister Thies aß weiter, seine Schale war beinahe leer.

Jodocus wunderte sich. »Ka…ka… kann der He… Herzog denn nnn… nicht mmm… mit dem Sch… Schwert umgehen?«

»Doch, natürlich. Herzog Johann Albrecht führt eine glänzende Hofhaltung: Er hat eine Fürstenschule gegründet, stellt eine kostbare Bibliothek zusammen und beruft bedeutende Gelehrte. Nicht umsonst nennt man Schwerin das ›Florenz des Nordens‹. Der Herzog jagt und hat eine beeindruckende Waffenkammer. Aber Joachim ist ein Meister am Rapier. Der Umgang mit dieser Waffe wird vor allem in Italien, Spanien und Frankreich gepflegt. Dort heißt es: Der Deutsche haut, der Italiener sticht. Das Hiebfechten ist wuchtiger, das Stichfechten schneller und eleganter. Diese Leichtigkeit reizt die Höflinge natürlich. Joachim soll seine Künste vorführen und den Herzog und seine Männer darin unterweisen.«

Kratzend fuhr der Löffel des Meisters über das Holz des leeren Tellers. Sekunden später erhob er sich. Auch die Gesellen und Lehrlinge gingen nun an die Arbeit. Fritjoff und Carl schlossen sich ihnen an. Schade, er hätte gerne mehr gehört, und seinem Bruder schien es ähnlich zu gehen.

»Ich www… wünschte, ich kön…nn…nte auch mm… mal sehen, wie er kkk… kämpft.«

Noch einmal wandte der Meister sich seinem Sohn zu. »Das

wirst du. Joachim hat versprochen, in unserer Zunftstube eine Kostprobe seiner Kunst zu geben.«

»Www… wirklich? Darf Frit… Frit… Fritjoff auch mm… mit?«, fragte Jodocus.

Fritjoffs Brust füllte sich mit Wärme. Jodocus war wirklich ein Freund.

Meister Thies neigte zustimmend das Haupt. »Warum nicht? Wenn er sich weiter so gut beträgt.«

Am Nachmittag kam ein Bote in die Schmiede und reichte Meister Thies einen versiegelten Brief. Nachdem er ihn gelesen hatte, wandte er sich an seine Leute.

»Schon heute Abend ist es so weit! Fechtmeister Joachim wird in der Zunftstube eine Probe seiner Kunst geben.«

Aufregung machte sich breit. Jede Unterbrechung des Alltagstrotts war im Winter willkommen, und diese umso mehr. Jodocus jubelte ungeniert, aber Fritjoff sah auch die Neugier in den Gesichtern der Gesellen und Lehrlinge. Keiner würde sich diesen Auftritt entgehen lassen.

Meister Thies hob noch einmal die Stimme. »Wir werden alle zusammen gehen.« Er sah sich um. »Carl und der Knecht geben in der Zeit auf die Werkstatt Acht.«

Carl prüfte das Feuer. Es war nicht zu klein und nicht zu groß. Kohle und Holz waren auch noch genug da. Vorsichtig stieg er über den Knecht hinweg, der vor dem Ofen eine Decke ausgebreitet hatte und schlief; er war schon über fünfzig, und seine Knochen mochten nicht mehr. Carl kam ein Gedanke. Vielleicht hielt Meister Thies es mit ihm aus, weil er dachte, dass er den Knecht bald ersetzen könnte. Bei dem Gedanken, sein Leben lang Holz zu hacken, Kohlen zu schleppen und vor dem Ofen zu schlafen wie ein altes Weib, prickelte es Carl im Nacken. Er hatte sich geschworen, seine Mutter zu rächen, und er würde es tun. Das würde er nie schaffen, wenn er sein Leben als Schmiedeknecht vergeudete.

Es war still in der Schmiede. Das Schwungrad mit dem Drehschleifstein stand ausnahmsweise still. Beim letzten Schlag der Kirchenglocken hatten sich die Bewohner des Hauses auf den Weg gemacht. Seinen Bruder hatten sie mitgenommen. Fritjoff hatte so glücklich ausgesehen wie schon lange nicht mehr.

Nur er musste hier ausharren! Dabei wünschte er sich sehnlichst, auch die Kampfkünste des Fechtmeisters zu sehen! Ihm endlich die Fragen zu stellen, die ihm auf der Seele brannten. Herauszufinden, wie auch er Schwertmeister werden konnte.

Carl öffnete die Tür und sah auf die Straße hinaus. Weiß quoll der Atem aus seinem Mund. Es war kälter geworden, das Pflaster glänzte vom Eis. Kein Mensch war zu sehen. Sicher, es gab wertvolles Edelmetall und Werkzeug in der Schmiede, aber wovor sollte er es um diese Zeit schon schützen?

Fritjoff trat hibbelig von einem Fuß auf den anderen. In der Zunftstube war es voll und stickig. Stimmengewirr und das Ächzen von Holz erfüllte den Raum. Was war da los? Vor ihnen ragten die breiten Rücken der Handwerker auf. Sie konnten nichts sehen!

»Kkk… komm!« Jodocus nahm seine Hand und zog ihn zwischen den Männern hindurch.

Den Jungen machten sie bereitwillig Platz. Endlich hatten sie die vorderste Reihe erreicht. Sie sahen jetzt, dass die Gesellen die Tische an den Rand gerückt hatten. Die freie Fläche in der Mitte und die erwartungsvollen Menschen drum herum erinnerten Fritjoff an etwas … Beklommen schob er den Gedanken weg.

»Da!« Jodocus wies auf den Fechtmeister.

Joachim Meyer sprach mit dem Zunftmeister. Gerade sollte er aus dem Zunftpokal trinken, wollte aber nicht. Leicht pikiert hielt der Zünftler die silberne Kanne in den Händen.

»Ich wäre auch zu aufgeregt, um etwas zu trinken«, sagte Fritjoff, beobachtete aber, dass der Fechtmeister sich abwandte. Husten schüttelte seinen Körper. Würde er überhaupt fechten können?

»Wo hat er denn sss… seine Sch… Schwerter? Sind die www… wieder heil?«, wunderte sich Jodocus.

»Dein Vater meinte zu Veit, Meyer habe sie wohl in der Schloss-Schmiede hergerichtet.«

Eine Glocke wurde geläutet, und der Zunftmeister begrüßte die Zunftbrüder. Anschließend stellte er den Fechtmeister vor. Nun sprach Joachim Meyer einige Worte. Er redete gut, auch, wenn Fritjoff nicht alles verstand.

»Ich bin guter Hoffnung, dass viele redliche Gesellen und junge Fechter sich des unordentlichen Lebens, Fressens, Saufens, Gotteslästerns, Fluchens, Hurens, Spielens und all dessen enthalten werden, was bisher diese adelige Kunst beschmutzt hat. Die Fechter sollen das unnütze Bauerndreschen lassen und sich besser aller Männlichkeit, Zucht und Ehrbarkeit befleißigen«, sagte Meyer und zeigte ein Exemplar seines Fechtbuchs vor, von denen er wohl eine ganze Kiste dabeihatte; man könne es später gerne bei ihm kaufen.

Fritjoff blieb vor Bewunderung der Mund offen stehen. Er hatte noch nie ein so schönes Buch gesehen, geschweige denn jemanden, der eines geschrieben hatte. Fechten war anscheinend mehr als reiner Kampf. Der Fechtmeister kam ihm wie eine Wundergestalt vor.

Joachim Meyer fragte, ob einer der Männer sich zu einem Kampf bereit erklären würde. Mehrere hoben die Hand. Schon stellten sich der Fechtmeister und sein Herausforderer einander gegenüber und verneigten sich, die Schwerter in den Händen, höflich voreinander. Dann begann der Kampf.

Fritjoff ließ sich vom flirrenden Funkeln der Klingen im Kerzenlicht bezaubern und bewunderte die kraftvollen, präzisen

Bewegungen der Männer. Die Abfolge der Schläge, die einem geheimen Rhythmus zu folgen schienen, faszinierte ihn.

Er war so gebannt, dass er zuerst nicht bemerkte, dass Jodocus ihm den Ellbogen in die Seite stieß. Als schrecke er aus einem Traum, starrte er den Freund an. Jodocus neigte den Kopf und fixierte etwas im Halbdunkel am Rand der Menge. Da sah Fritjoff es auch. Er konnte es kaum fassen – was machte sein Bruder denn hier? Wer bewachte die Schmiede? Konnte Carl nicht einmal tun, was man von ihm erwartete? Wenn Meister Thies ihn bemerkte, würde er sie keinen Moment länger dulden. Eine schwere Last auf seinem Herzen, drängte er hinaus.

Carl stand im Schatten der Tür und reckte den Kopf über die Menge. Einen Augenblick, nur einen Augenblick noch wollte er zusehen, wie die Männer kämpften. Dann würde er zur Schmiede zurückeilen. Bis dahin würde schon nichts passieren; der Knecht war ja da, wenn er auch schlief. Die Männer kreuzten die Klingen. Verächtlich schnaubte Carl. Ihr Zweikampf war ein Tanz, ein Zeitvertreib, mehr nicht. Nichts Ernstes lag darin. Keiner wollte den anderen wirklich besiegen. Diese Spielerei war nichts für ihn! Er vergeudete hier doch nur seine Zeit.

Plötzlich spürte er eine Hand in seiner – Maria! Ihm wurde heiß, als er ihre Haut spürte. Er hatte der Meistertochter schon den einen oder anderen Kuss gestohlen, sich die eine oder andere Freiheit erlaubt. Dabei wusste er, dass Frauen Ärger einbrachten, das hatte er oft genug beobachtet. Die Meisterstochter stellte sich auf die Zehenspitzen, um Carl etwas ins Ohr zu flüstern. Maria roch süß nach Seife. Ihr Atem kitzelte seinen Hals.

»Ich freue mich, dass du doch in die Zunftstube gekommen bist! Ist der Kampf nicht schrecklich langweilig? Man kann sich gar nicht unterhalten. Wollen wir nicht hinausgehen und du erzählst mir mehr von deinen Wanderjahren? Du musst doch allerhand Abenteuer erlebt haben!«, plapperte sie.

Maria hatte ihn schon öfter nach seinen Reisen ausgefragt. Zu seinem eigenen Erstaunen hatte er ihr mehr erzählt als vielen anderen; sie war eine gute Zuhörerin.

»Ich stelle es mir aufregend vor, unterwegs zu sein. Wenn die Soldaten in der Schmiede von ihren Schlachten erzählen, darf ich nie dabei sein.«

Immerhin da war ihr Vater konsequent, wenn er ihr auch sonst die Zügel schießen ließ. Meister Thies war ein guter Messerschmied, aber als Mann zu schlaff, fand Carl.

Jetzt brandete Jubel auf. Noch einmal blickte Carl auf die Kämpfer. Meyer hatte den Kampf für sich entschieden, was für eine Überraschung, dachte er verächtlich. Für dieses Schauspiel lohnte es nicht, den Bruch mit Meister Thies zu riskieren. Es wäre besser, wenn er und Fritjoff bis zum Ende des Winters in der Schmiede bleiben könnten.

»Ich muss zurück«, sagte Carl zu Maria.

»Bitte!« Schmollend verzog sie den Mund. »Du bist so viel netter als diese groben Kerle. Wie Veit … Es tut mir leid, dass er dich beschimpft hat. Und das nur meinetwegen. Als ob er mir etwas zu sagen hätte!« Ein kecker Augenaufschlag.

Carl genoss ihren bewundernden Blick. Er hätte sie küssen können, und sie hätte bestimmt nichts dagegen gehabt, aber er riss sich zusammen.

»Geh zu den anderen, los, bevor dich jemand vermisst!« Er eilte hinaus, doch Maria folgte ihm und nahm vor der Tür der Zunftstube nochmals seine Hände.

»Warte doch …«

In diesem Moment packte jemand Carls Schultern und riss ihn zurück. Maria schrie auf. »Hab ich doch gewusst, dass du keine Ruhe gibst! Läufst jedem Rock hinterher, was? Keine Ehre im Leib! So einer hat hier nichts zu suchen!«

Veit, der Altgeselle, spuckte ihn an. Angeekelt wischte Carl sich über das Gesicht. Immer weiter beschimpfte Veit ihn. Zwischen Carls Ohren begann es zu sirren. Ungerechtigkeit und Verleumdung allerorten. Im Nu konnte er nicht mehr klar denken vor Wut. Mit einem Satz sprang er dem Gesellen in den Leib und rang ihn zu Boden. Er schlug zu. Der andere mochte älter und stärker sein, aber Carl trieb die aufgestaute Wut an. Ein ums andere Mal trafen seine Fäuste ihr Ziel. Er war wie im Rausch.

Maria kreischte, dann folgten Schreie von tieferen Stimmen. Männer kamen herbeigerannt und forderten sie zum Einhalten auf. Hände rissen sie auseinander. Pumpend ging der Atem des Gesellen. Mund und Nase waren eine blutige Masse, das Hemd blutüberströmt. Carl erstarrte. Er musste ihm das Gesicht zerschlagen haben, aber er konnte sich nicht daran erinnern. Warum hatte er nicht früher aufgehört? Er sah sich um. Da stand der Meister, todernst. Daneben seine Tochter Maria. Entsetzt und enttäuscht, ein Gesichtsausdruck, als hätte sie sich in ihm geirrt. Carl fuhr zusammen. Kleine Fäuste droschen auf seinen Leib. Tränenüberströmt schlug sein Bruder Fritjoff auf ihn ein. Reflexartig versetzte Carl ihm eine Ohrfeige. Fritjoff heulte auf und starrte Carl an, als wäre er ein Fremder. Carl erschrak über sich selbst. Noch nie hatte er seinen Bruder geschlagen! Da wurde er von starken Armen gepackt.

Wieder sprang Fritjoff ihn an. »Immer machst du alles kaputt! Nie kannst du dich zusammennehmen! Immer müssen wir weiter! Ich wäre so gerne hier geblieben! Aber jetzt wird Meister Thies uns wegjagen. Du hast es wieder einmal geschafft! Ich hoffe, du bist stolz darauf!«

Fritjoffs Gefühlsausbruch kam für Carl völlig unerwartet. Die Heftigkeit traf ihn tief. Mit brennenden Augen starrte Fritjoff seinen großen Bruder an.

»Ich hasse dich!«, schleuderte er ihm entgegen.

Carl konnte nicht antworten, die Worte blieben ihm im Hals stecken.

Die Tochter des Meisters zog Fritjoff weg. Zerschmettert und voller Selbstekel ließ Carl den Kopf hängen. Was war er nur für ein Mensch! Er hatte alle enttäuscht, und am meisten denjenigen, den er liebte. Fritjoff wäre ohne ihn besser dran.

Als Fritjoff am nächsten Morgen aufwachte, packte er seine Habseligkeiten – ein zerschlissenes Hemd und einige Schnitzereien – zusammen. Carl würde schon auf ihn warten. Es drängte ihn, sich wieder mit seinem Bruder zu vertragen. Sie mussten zusammenhalten, so oder so.

Abends hatten sie ihn ins Bett geschickt und Carl in den Stall gesperrt; eine Nacht durften sie wohl noch bleiben, eine Gnadenfrist. Fritjoff suchte Jodocus, um sich zu verabschieden, als der Meister ihn zu sich rief.

Fritjoff biss sich kummervoll auf die Unterlippe. »Ich danke Euch. Ich habe hier viel gelernt«, sagte er leise.

Mit einem weichen Ausdruck im Gesicht sah Meister Thies auf ihn herab. »Und du wirst hier noch viel mehr lernen.«

Verwundert sah Fritjoff auf. »Wie das …? Aber Carl …?«

»Carl ist fort.«

Entsetzen packte Fritjoff. Carl war fort? Ohne ihn? Mitten im Winter? Was sollte aus ihm werden, wenn Carl weg war? »Wo ist er hin? Ich muss ihm hinterher. Er braucht mich doch! Wir waren noch nie getrennt!«

Meister Thies legte Fritjoff die Hand auf die Schulter, sie war warm und schwer. Beruhigend sah er ihm in die Augen. »Carl muss seinen eigenen Weg gehen. Du musst ihn ziehen lassen. Es ist am besten so – für euch beide.« Er lächelte aufmunternd. »Er hat das Lehrgeld für dich bezahlt. Wir werden einen Geburtsbrief für dich beschaffen, der deine ehrliche Geburt beweist. Sobald es geht, werde ich Jodocus und dich ausbilden. Wenn du es denn willst …«

Fritjoff wurde heiß und kalt. Das Lehrgeld? Das bedeutete,

Carl hatte ihr ganzes Geld für ihn geopfert! Er japste nach Luft. Und ob er Lehrling werden wollte! Ob aber einer ihrer früheren Nachbarn bestätigen würde, dass seine Eltern ehrlicher Herkunft waren? Oder würden sie ihre Anschuldigungen wegen des Brandes wiederholen?

Noch mehr bedrückte ihn die Frage, ob er seinen Bruder jemals wiedersehen würde oder ob er Carl für immer verloren hatte.

11

Schwerin, August 1608

Es war ein bezaubernder Anblick, als sie sich Schwerin von der Seeseite aus näherten. Der Himmel glühte rötlich über dem Wasser, und auf den Wiesen funkelte das Nass im Schein der untergehenden Sonne. Endlich hatte der Regen aufgehört. Clarissa erfreute sich an dem Lichtspiel auf der Wasseroberfläche und der Schönheit des Schlosses, das sich auf einer kleinen Insel nahe dem gegenüberliegenden Ufer erhob. Dahinter lag die Stadt. Verglichen mit Rostock war Schwerin sehr klein. Sie war erleichtert, dass sie ihr Tagesziel beinahe erreicht hatten, denn ihr Gesäß brannte vom langen Reiten. Wegen der aufgeschwemmten Wege waren sie nur langsam vorangekommen.

»Hoffentlich ist der Gasthof in Schwerin nicht ebenso überfüllt«, sagte Marius. »Ich würde diese Nacht auch gerne mal wieder ein Auge zumachen.«

Fritjoff wandte sich zu seinem Schüler um. »Nur die Ruhe. Dein Schlafmangel hat nicht nur mit dem engen Lager zu tun, nicht wahr? Aber keine Sorge: Wir steigen nicht im Gasthof ab. Ich habe uns bei meinem alten Freund Jodocus angekündigt. Er besitzt in Schwerin eine Schmiede und hat sicher eine freie Kammer für uns.«

»Von einem Jodocus hast du nie erzählt«, wunderte Clarissa sich.

Fritjoff lächelte nachsichtig. »Du musst es vergessen haben. Jodocus ist mein ältester Freund. Wir haben zusammen unsere Lehre gemacht. Aber wir sehen uns kaum noch. Er ist als Waffenschmied viel beschäftigt und hat eine große Familie.«

Clarissa konnte sich kaum von dem Panorama losreißen. Dass

sie noch nie in Schwerin gewesen war! Aber im Alltag einer Frau gab es selten Anlass, überhaupt zu reisen.

»Warst du schon mal in Schwerin?«, wollte sie von Marius wissen.

»Ja. Es ist eine schöne Stadt, auch wenn das Schloss mit dem Bau in unserer Heimatstadt Güstrow nicht mithalten kann. Das Schweriner Schloss ist Stückwerk, das Güstrower Schloss ist hingegen nach einem Brand komplett neu erbaut worden«, erzählte Marius und setzte hinzu: »Schade, dass wir nicht über Güstrow gereist sind. Dann hättest du meine wundervolle Heimat kennenlernen können. Ich hätte euch gerne meiner Familie vorgestellt. Meine Leute hätten meinen Fechtmeister und seine Tochter sicher mit offenen Armen aufgenommen.«

Clarissa wusste nichts dazu zu sagen. Marius schien ihr gegenüber jede Zurückhaltung abgelegt zu haben, und sie hatte keine Ahnung, wie sie damit umgehen sollte. Ohnehin musste sie sich auf den Weg konzentrieren. Schilf und Pfützen zeigten einen sumpfigen Untergrund an, durch den nur ein schmaler, bohlenverstärkter Pfad führte.

Sie ritten über eine Brücke in die Stadt. Überall wurde gebaut, viele Häuser wirkten neu, was auf die Verwüstungen durch verschiedene Stadtbrände zurückzuführen war, wie Fritjoff berichtete. Vor einem hohen Fachwerkhaus in der Nähe des Marktplatzes machten sie Halt. Das Schild über der Tür wies es als Messerschmiede aus. Durch die offenen Fensterläden konnten sie Degen von der Decke hängen sehen. Das Schrappen eines Schleifsteins war zu hören, das Klirren von Metall auf Metall. Sie banden ihre Pferde vor der Schmiede an und gingen hinein. An Bändern baumelten Degen und Schwerter. Horn- und Metallgehilze türmten sich in einem Regal. Ein Mann kurbelte ein Schwungrad, das den großen Schleifstein drehte. In gebückter Haltung hockte ein anderer Geselle darüber und schliff ein Schwert. Clarissa nahm ihren Strohhut ab und knetete ihn aufgeregt in den Händen. Sie war gespannt auf Jodocus.

»Fri… Fritjoff!« Ein großer rothaariger Mann mit Lederschürze um den nackten Oberkörper umarmte ihren Vater stürmisch. »Www… wie lange wir uns nicht ggg… gesehen haben! Ist die Rrr… Reise gut verlaufen?«

Jodocus begrüßte jeden von ihnen mit einem kräftigen Händedruck. Dann bat er sie ins Haus, wo der Geselle, die Lehrjungen und die Knechte ebenso wie die Familienmitglieder zusammenströmten. Auf einmal waren sie von lauter Kindern und Erwachsenen umgeben, die sie freundlich begrüßten. Der Schmied stotterte, aber niemand schien sich daran zu stören, und so nahm auch Clarissa es gelassen hin. Für so einen starken und lebhaften Mann musste es schwierig sein, mit der Sprache auf Kriegsfuß zu stehen, dachte sie. Sogleich wurden die Knechte angewiesen, sich um das Gepäck und die Pferde zu kümmern. Die Reisenden richteten hingegen ihre Aufmerksamkeit auf die Klingen, die Jodocus gefertigt hatte. Und der Schmied zeigte seine Kunst nur zu gerne.

Seine Frau wandte sich an Clarissa. Sie war etwa so alt wie Clarissas Mutter. Mit ihrer bunten Schürze und den nachlässig aufgesteckten Haaren wirkte sie verhuscht. Zwei Kleinkinder, die an ihrem Rock zerrten und die Arme ausstreckten, damit ihre Mutter sie auf den Arm nahm, verstärkten diesen Eindruck noch. Beide Kinder trugen Kleidchen, aber die kürzeren Haare des einen zeigten, dass dieses ein Junge war.

»Willkommen in unserem Haus. Ich bin Thekla.« Sie warf einen fahrigen Blick über die Schulter ins Innere des Hauses. »Gerne würde ich mit dir plaudern, aber ich fürchte, ich werde in der Küche gebraucht.« Thekla ging einige Schritte, die Kinder im Schlepptau. »Wir mussten unsere Köchin entlassen – sie hat uns bestohlen. Viel zu spät habe ich es bemerkt! Und seit meine Schwägerin erkrankt ist, türmt sich die Arbeit.«

Clarissa bekam ein schlechtes Gewissen. Es gehörte sich, Gästen nur das Beste zu bieten, was stets einen großen Aufwand für die Hausfrau bedeutete. Noch einmal sah sie zu den Männern, die bewundernd über blanken Stahl strichen oder die Schärfe von Klingen prüften.

»Kann ich vielleicht helfen?«, bot Clarissa mit einem Hauch des Bedauerns an.

Theklas Augen leuchteten auf, aber sie sagte: »Lieber nicht – bei deinem schönen Kleid!«

Dennoch folgte Clarissa ihr ins Hinterhaus. In der Küche schürte eine Magd gerade das Feuer. Thekla wandte sich den Fischen zu, die auf dem Küchenblock lagen, und schickte die Magd nach Hühnern und Gemüse. Aus einer Wiege am Küchenfenster quengelte es leise. Clarissa hatte noch einen älteren Jungen gesehen, und wenn sie es richtig verstanden hatte, war einer der Lehrlinge ebenfalls ein Sohn. Fünf Kinder, dazu Lehrjungen, Gesellen und das Gesinde – kein Wunder, dass Thekla erschöpft aussah.

»Tut mir leid, dass wir so viel Arbeit machen«, sagte Clarissa.

»Ach, i wo! Ich freue mich über Besuch. Dein Vater ist ein lieber alter Freund. Es ist eine Schande, dass er und Jodocus sich nicht öfter sehen«, sagte Thekla und begann mit kräftigen Bewegungen die Zander zu entschuppen. Plötzlich hielt sie inne. »Potz wunder – ich wollte längst nach Maria sehen!« Sie wischte die Hände an der Schürze ab und eilte aus der Küche.

Wer war Maria? Clarissa würde es sicher später erfahren. Im Hinterhof wurden Fackeln entzündet. Clarissa war drauf und dran nachzusehen, was die Männer vorhatten, als Thekla zurückkam.

»Glücklicherweise geht es meiner Schwägerin besser. Maria würde sich so freuen, Fritjoff zu sehen. Aber ich glaube kaum, dass sie aufstehen kann«, sagte sie.

»Eure Schwägerin ist krank?«

»Etwas frisst an ihr. Maria wird immer weniger. Sie hatte nicht viel Glück in ihrem Leben. Ihr Mann Veit, der frühere Altgeselle von Jodocus' Vater, hatte einen Unfall und starb früh. Gott verwehrte ihnen das Glück, Kinder zu bekommen. Sie verlor ihr Haus an Gläubiger und musste hier unterschlüpfen. Für eine erneute Heirat fehlt ihr jetzt die Kraft«, sagte Thekla bedrückt. Sie sah auf und redete weiter, während sie die Fische fertig schuppte. »Und du bist mit auf der Reise? Du Ärmste! Was hast du verbrochen? Warum tut dein Vater dir das an?«

Clarissa wollte sich gerade erklären, als Alexander eintrat. »Ich soll den Schinken aus dem Rauchfang holen. Meister Jodocus will uns die Schärfe seiner Schwerter demonstrieren.«

Clarissa wunderte sich. »Am Schinken?«

Lächelnd hob Thekla die Schultern. »Wir brauchen ihn ja ohnehin geschnitten. Geh ruhig zuschauen, Clarissa«, sagte sie und zeigte Alexander, wo er den Schinken fand.

Gemeinsam gingen sie in den Innenhof, wo der Schinken an ein Gestell gehängt wurde. Jodocus erklärte Fritjoff und seinen Fechtschülern etwas. Neugierig standen die Kinder an der Mauer. Jetzt reichte Jodocus dem Fechtmeister ein Langschwert, das im Fackelschein blitzte. Fritjoff holte aus – und teilte den Schinken mit Leichtigkeit entzwei. Alle lobten den Messerschmied für seine Kunst. Clarissa erbebte. Wenn der Schinken nun ein Mensch gewesen wäre, hätte das Schwert ihn auch ohne Weiteres durchteilt? Sie mochte es sich gar nicht vorstellen. Aus der Küche waren Geräusche zu hören; Clarissa sollte wieder gehen, vielleicht konnte sie doch helfen.

»Es war aber auch ein gu… guter Schlag. Selbst ein Krieger wie Ca… Carl hätte es nnn… nicht besser machen können«, hörte sie Jodocus noch sagen. Ihr Vater nickte vage. Wusste er etwa, wer dieser Carl war?

In der Küche wurden inzwischen die Hühner gerupft.

»Das Schwert ist wirklich beeindruckend«, sagte Clarissa zur Hausherrin und zupfte den Salbei für den Zander.

»Ja, mein Mann versteht sein Geschäft. Die Geheimnisse des Messerschliffs hat er von seinem Vater übernommen. Du weißt schon, der richtige Einsatz von Kalkstein, Schiefer und Öl. Aber zurück zu eurer Reise! Was hast du denn nun verbrochen?«

»Ich habe gar nichts verbrochen. Ich wollte gerne mit nach Frankfurt«, erklärte Clarissa.

Thekla und die Magd sahen Clarissa an, als ob sie krank wäre. »Du bist verheiratet und wirst dort mit deinem Mann wieder vereint?«

Clarissa schüttelte den Kopf.

»Besuchst Verwandtschaft?«

Wieder verneinte Clarissa. »Ich werde mit einigen Buchdruckern sprechen. Und natürlich möchte ich die große Fechtschule sehen.«

Sprachlos starrten die Frauen sie an.

Einige Zeit später kamen die Männer aufgekratzt diskutierend aus dem Hinterhof zurück. Alle waren hungrig, aber bis zum Essen würde es noch eine Weile dauern.

»Ich fürchte, Maria wird es nicht hinunterschaffen. Aber sie wäre sicher sehr glücklich, euch zu sehen«, dämpfte Thekla ihre Laune.

»Natürlich gehen wir zu ihr!«, bot Fritjoff an.

Der Hausherr und sein Gast wandten sich der Treppe zu. Clarissa schloss sich ihnen an; auch sie wollte der Unbekannten ihre Aufwartung machen.

Jodocus führte sie die Galerie entlang zu einer außen liegenden Kammer. Er klopfte, und sie traten in ein luftiges Zimmer. Den Kopf auf plustrigen Kissen, lag auf einem Bett eine Frau von Mitte fünfzig. Der Kerzenschein verstärkte die Schatten ihrer Augenhöhlen und Wangen noch. Früher musste sie schön gewesen sein, dachte Clarissa, aber das Alter und die Krankheit hatten sie gezeichnet. Fritjoff ging zu ihr und nahm ihre Hand.

»Du bist es wirklich«, sagte die Kranke mit schwacher Stimme. »Wie ähnlich du ihm bist. Ich stelle mir manchmal vor, wie er heute aussehen würde.«

Fritjoff sagte leise etwas; seine Stimme klang heiser. Die Begegnung schien ihn anzurühren. Clarissa, die auf dieser Reise ganz unbekannte Seiten ihres Vaters entdeckte, fragte sich, was die beiden wohl verband. Mit einem Wink rief ihr Vater sie zu sich und stellte sie vor. Clarissa bemerkte den üblen Geruch, der von der Frau ausging und der nichts mit mangelnder Sauberkeit zu tun hatte. Entgeistert starrte die Kranke Clarissa an.

»Wie groß sie ist … die stahlblauen Augen … und die pechschwarzen Haare.« Maria wandte sich mit schmerzerfülltem Gesicht ab. »Wie Carl«, flüsterte sie.

Clarissa stutzte. Da war der Name wieder. Jeder schien diesen Carl zu kennen, nur sie nicht.

Die knochigen Finger der Frau schlossen sich um Fritjoffs Hand. »Es war ein großer Fehler …«

»Schwester, la… lass gut sein!«, platzte Jodocus dazwischen. Wieder sprachen die beiden am Bett leise.

Obgleich Clarissa näher getreten war, konnte sie wenig verstehen.

»… nie vergessen …« Das Gesicht verkrampft, schluckte die Kranke.

Jodocus füllte einen Becher und gab seiner Schwester zu trinken. Nach einer Weile hatte sie sich wieder etwas gefangen.

»Hast du deine Schmiede noch?«, wollte Maria wissen.

Fritjoff wog den Kopf. »Mein Altgeselle führt sie. Ich habe zu viel mit meinen Fechtschülern zu tun.«

»Das Fechten hat Jodocus nie … wirklich gereizt. Dich und deinen Bruder«, die Kranke stockte erschöpft, »hat die Kampfkunst stets … mehr interessiert als alles andere.« Clarissa glaubte, sich verhört zu haben. Was meinte sie mit einem Bruder? Fritjoff besaß keine weitere Familie, er hatte keinen Bruder. Nie hatte sie von einem Onkel gehört. Was bedeutete das?

Ihr Vater schwieg.

»Ich verstehe, wenn du nicht … über ihn sprechen willst. Aber die Erinnerung … schmerzt noch nach all den Jahren.« Wieder verstand Clarissa die Antwort ihres Vaters nicht. Sie war durcheinander, ihre Gedanken rasten. Wovon redete diese Frau? Fritjoff hatte einen Bruder? Aber warum hatte er nie von ihm erzählt? Warum schmerzte die Erinnerung? Was war mit diesem Carl geschehen? Der Rest des Gesprächs ging völlig an ihr vorbei. Als sie sich von der Kranken verabschiedeten, sah sie Tränen in den Augen des Vaters glitzern.

Doch schon am Treppenfuß überspielte er seine Rührung wieder.

»Gibt es nichts zu trinken?«, rief er aus. »Meine Kehle ist ausgedörrt! Lasst uns feiern, dass wir wieder beisammen sind!«

Erleichtert lachend klopfte Jodocus seinem Freund auf die Schulter.

Clarissa brannte darauf, ihren Vater auf diesen rätselhaften Carl anzusprechen, aber sie konnte ja wohl kaum zugeben, dass sie von so einem entscheidenden Teil seiner Vergangenheit nichts wusste. In der Diele war der Tisch inzwischen gedeckt. Marius und Alexander taten sich an ein paar Nüssen gütlich. Zunächst wurden Fisch und Schinken aufgetragen, beides war köstlich.

»Wie lange kennt du und Jodocus euch schon?«, fragte Clarissa ihren Vater nach einigen Bissen unverfänglich.

»Ich kam als kleiner Junge in dieses Haus. Sein Vater, Meister Thies, war der großzügigste und kundigste Mensch, den ich kenne.« Fritjoff warf Jodocus ein entschuldigendes Lächeln zu, aber dieser nickte. »Jodocus und ich freundeten uns schnell an. Gemeinsam verbrachten wir unsere Lehrzeit – es war wunderbar. Meister Thies hatte die beste Messerschmiede weit und breit. Und, wie laufen die Geschäfte heute?«, wollte ihr Vater wissen.

Jodocus berichtete, dass er glücklicherweise auch ohne Aufträge aus dem Herzoghaus gut über die Runden kam. Thekla stillte ihren Säugling bei Tisch und schien dabei auch selbst etwas zur Ruhe zu kommen. Die älteren Kinder hatten nur wenig gegessen und spielten jetzt draußen.

»Die guten Kunden aus dem Handwerks- und Bürgerstand sind unser Glück, denn die Schatzkammern sind und bleiben leer«, erklärte Thekla. »Seit die Regenten Johann Albrecht und Adolf Friedrich vorzeitig für mündig erklärt wurden, versuchen sie ihren Haushalt zu ordnen. Herzog Karl zu Mecklenburg, ihr Vormund, ist für die Mündigkeitserklärung eigens zu Kaiser Rudolf nach Prag gereist. Aber Geld hat er vom Kaiser nicht bekommen. Der hat wohl selbst nichts. Dabei sind die Schulden der jungen Herzöge drückend. Deshalb wollen sie jetzt uns Bürgern und Handwerkern an den Geldbeutel. Im Gegensatz zu Rostock führt kein Fernhandelsweg durch Schwerin. Eine Universität, die mehr Menschen in die Stadt locken könnte, haben wir auch nicht. Wir müssen mit dem auskommen, was wir haben.«

»Um Herzog Karls Gesundheit steht es nicht zum Besten, heißt es in Rostock, deshalb wollte er die Verantwortung für Mecklenburg abgeben«, ergänzte Fritjoff. »Es ist beunruhigend, die Macht in den Händen dieser unerfahrenen Jünglinge zu wissen.«

»Der gute Herzog Karl liebt nur die aufwendige Hofhaltung nicht. Er ist bescheiden und fühlt sich wohl in seinem Komturhaus in Mirow an der Müritz«, sagte Thekla.

»Mit seiner Haus…hä…hälterin«, fügte Jodocus grinsend hinzu, »… die ihm vier uneheliche Ki… Kinder geschenkt hat.«

Fritjoff hob sein Glas. »Jeder nach seinem Geschmack, sage ich immer! Wohlsein! So jung kommen wir nicht mehr zusammen!«

Die Männer prosteten einander zu. Clarissa trank nichts mehr, Müdigkeit hatte sie überfallen. Thekla verabschiedete sich, um nach der Küche zu sehen und die Kinder ins Bett zu schicken; sie wirkte grau und erschöpft. Zum ersten Mal wurde Clarissa klar, wie gut sie es hatte, dass ihre Mutter sie von der Hausarbeit weitgehend fernhielt. Sie durfte schreiben, zeichnen, Laute spielen und sogar fechten. Auch mit Ehe und Mutterschaft hatte es noch Zeit, fand Clarissa jetzt.

Die Männer fingen an, über Schwerter zu fachsimpeln, und Clarissa fragte Thekla, ob sie helfen könne. Als diese dankend ablehnte, zog Clarissa sich zurück; über Fritjoffs geheimnisvollen Bruder würde sie ohnehin heute nichts mehr erfahren.

Am nächsten Morgen saßen Fritjoff und Jodocus bereits am Tisch, als Clarissa hinzukam. Sie hatte sich endlich wieder ausgeschlafen. Nach dem Aufstehen hatte sie bereits einige Worte mit Thekla gewechselt, die nur wenig erholt wirkte.

Clarissa fühlte sich im Haus des Schmieds wohl. Die Männer hatten die beschriebenen und bemalten Blätter des Fechtbuchs ihres Vaters vor sich ausgebreitet. Daneben lagen Vaters Notizbuch und ein dickes Druckwerk. Die Holzstiche fielen ihr sofort ins Auge, kunstvoll zeigten sie Männer in akkurat dargestellten Fechtpositionen. Gefesselt betrachtete Clarissa das Buch. Fast jede Haltung erkannte sie wieder, ihr fiel aber auch auf, wo ihr Vater die Bewegungsabläufe weiterentwickelt oder verändert hatte. Fritjoff stellte sich neben sie und blätterte zum Anfang des Buches.

»Sieh genau hin, das ist es: Joachim Meyers Fechtbuch. Ein Wunder, dass Jodocus dieses Exemplar entdeckt hat.«

»Mein Vater hatte da… damals kein Geld dafür. Aber als der Zunftmeister starb, erwarb ich es aus dem Nachlass. Er hatte es kurz vor Mmm… Meyers Tod von ihm gekauft«, erklärte Jodocus.

»Meyer ist in Schwerin gestorben?«, wunderte Clarissa sich.

»Keine zwei Wochen nach seiner Ankunft. Er hatte sich auf der Reise schwer verkühlt.« Sinnierend strich Fritjoff über die Seiten. »Das Buch hat damals ein Vermögen gekostet, dreißig Gulden, glaube ich. Kaum einer konnte es sich leisten.«

Clarissa riss die Augen auf. Für dreißig Gulden musste ein Handwerker monatelang arbeiten.

Jodocus merkte an, dass Meyer für den Druck des Fechtbuches Schulden gemacht und nur deshalb überhaupt die Stelle in Schwerin angenommen hatte; Fritjoff solle aufpassen, dass es ihm mit seinem Buch nicht ebenso ergehe.

Ihr Vater lachte. »Das musst du Clarissa sagen. Sie wird mit den Druckern verhandeln.«

Sein Freund machte große Augen. Kampfgeräusche und Schimpfen aus dem Hof unterbrachen sie; jemand übte sich im Stockkampf. Die Männer traten zur Tür und beobachteten die Fechtschüler, die mit den Gesellen gekämpft hatten und nun die Stöcke gegen Schwerter tauschten. Clarissa konnte sich derweil nicht von Meyers Fechtbuch losreißen. Im Stehen las sie die Texte, die ihr lang und kompliziert erschienen. Dennoch stellten sich ihr bei der Lektüre viele Fragen, auch zu den Lehren ihres Vaters.

»Meister des Sch… Schwerts sind deine Schüler wahrlich noch nicht. Es ist nnn… noch viel Arbeit, bis sie so weit sind. Trotzdem willst du mit ihnen schon nach Www… Wolfenbüttel?«, fragte Jodocus zweifelnd.

Clarissa sah, wie ihr Vater nachdenklich den Kopf schief legte. »Wolfenbüttel liegt beinahe auf dem Weg. Marius und Alexander müssen ihr Glück als Soldaten suchen, beide werden kaum die Gelegenheit haben, eines Tages das Erbe ihrer Eltern anzutreten. Ich habe ihren Vätern versprochen, dass ich mich am Hof des Herzogs von Braunschweig-Wolfenbüttel für sie einsetzen werde. Der Herzog lässt sich sein Militär einiges kosten. Der

Bergbau bringt ihm aber auch genug ein, heißt es. So viel, dass er mit Geld nur so um sich schmeißt. Wer kann es sich sonst schon leisten, dem Kaiser einen taubeneigroßen Saphir für die Krone zu verehren?« Fritjoff bemerkte den verwunderten Blick seiner Tochter; von dieser Station hatte sie noch nichts gewusst. »Was soll's? Einen Versuch ist es wert. Und Halt müssen wir ohnehin machen. Bis Frankfurt sind es noch mindestens zehn Tagesreisen.«

Wenn Clarissa an weitere zehn Tage im Sattel dachte, wurde ihr schwummerig. Ob die Haut an ihrem Gesäß dieser Belastung standhalten würde? Von den Unannehmlichkeiten des Reisens ganz abgesehen. Aber immerhin würde sie genügend Gelegenheit haben, ihren Vater auf seinen Bruder Carl anzusprechen. Sie brannte darauf, alles über ihn zu erfahren!

12

Rostock, März 1571

Hart schlugen Carls Zähne aufeinander. Seine Hände waren wund, die Schweißtropfen auf seinem Rücken hatten einen eisigen Film gebildet, und seine Ohren unter der dünnen Kapuze fühlten sich taub an.

»Mach zu! Nich einslopen!«, trieb ihn der Hafenmeister an.

Carl stieß seinen Holzstecken wieder zwischen die Eisschollen und trieb sie auseinander. Finster sah er dem Hafenmeister hinterher, der den nächsten Tagelöhner schikanierte. Eis bröckelte, Risse zeigten sich im Weiß, die Platten splitterten. Weich zerflossen die Bruchstücke im Salzwasser und lösten sich auf. Genauso, wie sich auch seine vorübergehende Euphorie aufgelöst hatte.

Nachdem er Meister Thies verlassen hatte, war er in Hochstimmung nach Rostock gewandert. Er hatte sich erleichtert gefühlt, befreit. Für niemanden war er mehr verantwortlich, niemandem zu Dank verpflichtet. Er brauchte keine Kompromisse mehr einzugehen, keinen jüngeren Bruder zu schützen. Sicher, er war traurig über den dramatischen und unglücklichen Abschied von Fritjoff gewesen. Aber letztlich wusste Carl, dass sein Bruder ohne ihn besser dran war. Fritjoff würde es in der Schmiede gut gehen. Er würde eine Lehre absolvieren und ein normales Leben führen. Für beides war Carl nicht gemacht. Er stand außerhalb der Gesellschaft und hatte sich schon viel zu lange anpassen müssen.

Allerdings brauchte er für den Rest des Winters Arbeit, und die war in der großen Hansestadt Rostock besser zu finden als im kleinen Schwerin. Außerdem hatte ein Soldat, der in der

Schmiede sein Schwert hatte richten lassen, vom Ende des Dreikronenkrieges erzählt. Viele Söldner fanden seit dem Friedensschluss zwischen Dänemark und Schweden kein Auskommen mehr und würden auf der Suche nach neuen Kriegsherren über die Ostsee nach Süden ziehen, hatte er gesagt. Carl hatte gehofft, dass er sich an einen Söldner hängen könnte; so einer müsste doch wissen, wo als Nächstes Kämpfer gesucht wurden. Die Warnow war jedoch vereist, es kamen kaum Schiffe in Rostock an. Auch war kein Auskommen zu finden gewesen. Carl hatte sich mit Diebereien und sogar Betteln durchgeschlagen.

Doch dann hatte der Hafenmeister Tagelöhner gesucht. Da das Ende der Winterpause üblicherweise schon im Februar war, hatten die Schiffer ungeduldig das Tauwetter erwartet und sie bei den ersten höheren Temperaturen angeheuert, um die Hafenanlagen eisfrei zu machen. Die Rostocker Handelsherren wollten endlich auf große Fahrt gehen. Auch erwarteten alle sehnlich die ersten Handelsschiffe, die nach dem Winter in der Hansestadt eintreffen würden. Seit Tagen klopfte er schon das Eis. Die erste warme Mahlzeit nach Wochen hatte sein ausgemergelter Körper kaum bei sich behalten, aber inzwischen kam er immer mehr zu Kräften. Auch sein Zorn wurde genährt: Schon wieder vergeudete er hier seine Kraft!

Doch sie kamen gut voran. Einige Stunden später überwogen die graublauen Flächen des Meeres das Weiß. Die Wintersonne brachte die Eiskrusten an den Hafenanlagen zusätzlich zum Schmelzen. Der Hafenmeister trieb sie weiter an. Wenn nur die Hände nicht so schmerzen würden! Carl konnte den Stab kaum noch halten. Seine Knöchel waren von der Kälte aufgeplatzt und bluteten. Seine Füße, die in einfachen Holzschuhen steckten, schimmerten blaurot vom Frost. An eine Pause war jedoch nicht zu denken.

»Weiter!« Der Hafenmeister zog ihm die Rute über die Kniekehlen.

Carl fuhr herum, seinen Holzstab drohend erhoben. Der Hafenmeister blieb kühl, aber Carl konnte die Angst in seinen Augen sehen, als er sagte: »Schlag zu und ich rufe die Büttel, die dich ins tiefste und kälteste Loch dieser Stadt stecken werden.«

Stoßweise stieg Carls Atem in den Himmel auf. Es wäre eine Dummheit zuzuschlagen, und völlig unnütz noch dazu. Und doch wäre es eine Genugtuung. Schließlich hatte er geschworen, sich nicht mehr schikanieren zu lassen.

Da zerriss ein Ruf die Stille: »Ein Schiff!«

Tatsächlich kam eine Kogge die Unterwarnow heraufgeschippert und zermalmte mit ihrem massiven Rumpf die brüchigen Eisschollen. Vom Fluss war ein Wiehern zu hören – auf dem Deck tänzelte ein schwarzes Ross. Schnaubend schüttelte es die Mähne. Der Reiter legte die Hand auf den Hals des Pferdes. Sein eisenbeschlagener Handschuh reflektierte in der fahlen Sonne. Jetzt bemerkte Carl auch den Brustpanzer und den Helm. Endlich! Er warf dem Hafenmeister den Holzstecken vor die Füße und rannte zum Anleger, in dessen Nähe das Schiff festmachen würde.

Kurz darauf wurde eine Holzplanke zwischen Landebrücke und Schiffswand befestigt. Nervös schob das Pferd die Hufe vor, wagte sich jedoch nicht auf die Planke. Während ihrer Odyssee über die Höfe Mecklenburgs hatte Carl oft mit Pferden zu tun gehabt. Er mochte die Tiere und hatte keine Scheu vor ihnen, was sie zu spüren schienen. Dieses hier war ein rassiges Exemplar, schien aber für ein Kriegsross ungewöhnlich schreckhaft. Erst auf die Sporentritte des Geharnischten machte es einige Schritte. Wenn der Mann ein Pferd hatte und es sich leisten konnte, es auf einem Schiff mitzunehmen, musste er ein bedeutender Krieger sein, dachte Carl. Noch immer war das Ross nicht auf der Planke. Trotz der Rufe des Reiters tänzelte es und machte Anstalten, sich aufzubäumen. Carl drängte sich an den Lastenträgern vorbei, dem Reiter entgegen. Die Träger protestierten lautstark, aber er ließ sich nicht beirren. Beruhigend sprach er auf das Pferd ein und hielt ihm die ausgestreckte Hand hin. Dann griff er ihm in die Zügel und führte es vorsichtig die Planke hinab.

Als sie an Land waren, sprach er den Geharnischten an. In den Wochen des Wartens hatte er sich oft die Worte zurechtgelegt. »Hoher Herr, lasst mich Euch durch Stadt und Lande gen Süden führen, wo Ihr Euren neuen Großtaten entgegeneilt. Ich zeige Euch den besten Weg durch Mecklenburg. Ich kenne das Land wie meine Westentasche!«, brachte er heraus, ohne sich zu verhaspeln.

Während er sprach, verließ ein junger Mann, etwas älter als er selbst, das Schiff. Er war kräftig und hatte tief liegende Augen, was ihm etwas Lauerndes gab. Über seiner Lederweste trug er ein Kurzschwert am Gürtel. »Mein Onkel benötigt deine Hilfe nicht!«, fauchte er und wollte Carl die Zügel aus der Hand reißen.

Das Pferd tänzelte erschrocken auf die Kaikante zu. Carl hielt es fest und legte dem Tier die andere Hand über die Nüstern. Der junge Mann zerrte an den Zügeln und versetzte Carl einen Stoß; zum Wohl des Pferdes löste Carl den Griff, sprang aber, so schnell es seine verkühlten Glieder erlaubten, zurück. Der Jähzorn brach sich erneut in ihm Bahn.

»So geht man mit Pferden nicht um! Und mit mir auch nicht!«

Er versetzte dem Mann einen Schlag, sodass er überrumpelt zurücktaumelte. Carl blieb in Angriffsstellung. Weitere Männer kamen vom Schiff, einige von ihnen waren ebenfalls bewaffnet. Wenn sie Begleiter des Reiters waren, würde Carl jetzt sicher eine Abreibung bekommen. Fäusteschwingend tänzelte der Neffe auf Carl zu. Der fackelte nicht lange: Mit einem gezielten Schlag streckte er ihn nieder. Aus den Augenwinkeln sah er vom Hafengelände den Hafenmeister mit ein paar Tagelöhnern herankommen. Noch mehr Ärger! Schon wollten die Helfer des

Hafenmeisters Carl packen. Geschickt entzog er sich ihnen. Mit blutiger Unterlippe schoss der junge Mann wieder auf ihn zu. Carl war umringt von Angreifern. Er war gescheitert – und wenn schon! Zorn sprühte in ihm. Er war bereit, einen nach dem anderen niederzukämpfen, und wenn es das Letzte war, was er tat!

In diesem Augenblick zog das schallende Lachen des Kriegers ihre Aufmerksamkeit auf sich. Verblüfft sah Carl auf. »Lasst den Hungerhaken in Ruhe! Er wird uns den Weg durch Mecklenburg weisen. Schließlich kennt er das Land wie seine Westentasche«, wiederholte der Geharnischte amüsiert Carls Worte, »und Mut hat er auch. Wir werden sehen, was er uns sonst noch zu bieten hat.«

»Aber Onkel …«

Mit einem Blick brachte der Reiter seinen Neffen zum Schweigen. Dieser senkte trotzig die Lider und packte die Zügel fester, doch das Pferd scheute erneut.

»Er soll Rauchschweif führen!«, befahl der Krieger. »Wie ist dein Name?«

»Carl.« Selbstbewusst griff Carl die Zügel und ging unter den ungläubigen Blicken der Hafenarbeiter voraus. Er hielt nur noch an, um sich seinen Lohn beim Hafenmeister abzuholen.

Erst hinter dem Stadttor sah Carl zurück. Wie viele waren sie überhaupt? Nur vier. Die anderen Krieger waren in Rostocks Straßengewirr verschwunden. Der Neffe ritt dem Krieger und Carl nach, den Abschluss machte ein junger Diener, der ein Lastpferd führte. Keiner von ihnen schien über Carls Anwesenheit besonders glücklich zu sein.

Der Krieger gab seinem Pferd die Sporen. Carl ließ sofort die Zügel los; auf dem freien Weg war es ohnehin nicht mehr nötig, das Pferd zu führen.

»Du verstehst etwas von Pferden?«

Carl lief neben dem Reiter her. »Ein wenig, Herr.«

»Was kannst du noch?«

»Schwerter pflegen kann ich auch. Hab mal für einen Messerschmied gearbeitet. Ansonsten noch viel zu wenig. Ich wäre gern ein Kämpfer wie Ihr, Herr«, gab Carl zu. Er hatte lange auf die Gelegenheit gewartet, mit einem Kriegsherrn zu sprechen, und wollte sie nutzen. »Habt Ihr im Dreikronenkrieg gekämpft? Wo reitet Ihr jetzt hin? Nach Flandern? Herrscht dort immer noch Krieg?«

In Rostock wusste niemand über die Zustände in den Nachbarländern Bescheid. Wenn im Winter kaum Händler unterwegs waren, kamen auch keine Nachrichten in den Städten an.

Der Geharnischte antwortete nicht. Carl musste sich anstrengen, um Schritt zu halten. Es stach in seinen Seiten, aber er wollte auf keinen Fall zurückfallen. Der Neffe schloss auf seinem Pferd zu seinem Onkel auf, und die beiden unterhielten sich. Carl konnte nichts verstehen. Schließlich verlangsamten die Reiter den Schritt. Der Junge mit dem Packpferd war weit zurückgefallen.

»Bring uns in nächster Zeit zu einem Nachtquartier«, forderte der Geharnischte Carl auf.

Verwundert sah Carl auf. Jetzt schon rasten? Dann hätten sie auch in Rostock bleiben können.

»Zu einem Gasthof?«

Der Krieger schnalzte missbilligend. »Wenn wir in einen Gasthof wollten, wären wir in Rostock geblieben. Bring uns zu einem Gutshof, an dem wir uns ein paar Tage schadlos halten können. Viele Mecklenburger Bauern sitzen wie die Made im Speck. So einen suchen wir. Du kennst dich doch hier aus, hast du gesagt. Oder etwa nicht?«

Carl brauchte nicht zu überlegen. Er hatte schon einen Hof im Sinn. Es war nicht weit.

Der Großbauer wollte die Reisenden nicht einlassen. Aber der Anblick der Schwerter und das Versprechen, ihn für seine Gastfreundschaft zu entschädigen, ließen Wutzow nachgeben. Carl zog die Kapuze tief ins Gesicht. Er wollte nicht erkannt werden, noch nicht. Das große Hallenhaus war vom Dorf durch ein Wäldchen getrennt. Wohnräume und Ställe befanden sich unter einem Dach. Ein Teil des Stalls war erneuert worden; hier war das Feuer ausgebrochen, vermutete Carl. Der Geharnischte stellte sich als Herr von Norden und seinen Neffen als Erich vor und folgte dem Großbauern in die Stube, wo er bewirtet wurde. Lautstark berichtete er von der Überfahrt und seinen Reisen durch Schweden und Norwegen. Die Schlachten erwähnte er nicht, stattdessen tat er so, als hätten ihn Geschäfte über die Ostsee geführt.

Carl machte sich daran, das Kriegsross abzuschirren.

»He, daf iff meine Aufgabe!«, protestierte der junge Kerl mit dem Packpferd verschnupft.

Carl musterte ihn, während er den Sattel löste. Ein Hänfling war der andere, etwas jünger als er selbst. Sein Kopf mit der Knubbelnase schien zu glühen, und er hüstelte ständig.

»Wie heißt du denn? Ich bin Carl.«

Misstrauisch blinzelte der Junge ihn an. »Hanf.«

Carl überlegte kurz. »Ich soll mich nützlich machen, hat der Herr gesagt, Hanf.«

»Hanf!«, beharrte der Junge.

»Sag ich doch!«, sagte Carl grinsend.

»Dam mach dif woanderf müpflich!«, schimpfte Hans, machte aber keine Anstalten, Carl zu vertreiben.

Carl strich über die Flanke des Pferdes. Behutsam nahm er den Sattel ab und drückte ihn dem Jungen in den Arm, der unter der Last wankte; er schien sehr geschwächt oder krank zu sein.

»Das Pferd ist wund«, stellte Carl fest.

Hans rieb sich mit dem Ärmel über die feuchte Nase. »Wir

find lamge umterwepf gewefen. Die Überfahd war umruhig«, sagte er.

»Ich werde die Wunde reinigen. Kümmer du dich um den Sattel«, schlug Carl vor.

Hans schlurfte davon.

Carl trocknete die schweißnassen Flanken des Pferdes, führte es in einen Verschlag und sorgte dafür, dass es zu fressen und zu saufen hatte.

Lautes Schimpfen unterbrach ihn. »Du fauler Schelm, bist du noch immer nicht fertig!«

Carl vernahm ein Klatschen, dann eine weinerlich hervorgebrachte Entschuldigung. Er schoss aus dem Stall. Der Neffe des Reiters hatte Hans gemaßregelt und verschwand gerade wieder im Inneren des Hauses. Hans stand da, den Rücken gekrümmt. Schneckenlangsam wandte er sich wieder den Pferden zu. Auch wenn er es verabscheute, dass jemand sich hängen ließ, hatte Carl doch Mitleid mit ihm; Hans war offensichtlich krank. Er kam ihm zuvor und schirrte Erichs Pferd ab. Als er Hans den Sattel gab, sackte dieser zusammen und verdrehte die Augen. Carl kniete sich neben ihn, die Stirn des Jungen war heiß. Wann hatte er zuletzt gegessen, wann getrunken? Er bettete Hans neben der Stallwand auf Stroh und flößte ihm Wasser ein. Dann legte er die Satteldecke über ihn, damit Hans das Fieber ausschwitzen konnte. Anschließend versorgte er das Pferd und entdeckte Wunden an dessen Flanken, die die Sporen des Neffen hinterlassen hatten. Kalte Wut überfiel Carl. Gegen Härte hatte er nichts, aber vorsätzliche Grausamkeit ertrug er nicht. Sein Hunger machte ihn zusätzlich unwillig. Deutlich spürte er das Loch in seinem Magen. Aus der Stube zog würziger Bratenduft zu ihnen. Er musste für sich und den Kranken einen Kanten Brot oder etwas Besseres beschaffen.

Die Stimmen aus der Stube waren lauter geworden, offenbar sprachen die Männer eifrig dem Bier zu. Was wäre, wenn der

Großbauer ihn erkannte? Würde er ihn angreifen? Von seinen Knechten überwältigen lassen? Wie viele Knechte hatte Bauer Wutzow überhaupt? Mägde beschäftigte er mehrere, für seine Übergriffe an ihnen war er im Dorf bekannt, auch wenn niemand etwas dagegen tat. Aber Knechte? Eine Frau hatte der Großbauer nicht, auch keine Kinder. Vorsichtig öffnete Carl die Tür zur Stube. Unauffällig schlüpfte er durch den Türspalt und verbarg sich in einer dunklen Ecke. Die Luft war rauchig von der Feuerstelle und den Kienspänen, die allerdings nur die Hälfte der Stube erleuchteten. Am Tisch prosteten sich die Männer zu. Sie wirkten betrunken und lachten viel. Nur Erich saß mürrisch am Rand der Tafel.

Der Großbauer thronte an der Kopfseite. Carls Herz stolperte beim Anblick des Mannes, der seine Mutter umgebracht hatte. Der Mörder war so nah – mit einem Sprung könnte Carl ihn erwürgen! Wutzow hatte eine Magd auf dem Schoß und befingerte sie unter dem Leibchen. Sie war jung, vielleicht vierzehn, und hatte rote Pausbacken. Verängstigt saß sie da und ließ alles über sich ergehen. Am Herd machte sich eine weitere Magd zu schaffen. Ein alter Knecht schleppte Holz heran und verschwand wieder auf der anderen Seite der Stube. Sollte Carl es wirklich riskieren, gesehen zu werden? Oder sollte er den Hunger und seinen Hass weiter ertragen?

Da trug die zweite Magd einen Teller mit gebratenen Hähnchen zum Tisch und stellte ihn vor dem Großbauern ab. Sie hatte ebenfalls runde, rötliche Wangen, die Ähnlichkeit zu der jungen Magd war nicht zu übersehen. Die beiden mussten Mutter und Tochter sein. Wutzow beugte sich vor und schob die Hand unter ihren Rock. Als sie zurückzuckte, stieß er ein keckerndes Lachen aus und zog sie grob an sich. Die Tochter nutzte die Gelegenheit, machte sich los und eilte zum Herd. Mit einer schroffen Bewegung sorgte der Großbauer dafür, dass sich die Essensmagd zu seinen Füßen auf den Boden setzte. Seine Hand ließ er in ihrem

Ausschnitt verschwinden. Erniedrigt fixierte die Magd den festgetretenen Lehmboden. Carl Blut kochte. Er sah seine Mutter vor sich, stellte sich vor, dass sie es war, an der sich der Großbauer verging. Es fehlte nicht viel, und er hätte die Sicherheit des Schattens verlassen.

Der Krieger nahm sich einen Hühnerschlegel, blickte wohlwollend die Magd an und grinste schnalzend. »Ihr führt ein lustiges Leben hier, sehe ich. Ohne ein zänkisches Weib und ohne schreiende Gören! Dabei müssen sich die Weiber doch um Euch reißen. Ein so gut gehender Hof bringt sicher einiges ein.«

Finster schaute der Bauer jedem Bissen nach, den der Fremde in den Mund steckte. Seine Stube war schlicht ausgestattet, aber Carl wusste, dass er reich sein musste. Während seiner Leidenszeit beim Abdecker hatte er jedem Gerücht über den Großbauern gelauscht. Man munkelte, er hätte seine Schätze im Haus vergraben. Dabei war er geizig wie ein Pfaffe, weshalb er ja auch Carls Mutter ihren Lohn verweigert hatte. »Ich komme über die Runden«, schnappte Wutzow.

»Wenn ich mir die Kutschen und Wagen in Eurem Stall so anschaue, muss es mehr als das sein«, sagte der Kämpe heiter. »Weit mehr als das.«

»Was geht's Euch an?«, fauchte der Großbauer.

»Schon gut! Trinken wir, guter Mann, auf Eure Gastfreundschaft!«, rief von Norden leutselig. Er warf die Geflügelknochen hinter sich und hob seinen Becher. »Wollt Ihr uns nicht auch an Euren Freuden teilhaben lassen? Eine Eurer Mägde könnte auch mein Lager wärmen. Wir entschädigen Euch für Eure Gastfreundschaft, das sagte ich bereits!«

Der Bauer zog den Bratenteller näher zu sich heran. »Die Weiber haben mit mir genug zu tun. Wenn ich sie satthabe, jage ich sie fort.«

»Dann gebt gut auf Euch acht, rate ich. Die Rache der Frauen kann grausam sein.«

Nun grinste der Großbauer selbstgefällig. »Jeder hier in der Gegend fürchtet mich. Am meisten die Weiber, seit ich eine von ihnen ins Grab befördert habe.« Er trank einen tiefen Zug. »Ein Miststück war das! Aber hübsche Titten hatte sie.«

Bei diesen Worten sog Carl scharf die Luft ein. Rote Wut glühte in ihm, heiß und jeden klaren Gedanken versengend. Der Großbauer wagte es, noch im Tod über seine Mutter zu spotten! Die Männer starrten in seine Richtung, konnten ihn aber im Schatten nicht erkennen. Carl könnte jetzt einfach verschwinden und es gut sein lassen. Er könnte Ruhe bewahren und sich an den Kämpen hängen, der ihn zu einer Musterungsstätte führen würde. Er könnte endlich seine Träume Wirklichkeit werden lassen. Er könnte … Und doch trat er ins Licht und zog die Kapuze ab.

Der Bauer sprang auf, als sähe er den Teufel. »Du …!«

Amüsiert zog der Ritter die Augenbrauen hoch. »Ihr kennt euch?«

Erichs Blick wanderte lauernd von einem zum anderen. Als fürchtete er die Aufmerksamkeit der anderen, nahm er sich nun einen Hühnerschlegel vom Teller und begann eifrig daran zu nagen. Die Frau, die zu den Füßen des Bauern gekauert hatte, sprang auf und zog die junge Magd mit sich hinaus.

Carl trat zwei Schritte vor. Er hatte die Fäuste geballt, sein ganzer Körper stand unter Spannung. »Es ist meine Mutter, über die er herzieht«, sagte er.

Von Norden schenkte sich Wein nach. »Tatsächlich? Jetzt wird's unterhaltsam«, sagte er erfreut und löste seinen Waffengürtel etwas.

Der Großbauer straffte die Schultern. Die fünf Jahre, die seit dem Tod der Mutter vergangen waren, hatten ihn feist um die Hüften werden lassen, aber noch immer strahlte er kalte Brutalität aus. Carl sah ihn in Gedanken wieder vor sich, den Streitkolben schwingend. »Sie war eine Schlampe und hat ihren Lohn gekriegt! So wie du deinen Lohn bekommen wirst! Verschwinde aus meinem Haus.«

»Nein!« Carl dachte gar nicht daran, dem Bauern zu gehorchen, auch wenn er nicht wusste, wohin das führen würde.

Wutzow schrie nach seinem Knecht. Als dieser kam, brauchte der Kämpe ihm aber nur sein Schwert zu zeigen, um ihn zum Rückzug zu bewegen. Würde er Hilfe holen? Es musste noch mehr Knechte auf diesem Hof geben. Und das Dorf war nah.

»Du Feigling, komm sofort zurück, du hundsföttiger!«, forderte der Bauer den Knecht auf, doch der gehorchte ihm nicht. Nun wandte der Bauer sich an den Krieger und wies auf Carl: »Gehört er etwa zu Euch? Jagt ihn fort! Ihr könnt ihm nicht trauen, er ist ein Brandstifter!«

»Das ist nicht wahr! Ich habe das Feuer nicht gelegt!«, verteidigte Carl sich. »So gerne ich es auch getan hätte.«

Von Norden lachte über dieses Geständnis nur.

Der Bauer stemmte die Hände auf den Tisch. »Verschwindet am besten alle! Lasst das Geld für die Zehrung da und haut ab! Meine Gastfreundschaft ist beendet!«

Doch der Krieger dachte gar nicht daran. Er streckte die Beine weit von sich und führte den Becher zum Mund. »Ich fange gerade erst an, mich zu amüsieren.« Angewidert spie er den Wein aus. »Was für ein Gesöff! Es muss hier doch besseren Wein geben! Schaff welchen heran!«, befahl er seinem Neffen.

Unwillig machte Erich sich auf die Suche.

»Das lässt du schön bleiben! Ich sage es nur noch ein Mal: Haut ab!«

Das Grinsen auf dem Gesicht des Kämpen wurde noch breiter. »Und wenn nicht?«

Mit einem schnellen Griff hatte der Großbauer ein Kurzschwert gelöst, das er offenbar für Notfälle unter der Tischplatte befestigt hatte. Drohend schwenkte er es zwischen den Männern. Der Krieger zögerte nicht. Mit einem Schlag entwaffnete er den

Mann und brachte das Schwert an sich. Seelenruhig setzte er sich wieder und nahm sich ein weiteres Stück Fleisch.

»Also, was ist mit dieser Frau geschehen? Was war hier los?«, wollte er wissen.

»Dieses Weibsstück …«, begann der Großbauer.

Der Kämpe schnitt ihm das Wort ab. »Carl?«

Aufgewühlt berichtete Carl, was sich vor Jahren zugetragen hatte. Der Großbauer wollte ihn immer wieder unterbrechen und Einwände erheben, gab es jedoch nach einem Wink mit dem Schwert stets wieder auf. Der Neffe des Ritters hatte inzwischen ein kleines Weinfass herangeschafft, das er unter Protest des Bauern anstach. Der Kämpe war mit diesem Tropfen zufrieden.

»Ein Kampfordal also. Die sind doch schon seit Jahrzehnten verboten. Was für Hinterwäldler!«, sagte der Krieger kopfschüttelnd. »Andererseits, ein unterhaltsames Spektakel, so ein Kampf. Mann gegen Mann … oder Frau. Auf Leben und Tod. Das hat was für sich.« Er wandte sich an seinen Neffen. »Sei so gut und bring uns noch ein Kurzschwert. Ich könnte jetzt auch etwas Erheiterung vertragen.«

Wenige Augenblicke später hielten Carl und der Großbauer blanke Kurzschwerter in den Händen. Carl zitterte vor Erregung. Die Zeit der Rache war gekommen. Er konnte es kaum erwarten.

»Gott will, dass wir töten. Wenn er nicht wollte, dass wir der Gerechtigkeit zum Sieg verhelfen, würde er nicht zulassen, dass wir einander das Leben nehmen«, sagte der Krieger, nachdem sie das Weinfass geleert und sich mit der älteren Magd vergnügt hatten.

Die Frau hatte Geld dafür bekommen und es freiwillig getan, aber darum gebeten, dass die Männer ihre Tochter verschonten. Carl hatte verzichtet. Schließlich hatte er in dieser Nacht schon einmal die Unschuld verloren, indem er einem Mann das Leben genommen hatte. Nach der Tötung des Großbauern hatte er Galle erbrochen. Er hatte an das Entsetzen seines Bruders Fritjoff und der süßen Meisterstochter Maria denken müssen, aber gleichzeitig gewusst, dass er alle Schuldgefühle hinter sich lassen musste. Inzwischen fühlte er sich stark wie nie zuvor. Deshalb weckten die Worte des Kriegers seinen Widerwillen. Er sah, noch immer voller Hass, auf die Leiche des Bauern, die sie achtlos im Raum hatten liegen lassen.

»Es kann kein Sieg der Gerechtigkeit gewesen sein, als meine Mutter ermordet wurde. Gott kann das nicht gewollt haben. Er hat zwei Kinder zu Waisen gemacht«, brach es aus Carl heraus.

Den Kopf auf dem Tisch, begann der Neffe zu schnarchen, eine lästerliche Begleitmusik zu ihrem ernsten Gesprächsthema.

»Gott macht ständig Kinder zu Waisen. Männer und Frauen zu Witwern. Er fordert uns.«

Das Schnarchen schwoll an. Der Krieger hob die Stimme, um es zu übertönen.

»Wir sollen Gott beweisen, wie stark wir sind. Sieh uns beide an …«

Erich röchelte lautstark. Unwillig stieß der Krieger ihn an, sodass sein Neffe vom Stuhl rutschte und betrunken auf der Erde liegen blieb.

»Sieh uns an, sage ich. Wir sind allein. Erich ist mein einziger Klotz am Bein. Nichts sonst haben wir. Niemanden. Erst der Krieg macht uns zu jemandem, mit Gottes Hilfe.«

Den ersten Teil des Satzes glaubte Carl, den zweiten nicht. Den Glauben an Gott hatte er endgültig verloren. Er hatte einen Menschen getötet – müsste Gott ihn nicht strafen? Aber kein Blitz fuhr vom Himmel. Gott tat es nicht – weil es ihn nicht gab. Jeder sorgte für sich selbst, keine himmlische Macht. Das Leben war Krieg, und er musste ein Krieger sein, um zu bestehen.

Sie blieben in dem Bauernhaus und plünderten Wein- und Vorratskeller. Die Knechte und Mägde gingen ihrer Arbeit nach, als wäre nichts geschehen. Sie schienen erleichtert, den Großbauern los zu sein, den sie stillschweigend in einem Pferdeverschlag verscharrt hatten. Niemand aus dem Dorf behelligte sie.

Nach und nach erfuhr Carl die Geschichte des Kriegers und seines Neffen. Es war ein Leben voller Willkür und Blut. Ständig übten sie sich im Kampf. Auch Carl begann zu trainieren. Oft hetzte der Krieger Erich und Carl aufeinander und ergötzte sich daran, wenn sie sich bis aufs Blut schlugen. Erich war ein trickreicher Gegner, der vor unfairen Mitteln nicht zurückscheute. Aber Carl lernte schnell, auch, weil Hans ihm einige Finten verriet. Das war sein Dank dafür, dass Carl ihm während des Fiebers geholfen hatte. Bereits nach einigen Tagen unterlag Carl immer seltener. Zum ersten Mal sah er hoffnungsvoll in die Zukunft. Herr von Norden würde ihn das Kriegsgeschäft lehren. Irgendwann würde er so viel damit verdienen, dass er Fritjoff zu sich holen und ihm ein anständiges Leben bieten konnte.

Doch es sollte anders kommen.

Es begann damit, dass Carl am dritten Tag nach ihrer Ankunft Schreie aus dem Stall hörte. Er reinigte gerade die Muskete des Kriegers und setzte sie wieder zusammen, weil er verstehen wollte, wie die Waffe funktionierte. Von Norden schlief in der Stube seinen Rausch aus. Obgleich Carl sofort loseilte, kam er doch zu spät: Erich lag am Boden, eine klaffende Wunde am Hals, aus der das Blut sprudelte. Neben ihm stand die Magd, die Sense in den Händen. Ihre Tochter lehnte an der Wand, ihr Kleid war zerrissen, die Augen schreckgeweitet. Ständig hatte Erich der Frau und ihrer Tochter nachgestellt, vor allem das Mädchen hatte ihm aus dem Weg gehen müssen. Offenbar hatten sie einmal nicht genügend aufgepasst.

»Gott im Himmel!« Hans ließ die Wassereimer fallen, die er gerade von draußen hereingetragen hatte.

Hilfesuchend blickte die Magd Carl an.

Er konnte nicht sagen, dass es ihm leid um Erich tat. »Wir müssen ihn wegschaffen … bevor …«

Zu spät.

»Was ist denn hier … du Hure!« Der Krieger taumelte herein, im Gehen seinen Dolch aus der Scheide nestelnd. Trotz des Suffs hatte er die Situation sofort erfasst.

Panisch hob die Magd die Sense, doch von Norden schlug sie ihr aus der Hand und holte mit dem Dolch aus. Die Tochter kreischte. Bevor Carl noch darüber nachdenken konnte, fiel er dem Kämpen in den Arm.

»Du stellst dich gegen mich? Erich hat gleich gesagt, dass wir dich am Hafen hätten versauern lassen sollen! Und jetzt ist er tot!« Der Kämpe stürzte sich auf Carl, als hätte dieser Schuld am Tod des Neffen. Im Nu hatte er Carl auf den Rücken geworfen; er war viel schwerer, stärker und kundiger als der Fünfzehnjährige. Schon setzte er die Klinge an Carls Kehle. Carl starrte ihm in die Augen. Das Herz schlug ihm bis zum Hals, aber er hatte keine Angst. Wenn er schon sterben musste, wollte er wenigstens bis zuletzt sehen, was um ihn herum geschah.

»Hätte ich nur auf Erich geh…«

Der Spaten spaltete dem Krieger den Schädel. Von Norden sackte zusammen. Carl wand sich unter dem schweren Körper hinaus. Der alte Knecht warf den Spaten von sich. Er reichte Carl die Hand und half ihm hoch. Sehr lange standen sie wortlos beieinander.

Der Harnisch des Kriegers war zu groß, und der Helm wackelte auf Carls Kopf, als sie im Schutz der Nacht den Hof verließen. Rauchschweif trug ihn willig. Hans hatte die Stücke von Erichs Kleidung an, die das Blut nicht verdorben hatte, und saß auf dessen Pferd. Sie hatten die Waffen dabei und etwas Geld. Gemeinsam hatten sie nach dem Hort des Großbauern gegraben und ihn tatsächlich gefunden. Die Münzen hatten sie gerecht mit den Mägden und Knechten geteilt. In ein paar Stunden würde das Gesinde ein Feuer am Hof legen und das Vieh hinaustreiben. Vermeintlich verzweifelt würden sie den Brand zu löschen versuchen. In der Asche des Hofes würde man die Leiche eines Knechtes und des Großbauern finden. Es würde aussehen, als wäre das Herdfeuer außer Kontrolle geraten, und jede Magd und jeder Knecht würde dies bestätigen.

Noch einmal sah Carl sich um. Es gefiel ihm, dass dieser Hof von der Landkarte getilgt werden würde. Nun konnte er leichten Herzens sein neues Leben aufnehmen.

»Schneller!«, brüllte der Feldwebel. »Bei dem Tempo könnt ihr euch ja die Schuhe zubinden!«

Die Hellebarde geschultert, das Langschwert gezückt, rannte Carl über den Acker. Von einem Ende zum anderen mussten sie laufen, immer und immer wieder. Seine Lunge brannte, aber wer zusammenbrach, wurde von den Untergebenen des Feldwebels aus den Reihen gezerrt und mit Ruten verdroschen. Zur Schande gesellte sich dann noch der Schmerz. Carl biss die Zähne zusammen. Er würde nicht aufgeben. Nicht vor Elesar von Emden, ihrem Feldwebel, einem Juden, den die Obristen wegen seiner Qualitäten für unverzichtbar hielten. Qualitäten! Ein Sadist war er, nicht mehr. Andere zu drillen schien sein einziges Vergnügen zu sein.

Über ein Jahr war es her, dass sie Mecklenburg verlassen hatten. Nach dem Erlebnis auf dem Gutshof waren sie gen Süden gezogen. Es hatte sich herausgestellt, dass Hans ein helles Köpfchen hatte, er konnte sogar lesen und schreiben. Hans hatte gut zugehört, wenn sich Söldner über Verdienstmöglichkeiten unterhielten oder über Kriege sprachen. Der Hugenottenkrieg. Der

Aufstand der Niederländer gegen die spanischen Habsburger. Die Expansionsbestrebungen der Osmanen. Kriege gab es genug. Sie würden schon ein Auskommen finden. Auf dem Weg hatten sie sich Zeit gelassen. Geld hatten sie reichlich, obgleich Hans einiges an seine Familie geschickt hatte. Carl hatte Meister Jodocus lieber kein Geld für Fritjoff zukommen lassen – wie hätte er die Herkunft erklären sollen? Sie hatten ihren Anteil vom Schatz des Großbauern lieber verprasst. Die Erinnerung brachte Carls Mundwinkel zum Zucken. Als Erstes hatten sie sich vom Feinsten eingekleidet und waren aufgetreten wie die Fürsten. Sie hatten gefressen, gesoffen, gehurt und gekämpft. Irgendjemand, der Streit suchte, fand sich immer. Doch allmählich war das Geld zur Neige gegangen. Sie waren von ein paar losen Weibern betrogen worden und hatten schließlich sogar die Pferde verkaufen müssen. Rauchschweif – der Schmerz über den Verlust des edlen Rosses schmerzte Carl sehr. Ein Pferd war treu und ehrlich. Es log und betrog nicht. Und es quälte einen nicht.

Sein Fuß versank in einer Kuhle, und er kam aus dem Tritt, ausgerechnet in Sichtweite des Feldwebels. Wieder wurde er angebrüllt. Neben dem Befehlshaber lag ein ausgepumpter Söldner, den Rücken von blutigen Striemen gezeichnet. Wie es Carl zuwider war, erneut unter der Fuchtel zu stehen! Und wofür? Wenn es wenigstens um einen ehrlichen Kampf ginge. Aber nein, sie exerzierten! Carl ließ seinen Blick wandern, der schließlich an der trutzigen Zitadelle hängen blieb. Ein imposanter Bau, wie so viele in Jülich. Nach verschiedenen Anstellungen waren sie bei einem adeligen Obristen gelandet, der in den Diensten des Herzogs von Jülich-Kleve-Berg im Westen des Reiches stand. Offenbar befürchtete der greise Herzog Wilhelm, dass die spanischen Truppen, die in der Nähe die Aufständischen bekämpften, auch seine Residenzstadt überfallen könnten. Doch nichts geschah. Woche für Woche lagerten sie vor der Stadt und hatten nichts zu tun.

Vor ihm tauchte Hans zwischen den Laufenden auf. Carl hatte seinen Freund schon zweimal überrundet. Hans war langsam, er schleppte sich nur noch voran. Bald würde er straucheln und mit Ruten gestrichen werden.

»Hanf, nun los, gib nicht auf!«, feuerte Carl seinen Freund mit dem alten Spitznamen an.

Hans stieß einen bitteren Laut aus. Sein knollennasiges Gesicht war feuerrot. Als Carl weiterlief, sah er noch aus dem Augenwinkel, wie Hans zusammenbrach und weggetragen wurde. Doch er konnte nichts tun, Hans würde sich jede Hilfe verbitten. Aus einer Familie von Soldaten stammend, unterwarf er sich dem Ehrenkodex der Krieger. Auch würde es sie beide umso härter treffen, wenn Carl die Schläge zu verhindern suchte, das wusste er schon. Sie mussten sehen, dass sie hier wegkamen, weg von dem grausamen Feldwebel und der Eintönigkeit des Lagerlebens.

Am Ende des Monats quittierten sie den Dienst und zogen weiter. Es dauerte nicht lange, bis sie in einer Kleinstadt eine neue Kompanie fanden, mit der sie im Sommer gen Zutphen im Gelderland marschierten. Im Sold eines protestantischen Adeligen überfielen sie die überwiegend katholische Hansestadt. Wie im Rausch fielen sie in die Kirchen ein, raubten Altargold und zerstörten die Heiligenbilder. Als im Winter der spanische Herzog von Alba, der für seine Grausamkeit bekannt war, Zutphen zurückeroberte und an die achthundert Männer massakrierte, wechselten Carl und Hans die Seiten. Ihnen war es egal, für wen oder gegen wen sie kämpfen. Hauptsache, sie kämpften.

13

Kanizsa, Ungarn, November 1601

Der Eissturm trug den Gestank der Latrinen und des Siechtums zu ihnen. Carl roch das Heerlager, bevor er es sehen konnte. Vor einer Woche waren sie unter Feldmarschall Rußworm aus der nordungarischen Stadt Raab aufgebrochen. Seitdem hatten sie die meiste Zeit im Sattel verbracht, um den kaiserlichen Truppen vor Kanizsa zu Hilfe zu kommen. Weit erstreckte sich die Zelt- und Wagenstadt auf der Sumpflandschaft um die Festung. Dreißigtausend Mann waren es zu Anfang des Feldzugs auf Kanizsa gewesen.

Ihr Quartiermeister, der mit seinen Männern vorausgeritten war, fing sie ab. Es dauerte, bis ihr Trupp aus zweitausend Reitern und sechstausend Mann Infanterie zum Stehen kam. Als Feldmarschall Rußworm Bericht erstattet wurde, riss eine Sturmbö ihrem Standartenträger die Fahne aus der Hand. Der bunte Fetzen landete in einer vereisten Matschpfütze. Panisch rannte der Junge hinterher: Man konnte schon für ein kleineres Vergehen vor ein Kriegsgericht gestellt werden. Der Wind wehte die Worte des Quartiermeisters zu ihnen.

»Kaum ein geeigneter Lagerplatz zu finden. Sumpfiges, verdorbenes Land. Seuchen grassieren. Das Wetter wird noch schlechter, das steht fest. Wenn Ihr mich fragt, sollten wir so schnell wie möglich nach Raab zurück und dort das Ende des Winters abwarten.«

»Dies ist ein Rettungseinsatz, keine Flucht. Erzherzog Matthias hat uns hierherbeordert, um seinem Vetter zu Hilfe zu kommen, und genau das werden wir tun. Also weist meinem Heer sein Quartier zu, wie es Eure Aufgabe ist!«, befahl Feldmarschall

Rußworm dem Quartiermeister. Seit Langem schon zogen Hans und Carl mit Rußworm. Er war ein kundiger, tapferer Mann ohne Dünkel. Einer, dem man sein Leben anvertrauen konnte.

Schlaff salutierte der Untergebene. »Natürlich, Herr Feldmarschall!«

Carl warf Hans einen Blick zu. Quartiermeister waren im Allgemeinen auf die persönliche Bequemlichkeit bedacht. Sobald der Krieg sein wahres Gesicht zeigte, knickten sie ein, diese Erfahrung hatten sie schon oft gemacht. Das Gesicht seines Waffenbruders war jedoch eine eisige Maske.

Rußworm gab seinem Trupp einen Wink, und Carls Männer folgten ihm in das Heerlager hinein. Sie waren auf das Schlimmste gefasst, aber was sie sahen, übertraf ihre Befürchtungen. An diesem Ort gab es nur Dreck und Blut. Eingefallene Gesichter, in denen der Tod nistete. Notdürftig versorgte Kriegsverletzungen. Brandige Wunden, fiebrige Körper. Vereinzelt Lagerfeuer, zu wenig für die Masse der Frierenden. Überall krampfhaftes Keuchen und Husten.

»Zu spät für eine verdammte Belagerung«, stieß Hans erbittert hervor. »Dieser Ferdinand hätte im Herbst die Belagerung gar nicht mehr beginnen dürfen.« Er wandte den Blick von einem dunkelrot dampfenden See ab, wo der Proviantmeister mit ein paar Trossbuben den Kadaver eines Pferdes zerlegte.

»Rußworm meint, der Erzherzog wolle sich als Kriegsheld zeigen, um in den Erblanden für gute Stimmung zu sorgen. Zu sehr hat er die Evangelischen verfolgt, jetzt verweigern ihre Adeligen ihm die Gefolgschaft. Ein Sieg über die Türken soll sie einen«, gab Carl leise zurück und glaubte dabei, die Eisschicht auf seinen Wangen knistern zu spüren.

Jeder im Habsburgerreich sehnte einen Friedensschluss herbei. Seit 1593 wütete der Türkenkrieg, und ein Ende war nicht abzusehen. Vor allem um die Grenzorte tobten erbitterte Schlachten. Carl kannte jeden dieser Orte inzwischen gut. Er hatte bei der

Rückeroberung von Raab in vorderster Front gekämpft. Kaiser Rudolf war so begeistert gewesen, dass er zur Erinnerung daran Kreuze aufstellen ließ. *Sag Gott dem Herrn Lob und Danck, dass Raab wiederkommen in der Christen Handt* lautete die Inschrift. Es wäre besser gewesen, wenn der Kaiser das Geld in das Militär investiert hätte, dachte Carl. Aber Rudolf kümmerte sich nicht einmal um die Bestallung kundiger Feldherren. Warum ließ er es sonst zu, dass Gecken wie Herzog Vinzenz von Mantua das Regiment führten, der mehr Modelle von Pluderhosen kannte als Waffengattungen? Und das hier, in Kanizsa, dem letzten Sperrriegel vor der Steiermark, dem Schlüssel Deutschlands. Wenn die Osmanen Innerösterreich angriffen, könnten sie von da aus an die venezianische Adria vorstoßen und einen strategisch wichtigen Seeweg eröffnen. Auch der Weg nach Norden wäre frei.

»Rußworm! Pass auf, dass du nicht sein verdammter Lakai wirst! Lass uns lieber verschwinden. Im Süden überwintern. Sonne auf unsere müden Knochen bekommen«, knurrte Hans.

Carls Freund lamentierte immer öfter über die Mühsal des Krieges. Aber wenn Hans erst wieder seinen Sold in den Händen hielt, sich ein paar Abende besoffen und um den Verstand gevögelt hatte, hielt er selbst Ausschau nach der nächsten Stellung. Für Carl hatten Hans' Fantasien keinen Reiz. Er wusste ohnehin nicht, wohin. Seit er vor dreißig Jahren seinen Bruder in Schwerin zurückgelassen hatte, besaß er keine Familie mehr. Er hatte Fritjoff nur ein einziges Mal wiedergesehen, doch danach hatten sie sich für immer verloren. Seither war er ganz allein auf der Welt. Wenn er überhaupt so etwas wie Familie hatte, dann war es Hans.

»Du bist ein richtiger alter Sack geworden!«, zog er seinen Freund auf.

»Wenn ich ein alter Sack bin, bist du ein kriegslüsterner Greis! Wie diese verdammten Erzherzöge!«

Eine Handbewegung ihres Heerführers gebot ihnen Einhalt. Stumm grinsten sie sich an. Sie näherten sich einem prunkvollen Zelt, das im Heerlager so deplatziert wirkte wie der blankgezogene Arsch eines Narren bei einer Predigt. Feldmarschall Rußworm saß ab, und sie taten es ihm nach. »Irre ich mich oder steht dieser Stoffpalast in der Schusslinie der Türken?«, murmelte Carl.

Rußworm nickte bitter. »Erzherzog Ferdinand ist noch nie in den Krieg gezogen. Und er wird es auch nicht wieder tun, hoffe ich, wenn man sich den Blutzoll ansieht, den diese irrsinnige Unternehmung kostet. Vom Krieg haben die Habsburger keine Ahnung. Wollen wir hoffen, dass sich noch etwas retten lässt.«

Der Feldmarschall ging in das Zelt und ließ seine Männer mit den Pferden zurück. Der Sturm nahm noch zu. Carl blinzelte in den grau verhangenen Himmel. »Könnte noch schneien«, erriet Hans seine Gedanken. »Über fünfhundert Mann sind hier schon verreckt, heißt es. Erfroren oder verhungert. Und wenn man sich die anderen anschaut, dürften es bald doppelt so viele sein.«

Nach einer schier endlosen Zeit kam Rußworm wieder aus dem Zelt. Zornbebend zischte er: »Gemütlich sitzt er da bei Silbergeschirr und auf rotem Samt, der Erzherzog. Ferdinand hat sein Zelt nur verlassen, um den Kopf des bei Stuhlweißenburg gefallenen Paschas auf einen Pfahl spießen und vor den Mauern Kanizsas schwenken zu lassen. Macht sich nicht die Hände schmutzig. Betet stattdessen. Und will abziehen.«

»Was ist mit den Verletzten? Es sind fünf-, sechstausend!«, fragte Carl erbittert.

»Zurücklassen.«

Carl nahm kein Blatt vor den Mund: »Was für ein Feigling!«

Sein Heerführer stimmte ihm zu. »Nehmt euch ein paar Mann und erkundet die Lage. Ich will nicht enden wie Paradeiser. Es heißt, der Kaiser vergesse oft, treue Diener zu belohnen. Mit wem er unzufrieden sei, den bestrafe Rudolf aber hart.«

Bei dem Gedanken daran brannte Grimm in Carls Nacken. Georg Paradeiser, ein kriegserfahrener Offizier, hatte im letzten Jahr die Belagerung von Kanizsa abbrechen müssen, weil er weder Geld für Sold und Verpflegung noch Nachschub bekam. Söldner, die unter Paradeiser gedient hatten, berichteten, dass ihnen die Munition ausgegangen war und sie die von den Türken verschossenen Kugeln aus dem Mauerwerk pulen mussten. Paradeiser hatte schließlich gegen freien Abzug kapitulieren müssen. Und was taten die feinen Katholiken, die ihm zuvor jede Unterstützung verweigert hatten? Behaupteten, der Protestant Paradeiser habe den Osmanen die Festung freiwillig übergeben. Kaiser Rudolf ließ den vermeintlichen Türkenfreund vor ein Kriegsgericht bringen und stellte zweitausend Gulden für das Verfahren bereit; Geld, das die Truppen lange vorher besser hätten brauchen können. Erst vor Kurzem war Georg Paradeiser zum Tode verurteilt und zerstückelt worden. Ein schändliches Ende.

Zorngetrieben machte Carl sich mit seinen Männern auf den Weg zur Front. Was er sah und von den hier wachenden Soldaten hörte, zerstörte auch den letzten Funken Hoffnung. Der Schanzwall um Kanizsa war nie geschlossen worden, sodass die Osmanen weiterhin Nachschub erhielten, während die kaiserlichen Truppen darbten. Tausende der Kaiserlichen waren bereits desertiert, die päpstlichen Söldner zuerst. Hassan, der Opium-Esser, wie man den Anführer der Türken nannte, konnte dagegen die Belagerung aussitzen. Die Unfähigkeit der verbliebenen Angreifer spielte ihm in die Hände. Carl hörte von welschen Musketieren, die kein Ziel trafen, und von Schanzmeistern, die zu kurze Brücken anfertigten, sodass die Soldaten im Morast einsanken und leichte Beute wurden. Auf den Mauern der Festung waren die Köpfe von Gefangenen aufgespießt. Hass breitete sich in ihm aus wie eine schwarze Welle. Er ließ es zu, ja, er genoss es sogar, denn sein Hass hatte ihm oft genug das Leben gerettet.

Schonungslos berichtete Carl Feldmarschall Rußworm von den Zuständen an der Front. Dennoch plädierte er dafür, die Stellung zu halten, bis ein geordneter Abzug möglich war.

In der Nacht wurde es so kalt, dass man dem Urin beim Gefrieren zusehen konnte. Schnee peitschte durch das Lager. Eine Zählung am Morgen ergab, dass eintausendfünfhundert Mann und dreihundert Pferde erfroren waren. Trotz Rußworms Protesten beschlossen die Feldherren den sofortigen Abzug ohne Rücksicht auf Verluste.

»Das können sie nicht machen! So schnell können die Waffen gar nicht verladen werden. Die meisten Verwundeten werden es nicht schaffen! Tausende werden in die Hände der Türken fallen!«, protestierte Carl, als Rußworm seine Männer zusammenrief.

»Wir sichern den Abzug. Das ist unsere Aufgabe«, erwiderte Rußworm hart.

Hans und Carl sahen sich entschlossen an. Sie würden die Feinde zurückhalten, bis die letzte Muskete verladen und der letzte Verletzte den Karren bestiegen hatte. Denn wer zurückblieb, würde von den Türken hingerichtet.

Bis an die Zähne bewaffnet, bauten sie sich mit ihren Waffenbrüdern an der Front auf. Der Pater peitschte sie auf. Immer in vorderster Reihe, schien er absolutes Gottvertrauen zu besitzen. Carl warf ihm einen spöttischen Blick zu. Der Gottesmann sollte lieber das Schwert schwingen statt das Wort. Da schwärmten schon die türkischen Kämpfer von der Festung aus, begierig auf Beute. Die ersten erwischte Carl mit Pistolenschüssen. Rauch erschwerte die Sicht. Schreie durchschnitten die Luft. Carl konnte das Blut riechen, und er genoss den Kampf. Hans schwang den Zweihänder, seine bevorzugte Waffe, an der er ein wahrer Meister war. Ein Fechtmeister hatte einmal gesagt, ein mit einem großen Zweihänder bewaffneter Mann gleiche einer

Galeone, die sich gegen viele Galeeren zur Wehr setzt. Auf Hans traf das unbedingt zu. Hinter ihnen wurde Erzherzog Ferdinands Prunkzelt geplündert. Samt und Silber würden den Weg in die Festung finden, und sie konnten nichts tun, um es zu verhindern. Das Leben der Soldaten war wichtiger. Carl ließ sich vom pulsierenden Hass forttragen. Er warf die Muskete weg und riss sein Seitschwert heraus. Dem ersten Angreifer schlug er mit einem gewaltigen Hieb den Kopf ab. Er schlitzte dem nächsten den Bauch auf und stach einem dritten ins Auge. Carls Herz pumpte, aber er spürte keine Angst, sondern Euphorie. Hierfür war er gemacht, erst auf dem Schlachtfeld fühlte er sich wahrhaft lebendig.

Neben sich hörte er plötzlich einen Schrei – Hans! Die Pike zerbrochen, den Zweihänder zerbrochen, setzte sich sein Waffenbruder mit seinem Dolch zur Wehr. Der Türke holte aus, sein Säbel fuhr tief in Hans' Hals. Carl vergaß zu atmen. Alle Geräusche schienen mit einem Schlag aufzuhören. Als gäbe es um ihn herum nichts anderes mehr, wollte Carl sich auf den Angreifer werfen, ihn aufhalten, das Leben seines Freundes retten. Doch da riss ihn ein dumpfer Schlag von den Füßen. Das Letzte, was er sah, war Hans' Kopf, der zu Boden fiel, und den blutigen Krater in seiner eigenen Brust, durch den sein Leben im Schnee von Kanizsa verrann.

14

Linz, Sommer 1608

Seit Stunden schon saß der junge Mann ihr in der Kutsche gegenüber, die gefalteten Hände zwischen den Knien. Der Novize wagte nicht, sie anzuschauen. Selbst die Nachricht seines Herrn hatte Jan mit gesenktem Blick überbracht. Zunächst war Dorle ärgerlich gewesen. Sie einfach so nach Linz zu bestellen! Andererseits würde sie für den Pater alles tun. Er war der einzige Geistliche, vor dem sie Ehrfurcht hatte. Er hatte sie von der Straße geholt und ins Waisenhaus gebracht. Dass ihr die Arbeit dort zu hart gewesen und sie als Jugendliche ins Hurenhaus gewechselt war, dafür konnte der Pater ja nichts. Vor allem aber hatte der Ordensmann ihr den Weg zu Matthias geebnet. Zwei Jahre teilte sie nun schon das Bett des frisch gekrönten Königs von Ungarn, wenn er sich nicht gerade mit den Waschfrauen vergnügte, für die er eine besondere Vorliebe zu haben schien. Diese billigen Zerstreuungen störten sie nicht, schließlich kehrte er immer wieder zu ihr zurück. Matthias hatte ihr sogar ein Häuschen in der Nähe der Hofburg eingerichtet, in dem sie sich unbeobachtet treffen konnten. Denn nur sie kannte seine geheimsten Gelüste. Jetzt war ihr Galan in wichtigen Geschäften unterwegs. König von Ungarn war er, endlich. Sie war Matthias' Königin, ein wenig zumindest. Wenn sie ein Kind von ihm bekommen würde, hätte sie für immer ausgesorgt und müsste nie mehr die Schrecken der Straße fürchten …

Ihre Schuhe drückten bei der Hitze, die tauben Zehen machten jede Schuhwahl schwer. Aber Matthias liebte nun mal die Seidenschuhe mit hohen Hacken sehr. Unter dem Kleid lief ihr der Schweiß herunter. Dorle öffnete ihr Leibchen ein wenig, aber der Novize reagierte nicht. Über ihren Fächer hinweg musterte sie ihn ungeniert. Jan war achtzehn, zwanzig allerhöchstens. Schmal und blass, mit hellblondem, fast weißem Haar, makellos sauberen Händen und abgekauten Fingernägeln. Seine Lippen waren breit und gaben seinen Gesichtszügen etwas Weibliches. Ganz versunken war er, ins Gebet vermutlich. Jeden ihrer Gesprächsversuche hatte er ins Leere laufen lassen. Den lauen Sommerwind, der sie durch die Kutschfenster umwehte, schien er nicht wahrzunehmen, die blütenschweren Büsche am Wegrand nicht zu bemerken. Sie stellte sich vor, wie er wohl unter seinem schlichten Gewand aussah, eine ihrer liebsten Beschäftigungen, wenn sie die Langeweile überkam. Lakenweiße Haut. Knabenhafte, sehnige Glieder, eine haarlose Brust, knochige Hüften, unberührt. Früher hatte sie sich gerne der Heranwachsenden angenommen, die von ihren Vätern ins Hurenhaus begleitet wurden. Die Erste zu sein war selbst für sie etwas Besonderes.

Die Kutsche holperte über einen Stein. Geziert seufzte sie auf und ließ den Fächer fallen. Etwas plump, aber Jan rührte sich nicht. Also schob sie ihren Körper vor, berührte wie beiläufig sein Knie. Der Novize zuckte zurück. Endlich eine Reaktion.

»Seid's ein Kavalier und hebt mir den Fächer auf, bittschön«, säuselte Dorle und beugte sich vor, um ihr Dekolleté besser zur Geltung zu bringen.

Tatsächlich hob er den Fächer auf und reichte ihn ihr, wobei sie über seine Finger strich. Nun wischte er Stirn und Hände mit einem Seidentaschentuch und steckte die Hände unter die Oberschenkel. Ihre Laune hob sich. Wie niedlich! Sie hatte noch ein paar Stunden Zeit bis Linz. Mal sehen, wie weit sie bei ihm kommen würde …

Kaum waren sie vor dem Jesuitengymnasium in Linz vorgefahren, sprang Jan aus der Kutsche wie vom Teufel gejagt. Es war doch noch eine amüsante Kutschfahrt geworden. Ein Katz-und-

Maus-Spiel, dessen Sieger noch nicht feststand. Der Novize hatte sich als außerordentlich willensstark erwiesen, was Dorle sonst von Geistlichen gar nicht kannte.

Sie schob die behandschuhte Hand aus der Kutschtür. Es dauerte lange, bis er begriff, dass sie ohne seine Hilfe nicht aussteigen würde. Schließlich schob der Novize den Kutscher vor, der sich eilte, ihr zu Diensten zu sein. Aus dem prächtigen Landhaus, vor dem sie gehalten hatten, drangen Donnern und Jammern. Was war hier los? Und warum hatte der Pater sie so eilig hierherbestellt? Sie hatte es gerade geschafft, ihrer Magd zu befehlen, das Nötigste zusammenzupacken. Acht, neun Kleider, die passenden Schuhe und Hüte. Leibchen, Unterkleider, Handschuhe, Seidenstrümpfe. Was man eben so benötigte als Frau von Stand. Erhobenen Hauptes ignorierte sie die Hand des Kutschers, stieg aus und wollte sich bei dem Novizen einhängen. Doch da floh der junge Mann schon vor ihr in das umgebaute Landhaus, aus dem Lärm toste. Was war da nur los?

Der Anblick fesselte sie sogleich. Sie liebte Theater! Der Pater würde warten müssen. Dorle schob sich zwischen die Zuschauer. Die meisten waren fasziniert, bei einigen wenigen war Abscheu in den Gesichtern zu lesen. Linz war mehrheitlich protestantisch, da hatte es ein Jesuitengymnasium sicher nicht leicht. Auf der Bühne tummelten sich die aufwendig kostümierten Schauspieler. Engel und Teufel fochten einen Kampf um die Seelen der Menschen aus. Es gab Feuer und Donner, Verzweiflung, Hoffnung und sehr viel Gesang. Gebannt blieb sie direkt vor der Bühne stehen.

Schließlich donnerte der Schlussapplaus. Vereinzelte Buhrufe gellten durch den Saal. Zuschauer weinten. Vor den Beichtstühlen bildeten sich Schlangen. Auch Dorle war gerührt. Mochte sie auch noch so verdorben sein, war ihr der Glaube doch heilig.

Der Engel stieg von der Bühne. Er war majestätisch, sehr groß, mit breitem Kreuz und großen Händen. Sogleich wurde er von Frauen, Männern und Kindern umringt, die sein Kostüm ehrfürchtig berührten. Gütigen Blickes segnete der Engel sie. Er kniete sich auf die Kacheln und betete mit ihnen. Dorle war fasziniert. Seine weiten Flügel und seine hohe Gestalt schienen die frisch Bekehrten vor den Unbilden der Welt zu schützen. Dann kam das Himmelswesen auf Dorle zu, lächelnd, als hätte es ihre besondere Bestimmung erkannt. Erst kurz bevor der Engel sie erreicht hatte, erkannte sie, wer sich hinter dem Kostüm verbarg. Überrascht neigte sie ihr Haupt, nahm die Hand des Paters und küsste sie. Wie immer rochen Seraphims Finger nach Duftwasser.

Auf seinen Wink hin folgte sie ihm in eine schlichte Kammer, die mit Samtdecken und Seidentüchern wohnlich gestaltet war. Die Pritsche sah durch den kostbaren Überwurf und die zahlreichen Zierkissen wie ein orientalischer Diwan aus. Offenbar reiste auch der Pater mit viel Gepäck.

»Der Gast hat Narrenfreiheit, ist es nicht so?«, sagte der Pater und zog sich die Perücke vom kurz rasierten Haupt.

Die Schminke verwischte und gab seine Züge frei. Seraphim war um die fünfzig, mit knochigem, verlebtem Gesicht. Er wies Jan an, Wein einzugießen. Dorle wusste nicht, was für einen Posten der Pater bei den Jesuiten bekleidete, aber er schien gleichzeitig Einfluss und Unabhängigkeit mit sich zu bringen. Es war, als ob verschiedene Persönlichkeiten in ihm schlummerten, die er je nach Bedarf zu wecken vermochte. Der Pater konnte vergeistigt sein, streng, kämpferisch oder wollüstig – Letzteres gefiel ihr besonders. Seraphim hatte eindeutige Vorlieben, die nicht unbedingt mit den Geboten der Kirche im Einklang standen. Auch jetzt überwog seine lebensfrohe Seite. Sie stürzten das erste Glas hinunter, nur der Novize verzichtete. An seiner Nagelhaut pulend konnte er seine Missbilligung kaum verhehlen.

»Ich wusste ja gar nicht, dass Ihr Theater spielt, Pater. Eine beeindruckende Vorstellung«, sagte Dorle.

Seraphim nestelte an seinem Kostüm. »Wenn du mir helfen würdest, meine Flügel abzulegen? Der Himmel hat mich lange genug gehabt.« Als sie die Gurte gelöst hatten, pickte er sich Gebäck aus einer Silberschale. »Das Theater der Jesuiten bringt mehr Menschen zum wahren Glauben, als heilige Messen es vermögen. Spontanbekehrungen sind nach dem Besuch des Jesuitentheaters häufig. Um die Ausrottung der Ketzer voranzutreiben, ist jedes Mittel recht – warum also soll man sich nicht unterhalten dabei? Aber nun zu Euch. Wie war Eure Reise?«

»Wir sind so schnell gekommen, wie wir konnten, Pater«, beeilte sich der Novize zu berichten.

Dorle lachte auf. »Gekommen ist Jan nicht. Ich bin nicht annähernd so weit zu ihm vorgedrungen – sosehr ich mich auch bemüht habe!«

Zu ihrer Freude röteten sich die Wangen des Novizen. Beschämt und um Unterstützung heischend blickte Jan sein geistliches Vorbild an. Der Unterschied zwischen dem knochigen Pater und dem weibischen Schüler könnte nicht größer sein.

»Er konnte deinen Reizen widerstehen? Vermutlich war er der Erste.«

»Die Schlacht ist noch nicht geschlagen, sagt man nicht so?«, sagte Dorle lächelnd.

Der Novize schien im Erdboden versinken zu wollen.

»Wie könntest du aufgeben? Dein Ehrgeiz hat mir schon immer gefallen. Jan, beschaff uns ein Nachtmahl. Etwas Kräftigendes. Aber schnell.«

Der Novize eilte hinaus. Sie nahmen zwischen den Zierkissen auf der Lagerstatt Platz.

»Sehr gut erzogen«, spottete Dorle.

»Noch nicht gut genug. Er hat noch viel zu lernen.«

»Ein Waisenkind?« Soweit sie wusste, verwendete der Pater einen Gutteil seines Vermögens auf die Ausbildung von Waisenkindern. Ein lohnendes Unterfangen, da er sich so ihrer immerwährenden Loyalität versicherte. Zumindest galt das für sie.

»Natürlich.«

»Kommen wir auf den Ehrgeiz zurück. Was macht der frisch gekrönte König von Ungarn? Langweile mich nicht mit dem politischen Geschacher, das kenne ich zur Genüge. Hat Matthias wirklich vor, den Häretikern entgegenzukommen?«

Dorle begleitete Matthias oft auf seinen Reisen und ließ sich ausufernd von seinen Überlegungen und Vorhaben berichten. War ein Bett nicht auch eine Art Beichtstuhl? Konzentriert berichtete sie dem Pater von den jüngsten Entwicklungen.

Seraphim strich eine Falte in ihrem Rock glatt. »Um Matthias sorge ich mich weniger. Er ist lenkbar. Mehr Kummer macht mir der Kaiser. Seine Untätigkeit gibt den Ketzern Auftrieb. Er lässt sie gewähren, statt sie zu bekämpfen. Das muss ein Ende haben.«

In diesem Augenblick kam der Novize mit einem Tablett zurück. Braten, Brot, Fisch und frisches Obst türmten sich darauf. Als Jan sich davonstehlen wollte, hielt der Pater ihn auf und wies ihm einen Platz für ihr gemeinsames Nachtmahl zu. Nervös setzte sich der junge Mann zwischen sie.

»Ich habe eine Aufgabe für euch«, kündigte der Pater an. Er legte sich mehrere Bratenscheiben auf einen Teller, die er, sich auf das Lager fläzend, zerteilte und mit sichtlichem Vergnügen aß.

»Für uns? Aber meine Ausbildung … Euer Schriftverkehr …«, wollte der Novize protestieren.

Der Pater schlug ihm mit der flachen Seite seines Messers ins Gesicht. Der Schüler gab keinen Laut von sich.

»Hast du schon wieder deine wichtigste Pflicht vergessen?« Noch einmal schlug er zu. Auf der Wange des Schülers zeichnete sich blutig die Messerkante ab.

»Nein, Pater.«

»Die da lautet?«

»Gehorsam, Pater.«

»Was ich auch befehle, du wirst es tun. Du wirst mich nie infrage stellen. Du wirst so lange folgsam sein, bis der Wille in dir gestorben ist. Du sollst dich von der göttlichen Vorsehung mittels deines geistlichen Vaters leiten lassen, als wärest du ein toter Körper. Ich dachte, das hättest du längst verstanden! Waren meine Lektionen nicht hart genug?«

Dorle beobachtete den Jüngling. Seine Reaktion ließ erahnen, dass der Pater ihn nicht geschont hatte. Der Pater nahm eine Birne aus der Silberschale. Sie war so reif, dass ihm der Saft das Kinn hinunterlief. Dorle fing die Tropfen mit den Fingern auf. Er küsste ihre Hand, wobei sie seine Zunge auf ihrer Haut spürte. Ein Prickeln zog über ihren Körper.

»Ihr werdet gemeinsam mit einem Laienbruder nach Frankfurt zur Fechtschule fahren und ein paar Männer für mich prüfen. Ich brauche ihre Vorlieben, Schwächen, Geheimnisse. Ich werde ihnen einen Platz verschaffen, an dem sie zum Wohle und Nutzen des wahren Glaubens tätig werden können. Dorle, du wirst sie dir doch gefügig machen können? Wo du bei diesem hier versagt hast?«

Statt einer Antwort ließ Dorle ihre Hand unter das Gewand des Novizen gleiten. Jan wollte aufspringen, doch ein Befehl des Paters hielt ihn zurück. Eingeschüchtert wagte der junge Mann sich nicht mehr zu rühren. Dorle fand, wonach sie gesucht hatte. Der Novize stöhnte auf. Sie ließ sich vor ihm auf die Knie gleiten und schob das Gewand zurück. Es sah ganz so aus, als würde sie doch noch den Sieg davontragen …

Am nächsten Tag suchte der Pater das Waisenhaus auf, das er so großzügig unterstützte. Seit vielen Jahren finanzierte Seraphim zwei Handvoll Waisen eine anständige Schulbildung. Er wusste, dass sie ihm diese Investition vielfach vergelten würden. Es war unumgänglich, Vertraute zu haben, wenn man wie er an den Grenzen des Erlaubten tätig war. Aber er hatte sich noch nie in die Ordensgemeinschaft einpassen können. Es war ihm als zweitem Sohn nicht vergönnt gewesen, Herr über das Rittergut der Familie zu werden. Gerne wäre er auch Heerführer geworden, doch sein Vater hatte ihm einen anderen Weg bestimmt.

Scheu betrachtete ihn ein etwa sechsjähriger Junge. »Wo habt Ihr denn Eure Flügel gelassen, Pater?«

Seraphim legte die Hand auf den Scheitel des Jungen. »Du solltest dich nicht mit Äußerlichkeiten beschäftigen. Die Flügel sind nur ein Mittel, um die Herzen der Menschen zu erreichen«, sagte er streng. Etwas versöhnlicher setzte er hinzu: »Hat dir das Theaterstück gefallen, mein Kind?«

Der Junge nickte eifrig. »Sehr, Pater.«

»Wir nehmen die Aufführungen zum Anlass, mit den Kindern die Heiligengeschichten zu lesen«, versicherte der Verwalter des Waisenhauses Pater Seraphim.

»Sehr lobenswert. Wie machen sich meine Schützlinge denn sonst so?«

»Es sind kluge Knaben dabei, die sich eifrig dem Latein und dem Studium der heiligen Schriften widmen. Wenn auch keiner so vielversprechend ist wie unser Jan. Habt Ihr ihn heute nicht mitgebracht, Pater?«

Der Verwalter pflegte eine sentimentale Anhänglichkeit seinen ehemaligen Schützlingen gegenüber, wie Pater Seraphim fand. »Jan ist mit einem wichtigen Auftrag unterwegs«, erwiderte er knapp.

Seraphim hatte den Novizen gestern noch für seine Sündhaftigkeit strafen müssen. Er hatte Jan eine wichtige Lektion erteilt, auch wenn sich der junge Mann dessen nicht bewusst war: Nur wenn man wusste, worauf man verzichtete, hatte der Verzicht eine Bedeutung. Natürlich hatte sich der Novize der Hure nicht zu erwehren gewusst. Dorle verstand ihr Geschäft. Bei seinem nächsten Auftrag würde Jan nicht versagen, das wusste Seraphim.

Jan würde nicht zum zweiten Mal in kurzer Zeit eine Bestrafung riskieren. Trotz der Geißelung war Jan heute Morgen in der Lage gewesen, mit Dorle auf die Reise zu gehen, um den Dritten im Bunde abzuholen. Sie waren seine Werkzeuge in einem kühnen Plan: den Kaiser umzubringen, um der einzig wahren Religion zum endgültigen Sieg zu verhelfen. Er, Seraphim, würde einen Habsburger auf den Thron hieven, der Katholik durch und durch war und der die Ketzer ausmerzte. Bislang hatte Seraphim geglaubt, dass Matthias der geeignete Nachfolger wäre, aber durch seine Nachgiebigkeit den Protestanten gegenüber hatte sich der Erzherzog selbst diskreditiert. Gut, dass die Casa d'Austria weitere Kandidaten bot.

Der Verwalter wollte offenbar jede Missstimmung vermeiden. »Sollen sie Euch das Ave Maria aufsagen, Pater? Wollt Ihr die Kinder prüfen?«

Nur kein stundenlanges Gestammel! Andererseits: Schon bekamen die ersten Jungen vor Aufregung hektische Flecken – entzückend. »Beim nächsten Mal. Auch ich habe mich dem Dienst am Nächsten zuzuwenden.« Seraphim hob seine Rechte für den Handkuss.

Sichtlich erleichtert schob der Verwalter die Kinder nach vorne. »Ihr hört es, Kinder. Nächstes Mal werden wir den Pater mit einer Rezitation beglücken! Also übt recht fleißig!«

Nacheinander drückten die Jungen ihre feuchten Münder auf den Handrücken des Paters. Zufrieden machte Seraphim sich auf zur Kirche.

Vor dem Beichtstuhl warteten die Gläubigen. Die Beichte abzunehmen war eine Pflicht, der er sich nicht entziehen konnte. Konsequent legte er den Sündern ihre Bußen auf. Schließlich, als er schon kein Gejammer über heimliche Begierden mehr hören konnte, schob sich ein korpulenter Mann in den Beichtstuhl. Seraphim erkannte die Stimme sofort. Es war die einzige, die ihm Respekt einflößte.

»Herr Vater«, begrüßte er den Mann. »Was treibt Euch nach Linz?«

Der übliche herrische Ton: »Was bleibt mir anderes übrig? Sonst bekomme ich dich ja nie zu Gesicht.«

»Ich hatte Euch geschrieben.«

»Schreiben lassen, wohl eher. Das übliche Geschwätz. Also, was hast du in unseren Angelegenheiten erreicht?«

Im Laufe der letzten Jahre hatte sein Vater immer mehr Ländereien an geschäftstüchtige Lutheraner verloren. Nicht nur, dass dieser Verlust seinen Reichtum schmälerte, er förderte auch noch die Ketzerei. Sein Vater verlangte von Seraphim, dass er seine Verbindungen spielen ließ, um das Land zurückzuerlangen. Doch das war einfacher gesagt als getan.

»Und noch immer sitzt du in diesem Beichtstuhl. Wann wirst du endlich einen Posten erlangen, der dir mehr Einfluss ermöglicht!« Bevor Seraphim antworten konnte, putzte sein Vater ihn weiter herunter. »Du bist und bleibst ein Versager! Gebe Gott, dass dein Bruder noch lange bei guter Gesundheit ist! Mit dir an der Spitze unseres Hauses wären Hopfen und Malz verloren!«

Seraphim biss die Zähne zusammen. Sein Bruder machte alles richtig, er machte alles falsch – so war es seit jeher gewesen. Aber er würde seinem Vater noch beweisen, dass er zu Großem fähig war. »Habt Ihr etwas zu beichten, Vater? Ich fürchte, andere Gläubige warten.«

»So, fürchtest du? Aufgeblasener Gockel! Hast dich gestern wieder verkleidet, was? Dazu taugst du …«

»Das Theater ist ein wirksames Mittel, um …«

Sein Vater ließ ihn nicht aussprechen. »Nur Tand und Vergnügen im Sinn! Dabei gäbe es genügend Aufgaben, denen du dich widmen könntest. Versager!«

Die Tür fiel hinter seinem Vater ins Schloss. Seraphim zitterte vor Zorn. Da nahm schon der Nächste im Beichtstuhl Platz und bekreuzigte sich.

»Im Namen des Vaters, des Sohnes und des Heiligen Geistes. Amen. Pater, ich habe am Sonntag bei meiner Frau gelegen …«

Seraphim atmete tief ein. Als ob er nichts Wichtigeres zu tun hätte.

15

Passau, Sommer 1608

Der schlanke Mann kniete vor dem Altar und betete. Neben ihm in der Dreifaltigkeitskapelle des Passauer Stephansdoms stand eine Totenbahre.

»… fiant dies eius parvi episcopatum eius accipiat alter …«

Als er an die Tür der Kapelle aus rotem Marmor und gelbgrauem Kalkstein schritt, sammelte sich Pater Seraphim, um die letzten Gedanken an die grässliche Begegnung mit seinem Vater zu vertreiben. Erst als er sich seiner würdevollen Aura wieder sicher war, trat der Pater ein. Der Psalm, den der Bischof inbrünstig betete, bewies, dass er sich nicht getäuscht hatte: Seine Tage sollten wenige werden, und sein Amt müsse ein anderer empfangen. Auch Erzherzog Leopold wollte also den Kaiser loswerden. Der Erzherzog hatte ihn gehört und riss den Kopf herum, als hätte man ihn ertappt. Sein Gesicht war verweint. Als er Seraphim erkannte, bekreuzigte der Bischof von Passau sich und kam auf die Füße.

Wie so oft wunderte der Pater sich darüber, wie jung sein Gegenüber war. Bereits als Kind war Erzherzog Leopold von Österreich-Tirol zum Bischof bestimmt worden, obgleich er keine höheren Weihen empfangen hatte. Inzwischen war der fromme Einundzwanzigjährige auch noch Bischof von Straßburg. Der Pater hatte ihn als Vertrauter der Familie jahrelang beobachtet und war überzeugt, dass er der Einzige im Hause Habsburg war, der glaubensfest genug war, um die Ketzer zu bekämpfen. Auch jetzt erkannte er unter der Maske der Scham die Entschlossenheit Leopolds. Totbeten war keine besonders weihevolle Tätigkeit für einen Erzbischof.

»Ich habe Euch lange entbehrt, Pater. Habt Ihr Neuigkeiten für mich?«

»Nicht die besten, fürchte ich, Euer bischöfliche Gnaden.«

»Verschont mich!«, bat Leopold. Um seine Tränen und das Beben seiner Unterlippe zu überspielen, wandte sich der Bischof dem imposanten Marmorgrab zu. »Ich habe in der Nähe meines Vorgängers Rat gesucht«, sagte er, über die glatte Oberfläche streichend.

»Urban von Trennbach hat segensreich für Passau gewirkt. Er bekehrte die Ketzer oder vertrieb sie aus diesen Landen. Ihr seid ein würdiger Nachfolger«, schmeichelte ihm der Pater.

Mit brennenden Augen sah Bischof Leopold ihn an. »Bin ich das wirklich? Was kann ich schon tun, außer zusehen, wie meine Vettern das Habsburgerreich den Häretikern überlassen? Kaiser Rudolf lässt den Heiden freie Hand. Und nun macht sogar mein Vetter Matthias den Protestanten Zugeständnisse. Er behauptet zwar, er würde die Gesetze rückgängig machen – aber ich bin überzeugt, dass man dem Teufel nicht den kleinen Finger reichen darf!«

Der Pater seufzte tief. »Erzherzog Matthias wollte schon immer König werden …«

»Wer will das nicht? Aber doch nicht um jeden Preis!«, rief Leopold ungestüm.

»Immerhin hat er seinem Bruder die ungarische Stephanskrone abgetrotzt.«

»Mit Gewalt! Mit einem Heer ist er auf Prag gezogen.«

»Manchmal muss der Glaube mit Feuer und Schwert verteidigt werden.«

Der Habsburger Bruderzwist war ein unrühmliches Kapitel der jüngsten Geschichte. Verheerend war jedoch, dass der Familienstreit den protestantischen Ständen zugutekam. Sie spielten die Brüder gegeneinander aus und hielten zu dem, der ihnen am meisten Vergünstigungen versprach. Immer mehr Ländereien rissen die Evangelischen an sich – und was das bedeutete, wusste Seraphim besser als jeder andere. Das musste ein Ende haben! »Es heißt, der Kaiser wird den Böhmen die Freiheit der Religion garantieren.«

»Das sind wahrlich schlechte Neuigkeiten! Dann ist das Königreich Böhmen für uns verloren!«

Pater Seraphim nickte gewichtig. »Böhmen ist der Dreh- und Angelpunkt des Habsburgerreiches. Die römische Krone gehört auf die böhmische. Wenn Böhmen in Ketzerhände fällt, haben die Protestanten die Mehrheit im Reich und bestimmen den nächsten Kaiser.«

Leopold stiegen Tränen des Entsetzens in die Augen. »Die Hölle auf Erden wäre die Folge!«

Der Pater sah seinen Schützling fest an. »Als ich eintrat, hörte ich einen Psalm zum Totbeten«, sagte der Pater rundheraus. Da Leopold sich gar nicht erst verteidigte, wusste Seraphim, dass die Zeit reif war. »Obgleich ich die Messe De sancta trinitate bevorzuge: Es kommt aber die Zeit, dass, wer euch tötet, wird meinen, er tue Gott einen Dienst daran. Wusstet Ihr, dass im Jahre 1589 in Frankreich vierzig dieser Totenmessen für Heinrich III. gelesen wurden?«

»Nein, das wusste ich nicht. Starb der König nicht irgendwann um diese Zeit?«

»Im selben Jahr.«

Der junge Bischof umklammerte das rubingeschmückte Kreuz auf seiner Brust. »Wenn ich nur mehr tun könnte, als zu beten!«

»Das könnt Ihr, hochwürdigster Herr. Die spanische Krone und der Papst halten große Stücke auf Euch. Seid Ihr bereit, zur Verteidigung des Christentums berufen zu werden?«

»Das bin ich«, sagte Leopold feierlich.

Der Pater nickte zufrieden und wandte sich zum Gehen. »Ihr hört von mir. Habt Hoffnung: Der Wandel ist in die Wege geleitet. Bald wird der Kaiserthron neu besetzt werden. Macht bis dahin weiter wie bisher. Wie gesagt: Ich empfehle De sancta trinitate.«

Er warf beim Hinausgehen einen Blick auf das Grab des Hofnarren Hans Gerl, der ebenfalls in der Trennbachkapelle bestattet worden war. Was für ein Sakrileg! Diese Schande bewies, wie weit der Glaube schon gesunken war. Seine Aufgabe stand Seraphim klar vor Augen.

Noch einmal drehte der Pater sich um. »Was machen eigentlich die Pläne für das Passauer Kolleg?«

»Es dürfte nicht mehr lange dauern, bis die Jesuiten eine feste Heimat in Passau finden. Es wird mir eine Freude sein, Euch an der Spitze dieses Kollegs zu sehen. Diese Ehre ist das Mindeste für Eure Mühen.«

Das fand der Pater auch. Es gab so viele junge Leute, die geformt werden mussten. Außerdem hatte er sich schon immer ein eigenes Theater gewünscht.

Ruhig saß der Einsiedler auf dem Felsen. Sein Blick war auf die Berge gerichtet, aber er nahm die Gipfel und Schluchten, die sich ihm darboten, nicht wahr. So lange saß er schon unbewegt, dass man auch ihn für einen Felsblock halten konnte. Ein Adler kreiste über dem Tal. Irgendwo sang eine Lerche. Von der Weide muhten die Kühe. Still betete er. Seine Stimme war es nicht wert, gehört zu werden. Er war da, wie der Baum, wie der Stein, wie der Bach. Nicht mehr. Sogar seinen Namen hatte er abgelegt, seit Langem schon. Jeder Tag war gleich, er wollte es nicht anders. Und doch störte etwas seine Ruhe. Die Kühe schrien. Gestern schon waren sie unruhig gewesen, und tags zuvor auch. Auf seinem Gesicht kitzelte etwas. Nichts durfte ihn ablenken.

Sein Augenlid zuckte. Wann hatte er den Hirten zuletzt gesehen? Um Versenkung ringend, atmete er tief. Es sollte ihn nicht kümmern. Hier lebte jeder für sich. Noch nie hatten sie ein Wort gewechselt. Flusswasser, Pilze und Beeren stillten seinen

Hunger, mehr brauchte er nicht. Er schlief auf der nackten Erde, hatte nur einen Stein als Kopfkissen.

Die Kühe störten seine Konzentration jetzt wirklich. Er wischte über seine Stirn – eine Ameise. Jetzt bemerkte er die Ameisenstraße auf seinem Körper. Auf dem Blut, das durch sein Gewand gedrungen war, hatten sich einige der Tiere gesammelt. Vorsichtig klopfte er sie ab. Das Getier würde ihn schon früh genug bekommen. Dass sein Körper den Insekten eine letzte Mahlzeit bieten würde, wenn Bruder Tod ihn willkommen geheißen hatte, befriedigte ihn. So war er wenigstens zu etwas nütze.

Das Muhen hatte seine Kontemplation vollends zunichtegemacht. Er stand auf und ging in seine Felshöhle. Mit sich hadernd, dachte er an seinen Ordensgründer, der stets außerordentliche Willenskraft bewiesen hatte. Hatte er nicht gesagt: Wer Seelenfrieden sucht, kann ihn nicht finden, solange er den Grund des Unfriedens in sich hat? Herr, lehre mich zu dienen, bat der Einsiedler in Gedanken. Zwischen Stoff und der Wunde klebte trockenes Blut und riss die Haut erneut auf, als er die Kutte ablegte. Schmerzhaft kratzte der Bußgürtel aus Schweineborsten über seinen Oberkörper. Das Cilicium hatte sich gelöst. Seinen Atem ruhig haltend, straffte er das Metallband, bis die Zähnchen wieder in den Oberschenkel bissen. Dann nahm er die Geißel vom Haken.

Am nächsten Tag stieg er hinab ins Tal. Mit Genugtuung registrierte er, dass der Bußgürtel fest saß und das Büßerhemd die Wunden auf seinem Rücken blutig hielt. Hieß es nicht in der Heiligen Schrift »Weigere dich nicht, dem Bedürftigen Gutes zu tun, wenn deine Hand es vermag«? Seine Bequemlichkeit musste bestraft werden.

Inzwischen hallten die Stimmen der Tiere nur noch kläglich von den Felswänden wider. Kühe lagen tot im Gras. Kein Hirte war in Sicht. Bereits in einiger Entfernung des Holzverschlags stank es übelkeiterregend, was nicht nur an den Fellen lag, die an der Wand der Hütte zum Trocknen aufgespannt waren. Als er eintrat, umschwirrte ihn ein Schwarm Fliegen. Unregelmäßiges Keuchen drang an sein Ohr. Er blinzelte ins Zwielicht und sah Beine und einen Unterleib, rotbraun verschmiert. Offenbar hatte der Hirte sich die Kleider vom Leib gerissen. Der Einsiedler trat näher. Jammernd krümmte der Hirte sich, sein Blick war wirr. Mit angehaltenem Atem ließ sich der Einsiedler auf die Knie sinken. Er legte dem Mann die Hand auf die Stirn und ließ, zum ersten Mal seit Wochen, seine Stimme erklingen.

»Proficiscere, anima christiana, de hoc mundo …«

Verbissen klammerte sich der Mann an sein Leben. Nachdem er das »Brich auf, christliche Seele von dieser Welt« gesprochen hatte, hatte der Einsiedler Wasser aus dem nahen Bach herangeschafft. Er wusch Blut und Kot von der Haut des Mannes, doch bei weiteren Schmerzenskrämpfen besudelte der Hirte sich erneut. Niemand sollte so seinem Schöpfer gegenübertreten.

Schritte vor der Hütte ließen den Einsiedler auffahren. Ein Schatten in der Tür. Der Kranke keuchte, vielleicht dachte er, dass ein Engel – oder ein Teufel – gekommen war, um ihn zu holen.

»Gott zum Gruß, Hirte. Wo ist der Weg zur Einsiedelei?«, fragte der Besucher.

Er trug ein einfaches schwarzes Gewand, hellblonde Haare bauschten sich über dem unschuldigen Gesicht. Ein geschwollener Kratzer überzog die Wange. Angeekelt hielt er ein Fazittlein vor Nase und Mund; die Nägel waren abgekaut.

Der Einsiedler trat in den Lichtschein. Erst jetzt wurde er sich bewusst, dass er sich seit Wochen nicht gewaschen hatte und sein Bart gewuchert war. Der Besucher zuckte zurück. Im harten Schein der Sonne sah man die Adern unter seiner blassen Haut schimmern.

»Gott im Himmel – was tut Ihr hier?«

Seine Stimmbänder waren das Reden noch nicht wieder gewöhnt, der Einsiedler musste sich räuspern. »Ich verrichte den Dienst des Herrn.«

Das Taschentuch vor dem Mund, wechselte der Novize ins Lateinische. »Mein Name ist Jan, ich bin Novize. Pater Seraphim schickt mich.«

Der Einsiedler wusste, dass es mit seinem Seelenfrieden ein Ende hatte. Er wurde gerufen, und zwar von einem, dem er sich nicht verweigern konnte. Widerwillig folgte er dem Novizen. Sein Blick wanderte zur Bergflanke, in der sich seine Grotte verbarg. Zu gern wollte er allein sein. Aber hier war er nun, mit zwei Menschen, die seine Ruhe störten.

»Ich bin hier unabkömmlich. Außerdem habe ich meine Exerzitien noch nicht beendet.«

»Wer alles auf den Dienst Gottes richtet, für den ist alles Gebet.«

»Der Hirte stirbt. Er benötigt Beistand.«

»Die Angelegenheit ist dringlich. Es geht nicht nur um eine Seele, es geht um viele. Die katholische Lehre steht auf dem Spiel«, sagte Jan dramatisch.

Wieder wandte sich der Einsiedler der Hütte zu. »Ich bin nur ein einfacher Gläubiger, der in der Stille Gott preisen will.«

Der junge Mann trat ihm in den Weg. In einem früheren Leben hätte der Einsiedler sich von nichts und niemandem aufhalten lassen. Aber er hatte sich für Demut und Gehorsam entschieden.

Jan pulte nervös an seinem Daumennagel. »Ihr habt dem Befehl des Paters zu folgen. Es ist Eure Pflicht. Und er … wird mich sonst hart strafen. Eilt also bitte zur Grotte, holt Eure Habseligkeiten und wascht Euch, Bruder. So könnt Ihr Euch nicht sehen lassen.«

Den Blick gesenkt, wandte der Einsiedler ein: »Der Kranke …«

»Gehorsam, vergesst das nicht! Die Strafen des Paters sind hart. Ich werde nach dem Hirten sehen«, fiel ihm der Novize ins Wort.

Als der Einsiedler mit glühender Haut vom eiskalten Flusswasser zur Hütte zurückkehrte, trieb der Novize ihn zur Weiterreise. Der Hirte war tot.

16

Frankfurt am Main, Anfang September 1608

Frankfurt, endlich! Clarissa hätte am liebsten jubelnd ihren Strohhut in die Luft geworfen. Die Reise war strapaziös gewesen. Verlauste Gasthöfe, schlechtes Essen, grobe Gesellschaft. Auch jetzt klebte der Staub auf ihrer Haut, und ihr Mund war trocken. Nicht einmal ihr Aufenthalt in Wolfenbüttel war zufriedenstellend verlaufen. In der Residenzstadt hatte eine merkwürdige Atmosphäre geherrscht. Der Hof des Herzogs von Braunschweig-Wolfenbüttel strahlte zwar Pracht und Reichtum aus, aber die Beziehung zur nahe gelegenen Hansestadt Braunschweig war durch kriegerische Auseinandersetzungen vergiftet. Vor Wolfenbüttel mahnte ein kleiner Wald abgebrannter Baumstümpfe an die zahlreichen Hexenverbrennungen, die hier stattgefunden hatten. Zudem war die Konkurrenz im Heer des Herzogs groß. Viele junge Männer fanden auf den Bauernhöfen und in den Werkstätten ihrer Eltern kein Auskommen und träumten davon, als Soldat ihr Glück zu machen. Marius und Alexander würden sich als exzellente Schwertmeister erweisen müssen, um aus der Masse herauszustechen. Dennoch träumte Marius weiterhin von einer heldenhaften und lukrativen Karriere als Soldat; auch Alexander trainierte verbissener denn je. Ihr Vater hatte ihre Ausbildung noch verschärft.

Gleich nach ihrer Abreise aus Schwerin hatte sie ihren Vater auf Carl angesprochen. Fritjoff hatte kurz angebunden berichtet, sein Bruder sei tot. Carl war vor sieben Jahren bei einer Schlacht vor der ungarischen Grenzstadt Kanizsa gestorben. Das Verhältnis der beiden Brüder war nicht das beste gewesen. Clarissa fühlte, dass Fritjoff über den Verlust des Bruders nicht sprechen wollte, und sie respektierte es. Sie vertraute darauf, dass ihr Vater irgendwann bereit sein würde, über Carl zu reden – und über das, was damals in Schwerin geschehen war und was die sterbenskranke Maria bis heute quälte.

Das Fechten stand im Mittelpunkt ihrer Gespräche. Clarissas schönste Momente waren, wenn sie mit ihrem Vater die Notizen für das Fechtbuch verbessern konnte. Unterwegs und in den Gasthöfen hatte sie gelernt, sich zurückzuhalten. Sie lauschte zwar gerne den Berichten der Kaufleute und Handwerker, die in Scharen auf dem Weg zur Herbstmesse waren, verhielt sich jedoch sittsam und zog sich zeitig zurück, wie es sich geziemte. Ohnehin schwirrten am Abend die vielen Eindrücke in ihrem Kopf. Wie vielfältig die Landschaft war, wie unterschiedlich die Städte – sie hatten Magdeburg, Northeim, Kassel, Marburg und Gießen passiert –, und die Menschen erst! Für die letzten Tage hatten sie sich einem Geleit angeschlossen. Viele Reisende hatten Angst. Offenbar war auch für Straßenräuber die Herbstmesse eine geschäftige Zeit.

Nun passierten sie eine Landwehr und einen burgähnlichen Beobachtungsturm, die Friedberger Warte. An den Stadttoren standen die Menschen Schlange. Pass- und Zollkontrollen dauerten lange. Fritjoff winkte einen Heckenkrämer heran und ließ ihnen aus einem Krug einschenken. Wie ihre Reisegefährten stürzte Clarissa durstig das Getränk herunter – es war fruchtig und leicht säuerlich, vor allem aber plörrig warm. Ihr Vater verzog das Gesicht.

»Das ist doch kein verdünnter Wein! Bier oder Lakritzwasser ist es auch nicht! Willst du uns übers Ohr hauen?«, schimpfte er.

»Ebbelwoi, mein Herr – vom eigenen Hof. Wein werd ich hier nicht los – zu teuer. Noch ein Schlückchen?«

»Du willst mich wohl umbringen!«, murrte Fritjoff. »Na gut, vielleicht gewöhnt man sich ja daran.« Er hielt noch einmal den Becher hin, damit der Höker nachschenken konnte.

Clarissa verzichtete lieber, sie wollte einen klaren Kopf behalten; gleich hätten sie das Stadttor erreicht. Sie wurden von den Torwächtern überprüft und durften passieren. Weithin erstreckte sich die Häuserlandschaft, und eine Welle der Aufregung und Vorfreude erfasste Clarissa. Frankfurt war die größte Stadt, die sie je gesehen hatte. Die Bedeutung der Reichsstadt war ihr erst im Laufe der Reise so richtig klar geworden: Schauplatz feierlicher Krönungen, wohlhabende Handelsstadt und Gastgeber der wichtigsten Frühlings- und Herbstmessen des Reiches. Für jeden Schwertkämpfer war die Frankfurter Fechtschule ein Großereignis. Sicher würde sie Gelegenheit haben, bei einigen Kämpfen zuzuschauen. Und dann ihre Aufgabe – hoffentlich hatte sie sich nicht zu viel vorgenommen. Würden die Buchdrucker sie ernst nehmen? War es nicht gefährlich, sich allein in der Stadt zu bewegen? Marius oder Alexander könnten sie begleiten, hatte ihr Vater am Anfang der Reise gesagt. Inzwischen sorgte er allerdings dafür, dass sie nicht mehr mit den beiden allein war.

Gemächlich ritten sie in die Stadt hinein; ihnen blieb auch gar nichts anderes übrig, so dicht war das Gewimmel auf den Straßen. Vor allem in der Fahrgasse waren die Gasthöfe und Geschäfte umlagert. Hoch türmten sich die ausladenden Geschosse der Fachwerkhäuser über ihnen, daneben ragten Steinbauten auf, die wie Paläste wirkten. Die Pforten der Häuser standen weit offen. Ausgelegte Waren lockten Kunden. Schließlich kamen sie auf eine Straße, die so breit war, wie Clarissa noch keine gesehen hatte. Ein richtiger Platz war diese Zeil! Aus allen Winkeln schallten Musik, Gesang oder die lockenden Rufe der Verkäufer. Clarissa hatte das Reiten zeitweise verflucht, jetzt aber genoss sie den erhöhten Sitz auf ihrem Pferd, der ihr die Aussicht über die Köpfe der Passanten ermöglichte. Sie wusste gar nicht, wo sie zuerst hinsehen sollte. Die regenbogenbunte Stoffauswahl eines Tuchhändlers zog ihre Augen an. Harnische funkelten im Licht und wurden von Käufern eingehend beklopft. Nagelneue Sensen baumelten neben Sicheln, Pelze neben Teppichen. Gewürze duf-teten nach fernen Ländern, daneben stieg der Geruch von Stockfisch und salzigen Heringen auf. In den Glaswaren brach sich das Sonnenlicht. Naturgetreue Zierblumen aus Seide verlockten zum Schnuppern. Grazil jonglierte eine Gauklerin im bunten, bauschigen Kleid mit Kegeln. Ein Grimassenschneider ließ ein Murmeltier tanzen. Ein Stück weiter lief ein junger Mann, dessen kastanienrotes Haar mit seiner grünen Weste kontrastierte, die Treppen eines Herrenhauses empor. Elegant sprang er auf das Treppengeländer. Was hatte er vor? Etwas blitzte auf – ein Schwert wurde in Richtung des Mannes geschwungen.

»Achtung!«

Spontan rief Clarissa ihm eine Warnung zu. Der Fremde hörte sie nicht, denn die Menge hatte sich ebenfalls lautstark bemerkbar gemacht. Reaktionsschnell riss er die Beine hoch. Die Schneide durchschnitt die Luft unter ihm. Jetzt drehte er sich um, zückte einen Degen und schlug seinem Verfolger den Hut vom Kopf. Der goldene Ohrring des Angreifers blitzte neben einem langen blonden Zopf auf. Über Brunnenränder, Mauerkanten und Stufen ging der Kampf, angefeuert von den Zuschauern.

»Jetzt kloppen sie sich, als ob sie übelste Feinde wären, und nachher vertrinken sie ihren Lohn zusammen in der Schenke. Diese Luxbrüder haben Glück, dass kein strengerer Fechtmeister sie sieht – der würde diesen Klopffechtern das Fell gerben«, sagte Fritjoff gutmütig lachend. Seine Laune war noch besser als sonst. Er hatte ihnen oft von seinem früheren Lehrmeister Paulus erzählt, bei dem sie in Frankfurt wohnen würden, und freute sich so sehr auf das Wiedersehen, dass er Clarissa längst damit angesteckt hatte. Paulus musste ein ausgezeichneter Fechter und ein noch besserer Freund sein.

»Luxbrüder? Von dieser Bruderschaft habe ich noch nie gehört«, sagte Clarissa und konnte die Augen nicht von den Gauklern abwenden. Die Vorstellung war gut: Der Verfolger hatte den Kastanienbraunen inzwischen entwaffnet, woraufhin sich dieser den Schwertschlägen mit Handsprüngen immer wieder entzog. Das Publikum war wegen dieser akrobatischen Kunststücke eindeutig auf seiner Seite, während der andere Kämpfer hölzern wirkte. Beide hatten nie richtigen Unterricht bei einem Fechtmeister genossen, das sah Clarissa auf den ersten Blick. Dennoch warfen viele Zuschauer Münzen in den geschürzten Rock der hübschen Gauklerin, die für die Luxbrüder das Geld einsammelte.

»Diese Leichtmeister nennen sich Brüder vom Heiligen Lukas und hätten es gern, wenn der Kaiser sie ebenso mit Privilegien ausstatten würde wie uns Marxbrüder. Seit Kaiser Friedrich III. uns 1487 erstmals ehrte, waren die Marxbrüder die Einzigen, die Meister des Schwerts küren durften. Jetzt machen uns ärgerlicherweise die Federfechter Konkurrenz. Die Luxbrüder jedoch haben keine Ehre im Leib und ziehen mit Gauklern und anderem fahrenden Volk umher. Unehrliches Volk eben. Und ihr Können – pfft.« Fritjoff stieß abfällig die Luft zwischen den Lippen aus.

»Aber stehen sie nicht wie alle Fechter zwischen Ars und Mars, der Kunst und dem Krieg, oder, wie es in den alten Schriften heißt, zwischen Schimpf und Ernst?«, wandte Clarissa ein.

Ihr Vater lachte. »Meine gelehrte Tochter!«, sagte er stolz. »Es stimmt. Natürlich weiß ein Fechtmeister einen Schlag im sogenannten Schimpf, in den Übungen, so zu setzen, dass er niemanden verletzt. Aber im Ernstfall trifft er. Das, was die beiden hier machen, hat mit Fechtkunst nichts zu tun.«

Bewegung kam in die Menge. Finsteren Gesichts bahnten sich drei Männer einen Weg. Sie trugen Schwerter in den Händen und silberne Wappen auf den Umhängen. Bei ihrem Anblick brach der Luxbruder seinen Radschlag ab, woraufhin das Schwert des anderen ihn mit der stumpfen Seite an der Wade traf. Über den ungefährlichen, aber wohl schmerzhaften Treffer zankend, suchten die Kämpfenden das Weite. Die Zuschauer fühlten sich um ihr Vergnügen gebracht und buhten.

Fritjoff sah den Männern hinterher. »Bei den Fechtmeistern spricht es sich schnell herum, wenn irgendwelche Klopffechter unsere Kunst durch Dilettantismus beschädigen«, sagte er.

»Waren die Wappenträger eben Marxbrüder?«, wollte Alexander wissen, der sein Pferd neben die ihren gebracht hatte.

Fritjoff schüttelte nachdenklich den Kopf. »Die meisten Marxbrüder sind keine Angeber. Unsere Kunst soll die Menschen beeindrucken, nicht unser Wappen.« Er gab seinem Ross leicht die Sporen und ritt voran.

Einige Häuserecken weiter stiegen sie ab und führten die Pferde durch die vollen Gassen. Clarissa staunte, als sie nun öfter Menschen in fremdartiger Tracht entdeckte, darunter Mönche und auch Juden mit flachen Kopfbedeckungen und gelben Ringen an der Kleidung.

»Sind sie nicht unheimlich?«, merkte Marius mit Blick auf die fremdartigen Gestalten an.

Fritjoff reagierte prompt. »Nur weil wir in Mecklenburg so gut wie keine Katholiken und noch weniger Juden haben, brauchst du dich nicht zu fürchten«, sagte er mit sanftem Spott.

Marius verteidigte sich: »Ich fürchte mich nicht. Ich bin nur diesen Anblick nicht gewöhnt.«

»Die Menschen sind eben verschieden. Und das ist gut so.« Fritjoff machte eine vage Bewegung mit der Hand. »Ganz in der Nähe befindet sich ein Dominikanerkloster, das letzte in Frankfurt. Vor der Reformation verwahrten die Predigerbrüder die Lade unserer Bruderschaft. Dahinter liegt die Judengasse.«

Schließlich bogen sie in eine schmale Gasse und banden gleich darauf vor einem geduckten Fachwerkhaus die Pferde an. Ein Schild an der Tür wies den Bewohner als Nadler aus.

»Wir werden unsere Rösser in die Herberge bringen, wo man sie während unseres Aufenthalts versorgen wird. Aber erst einmal begrüßen wir unsere Gastgeber.« Fritjoff eilte zur Haustür und betätigte den Messingklopfer. Er wartete die Reaktion nicht ab, sondern öffnete, als wäre er hier zu Hause.

Ein Luftzug wehte ihnen aus dem Inneren entgegen. Federn tanzten durch die Luft. Noch einen Augenblick wurden schwungvoll Decken ausgeschüttelt, bevor man die Besucher bemerkte. Die Stoffbahnen senkten sich, und zwei grauschöpfige Gestalten kamen zum Vorschein. Ohne ein Wort zu sagen, schlossen der Mann und die Frau Fritjoff in die Arme. Aus dem Knäuel von Körpern und Stoffen drangen erste Begrüßungsworte. Clarissa wunderte sich: Dieser alte Herr war der Fechtmeister Paulus, von dem sie so viel gehört hatte?

»Meine Tochter Clarissa«, stellte Fritjoff sie schließlich vor und wischte sich eine Träne aus dem Augenwinkel. »Was bin ich nur für ein sentimentaler Narr!«, lachte er. Doch Paulus und seine Frau schämten sich ihrer Freudentränen nicht. Schon wurde auch Clarissa in erstaunlich kräftige Arme geschlossen. Als sie sich voneinander lösten und auch Alexander und Marius begrüßten, sah Clarissa sich verstohlen in dem niedrigen Raum um. An den Wänden reihten sich Borde mit Handwerkszeug und Schachteln aneinander. Daneben standen hinter einer brennenden Kerze mehrere Votivbilder. War das Ehepaar katholischen Glaubens? Clarissa, die im durch und durch evangelischen Rostock aufgewachsen war, kam dieser Glaube mit seinen vielen Kerzenopfern, Heiligenbildern und Bittgebeten fremd vor. Das Haus schien sehr klein zu sein. Ihr Vater hatte erwähnt, dass weitere Fechter zu ihnen stoßen würden. Wo sollten die alle Platz finden?

Die Magd wurde mit dem Knecht losgeschickt, um die Pferde in den Stall zu bringen. Die Reisenden trugen ihr Gepäck herein. Natürlich wurde erst über den Reiseverlauf geplaudert, was Clarissa Gelegenheit gab, ihre Gastgeber genauer in Augenschein zu nehmen. Paulus war sicher schon weit über sechzig, bewegte sich aber noch geschmeidig. Sein Gesicht war faltig wie eine schrumpelige Pflaume. Das Alter seiner Ehefrau war schwer zu schätzen, denn Irmel war klein und schmal wie ein Kind. Das Leben hatte tiefe Kerben in ihr Gesicht gegraben, aber ihre Augen blitzten hellwach und neugierig. Flink schnippelte sie Gemüse, um ihnen eine Mahlzeit zu bereiten.

»Und ihr wollt Meister des Schwerts werden und die Geheimnisse unserer Fechtbruderschaft erfahren?«, fragte Paulus Alexander und Marius, wartete aber keine Reaktion ab, sondern lächelte Fritjoff verschmitzt an. »Passt nur auf, dass es euch nicht so ergeht wie dem Fechtschüler in der alten Geschichte. Ihr kennt sie nicht? Nun also: Ein Fechtmeister hatte einst einen überaus guten Schüler. Dieser hatte aber den Teufel im Nacken und forderte seinen Meister auf, mit ihm um Leben und Tod zu kämpfen. Als es losgehen sollte, sah der Meister an seinem Schüler vorbei und sagte: ›Es war nie die Rede davon, dass ich mit zweien kämpfen soll.‹ Der Schüler wandte sich um, um herauszufinden, wer hinter ihm sei.« Paulus machte eine bedeutungssschwere Pause, und Clarissa wartete gespannt darauf, wie die Geschichte weitergehen würde.

»In diesem Augenblick schlug der Meister seinem Schüler den Kopf ab. ›Diesen Streich habe ich dich noch nicht gelehrt‹, sagte der legendäre Fechtmeister.« Paulus kicherte. Fritjoffs Schüler konnten über die makabre Geschichte gar nicht recht lachen. Auch Clarissa war nicht sicher, was sie davon halten sollte.

»Es gibt eben immer Dinge, die ein Meister seinen Schülern nicht beibringen sollte«, sagte Fritjoff versöhnlich.

In der Nähe begannen Glocken zu läuten. Irmel legte das Messer weg und band die Schürze ab.

»Die heilige Messe ruft«, erklärte Paulus. »Im Dominikanerkloster wird sie noch gefeiert, eine der letzten Inseln unseres Glaubens in Frankfurt. Macht es euch derweil bequem – oder schnippelt weiter Gemüse und frischt die Decken auf. Wir sind gleich zurück.«

Fritjoff sah dem Paar hinterher, das Hand in Hand verschwand. »Sie sind alt geworden«, murmelte er gerührt.

»Du hast sie sicher lange nicht gesehen. Wann und wie habt ihr euch kennengelernt?«, wollte Clarissa wissen.

Ihr Vater schenkte sich Bier aus einem Krug ein. »Ich hatte meine Lehrzeit bei Meister Thies beendet und ging gemeinsam mit Jodocus auf Gesellenwanderschaft. Als mein Gefährte seine Wanderschaft beendete, um in die Schmiede seines Vaters zurückzukehren, zog ich weiter. Für uns beide gab es in Schwerin keine Arbeit, das wusste ich.« Einen Augenblick sann er dieser Entscheidung nach. »Trotz seiner Freundschaft zu Joachim Meyer hielt Meister Thies nichts vom Fechten. Mich aber reizte diese Kunst sehr. Also arbeitete ich in verschiedenen Städten und suchte nach einem Fechtmeister.« Fritjoff trank einen Schluck. »Es war eine bedrohliche Zeit. Kaiser Maximilian II. war kurz zuvor, im Jahr 1576, gestorben. Das Reich war in Aufruhr. Der Kaiser hatte, obgleich er katholischer Habsburger war, protestantische Neigungen gehabt. Unter ihm hatte jeder seinen Glauben in Frieden ausüben können. Nun fürchteten wir alle, dass die Katholiken, wie in den Ländern um uns herum, die Lutherischen gewaltsam bekehren könnten. Schon länger wütete in den Niederlanden die Inquisition. Auch in Frankreich bekämpften sich die Anhänger der verschiedenen Religionen. Die blutigen Geschichten über das Massaker in der Bartholomäusnacht wurden im ganzen Reich erzählt.« Clarissa hatte davon gehört. Bei der Bartholomäusnacht waren 1572 allein in Paris dreitausend Protestanten von Glaubensgegnern hingeschlachtet worden. Fritjoff nahm einen tiefen Schluck und stieß ein brüskes Lachen aus. »Und ausgerechnet in einem Katholiken fand ich meinen wichtigsten Fechtmeister. Ich war auf Umwegen in Frankfurt gelandet und hatte ein wenig Geld für das Eintrittsgeld einer Fechtschule zusammengekratzt. Doch schon vor dem Platz fochten die Männer. Der Rat hatte gerade erstmals den

Federfechtern erlaubt, ebenfalls in Frankfurt Schule zu halten, was den Marxbrüdern nicht gefiel. Ein einzelner Mann ging damals zwischen die Vertreter der verfeindeten Bruderschaften und entwaffnete sie – mit Worten und mit Taten. Da wusste ich, dass ich den richtigen Lehrmeister gefunden hatte: Paulus.«

Unerwartet schwungvoll wurde die Tür aufgestoßen. Doch nicht der Hausherr und seine Frau, sondern ein breiter, hochgewachsener Jude trat ein, gefolgt von zwei jungen Männern, die ebenfalls die jüdischen Erkennungszeichen trugen und ein Bündel aus kariertem Tuch in den Händen hielten. Marius sprang auf, und Clarissa bemerkte, dass sich auch Alexander nach seinem Schwert umsah. Was hatten diese Leute hier zu suchen?

»Levin!« Stürmisch schloss Fritjoff den Mann in die Arme. Vor ihrer Reise hatte Clarissa nie zuvor gesehen, dass ihr Vater einen Mann umarmte – doch seitdem sie unterwegs waren, war es gleich dreimal vorgekommen. Ein wenig kam es ihr vor, als würde sie ihren Vater gar nicht richtig kennen.

Die Männer wandten sich ihnen zu. »Darf ich vorstellen: mein alter Freund und Fechtbruder Levin«, sagte Fritjoff.

Etwas befangen stellten sie sich vor. Auf einen unmissverständlichen Wink Fritjoffs hin schlugen die Fechtschüler doch noch ein, woraufhin Marius sich verstohlen die Finger rieb. Als Levin auch Clarissa die Hand reichte, bemühte sie sich, seinen festen Druck zu erwidern. »Patentes Mädchen, deine Tochter. Das spüre ich.« Levin zwinkerte. »Du unterrichtest sie vermutlich? Wie ungewöhnlich.« Er wies hinter sich. »Das sind meine Schüler, die Brüder Benjamin und Ezra. Sie können sich morgen auf dem Fechtplatz mit deinen Zöglingen messen. Packt aus, Jungs.«

Die beiden jüdischen Fechtschüler legten das Bündel auf den Tisch, lösten die Knoten und breiteten das Tuch aus. Sie waren Clarissa auf Anhieb sympathisch: wieselflink, mit dunklen

Knopfaugen und zu Scherzen aufgelegt, wobei der Ältere aufgeschlossener schien als der Jüngere. Allerlei verlockend aussehendes Gebäck kam zum Vorschein.

»Ich wusste gar nicht, dass die Marxbrüder auch Juden aufnehmen«, sagte Marius und beäugte das Gebäck misstrauisch.

Levin setzte sich zu Fritjoff auf die Bank an den Tisch. Seine Schüler stellten sich daneben, als wüssten sie nicht, wohin; die Fechtschüler maßen einander mit den Blicken.

»Im Gegensatz zu den Freifechtern von der Feder zum Greifenfels«, Levin sprach den Namen abfällig aus, »befleißigen wir uns keiner Unterscheidung nach Stand oder Religion. Deshalb sind diese Brüder aus Böhmen auch hierhergekommen. Die Federfechter weigern sich, Juden aufzunehmen. In Prag kann kein Jude mehr Meister des Schwerts werden.«

»Dabei war der getaufte Jude Ott einer der besten Ringer seiner Zeit. Er verfasste ein Buch über seine Kunst, das auch heute noch Gültigkeit hat. Als Fechter gehörte er der Gemeinschaft Liechtenauers an«, ergänzte Fritjoff.

»Heißt es nicht, Juden seien nicht waffenfähig?«, blieb Marius skeptisch.

Levin lachte. »Wir gehören rechtlich zu den Schutzbedürftigen, wie die Frauen, deshalb sollen die anderen für uns den Degen zücken. Das schließt aber nicht aus, dass wir uns nicht selbst bewaffnen dürfen. Sieh dich einmal in Frankfurt um: Hier stört es keinen, wenn wir Schwerter tragen. Unsere Freiheit erkaufen wir uns allerdings teuer – Stadt und Kaiser schröpfen uns, wo sie nur können.«

Fritjoff hatte derweil in eines der Gebäckstücke gebissen, die Levin mitgebracht hatte. »Köstlich! Sarah hat sich selbst übertroffen. Ich freue mich schon, sie bald zu sehen«, sagte er genüsslich.

»Das wirst du. Ihr seid herzlich zu uns in die Judengasse eingeladen, auch wenn es dort noch beengter ist als früher. Die vielen

Glaubensflüchtlinge aus den Niederlanden und Belgien«, fügte Levin erklärend hinzu.

Auch Marius wollte zugreifen, doch sein Meister klopfte ihm auf die Finger. »Wir warten auf die anderen«, grinste Fritjoff und nahm sich selbst noch ein Stück.

»Und wie geht es in Rostock? Ist Lievke wohlauf?«, fragte Levin. »Wenn alles beim Alten ist, ist es am besten. Veränderung ist schlecht.«

Fritjoff lächelte. »Da waren wir nie einer Meinung, was unserer Freundschaft glücklicherweise keinen Abbruch tut. Veränderung ist Teil unseres Lebens – wie langweilig wäre es, wenn alles immer gleich bliebe! Aber um deine Frage zu beantworten, ja, Lievke ist wohlauf. Sie lässt dich grüßen.« Von einem Gruß ihrer Mutter hatte Clarissa nichts mitbekommen. Aber sie hatte ja ohnehin weder von Carl noch von Jodocus, Paulus oder Levin gewusst, was sie ein wenig kränkte. Andererseits war es schön, so viele gute Menschen um ihren Vater zu sehen.

Sie wollte sich gerade in das Gespräch mit Levin einmischen, als Paulus und Irmel in Begleitung ihrer Magd zurückkehrten. Nach einer herzlichen Begrüßung begannen sie, gemeinsam die Mahlzeit vorzubereiten. Irmel bat Clarissa, den Pastetenteig zu kneten, und sie machte sich sogleich an die Arbeit. Mit einem Ohr hörte sie den Männern zu.

»Wir haben vorhin ein paar Federfechter gesehen, die mit einem Wappen am Revers herumstolzierten«, sagte Fritjoff, während er mit Paulus eine Tischdecke ausbreitete.

Levin runzelte die Stirn: »Kaiser Rudolf hat den Federfechtern ein eigenes Wappen verliehen. Jetzt betrachten sie sich endgültig als uns gleichgestellt. Es wird einigen Ärger geben, fürchte ich.«

An der Tür schepperte der Messingklopfer. Zwei Männer mit reichlich Gepäck traten ein. Es wurde jetzt wirklich sehr eng in dem kleinen Zimmer, was aber niemanden zu stören schien. Die Männer stellten sich als die Fechtmeister Christoff und Gerd vor. Letzterer war einer der Hauptleute der Marxbrüder. Jedem von ihnen folgte ein Schüler: Adam, dessen Statur mit dem kompakten Körper und dem Quadratschädel an einen Hammer erinnerte; und Endres, ein großer blonder Friese. Nach der Begrüßung spannten sie sogleich das Seidentuch mit dem Wappen der Marxbrüder an der Stirnwand des Raums auf. Da der heilige Markus der Schutzpatron der Bruderschaft war, zeigte es den geflügelten Löwen, der sich über Bergen erhob.

Christoff lächelte zufrieden: »So, von mir aus kann die Fechtschule beginnen!« Er war ein zarter Typ mit feinen Gesichtszügen, den Clarissa sich eher mit einem Musikinstrument als mit einem Schwert vorstellen konnte.

Die Pastete wurde in eine große Metallschale gefüllt, die Clarissa und Irmel zur Feuerstelle in den Hof trugen. Aus dem Haus waren die Männer zu hören, die sich lautstark unterhielten und noch lauter lachten. Ein Lächeln huschte über Irmels Gesicht. »Ganz wie in alten Zeiten«, freute sie sich.

»Dein Gatte ist ebenfalls Hauptmann der Marxbrüder?«, fragte Clarissa.

Irmel wischte sich den Schweiß von der Stirn. »Hauptmann ehrenhalber ist er, weil er inzwischen kaum noch kämpft. Ich bin froh darüber, so muss ich mich nicht mehr um Leib und Leben sorgen. Was meinst du, wie oft ich ihn zusammengeflickt habe, auch nach Fechtschulen! Er ist immer wieder gesund geworden, dem heiligen Markus sei Dank!« Innig küsste Irmel das Kreuz, das sie an einer Kette um ihren Hals trug. »Sicher betest auch du für deinen Vater«, fügte sie hinzu.

»Natürlich«, versicherte Clarissa schnell. Es war ihr allerdings noch nie in den Sinn gekommen, dass Fritjoff bei den Fechtschulkämpfen etwas zustoßen könnte.

»Steckst du deinem Vater denn auch ein Votivbild eines Heiligen in die Tasche, damit es ihn schützt?«

»Das ist bei uns nicht üblich, obgleich meine Mutter es fertigbringen würde – sie ist sehr abergläubisch«, rutschte es Clarissa raus.

»Das ist doch kein Aberglaube!«, protestierte Irmel, nahm es aber offenbar nicht wirklich krumm. »Aberglaube ist, wenn jemand bei uns Nadeln für ein Stoffpüppchen kaufen will, um damit einem Konkurrenten zu schaden oder einen Nebenbuhler auszuschalten.«

»Das gibt es?«

»Viele Menschen glauben, sie könnten mit Nadeln allerlei Zauber wirken. Vor allem nach Liebeszaubern erkundigt man sich bei uns regelmäßig.« Die alte Frau neigte sich vor. »Apropos: Und wie ist es mit den beiden Schülern? Schmucke junge Männer. Hat einer von ihnen schon dein Herz gewonnen?« Clarissa verneinte hastig. »Dabei wird es Zeit, dass du unter die Haube kommst! Wie alt bist du – zwanzig?«

»Noch nicht ganz.«

Missbilligend schüttelte Irmel den Kopf. »Na, ich werde deinem Vater diesbezüglich mal ins Gewissen reden. Der Herrgott hat uns Frauen für den Ehestand geschaffen. Es ist nicht gut, allein zu sein.« Clarissa mochte nicht zugeben, dass sie es mit einer Heirat nicht eilig hatte. Was ging es Irmel an?

Später fragte sie sich, wo all die Bretter und Böcke hergekommen waren, aus denen ihre lange Tafel bestanden hatte, und wie sie alle daran Platz gefunden hatten, aber irgendwie war es gegangen. Es war ein unterhaltsamer Abend. Alle redeten mal miteinander, mal durcheinander, aber meist hörte jeder dem anderen zu. Rang oder Herkunft schien keine Rolle zu spielen. Einzig die Schüler fühlten sich wohl noch etwas fremd miteinander.

Nach dem Essen holte Fechtmeister Christoff eine Laute hervor. Leise begann er darauf zu klimpern, dann stimmte er ein Lied an, das er, wie er nicht ohne Stolz hinzufügte, selbst geschrieben hatte. In dem Lied ging es um einen Fechtschüler, der sich nach Frankfurt begab, um dort seinen Meister zu machen.

Auch der Konkurrenz zwischen Marxbrüdern und Federfechtern widmete das Lied ein paar Zeilen. »Vom Meistersinger Hans Sachs«, kündigte Christoff das nächste Lied an und erhob erneut die Stimme. Einige Zeilen gefielen Clarissa besonders gut:

»Was ist die Kunst des Fechtens nütz?
Er sprach: euer Frag ist gar unnütz
Lass Fechten gleich nur Kurzweil sein
Noch ist die Kunst löblich und fein.«

So sah Clarissa das auch. Fechten war für sie kein Kampf bis aufs Blut, sondern ein Körper und Geist stärkender Zeitvertreib. Jetzt allerdings ließen ihre Kräfte sie im Stich. Clarissa kämpfte dagegen an, dass ihr die Augen zufielen – sie wollte die Gesellschaft noch nicht verlassen! In Marius' Gesicht, der ihr verstohlen ein Lächeln zuwarf, las sie ebenfalls Müdigkeit.

Als sich das Gespräch nach dem Lied der politischen Lage im Reich zuwandte, kippte die Stimmung.

»Krieg steht ins Land«, prophezeite Hauptmann Gerd düster. Er war so klein und feist, dass Clarissa kaum glaubte, dass er als Fechter etwas taugte. Selbst seine Finger, die er nervös über den Tisch tanzen ließ, waren dicke Stummel. Sein Gürtel, auf dessen Schnalle ein Löwe zu sehen war, verschwand fast unter seinem gewaltigen Bauch. Sie war gespannt darauf, ihn bei den Übungen mit seinen Schülern zu sehen. »Seit die Minderheit der Katholiken mit Hilfe des Kaisers die Mehrheit der Protestanten in Donauwörth vertrieben und unterdrückt hat, rüsten die Lager gegeneinander. Im Sommer haben die Evangelischen die Protestantische Union gegründet – ein Verteidigungsbündnis. Es heißt, die Unionisten unter Führung des Kurfürsten Christian von Anhalt suchen Hilfe beim französischen König, der nur zu gern die Habsburger stürzen will. Die Reaktion der Katholiken wird nicht lange auf sich warten lassen, fürchte ich.«

Diese Information überrollte Clarissa. Auf einmal war sie wieder hellwach. Wieso hatte ihr Vater nichts von einem drohenden Krieg erzählt? Wollte er sie nicht beunruhigen? Oder glaubte er sie in ihrem fernen Rostock in Sicherheit?

Fritjoff nickte gewichtig. »In der Politik scheint es wie beim Schwertkampf zu sein, jeder will sich einen Vorteil verschaffen und den anderen besiegen.«

»Für Kaiser Rudolf sieht es schlecht aus, seit sein Bruder ihn mit einem Ständeaufstand zum Frieden von Lieben gezwungen hat. Jetzt ist Erzherzog Matthias Herrscher über das Königreich Ungarn, das Erzherzogtum Österreich und die Markgrafschaft Mähren. Als Nächstes will er die Kaiserkrone«, sagte Hauptmann Gerd.

»Kaum einer gibt dem Kaiser mehr Geld. Der Reichstag von Regensburg ist ohne Einigung geblieben. Das gab es noch nie«, ergänzte Christoff und legte seine Laute weg. »Keine einzige Entscheidung wurde gefällt. Jetzt geht im Reich nichts mehr voran.«

Paulus machte einen Witz über die sprichwörtliche Trägheit des Kaisers, aber dieses Mal lachte niemand. Levin wies auf seine Fechtschüler. »Die Brüder haben auch aus Prag Beunruhigendes zu berichten.«

Benjamin, der ältere der beiden Brüder, hob die Stimme. »Dass Kaiser Rudolf seit Jahren schon seine Gemächer kaum verlässt, ist euch Herren ja vermutlich bekannt. Viele glaubten schon, er sei tot. Doch dann zerstückelte sein Bastard-Sohn Don Julius am diesjährigen Faschingsmontag seine Geliebte.« Jedem am Tisch war der Schrecken über diese Geschichte anzusehen. »In dieser Situation kam der Kaiser nicht umhin zu reagieren.«

Fritjoff wandte sich an Clarissa. »Es ist besser, wenn du jetzt gehst.«

Ärgerlich folgte sie Irmel in die Kammer, die sie in der nächsten Zeit teilen würden. Was war der jungen Frau geschehen? Wie hatte der Kaiser reagiert? Hatte er seinen Sohn zur Rechenschaft gezogen? Und hätte so ein Scheusal trotzdem Anspruch auf den Thron? Clarissa glaubte, sie würde nach all diesen besorgniserregenden Erzählungen und ihren vielen Fragen gar nicht zur Ruhe kommen. Aber schon nach wenigen Atemzügen war sie in einen tiefen Schlaf gefallen.

Clarissa träumte schlecht und schreckte schweißgebadet auf. Als sie sich auf den Weg zum Abort machte, sah sie plötzlich eine einsame Gestalt im mondbeschienenen Hinterhof. Es war Alexander, der langsam, wie in Trance, die verschiedenen Haue und Huten wiederholte. Er war ehrgeizig, übte ständig und hatte sich im Laufe der Reise enorm verbessert. Clarissa wollte sich gerade wieder davonschleichen, aber da war es schon zu spät – er hatte sie bemerkt. Scheu kontrollierte sie, ob ihr Nachthemd züchtig geschlossen war. Alexander ließ das Schwert sinken. Obgleich er nur Leinenhose und Lederweste trug, sah er würdevoll aus und angezogener als mancher im feierlichen Anzug. Er wirkte sehr blass im hellen Licht des Mondes. Wieder einmal ging ihr durch den Kopf, dass sie gemischte Gefühle hatte, wenn sie an ihn dachte. Es war nicht sein Aussehen oder seine Galanterie, die er anderen Frauen gegenüber aufblitzen ließ, ihr jedoch verweigerte. Es war etwas Tieferes. Ein Gefühl der Trauer, der Unsicherheit, das Alexander wie ein dunkler Schleier umgab und das sie mit ihm fühlen ließ. Nach der düsteren Wendung des abendlichen Gesprächs fühlte sie sich anlehnungsbedürftig. Sie hatte schon oft in ihrem Leben das Gefühl gehabt, auf der Suche nach einem Seelengefährten zu sein.

»Entschuldige, dass ich dich störe«, flüsterte sie. »Bedrückt dich die Kriegsgefahr auch so?«

Statt sie wie sonst schroff abzuweisen oder ihre Bemerkung mit einem Scherz abzutun, sagte Alexander gedankenverloren:

»All diese Männer. Sie sind so stark, so kenntnisreich. Ich frage mich, ob ich gegen sie bestehen kann.«

Ein süßer Duft kitzelte ihre Nase. »Du hast sie doch noch gar nicht fechten sehen«, wandte sie ein.

»Aber ich weiß es!«, beharrte er. »Hast du nicht gehört, wie sie über die vielen Soldaten gesprochen haben, die sich bei dieser Fechtschule zum Meister des Schwerts küren lassen wollen, um Doppelsöldner zu werden?« Da war er wieder, der abfällige Ton.

Clarissa wandte den Blick ab und sah den Rosenbusch, dessen Blüten geschlossen waren und dennoch ihren Duft aussandten. »Nein, das habe ich nicht gehört«, sagte sie trotzig. »Vermutlich habt ihr darüber gesprochen, nachdem ich …« Weggeschickt wurde, wollte sie sagen, korrigierte sich aber. »… mich zurückgezogen habe.«

»Das wäre möglich«, lenkte Alexander ein.

»Wie hat der Kaiser seinen Bastardsohn bestraft?«, fragte Clarissa.

»Er hat ihn in ein böhmisches Schloss einsperren lassen«, gab Alexander zur Antwort. »Man munkelt, Rudolf wolle seine Heiratspläne vorantreiben, um endlich einen würdigen Thronfolger zu produzieren.« Alexander fuhr sich mit der Hand über den Bart. »Setzt du dich einen Augenblick zu mir?« Er wies auf die altersschwache Holzbank an der Mauer. Sie fühlte sich unsicher, aber er hatte mit dieser Information ihre Neugier ein wenig befriedigt, also nahm sie Platz. Alexander legte sein Schwert auf die Knie. Clarissa fühlte die Hitze seines Körpers. Seine Gefühlsumschwünge verwirrten sie genauso wie seine Nähe.

»Was sind Doppelsöldner?«, fragte sie.

»Landsknechte, die wegen ihres Muts und ihrer Kampferfahrung in der vordersten Reihe ihr Leben riskieren, erhalten den doppelten Lohn. Sie sind Helden«, erklärte Alexander, über die Parierstange seines Schwerts streichend.

»Wenn sie leichtfertig ihr Leben aufs Spiel setzen, sind sie keine Helden, sondern verrückt!«, platzte sie heraus.

»Vielleicht sind sie beides.« Alexanders Blick war tief. Zum ersten Mal seit längerer Zeit hatte sie wieder das Gefühl, dass er sie wirklich wahrnahm. Ob sie sein Geheimnis ergründen könnte, wenn sie in diesen Augen versänke? Sie blinzelte. Was machte sie hier nur? Sie musste schleunigst zurück ins Bett, bevor Irmel bemerkte, dass sie so lange wegblieb, und ihr eine Liebschaft andichtete. Hastig kam sie auf die Füße.

»Sorg dich nicht. Du bist ein sehr guter Schwertkämpfer. Du hast hart trainiert, und …« Sie konnte den Satz nicht zu Ende bringen.

»Was macht ihr denn hier? Störe ich bei einem Stelldichein?« Marius' Ton war scharf. Sie hatten ihn nicht gehört. Wie lange war er schon in ihrer Nähe?

Alexander streckte sich gelassen. »Ich habe geübt und Clarissa …«

Sein Freund und Fechtbruder schien wütend zu sein. »Du brauchst dich nicht zu rechtfertigen!«, blaffte er.

Was war denn los mit ihm?

»Ich rechtfertige mich doch gar nicht«, sagte Alexander scharf.

»Müssen wir uns ernsthaft um sie schlagen?« Marius schien die Aussicht nicht gerade zu begeistern.

Alexander schnaubte höhnisch. »Jetzt werd doch nicht albern!«

Clarissa hob die Hände und trat dazwischen. »Wir wollen die anderen nicht wecken!«, mahnte sie und floh ins Haus zurück. Hoffentlich folgten die beiden ihrem Beispiel. Nun würde sie doch unter dem Bett nach dem Nachttopf suchen müssen.

Am nächsten Morgen passte sie Marius auf der schmalen Treppe des Hauses ab. Clarissa hatte das Gefühl, sich bei ihm entschuldigen zu müssen, obgleich es eigentlich keinen Grund dafür gab.

»Wir haben uns zufällig im Innenhof getroffen«, wisperte sie.

»Und wenn schon. Interessiert mich nicht«, murrte er und ging einige Stufe weiter hinunter. »Ich weiß ja, dass Alexander unwiderstehlich ist.«

»Finde ich nicht«, erklärte sie. Marius blieb stehen und sah sie an. Clarissa las Hoffnung in seinem Blick und fühlte sich bestärkt.

»Wirklich nicht?«

»Kein bisschen.« Clarissa lächelte, zufrieden über seine Aufmerksamkeit. »Alexander ist mir zu mürrisch. Zu … steif, immer mit einem geschwollenen Hahnenkamm. Irgendwie künstlich.«

»Geschwollener Hahnenkamm! Das ist gut!«, lachte Marius auf und erklomm die Stufe unter ihrer. Auge in Auge standen sie einander gegenüber. »Und ich?«, wollte er von ihr wissen.

»Du …« Die plötzliche Nähe machte sie verlegen. Was sollte sie nur sagen?

Die Tür der kleinen Dachkammer über ihnen knarzte. Clarissa blieb Marius eine Antwort schuldig und lief schnell hinab. Aus der Kammer schälten sich Christoff und Gerd mit ihren Fechtschülern.

Nach dem Morgenmahl herrschte Aufbruchstimmung. »Was habt ihr vor?«, wollte Clarissa wissen, als sie ihrem Vater half, seine Waffen, die er noch schnell poliert hatte, in ein Tuch zu schlagen.

»Wir treffen uns mit den anderen Hauptleuten und Meistern. Kümmern uns um die Plakate. Heuern Pfeifer und Trommler an. Besichtigen den Fechtplatz«, sagte ihr Vater knapp.

»Also nichts, wobei wir Weibsvolk gebrauchen können«, warf Alexander ein. Er hatte Clarissa den ganzen Morgen keines Blickes gewürdigt.

Wieder einmal zürnte sie sich, auf Alexander hereingefallen zu sein, und brauste auf: »Ich glaube kaum, dass ein einfacher Fechtschüler das entscheiden kann!«

Fritjoff nickte begütigend, doch seine Augen funkelten streng. »Ihr sprecht beide wahr. Du bleibst heute hier, Clarissa. Und du, Alexander, behandelst meine Tochter mit mehr Respekt.« Er wartete die Entschuldigung des Fechtschülers ab, der sie nur widerwillig hervorbrachte.

Hauptmann Gerd grinste, und seine runden Wangen glänzten dabei. »Weiber wirst du genug am Fechtplatz sehen, glaub es mir! Was meinst du, wer die meisten unserer Zuschauer stellt, am lautesten jubelt und die markigsten Kämpfer zu sich einlädt? Nur auf ein Gläschen, versteht sich!« Gerd machte eine anzügliche Handbewegung und lachte bellend.

Alexander blinzelte Marius zu. Diese Aussicht schien beiden zu gefallen, ihre Missstimmung war offenbar vergessen.

»Ich werde mich auf den Weg zu den Buchdruckern machen, wenn es dir recht ist, Vater«, sagte sie.

Christoff wunderte sich: »Warum das denn?«

»Ich habe ein Fechtbuch geschrieben. Meine Tochter hat mir dabei geholfen«, verriet Fritjoff.

Meister Christoff runzelte die Stirn. »Die Zusammenarbeit mit einem Drucker würde ich mir gut überlegen. Fechtbücher sind ein kostspieliges Geschäft. Ich habe 1587 ein Buch in Dresden drucken lassen, das mich viel Geld gekostet hat. Mein ›Ehrentitel und Lobspruch der Fechtkunst‹ soll vor allem Fechtschülern dienen. Ich habe euch gestern einige Zeilen daraus vorgetragen.«

»Ihr habt Bücher geschrieben?« Gerd konnte es nicht fassen. »Wie dieser eingebildete Signore Fabris, der gerade überall von sich reden macht? Zeig her!«

»Fabris?«, fragte Fritjoff nach.

»Ja, so ein welscher Angeber, der hier gerade Hof hält. Will die Fechtkunst neu erfinden, heißt es. Laffe!«, knurrte Gerd. »Also, zeig schon!«

Trotz seines Stolzes zögerte Fritjoff. Er sah zu den Fechtschülern, die an der Tür bereits mit den Waffen warteten. »Später gerne.« Zu Clarissa meinte er: »Ohne Begleitung kannst du nicht gehen.«

Nun mischte sich auch Irmel ein. »Clarissa kann mir erst mal helfen, das Chaos zu beseitigen, das ihr Männer angerichtet habt«, sagte sie lächelnd. »Später kann sie mich zum Einkauf begleiten. Dafür bräuchte ich allerdings noch Geld.«

Daran hatte niemand gedacht. Sogleich knüpfte Fritjoff seinen fein bestickten Geldbeutel vom Gürtel und gab Irmel das Kostgeld; die anderen taten es ihm nach. Die Männer verabschiedeten sich.

Clarissa sah ihnen sehnsüchtig nach.

17

Im Halbdunkel des Schuppens wusch Leander den klebrigen Schweiß von seiner Haut. Was für ein Glück, dass er den Eimer entdeckt hatte. Die anderen würden gleich erwachen. Es wurde Zeit, aufzubrechen. Sein Magen fühlte sich hohl an. Natürlich hatten sie gestern wieder keinen Besuch in einem Wirtshaus riskieren können. Ein Rahmfladen auf die Hand war alles gewesen, um den Hunger zu stillen. Er wischte seine Füße ab, die schwarz vom Straßendreck waren. Seine Wade schmerzte. Dass Sixt den Schlag nicht richtig abgefangen hatte, bewies einmal mehr, dass er am Schwert noch einiges zu lernen hatte. Leander hatte schon oft gefordert, dass sie Fechtunterricht nehmen sollten, um ihre Auftritte zu verbessern. Aber wer hörte schon auf ihn …

Hinter ihm raschelte es. Zarte Hände fuhren über seine Rippenbögen und näherten sich seinem Hosenbund. Ein Körper drängte sich an seinen, rundlich und warm.

Leander drehte sich um. »Hat die gnädige Dame gut geruht?«, begrüßte er Engelin freundlich, umfasste aber gleichzeitig ihre Handgelenke, um sie aufzuhalten.

Engelin hob die Mundwinkel zu einem amüsierten Lächeln. Stroh zierte ihr Haar wie ein künstlicher Schmuck. Sie war auch mit Anfang dreißig noch keck und verführerisch, kein Wunder, dass sein Vater trotz ihres Zustands nicht von ihr lassen konnte: Engelins bauschiges Kleid verbarg ihre Schwangerschaft gerade noch. Trotz seines Griffs schafften ihre Finger es, an seinem Hosenbund zu nesteln. »Die gnädige Dame hätte noch besser geruht, wenn du ihr Lager geteilt hättest. Aber es ist nicht zu spät für ein kleines Vergnügen.« Sie schmiegte sich an ihn und löste sanft ihre Handgelenke aus seinem Griff. Mit den Fingern fuhr sie durch sein kastanienbraunes Haar und führte seine Hand an ihren Busen. Ruhig machte er sich los. Er hatte mit seinen neunzehn Jahren lernen müssen, viele Regeln zu brechen, um zu überleben. An einem aber hielt er fest: an seiner Keuschheit, obgleich es bei dem vielen Unrecht in seinem Leben vielleicht albern war, ausgerechnet diese Grenze zu wahren. Engelin schien seinen Vorsatz besonders herauszufordern.

»Es wird Zeit aufzubrechen!«, rief Leander über die Schulter.

»Verschwindet und lasst mich weiterpennen!«, knurrte eine kratzige Stimme aus ihrem Strohlager.

Engelin kräuselte schmollend die Lippen. »Hilf du ihm hoch«, sagte sie.

»Er ist *dein* Liebhaber.«

»Wir spielen drum.« Schon hatte sie ihre Glücksmünze aus dem Leibchen gezaubert.

Leander verdrehte die Augen. »Ich falle nicht auf deine Tricks herein, das weißt du doch.«

Doch ob Taschenspielertrick oder nicht – er verlor. Während sie ins Haus ging, um Sixt zu holen, rüttelte er die Schulter seines Vaters. Gallus fuhr zornig auf und versuchte nach ihm zu schlagen, aber Leander war schneller. Sein Vater stank sauer nach Schweiß. Nase und Wangen glänzten leuchtend rot und aufgequollen. Um den Bauch trug Gallus den Beutel mit ihren Einnahmen, einen dicken Wulst; die letzten Tage hatten sich gelohnt.

»Verschwinde, sage ich!«, fauchte sein Vater ihn an. Doch dann breitete sich ein Grinsen in seinem Gesicht aus. »Wo ist mein Liebchen – ich hab was für sie!« Die Beule in seiner Hose war nicht zu übersehen.

»Die Glocken haben schon geläutet. Dahinten ist Wasser«, sagte Leander knapp.

Sein Vater rappelte sich hoch. »Willst du mir sagen, dass ich stinke?«, fuhr er ihn an.

»Wenn wir als Fechtmeister auftreten, sollten wir auch so aussehen. Sagst du das nicht immer?« Leander knöpfte seine grüne Weste zu, die er erst vorgestern einem leichtgläubigen Händler abgeluchst hatte. Sixt war noch nicht wieder aufgetaucht. Er ging zur Verbindungstür zum Haus. Engelin lehnte an der Wand und kämmte sich mit den Fingern die Strohhalme aus den Haaren. Ihr Blick war auf die Pantoffeln gerichtet, die an der Wand hingen. Besonders ein Paar aus rotem Samt schien es ihr angetan zu haben.

»Sind noch nicht fertig«, sagte sie nur.

»Sagte sie nicht, dass ihr Mann heute zurückkommt?«, wunderte Leander sich.

Gestern hatten sie, nachdem die Federfechter sie vertrieben hatten, ihre Vorführung auf dem Rossmarkt fortgesetzt und waren anschließend von der Frau eines Pantoffelmachers zum Essen eingeladen worden. Leander war das lieb gewesen, umgingen sie doch die Lockungen der Wirtshäuser und sparten auch noch Geld. Es stellte sich heraus, dass die Frau Strohwitwe war und ein Auge auf Sixt geworfen hatte. So waren sie nicht nur zu einem Essen, sondern auch noch zu einem Quartier gekommen.

Hinter ihm pinkelte sein Vater gegen die Holzwand und goss sich anschließend das Wasser aus dem Eimer über den Kopf. Leander schämte sich für ihn. Früher war Gallus ein respektabler Bürger gewesen. Wie hatte er so verlottern können? Leander wünschte, er könnte die Zeit zurückdrehen. Nebenan konnte das Liebespaar kein Ende finden. Engelin hämmerte gegen die Wand.

»Wir müssen los!«, rief sie.

Im gleichen Augenblick stürzte sein Vater an ihnen vorbei und riss die Tür auf. Sixt und die Strohwitwe schreckten aus dem Liebesspiel hoch.

»Taub, oder was?« Gallus zerrte seinen Kompagnon hoch. Die Frau schrie auf. Sixt wollte Leanders Vater schlagen. Die beiden Männer rangen schon seit Langem um das Sagen in ihrer Gruppe, und jeder schien nur auf die richtige Gelegenheit zu warten, diesen Kampf ein für alle Mal auszufechten.

Hinter ihnen wurde die Stalltür aufgestoßen. »Ich bin zurück!«, schallte es fröhlich von draußen. Sie wechselten schnelle Blicke. Der Pantoffelmacher!

»Durch die Vordertür. Du holst die Waffen!«, befahl Gallus seinem Sohn. Leander eilte in die Scheune zurück. Ein Mann führte gerade sein Kutschpferd herein. Seine Augen wurden groß, als er Leander bemerkte.

»Was hast du hier zu suchen … du Dieb!« Der Pantoffelmacher hob die Stimme: »Räuber! Zu Hilfe!«

Leander packte den bunten Karren mit ihren Waffen und den anderen Utensilien. Der Mann versuchte sich auf ihn zu stürzen, doch Leander entwischte ihm. Noch im Laufen hüpfte Sixt in seine Hose, die restliche Kleidung unter den Arm geklemmt. Gallus und Engelin liefen voraus. Mit gerötetem Gesicht und verschwitzt warf sich die Strohwitwe ihr Kleid über. Ihr Mann hatte sie nun wutentbrannt schnaubend fast erreicht. Leander warf ihr im Vorbeirennen einen Blick zu.

»Danke übrigens … für das Lager!«, rief er und sprintete, den Karren vor sich herschiebend, hinaus.

Außer Atem hielten sie am Brunnen eines kleinen Platzes. Sie hatten durch die Straßen und Gassen des Viertels Haken geschlagen, bis das Zeter-und-Mordio-Schreien hinter ihnen verklungen war. Misstrauisch von Passanten beäugt, richteten sie Kleidung und Haare. Leander reichte Engelin die roten Pantoffeln. Sie freute sich überschwänglich darüber, was Leander gehofft hatte; er liebte es, anderen eine Freude zu machen. Der Handwerker würde den Verlust verschmerzen. Sixt zog sich

Hemd und Wams über, richtete seinen Zopf, tastete nach seinem goldenen Ohrring – immer fürchtete er, ihn zu verlieren – und setzte den Schlapphut auf. Er bildete sich mächtig viel auf sein Aussehen ein, fand Leander.

»Mir knurrt der Magen. Die Einnahmen gestern waren gut. Lasst uns erst mal in ein Wirtshaus einkehren«, sagte Gallus. Engelin warf Leander einen alarmierten Blick zu.

»Ich hole etwas von einem Garbrater«, schlug Leander vor.

»Und dann sollen wir im Stehen essen? Oder an einer Ecke kauernd, wie die Bettler?«, raunzte Sixt ihn an.

Leanders Vater holte zu einer Maulschelle aus, traf seinen Sohn aber nur halb. »Einfaltspinsel!«, schimpfte er.

Schon ging Gallus voraus. Schnell war ein Gasthaus gefunden und eine Mahlzeit bestellt. Als der Bierkrug kam, musste Leander hilflos zusehen, wie sein Vater den ersten Becher hinunterstürzte und sofort nach dem nächsten verlangte. Wenigstens würde nun seine Laune besser werden, für kurze Zeit wenigstens. Schweigend taten sie sich an ihrer Mahlzeit gütlich. Einen günstigen Moment abwartend, kippte Leander etwas Wasser in Gallus' Bier.

»Auf der Zeil sollten wir uns heute besser nicht sehen lassen. Die Federfechter waren gestern einfach zu schnell zur Stelle. Wie wär's mit dem Römerberg?«, fragte Sixt und wischte sich mit abgespreiztem Finger das Fett vom Kinn.

»Vergiss es«, sagte Leanders Vater kauend. »Zu viele Wachen.« Unter dem Römer wurden Gold und andere Edelmetalle gehandelt, die besonders gesichert wurden. »Wenn ich mich nicht irre, müsste bald die Fechtschule angekündigt werden. Die Leute werden sich darauf freuen. Das Interesse wollen wir nutzen. Aber erst mal müssen wir die anderen finden. Die wollten am Hafen unterkommen.« Sie waren zu siebt unterwegs, aber da man in einer solch großen Gruppe nur schwer ein günstiges Quartier fand, teilten sie sich abends auf.

Sixt wollte Gallus Bier nachschenken. Unmerklich schüttelte Leander den Kopf, aber Sixt ließ dennoch das Bier in den Becher des Vaters fließen. Engelin fing Leanders Blick auf und griff nach dem Becher. »Du erlaubst doch?«, sagte sie kokett lächelnd und trank. Leanders Vater küsste sie auf den bierfeuchten Mund.

»Was sollen wir mit den anderen? Ist doch gut gelaufen, gestern«, wandte Sixt ein.

»Abgesehen davon, dass du mir fast die Wade zerteilt hättest«, warf Leander ihm vor.

Sixt grinste. »Mit der stumpfen Seite, was? Ach je, der Bubi weint gleich.«

»Falsche Schneide heißt das.«

»Klugscheißer«, blaffte Sixt.

Leander wollte sich nicht provozieren lassen, aber da trat Gallus schon unter dem Tisch nach ihm.

»Wir wollen unseren Anteil von ihrem Verdienst, du Hornochse! Sicher haben Freihart, Caspar und Ursel auch gut verdient. Außerdem stimmt es, du solltest an deiner Technik arbeiten.«

Gallus hob seinen Becher, doch der war leer. Engelin lächelte angesäuselt. Als Gallus wütend werden wollte, küsste sie ihn. Leander verkniff sich eine Bemerkung. Betrunken, und das schon am Morgen. Aber immerhin hatte sie seinen Vater vor dem Suff bewahrt. Wenn Gallus erst mal einen gewissen Pegel überschritten hatte, hörte er nicht mehr auf zu saufen. Dann trank er, bis alles Geld weg war und alle Spendierfreunde vergrätzt waren. Das konnten sie zur Messezeit nicht gebrauchen.

Auf dem Weg zum Hafen schritt ein Trupp Fechter an ihnen vorbei, denen die Passanten respektvoll aus dem Weg gingen. Mit einem Stich im Herzen sah Leander ihnen hinterher. Er würde diese Ehre nie erlangen, nicht nach dem, was geschehen war. Und vielleicht hatte er es nicht anders verdient.

Grollend ging Marius neben Alexander einher. Trotz Clarissas Geständnis, was seinen Freund anging, war er noch eingeschnappt. Bei Alexander wusste man nie. Er hatte sich während der Reise auffallend bei den Frauen zurückgehalten, aber lange würde dieser Verzicht sicher nicht mehr so gehen. Dennoch war es Marius unterwegs nicht gelungen, Clarissa näherzukommen, das hatte Fritjoff geschickt verhindert. Viel Zeit blieb ihm nicht, sie für sich zu gewinnen. Dabei sah Marius es schon vor sich: Er würde einige Jahre im Heer dienen, dann würde der alternde Fritjoff ihn zu seinem Nachfolger als Fechtmeister machen und ihm Clarissa zur Frau geben. Nie hätte Marius zu hoffen gewagt, dass sich das Angenehme und das Nützliche so gut zusammenfinden würden. Je länger er Clarissa kannte, umso mehr begehrte er sie. Das Schicksal hatte ihm zwei auf einen Streich beschert: Marius könnte sich ins gemachte Nest setzen und hätte eine hübsche Frau. Er musste nur noch den Grundstein dafür legen.

Jetzt gerade machte ihm allerdings etwas anderes mehr Sorgen. Wenn er sah, mit welcher Leichtigkeit die jüdischen Fechtschüler den Waffensack trugen, wurde ihm mulmig. Sein Arm fühlte sich an, als reichte er bis zur Erde, so schwer waren die Waffen. Glücklicherweise war Kraft beim Schwertkampf nicht alles.

Vor einem großen Haus mit Treppengiebel verlangsamten sie ihren Schritt. In der Nähe der weiten Pforte standen Frauen, Körbe unter den Armen, und tuschelten. Die Augen hatten sie neugierig auf die Männer gerichtet, die den steinernen Hof betraten.

Schon in der Eingangshalle hörten sie Schwerterklirren. Hauptmann Gerd und die anderen Fechtmeister stürzten dem Innenhof entgegen.

»Zunftbrüder!«, rief Gerd erfreut und stieß die Tür auf.

Das Klirren verstummte. Stattdessen ein feindlicher Ruf. »Federfechter! Was habt ihr hier zu suchen?«

»Marxbrüder! Das könnten wir euch genauso gut fragen!«

Alexander drängte sich nach vorn. Durch den Waffensack verbunden, musste Marius notgedrungen folgen. Die Stimmen der Männer klangen nach Ärger. Er sah in einen großen, rechteckigen Innenhof, an dessen Seiten sich hölzerne Galerien in den Himmel erhoben. Marius war beeindruckt. Von vier Seiten und drei Etagen aus würden die Zuschauer die Kämpfe beobachten. Gleichzeitig verstärkte sich seine Nervosität. Er durfte sich nicht blamieren!

Vor ihnen standen vier Männer mit nackten Oberkörpern und beeindruckend ausgebildeten Muskeln. Ihr Anführer schien der Mann in vorderster Reihe sein, der einen riesigen Beidhänder hielt. Mit seiner keilförmigen Figur und dem Stiernacken glaubte Marius in ihm den Doppelsöldner zu erkennen. Etwas albern fand er nur die zarten Locken, die sich direkt hinter den Ohrläppchen des Kriegers kräuselten. Neben ihm baute sich ein nervöser Mann mit Glatze auf.

»Der Rat hat uns Marxbrüdern diesen Hof zur Abhaltung unserer Fechtschule zugesprochen«, sagte Hauptmann Gerd.

»Da irrst du dich, aber wen wundert's. Ihr Marxbrüder seid ja nicht mehr auf dem Laufenden. *Uns* hat der Rat diesen Hof zugesprochen«, knurrte der Doppelsöldner. Offenbar hatte er jetzt Levin und dessen Schüler entdeckt. »Und das Judenpack hat hier nichts zu suchen!«, zischte er.

Marius hörte, wie ein Degen gezückt wurde. Ihm wurde flau im Magen, als er bemerkte, wie sich Fritjoff, Gerd, Christoff, Levin und die anderen kampfbereit machten. Auch Alexander ergriff seinen Degen. Verzweifelt sah Marius sich um.

»Sag das noch mal, und ich stopfe dir dein Schandmaul«, sagte Hauptmann Gerd.

Fritjoff trat ihm zur Seite: »Diese Männer sind Mitglieder unserer Bruderschaft. Wenn du einen beleidigst, beleidigst du uns alle.«

Der Stiernackige grinste. »Kein Problem. Wenn ihr euch mit diesem Schmutz abgebt, seid ihr selber schuld. Wir Federfechter wissen immerhin, was sich gehört.« Auch die zwei Kämpen hinter ihm kamen nun näher.

»Was wollt ihr überhaupt hier? Ich denke, ihr Federfechter haltet eure Fechtschule am Tag des heiligen Vitus in Prag ab? Das ist doch im Juni«, wunderte sich Meister Christoff.

»Wir brauchen mehr Nachwuchs – schließlich müssen wir die Marxbrüder wegen ihrer Unfähigkeit ablösen«, grinste der Kahle.

Gerd wollte sich auf ihn stürzen, wurde jedoch von Levin festgehalten. Wütend beschimpften sich Marxbrüder und Federfechter. Mittlerweile hatten sie mitbekommen, dass der Hüne Meister Jerg war; der Kahle war sein Schüler und trug den Kampfnamen Unrou. In diesem Augenblick entdeckte Marius einen Ratsdiener, der dem Eingang entgegenstrebte. Er stieß Meister Christoff an.

»Haltet ein!«, rief Christoff den Streithähnen zu. Er bat den Ratsdiener heran. »Sagt uns geschwind, welcher Fechtbruderschaft dieser Hof für die Dauer der Messe zugesprochen wurde.«

Alle umringten nun das schmale Männlein. Der Ratsdiener war offensichtlich eingeschüchtert durch die wütenden Kämpen. Er zog ein Büchlein aus seiner Tasche. Quälend lange blätterte er darin, dann ließ er einen Finger über die Zeilen wandern.

»Hier steht es: Ma… Marxbrüder und Fe… Federfechter sollen sich diesen Hof teilen«, stotterte er.

»Wie bitte?«, schallte es ihm ungläubig entgegen.

Zögernd hob der Ratsdiener die Schultern. »Platzmangel«, sagte er nur.

»Das kann nicht sein!«

»Es ist aber so. Wenn Ihr Euch nicht einigt, muss die Fechtschule abgesagt werden.« Der Ratsdiener krümmte sich unter den drohenden Blicken. »Von Rats wegen, versteht sich.«

Meister Christoff wandte sich an den Anführer der gegnerischen Fechter. »Dann werden wir uns wohl oder übel einigen müssen.«

Wort um Wort rangen sie einander die Stunden ab, in denen jede Fechtbruderschaft auf dem Fechtplatz ungestört üben konnte. Außerdem teilten sie das Gebäude in zwei Hälften auf. Die öffentliche Fechtschule würden sie allerdings gemeinsam abhalten und die Einnahmen teilen müssen. Das würde noch Ärger geben. Am Schluss besiegelten die Hauptleute die erzwungene Einigung durch einen kurzen Handschlag.

»Eure Beleidigungen sind nicht vergessen!«, sagte Hauptmann Gerd grimmig.

»Natürlich nicht!«, gab der Stiernackige zurück.

Marius sank der Mut. Ein Gefecht bis aufs Blut war wohl unausweichlich.

In einer Schenke beim Anleger der Weinschiffe fanden sie die anderen. Auf dem Weinmarkt am Mainufer war immer etwas los, vor allem, wenn der Elsässer Wein angelandet wurde. So dicht lagen die Kauffahrteischiffe, dass man mit etwas Geschick von einem Deck zum anderen springen könnte. Nur mit Mühe konnte Leander seinen Vater davon abhalten, einen Krug Wein zu bestellen. Sie zogen sich in den Stall zurück und scheuchten die Knechte hinaus. Leander musterte ihren kleinen Trupp, der inzwischen ein wenig wie eine Familie für ihn war. Anfangs waren er und sein Vater allein herumgezogen, später war Engelin dazugekommen, und im Laufe der letzten Monate hatten andere sich ihnen angeschlossen. Zusammen waren sie stärker, sicherer. Da war die alte Ursel, die es verstand, die Zukunft aus der Hand zu lesen. Ihr Mann Freihart, der Bärenführer gewesen war, sich nach dem Tod seines Bären aber mit der Dressur eines Murmeltiers begnügen und als Grimassenschneider durchschlagen musste. Beide, Murmeltier und Meister, waren klein und rund

und gaben daher ein komisches Bild ab. Der Feuerfresser Caspar, passenderweise ein Hitzkopf. Engelin war Seiltänzerin, mied das Seil wegen ihrer Schwangerschaft aber derzeit. Sixt kämpfte mit dem Schwert und beherrschte das Glücksspiel.

Die anderen hatten gute Geschäfte gemacht. Neben einem Haufen Münzen hatten sie auch Schmuck und etliche Schnupftücher zu bieten. »Ich habe euch doch verboten zu stehlen!«, brauste Gallus auf. »Wenn die Büttel uns auf die Schliche kommen, ist diese Herbstmesse für uns vorbei, bevor sie offiziell endet. Wir führen Fecht- und andere Künste vor und sonst nichts.« Engelin warf Leander verstohlen einen Blick zu, wandte sich dann aber grinsend ab; vermutlich hatte Gallus noch nicht mitbekommen, dass sein Sohn den Pantoffelmacher bestohlen hatte.

Sixt stemmte das Bein auf einen Strohballen und stützte sich lässig ab. »Je mehr wir in die Taschen kriegen, desto besser! Der Winter kommt früh genug, und wir müssen alle sehen, dass wir die kalte Jahreszeit überstehen. Lass sie klauen, so viel sie wollen, sage ich!« Einige der anderen murmelten zustimmend.

»Du hast aber nichts zu sagen!«, wies Gallus ihn zurecht. »Ich bin euer Anführer, und ich befehle: Es wird nicht gestohlen! Zumindest nicht vor Ende der Messe.«

Sixt rebellierte: »Du spielst dich auf! Wir sind nicht auf dich angewiesen. Viele von uns treten schon lange Jahre als Luxfechter auf.«

Gallus lächelte kalt. »Es steht euch frei, allein loszuziehen. Aber dann werdet ihr auch nicht mehr an unseren Einnahmen beteiligt. Und ihr wisst, was das bedeutet. Leander und ich schaffen das meiste Geld heran.« Leanders Schwertkunststücke waren beliebt, und sein Vater hatte eine Nummer entwickelt, die aufregend und komisch zugleich war und regelmäßig für hohe Einnahmen sorgte. Gallus steckte Münzen und gestohlene Gegenstände ein. »Wer gehen will, kann gehen.«

Keiner rührte sich. Also knickte auch Sixt ein.

Clarissa und Irmel halfen der Magd, die Decken aufzuschütteln, und kauften für den Abend ein. Irmel horchte Clarissa nach ihrem Leben in Rostock aus, nach ihrer Mutter, ihren Freundinnen und warum sie noch keinen Liebsten habe. Dabei hätte Clarissa selbst die alte Frau gerne einiges gefragt, nach Carl beispielsweise, doch sie kam nicht zum Zuge. Als Clarissa zu fürchten begann, dass ihr Tag dahingehen würde, ohne dass sie etwas Interessantes von Frankfurt gesehen hatte, kam ihr eine Idee. Sie holte aus ihrem Gepäck das Manuskript des Fechtbuchs.

»Ich dachte, du hättest vielleicht Lust, Vaters Fechtbuch zu sehen«, sagte Clarissa, als sie das Wachstuch vorsichtig von dem Bündel Papier löste.

Mit einem erheiterten Gesichtsausdruck setzte sich die alte Frau an den Tisch. »So, dachtest du.«

Clarissa blätterte die Seiten auf, zeigte ihr die Bilder und erklärte ihr, was auf den Blättern geschrieben stand, bis Irmel erwähnte, dass sie durchaus selbst lesen könne. Etwas beschämt – sie hätte es sich denken müssen – malte Clarissa ihrer Zuhörerin nun Vaters Buchpläne aus. Sie hoffte, dass Irmel ein gutes Wort für sie einlegen und dafür sorgen würde, dass einer der jungen Männer oder der Knecht abgestellt wurde, um mit ihr zu den Buchdruckern zu gehen. Stattdessen erhob sich die alte Dame.

»Na, dann mal los. Lass uns gehen«, sagte Irmel entschlossen, warf ihre Schürze auf den Stuhl und nahm ihren Stock.

»Wohin?«, fragte Clarissa erstaunt.

Die Alte lächelte verschmitzt. »In die Buchgass natürlich.«

Auf dem Weg kamen sie an den Ständen verschiedener Seidenmacherinnen vorbei, die selbstbewusst ihre Waren anpriesen. Etwas weiter gab es technisches Gerät, das Clarissa nicht kannte, und sie hörte die Männer aufgeregt von einem neuartigen Fernrohr reden, mit dem man die Sterne sehen konnte. Das klang ja unglaublich! Von überallher waren unterschiedliche Sprachen zu hören, vor allem Italienisch, Französisch und Spanisch.

Endlich kam sie dazu, Irmel auf die Vergangenheit ihres Vaters anzusprechen. »Kanntest du Carl, den Bruder meines Vaters?«, fragte sie.

»Natürlich«, sagte Irmel, als wäre es das Selbstverständlichste auf der Welt.

»Ich habe ihn leider nie kennengelernt«, gab Clarissa zu.

Irmel schob mit ihrem Stock Passanten beiseite, die englischen Komödianten bei ihren Aufführungen zusahen und ihnen den Weg versperrten. »Ich glaube kaum, dass du Carl gemocht hättest. Er war ein Krieger durch und durch. Grausam und unbarmherzig.«

Clarissa dachte an die Bewunderung, mit der Fritjoffs Freunde in Schwerin von Carl gesprochen hatten. »Carl war bestimmt nicht immer so«, wandte sie ein.

»Ich kannte ihn nicht anders. Meinen Paulus hätte er beinahe totgeschlagen«, sagte Irmel.

Verwundert wollte Clarissa wissen: »Waren Paulus und Carl denn keine Fechtbrüder?«

»Carl gehörte den Federfechtern an. Er trat mit dafür ein, dass die Federfechter in Frankfurt Fechtschulen abhalten konnten. Er sorgte dafür, dass keine Juden und keine Calvinisten mehr unterrichtet wurden. Und er schmähte die Marxbrüder als geldgierig und ehrlos, wenn sie es dennoch taten. Alle, die nicht für ihn waren, betrachtete er als seine Feinde.«

Clarissa erstaunte es jetzt nicht mehr, dass sich die Brüder zerstritten hatten. Sie hatten feindlichen Lagern angehört. Aber wie war es nur so weit gekommen? »Das kann Vater nicht gefallen haben«, sagte sie.

»Nachdem Carl meinen Liebsten geschlagen hatte, trat dein Vater gegen ihn in den Ring.« Irmel bekreuzigte sich. »Es war das letzte Mal, dass sie einander sahen. Wenig später erreichte uns die Nachricht von Carls Tod. Es war hart für Fritjoff, denn sie hatten sich ja im Streit getrennt.«

Sie gingen schweigend weiter. Schon weit vor der Buchgass hatten Buchdrucker und Buchverleger ihre Stände eingerichtet und verhandelten mit den Käufern. Überall lagen und standen Druckwerke aller Art. Landkarten, Flugblätter und Bücher wurden bewundert, gelesen und gekauft. Es gab Holzschneider, Kupferstecher, Papier- und Ledereinbandhersteller. Fässer warteten aufgestapelt mit ihrer wertvollen Fracht, Karrenfahrer voller Buchfässer drängten sich an den Menschen vorbei. Clarissa fühlte sich klein und unbedeutend – wer würde sich angesichts dieser Fülle für das Fechtbuch ihres Vaters interessieren?

Dennoch sprach sie mutig den ersten Drucker an, der abwinkte und sie weiter verwies. Der zweite meinte, außer dem Werk von Salvator Fabris gäbe es im Moment nichts Bedeutsames über das Fechten, aber selbst das verkaufe sich so schlecht, dass er so ein Risiko nicht eingehen würde, schließlich seien Fechtbücher wegen der aufwendigen Abbildungen in der Herstellung sehr teuer. Wenn ihr Vater allerdings die Kosten komplett übernehmen würde … Clarissa winkte ab. So viel Geld hatte sie nicht. Fieberhaft überlegte sie. Fabris? Den Namen hatte sie doch schon öfter gehört. Neugierig fragte sie sich nach dem Verleger des Werks durch. Wenn jemand ein italienisches Fechtbuch verkaufte, hatte er vielleicht auch Interesse an einem deutschen.

In einem großen Gewölbe am Ende der Gasse wurde ihnen schließlich das Fechtbuch des Italieners gezeigt. Die Worte in »De lo schermo overo Scienza d'Arme« waren Clarissa zwar nicht verständlich, aber die Bilder konnte sie lesen. Es sah aus, als habe Signore Fabris die Fechtkunst ganz erheblich weiterentwickelt. Erstaunlicherweise konzentrierte Fabris sich auch auf die Kampfkunst mit Rapier und Dolch. Ihr unbekannte Begriffe wie Mensur, Prima, Seconda, Tertia und Quarta tauchten auf. Sie hätte stundenlang darin blättern und sich etliche Passagen übersetzen lassen können, aber sie wurde von einem Mann unterbrochen.

»Wollt Ihr es kaufen? Es kostet nur wenige Gulden.«

Clarissa machte die Anrede verlegen. »So viel habe ich nicht«, gab sie zu.

Plötzlich wurde der Mann schroff. »Dann gebt es her! Leute, die umsonst in meinen Büchern schmökern, gibt es genug!«

Clarissa atmete tief durch und nahm all ihren Mut zusammen. »Ich wollte Euch ein anderes Fechtbuch zum Druck anbieten, mein Herr. In deutscher Sprache. Mein Vater hat es geschrieben.«

Der Mann schnaubte. »Ein Fechtbuch? Noch eins?! Viel zu viele Exemplare habe ich vor zwei Jahren in Kopenhagen gekauft. Nein, lasst mich damit in Ruhe, von der Fechtkunst will niemand mehr etwas wissen! Und auf den Kosten bleibe ich sitzen! Radschlosspistolen, ja – Euer Vater soll mir ein Buch über Musketen und andere Feuerwaffen schreiben! Das ist die Zukunft!«, rief er aus. »Und nun hinaus mit Euch! Ihr nehmt meinen Kunden den Platz weg. Echten Kunden!«

Niedergeschlagen drückte Clarissa das Manuskript an ihre Brust und ging hinaus. Es musste doch unter diesen fünfzig, sechzig Druckern einen geben, der sich für das Manuskript ihres Vaters begeisterte! Irmel hatte sich in der Gasse auf ein kleines Fass gesetzt. Schweißperlen standen auf ihrer Stirn. Clarissa tat es leid, dass sie die alte Frau in das Messegedränge gelockt hatte. Bei einem umherziehenden Händler kaufte sie zwei Becher Apfelwein; sie hatte einige Münzen in ihrem Beutel, dafür hatte ihr Vater vom Anfang der Reise an gesorgt. Immer wieder dachte sie über die Worte des Buchdruckers nach. Dann fasste sie, frisch gestärkt, einen Entschluss.

Noch einmal ging sie in das Gewölbe zurück. Der Mann war im Gespräch, also passte sie einen günstigen Moment ab. »Was wäre denn mit einem Fechtbuch, in dem die verschiedenen

Techniken zusammengefasst werden? In dem die Grundzüge der Fechtkunst erklärt werden, aber auch Signore Fabris Erkenntnisse auf Deutsch festgehalten sind, sodass jeder sie verstehen kann?« Sie wusste zwar noch nicht, wie das gelingen konnte, wollte aber auf keinen Fall ohne Hoffnung gehen.

Der Mann dachte einen Augenblick darüber nach. »Könnte was sein«, meinte er schließlich. »Aber diese Fechtmeister kriegt Ihr nicht unter einen Hut – da will jeder sein eigenes Süppchen kochen.« Schon wandte er sich wieder seinen Verhandlungen zu.

Vor der Tür tätschelte Irmel Clarissas Arm. »Lass dir nichts einreden. Es ist ein löblicher Vorsatz und könnte ein schönes Buch werden. Nur Mut! Vielleicht muss dein Vater selbst mal mit den Druckern sprechen. Uns Frauen nehmen diese Tintenkleckser einfach nicht ernst.« Sie lächelte zahnlos. »Hoffentlich haben die Männer heute mehr erreicht.«

Marius wusste nicht, wie die Frauen hereingekommen waren, aber da standen sie, hinter der Balustrade. Sie beobachteten die Fechtschüler bei ihren Übungen und verhielten sich aufreizend. Bei besonders gelungenen Aktionen applaudierten sie, als wären sie im Theater. Fechter waren doch keine Gaukler! Dennoch konnten die Männer den Grazien nicht böse sein, sondern genossen im Gegenteil die schmachtenden Blicke.

Den ganzen Tag hatten sie sich in verschiedenen Räumen und Fluren in ihrem Teil des Gebäudes ertüchtigt. Fritjoff hatte sie in allen Wehren geprüft. Im Laufe des Tages waren immer mehr Fechtschüler und Meister zu ihnen gestoßen. Schließlich waren die Marxbrüder an der Reihe gewesen, den Fechtplatz zu nutzen. Trotz ihrer Abmachung hatten sie die Federfechter vom Fechtplatz treiben müssen, was zu vielen bösen Worten geführt hatte. Inzwischen hatte Marius mit verschiedenen Meistern – sogar mit dem alten Paulus – und anderen Schülern gekämpft. Benjamin war wagemutig und im Ringen unschlagbar, im

Schwertkampf allerdings zu unüberlegt. Ezra hatte sich mit ihm einen harten Kampf an der Hellebarde geliefert. Marius hatte Christoffs Schüler erstaunlich schnell mit dem Dusack besiegt. Dennoch verlief nicht alles glatt; sein Körper war nach all den Kämpfen inzwischen ganz zerschlagen. Vor Kurzem hatten sich die Hauptleute und Meister zu einer Beratung zurückgezogen; jeder von ihnen schien wichtige Nachrichten aus seinem Teil des Reiches zu haben. Mit Meister Fritjoff hatten sie vereinbart, sich später in Paulus' Haus zu treffen.

Beim nächsten Glockenschlag wurde die Tür aufgestoßen. Die Federfechter wollten nun ihrerseits sie hinaustreiben. Sofort wurden auf dem Fechtplatz alle Kämpfe eingestellt. Niemand wollte dem Feind seine Fähigkeiten preisgeben. Gemächlich packten sie Waffen und Kleidungsstücke zusammen. Schon hörten sie, wie die anderen sie als Katzenfechter verunglimpften – als ob ihr Wappentier ein Kätzchen und kein Löwe wäre! Angestachelt konterten sie mit einem Spottgesang über die Federfechter, die sie bald zu rupfen gedächten. Die Strohpuppe, an der sie Übungen durchführten, stellten sie beiseite und bedeckten sie mit einem Tuch. Marius sah, dass die Frauen sie heranwinkten und Alexander dieser Aufforderung folgte, was zu hellem Kichern unter den Zuschauerinnen führte. Auch er selbst wäre einer kleinen Schäkerei nicht abgeneigt gewesen, trug aber mit Benjamin den Waffensack.

Marius folgte Benjamin durch die von den Schülern des Doppelsöldners flankierte Tür. Plötzlich strauchelte Benjamin. Klirrend ging der Waffensack zu Boden. Der Glatzkopf lachte höhnisch; er hatte Benjamin ein Bein gestellt.

»Wenn die Judensau nicht mal ordentlich gehen kann, sollte sie erst recht nicht fechten«, höhnten die Federfechter. Schon war Benjamin wieder auf den Füßen und stürzte sich auf den Kahlen. Marius stand unschlüssig daneben. Noch war kein anderer Fechtschüler der Marxbrüder in der Nähe, auch Ezra nicht.

Einem Fechtbruder müsste er zu Hilfe kommen, aber einem Juden? Zumal Benjamin seinen Gegner bereits auf den Bauch geworfen hatte und ihn Staub fressen ließ. Jetzt wollten die anderen Federfechter Benjamin wegtreten. Ezra und die anderen Marxschüler stürzten nun auch hinzu und warfen sich dazwischen. Die Federfechter wurden zurückgedrängt. Hasserfüllt funkelte der Kahle Benjamin an. Im gleichen Augenblick bog Paulus um die Ecke. Der alte Mann musste den Tumult gehört haben.

»In zwei Tagen könnt ihr eure Streitigkeiten auf dem Fechtboden austragen. Wer vorher kämpft, wird von der Prüfung ausgeschlossen!«, drohte Paulus und trieb die Schüler zurück zu ihren Aufgaben.

Körperlich erschöpft, aber innerlich bis zum Äußersten angespannt, machten sie sich auf zu ihrer Unterkunft.

Als er im Hof des kleinen Fachwerkhauses seine Prellungen kühlte, kam Irmel zu ihm. Die alte Frau musterte Marius' zerschundenen Körper und rief nach Clarissa, die in der Küche geholfen hatte. Durch ihren Ausflug in die Buchgass hingen sie mit der Zubereitung der Mahlzeit hinterher; allein konnte die Magd das Kochen für so viele Gäste nicht bewältigen.

»Ich gebe Clarissa eine Salbe, mit der sie die Prellungen einreiben kann. Ihr könnt in die Knechtkammer gehen – aber lasst die Tür offen«, sagte sie. Clarissa glaubte, ein verschmitztes Lächeln auf dem Gesicht der Alten zu erkennen. Wollte sie Marius und sie etwa verkuppeln? Langsam folgte sie dem Fechtschüler in die Kammer. Marius ließ sich auf das Lager fallen und strahlte sie an.

Clarissa drehte den Tiegel in den Händen. »Ich glaube, die Prellungen sind vor allem auf Armen und Rücken«, sagte sie. Leise vor Schmerzen stöhnend, setzte er sich wieder auf. Ihre Fingerspitzen tunkten in die Salbe und berührten zart seine Haut.

»Wenn ich geahnt hätte, dass du mich verarzten würdest, hätte ich mich willig noch mehr verprügeln lassen. Ich habe mich zu gut behauptet«, sagte er zufrieden.

»So habt ihr schon gegeneinander gekämpft?«, wollte Clarissa wissen. Marius bat sie, die Salbe etwas kräftiger einzumassieren, dann würde er ihr alles erzählen, was sie wissen wollte. Während sie ihn versorgte, berichtete er ihr von den Ereignissen des Tages. Clarissa war über das Verhalten der Federfechter erbost. Auch fragte sie sich, was ihr Vater und die anderen Meister wohl zu besprechen hätten. Sie hätte gerne ebenfalls über ihre Erlebnisse berichtet, aber Marius ließ ihr keine Gelegenheit dazu. Schließlich nahm er ihre Hand.

»Ich bin zuversichtlich, dass ich die Meisterprüfung mit Bravour bestehen werde. Danach diene ich in einem Heer, kassiere viel Geld und suche mir eine süße Braut. Die Frauen fliegen auf Soldaten, schließlich verdient man mehr als ein einfacher Handwerker und kann seiner Ehefrau ein schönes Leben bieten. Heute waren schon einige Damen im Fechthof. Ihnen gefiel offenbar, was sie sahen.«

Seine Selbstzufriedenheit machte Clarissa ihre eigene Enttäuschung überdeutlich. Noch immer ärgerte sie sich, dass es ihr nicht gelungen war, den Buchdrucker zu überzeugen. Sie hatte nur eine Aufgabe auf dieser Reise, und nicht einmal die hatte sie bewältigt! Und jetzt schwärmte Marius ihr auch noch von anderen Frauen vor! Plötzlich wurde ihr bewusst, dass sie seine Bewunderung doch genossen hatte.

Marius zog sie an sich. »Ich will aber, im Gegensatz zu Alexander, keine von diesen Damen. Ich will nur eine – dich!«

Oje, so war das nicht gemeint gewesen mit der Bewunderung. Sie war sich über ihre Gefühle Marius gegenüber noch immer nicht im Klaren.

»Du verarztest uns, hörte ich.« Benjamin stand in der offenen Tür, verlegen, weil er hereingeplatzt war.

Clarissa war eher erleichtert. »Wir sind gerade fertig. Setz dich, dann reibe ich deine Prellungen ebenfalls ein«, sagte sie.

Schwerfällig erhob sich Marius. Ihm gefiel offenbar nicht, dass auch Benjamin in den Genuss von Clarissas Berührungen kommen sollte. »Wirst du nicht in der Judengasse verarztet?«, wollte Marius wissen.

»Mein Meister ist noch im Fechthof. Und bei Meister Paulus bin ich immer willkommen.«

»Natürlich, komm nur«, wiederholte Clarissa. Marius stürmte hinaus. Er scheute offenbar eine offene Konfrontation mit Benjamin. Auch mit Benjamin plauderte Clarissa, während sie seine Wunden versorgte. Er war ein lustiger Kerl und beschrieb die fremden Fechter und ihre Gewohnheiten sehr komisch.

Danach verarztete sie auch noch Ezra. Ihr fiel auf, wie unterschiedlich die Brüder waren. Ezra wagte kaum, sie anzuschauen. Erst als sie ihn nach seiner Heimat ausfragte, wurde er redseliger. Seine Knopfaugen gaben ihm etwas Freches, das nicht so recht zu seiner Schüchternheit zu passen schien.

»Man kann an Kaiser Rudolf viel herummäkeln, aber er hat Prag wieder zur Hauptstadt des Heiligen Römischen Reiches gemacht. An seinem Hof hat er die besten Denker, Wissenschaftler und Künstler versammelt. Er scheut sich auch nicht, bei jüdischen Gelehrten Rat zu suchen. Meinem Volk geht es unter seiner Herrschaft so gut wie schon lange nicht mehr«, schwärmte Ezra ungewohnt wortreich. Dann musterte er Clarissa scheu. »Hast du denn keine Scheu vor uns? Schließlich sind wir Juden.«

»Warum sollte ich?«

»Viele andere schmähen uns als Christusmörder, beschimpfen und bespucken uns.«

»Davon weiß ich nichts. Ihr und Levin seid die ersten Juden, die ich kennenlerne. Ihr macht nicht den Eindruck, als würdet ihr jemanden umbringen.«

Ezra wollte wissen, ob sie bei den Druckern etwas hatte erreichen können. Clarissa war erstaunt, dass er sich dafür interessierte, und sie gestand ihm ihren Misserfolg.

»Wir können Meister Levin fragen, er kennt sicher viele Drucker hier«, schlug Ezra vor.

»Ja, gerne. Aber erst einmal …«

»Bin ich jetzt an der Reihe?« Alexander stand im Eingang und wirkte ungeduldig.

Clarissa reichte Ezra den Tiegel. »Das könnt ihr unter euch ausmachen«, sagte sie und schob sich in der Tür an Alexander vorbei.

Die Männer sahen ihr verwirrt nach.

»Hau den Luxbruder! Hau den Anhänger des heiligen Lukas!«

Verbissen prügelte der Mann auf Gallus ein. Leander rang einen Angreifer nieder. Als er sah, dass einer der Fechtbrüder Engelin zu Boden stieß, riss er das Knie hoch. Es gelang ihm, den Mann zwischen den Beinen zu treffen. Dieser jaulte auf, und Leander machte sich los. Mit zwei Schritten war er bei Engelin und befreite sie. Geschickt gelang es ihm, aus dem Karren eine der Schauwaffen zu greifen und sie dem Mann über den Kopf zu ziehen. Der wäre erledigt! Leander sah sich um. Sixt kämpfte, tatkräftig unterstützt von der alten Ursel, die mit dem Stock auf einen Fechter einschlug. Doch nun riss der Mann ihr den Stock aus der Hand und hieb seinerseits auf die alte Frau ein. Bevor Leander ihr zu Hilfe kommen konnte, fiel sie schon hin. Auch Freihart wollte ihr beispringen, wurde jedoch festgehalten; sein Murmeltier pfiff aufgeregt. Caspar würgte seinen Gegner. Sein Vater hatte Hilfe nötig, aber Leander musste sich erst um die Schwächste kümmern. Wieder bedrängte einer der fremden Fechter Engelin. Wie konnte man einer Frau, erst recht einer Schwangeren, nur so etwas antun? Leander verstand es nicht. Gerade als Leander zur Verteidigung ansetzte, gaben ihre Angreifer plötzlich Fersengeld und rannten davon. Was war passiert?

Leander reckte sich und erblickte Wachleute, die auf den Kai gekommen waren. Auf der Straße erklang Gemurmel über eine Einbruchsserie. Der Reichtum der Messehändler zog stets Diebe an, aber heuer war es wohl besonders schlimm. Neben den Turm- und Nachtwächtern waren Soldaten angeheuert worden, um die Lager der Händler zu schützen. Sie mussten sehen, dass sie wegkamen! Leander half Sixt hoch, ihn hatte es heftig erwischt. Dann fasste er Ursel unter – sie konnte kaum gehen. Gallus und Freihart humpelten, das Murmeltier an der Leine, hinter ihnen her. Verdammt, so lädiert würden sie nicht auftreten können!

Sie hatten sich nach der letzten Vorführung ein Nachtlager in den Hafenschuppen suchen wollen, doch dann hatten die Fechtbrüder sie angegriffen. Ob Freifechter oder Marxbrüder, wusste Leander dieses Mal nicht. Es war bereits dunkel, Wappen waren nicht zu erkennen, und über die untere Hälfte ihrer Gesichter hatten die Männer Tuche gebunden. Letztlich war es auch egal – sie würden ganz bestimmt dafür büßen!

Caspar, der nur leicht verletzt war, lief voraus und führte die geschundene Gruppe durch zwei Gassen bis in einen dunklen Hinterhof. Hier wurden Boote kalfatert. Kieloben lagen sie auf Balken. Die Schritte der Büttel klangen nah. Sein Vater keuchte heftig, auch die anderen konnten sich kaum noch auf den Beinen halten. Caspar gab Leander einen Wink – sie mussten sich unter den Booten verstecken. Leander schob seinem Vater und Ursel unter ein Boot, Engelin half den anderen. Dann rannte Leander mit Caspar weiter. Sie wollten die Wächter hinter sich herlocken. Fest setzten sie ihre Füße auf das Pflaster. Hoffentlich gelang ihre Finte! Stille. Waren die Verfolger stehen geblieben? Hatten sie die Verletzten bereits entdeckt? Leanders Puls dröhnte in seinen Ohren. Die Fäuste geballt, erwartete er den nächsten Angriff. Doch dann entfernten sich die Schritte der Büttel langsam.

Als sie sicher sein konnten, dass die Wachmänner fort waren, liefen sie zurück. Sie halfen ihren Kumpanen unter den Booten heraus. Es war still geworden. Nacht lag über Frankfurt. Sie würden es nicht zu den günstigen Herbergen schaffen, die am Rande der Stadt lagen. Also zurück zu den Lagerschuppen und aufgepasst, dass sie den Wächtern nicht noch einmal über den Weg liefen! Zerschlagen und zermürbt erreichten sie den Main. Im Schutz der Schatten rüttelten sie so lange an den Holzverschlägen, bis sie schließlich ein paar lose Bohlen fanden. Einer nach dem anderen drängten sie sich durch den Schlitz. Leinensäcke, hoch aufgestapelt. Sie zerrten Säcke auseinander und bereiteten sich ein Lager. Ein würziger Duft stieg auf. Engelin verarztete die Wunden notdürftig. Ursel hatte sich allerdings anscheinend etwas gebrochen, jede Bewegung schmerzte. Leander starrte voller Bitterkeit durch die Ritzen des Schuppens in die Finsternis. Diese Fechter hatten alles, die beste Ausbildung, die man sich wünschen konnte, Ansehen und Auskommen – und doch waren sie sich nicht zu schade, auf ihnen herumzutrampeln. Hatten sie denn keine Ehre im Leib?

Erst als Leander sich etwas beruhigt hatte, nahm er seine Umgebung wahr. Er schnupperte an einem kleinen Sack neben sich. Herbsüß waberte der Duft ihm in die Nase. Vorsichtig öffnete er die Naht, klaubte ein paar der gelben Stücke heraus und steckte sie in den Mund. Scharf und süß zugleich weckte der Ingwer seine Lebensgeister wieder; er würde ihn munter halten, während er über die anderen wachte. Noch einmal sah Leander hinaus. Ein paar Männer in der Gasse. Ein kahler Kopf schimmerte hell im Sternenlicht. Waren das nicht die Wachleute? Zu seinem Erstaunen machten die Fremden sich an einem Lagerschuppen zu schaffen. Konnten sie etwas mit den Diebstählen zu tun haben?

18

Am nächsten Morgen war Clarissa früh in der Stube, um ihren Vater abzupassen. Sie hatte Fritjoff am Abend nicht mehr zu Gesicht bekommen und wollte mit ihm sprechen. Offenbar hatten die Hauptleute und Meister der Fechtbruderschaft noch immer viel zu bereden. Ungewohnt graugesichtig begrüßte ihr Vater sie. Hatte er überhaupt geschlafen? Clarissa berichtete Fritjoff von ihren Gesprächen mit den Druckern und Ezras Vorschlag, aber der Blick ihres Vaters wirkte abwesend.

»Du darfst uns heute in den Fechthof begleiten. Ich habe eine Aufgabe für dich«, sagte er geheimnisvoll.

Die Münzen flogen nur so in Engelins Rockschoß. Gallus' Nummer zog wieder einmal. Sein Vater balancierte leichtfüßig über ein Seil, das sie zwischen zwei Schornsteinen befestigt hatte, schob ihren Karren darüber und machte dabei allerhand Kunststückchen. Als ehemaliger Baumeister hatte Gallus ein ausgezeichnetes Gleichgewichtsgefühl und keine Angst vor Höhe, was Leander offenbar von ihm geerbt hatte. Leander und Sixt unterhielten die Zuschauer am Boden danach mit einem lustigen Schaukampf: Sixt schlug Leander das Schwert aus der Hand, woraufhin dieser aus dem Stiefel ein langes Messer zog. Und nachdem Leander auch dieses verloren hatte, brachte er immer kleinere Waffen zum Vorschein, bis er schließlich aus einem Schlitz im Leibriemen einen Mini-Dolch pulte und Sixt damit doch noch besiegte.

Die Gaukler hatten sich bei Morgengrauen aus dem Lagerschuppen geschlichen. Ursel hatten sie in ihren bunten Karren gesetzt, die Alte konnte sich kaum rühren vor Schmerzen. Dieses Mal hatte sein Vater ihnen nicht die Leviten gelesen, weil sie sich großzügig aus den Säcken mit Datteln und Rosinen bedient hatten. Die Prügel hatten Gallus zugesetzt, seine ganze Seite begann sich blau zu verfärben. Auch andere aus ihrer Gruppe waren durch Platzwunden und Prellungen gezeichnet. Erst ein Besuch im Wirtshaus hatte ihnen zu neuem Mut verholfen. Glücklicherweise hatte Leander sie nach einem Krug hinaustreiben können. Sie mussten das Stadtviertel wechseln. In der Schenke hatten Gerüchte über einen neuerlichen Einbruch die Runde gemacht; es bestand die Gefahr, dass sie damit in Verbindung gebracht werden könnten. Dabei war Leander sicher, dass in Wirklichkeit die Wachleute dafür verantwortlich waren. Aber wer würde ihm schon glauben?

Trommelschläge und Pfeifentöne drangen an sein Ohr. Immer lauter wurde die Musik, immer durchdringender klangen die Stimmen der Ausrufer, bis der Zug schließlich den Platz erreichte, auf dem sie auftraten. Ein blonder Fechtschüler ging voraus, das Paradeschwert, an dem ein Blütenkranz hing, auf der Schulter.

»Große Fechtschule der Marxbrüder und Federfechter! Morgen im Fechthof treten die Meister des langen Schwerts auf! Seid dabei, wenn sich die besten Fechter des Landes blutig schlagen! Es lohnt sich!«, hallte es über den Platz.

Leander war im Zwiespalt. Noch immer war er wütend auf die Männer, die sie gestern angegriffen hatten. Dabei hatte er gar keinen Beweis dafür, dass es Fechtbrüder gewesen waren. Er wäre gerne dabei, wenn die Fechtschule abgehalten wurde. An Straßenecken hatte er Fechtschulplakate gesehen. Sicher könnte er sich den einen oder anderen Schlag abschauen. Andererseits wagte er es nicht, seinen Vater aus den Augen zu lassen. Die Schmerzen könnten Gallus ins Wirtshaus treiben, und dann würde niemand ihn davon abhalten, sich besinnungslos zu besaufen.

»Seht die Künste der Luxbrüder! Ganz umsonst, auch wenn wir zu einem kleinen Obolus nicht Nein sagen würden!«, rief sein Vater da vom Seil.

»Wo ist meine Börse! Jemand hat meine Börse gestohlen!« Die Schreie schreckten Leander auf. Ein Diebstahl, schon wieder! Auch wenn keiner von ihnen zugegriffen hatte, würde man sie schnell verdächtigen. Dennoch durften sie nicht so reagieren, als wären sie schuldig, also bewegte er weiter sein Schwert. Plötzlich, ganz in der Nähe, ein Tumult.

»Du warst es doch! Ich hab die Münze aus meinem Beutel geholt, und danach war er weg!« Ein alter Mann hatte Engelin gepackt und schleuderte sie hin und her. Schon kamen andere heran, die an ihrem Kleid zerrten. Hilfesuchend sah sie sich um. Gaukler waren leichte Beute. Bald wäre der Mob bloßen Worten nicht mehr zugänglich, das hatte Leander schon oft genug erlebt. Niemand würde für ihr Recht eintreten – als Gaukler hatten sie keines. Recht- und ehrlos, vogelfrei, das waren sie. Was sollten sie nur tun? Fieberhaft suchte Leander nach einem Fluchtweg. Büttel kamen die Gasse entlang. Waren welche von der Nachtwache dabei? Unmöglich wäre es nicht. Schon hatte einer der Büttel sie bemerkt und stürzte ihnen entgegen. Sie mussten sehen, dass sie Land gewannen.

»Dahinten ist der Dieb – die Büttel haben ihn schon! Geht, Herr, und holt Euch Euer Geld zurück!«, verkündete Leander lauthals und wies in die andere Richtung.

Der Mann ließ von Engelin ab und eilte in die Richtung, in die Leander gewiesen hatte, dicht gefolgt von dem Mob, der das weitere Schauspiel nicht verpassen wollte. Leander eilte zu Ursel und hob das alte Weib auf, das leicht wie eine Feder war. Sie mussten verschwinden, bevor der Mann Leanders Lüge enttarnte; auch Gallus und die anderen gaben Fersengeld. In verschiedene Richtungen machten sie sich davon; wie gut, dass sie vor dem Auftritt stets den nächsten Treffpunkt vereinbarten.

Wieder waren ihnen Einnahmen verloren gegangen. In letzter Zeit lief aber auch alles schief.

Clarissa kniff sich in die Wangen und rieb ihre Lippen übereinander. Sie wellte einige Haarsträhnen über die Schultern, sodass sie ihr Gesicht einrahmten, und schob den Strohhut tiefer ins Gesicht. Dann klappte sie ihren Fächer auf und ging mit heftigem Herzklopfen los.

Der Geruch von Männerschweiß schlug ihr entgegen. Daher kam also der Spruch »Das riecht hier nach Fechtschule«, dachte sie. Es war, wie man ihr berichtet hatte: Hinter der Holzbalustrade standen bereits zwei Handvoll Frauen. Clarissa stellte sich in einigem Abstand zu ihnen, wurde jedoch ohnehin demonstrativ ignoriert. Verstohlen musterte sie die Frauen. Es waren herausgeputzte Mägde, die sich einen Augenblick Zeit nahmen, um die Kämpfer anzuschmachten, einige Damen in feiner Kleidung, aber auch Weiber mit so tiefen Ausschnitten, dass ihr schwindelte. Waren das etwa Huren?

Den Fächer vor dem Gesicht bewegend, sah Clarissa auf den Fechtplatz hinaus. Sechs muskelbepackte Kerle kämpften mit dem Langschwert gegeneinander. Auf der mit Holzspänen bedeckten Erde lag ein Haufen Waffen. Fritjoff hatte ihr aufgetragen, die Federfechter zu beobachten und die einzelnen Kämpfer zu beurteilen. Die Aufgabe hatte sie mit Genugtuung erfüllt, aber nun wurde ihr auch klar, welche Verantwortung sie trug: Nach ihrer Einschätzung würden die Schüler der Marxbrüder möglicherweise ihre Kampfstrategie ausrichten. Was sie sah, schüchterte sie ein. Ihr Vater fluchte darüber, dass in diesem Jahr viele Söldner dabei waren, und sie erkannte jetzt, was er meinte. Die Männer waren gut ausgebildet und kämpften zugleich roh und skrupellos. Mühelos schwangen sie das Schwert, immer angetrieben von einem Stiernackigen, der sie gnadenlos kritisierte. Sie konnte sich kaum vorstellen, dass Alexander oder Marius gegen diese kampferfahrenen Krieger obsiegen würden. Aber auch diese Männer mussten Schwächen haben, sie musste nur genau hinschauen, spornte sie sich an.

Nach einer Weile kamen einige Kämpfer ausgepumpt, aber euphorisch zu den Frauen, um mit ihnen zu schäkern. Zotige Sprüche und grobe Komplimente machten die Runde. Einer wandte sich Clarissa zu, die instinktiv ihren Fächer bis unter die Augen hob.

»So viele Ehrenkränze gibt es bei einer Fechtschule zu erringen, aber am liebsten wäre mir dein Jungfernkranz!«, sagte er grinsend.

Clarissa stockte ob dieser unverschämten Anzüglichkeit der Atem.

Eine der Huren beugte sich vor und klopfte ihm mit ihrem Fächer auf die Finger. »Du solltest dich an die halten, die du haben kannst – und nicht an Damen, die ihr Gesicht vor dir verstecken. Wer weiß, was sie vor dir verbirgt? Ist ihre Nase von der Lepra entstellt? Die Wangen von den Blattern gezeichnet? Hat sie keine Zähne mehr? Schau dir lieber an, was sich dir offen darbietet!«

Zunächst erbost wegen ihrer Frechheit, wandte er sich ihr zu – und konnte seinen Blick nicht mehr von ihrem großzügigen Ausschnitt abwenden. Mit einem Satz sprang er über die Brüstung. Clarissa nutzte die Gelegenheit, um zu verschwinden.

Auf dem Rückweg schlich sie durch Gänge und drückte sich in Ecken. Die Federfechter durften auf keinen Fall bemerken, dass sie eine Spionin war. Endlich hatte sie den Gebäudeteil erreicht, den die Marxbrüder nutzten. Sie atmete auf: in Sicherheit. Als sie die ersten Fechtschüler im Trainingskampf sah, fiel Clarissa ihr Aufzug ein, und sie wollte sich schicklicher zurechtmachen. Marius hatte sie jedoch bereits bemerkt und kam zu ihr. Er legte seinen Arm um ihre Taille und zog sie außer Sichtweite.

»Lass nur, du siehst schön aus!«, sagte er und strich behutsam durch ihr Gesicht.

Die Worte des Kämpen klangen Clarissa noch im Ohr; er hatte sie behandelt, als wäre auch sie eine Hure. Unbeherrscht machte sie sich los. »Du willst doch auch nur …«

»Ich will dich lieben und ehren«, unterbrach er sie.

Clarissa stockte der Atem, und sie spürte, wie ihr Widerstand schwand. Das hatte ihr noch niemand gesagt. »Aber …«

»Nichts aber.«

Sie spürte Marius' Lippen auf ihren. Ihre Neugier siegte, und sie öffnete sie zu ihrem ersten zögerlichen Kuss.

Marius ging voraus, um keine Aufmerksamkeit zu erregen; sie durften nicht zu lange fortbleiben. Trotzdem musterte Alexander Clarissa, als sähe er ihr den Kuss an. Sie fand ihren Vater in einer Kammer mit den anderen Fechtmeistern. Fritjoff nahm sie beiseite. Clarissa berichtete von ihren ersten Beobachtungen, ließ aber die Anzüglichkeiten aus – und das Zusammentreffen mit Marius sowieso.

»Ich danke dir. Für den Moment ist es genug. Geh zurück zu unserer Unterkunft, einer der Schüler wird dich begleiten.«

Sie zögerte. »Was ist denn nun mit deinem Fechtbuch?« Sie hatte sich einige Gedanken über das weitere Vorgehen gemacht und legte sie ihrem Vater dar. »Vielleicht könnten wir ja mal mit diesem Signore Fabris sprechen«, schloss sie.

Fritjoffs Gesicht hellte sich auf. »Mit Fabris sprechen? Diesem Laffen, wie Gerd sagt? Andererseits – wieso nicht! Ich bin hier im Augenblick entbehrlich. Die Schüler wissen, was sie zu tun haben. Und es dauert ja nicht lange.«

Er nahm sein Wams vom Bügel, schlüpfte hinein und gürtete sein Rapier um. Erwartungsvoll sah er sie an.

Wieder einmal hatte er Clarissa überrascht. »Weißt du denn, wo wir Signore Fabris finden?«

Fritjoff lachte. »Fabris hat dafür gesorgt, dass jedermann weiß, wo man ihn findet.«

Sie durchquerten die Stadt und hielten vor einem herausgeputzten Adelspalais. »Der Kerl weiß offenbar zu leben!«, rief Fritjoff aus und stürzte zur Tür.

Clarissa verstand nicht, weshalb ihr Vater so aufgebracht war – sie wollten doch nur mit Fabris sprechen, nicht mit ihm kämpfen? Bei einem Diener in Livree stellte Fritjoff sie vor. Sie wurden zu den geschlossenen Schwingtüren eines Saales geführt, als plötzlich die Tür aufflog. Ein Mann mit einem schmalen Haupt, eingefallenen Wangen, hochgezogenen Augenbrauen und einem Schnauz- und Knebelbart lief sie beinahe über den Haufen. Seinen Degen hatte er gezückt, sodass Clarissa eilig beiseitesprang. Er wirkte streng und unduldsam zugleich. War dieser Mann etwa Fabris? Oder hatte er Fabris bedroht? Vielleicht gar getötet?

»Heda! Ihr benehmt Euch ja wie ein Meuchelmörder!«, rief Fritjoff ihm hinterher und erklärte dann: »Da hat wohl einer mit diesem Italiener eine Rechnung offen!«

Besorgt runzelte sie die Stirn. »Hoffentlich hat er nicht wirklich …«

Aus dem Saal war eine Stimme zu hören. Auch ohne die italienischen Worte zu verstehen, wusste sie, dass der Mann schimpfte. Fritjoff zückte sein Rapier und ging voraus. Was war denn hier bloß los? Ehe Clarissa wusste, wie ihr geschah, hörte sie Waffen klingen. Schnell eilte sie hinterher und sah ihren Vater in einem Kampf mit einem Herrn um die sechzig, dessen silbriges Haar sich gepflegt bis auf die Schulter wellte. Er trug feine, etwas altmodische Kleidung, einen Spitzenkragen und einen Orden am Wams. Fritjoff zog das Langschwert dem Rapier gewöhnlich vor, und tatsächlich war Fabris ihm mit dieser Waffe überlegen. Mit einem Ausfall gelang es dem Italiener, ihren Vater zu entwaffnen.

Warum hatte Fritjoff sich nicht besser verteidigt? Sein Rapier klirrte auf den Holzboden, und Fabris setzte die Rapierspitze unter das Kinn ihres Vaters. Clarissa blieb beinahe das Herz stehen.

»Signore, nicht!«

Fabris lachte nur. Sie sah zum Degen. Würde es ihr gelingen, den Italiener zu überlisten? Das Überraschungsmoment wäre ihr sicher. Er würde sicher nicht damit rechnen, dass sie zur Waffe griff. Rasch packte sie den Degen, und sie kreuzten die Klingen. Doch auf einmal trat der Italiener einen Schritt zurück, hob die Klinge vor das Gesicht und senkte den Degen, galant einen Bogen beschreibend und sich dabei verneigend. Plötzlich wusste sie, was man unter dem Begriff Grandseigneur verstand. Er schien wirklich ein vornehmer, weltgewandter Mann zu sein. Unwillkürlich knickste Clarissa.

»Wenn du das und noch viel mehr in deinem Buch beschrieben hast, verwundert es mich nicht, dass sie dich hassen!«, rief Fritjoff lachend aus.

Der Italiener nahm Clarissas Hand und deutete vollendet einen Handkuss an. »Salvator Fabris, ehemaliger Fechtmeister des Königs von Dänemark Christian IV., Capo dell' Ordine dei Setti Cuori. Darf ich Euch etwas anbieten? Im Salon vielleicht?« Er sprach deutsch mit starkem Akzent. Nun klatschte er in die Hände. Der Diener kam und nahm ihm die Waffe ab; Fritjoff steckte sein Rapier ebenfalls ein.

Clarissa war fassungslos. »Ihr kennt euch?« Sie spürte den Impuls, ihren Vater zu schlagen. Wie konnte er sie nur so in Angst versetzen!

»Salvator lehrte in Venedig, Spanien und Frankreich, bevor er auch in Deutschland einige Fechtlektionen erteilte. Als er mich unterrichtete, war er allerdings noch nicht ganz so berühmt«, fügte er hinzu und zwinkerte Clarissa zu.

»Ein schallender Ruf ist alles. Wenn man dann noch practica

e scienza d'armi beherrscht, umso besser«, kommentierte Fabris das Kompliment.

Der Diener führte sie in den Salon, wo sie an einem Tisch mit Löwenfüßen Platz nahmen. Sogleich wurde Wein serviert.

»Man sieht, du hast es wirklich zu was gebracht«, freute sich Fritjoff für seinen Freund.

Ebenso begeistert wie stolz berichtete Fabris von seinen Jahren am dänischen Hof. Seinen Ruf als mutmaßlicher Spion und Attentäter, auf den Fritjoff anspielte, kommentierte er nicht, stattdessen berichtete er von seiner Ernennung zum Ritter des Ordens der Sieben Herzen und von seiner engen Verbindung zum König. Fritjoff begann neben ihm unruhig mit dem Knie zu wippen. Christian IV. hatte Fabris zur Niederschrift seiner Kenntnisse geraten und die Herstellung des Buches unterstützt. Dennoch hatte Fabris freiwillig seinen Dienst quittiert.

»Kopenhagen mag schön sein, aber ich sehne mich nach südlicheren Gefilden, möchte andere Höfe bereisen und auch meine Heimatstadt Padua wiedersehen«, sagte Fabris und ließ durchklingen, dass er auf der Suche nach einem neuen Gönner war. »Ich habe mich an die Bequemlichkeit des Hoflebens gewöhnt. Ich war schon in Paris, aber dort überlegen die Herrschaften noch. Also bin ich hierher gekommen. Aber alles, was ich in Frankfurt höre, sind Klagen über verschuldete Landesfürsten und die inquisitorischen Fragen anderer Fechtmeister, die hinter meine Geheimnisse kommen wollen. Wie dieser unverschämte Rudolf Eisenhut! Ihr müsst ihm eben noch begegnet sein. Ein aufdringlicher Kerl!«

»Ich denke, es steht alles in deinem Buch. Warum bedrängt er dich dann?«

»Nur wenige Fechtmeister sind des Italienischen mächtig – also bitten sie um Privatlektionen!«

»Vielleicht könntet Ihr es übersetzen lassen. Oder … mit Vaters Buch zusammenfassen«, schlug Clarissa vor.

Fabris stieß einen erstaunten Ruf aus und fragte Fritjoff über sein Buch aus, aber ihr Vater gab sich ausnahmsweise wortkarg, was dieses Thema anging. Schließlich unterbrach er das Gespräch. »Ich würde dich gerne noch unter vier Augen sprechen. Clarissa, würdest du …«

Folgsam trat sie vor die Tür und betrachtete die Gemälde an der Wand. Die Männer flüsterten eine lange Weile. Was gab es denn so Wichtiges zu besprechen? Das Fechtbuch war jedenfalls wohl nicht der Grund gewesen, aus dem ihr Vater sich zu dem Besuch bei Fabris bereiterklärt hatte. Sie war ja nicht einmal dazu gekommen, ihren Vorschlag ausführlich darzulegen!

Schließlich beendeten die Männer ihr Gespräch, und Fabris brachte sie zur Tür.

»Wir müssen leider gehen. Morgen findet die Fechtschule statt, und meine Schüler brauchen noch den letzten Schliff. Vielleicht sehen wir uns in ein paar Tagen, um den einen oder anderen Kampf auszufechten«, verabschiedete sich Fritjoff.

»Sehr gerne. Bring ruhig deine Tochter mit, sie scheint eine talentierte junge Frau zu sein, und hübsch ist sie noch dazu. Eine unwiderstehliche Kombination«, sagte Fabris schmeichelnd. »Ich werde mich in deiner Angelegenheit erkundigen. Vielleicht weiß ich morgen schon mehr. Ich komme ja auch zur Fechtschule. Einige meiner ehemaligen Schüler werden den deinen Konkurrenz machen.«

»Sag bloß, du stehst auf Seiten der Federfechter!«

»Calma e sangue freddo, amico«, sagte Fabris besänftigend lächelnd. »Obgleich wir Konkurrenten sind, teilen wir doch alle die gleiche Kunst.«

Auf dem Rückweg zum Fechthof schwieg Fritjoff ausdauernd. Da er sie noch nicht heimgeschickt hatte, leistete Clarissa ihrem Vater Gesellschaft; sie hatte nichts dagegen, noch einmal bei der Fechtschule zuzuschauen.

»Hast du erfahren, was du wissen wolltest?«, fragte sie neugierig.

»Hmh«, brummte Fritjoff nur.

»Dein Fechtbuch …«

»Schweig davon!«, sagte ihr Vater ungewohnt scharf, setzte jedoch gleich hinzu: »Es war eine Fingerspielerei, ein Traum, nichts sonst. So viel Neues habe ich nicht in mein Buch aufgenommen! Wir sind in Rostock doch weitab vom Schuss. Die Italiener und Spanier haben in der Fechtkunst enorme Fortschritte gemacht, wie Fabris beweist. Das wird mir jetzt erst klar.«

»Wir könnten das Buch ergänzen«, schlug Clarissa vor.

»Seine Einfälle stehlen?!«

»Sagte er nicht selbst, es sei alles die gleiche Kunst?«

Doch Fritjoff wollte nichts davon hören. »Vergiss das Buch. Wenn ich jünger wäre, würde ich herumreisen, um die Feinheiten der neuen Meister zu lernen, aber jetzt … Ich habe so viel anderes zu tun … Die Gespräche mit den Meistern und Hauptleuten. Beunruhigenden Gerüchten nachgehen. Die Ausbildung meiner Schüler.«

»Was für Gerüchte?«, forschte Clarissa nach.

»Was? Ach … Nichts, was für dich von Bedeutung wäre«, wiegelte er ab. »Die Ausbildung meiner Schüler ist meine eigentliche Aufgabe. Wenn meine Schüler scheitern, bin ich als Fechtmeister nichts wert.« Verunsichert durch die plötzlichen Zweifel des Vaters verstummte Clarissa.

Sie hatten den Fechthof erreicht. Schon in der Halle schlug ihnen Lärm entgegen. Fritjoff eilte voraus. An der Tür trafen sie Marius. »Wir wollten gerade unsere Zeit auf dem Fechtplatz antreten, als wir sahen, dass die Federfechter unsere Strohpuppe und die Schilde zerstört haben. Hauptmann Gerd stellt sie zur Rede. Aber ich fürchte, es wird nicht beim Austausch von Worten bleiben!«, berichtete er.

Der Fechtplatz war gefüllt mit Kämpfern. Nicht nur Marxbrüder waren in den vergangenen Tagen angekommen, auch die Gruppe der Federfechter hatte sich vergrößert. Insgesamt würden an die zwanzig Schüler bei dieser Fechtschule geprüft werden. Vor allem zwischen den Soldaten und den jüdischen Fechtern herrschte eine hitzige Spannung. Benjamin und ein Kahlköpfiger waren in ein Handgemenge verwickelt. Zwei Meister der Federfechter, die neu angekommen waren, gingen dazwischen. Sie trugen, wie die Fechter, die Clarissa am ersten Tag gesehen hatte, gepflegte Kleidung mit silbernen Wappen. Alexander hingegen war nicht zu sehen. Offenbar trieb er sich häufig allein herum.

»… unsere Schüler waren es nicht, das kann ich versichern«, hörten sie gerade einen Federfechter sagen.

Sogleich mischte sich Fritjoff ein, um die Gemüter zu beruhigen. Clarissa wandte sich der Übungspuppe zu. Das Leder war kreuz und quer brutal aufgeschlitzt, sodass das Stroh herausquoll. Hier war jemand mit einer großen Zerstörungswut am Werk gewesen. Aber warum nur? Wer wollte ihnen Böses? Sie hob die Reste auf. Schon war Marius da und fasste mit an.

»Schaffen wir sie beiseite, vielleicht kann ich sie reparieren«, sagte Clarissa. Dann könnte sie sich wenigstens hier nützlich machen.

Leander hatte etwas Brot geholt, das sie trocken auf den Stufen des Brunnens verzehrten. »Mehr gibt es nicht?«, beschwerte sich Caspar.

»Zu wenig Geld eingenommen«, sagte Gallus kauend.

»Geizkragen«, zischte Sixt und rieb sein blaues Auge. »Du könntest ruhig etwas mehr springen lassen. Nur Brot, wie soll ich denn da satt werden?«

Gallus schüttelte den Kopf. »Wir wollten unser Geld doch zusammenhalten.«

»Das hast du nicht zu bestimmen …«

Ging das schon wieder los! Leander wünschte sich, dass sein Vater Sixt etwas mehr entgegensetzte; er war zu nachgiebig.

Doch ehe Leander etwas sagen konnte, meinte der Feuerschlucker: »Die Büttel haben uns die Einnahmen versaut! Schlimm ist das! So viel Polizei habe ich noch nie in einer Stadt gesehen. Und nützen tut's nix, geklaut wird doch.« Caspar grinste, konnte er doch selbst einer günstigen Gelegenheit nicht widerstehen, wie Leander wusste. »Dazu ständig diese Angst vor den Schlägern. Bin froh, wenn diese Fechtschule endlich vorüber ist.«

Jetzt mischte Engelin sich ein. Ursel war neben ihr zusammengesackt. »Wir sollten mit ihr zu einem Arzt. Oder sie ins Hospital bringen.«

Die Alte bäumte sich auf. »Nur das nicht! Da kann ich ja gleich verrecken«, protestierte sie ängstlich. Alle schwiegen bedrückt. Ursel war ihnen ein Klotz am Bein, und doch mochten sie sie nicht aufgeben.

Gallus warf dem Murmeltier den letzten Bissen zu. »Morgen werden wir noch mal ein anständiges Geschäft machen. Das Wetter scheint gut zu bleiben, und viele Menschen werden nach dem Sonntagsgottesdienst auf den Straßen sein. Die Fechtmeister können uns nichts tun – die sind beschäftigt«, sagte er zuversichtlich. »Einen Auftritt werden wir heute noch machen, und dann ziehen wir uns zurück an den Hafen. Der Schuppen von gestern hat mir gut gefallen. Da können wir es uns wieder zwischen den Säcken gemütlich machen.« Er zog Engelin an sich und liebkoste sie.

»Ich glaube kaum, dass wir dorthin zurücksollten«, wandte Leander ein.

»Was mischst du dich ein?«, bügelte Sixt ihn ab.

»Vielleicht habe ich etwas gesehen, was dir entgangen ist!«

»Das glaube ich kaum. Spuck's aus!«

Gallus trat zu seinem Sohn. Leise berichtete Leander von seinen Beobachtungen und seinem Verdacht, dass die Büttel hinter den Diebstählen steckten, während Sixt sie lauernd beobachtete. Gallus hörte interessiert zu. Für einen Augenblick hatte Leander den Eindruck, dass sein Vater sich wieder gefangen hatte. Dass ein Tag ohne Bier und Wein ihn wieder normal werden ließ. Doch der nächste Tag sollte ihn eines Besseren belehren.

19

Es war so weit! Der Tag der großen Fechtschule war da. Gleich am Morgen machten sie sich zusammen auf den Weg. Jeder der Fechter hatte seine eigene Art, mit der Aufregung umzugehen. Mancher schwieg, ein anderer plapperte vor sich hin. Clarissa war flau im Magen, und sie spürte ihre Muskeln. Sie hatten gestern Abend noch im Hinterhof letzte Übungen gemacht, und die Meister und Schüler hatten gestattet, dass sie daran teilnahm. Der Schwertzirkel hatte ihr besonders gefallen: Einer hatte sich in einen Kreis gestellt, dann hatten die Kämpfer am Rand in bunter Folge die Schwerter gehoben, und der Fechter in der Mitte musste reaktionsschnell einmal dagegenschlagen und zugleich die Schläge zählen. Fritjoff meinte, es sei eine gute Übung für den Kampf, wo man auch Bewegungen aus dem Augenwinkel erahnen, reagieren und dennoch die Ruhe bewahren musste. Das war Clarissa kaum gelungen. Sie hatte bei drei das Zählen vergessen, aber weitergeschlagen, bis die Sanduhr durchgelaufen war. Auch jetzt war sie aufgeregt. Irmel hingegen war die Ruhe selbst. Die alte Frau ging, einen Korb mit Essen und eine Schatulle voller Leinentücher und Salben am Arm, neben ihr.

Vor dem Fechthof wurden Bänder gespannt und Tische aufgestellt, wo das Eintrittsgeld kassiert wurde. Jungen wurden instruiert, durch die Stadt zu laufen und die Fechtschule auszurufen. Hoffentlich kamen viele Zuschauer, dachte Clarissa. Ihr Vater könnte seinen Teil der Einnahmen gut gebrauchen, die Reise war teuer. Aber was wollte der Geistliche hier, der auf den Fechthof zugeschossen kam?

»Haltet ein in Eurem gottlosen Tun! Sagt die Fechtschule

ab! Sie ist verflucht! Der heilige Sonntag darf nicht entehrt werden!«, schimpfte er. »Jesus sagt: Stecke dein Schwert in die Scheide; denn wer zum Schwert greift, soll durch das Schwert umkommen.«

Clarissa ging irritiert weiter, aber Paulus nahm sich des Gottesmannes an. »Indem wir den Sonntag auswählen, stellen wir diese Fechtschule doch gerade unter den Schutz Gottes. Es heißt in der Heiligen Schrift auch: Sehet zu, dass keiner Böses mit Bösem vergelte; sondern allezeit jaget dem Guten nach, untereinander und gegen jedermann.«

»Ihr haltet die Gläubigen davon ab, in den Gottesdienst zu gehen!«

»Gottesdienste gibt es jeden Tag – die Fechtschule nur ein- oder zweimal im Jahr. Da kann es vorkommen, dass Eure Kirche leer bleibt. Jeder muss sich vor seinem Gewissen verantworten«, hörte Clarissa Paulus noch sagen, als sie eintrat. Er und seine Frau hatten heute bereits die Frühmesse besucht. Clarissa war gestern mit ihrem Vater und den anderen in der Kirche gewesen, und auch Levin und seine Schüler hatten ihre Gebete verrichtet, das hatte sie aus Gesprächen herausgehört. Dennoch trieben die Worte des Geistlichen ihr einen Schauer über den Rücken.

In dem Gebäude herrschte ein Summen und Wimmeln von Menschen. Sie strebten dem Trakt entgegen, über dem die Fahne der Marxbrüder hing. Hoffentlich gab es nicht wieder böse Überraschungen. Das Leder der Strohpuppe hatte sie gestern notdürftig vernähen können, Christoff hatte von den Zünften Schilde geliehen, die sonst zur Stadtverteidigung dienten. Noch mehr Zwischenfälle konnten sie nicht gebrauchen.

Doch in den Räumen war alles in Ordnung. Die Männer packten ihre Waffen aus und polierten die Stähle. Manche dehnten und streckten sich, andere flüsterten miteinander. Marius sprach immer wieder Alexander an, aber dieser blockte jede Unterhaltung ab. Er wirkte in sich gekehrt, als wäre er gar nicht hier. Clarissa bekämpfte ihre Unruhe, indem sie sich von Irmel berichten ließ, welche Bestandteile in welcher Salbe waren und was diese bewirkte. Die alte Frau verstand deutlich mehr von Wundarznei als Clarissas Eltern. Leise schallte Musik zu ihnen; die eigens angeheuerten Spielleute waren angekommen. Wenn jemand die Tür öffnete, um einzutreten oder hinauszugehen, wallte Stimmengewirr vom Fechtplatz in den Raum. Es schienen reichlich Zuschauer einzutreffen.

Vollkommene Stille kehrte ein, als die Meister in die Mitte des Raums traten. Hauptmann Gerd ergriff das Wort. »Erhebt euch!«, befahl er. Die jungen Männer sprangen auf, bereit loszuschlagen, doch noch war es nicht so weit. »Ihr kennt den Ablauf. Einer nach dem anderen wird seine Prüfung auf dem Fechtplatz ablegen. Zunächst werdet ihr die Haue und Hute vorführen. Dann werdet ihr herausgefordert. Die Waffen liegen auf dem Boden. Jeder darf sich nehmen, was er will. Prüft die Waffen gut, bevor ihr losschlagt. Sind die Klingen schartig? Sind die Schwerter gut gewuchtet? Sitzt der Kopf der Hellebarde fest? Der Kampf endet, wenn einer blutig geschlagen wurde. Der Gewinner bekommt den Siegerkranz und wird zum Meister des Schwerts gekürt. Den Schwur werden die Siegreichen später gemeinsam ableisten – wir sind in diesem Jahr sehr viele. Ihr habt hart trainiert, nun lasst euch den Lohn nicht nehmen. Kämpft entschlossen!«, feuerte er sie an.

Fritjoff bat ebenfalls um das Wort. »Entschlossen kämpfen, schön und gut. Das werdet ihr ohnehin tun. Ihr seid nicht diesen weiten Weg gegangen, um schwach zu sein, davon bin ich überzeugt.« Er warf einen strengen Blick auf die Schüler. »Heute werdet ihr in der freien ritterlichen Kunst des Kämpfens geprüft, einer Tradition, die seit Hunderten von Jahren von Mann zu Mann überliefert wird. Ihr seid Teil dieser Kette der Fechtkunst. Wenn ihr euer Können unter Beweis gestellt habt, werdet ihr die letzten Geheimnisse der Fechtmeister erfahren. Jeder von euch wird anschließend die Fechtkunst in die Welt hinaustragen. Er wird ein Gradmesser dafür sein, ob es uns zusteht, Meister des Schwerts genannt zu werden.« Gerd klopfte ungeduldig mit dem Fuß auf den Boden, aber Fritjoff ignorierte ihn. »Ich habe euch kämpfen sehen. Egal, was geschieht, ob ihr siegt oder verliert: Jeder von euch verdient es, Meister des Schwerts genannt zu werden. Deshalb vergesst nie: Bei allem Kämpfen darf die Ehre nicht zu kurz kommen. Gerade in Zeiten der Unruhe und des Krieges muss jeder nach der höchsten Gerechtigkeit streben. Nicht nach mehr, nicht nach weniger. Stellt unter Beweis, dass ihr der Fechtkunst würdig seid, dann wird sie euch Glück bringen. Aber vor allem: Überlebt!«

Die Fechtschüler klatschten; Gerd wirkte pikiert. Clarissa fragte sich, ob er ihren Vater als Konkurrenz empfand. Schließlich stand bei den Marxbrüdern auch die Wahl der neuen Hauptmänner an. Sie hatte Hauptmann Gerd beim Unterricht beobachtet. Gerd verlangte viel von seinem Schüler und reagierte beinahe beleidigt, wenn Endres seinen Anforderungen nicht entsprach. Auch als Fechter war Gerd ehrgeizig und trotz seiner Leibesfülle agil; wenn er unterlag, reagierte er mit kleinen, aber gemeinen Bemerkungen.

Bei den Worten ihres Vaters hatten sich die Haare auf Clarissas Arm aufgestellt. Für sie war das Fechten eher eine körperliche Ertüchtigung, und sie vergaß allzu leicht, dass es auch den Tod bringen konnte.

Nun trat auch noch Paulus vor. »Lasst uns gemeinsam beten, ein jeder zu seinem Gott.« Gemeinsam sprachen sie am Ende das Amen.

Auf den Rängen reihten sich die Zuschauer dicht an dicht wie die Metallglieder bei einem Kettenhemd. Die Geräuschkulisse war ohrenbetäubend. Musikanten spielten, Händler verkauften Süßwaren oder Getränke, Stimmen überschlugen sich. In den

Ecken des Fechtplatzes hatten sich die Fechtschulen eingerichtet. Auf der gegenüberliegenden Seite des Hofes warteten bereits die Federfechter unter ihrem Wappen mit dem geflügelten Greif und dem Helm. Alle Schüler hatten Wämser und Hemden abgelegt. Auf ein Zeichen hin gingen die Meister voraus auf den Platz. Die Zuschauer jubelten. Steif vor Anspannung folgten die Schüler. Marius warf Clarissa einen letzten Blick zu, verliebt und zugleich bange, wie ihr schien. Er liebte den Kampf nicht, das war ihm anzusehen. Frauen riefen Scherzworte. Blumen und Brusttücher segelten von den Rängen auf die Fechter hinab. Alexander und andere winkten den Damen zu.

Eröffnet wurde die Fechtschule mit einem Schwerttanz. Vertreter verschiedener Zünfte bildeten mit ihren Schwertern einen Reigen; ein jeder hielt auf Schulterhöhe die Schwertspitze seines Vordermannes. Auch Fritjoff und weitere Messerschmiede unter den Fechtmeistern mischten sich unter die Tänzer. Untermalt von Musik mit einem aufpeitschenden Rhythmus tanzten sie im Kreis, kreuzten die Wege, sprangen behände über die Schwertklingen. Clarissa war fasziniert, dass bei den verschlungenen Wegen der Tänzer kein Kuddelmuddel entstand. Ihr Vater hatte offenbar Mühe, mit dem Tempo und den verschiedenen Figuren mitzuhalten, gab jedoch nicht auf, sondern lachte über seine Fehler. Am Schluss bildeten sie mit den Schwertern eine Rose und steckten die Schneiden so ineinander, dass eine Plattform entstand. Darauf fochten zwei Kämpfer einen Scheinkampf aus – eine großartige Vorführung, fand Clarissa. Unter tosendem Applaus verneigten sich die Tänzer und zerstreuten sich. Auf dem Fechtplatz wurde nun mit Kordeln und Stecken ein Geviert für die Kämpfe abgesteckt. Gierig trank ihr Vater aus einem Humpen und lachte glücklich. Sie verstand gut, dass er die Besuche bei der Frankfurter Herbstmesse genoss.

Jemand fächelte neben ihr heftig. Clarissa sah sich um. Signore Fabris hatte sich zu ihr gesellt. Er trug einen gefütterten Samtanzug mit Spitzenkragen. Auch über den Rand seiner Seidenhandschuhe wölbte sich das feine Gewebe. In seiner edlen Kleidung wirkte er, als ginge er auf einen Ball. »Diese entzückende Vorführung erinnert mich daran, als ich vor einigen Jahren in London war. Ein gewisser Shakespeare lud mich ein, die Kämpfe für ein Theaterstück einzustudieren. Die Schauspieler fechten darin nun so gut, dass sie sich während der Aufführung zum Kampfe fordern lassen«, sagte er. Ausdauernd wedelte er mit dem Fächer vor seiner Nase. Es war tatsächlich sehr heiß in dem überfüllten Hof. Oder brachte die Aufregung ihr Blut in Wallung? »In dem Stück ging es um einen verrückten dänischen Prinzen und einen Königsmord. Wie hieß der Prinz doch gleich? Ach ja: Hamlet.« Fabris lächelte verschwörerisch. »Aber ich kann Euch versichern, liebe Clarissa, am Herrscherhof geht es in Wirklichkeit anders zu! Könige sind auch nur Menschen.« Clarissa fragte sich, ob die Geschichte wohl stimmte oder er seine Persönlichkeit durch farbige Anekdoten aufzubauschen versuchte. Aber warum sollte er lügen? »Allerdings ziehe ich das leichte Fechten dem Kampf mit dem langen Schwert vor. Zu grob, zu schwerfällig. Wie eine Feder sollte der Degen fliegen!«, betonte Fabris.

Der vom Rat bestellte Platzmeister hatte sich in die Mitte des Ringes gestellt. Ein Trommelwirbel kündigte seine Rede an. »Ein jeder soll wissen, was auf dieser Fechtschule verboten ist: Ort, Knopf, Spitz, Einlauf, Armbrüch, Gemächtstoß, Augengriff, Steinwurf und alle unredlichen Stücke. Auch schlage mir keiner über noch unter die Stangen«, verlas der Platzmeister förmlich. »Es soll einem jeden Schutz und Schirm gehalten werden, desgleichen will ich gebeten haben, wo zwei Hass und Neid zusammentrügen, die wollen es auf dieser Schul nicht ausfechten, sondern wo es Kraft und Macht hat.«

Die Fechtschüler verteilten sich auf dem Platz. Jeder hatte sich ein Schwert ergriffen, wirbelte es um sich herum oder übte zum letzten Mal die Haue. Es war eine Atmosphäre, wie Clarissa sie nie zuvor erlebt hatte. Jede einzelne Faser ihres Körpers stand unter Spannung. Dann ging es los.

»… wo zwei Hass und Neid zusammentrügen, die wollen es auf dieser Schul nicht ausfechten, sondern wo es Kraft und Macht hat.«

Leander hörte dem Platzmeister nur mit einem Ohr zu. Er drängte sich durch die Menge zur Balustrade. Auf der Straße war wenig los gewesen, und so hatte er Gallus überreden können, zur Fechtschule zu gehen und sich dort einige Inspirationen für ihre Auftritte zu holen. Sixt und Engelin hatten sie begleitet, während die anderen draußen ihre Kunststückchen vorführten; es gab ja auch Menschen, die sich nicht für Schwertkampf begeisterten.

Leander beugte sich über die Holzkante und sah hinunter; zwei Stockwerke lagen unter ihm. Es gab lang gestreckte Balkone und durch Tücher abgeteilte Logen. Erstaunlich viele Frauen schienen sich auf die Kämpfe zu freuen. Kinder kletterten lachend über die Geländer, um bessere Sicht zu haben. Männer mit militärischer Haltung musterten die Schüler; vielleicht wollten sie Soldaten für ihre Kompanie anheuern. Sogar einige Geistliche sah er, die kritisch die Fechter beäugten. In einem Winkel wurde auf die Kämpen gewettet. Noch übten die Fechtschüler allein, doch man konnte bereits gut erkennen, wie vertraut sie mit ihren Schwertern waren.

Finger berührten seinen Rücken. Engelin hatte die Hand ausgestreckt, kam aber nur schwer durch die Menge. Leander half ihr; begeistert nahmen sie das Panorama in sich auf. Dann kündigte eine Fanfare den Beginn der Kämpfe an. Der erste Mann betrat den Kampfplatz. Es war ein Marxbruder, ein bärtiger Kerl mit angespannter Haltung, der sich beim Spiegelfechten zu steif hielt. Zunächst wurde er in den verschiedenen Schlag- und Stichtechniken mit Langschwert, Dusack, Hellebarde und

Stange geprüft. Gebannt versuchte Leander sich alles einzuprägen. Dann wurden Herausforderer für die Zweikämpfe gesucht. Sofort meldete sich einer der Federfechter. Die Zuschauer johlten. Sie wussten um die Feindschaft der großen Fechtbruderschaften. Aus einem Haufen Waffen wählte der Herausforderer eine Hellebarde. Auch der Marxbruder nahm eine Waffe auf und prüfte sie.

»Wir wollen Blut sehen!«, geiferte ein Mann; es war ja nicht sein Blut, das vergossen wurde.

Engelin stieß Leander mit dem Ellbogen in die Seite. »Wollen wir wetten? Wenn ich gewinne, schenkst du mir einen Kuss. Und wenn du gewinnst, wecke ich jeden Tag deinen Vater.«

Das klang verlockend. »Wo ist er überhaupt?«, fragte Leander abgelenkt.

»Sixt ist bei ihm«, beruhigte ihn Engelin.

Leander musterte die Kämpfer in den verschiedenen Lagern. Auf wen würde er wetten?

»Ich wette auf den Federfechter. Der bärtige Gockel hat's nicht drauf«, kam Engelin ihm zuvor.

»Dann wette ich auf den Marxbruder«, nahm Leander die Herausforderung an. Es war nur ein Spiel, nichts weiter. Ein grobschlächtiger Fechtmeister gab dem kahlen Federfechter Anweisungen. Beide kamen ihm vage bekannt vor. Woher nur? Als es Leander einfiel, konnte er seine Erregung kaum zügeln. Es war einer der Nachtwächter, die in den Schuppen eingebrochen waren. Das musste er seinem Vater erzählen!

Alexander hatte sich bislang gut behauptet. Als Erster auf den Kampfplatz zu gehen, war sicher nicht einfach gewesen. Erregt beobachtete Clarissa, wie er nun für seinen ersten Zweikampf in Stellung ging. Kaum, dass der Platzrichter das Zeichen gegeben hatte, flog die Hellebarde auch schon in Alexanders Richtung. Gerade eben konnte er sich unter dem Schlag hinwegducken.

Nun stach er seinerseits mit der Hellebarde zu und trieb seinen Gegner zurück. Seine Schläge waren präzise und schnell, der Federfechter kam kaum nach. Schließlich gelang es Alexander, ihm die Wange zu kerben, die sogleich heftig blutete. Er hatte gesiegt! Seine Mitschüler und die Meister jubelten. Clarissa freute sich, aber ihr schauderte auch. Ein etwas härterer Schlag, tiefer getroffen … sie mochte es sich gar nicht vorstellen! Auch die nächsten zwei Kämpfe gewann Alexander. Anschließend wurde er feierlich vom Hauptmann der Marxbrüder als Meister des Schwerts angenommen. Der Schwur würde, wie angekündigt, am Ende folgen. Die anderen Marxschüler jubelten lauthals. Auch in Alexanders Gesicht brach die Anspannung auf, und er lachte erleichtert. Als ihm eine der Damen ihr Brusttuch zuwarf, küsste er es und winkte ihr zu. Clarissa sah den Neid in den Gesichtern der anderen Frauen. Wenn die wüssten, wie sprunghaft Alexander war …

Plötzlich stürzte Marius auf sie zu. »Küss mich und bring mir Glück – ich bin gleich dran«, sagte er und fiel ihr um den Hals.

Überrumpelt ließ sie zu, dass er sich vor allen Leuten einen Kuss stahl. Wenigstens hatte es ihr Vater nicht gesehen. Konzentriert beobachtete Fritjoff den Federfechter, der gerade geprüft wurde. Auch er bestand die Prüfung. Nun war Marius an der Reihe. Alexander hatte sich neben den anderen Fechtschülern eingereiht und feuerte seinen Freund an. Das Brusttuch der Dame hatte er wie eine Trophäe an den Siegeskranz gebunden. Clarissa legte die Hände zusammen und schickte ein stilles Gebet zum Himmel.

Schwert, Hellebarde, Dusack, Stange. Sieben ritterliche Wehren. Fünf verborgene Haue, einfach, zweifach, dreifach. Sechs Meisterhaue. Mit zitternden Armen und Beinen ging Marius auf dem Kampfplatz die Schläge noch einmal durch. Während er mit schweißnassen Händen sein Schwert bewegte, sagte er sich immer wieder die geforderten Haue und Huten auf. Und da kam auch schon sein Gegner.

Schon vor den Vorhängen zur Loge hörte Leander das kratzige Lachen seines Vaters.

»Vater …«, begann Leander beim Hineingehen – und erstarrte. Wie hatte Gallus sich in so kurzer Zeit so heftig betrinken können? Er lümmelte mit rot glühendem Gesicht, umringt von mehreren losen Weibern, auf einer Bank. Sixt saß neben ihm, triumphierend grinsend. Auf einem Tischchen standen etliche Weinkrüge. In diesem Zustand würde sein Vater kaum auftreten können. Er hatte zu lange gebraucht, um ihn zu finden. Jetzt war die Chance vertan, diese Herbstmesse mit einem großen Gewinn abzuschließen. Schlimmer noch: Er müsste aufpassen, dass sein Vater nicht alle Einnahmen vertrank. Eifersüchtig stürzte Engelin sich auf Gallus und gab ihm eine Ohrfeige. Gallus lachte nur und zog sie an sich. Engelin wehrte sich. Ein kurzer, derber Wortwechsel folgte. Sie machte Gallus Vorwürfe, schließlich war er der Vater des Kindes, das sie im Leibe trug. Gallus wagte es, betrunken, wie er war, ihre Ehre anzuzweifeln, was ihr die Tränen in die Augen trieb. Leander rauschte das Blut in den Ohren, als er sich zornsteif zurückzog. Wie konnte sein Vater sich nur so gehen lassen? Sich seiner Geliebten gegenüber so schäbig verhalten? Wütend und peinlich berührt schlug er gegen die Wand neben der Tür. Er musste zurück, musste seinem Vater den Geldbeutel abnehmen und ihre Einnahmen in Sicherheit bringen. Aber wie? Er war zwar geschickt, aber das war beinahe unmöglich. Da kam auch Engelin aus der Loge. Tief verletzt legte sie die Arme um Leanders Hals. Sie beide verband in diesem Augenblick der Zorn auf seinen Vater.

»Du schuldest mir etwas«, hauchte sie und wollte ihn küssen.

Im gleichen Augenblick brandete ein Aufschrei durch die Menge im Fechtsaal. Leander machte sich los und suchte eine

Stelle, von der aus er sehen konnte, was geschehen war. Scharf sog er die Luft ein. Ein Fechter krümmte sich am Rande des Kampfplatzes, seine Schulter war blutüberströmt.

Marius hatte mit etwas Mühe seine Prüfung bestanden. Der nächste Federfechter war jedoch gescheitert. Dann hatte Benjamin den Kampfplatz betreten. Sogleich war er wegen seines Glaubens von den Federfechtern beschimpft worden. Manche im Publikum hatten in die Schmähfrufe eingestimmt. Ein kahler Fechter hatte Benjamin herausgefordert und war ihn hart angegangen. Der Kampf hatte lange gedauert, aber letztlich hatte Benjamin sich behaupten können und seinem Gegner eine Wunde am Ohr zugefügt; offenbar hatte er ihm das Ohrläppchen abgeschlagen. Zornig versorgten die Federfechter ihren Kämpen, der heftig blutete. Benjamin hingegen feierte mit seinen Fechtbrüdern, und auch Clarissa freute sich sehr für ihn. Gerechtigkeit und Können hatten gesiegt.

Leander zwang sich in die Loge zurück. Der Gedanke, dass sein Vater die Einnahmen der ganzen Truppe vertrinken oder verspielen könnte, ließ ihm keine Ruhe. Gallus wurde in einigen Wochen noch einmal Vater. Wenn er schon sonst auf niemanden Rücksicht nahm – für sein ungeborenes Kind musste er doch sorgen! Gallus und Sixt vergnügten sich weiterhin hemmungslos mit den Weibern. Die Kämpfe schienen sie nicht zu interessieren. Wie könnte er seinen Vater zu sich locken? Leander stieß ihn an und flüsterte ihm zu: »Die Büttel, von denen ich dir erzählt habe, sind hier! Das musst du sehen!«

Trunken und nach saurem Wein stinkend sah Gallus auf. Schließlich schubste er die Frau von seinem Schoß und stand schwankend auf. »Wo?«, fragte er nur.

Leander zeigte es ihm. »Soll ich dir den Beutel abnehmen? Bei mir ist er in Sicherheit!«, schlug er leise vor.

»Dassss … hat Sixt … auchschon vor…geschlagen – aber ich«, Gallus stieß auf, »geb ihn nich' her!« Jetzt schrie er. Die Weiber starrten sie an.

Beschwichtigend hob Leander die Hände. »Schon gut!«

Gallus überlegte wankend. »Das ssssind sssie alssso?« Leander nickte. »Dann mal … lossss.« Schon schickte Gallus sich an zu gehen.

Alarmiert folgte Leander ihm. Er durfte ihn nicht aus den Augen lassen. »Was hast du vor?«

»Du wirsst schon sssehn …«

Nach Benjamin bestanden auch dessen Bruder Ezra sowie Adam und weitere Schüler die Prüfung, Gerds Eleve Endres hatte jedoch seine Stange nicht ausreichend geprüft; sie brach, und sein Gegner verdrosch ihn, bis der Platzrichter einschritt. Clarissa und Irmel mussten den Gescheiterten verarzten und auch trösten.

Als die Prüfungen beendet waren, schmetterten die Musiker eine Fanfare. Die zukünftigen Meister des Schwerts wurden auf den Kampfplatz gerufen. Die Marxbrüder als ältere Fechtzunft begannen die Zeremonie. Jeder der Schüler kniete sich auf sein Schwert und legte zwei Goldgulden auf die Schneide. Gesenkten Hauptes warteten die jungen Männer auf ihre Meister, die sich auf der gegenüberliegenden Seite aufgereiht hatten. Im Publikum wurde es ruhiger. Auch Clarissa war feierlich zumute. Sie war glücklich, dass sie den Weg von Alexander und Marius vom ersten Unterricht in Rostock bis zur Meisterehrung hatte begleiten dürfen. So etwas würde sie vielleicht nie wieder erleben.

Hauptmann Gerd erhob die Stimme. »Im Namen Gottes, Amen. Zu großem Lob und Ehren der Heiligen Dreifaltigkeit haben diese jungen Männer diese ritterliche Kunst mit kaiserlicher Freiheit in der Sankt-Marx-Bruderschaft erwählt. So hebt also die Hand zum Eid und sprecht mir nach.« Gespannte Stille senkte sich. Wer jetzt noch redete, wurde ausgezischt.

»Als Meister des Schwerts der Bruderschaft von Sankt Marx werden wir niemandem unrecht tun, sondern allein der Gerechtigkeit treulich beistehen.«

Tiefe Männerstimmen, ein samtiger Chor, wiederholte den Satz wie auch die folgenden Sätze.

»Zum anderen schwören wir, dass wir mit keiner leichtfertigen Frau zu tun haben wollen. Zum dritten schwören wir, dass wir mit keinem Leichtfertigen zu tun haben wollen, wie mit Henkern, Schindern oder Hurenwirten, und mit jenen auch keine Gemeinschaft suchen, sei es mit Worten oder Werken. Zum Vierten schwören wir, allen Brüdern in allen ehrlichen Sachen beizustehen.« Hauptmann Gerd hielt inne. »Und nun schwört einen weiteren Eid zu Gott dem Herrn, dass ihr die Heimlichkeiten der Schwertbrüder, die ihr gleich erfahren werdet, mit niemandem teilt, weder mit Vater, Bruder, Schwester, Freund, Eheweib oder Kind.«

Andächtig schworen die Männer es. Der Hauptmann schlug mit dem Paradeschwert ein Kreuz über ihren Köpfen, danach gab er den neuen Schwertmeistern ein Zeichen, dass sie sich erheben sollten. Unter dem Jubel der Zuschauer zogen sich die alten und neuen Fechtmeister der Marx-Bruderschaft in eine Kammer zurück. Wie gerne wäre Clarissa dabei gewesen und hätte die Geheimnisse der Schwertbrüder erfahren, die seit Jahrhunderten nur an verbürgte Schwertmeister weitergetragen wurden!

Im Zickzack wankte Gallus durch die Menge zum Quartier der Federfechter. Noch ein paar Mal versuchte Leander seinem Vater ins Gewissen zu reden, aber der wollte nicht hören. Leander hatte kein gutes Gefühl, aber er war seinem Vater zu Respekt verpflichtet. In der Ecke der Federfechter machten sich gerade die Schüler bereit, zum Eid anzutreten. Der stiernackige Hüne mit den affektierten Löckchen, offenbar ein Meister, hielt den Schüler mit kahlem Haupt fest, der sich trotz des Verbands um den Schädel wild gebärdete. Eine Ader pochte auf seiner Stirn, und der Speichel flog nur so, während er redete. Das waren die Diebe, Leander war jetzt ganz sicher. Er konnte kein Wort verstehen, denn die Musik hatte wieder eingesetzt. Dem Meister gelang es nicht, seinen Schüler zu beruhigen. Es schien schwierig zu sein, ihn überhaupt am Platz zu halten. Was hatte er vor? Die anderen Fechter riefen ungeduldig. Die Ersten im Publikum buhten, weil die Fechtschule nicht weiterging, aber noch immer war keine Entspannung der Lage in Sicht. Da kamen die Marxbrüder aus ihrer Kammer zurück. Sie sammelten sich in ihrer Ecke und ließen sich von Freunden und Zuschauern feiern. Der Glatzkopf starrte sie an. Sein Zorn schien sich noch zu steigern; die Augen schienen hervorzuquellen.

Gallus machte einen Schritt auf die Männer zu. Betrunken, wie er war, schien er die Anspannung nicht wahrzunehmen. Sixt war ihnen ebenfalls gefolgt. Leander wollte seinen Vater aufhalten, aber es war zu spät. Gallus platzte in die Auseinandersetzung der Männer hinein. Er sprach sie rundheraus auf den Einbruch an; gegen eine deftige Zahlung würde er ihre krummen Geschäfte verschweigen. Der Stiernackige fuhr herum, als wäre er gebissen worden.

Fritjoff hatte seine Arme um Clarissa und Marius gelegt und scherzte mit seinen Gefährten, während sich Alexander bereits den schmachtenden Damen zugewandt hatte. Übermütig führten Benjamin und sein Bruder ein Tänzchen auf. Andere Fechter unterhielten sich mit den Männern, die plötzlich herangerückt waren und besonderes Interesse an ihnen zu zeigen schienen. Auf einmal erstarrte Fritjoff. Er reckte sich und spähte in die Zuschauermenge.

Clarissa fragte sich, was er gesehen hatte, doch da ertönte ein

Schrei. Sie dachte zunächst, es wäre einer der üblichen Beifallsrufe aus dem Publikum. Auch Marius strahlte weiterhin über das ganze Gesicht. Aber dann erklangen schrille Rufe. Ein Mann – der Kahlkopf, den Benjamin besiegt hatte – preschte auf ihre Ecke zu, das Schwert im Anschlag. Er wollte Benjamin angreifen! Glücklicherweise reagierten die Fechtbrüder schnell. Sie stürzten sich auf den Angreifer und den Doppelsöldner, der ihm nachgerannt war. Es kam zu einem Handgemenge. Das Schwert fiel – aber es lag noch immer zu nah. Wenn der Kahle sich befreien würde …

Der Stiernackige hatte Gallus einen Kinnstoß versetzt, hatte etwas gebrüllt und war dann seinem Schüler nachgeeilt. Sogleich hatten sich andere Fechter auf Gallus, Leander und Sixt gestürzt. Es war zu einem heftigen Faustkampf gekommen, der jedoch von Schreien unterbrochen worden war. Alle hatten schauen wollen, was passiert war, auch Leander. Bei den Marxbrüdern hatte es ebenfalls ein Handgemenge gegeben. Der Kahlkopf wurde festgehalten, bäumte sich jedoch auf. Und dann sah Leander im Gemenge etwas, das ihn plötzlich innehalten ließ: Eine junge Frau mit schwarzen Haaren und schneeweißer Haut hielt das Schwert in den Händen. Ein Bild, das ihn völlig in seinen Bann zog, einem Traumbild gleich. Doch er musste sich losreißen. Leander sah sich nach seinem Vater um und wollte mit ihm fliehen, bevor ihre Angreifer sich erneut auf sie stürzten. Dort lag Gallus im aufgewühlten Dreck des Fechtbodens. Er war bewusstlos. Sein Hemd war weit aufgerissen. Der Geldbeutel war fort.

20

Rot leuchteten die geflochtenen Kränze aus Rosen, die Benjamin am Paradeschwert vorausstrug, über ihren Häuptern. Nach ihm schwenkte Alexander die Fahne der Bruderschaft von Sankt Marx. Die anderen Marxbrüder folgten, laut zum Spiel der Musikanten singend. Auch Clarissa sang mit; sie war schon fast heiser. Seit der Meisterehrung sangen und feierten sie. Der feige Angriff des Federfechters hatte ihre Freude nur kurz getrübt. Schließlich hatte ihr Zug die Weinschiffe am Hafen erreicht. Hier würde die Meisterfeier stattfinden, hier würden die neuen Hauptleute gekürt werden, hier würden die neuen Meister, die ihre zweijährige Probezeit hinter sich hatten, ihre endgültigen Weihen erhalten. Auf dem Schiff warteten bereits etliche Menschen. Clarissa erkannte Männer in Ratsrobe, aber auch in militärisch wirkendem Aufzug und erstaunlicherweise auch Kuttenträger. Natürlich fehlten auch die Dirnen nicht; sie wussten immer, wo etwas los war.

Es war ein lauer Abend. Die Lichter der Fackeln und Laternen spiegelten sich im Fluss. Wein wurde ausgeschenkt, und das Deck wurde zur Tanzfläche. Schon wiegten sich Paulus und Irmel zur Musik. Alexander hatte sich eine junge Frau geschnappt und schwang sie zur Freude der anderen Männer so hoch, dass ihr Rock die nackten Beine sehen ließ. Clarissa störte sich nicht daran, sondern setzte sich auf ein Fass und ließ beschwingt die Füße wippen. Marius unterhielt sich mit ihrem Vater, der abgelenkt die Menge absuchte. Viele neugekürte Fechtmeister waren jetzt mit anderen Männern im Gespräch; das Heer brauchte offenbar gut ausgebildete Kämpfer. Aber was hatten die Geistlichen hier zu suchen? Benjamin forderte Clarissa zum Tanz, und sie kam seiner Bitte gerne nach. Sie tanzten, bis sie von Marius unterbrochen wurden, der ihr Wein beschafft hatte. Erst jetzt merkte sie, wie viel Durst sie hatte; offenbar hatte sie während der Fechtschule das Trinken vergessen. Sie dankte Benjamin für den Tanz und trank; viel zu schnell war der Becher leer. Nun tanzte sie auch mit Marius. Fest umfasste der junge Mann sie und wies alle Bewerber ab, die Anstalten machten, Clarissa aufzufordern. Nach einem weiteren Becher Wein nahm er ihre Hand und wollte sie wegführen. Clarissa sah sich nach ihrem Vater um, aber Fritjoff war nicht zu sehen. Wurden gerade die neuen Hauptleute gewählt? Mit zittrigen Knien vor Aufregung und wegen des Weins folgte sie Marius. Sie mochte ihn, und seine Bewunderung schmeichelte ihr. Gleichzeitig hatte sie das Gefühl, ihn noch immer nicht richtig zu durchschauen.

Die stillen Winkel des Schiffes waren von Paaren besetzt; auch Alexander vergnügte sich mit einer seiner Bewunderinnen. Schließlich setzten sie und Marius sich hinter einigen Fässern auf die Planken. Unter sich spürte Clarissa das sanfte Schaukeln des Schiffes. Sie legte den Kopf in den Nacken und sah in die Sterne. Es war eine ganz besondere Nacht. Ungestüm nahm Marius ihre Hand und küsste sie.

»Liebste Clarissa, ich habe mit deinem Vater gesprochen: Er hat mir Hoffnungen gemacht.« Marius' Augen leuchteten hell. Wieder berührte er ihre Finger mit seinem Mund. Was meinte er? »Allerdings muss ich schon morgen fort. Wir haben einen Söldnerhauptmann gefunden, der mich und Alexander um jeden Preis will. Er hat erkannt, was in uns steckt!« Marius zog sie an sich. »Versprich mir, dass du auf mich warten wirst, Liebste! Nur ein, zwei Jahre, und ich bin ein gemachter Mann. Ich verspreche dir, du wirst es nicht bereuen!«

Seine Ernsthaftigkeit und die tiefen Gefühle, die aus seinen Worten sprachen, rührten sie.

»Warte auf mich in Rostock. Ich spreche mit meiner Familie, und schon bald werden wir uns ganz förmlich verloben!«

Verloben! Clarissa wurde schwindelig. Wollte sie Marius wirklich heiraten? Konnte sie mit ihm glücklich werden? Als er sie küssen wollte, löste sie sich zart, aber bestimmt von ihm und bat ihn zur Feier des Tages um einen weiteren Tanz. Sie spürte, dass sie sich endlich endlich über ihre Gefühle klarwerden musste. Enttäuscht kam er ihrer Bitte nach.

Zur Nachtstunde verließen sie das Schiff. Viele schwankten oder pressten sich ein letztes Mal an ihr Liebchen. Clarissa sang leise und hakte sich bei ihrem Vater ein. Er war ernst und nüchtern – ungewöhnlich für den feierfreudigen Fritjoff. Den ganzen Abend hatte er Gespräche geführt. Zwischendurch war er durch die Menge gestreift, als suchte er jemanden. Irgendetwas schien ihm ernsthaft Sorgen zu bereiten. War es der Streit der Fechtbruderschaften? Oder Marius' Antrag? Benjamin und Ezra gingen in brüderlicher Eintracht Arm in Arm voraus. Levin, Gerd und Christoff folgten mit ihren Schülern. Christoff war gerade zum Hauptmann gewählt worden, wie er stolz verkündet hatte. Hinter ihnen schlenderten, leise plaudernd, Alexander und Marius. Zuletzt kamen Paulus und Irmel. Das alte Paar wirkte müde, aber glücklich.

Da schreckte ein Aufschrei sie auf. Ein Mann stürzte hinter den Hafenschuppen hervor. Ein Schwert blitzte im Sternenlicht. Bevor sie reagieren konnten, brach die Schneide in einer Blutblume schon durch Benjamins Brust. Mit einem schweren Aufseufzen sank der junge Jude auf die Knie. Das Entsetzen traf Clarissa wie ein Schlag im Magen. Die Fechtbrüder stürzten sich auf den Angreifer – es war der Kahlkopf, der ihnen seit Tagen das Leben schwermachte. Ezra versuchte, seinem Bruder das Schwert aus der Brust zu ziehen, während Clarissa und Irmel sich verzweifelt bemühten, die Blutung zu stillen.

Die Bettler genossen die Wärme der Mittagssonne, als Leander sie ansprach. »Und ihr, habt ihr unseren Gefährten gesehen? Er trägt einen Goldohrring und einen Schlapphut.«

Ein Bettler kratzte an seinem Beinstumpf. »Kann mich nich' erinnern«, meinte er.

Entnervt reichte Leander ihm eine Münze. Mit seinen letzten Zähnen biss der Bettler darauf und steckte sie dann ein. »Ist gestern hier entlanggekommen, abends. Hat mir nichts gegeben, der Geizknochen«, schimpfte er. »Ist dann in eine Kutsche gestiegen. Wohin? Woher soll ich das denn wissen!«

Leander stöhnte. Dabei hätte Sixt genug gehabt, um etwas abzugeben! Er war mit ihrem ganzen Geld verschwunden. Als Leander ihnen die schlechte Nachricht überbrachte, wäre er fast von den anderen gelyncht worden. Sein Vater hatte davon nichts mitbekommen, zu besoffen war er. Erst jetzt dämmerte Gallus langsam, was er angerichtet hatte. Was geschehen war. Wozu der Suff geführt hatte. Systematisch suchten sie seitdem die Stadt nach Sixt ab. Warnten die anderen Fahrenden vor Sixt und baten sie gleichzeitig um Hinweise. Wenn ein Gaukler Sixt sah, würde er eine Nachricht hinterlassen, davon war Leander überzeugt; so eine abscheuliche Tat musste geahndet werden. Jetzt hatte er offenbar die richtige Spur gefunden. Aber es war zu spät. Wenn Sixt eine Kutsche genommen hatte, konnte er überall sein. Sie würden ihn nie finden.

Niedergeschlagen ließ Leander sich an der Hauswand auf die Erde sinken. Ein Paar ging vorbei.

»Gebt einer armen Kriegswaise eine milde Gabe!«, bettelte der andere Mann. Als die Passanten nicht reagierten, zischte er Leander an: »Verschwinde, Kleiner. Konkurrenz kann ich nicht brauchen. Außerdem: Die Büttel sind scharf wie Wachhunde. Suchen einen Trupp Gaukler, Luxbrüder wohl, die für die Einbrüche der letzten Zeit verantwortlich sein sollen.« Der Bettler stieß ihm den Ellbogen in die Seite. »Gehörst nicht zufällig zu denen, was? Wenn, dann könntest du großzügiger sein!«

Leander fuhr auf. Was hatte der Bettler gesagt? Sie wurden wegen der Einbrüche gesucht? Hätte sein Vater den Meister der Federfechter gestern bloß nicht angesprochen! Das hatte er nun davon. Wenn der Stiernackige und seine Kumpane sie der Diebstähle anklagten, wären sie selbst fein raus. Leander sprang auf die Füße. Er musste die anderen warnen.

Der Tote lag unter einem Tuch auf einem Karren. Ohrenbetäubend klagten und weinten die Frauen. Clarissa war dabei gewesen, als Benjamin seinen letzten Atemzug getan hatte, und konnte seinen Tod dennoch nicht fassen. Trotz aller Bemühungen hatten sie Benjamin nicht mehr helfen können. In den Armen seines Bruders hatte er sein Leben ausgehaucht. Ihre Augen brannten vor Tränen. So hilflos fühlte sie sich, so verzweifelt, gleichzeitig war sie aber auch so zornig! Es fiel ihr schwer, passende Worte für Ezra zu finden – in dieser Situation gab es keinen Trost, nur Trauer und Wut. Alle Bewohner der Judengasse schienen sich um den Toten versammelt zu haben. Wie eng es in der Gasse war, wie duster! Warum gestand man den Juden nicht mehr Platz zu? Frankfurt war doch so groß! Mit versteinertem Gesicht machten Ezra und Levin sich zum Aufbruch bereit.

»Bist du sicher, dass du Benjamin nicht hier auf dem jüdischen Friedhof bestatten lassen willst?«, fragte Fritjoff. »Andernfalls können wir euch auch begleiten, falls ihr Schutz braucht. Bis Prag ist es weit.« Aus seinen Worten klang Hilflosigkeit. Sie hatten ja schon darüber gesprochen.

Levin dankte ihm trotzdem. »Versuch nicht, deinen Freund zu trösten, solange sein Toter noch vor ihm liegt, heißt es im Talmud«, fügte er hinzu. »Normalerweise bestatten wir unsere Toten so schnell wie möglich. Aber Benjamin soll in seiner Heimat die letzte Ruhe finden. Er war mein Schüler. Das ist das Einzige, was ich noch für ihn tun kann.«

Ezra schwang sich auf sein Pferd. »Nein, das Einzige, was wir ihm schuldig sind, ist, seinen Mörder zur Rechenschaft zu ziehen.«

Fritjoff sah ihm fest in die Augen. »Wir Fechtmeister werden dafür eintreten, dass der Mörder seine Tat mit dem Tode bezahlt. Das verspreche ich.« Ezra nickte stumm. Levin stieg auf, und sie ritten langsam los. Das Weinen der Menschen brandete noch einmal auf, als der Totenkarren an ihnen vorüberzog. Levins Frau Sarah verschwand wortlos im Haus. Niedergedrückt machten auch die Fechter sich auf den Weg.

Der Gerichtsschreiber hob kaum seinen Blick von dem Papier, über das er weiter, wie mechanisch, seine Schreibfeder fliegen ließ. Auf ihre Frage nach der Anklage wegen des Mordes an dem Fechtmeister Benjamin schnaubte er nur ungnädig. »Was glaubt ihr Herren denn, was wir hier zu tun haben? Meint ihr, das sei der einzige Mord, der sich hier zur Messezeit zugetragen hat? Von den Überfällen, Diebstählen, Körperverletzungen und Notzuchtverbrechen ganz zu schweigen!«

Fritjoff sah seine Fechtbrüder erbost an. Er musste sich beherrschen, dem Schreiberling klarzumachen, was wirklich wichtig war! Der Mord an Benjamin hatte ihn erschüttert. Ein junges Leben einfach so auszulöschen! Er war überzeugt, das der feige Angriff nicht nur mit Benjamins Sieg, sondern auch mit dessen Religion zu tun hatte – oft genug hatte er erlebt, wie Levin und seine Glaubensbrüder beschimpft wurden. Diese Angriffe beschämten ihn. Konnten die Menschen denn nicht friedlich zusammenleben? Doch das war nicht das Einzige, was ihm auf der Seele lag. Er hatte bei dieser Fechtschule so viel Beängstigendes gehört, dass es ihm den Schlaf raubte. Heere wurden zusammengezogen, es gab Intrigen gegen den Kaiser, im ganzen Reich bildeten sich Fronten, und die Fechter steckten mittendrin. Viele Schüler hatten von verschiedenen Heerführern Einladungen zur Musterung erhalten; manche waren sogar direkt vom Fechtplatz weg angeheuert worden. Auch Alexander und Marius würden bald aufbrechen, allerdings hatten sie über ihren neuen Dienstherrn Stillschweigen vereinbart, das sie nicht einmal ihrem alten Lehrer gegenüber brachen.

»Wir sind noch nicht gebeten worden, den Vorfall zu bezeugen«, sagte Christoff, der glücklicherweise die Ruhe behielt, in diesem Moment höflich.

Der Schreiber reagierte nicht, als hoffte er, sie würden verschwinden, wenn er sie nur lange genug ignorierte. Fritjoff ballte die Fäuste, von dem Wunsch erfüllt, den Mann hochzureißen und seine Aufmerksamkeit zu erzwingen. Da hieb Gerd auf den Tisch. Dass er nicht noch einmal zum Hauptmann gewählt worden war, hatte ihn ohnehin erzürnt.

»Wir wollen unsere Aussage machen!«, knurrte er.

Fritjoff räusperte sich. »Wenn es Eure Zeit erlaubt, verehrter Herr«, fügte er hinzu, musste sich dabei aber enorm bezwingen. »Wir wissen Eure Bemühungen zu schätzen.« Er wusste aus langjähriger Erfahrung mit Rostocker Patriziern und Professoren, dass es nichts brachte, Herren, die sich für etwas Besseres hielten, gegen sich aufzubringen.

Endlich blickte der Schreiber auf. Ruhig streute er Sand auf die feucht glänzende Tinte. »Legt Eure Aussage schriftlich nieder und reicht das Dokument bei uns ein. Der Prozess wird noch auf sich warten lassen. Wenn es denn einen Prozess gibt.« Wieder tunkte er die Feder ein.

»Wie meint Ihr das?«, fragte Christoff. Er klang alarmiert.

»Die Bruderschaft der Federfechter hat sich dafür verbürgt, dass der Vorfall sich im Rahmen der Fechtschule zugetragen hat. Ihr wisst sicher, dass es sich bei dem unglückseligen Todesfall dann nicht um Mord handelt.«

Fritjoff riss nun doch der Geduldsfaden. »Wir alle und viele weitere Zeugen können bestätigen, dass der Kahlkopf …«

»Er heißt Unruo von Vechta.«

Sicher nicht sein wahrer Name, dachte Fritjoff. So einen Kampfnamen hatten üblicherweise Söldner. »… dass der Kahlkopf Unruo von Vechta weit nach Abschluss der Fechtschule unseren Zunftbruder Benjamin gemein und hinterrücks angegriffen hat.«

»Meister Jerg ist anderer Ansicht. Er verbürgt sich für seinen Schüler. Wir vertrauen ihm, denn er ist Doppelsöldner und gehört zu den geprüften Nachtwachen der Stadt. Außerdem handelte es sich bei dem Toten, wie ich hörte, um einen Juden«, fügte der Gerichtsschreiber hinzu.

Fritjoffs Fingernägel stachen in seine Handballen, so sehr ärgerte er sich. Christoff legte besänftigend die Hand auf seine Schulter, doch Fritjoff sagte: »Jedes Leben ist gleich vor Gott und sollte auch gleich vor dem Gesetz sein.«

Die Feder kratzte über das Papier. »Ich dachte, Ihr seid Fechter, kein Rechtsgelehrter?«, fragte der Schreiber sarkastisch. »Ich sagte ja schon: Schreibt es nieder und reicht es ein. Wir werden sehen. Und nun hinfort mit euch, sonst muss ich die Büttel rufen, damit sie euch zu Unruo von Vechta in den Kerker werfen.«

»Ihr …«, bäumte sich Fritjoff auf.

»Genug!«, mahnte Christoff ihn leise und zog ihn hinaus.

Vor der Tür schüttelte Gerd den Kopf. »Damit werden sie nie durchkommen.«

»Und wenn doch? Es wäre eine Ungerechtigkeit! Außerdem haben wir Ezra und Levin versprochen, für eine gerechte Bestrafung einzutreten.« Mit großen Sätzen sprang Fritjoff die Stufen hinunter. Als er den Treppenfuß erreichte und um die Ecke bog, rannte er in den stiernackigen Federfechter und dessen zwei Begleiter hinein.

»Auch auf Kanzleibesuch?«, grinste Meister Jerg höhnisch.

Sogleich zogen Fritjoff und Gert ihre Schwerter. Nur Christoff hob besänftigend die Hände.

»Ruhig! Es nützt niemandem, wenn auch euch noch etwas geschieht!«, mahnte er.

Wie gerne hätte Fritjoff in diesem Augenblick zugestochen! Vernünftigerweise begnügte er sich, den Doppelsöldner in Grund und Boden zu starren. Gewalt war für ihn nie die beste Lösung gewesen. Er hatte am eigenen Leibe erlebt, was Gewalt den Menschen antat. Außerdem hatte er eine Familie, für die er verantwortlich war.

Ungerührt gingen die Federfechter an ihnen vorbei. »Der Judenbub hat uns provoziert, das haben alle gesehen. Im Rahmen einer Fechtschule kann so etwas schon mal passieren.«

Jetzt wollte sich auch Gerd auf den Mann stürzen, aber Fritjoff und Christoff bändigten ihn mühsam. Ein Angriff im Rathaus würde sie nur selbst in den Kerker bringen, darauf war ihr Gegner wohl aus.

»Euer Spießgeselle und Ihr werdet dafür zur Rechenschaft gezogen, das verspreche ich, so wahr ich Fritjoff Nykrantz heiße!«

Schon auf der Stufe, machte Meister Jerg kehrt. Seine gewaltige Gestalt ragte über ihnen auf. Voller Spott fragte er: »Wollt Ihr das Recht selbst in die Hand nehmen, Meister Nykrantz? Ich wäre an Eurer Stelle vorsichtig. Die Federfechter stehen in der Gunst des Kaisers, die Marxbrüder nicht mehr. Wenn ihr erst eure Privilegien verliert …«

»Wollt Ihr uns drohen? Das könnt Ihr nicht. Und ich werde tun, was nötig ist!«, verkündete Fritjoff, und man sah, dass er es ernst meinte.

Die Frauen weinten, als sie bei Anbruch der Nacht die Stadt verließen, und auch so mancher Mann hatte eine Träne im Augenwinkel. Sie hatten mit ihren Auftritten so viele Menschen fröhlich gemacht und selbst doch Kummer im Herzen. Keiner von ihnen hatte ein Heim, in das er zurückkehren konnte. Ohne Geld konnten sie nirgendwohin. Engelin sorgte sich, dass sie ihr Kind auf der Straße zur Welt bringen müsste. Caspar hatte eine große Familie zu versorgen. Aber Ursel machte ihnen am meisten Sorgen. Sie konnte noch immer nicht gehen und fieberte. Scharf pfiff der Wind um ihre Beine, Herbst lag in der Luft. Wie sollten sie den Winter überstehen? Die ganze Arbeit der letzten Wochen war umsonst gewesen. All ihre Mühe, das Risiko, das sie auf sich genommen hatten, die Angst, verprügelt oder verhaftet zu werden – vergeblich. Jetzt war die Herbstmesse zu Ende, und sie verließen Frankfurt ohne einen Pfennig in der Tasche. Aber sie hatten keine Wahl. Sixt war spurlos verschwunden. Die Wachen liefen vermehrt Streife und hörten sich nach einer Gruppe Luxbrüder um. Es war nur eine Frage der Zeit, wann sie ihnen ins Netz gehen würden.

Gallus schlurfte schlaff neben dem Karren her, in dem sie Ursel schoben. Sie hatten viel gestritten in den letzten Stunden. Oft war ihre kleine Gemeinschaft kurz vor dem Auseinanderbrechen gewesen, doch sie hatten sich zusammengerauft. Jeder für sich allein wäre noch viel schlechter dran. Sie würden zusammen weiterziehen und hoffen, dass sie in den Dörfern und Kleinstädten der Gegend noch genug verdienen könnten, bevor der Winter kam.

Noch einmal schloss Clarissa Paulus und Irmel in die Arme. Die schlichte Herzlichkeit der beiden würde ihr fehlen. Irmel drückte ihr einen Tiegel und einen Lederbeutel mit Kräutern in die Hand, ein Abschiedsgeschenk. Eine Woche war das blutige Ende der Fechtschule her, aber sie hatten den Schock noch immer nicht verkraftet.

»Ich gehe alle paar Tage zum Gericht, um unserer Forderung Nachdruck zu verleihen, versprochen. Sie können den Mörder nicht einfach laufen lassen. Auch sonst halte ich Augen und Ohren offen«, sagte Paulus.

Fritjoff legte ihm die Hand auf die Schulter. »Ich bin froh, dass ich mich auf dich verlassen kann. Wer weiß, vielleicht sehen wir uns wirklich schon bald wieder. Aber jetzt drängt die Zeit. Ich muss meine Tochter erst einmal sicher zurück nach Rostock bringen.«

Für Clarissa klangen die Worte des Vaters nach einer unliebsamen Pflicht. Und was meinte er damit, sie sähen sich vielleicht bald wieder? Sie stiegen auf ihre Pferde und winkten ein letztes Mal. Ein dumpfes Gefühl schnürte Clarissa den Hals zusammen. Ob sie das alte Paar je wiedersehen würde?

Bei Wind und Regen ritten sie durch die Stadt. Feuchtes Laub peitschte Clarissa um den Kopf, doch sie nahm es kaum wahr. Noch einmal ließ sie die Tage seit Marius' und Alexanders Abreise Revue passieren. Es war still in dem Fachwerkhaus gewesen, drückend still. Sie hatte daran denken müssen, wie fröhlich sie am ersten Abend gewesen waren. Wie das Gebäck gemundet hatte, das Benjamin und Ezra vor ihnen ausgebreitet hatten. Mit welchem Stolz die Brüder den ungerechten Schmähungen bei der Fechtschule begegnet waren.

Jetzt war ihre fröhliche Gemeinschaft versprengt. Ihr Vater war beinahe die ganze Zeit fort gewesen. Wieder im Fachwerkhaus, hatte Fritjoff meist Briefe geschrieben oder sich mit Paulus beraten. Er hatte abwesend gewirkt, fahrig, als wäre er nicht wirklich da. Benjamins Tod hatte auch ihn tief getroffen. Über sein Buch hatten sie nicht mehr gesprochen; Fritjoff hatte es achtlos liegen gelassen, also hatte Clarissa es in ihren Satteltaschen verstaut. Sie hatte das Gefühl, ihn enttäuscht zu haben. Zu gerne würde sie in Ruhe mit ihm reden, aber es ergab sich einfach nicht.

Fritjoff schien es eilig zu haben, nach Hause zu kommen. Sobald sie das Gedränge der Stadt verlassen hatten, trabte er vor ihr her. Auf der alten Römerstraße ging es gen Norden. Trotz der schlammigen Wege und ihrer durchnässten Kleidung pausierten sie kaum, sondern überholten reihenweise Händler mit ihren schaukelnden Wagen.

Die Sonne stand tief, als sie einen Gasthof erreichten. Clarissa erwartete, dass sie hier übernachten würden, aber ihr Vater bestellte lediglich eine Mahlzeit. Der Gasthof war überfüllt. Dampfend stieg die Nässe aus der Kleidung der Gäste auf. Nur mit Mühe fanden sie Plätze neben zwei Reisenden, die sich als Zahnbrecher und Wanderkrämer vorstellten. Die Männer befragten sie und priesen ihre Waren und Dienstleistungen an, bis Clarissas Geduld zu Ende ging. So viele Fragen an ihren Vater brannten ihr auf der Zunge.

»Nein, ich benötige keine weiteren Hüftpolster. Und danke, meine Zähne sind bestens. Wenn Ihr Euch jetzt um Eure Angelegenheiten kümmern könntet? Ich habe mit meinem Vater zu sprechen!«, sagte sie etwas rüde zu ihren Tischnachbarn.

Die Reisenden waren pikiert. »Was sind denn das für Manieren! Ihr habt Euch doch zu uns an den Tisch gesetzt!«

Fritjoff schien die Reaktion der Männer nicht wahrzunehmen; grüblerisch löffelte er seinen Eintopf.

»Es tut mir leid, dass wir für dein Buch in Frankfurt nicht mehr erreichen konnten«, begann Clarissa.

Ihr Vater zerteilte ein Stück Speck mit dem Löffel. »Du hast getan, was du konntest. Meine Planung war schlecht. Ich hätte vorausschauender handeln müssen, wie ich es beim Fechten ja auch tue.« Um seinen Mund hatten sich tiefe Falten gebildet. »Es ist nicht deine Schuld. Ich habe zu viel von dir erwartet.« Er wies auf ihre Essensschale. »Jetzt iss, wir wollen noch weiter.«

Das Fleisch im Linseneintopf war fett, die Oberfläche glasig. Sie schob einen Löffel in den Mund, schmeckte aber nichts, weil sie über die Antwort ihres Vaters nachdachte. Meinte er, dass ihr ohnehin nicht viel zuzutrauen war?

»Gibt es einen besonderen Grund für unsere Eile? Hat es mit

den Gerüchten zu tun, die du erwähntest? Oder mit Benjamins Tod?«

»Mit dem Mord an Benjamin, meinst du«, korrigierte er sie heftig. Der Zahnbrecher und der Kleinkrämer neben ihnen schreckten aus ihrem Gespräch und sahen sie neugierig an. Fritjoff löffelte den Rest Eintopf. »Es gibt verschiedene Gründe, warum ich dich so schnell wie möglich nach Rostock zurückbringen möchte«, sagte er nun leiser.

Clarissa war niedergeschlagen. Offensichtlich wollte ihr Vater sie nicht ins Vertrauen ziehen. Mehr noch, ihre Anwesenheit schien ihn in seinen Geschäften zu behindern. »Ich hätte mit Marius und Alexander gen Norden reiten können«, sagte sie. Fritjoff polierte seine Schale mit einem Stück Brot. Entschieden leerte er seinen Bierhumpen.

»Mit den beiden? Ich war zwar so leichtsinnig, dich mit nach Frankfurt zu nehmen, aber verrückt bin ich nicht! Deine Mutter würde mich umbringen, wenn ich das zuließe!«

Der Eintopf rumorte in ihrem Magen, die Aufregung und das schwere Essen machten ihr zu schaffen. Sie schob ihre Schale von sich. »Aber Marius hat doch mit dir gesprochen …«, setzte sie an.

Fritjoff schnaubte. »Er hat sich als dein Bräutigam angeboten! Als mein Schwiegersohn könne er ja dann meine Fechtschüler übernehmen, meinte er. Als ob ich schon alt und hinfällig wäre!« Wieder war ihr Vater unnötig laut geworden. Clarissa senkte den Blick. Ohne zu fragen, zog er ihre Schale zu sich, um sich über den Rest ihres Eintopfs herzumachen. »Marius soll sich erst mal selbst eine Stellung in der Welt erringen, dann kann er noch mal bei mir vorsprechen. Sich an meine Tochter zu hängen und bei mir ins gemachte Nest zu setzen – so weit kommt es noch!« Nach ihrer Meinung zu diesem Heiratsantrag fragte er nicht.

Dennoch konnte sie die nächste Frage nicht zurückhalten: »Und warum willst du schon bald nach Frankfurt zurück?«

»Das geht dich nichts an! Du solltest längst gelernt haben, wo deine Grenzen sind!«, blaffte Fritjoff. Ihre Sitznachbarn starrten erneut, und Clarissa glaubte Zustimmung in ihren Augen zu lesen. Sie kniff die Lippen zusammen. Ihr Gesicht brannte vor Scham.

Fritjoff bezahlte. Sie folgte ihm schweigend hinaus. Ein rötlicher Schimmer hing über den Baumwipfeln. Auf dem Hinweg war Fritjoff nur ungern in die Dämmerung hineingeritten, jetzt aber trieb ihn etwas gegen alle Vorsicht an. Bis zum nächsten Gasthaus sei es nicht weit und der Weg sei sicher, hatte der Wirt gesagt. Dennoch hatte Fritjoff sein Schwert parat und forderte auch sie auf, ihr Rapier bereitzuhalten. Warum ging ihr Vater ein solches Risiko ein, wenn er einen Überfall fürchtete? Als Clarissa ihn danach fragte, murmelte Fritjoff lediglich, dass kein Zimmer im Gasthof frei gewesen sei. Das war jedoch nicht alles, sie spürte es genau. Verdiente sie sein Vertrauen wirklich nicht? Er schien ihr ständig irgendetwas zu verschweigen!

Die Schatten des Waldes waren lang geworden, Dämmerung breitete sich aus. Kein Händler war in Sicht. Leise schmatzten die Pferdehufe im Matsch. Als ein Käuzchen schrie, überzog eine Gänsehaut Clarissas Rücken. Käuzchen waren Todesboten, meinte ihre Mutter. Sie fragte sich, was Lievke wohl zu den Geschehnissen sagen würde, als etwas Plumpes von einem überhängenden Ast fiel und ihren Vater vom Pferd riss. Instinktiv tastete Clarissa nach dem Rapier, aber ihr Ross scheute und stieg mit den Vorderbeinen. Sie konnte sich nicht im Sattel halten, versuchte, den Sturz abzufangen, krachte jedoch auf den Waldboden, der unter der aufgeweichten Schicht wurzelhart war. Stechender Schmerz durchfuhr ihre linke Seite, vor allem Hand und Fuß. Sie rappelte sich hoch. Schwerterklirren. Ihr Vater kreuzte die Klingen mit einer groß gewachsenen Gestalt im Umhang. Räuber! Sie humpelte ihrem Pferd nach, aber jemand sprang gegen ihre Beine und riss sie von den Füßen. Hart schlug sie erneut auf den Boden. Der Schmerz schoss von ihrem Knöchel das ganze Bein hoch. Scharf sog sie die Luft ein. Sie musste sich zusammenreißen! Instinktiv trat sie aus, spürte etwas Weiches unter ihren Sohlen. Plötzlich war sie frei. Fritjoffs nervöses Ross galoppierte in die Finsternis. Ihr Pferd war nur einige Schritte weit gelaufen – humpelnd fing sie es wieder ein. Sie musste aufsteigen und sich in Sicherheit bringen! Schritte näherten sich schnell. Eine dunkle, große Gestalt.

»Verschwinde, Clarissa! Ich schaff das schon!«, rief ihr Vater aus einiger Entfernung. Fritjoff war in arger Bedrängnis. Sie konnte ihn nicht im Stich lassen. Schon zog sie ihr Rapier aus der Satteltasche und wirbelte herum. Ihr Verfolger hatte sie beinahe erreicht. Auch er trug einen Kapuzenumhang. Nur knapp fuhr ihre Klinge vor seiner Kehle entlang, doch er parierte. Funken sprühten, als die Klingen aufeinandertrafen. Ihr Herz raste. Noch nie hatte sie um ihr Leben gekämpft. Würde sie bis zum Letzten gehen können?

Zögerlich wich sie zurück. »Wir sind keine Händler! Wir haben nichts!«, rief sie ihrem Angreifer zu.

Sie wollte nicht angreifen, doch er tat es. Clarissa reagierte instinktiv. Ihre Schwerter trafen sich, in der Bindung spürte sie seine Kraft. Fieberhaft dachte sie an die verschiedenen Fechtstücke, die ihr Vater immer wieder mit seinen Schülern durchgespielt hatte. Da aber Schlag um Schlag auf sie einprasselte, kam sie nicht dazu, sich eine Strategie zurechtzulegen, sie konnte nur reagieren. Ihr schmerzender Knöchel machte ihre Bewegungen schleppend. Immerhin hielt sie ihrem Gegner stand. Bewusst achtete sie darauf, wo sich Blößen auftaten. Er war kein sonderlich kundiger Fechter, mit reiner Gewalt drängte er sie zurück. Zudem trug er eine Art Kutte, was ihn zusätzlich zu behindern schien. Hatte ihr Vater nicht gelehrt, dass man, wenn man in der Defensive war, dem Kontrahenten die Spitze des Schwerts ins Gesicht stoßen solle? Eine scheußliche Vorstellung! Aber wenn sie zum Angriff kommen könnte, müsste sie versuchen, ihn zu besiegen.

»Streck die Waffen!«, hörte sie da eine fremde Stimme.

Was war mit ihrem Vater? Panisch wandte sie sich um. Fritjoff lag am Boden, die Hände erhoben, das Gesicht angstverzerrt. Clarissa humpelte, ungeachtet der Gefahr, der sie sich aussetzte, zu ihm. In diesem Moment holte Fritjoffs Gegner aus. Trotz der Dunkelheit konnte sie einen Blick auf sein vernarbtes Gesicht erhaschen. Unbarmherzig stach er zu. Clarissas Kehle entrang sich ein Schrei, der jäh abbrach, als sie einen brutalen Schlag auf den Schädel erhielt. Ihr letzter Gedanke galt ihrem Vater.

21

Im Prager Schloss, Ende September 1608

Die Lupe ins Augenlid geklemmt, die Pinzette zwischen den Fingern, zirkelte der Mann die winzige Schraube in das Uhrwerk. Beinahe hatte er es geschafft, als eine Fliege ihm direkt ins Gesicht flog. Er zwinkerte, doch da waren noch eine zweite und eine dritte. Immer kamen sie zu dritt! Seine schweißigen Finger glitten vom Metall. Leise klingend fiel die Schraube auf die Tischplatte und weiter auf den Boden. Fahrig wedelte er die Fliegen weg. Lästig wie der Papst, der spanische König und sein Bruder Matthias. Rudolf stieß das tiefe Brummen aus, das bei ihm einem Lachen am nächsten kam. Als er neulich eine ähnliche Bemerkung gemacht hatte, hatten seine Besucher das Entsetzen kaum verhehlen können, und er hatte gewusst, dass der Skandal sogleich die Runde machen würde. Hieß es nicht ohnehin, er sei vom Teufel besessen?

Weiter umsirrten ihn die Fliegen. Er könnte seinen Kammerdiener rufen, aber dann würde dieser ihn nur wieder damit bedrängen, wer alles auf eine Audienz wartete. Seufzend trennte er sich von Lupe und Pinzette. Er war nicht geschaffen für diese filigranen Arbeiten. Und doch wollte er die Technik durchdringen, verstehen, begreifen, im wörtlichen Sinne. Mochten sich die anderen noch so sehr über diesen Kaiser lustig machen, der am Uhrmachertisch oder an der Drechslerbank saß, wie der venezianische Gesandte neulich, dem die Missbilligung ins Gesicht geschrieben gewesen war. Begegnungen wie diese waren es, die ihn dazu trieben, die Öffentlichkeit zu meiden. Nur wenige verstanden Rudolfs komplexen, wissensdurstigen Geist. Gesandte und Geistliche gehörten meist nicht dazu.

Rudolf sah aus dem Fenster. Alles verschwamm. Es dauerte einen Moment, bis sich seine Augen wieder auf die Weite eingestellt hatten. War es nicht immer so, dass man nur seinen kleinen Teil der Welt sah? Dass man den Rest nicht verstand, nicht verstehen konnte, weil einem die Übersicht fehlte? Alles hing mit jedem zusammen, und nur, wenn man die Zusammenhänge begriff, konnte man auch die Harmonie wiederherstellen. Er sah Roelant Savery durch den Hof schreiten. Diener trugen dem Maler Staffelei und Malwerkzeug hinterher. Savery war dabei, die Harmonie im kaiserlichen Tiergehege auf einem Bild zu verewigen. Friedlich lebte dort Rudolfs Lieblingslöwe an der Seite des plumpen Vogels Dodo und anderer zauberhafter Geschöpfe. Er, der Kaiser, hatte für die Bedingungen gesorgt, unter denen sie zufrieden und fruchtbar nebeneinanderleben konnten. Warum gelang ihm das nicht in seinem Reich, nicht einmal in seiner Familie?

Natürlich musste er nun an seinen Vater denken. Maximilian II., letzter Ritter, Kaiser und Weltherrscher. Maximilian hatte viel Gutes getan. Er hatte Weisheit und Wissen gefördert und die verschiedenen Religionen in seinem Reich toleriert. Im Gegensatz zu seiner bigott-katholischen Mutter hatte Rudolfs Vater jedoch im Geheimen dem Protestantismus angehangen. In einem hatte Kaiser Maximilian II. versagt: Indem er ihn, Rudolf, seinen anderen Brüdern vorzog, hatte er den Grundstein zu dem unseligen Streit gelegt, der bis heute das Reich zu spalten drohte.

Aber vielleicht war Maximilians Entscheidung auch weise Voraussicht gewesen. Keiner seiner männlichen Verwandten eignete sich wirklich für den Kaiserthron. Ihnen fehlten Respekt und Demut vor der Herrschaft. Schon lange hätte Rudolf einen Nachfolger benennen müssen. Aber wen? Sein nächstjüngerer Bruder, Erzherzog Matthias, der ihm gerade die Herrschaft über Ungarn, Österreich und Mähren abgepresst hatte, war ein oberflächlicher Angeber und Säufer. Ordensmeister Maximilian war ein Verräter, der mit den Protestanten paktierte. Albrecht dienerte als Statthalter der Niederlande unter der Fuchtel des spanischen Familienzweigs; mit ihm hätte es von Bayern bis Böhmen schon Ketzerverbrennungen im Dienste der Inquisition gegeben. Seit Rudolf damals, am Hof seines Onkels, dem spanischen König Philipp II., einem Autodafé beigewohnt hatte, bei dem Protestanten für ihren Glauben hingerichtet worden waren, war ihm klar gewesen, dass es unmenschlich war, religiöse Angelegenheiten mit Gewalt zu lösen. Albrecht schaffte es ja nicht einmal, endlich den Waffenstillstand zwischen Spanien und den Niederlanden zu schließen, um den Aufstand zu beenden. Und die Vettern? Ferdinand war beschränkt und verbohrt. Die Wiederholung einer Bluthochzeit von Paris auf Reichsboden wäre Ferdinands liebste Lösung der religiösen Zwistigkeiten. Erst kürzlich hatten seine Spione einen von Ferdinands Briefen abgefangen, in dem es um Rudolfs Sturz ging. Glaubten seine Verwandten ernsthaft, er wüsste nicht, dass sie nach seinem Thron trachteten? Der Gedanke, dass sie sein Reich in einen Krieg führen würden, einen Krieg, der alles bisher Dagewesene übertraf, raubte Rudolf den Schlaf.

Einzig Leopold machte ihm Hoffnung. Rudolf hatte sich vorgenommen, seinen Neffen, den Bischof von Passau, demnächst auf die Probe zu stellen. Mene mene tekel u-parsin, wie die jüdischen Gelehrten, die er des Öfteren konsultierte, sagten. Wohl wahr: Viele hatte Rudolf schon gehoben, gewogen und für zu leicht befunden. Im Geheimen fürchtete er, dass niemand seinen Ansprüchen genügen könnte, dass jeder, der es ernsthaft versuchte, an diesen Ansprüchen zerbrechen würde, so wie er zu zerbrechen drohte. Bei ihm war ein kindlicher Trotz die Reaktion auf die extremen Anforderungen des Kaiseramts gewesen: seine Weigerung, zu heiraten und einen Thronfolger zu produzieren. Dabei hatte er Kinder genug. Und er sorgte gut für sie. Nur sein Lieblingssohn machte ihm Sorgen.

Mühsam beherrscht klemmte Rudolf den Lupenstein ein und nahm die Schraube wieder auf. Er wollte nicht an Don Julius denken, der in seinem Schloss offenbar gerade verrückt wurde. Mit angehaltenem Atem gelang es ihm, die Schraube in das kleine Uhrwerk einzupassen, das er gemeinsam mit seinem Uhrmacher Jost Bürgi entwickelt hatte. Bald wäre sein Kabinettstück fertig. Rudolf würde nachher in die Werkstatt des Schweizers gehen. Es interessierte ihn, herauszufinden, wie weit Bürgi und seine Gehilfen mit der von Kepler erfundenen Zahnradpumpe gekommen waren. Auch wollte er nach seinem Löwen sehen, dessen Fell in den vergangenen Tagen struppig gewirkt hatte. Seit sein Astronom Tycho Brahe in den Sternen gelesen hatte, dass das Schicksal des Löwen mit Rudolf verbunden war, achtete er noch strenger auf die Versorgung des Tieres. Sein Leibarzt Michael Maier wollte heute noch den Löwen untersuchen. Dabei hatte Maier nun wirklich Wichtigeres zu tun, denn ihr Vorhaben, den Stein der Weisen zu finden, um die Welt wieder ins Gleichgewicht zu bringen, wurde mit jedem Tag dringlicher. Auch war Rudolf selbst mehr denn je auf die Kenntnisse seiner Ärzte angewiesen. Morbus Gallicus fraß an ihm, und weder die Quecksilbertherapie noch heilkräftige Elixiere oder der Beozar an seinem Hals konnten sie noch aufhalten. Schwären brachen an seinem Körper auf, seine Zähne wackelten in der wunden Mundhöhle, seine Eingeweide rebellierten. Es war eine hässliche, stinkende Krankheit, gegen die seine Leibärzte ein Heilmittel finden mussten. Einzig seine unglückselige Leidenschaft für das weibliche Geschlecht ließ nicht nach.

Als nach zwei weiteren Schrauben seine Finger von der ungewohnten Anstrengung krampften, legte der Kaiser sein Werkzeug beiseite. Er schloss die Tür auf – wie stets hatte er sie von innen verriegelt – und ließ sich Wasser zum Händewaschen bringen. »Der päpstliche Nuntius erwartet Euch, Eure Hoheit.

Auch der spanische Gesandte ist vor Ort und …«, begann der Kammerdiener sogleich.

»Wir werden Magister Maier aufsuchen. Wir haben ihm gestattet, in Unserem Labor im Mihulkaturm zu experimentieren.«

»Wie Eure Hoheit wünschen.« Der Leibkammerdiener verneigte sich tief und eilte zur Tür, um die Leibtrabanten zu holen. Eine Zeitlang hatten Rudolfs Diener sich eingebildet, ihn steuern zu können wie eine Marionette. Seit er aber unter ihnen aufgeräumt hatte, wagte keiner mehr, ihn zu manipulieren. Es war ja nicht so, dass er in seiner Welt nicht für Ordnung sorgte, auch wenn das manche behaupteten.

Flankiert von seinen Leibwachen quälte sich der Kaiser durch die weiten Gänge, die er selbst gestaltet hatte. Jahrelang hatte er alles getan, um das Habsburgerreich zu stärken. Aber die widerstreitenden Kräfte waren von Anfang an stark gewesen. Stets hatte er dagegen ankämpfen müssen, nicht zum Spielball zu werden. Wie es seinem Naturell der im Zeichen des Krebses Geborenen entsprach, hatte er oft ein wenig nachgegeben, um dann umso weiter vorauszugehen.

Aus einem Saal hörte Rudolf Kinderlachen und bog ab. Die Leibwächter folgten ihm auf den Fuß. Im Saal neigten sich die Frau und das Kind in Ergebenheit. Furchtsam sah der Fünfjährige ihn an. Rudolf lief bekümmert weiter. Bald würden die Jesuiten den Jungen in die Finger bekommen, und dann wäre er für vernünftige Ansichten verloren.

Der hölzerne Gang, der zum Mihulkaturm führte, war erreicht. Seine Leibwachen sicherten die Gänge. Es waren gute Männer, starke Krieger, ausgezeichnete Fechter und treue Seelen allesamt. Er trat in den Turm, ein massives Gebäude, das nicht nur die Burg schützte, sondern auch die Geheimnisse, die es verbarg. Eigentlich waren die Alchemisten ja alle in einer Gasse in Burgnähe untergebracht, manche aber ließ Rudolf auch in seinem eigenen Labor, seinem alchemistischen Heiligtum, forschen. Der Boden des Labors war bedeckt von Kreidezeichnungen und alchemistischen Traktaten. Auf einem Tablett standen die edelsteingeschmückte Schatulle und etliche Phiolen bereit, die die Medizin gegen die Französische Krankheit enthielten. In seiner »Königlichen Medizin« hatte Maier eigens für ihn ein Geheimmittel festgehalten. Rudolf ließ einen Schluck der kostbaren Essenz seine wunde Kehle hinabrinnen. Jetzt war er bereit für die hehre Kunst der Alchemie.

»Nicht mehr viel fehlt, um die Weltharmonie zu erringen, Eure Hoheit«, begann Michael Maier seine Ausführungen. Sein Bericht machte Kaiser Rudolf große Hoffnung, nicht als verschrobener Eremit von Prag in die Geschichte einzugehen, sondern als Weltenretter.

22

Taunusgebirge, Ende September 1608

In deine Hände, Herr, befehle ich ihren Geist.«

»Als ob du irgendjemandem irgendetwas befehlen könntest!«, antwortete eine harsche Stimme.

Schniefen. »Halt dein Maul, dein lästerliches!«

Rauchgeruch. Helles Plitschen von Wassertropfen in eine Pfütze. Ein Gebet, gemurmelt. Pfeifen. Clarissa kniff die Augen zusammen. Wollte sie öffnen. Zu schwer die Lider, zu dumpf der Kopf. Ein Tropfen kitzelte ihre Schläfe hinab. Noch einer. Sie hob den Arm und wollte über die Stirn wischen, zuckte aber zurück, als bei der ersten Berührung ein pulsierender, funkelnder Schmerz einsetzte. Keuchen dröhnte in ihren Ohren. Stand es so schlecht um sie, dass das Totengebet gesprochen wurde? Vaters Stimme war das nicht. Wer sprach da? Wo war sie? Warum war sie bewusstlos gewesen? Aber nein, irgendwas – sie wollte sich aufstützen, knickte aber durch das Stechen in ihrem Handgelenk wieder ein. Farben tanzten vor ihren Augen. In ihrem Kopf wubberte es. Alles drehte sich. Und dieses laute Atmen – war sie das etwa? Clarissa hielt die Luft an. Das Keuchen verstummte.

»Wir sollten sie zu einer Kirche bringen.«

»Welcher Pfarrer würde ihr schon den letzten Segen geben? Sie schafft es ohnehin nicht mehr.«

Erneutes Schniefen. »Wir sollten es trotzdem versuchen.«

»Da kannst du genauso gut zu Sankt Kümmernis beten!«

Um sie konnte es in dem Gespräch nicht gehen. Ihr ging es schlecht, aber todkrank war sie nicht. Oder doch? Wessen Stimmen waren das nur? Und von einem Heiligen namens Sankt Kümmernis hatte sie noch nie gehört. Clarissa fielen der Zahnbrecher und der Krämer aus dem Gasthof wieder ein, diese lästigen Leute. Die waren es nicht. Wo war ihr Vater abgeblieben? Ein Gefühl allumfassender Unsicherheit schnürte sie ein und verstärkte den Schwindel noch.

Endlich gelang es ihr, die Augen zu öffnen. Dunkelheit umgab sie. In einiger Entfernung ein schmaler Streifen Licht, so grell! Am Rand ihres Sichtfelds ein Laken, daneben aufgehängte Kleidungsstücke. Hinter dem Laken die Silhouetten mehrerer Menschen, erleuchtet wie in einem Schattenspiel. Sie kniff die Lider zusammen, aber immer wieder verschob sich das Bild, faserte auseinander, tanzte kreuz und quer. Ihr Magen krampfte, sie erbrach bittere Galle, wischte sich zittrig über den Mund. Als sie sich einigermaßen beruhigt hatte, stemmte sie sich einhändig hoch und hinkte auf das Laken zu. Ihre Benommenheit nahm zu. Sie schwankte, wollte sich festhalten, riss das Laken herunter.

Während sie stürzte, sah sie erschrockene Gesichter, alle fremd. Und die Stimmen erschienen ihr viel zu laut. Aufgeregt redeten die Fremden durcheinander. Clarissa kam es vor, als würde ihr Schädel explodieren. Wieder wurde sie in Schwärze getaucht.

Leander spürte die Sonnenstrahlen auf seiner Haut. Die fahle Herbstsonne erhellte den Talkessel. Den verborgenen Einschnitt zwischen einem Felsvorsprung mit Höhle und einigen Findlingen hatten sie vorgestern zufällig entdeckt. Einen Steinwurf entfernt durchschnitt ein Bach den Wald, in dem sie sich waschen und aus dem sie trinken konnten. Durchnässt und erschöpft waren sie hier angekommen. Die Stimmung war schlecht, sie waren zermürbt. In der letzten Woche waren sie von Dorf zu Dorf gezogen und hatten kaum etwas verdient, ein paar Mal hatte man sie sogar weggejagt. Sie hatten nichts zu essen, kein Geld für Unterkunft oder einen Arzt für Ursel, der es von Tag zu Tag schlechter ging. Eisig war die Stimmung aber geworden, als Gallus und

Caspar unterwegs Reisende überfallen hatten. Noch immer regte er sich darüber auf, wenn er nur daran dachte. Die beiden hatten sich überschätzt, und er hatte ihnen zu Hilfe kommen müssen, womit er ihren Raub notgedrungen unterstützt hatte. Wenigstens hatte es endlich aufgehört zu regnen. Regentropfen hingen in dem Laub, das sich langsam verfärbte.

Leander mochte das Leben in der Natur. Die Unannehmlichkeiten machten ihm nichts aus. Er fand es schöner, sich in einem sauberen Bach zu waschen als in einem flohverseuchten Gasthaus. Er würde sich nicht die gute Laune verderben lassen. Allerdings konnte auch er die Erkenntnis nicht verdrängen, dass die Sonne nicht mehr so viel Kraft hatte. Im nächsten Monat könnte es die ersten Herbstfröste geben. Ihnen blieb nicht viel Zeit, für den Winter vorzusorgen.

»Ich hab gleich gesagt, dass wir sie nicht mitnehmen sollen! Jetzt hat sie uns gesehen!«

Caspar warf die Satteltasche der Fremden vor sich ins Gras und öffnete die Laschen. Schon gestern Abend, nachdem die Frau das schützende Laken heruntergerissen und ihnen in die Gesichter gestarrt hatte, hatte es ein gewaltiges Geschrei gegeben.

Von einem plötzlichen Widerwillen überfallen, wollte Leander ihn aufhalten. »Lass die Tasche, die geht dich nichts an«, fuhr er Caspar an und warf dabei einen kurzen, halb erwartungsvollen Blick zur Höhle. Die ganze Zeit schon kreisten seine Gedanken um die geheimnisvolle Schwarzhaarige, die sie gestern gefunden hatten. Natürlich hatte er sie sofort erkannt; ihr Auftritt bei der Fechtschule hatte sich tief in sein Gedächtnis gebrannt.

Gerade als sie trockene Äste für das Lagerfeuer zusammengesucht hatten, hatten sie das Wiehern eines Pferdes gehört. Gallus hatte ihn losgeschickt, um es auszuspähen, und Leander hatte die junge Frau entdeckt, die bewusstlos über dem Pferd hing. Jemand hatte sie auf dem Sattel festgebunden, war aber anscheinend nicht mehr in der Nähe. Ziellos strich das Ross durch den Wald, also hatte Leander es zu ihrem Versteck geführt. Sogleich hatte es einen Streit gegeben. Bei dem, was sie vorhatten, konnten sie keine Zeugen gebrauchen. Aber die Frau war verletzt und wachte auch nicht auf, als Engelin sie untersuchte. Ihr Haar war am Hinterkopf blutverkrustet, Handgelenk und Fuß geschwollen. War sie Opfer eines Überfalls geworden? Sie hatten sie zu Ursel in die Höhle gelegt, ihren Bereich jedoch durch ein Laken abgetrennt. Ursel sollte in ihren letzten Stunden nicht gestört werden. Außerdem wollte Gallus nicht, dass sie gesehen wurden. Er und Caspar hatten Pläne, über die sie schon seit Tagen stritten. Auch jetzt grollte Leander beim Gedanken daran.

Caspar ignorierte Leanders Einwand und grinste scheel. »Was ist denn mit dir los? Du bist doch sonst nicht so zimperlich. Wenn ich an die roten Puschen denke …« Er nahm einen Dolch aus der Satteltasche an sich, holte Tiegel heraus und warf sie achtlos ins Gras. Offenbar hatte Gallus die boshafte Erwähnung von Leanders leichtfertigem Diebstahl nicht mitbekommen.

»Und wenn schon … Sie hat uns gesehen, na und? In ihrem Zustand kriegt sie ohnehin nichts mit«, meinte Gallus und schwang das schmale Einhandschwert mit dem verschnörkelten Griff, das er gleich als Erstes aus dem Gepäck der Fremden gezogen hatte. Zufrieden steckte er das Schwert in die Scheide zurück. »Das können wir nachher gebrauchen.«

»Ich halte das für einen Fehler«, nahm Leander ihr altes Streitthema wieder auf. »Wir sollten weiterziehen und in den nächsten Dörfern auftreten.«

Genervt blickte sein Vater ihn an. Gallus war unausstehlich. »Da wird es sein wie im letzten Dorf! Und in dem davor. Die Leute haben kein Geld. Die Händler dagegen, die mit ihren vollbeladenen Wagen durch den Wald kutschieren, sind reich an Silber, Münzen und Waren. Wir brauchen Geld, das weißt du doch. Wir müssen uns nach Marburg durchschlagen und Sixt dingfest machen.« Gallus war von der Idee besessen, dass Sixt mit seinem gestohlenen Reichtum in seine Heimat zurückkehren würde, um dort anzugeben.

Leander trat an seinen Vater heran. Er wollte nicht, dass ihn jeder hörte. »Als Räuber können wir gleich auf den Richtblock springen. Dann sind wir für immer Ausgestoßene!«, versuchte Marius, seinen Vater zur Besinnung zu bringen. Während des Jahrmarkts in der Stadt etwas mitgehen zu lassen war das eine. Aber Reisende ausrauben und Dörfer überfallen brachte einen direkt vor den Scharfrichter. Zu oft hatte Leander schon gesehen, wie Räuber und notorische Diebe gehenkt oder geköpft wurden. Wenn er sich darauf einließe, würde er auch die letzte Hoffnung auf ein ehrbares Leben fahren lassen. Dafür fühlte er sich zu jung.

»Ausgestoßen sind wir sowieso! Wir gehören nirgends mehr hin. Aber ich werde Sixt nicht mit seinem gemeinen Diebstahl davonkommen lassen. Und verrecken will ich auch nicht!«

»Ich gehe nicht mit auf einen Raubzug!«, beharrte Leander.

Gallus funkelte seinen Sohn an. »Was stellst du dich so an? Du hast uns doch schon einmal geholfen!«

»Notgedrungen – weil ihr es vergeigt habt!«

»So ein Quatsch! Wir hätten es auch ohne dich geschafft, gegen die Reisenden anzukommen«, platzte Caspar dazwischen.

»Sicher. Du …«

Gallus wollte offenbar nicht an den schmählich verlaufenen Kampf erinnert werden, denn er fiel seinem Sohn ins Wort: »Dann wirst du anders deinen Teil zu unserem Lebensunterhalt beitragen müssen. Von mir kriegt ein Schmarotzer nix!«

»Denkst du, ich käme ohne dich nicht klar?!« Zornig wandte Leander sich ab. Auf der anderen Seite war es auch nicht erfreulicher: Caspar hatte die Tasche komplett durchwühlt. Zuletzt zerrte er ein eckiges Paket heraus. Ungeduldig riss er das Wachspapier auf. Ein Buch. Caspar warf es hinter sich.

»Nichts Brauchbares! Nichts zu fressen!«, fluchte er.

»Dann lass uns losziehen!«, sagte Gallus.

Sie hielten inne, als sie Engelin bemerkten, die aus der Höhle kam und jetzt die Senke hinunterlief. Leander fragte sich sorgenvoll, was mit Ursel war. Ihr Fieber war immer heftiger geworden. Ursel hatte im Wahn gesprochen, und gestern waren sie sicher gewesen, dass sie sterben würde. Noch lebte sie, aber wie lange noch?

»Ursel geht es etwas besser.«

Auch Freihart kam nun aus der Höhle herunter. Dunkle Schatten hatten sich unter seine Augen und unter die Jochbögen seiner Wangen gegraben. Engelin hingegen war das blühende Leben. Die Schwangerschaft schien ihr so gut zu bekommen, dass sie die widrigen Umstände leichter als alle anderen wegsteckte.

»Besser? Sie ist noch nicht tot, meinst du!«, blaffte Caspar.

Freihart schniefte. »Lass das, du Schandmaul!« Mechanisch kraulte er das Murmeltier, das er auf dem Arm trug. »Das Fieber ist gesunken, und die Schwellung an ihrer Hüfte hat ebenfalls nachgelassen. Sie hat sogar ein paar Schlucke getrunken.«

»Und die Fremde?«, wollte Leander wissen und bemühte sich, sein Interesse nicht zu sehr durchklingen zu lassen.

Eine Bö fand den Weg in den Talkessel, Blätter wurden von den Bäumen gerissen. Engelin legte eine Hand auf ihren Bauch. »Schläft noch. Vielleicht tut sie auch nur so. Wie auch immer: Weg kann sie ja ohnehin nicht.« Sie hatten der Schwarzhaarigen nach ihrem Zusammenbruch Fesseln angelegt.

»Wollen wir sie nicht einfach ins nächste Dorf bringen?«, nahm Leander eine weitere Diskussion auf, die sie hitzig abgebrochen hatten. Niemand reagierte auf seinen Vorschlag. Gallus und Caspar wandten sich dem Durchgang zwischen den Findlingen zu. Freihart band das Murmeltier neben dem Pferd der Schwarzhaarigen am Holunderbusch fest und folgte ihnen.

»Du machst da also auch mit«, sagte Leander ernüchtert.

Freihart mied seinen Blick. »Ich habe nichts zu verlieren. Heilkräuter und Tinkturen können vielleicht Ursels Leben retten. Außerdem überwintern wir immer in einem Dorf bei Wetzlar; dafür brauchen wir Geld.«

Leander sah den Männern nach, die den Talkessel verließen. Er bemerkte, wie Engelin ihn erwartungsvoll anlächelte, und packte schnell die Tiegel in die Satteltasche zurück. Es irritierte ihn, dass sie Gallus' Kind unter dem Herzen tragen und ihn gleichzeitig so anschmachten konnte. Dann ging er zu den Papierbögen aus der Satteltasche der Fremden, die sich in der Windbö aufgeblättert hatten. Er nahm sie auf und erblickte zahllose prächtige Zeichnungen in bunten Farben. Es waren Darstellungen von Schwertkämpfern, die ihn sofort fesselten. Keinen Gedanken verschwendete er mehr an die Streitigkeiten der Gaukler.

Schwindel und Übelkeit hatten nachgelassen. Nachts war sie ein paar Mal aufgewacht. Finsternis hatte sie umgeben. Dennoch hatte sie aufzustehen versucht, doch Schwäche und Schlaf hatten sie schnell wieder übermannt. Clarissa hob schwerfällig den Kopf und sah an sich herunter. Noch immer trug sie ihr Reisekleid, das feucht und zerknittert war. Sie fühlte sich schmutzig und wünschte, sie könnte sich und die Kleidung waschen. Wie lange war sie ohne Bewusstsein gewesen? Seile hielten ihre Handgelenke. Warum hatte man sie gefesselt? Besorgt bemerkte sie, dass ihre geschwollene Hand sich unter dem Druck des Bandes hellviolett verfärbte. Handgelenk und Knöchel pochten heiß. Ihre Kopfhaut hingegen fühlte sich wund und verkrustet an. Vielleicht würde Irmels Salbe helfen. Wo aber war ihre Satteltasche?

Sonnenlicht erhellte den Fels. Sie war in einer Höhle. Das Laken war wieder aufgehängt worden, die Kleidungsstücke fort.

Clarissa hörte Stimmen. Wer waren die Fremden? Wo war ihr Sattel? Ihr Pferd? Ihre Waffen? Und vor allem: ihr Vater? Was war denn nur geschehen? Hatte ihr Vater sie verlassen? Sosehr sie sich auch bemühte, sie konnte sich an nichts erinnern. Sie hatten im Gasthof gegessen, das wusste sie noch. Sie sah den Eintopf, den Speck, die Sitznachbarn und dann … Es fiel ihr einfach nicht ein! Nur eines stand fest: Sie war von Fremden umgeben. In ihrer Unsicherheit klammerte sie sich an das, was ihr in den vielen Jahren des Fechtens in Fleisch und Blut übergegangen war: Sie musste ihr Gegenüber beobachten. Mehr über es herausfinden. Seine Stärken und Schwächen erkennen. Und sie zu ihrem Vorteil nutzen.

Sie hob den Kopf höher und blickte in eine Senke. Das Gras glitzerte feucht. Ein junger Mann übte sich im Fechten. Seine Bewegungen waren schnell und präzise. Die Spannung in seinem Körper hatte etwas Katzenhaft-Geschmeidiges. Clarissa fiel ein Ausritt ein, den sie vor Jahren mit ihrem Vater unternommen hatte. Auf dem Nachhauseweg hatten sie einen Luchs beim Jagen beobachtet. Die elegante, kraftvolle Katze mit den Pinselohren hatte sie vor allem mit ihrer enormen Sprungkraft beeindruckt. Mit seinem kastanienbraunen, ungebändigten Haar erinnerte der junge Mann sie an dieses Raubtier. Aber hatte sie ihn nicht schon einmal gesehen? Der Fechter hielt inne und blickte zu seiner Linken. Dort saß eine Frau, die ihn wohlwollend beobachtete. Ab und zu wandte sie ihren Blick nach unten – sie blätterte in etwas. Gegen den Widerstand ihrer Fesseln reckte Clarissa sich noch ein Stück. Sie sah ihre Satteltasche. Daneben zerrissenes Wachspapier und das Manuskript ihres Vaters. Die Seiten wellten sich schon.

»Das Buch gehört meinem Vater! Nehmt es sofort aus dem feuchten Gras!«, rief Clarissa. Dann ging ihr auf, dass sie vermutlich nicht in der Position war, etwas zu fordern. »Bitte!«, schickte sie hinterher.

Die Gesichter wandten sich ihr zu. Ein kurzer Wortwechsel entbrannte, den Clarissa jedoch nicht verstehen konnte. Der Mann nahm die Hand der Frau und half ihr auf. Clarissa erkannte jetzt, dass sie schwanger war. Sie stiegen die Senke zur Höhle hoch. Sie wirkten nicht gefährlich, dennoch fühlte Clarissa sich beklommen. Immerhin hatten sie sie gefesselt. Hatten sie sie vielleicht … überfallen? Von einem Moment auf den anderen blitzten Bilder in ihrer Erinnerung auf. Der Angriff aus dem Geäst. Die zwei Männer. Der Schwertkampf. Warum war sie so zögerlich gewesen? Warum hatte sie nicht härter gekämpft, war härter gewesen, wie Fritjoff es immer von ihr gefordert hatte? Ihr Vater … haltloses Zittern überfiel Clarissa, und die Erinnerung trieb ihr die Tränen in die Augen. Der letzte Stoß des Angreifers mitten in sein Herz. Clarissas Herz erfüllte ein nie gekannter Schmerz. Ihr geliebter Vater war tot, nie wieder würde sie ihn sehen, mit ihm fechten, mit ihm lachen! Warum hatte sie ihm vor seinem Tod nur gezürnt?

Doch sie musste sich zusammenreißen. In diesem Moment erreichte der junge Mann die Höhle. »Nicht doch, wir … tun dir nichts!«, sagte er beruhigend, doch Clarissa zuckte zurück, als er sich neben sie kniete. Die Frau tauchte jetzt auch auf. Sie war hübsch, aber bestimmt zehn Jahre älter als er. Ihr Gesichtsausdruck war abweisend.

Clarissa weinte heftig. Gleichzeitig war sie von heißem Zorn erfüllt. »Mein Vater, er … Habt ihr meinen Vater getötet? Sagt schon, wart ihr es, die uns überfallen und ihn getötet haben?«

»Wir sollen jemanden getötet haben? Was denkst du denn von uns, wir sind …«, begann der Fechter entrüstet.

Die Schwangere fiel ihm ins Wort. »Da war niemand sonst. Dein Pferd lief ziellos durch den Wald. Du kannst froh sein, dass wir dich gefunden haben. Und keine …« Sie verstummte.

Ob Clarissa ihnen glauben konnte? War sie allein davongeritten, vielleicht um Hilfe zu holen, und dann bewusstlos geworden? Vielleicht lebte Fritjoff ja doch noch und suchte sie? Die aufkeimende Hoffnung ließ sie ruhiger werden. Tief atmete sie durch. Verzweiflung würde sie nicht weiterbringen. Solange sie nicht sicher wusste, dass ihr Vater tot war, gab es Hoffnung. Sie würde sich gerne die Tränen abwischen, aber sie konnte nicht. Es war ihr nicht recht, dass die Fremden sahen, wie verzweifelt sie war. Nur keine Blöße! Sie zerrte an ihren Fesseln.

»Froh? Ihr haltet mich wie eine Gefangene! Macht mich los! Ich muss meinen Vater finden, er sucht mich bestimmt schon!«

Die Schwangere verschränkte die Arme über der Brust. »Das kannst du vergessen.«

»Das dürfen wir nicht«, bestätigte der Fechter, wobei er damit sichtlich nicht einverstanden war.

»Wer sagt das? Seht ihr nicht meine Hand – sie ist schon ganz blau!«

»Sie hat recht, Engel…«

»Scht!«

»Wir müssen die Fessel lösen, sonst kann sie vielleicht nie mehr ein Schwert halten.« Was wusste er von ihr? Er nestelte an dem Knoten. »Mit deinem Vater bist du unterwegs? Ihr wart in Frankfurt. Er ist Fechtmeister, nicht wahr? Ich habe euch in der Fechtschule gesehen. Stimmt doch, oder? Bei dem Angriff. Du hast das Schwert genommen, damit der Federfechter nicht zuschlagen kann! Ist es sein Fechtbuch? Das deines Vaters?«, sprudelte es aus ihm heraus.

Clarissa musterte ihn verstohlen. Das Kastanienhaar, die grüne Weste. Ein herzförmiges Gesicht, das durch die Bartstoppeln am Kinn etwas spitz wirkte. Der ausgeprägte M-Bogen der Oberlippe. Dazu mandelförmige Augen mit schwarzen Wimpern. Wo hatte sie ihn nur gesehen? Es fiel ihr einfach nicht ein. Dafür überrollte sie die schmerzhafte Erinnerung an die Fechtschule, an Benjamins Tod. Hätten sie voraussehen müssen, dass der Glatzkopf Rache nehmen würde? Hätte man dem Mörder seine Pläne ansehen können?

»Vaters Fechtbuch, es darf nicht nass werden …«, sagte Clarissa verstört.

Er sprang auf. »Ach ja, das Fechtbuch!« Übermütig setzte er den Hang hinunter, machte einen Überschlag. Das hatte sie doch schon mal gesehen! Gehörte er zu den Gauklern, die bei ihrer Ankunft in Frankfurt aufgetreten waren? Den Luxbrüdern? Mit zwei Sprüngen war er wieder bei ihnen, das Manuskript in den Händen. Die Tinte war mindestens an einer Stelle verlaufen, registrierte Clarissa. Sie hatte sich inzwischen neben die anderen gesetzt, und er löste ihr die Fessel. Erleichtert spürte Clarissa, wie der Druck nachließ. Sie wollte die Finger krümmen, aber es gelang ihr nicht. Steif und leblos waren sie. Erst langsam begannen ihre Fingerspitzen zu kribbeln. Beobachten, kennenlernen, Blößen finden, mahnte sich Clarissa. Die beiden waren ein Paar. Waren da nicht noch mehr Gaukler gewesen?

»Stimmt, ich habe euch in Frankfurt gesehen. Die Luxbrüder, nicht wahr? Aber ihr seid eine ganze Gruppe. Wo sind die anderen?« Sie streckte die Hand nach dem Manuskript aus. Die Gaukler warfen sich einen Blick zu, beantworteten aber die Frage nicht. Clarissa tupfte vorsichtig die Feuchtigkeit von den Seiten. »Ich bin Clarissa. Wie heißt ihr?«

Er wollte den Mund aufmachen, aber die Schwangere kam ihm wieder zuvor. »Das geht dich gar nichts an!«

Sie hatte in dieser Beziehung eindeutig die Hosen an, dachte Clarissa. Aber warum taten sie so geheimnisvoll? Und warum hatten sie ihr Fesseln angelegt? Behutsam betastete sie ihr Handgelenk. Gebrochen war anscheinend nichts. Dann zog sie ihr Bein an, das von der Kälte ganz steif war. Klamm spürte sie ihr Kleid an ihrem Schenkel. Ihr Knöchel war blau und dick. Sehnsüchtig sah sie in die Sonne. »Ich habe einige Tiegel mit Heilsalben und Kräutern in meiner Satteltasche. Wenn ihr mich in die Senke lassen würdet, könnte ich mich aufwärmen und meine Prellungen versorgen.«

Der Fechter merkte auf. »Heilsalben? Wunderbar!«

»Das heilt auch so wieder«, wiegelte die Schwangere ab.

»Für Ursel«, wandte er ein.

Die Schwangere gab nach. »Dann hol die Satteltasche. Wenn es sein muss.«

Einen Augenblick später hatte Clarissa ihre Tasche in den Händen. Sie öffnete den ersten Tiegel und schnupperte daran. Das war die richtige Salbe. Während sie ihre blau gefärbte Haut damit massierte, fragte sie beiläufig: »Wer ist Ursel?«

»Sie gehört zu uns. Ein altes Weib. Ursel kann aus der Hand lesen. Aber als die Fechter sie verprügelten, fiel sie. Seitdem kann sie nicht mehr laufen. Sie fiebert, und wir dachten, sie stirbt«, redete der Gaukler drauflos.

»Verdammt, verrat ihr doch gleich alles über uns, Leander!«

Clarissa freute sich innerlich über den Ausrutscher. »Du bist also Leander«, wiederholte sie. »Und du?«

»Sie heißt Engelin«, sagte Leander, der offenbar keine Lust auf die Geheimniskrämerei hatte. »Wenn du dich mit Verletzungen auskennst, kannst du dir ja Ursel mal ansehen. Vielleicht kannst du ihr helfen!«

»Sie soll gefesselt bleiben! Dein Vater …«

Doch Leander ließ sich nicht mehr das Wort verbieten. »Mein Vater ist aber nicht hier! Du kannst dich ja später bei ihm beschweren.« Während er das Seil vom Felsvorsprung löste, sie aber weiter festhielt, dachte Clarissa, dass sich hier schon mal eine Blöße gezeigt hatte. Dabei sollte man sich als junges Paar, das demnächst ein Kind bekam, doch einiger sein.

Ihre Kopfwunde pochte, als sie, vorsichtig Fuß vor Fuß setzend, auf die andere Seite des Lakens schritt. Ihr Mut sank, als sie die alte Frau mit dem eingefallenen Gesicht auf ihrer Decke sah. Sie legte die Hand auf die pergamentartige Stirn der Alten, aber diese reagierte nicht, sondern röchelte weiter. Die Schwangere kniete sich neben sie und schob Decke und Kleidung beiseite, sodass Clarissa die geschwollene, grün-blaue Hüfte sehen konnte. Clarissa war ratlos. Prellungen und Stichverletzungen hatte sie schon oft gesehen, aber das hier? Sie war doch keine Ärztin! Andererseits würde es ihr sicher einen Vorteil verschaffen, wenn sie sich nützlich machen konnte. Wenn in der Hüfte etwas gebrochen war, half nur Ruhe. Das Röcheln der alten Frau klang belegt, dazu kam das Fieber. Die Kranke musste raus aus der feuchten Höhle, das sagte Clarissa der gesunde Menschenverstand. Schon jetzt lag Ursel etwas auf der Lunge. Zaghaft massierte sie die Salbe auf die Prellung und forderte Leander dann auf, Ursel in die Sonne zu tragen. Zu ihrem Erstaunen kam er ihrem Vorschlag nach, und auch Engelin protestierte dieses Mal nicht. Für Clarissa war der Gang in die Senke jedoch zu viel. Sie verlor erneut das Bewusstsein.

»Grün und blau werd ich ihn schlagen, wenn ich ihn erwische. Wetten, dass er in Marburg ist? So oft, wie der von seiner Heimat geredet hat …« Nach Atem ringend stand Gallus auf dem Felsgrat. Ein Fallwind strich über die Kuppe. Er hatte einen guten Blick über Straße und Dorf, ihn aber würde im Schatten des Berges niemand entdecken. Gänsehaut breitete sich von seinem schweißnassen Rücken über den restlichen Körper aus. Er zitterte. Wenn er nur einen Branntwein bekommen könnte oder einen Krug Bier! Sie hatten an einem Wegstück, das näher an ihrem Versteck lag, gelauert, aber es waren nur schwer bewaffnete Reisende oder größere Kolonnen vorbeigekommen. Damit konnten sie es nicht aufnehmen. Trotz seiner Erschöpfung war er Caspar und Freihart vorausgeeilt. Als Anführer ließ er sich nicht noch einmal seinen Rang streitig machen – er hatte ja gesehen, wohin das führte!

»Du redest und redest! Wenn Sixt in Marburg ist – was tun

wir dann hier? Wir sollten hinterher, bevor er unsere Kohle verprasst hat!«, zeterte Caspar, als er zu Gallus aufgeschlossen hatte.

»Er wird das Geld nicht auf einmal ausgeben. Außerdem können wir nicht sicher sein. Wir müssen erst mal selbst einen Zehrpfennig haben. Und in Ursels Zustand …«

Caspar winkte ab. »Die beiden Alten sind doch zu nichts mehr nütze. Lassen wir sie hier.«

Gallus sah den Felsgrat hinunter. Sie hatten Freihart abgehängt, gerade erst kroch er den Hang hoch. »Das machen die anderen nicht mit.«

»Dein feiner Sohn, meinst du!«

»Engelin auch nicht.«

»Ach, Engelin … so eine findest du überall!«

Gallus' Kopfnuss traf Caspar unerwartet. Blut schoss aus der Nase des Feuerfressers. »Rede mit mehr Respekt von meinem Weib!«, maßregelte Gallus ihn. Der Stoß schmerzte Gallus ebenfalls, aber das war es wert, fand er.

Zusammengekrümmt hielt Caspar sich das Gesicht. »Mit so viel Respekt, wie sie dir erweist? Siehst du denn nicht, dass sie deinem Sohn schöne Augen macht?«, fauchte er, doch sein Ton war schon unterwürfiger. Gallus knirschte mit den Zähnen, würdigte ihn aber keiner Antwort. Seine Zunge war trocken. Er hatte einen bitteren Geschmack im Mund. Natürlich hatte er Engelins Interesse bemerkt. Aber Leander würde es nicht wagen. Er war ihm zu Gehorsam verpflichtet. Solange sie zusammen umherzogen, musste sein Sohn sich ihm unterordnen. Auch was die Raubzüge anging, würde Leander über kurz oder lang nachgeben. Und Engelin würde keiner bekommen. Sie war sein Weib, sein Vergnügen, seine Hoffnung.

»Was ist denn hier los?« Erschöpft blickte Freihart von einem zum anderen.

Gallus verschränkte die Arme vor der Brust, weil sie so zitterten. Caspar hatte recht, die beiden waren ihnen Klötze am

Bein. Doch hier traf er die Entscheidungen, nicht Caspar. Er entschied, wer zur Gruppe gehörte und wer nicht.

»Wir suchen ein Versteck für einen Hinterhalt. Dann warten wir ein Stündchen. Wenn wir bis dahin keine Beute gemacht haben, nehmen wir uns eines der Häuser vor.«

Freihart zögerte. »Ist das nicht viel zu gefährlich?«

»Brauchst du Geld oder nicht? Ich für meinen Teil hab Frau und Kinder. Will nicht, dass wieder eins über den Winter zugrunde geht«, fuhr Caspar ihn an. Der Feuerschlucker sprach sonst kaum über seine Familie. Er verbrachte den Winter bei ihnen, schwängerte seine Frau und zog im Frühling wieder los. Ohne Geld konnte er sich wohl kaum zu Hause sehen lassen.

»Ich bin nicht so schnell wie ihr. Wenn wir ein Haus überfallen oder weglaufen müssen …«

»Heul doch, Alter! Und überleg dir, ob du nicht doch das Gnadenbrot fressen solltest! Mit ein paar Hausbewohnern werden wir schon fertig.«

»Genug!« Gallus hatte sich wieder unter Kontrolle. »Da kommen Reiter! Los!«

Caspar zog sein Kurzschwert. Kampfeslustig stürzte er vor. Er wäre Gallus eine große Hilfe, wenn es daran ginge, sich an Sixt zu rächen. Denn Gallus wollte niemandem mehr das Leben nehmen. Wenn nur Caspars Leichtsinn sie bis dahin nicht in Gefahr brächte. Gallus musste sehen, dass er die Kontrolle behielt. Die Hand am Rapier, überholte er seinen Kumpan.

»Dieses hier ist der Sturzhau. Stehe ich so richtig? Und dann?«

Clarissa war gerade wieder erwacht. Noch immer lag sie auf der Wiese. Leander hatte ihre Fesseln am einzigen Baum in der Senke, einem alten Holunderbusch, gleich neben ihrem Pferd und dem Murmeltier befestigt. Ihre Wunden schmerzten, und sie hatte Hunger, aber immerhin fühlte sie die Sonne auf ihrem

Rücken. Engelin hatte sich im Gras ausgestreckt und sang leise vor sich hin. Ursel schlief ruhig. Clarissa versuchte, die beiden auszufragen, doch Engelin und Leander antworteten ausweichend. Anscheinend wussten sie wirklich nichts über den Überfall und den Verbleib ihres Vaters. Dafür befragten sie sie ihrerseits. Arglos gab Clarissa Auskunft über ihren Wohnort und ihre Verwandtschaftsverhältnisse. Wenn sie etwas wissen wollte, musste sie auch etwas geben, dachte sie. Vertrauen gegen Vertrauen. Aber es gab eine Grenze.

»Der Sturzhau? Das weiß ich nicht«, wich sie aus. Sie würde einen Teufel tun und einem Fremden, der sie gefangen hielt, Fechtunterricht erteilen!

Skeptisch blickte Leander sie an. Er konnte sich die verschiedenen Fechthaltungen erstaunlich schnell merken. »Bei der Fechtschule sah es nicht aus, als hieltest du zum ersten Mal ein Schwert. Außerdem hattest du eines bei dir. So ein schmales mit einem Griff wie ein Nest.«

Eine hübsche Beschreibung. Clarissa merkte auf. Wo waren ihre Waffen eigentlich? Sie musste es herausfinden. Ohne die Waffen konnte sie nicht fliehen. Allein war es auf den Straßen zu gefährlich – das hatte sie ja erlebt. Prompt sah sie vor ihrem inneren Auge ihren Vater wieder auf dem Boden liegen, überwältigt und voller Furcht, aber sie schob den Gedanken entschlossen weg.

»Ein Rapier«, sagte sie.

»Rapier, ja. Kann man damit genauso fechten wie mit einem Langschwert? Oder ist die Technik eine andere?«

In diesem Moment lief das Murmeltier aufgeregt pfeifend hin und her. Dann kamen drei Männer zwischen den Findlingen hervor. Der erste hielt einen Weinschlauch in der Hand, der zweite führte ein Pferd hinter sich her, das einen alten Mann und einen Sack trug; in seiner linken Hand hielt der Pferdeführer eine Schusswaffe. Engelin setzte sich auf. Mit den runden

Kugeln ihrer Brüste und ihres Bauches wirkte sie sinnlich und weich.

»Ein Pferd! Das können wir gut gebrauchen! Habt ihr auch etwas zu essen dabei? Ich verhungere fast!«, begrüßte Engelin die Männer.

Leander hingegen schien entsetzt: »Seid ihr völlig verrückt geworden! Was wollt ihr mit der Waffe? Damit können wir doch gar nichts anfangen! Und ein Pferd zu stehlen – damit zieht ihr die Aufmerksamkeit aller …«

»Ruhe!«, blaffte der Mann mit dem Weinschlauch. Er trug Clarissas Rapier am Gürtel.

»Wir werden …«, platzte Leander heraus.

»Maul halten, hat er gesagt!«, fiel ihm der Mittlere drohend ins Wort. Er hatte kurze, stoppelige Haare. An seinem glatten Gesicht irritierte Clarissa etwas, auch wenn sie es nicht benennen konnte. Leander presste die Lippen zusammen.

»Ich will doch nicht, dass mein Liebchen vom Fleisch fällt!«, antwortete der Erste Engelin. Mein Liebchen? Wieso nannte er Leanders Frau so? Grantig wies er jetzt auf Clarissa. »Was macht sie hier? Und Ursel?«

Der dritte Mann ließ sich vom Pferd gleiten und stürzte zu der Kranken. »Ursel mitten in der Sonne … Wenn ihr das nun schadet?«, rief der Alte.

»Es war Clarissas Idee!«, warf Engelin schnell ein.

»Ursel! Sie ist …« Die Stimme des Alten klang so aufgeregt, dass das Murmeltier noch schriller pfiff. Schon griff eine kalte Hand nach Clarissas Herz. Wenn die alte Frau nun gestorben wäre, ausgerechnet jetzt … »Aber sie hat ja die Augen offen! Sie wacht auf!«

Alle umringten die Kranke, bis auf Clarissa, deren Fesseln sie davon abhielten. Sie nutzte die Gelegenheit, aufzustehen und an den Knoten zu zerren, doch die saßen fest.

Engelin nahm sich ein Brot aus dem Sack. Nachdem sie einige

Bissen heruntergeschlungen hatte, richtete sie das Wort an den Anführer: »Ich hab mich für dich schlaugemacht. Sie kommt aus Rostock. Keine Verwandte in der Gegend, leider. Nur ein paar Freunde in Frankfurt, arme Schlucker. Könnte lange dauern, bis das Lösegeld aus Rostock da ist.«

Der Mann legte Engelin die Hand um die Taille und drückte sie an sich. »Gut gemacht, Liebchen. Wir haben uns etwas Zeit verschafft.« Er wies auf den Sack. »Unser erster Raubzug war ein voller Erfolg.«

Clarissas spürte, wie die Schwäche wieder von ihr Besitz ergriff. Räuber – sie hatte es befürchtet, aber nicht wahrhaben wollen. Hatten diese Menschen sie überfallen? Ihren Vater getötet? Hatten Leander und Engelin sie nach Strich und Faden belogen? Clarissa war eine Geisel. Würde in ihren Fängen bleiben, bis jemand sie auslösen würde. Aber wer könnte ein Lösegeld für sie bezahlen? Und wie sollte derjenige überhaupt von ihrer Gefangennahme erfahren? Darauf, dass ihr Vater noch lebte, konnte sie nicht vertrauen. Niedergeschmettert sank sie zusammen.

Leander war außer sich. Die Küche eines Dorfgasthofes auszuplündern – was für ein Leichtsinn! Ein Lastpferd zu stehlen – verrückt! Natürlich war er froh gewesen, dass sein Vater ihnen etwas zu essen beschafft hatte. Aber der Wirt würde ihnen die Büttel auf den Hals hetzen. Unsichere Reisewege waren schlecht fürs Geschäft.

»Ich wollte im Dorf auftreten und uns etwas Geld verdienen, aber das kann ich jetzt wohl vergessen. Die Bewohner werden misstrauisch Fremden gegenüber sein!«, zürnte Leander, als sie am Lagerfeuer saßen. Gallus hatte sich mit Engelin zurückgezogen, Ursel schlief, auch ihre Geisel rührte sich nicht mehr. Nur noch Caspar und Freihart saßen mit ihm am Feuer.

Caspar stocherte mit einem Stecken in den Flammen. »Dann nimmst du halt ein anderes Dorf. Rund um dieses Waldgebiet gibt's ein paar. Kein Problem. Wir halten hier derweil Ausschau nach Reisenden.« Er grinste Freihart um Zustimmung heischend an, der gerade sein Murmeltier mit einem Brocken Brot fütterte.

»Untersteht euch! Dann fliegt ihr schneller auf, als euch lieb ist.«

»Tja, Kleiner, mitgehangen, mitgefangen. Du wirst genauso als Räuber gelten.«

Diese Einschätzung war leider richtig, dachte Leander. »Ich höre mich um, ob es in der Nähe demnächst einen Jahrmarkt oder ein Erntedankfest gibt. Da können wir am ehesten ein Geschäft machen«, sagte er.

Den brennenden Stecken betrachtend, schüttelte Caspar den Kopf. »Du bist einfältig. Nie und nimmer bekommen wir in so kurzer Zeit mit Gaukeleien genügend Geld für uns alle zusammen. Nur Raubzüge und Lösegeld bringen uns weiter.«

Noch etwas, das Leander ärgerte. »Aha! Und wie wollen wir vorgehen? Willst du etwa nach Rostock reisen, bei Clarissas Familie klopfen und sagen: ›Guten Tag, ich halte ihre Tochter gefangen, bitte zahlen sie zehn Gulden‹?«

»Clarissas Familie. Wie süß das klingt«, höhnte Caspar. »Lass dich bloß nicht mit ihr ein! Die kann uns alle an den Galgen bringen! Wir sollten ihr besser den Hals umdrehen.«

Leander grauste es. Das meinte Caspar hoffentlich nicht ernst! Aber Freihart erhob nun Einspruch: »Lass die Finger von der Frau! Schließlich hat sie Ursel geholfen.«

Das wollte Caspar nicht gelten lassen: »Was hat sie denn schon getan?«

»Sie hat was getan. Irgendwas. Danach ging es Ursel besser. Und wenn sie ihr nur Glück gebracht hat«, beharrte Freihart.

Froh, wenigstens etwas Unterstützung zu haben, hakte Leander nach: »Also, wie soll das gehen mit dem Lösegeld?«

»Du Schlaumeier könntest ja einen Brief schreiben.«

»Und wer bringt den Brief nach Rostock? Außerdem: Bis er da ist, liegt Schnee. Dann müssten wir längst einen anderen Unterschlupf gefunden haben. Sollen wir etwa eine Adresse angeben, damit die Büttel uns leichter finden? Der Plan hakt hinten und vorn!«, rief Leander aus.

Zornig stach Caspar mit der kleinen Fackel zu; beinahe hätte er Leanders Wange getroffen, doch der war geschickt ausgewichen. »Dann lass dir was Besseres einfallen!«

Seit zwei Wochen war Clarissa nun schon in den Händen der Räuber. Jede Nacht hatte sie versucht, sich zu befreien, aber ihre verletzte Hand machte es ihr unmöglich, die Fesseln zu lösen. Es würde ihr nichts übrig bleiben, als zu hoffen, dass ihr Vater sie fand. Anderenfalls musste sie warten, bis sie wieder gesund war, und sich dann allein durchschlagen. Wenn sie den Räubern entwischen konnte.

Langsam ging es ihr besser. Auch wenn sie es sich nicht anmerken ließ, schmerzten Kopf, Hand und Knöchel kaum noch. Bis auf Caspar, der spitze Bemerkungen in ihre Richtung machte, und Leander, der sie wegen ihrer Fechtkenntnisse ausfragte, ließen alle sie in Ruhe. Es wurde ihr zugutegehalten, dass es Ursel besser ging, dabei hatten wohl vor allem das Ende des Regens und die Herbstsonne zur Gesundung der alten Frau beigetragen. Ursels Fieber war verschwunden. Sie konnte nach wie vor nicht gehen, doch Clarissa klopfte der Alten den Rücken ab, damit sich die Feuchtigkeit in ihren Atemwegen löste, und sorgte dafür, dass sie sich so viel wie möglich bewegte. Engelin ging mit Clarissa täglich zum Bach, wo sie sich wuschen und ihre Kleidung reinigten. Es war ungewohnt, auf vier Wände und ein Bett zu verzichten und in freier Natur zu leben, aber Clarissa haderte nicht damit, sondern machte das Beste daraus.

An diesem Abend wurde gefeiert. Die Räuber hatten einen Händler aufgebracht und ihn um einige Fässchen und andere

Vorräte erleichtert. Abends beim Lagerfeuer sprachen sie dem Wein zu. Gallus, der Anführer, soff haltlos. Caspar spuckte mit dem Branntwein, der ja auf einmal reichlich vorhanden war, Feuer. Jetzt wusste Clarissa auch, was an ihm irritierte: Er hatte keine Augenbrauen oder sonstige Gesichtsbehaarung; sie waren abgeflammt durch das Feuerspucken. Clarissa sah ihnen von der Höhle aus zu. Sie hatte aus den Gesprächen vieles über das Schicksal und die Sorgen der Gaukler herausgehört. Die Mittellosigkeit. Der Betrug durch einen früheren Kumpan. Aufkommendes Mitleid oder gar Sympathie drängte sie entschlossen zurück; Raubzüge und Geiselnahme waren dennoch nicht der richtige Weg! Jeder von ihnen machte sich schuldig, entweder durch Taten oder, wie Leander, durch deren Duldung. Er nahm das Lotterleben einfach zu leicht, schien überhaupt leichtfertig zu sein. Deshalb duldete er es auch, dass das schwangere Eheweib seines Vaters – waren sie überhaupt verheiratet? – ihm schöne Augen machte. Was für eine unschickliche Gesellschaft! Sie musste sehen, dass sie wegkam, und zwar so schnell wie möglich. Heute Nacht würde sie erneut zu fliehen versuchen. Wer wusste schon, ob sich noch mal eine so günstige Gelegenheit ergab.

Schnarchen erfüllte die Höhle, als Clarissa nach dem scharfkantigen Stein tastete, den sie im nahegelegenen Bach entdeckt und in die Höhle geschmuggelt hatte. Sie war hellwach, ihre Sinne waren geschärft. Sie glaubte sogar, ein leises Fiepen zu hören, das von den tanzenden Fledermäusen ausging. Ihr Herz wummerte. Hastig schabte sie mit der Steinkante über das Seil an ihrem Handgelenk. Nach einer schier unendlichen Weile hatte sie es durchtrennt und konnte auch die anderen Fesseln lösen. Beinahe lautlos erhob sie sich. Ihre Satteltasche lag ganz in der Nähe. Stück für Stück hatte sie in den letzten Tagen unauffällig ihre Habseligkeiten eingesammelt. Nur das Manuskript ihres

Vaters und ihre Waffen fehlten. Auf beides zu verzichten fiel ihr schwer, aber ihr würde nichts anderes übrig bleiben. Sie nahm ihre Satteltasche und schlich den Hang herunter. Schon hatte sie ihr Pferd erreicht, das am Holunderbusch döste. Voller Euphorie rieb sie über die Pferdenase. Sie hatte es geschafft!

Als sie den Zügel löste, hörte sie leises Tapsen hinter sich. Sie fuhr zusammen. Freihart stand hinter ihr. Er könnte sie verraten, in Fesseln legen! Kurz überlegte sie, ob sie versuchen sollte, ihn niederzuschlagen, glaubte aber kaum, dass sie es übers Herz bringen würde. Inzwischen war ihr der freundliche Mann sehr ans Herz gewachsen. Da bewegte er seinen Arm. Nein, sie würde nicht kampflos aufgeben! Sie würde nicht wieder die Initiative ihrem Angreifer überlassen! In dem Moment, als Clarissa ihn packen wollte, hielt er ihr stumm Rapier und Dolch hin. Dankbar lächelnd nahm Clarissa beides an sich. Sie führte ihr Pferd zwischen den Findlingen hindurch. Sogleich schwang sie sich auf den Pferderücken. Sie war frei! Jetzt würde sie ihren Vater suchen und mit ihm nach Hause reiten.

Leander kam gerade vom Bach zurück, als er die anderen in heller Aufregung fand. Er war in der Morgendämmerung als Erster aufgewacht und zum Bachlauf geschlichen. Ganz in Ruhe hatte er sich gewaschen und rasiert. Er wollte heute losreiten und ein Dorf auf der anderen Seite des Waldes suchen. Irgendwo musste er doch mehr Erfolg mit seinem Auftritt haben! Es kam ihm vor, als starrten sein Vater und Caspar ihm inzwischen jeden Bissen in den Mund. Kaum hielt er es noch mit ihnen aus. Bei ihren Raubzügen wurden sie, ihren Berichten nach zu urteilen, immer leichtsinniger. Es war nur eine Frage der Zeit, bis jemand ernsthaft verletzt oder sie gefangen wurden. Gerade Caspar gebärdete sich wild. Er gefiel sich offenbar in der Rolle des Räubers. Sie aufhalten konnte Leander nicht; auf seine Warnungen reagierten sie aggressiv. In den letzten Tagen hatte er immer wieder darüber nachgedacht, ob es am besten wäre, wenn er sich von ihnen trennen würde.

Als er ins Lager kam, standen Gallus, Caspar und Freihart am Höhlenrand. Die Spannung zwischen ihnen war mit Händen zu greifen.

»Mein Rapier ist verschwunden!«, zeterte Gallus.

»Sie hat meinen Dolch gestohlen … und verdammt, das Pferd ist auch weg! Diese Hexe!« Caspar versetzte Freihart einen Stoß. »Warum hast du nicht besser aufgepasst? Sonst schleichst du nachts doch auch immer durchs Lager!«

Der Alte blieb ruhig. »Tja, heute Nacht wohl nicht«, sagte Freihart. »Muss die Erschöpfung gewesen sein. Wegen der Sorgen um meine Ursel. Du weißt schon.«

»Du weißt schon«, äffte Caspar ihn nach. Als er Leander kommen sah, richtete sich Caspars Zorn gegen ihn. »Dachte schon, du wärst gleich mit abgehauen.«

Mit abgehauen? War Clarissa etwa verschwunden? Leander schalt sich für seine Unaufmerksamkeit. Ihm war nicht aufgefallen, dass das Pferd fort war. Er ärgerte sich aber auch darüber, wie Caspar Freihart behandelte. »Ich habe immer noch Hoffnung, dass ihr zur Vernunft kommt«, merkte er spitz an.

»Wir? Zur Vernunft?« Caspar explodierte fast.

»Was hast du denn eigentlich für ein Problem?«, wunderte sich Leander bemüht ruhig.

»Schnauze!«, fuhr Gallus dazwischen. »Jemand muss ihr nach. Sie aufhalten, bevor sie uns verpfeifen kann.«

Caspar wandte sich dem Lastgaul zu. »Ich reite ihr nach. Der werde ich zeigen, was 'ne Harke ist.«

Leander hielt ihn am Arm fest. In diesem Gemütszustand war Caspar unberechenbar. »Nein, ich gehe. Jemand könnte dich erkennen.«

Grob riss Caspar sich los. Er sah aus, als würde er Leander am liebsten schlagen. Doch Gallus stimmte seinem Sohn ausnahmsweise zu. »Lass Leander gehen. Dann kann er sich endlich auch mal nützlich machen.«

Die Gespräche in dem Gasthof waren mit ihrem Eintritt leiser geworden. Sie hoffte, dass sie nicht zu wüst aussah. Am Waldrand angekommen, hatte sie sich erst mal die Haare gekämmt und ihren Umhang abgebürstet. Im ersten Dorf hatte man noch nie von ihrem Vater gehört. Vielleicht hatte sie mehr Glück in dem Gasthof, in dem sie zuletzt mit ihrem Vater gewesen war. Sie ging an Dorfbewohnern vorbei, die Blumengirlanden über die Straße hängten; es stand wohl ein Erntedankfest an.

»Fritjoff Nykrantz?«, wiederholte der Wirt. »Ja, der ist hier.« Clarissa konnte ihr Glück kaum fassen. Doch die nächsten Worte des Mannes ließen sie erstarren: »Tot wie ein Stein ist der. Ein Priester hat die Leiche aus dem Wald hierhergebracht und ihn hier begraben. Der arme Mann – umgebracht von seiner eigenen Tochter.«

Clarissa war wie gelähmt. Ihr Vater – tot. Und sie … Sie bohrte die Fingernägel in die Handflächen, um nicht loszuweinen. »Seine … Tochter?«, brachte sie hervor.

»Der Pater kann's bezeugen. Muss 'ne richtige Hexe sein. Schwarzhaarig wie der Teufel. Hat mit Nykrantz im Gasthof gezankt. Erinnert ihr euch noch, was der Zahnbrecher und der Krämer erzählt haben?«, rief er in die Runde. Einige Männer nickten über ihren Bierhumpen. »'ne echte Furie, die Tochter. Hoffentlich haben sie sie bald. Jeder Büttel der Gegend hält nach ihr Ausschau.« Panisch wollte Clarissa kontrollieren, ob die Kapuze noch ihre Haare bedeckte. Es war für eine allein reisende Frau unumgänglich, dass sie sich verhüllte, das kam ihr jetzt zugute. Der Wirt musterte sie kritisch. »Warum fragt Ihr?«

Der Schock brachte ihr Blut derart zum Rauschen, dass sie keinen klaren Gedanken mehr fassen konnte. Noch weiter beugte der Wirt sich vor. Schaute eine Strähne ihres Haares hervor? »Ich …« Ihr fiel einfach nichts ein! Gleich würde der Wirt ahnen, dass sie Fritjoffs Tochter war, die angebliche Mörderin. Clarissa spürte Feuchtigkeit unter ihren Fingernägeln. Was sollte sie nur sagen? Wie sich retten? Wenn sie wortlos hinausliefe, wäre es ebenfalls um sie geschehen.

»Meine Frau und ich sind Meister Nykrantz in Frankfurt begegnet. Wir hatten uns hier verabredet, um etwas Geschäftliches zu besprechen. Aber das ist ja nun wohl hinfällig.« Jemand nahm ihren Arm. Leander! Er sah sie liebevoll an. »Lass uns zur Kirche gehen und für den armen Meister Nykrantz beten! Habt Dank, mein Herr, für Eure Auskunft.« Er legte dem Wirt eine kleine Münze auf den Tresen. Zitternd hängte Clarissa sich bei Leander ein und ging auf ihn gestützt hinaus.

Ein schäbiges Holzkreuz auf dem Friedhof zeigte das Grab ihres Vaters an. Auf der frisch aufgeworfenen Erde keimte erstes Unkraut. Clarissa stand starr. Tränen rannen über ihr Gesicht, während sie für ihren Vater betete.

Irgendwann spürte sie Leanders Hand auf ihrem Rücken. »Wir sollten hier besser verschwinden, bevor dem Wirt aufgeht, dass du die Gesuchte sein könntest!«, mahnte er leise.

Ihre Trauer wandelte sich in Wut: »Du willst deine Geisel zurück, was? Aber vielleicht verdienst du ja auch ein hübsches Sümmchen, wenn du mich den Bütteln auslieferst, schließlich werde ich gesucht! Oder schickt sich das für einen Räuber nicht, einen anderen Spitzbuben zu verpfeifen?«, fauchte sie.

»Du weißt ja nicht, was du sagst!«

»Du etwa? Dir glaube ich kein Wort!«

Leander ging auf Abstand, offensichtlich verletzt durch ihren Angriff. Im Schatten der Kirche sahen seine Haare fast schwarz aus. »Ich habe dich gerettet!«

»Nur um mich in eure Räuberhöhle zurückzubringen!«, warf sie ihm vor.

Er wandte sich ab. »Wenn du das denkst, dann nimm doch

dein Pferd und hau ab. Eine Frau, die allein durch die Lande zieht, fällt ja auch überhaupt nicht auf!«, sagte er sarkastisch. »Der Henker wird sich über dich freuen. Eine Vatermörderin!«

»Genauso wie über dich – einen Räuber!«

Er sah sich vorsichtig um. Arbeiter banden einen Kranz aus Getreide über die Kirchenpforte.

»Ich bin kein Räuber!«, zischte er.

»Sicher«, sagte sie spöttisch, fügte dann aber ernst hinzu: »Du ziehst doch dauernd mit den anderen los.«

»Ich ziehe allein los. Um in den Dörfern Geld mit dem Spiegelfechten zu verdienen. Ich bin doch nicht lebensmüde – die Raubzüge bringen uns direkt an den Strick.« Log er sie an? Andererseits hatte es schon öfter hitzige Diskussionen zwischen Leander und seinem Vater gegeben. Das könnte der Grund dafür sein.

»Warum hältst du deinen Vater denn nicht von seinen Schandtaten ab?«

»Denkst du wirklich, ich könnte ihn aufhalten? Der macht, was er will. Den bringt niemand zur Vernunft. Ich schon gar nicht«, sagte Leander resigniert.

Ihr Kopf brummte schon wieder, dieses Mal vom Weinen. Die blutigen Halbmonde auf ihren Handballen brannten. »Ich habe meinem Vater nichts getan. Wir sind überfallen worden«, verteidigte sie sich matt.

Leander sah sie an, und sie konnte Mitleid in seinen Augen lesen. »Ich glaube dir ja. Aber die anderen werden es nicht tun. Wenn ein Priester deine Tat bezeugen kann …«

Ein Detail des Überfalls fiel ihr jetzt wieder ein. »Einer der Angreifer trug eine Art Kutte.«

»Das macht keinen Priester aus ihm.«

Sie starrte auf das Grab, bis ihre Augen brannten. Ihr Vater war so voller Kraft gewesen, voller Pläne. Nun hatte er sie verlassen. Sie war allein, ohne Macht, ohne Geld. Zu Unrecht beschuldigt, ohne die Möglichkeit, ihre Unschuld zu beweisen. Die Verzweiflung nahm ihr jeden Mut. »Was soll ich nur tun?«, stieß sie leise hervor.

Wieder spürte sie seine Berührung auf ihrem Schulterblatt. Dieses Mal empfand sie Leanders Nähe als tröstlich. »Komm erst mal wieder mit zurück ins Versteck. Dann sehen wir weiter.«

Clarissa wusste nicht, ob sie Leander vertrauen sollte. Sie fürchtete, dass es ihr nicht noch einmal gelingen würde zu fliehen. Aber wo sollte sie sonst hin? Die Aussicht, in die Hände der Büttel zu geraten, war nicht besser. Sie fühlte sich wie gelähmt. Ihre Gedanken kreisten um den Tod des Vaters. Wie konnte irgendjemand ernsthaft glauben, sie hätte ihrem Vater etwas angetan? Warum hatte der Priester sie beschuldigt? Hatte wirklich ein Geistlicher sie angegriffen? Und warum hatten die Räuber sie aufs Pferd gebunden und ihr die Waffen gelassen?

Zurück in der Talsenke, kochten die Gemüter hoch. Gallus und Caspar waren wütend über Clarissas Flucht. Beide trugen es ihr nach, dass sie ihre Waffen wieder an sich genommen – sozusagen zurückgestohlen – hatte. Engelin nahm Clarissa ihre Unschuld nicht ab und schmähte sie als Mörderin. Leander stand zunächst gut da, weil er Clarissa zurückgebracht hatte. Als er sich aber weigerte, sie wieder in Fesseln zu legen oder den Bütteln auszuliefern, wurde auch er angefeindet. Freihart schwieg. Vielleicht sorgte er sich, dass Clarissa ihn verraten würde.

Schließlich ergriff Ursel das Wort. An einen sonnenwarmen Findling gelehnt, sagte sie: »Ob es euch passt oder nicht – unsere Schicksale sind verwoben, das sehe ich, auch ohne dass ich Clarissas Handlinien lese. Lasst sie hier bleiben, bis wir wissen, wie wir Geld aus ihrer Notlage schlagen können und sie weiß, wie sie ihre Unschuld beweisen kann. Sicher kann sie sich nützlich machen. Wolltest du nicht, dass sie dich im Fechten unterrichtet, Leander? Du kannst doch fechten, ist es nicht so?«

Clarissa nickte. Zum Leugnen fehlte ihr die Kraft.

»Profitieren wir also von ihrem Wissen, auf dass Leander zum Fechtmeister wird und uns mehr Geld einbringt. Bis dahin machen wir weiter wie gehabt. Noch sind genügend Kaufleute unterwegs. Bis jetzt ist immer alles gut gegangen, es wird auch weiter gut gehen«, schloss die Alte trocken.

23

»Auf zur ersten Lektion!«, sagte Leander euphorisch und hielt Clarissa ein stumpfes Schwert aus dem Gauklerkarren hin. Sie standen auf der kleinen Wiese am Bach, auf der sie unbeobachtet üben konnten. Im Sonnenlicht schimmerte Leanders Schopf wieder rot. Seine Haut war gebräunt, er scherte sich nicht um vornehme Blässe. Es war, als würde er je nach Licht oder Stimmung ein anderer. Clarissa musste an Marius denken. Er würde ihr helfen, wenn er könnte, schließlich wollte er sie heiraten. Aber sie wusste ja nicht einmal, wo Marius sich jetzt befand. Überhaupt hatte sie in den letzten zwei Wochen sehr wenig an ihn gedacht, wie ihr jetzt auffiel. Sollte das nicht anders sein, wenn man miteinander verlobt war?

Sie nahm das Schwert und betrachtete es gedankenverloren, als wüsste sie nichts damit anzufangen. Die Klinge war schartig und stumpf. Wie so oft dachte sie an ihre Mutter. Ob Lievke schon die Todesnachricht erhalten hatte? Lievke würde zerbrechen am Tod ihres Mannes. Clarissa sollte jetzt an ihrer Seite sein. Nicht einmal einen Brief konnte sie ihrer Mutter schreiben. Stattdessen war sie hier, bei diesen Streunern und Kriminellen. Ob ihre Verletzungen wieder aufbrechen würden? Ihr Handgelenk war beinahe wiederhergestellt, aber ihr Knöchel tat immer noch weh.

Leander wedelte mit seiner Waffe. »Also, womit wollen wir anfangen? Mit dem Kurzhau? Dem Einhorn? Oder dem Brechfenster, das sieht als Zeichnung auch gut aus.«

Noch immer hörte sie kaum hin. Wie sollte sie allein und mittellos nach Rostock kommen? Ihre Mutter würde ihr glauben, dass sie unschuldig war, aber was war mit den anderen? Lievke würde alles Geld geben, das sie hatte, um ihre Tochter zurückzubekommen, aber auch sie konnte Clarissa kaum vor der Strafverfolgung schützen. Schon ein paar Mal war Clarissa aus dem Schlaf geschreckt, weil sie sich vor dem Henker stehen sah, der das Schwert hob, um sie zu richten.

»Eine eindrucksvolle Schlagfolge wäre gut.« Ungeduldig tippte Leander mit seiner Klinge gegen ihr Schwert. Aus ihrem düsteren Gedankenkarussell gerissen, reagierte Clarissa aufgeschreckt und schlug ihm beinahe die Waffe aus der Hand.

»Holla!«, rief er, holte aber seinerseits aus. Clarissa konterte vorsichtig. Sie spürte dem Gefühl in ihrem verletzten Knöchel nach, er wirkte jedoch stabil. Leanders nächster Schlag trieb sie zurück. Beinahe hätte er sie entwaffnet. Sie war nicht bei der Sache gewesen. In ihrem Stolz getroffen, hielt sie dagegen. Nun versuchte sie ganz bewusst, die Schläge korrekt auszuführen. Versuchte, sich an die Anweisungen ihres Vaters zu erinnern. Mit einem Mal waren sie mitten in einem Kampf.

»Eindruck schinden, das ist wohl alles, worauf du aus bist«, merkte Clarissa an, während sie die Klingen kreuzten.

»Mit kleinen Gesten erreicht man auf dem Jahrmarkt nichts«, antwortete Leander, der sichtlich Freude an ihrem Gefecht hatte.

»Wo ich herkomme, ist es wichtiger, was man ist, als was man vorgibt zu sein.«

Er landete mit der stumpfen Spitze fast einen Treffer an ihrem Bauch; nur weil Clarissa den Rücken rundete, konnte sie ihm ausweichen. Sie visierte seine Blößen an und schlug zu. Leander sprang beiseite, das Schwert herumreißend. »Ich kann mir den Luxus nicht leisten, Haarspaltereien zu betreiben. Aber du scheinst dich ja für etwas Besseres zu halten«, sagte Leander.

»Als Gaukler …« Sie drängte ihn zurück.

»Luxbruder.« Ihre Klingen klirrten gegeneinander. Clarissa genoss es, ihre eigene Kraft in der Bindung ihrer Schwerter zu spüren. Sein Spaß an der Sache steckte sie an. Aber da lauerte schon das schlechte Gewissen. Ihr Vater war tot, und sie …

»… oder Räuber …«, triezte sie ihn. Er war hart am Schwert. Immer näher kamen sie einander. Sie sah den Protest in seinen Augen, ehe er ihn aussprach.

»Bin ich nicht!«

»… dürfte Ehre dir wohl kaum ein Begriff sein.« Bevor sie über diese Gemeinheit nachgedacht hatte, war sie ihr schon entschlüpft. Nur weil er von unehrenhaftem Stand war, gab es ihr noch lange nicht das Recht, auf ihn herabzusehen.

Leander stieß sie von sich. Zornig holte er weit aus. Mit einer Parade gelang es Clarissa, ihn zu entwaffnen. Er funkelte sie an. Clarissas Brust hob und senkte sich schnell. Der Kampf hatte ihr gutgetan. Er hatte ihr Grübeln unterbrochen und sie dazu gebracht, sich nur auf diesen Augenblick zu konzentrieren. Ihr Vater hatte das Leben geliebt. Er hätte gewollt, dass sie nicht in Trauer versank, sondern weiterlebte, weiterfocht. Kummer schnürte ihr von Neuem den Hals zu. Schnell neigte sie das Schwert vor Leander, um das Gefühl zu verdrängen und ihm Respekt zu erweisen.

In einiger Entfernung hörte sie träges Klatschen. Die restlichen Mitglieder der Gruppe hatten sie vom Zugang zu der Senke aus beobachtet. Clarissa las Verwunderung, aber auch Anerkennung in ihren Gesichtern. Leander stürmte zum Bach.

»Da hast du deine Lektion: Zähme und breche deinen Zorn, sagt mein Vater immer«, rief Clarissa ihm hinterher. Fritjoff hatte aber auch gesagt: *»Sollst keinen anderen verspotten, in der Übung ist es verboten«*, fügte sie in Gedanken hinzu.

Leander schmollte nicht lange. Nachdem er einige Handvoll Wasser aus dem Bach geschöpft hatte, kam er zu ihr zurück. Clarissa, der die Gemeinheit leidtat, hielt ihm nun ihrerseits einladend das Schwert hin. Weitermachen, nur weitermachen, bevor die Verzweiflung sie wieder überfiel. Sie würde ihn unterrichten, und sei es nur, um die Stimmen in ihrem Kopf zum Verstummen zu bringen.

»Gehen wir also erst einmal alle Haue und Huten, auch Läger genannt, durch.«

Mit roten Gesichtern, verschwitzt und schwer atmend, saßen sie einige Stunden später am Bach und kühlten sich ab. Clarissa hatte noch nie einen so gelehrigen Schüler gesehen. Leander prägte sich die Bewegungen sofort ein und konnte sie schon nach wenigen Übungen fehlerlos umsetzen.

»Wir sind nicht immer Luxbrüder gewesen«, sagte er unvermittelt, nachdem er sich Wasser ins Gesicht geschippt hatte.

»Nein?« Clarissa legte die vom Flusswasser abgekühlte Hand auf eine Prellung am Oberarm. »Was ist geschehen?«

»Wir haben meine Heimatstadt verlassen, wo mein Vater ein angesehener Baumeister war, und ziehen seitdem herum«, sagte Leander vage.

»Und warum seid ihr weggezogen?«, wollte Clarissa wissen, aber Leander murmelte nur, dass es sich so ergeben habe.

»Ihr könntet woanders neu anfangen.«

»Das haben wir versucht. Aber mein Vater ist rastlos, muss immer weiter. Mir gefällt das Umherziehen auch. Kein tägliches Einerlei. Jeder Tag kann ein Festtag sein.«

Seine Welt war ihr fremd. Gegen ihren Willen fasziniert, sagte sie: »Auch wenn man nicht weiß, wovon man am Abend Quartier und Essen bezahlt?«

Die Röte des Gesichts und die feuchten Haare ließen Leander auf einmal sehr jungenhaft wirken, als er sie offen anlächelte. Zwischen seinen fein geschwungenen Lippen zeigten sich helle Zähne ohne Stummel oder Verfärbungen. »Die schönsten Nächte habe ich unter dem Sternenhimmel verbracht. Und das Essen schmeckt am besten, wenn ich dabei in die heiteren Gesichter meiner Gastgeber blicken kann.«

Das glaubte sie ihm sofort. Wie zufrieden er war! Sie wünschte, sie könnte ähnlich leicht Frieden mit ihrem Leben machen. Bleischwer lasteten der Verlust und die falsche Anschuldigung wieder auf ihr. Auch senkte sich nun die Anstrengung des Schwertkampfs über ihre Glieder.

Leander schien zu spüren, wie es um sie stand, denn er schnippte mit dem Zeigefinger Wassertropfen in ihre Richtung. »Letztlich kann man selbst jeden Tag zu einem Festtag machen, wenn man es will. Heute war auch einer für mich.« Er lächelte aufmunternd. Doch Clarissa konnte ihre Traurigkeit nicht mehr abschütteln. Sie hob die Füße aus dem Wasser und ging zum Lager zurück. Sie wollte allein sein.

Doch dazu kam es nicht. Sobald sie die Talsenke betrat, kam Gallus zu ihr, Caspar und Engelin im Schlepptau. »Du reitest mit uns. Morgen. Wenn wir auf den nächsten Raubzug gehen«, sagte er bestimmt.

Clarissa wandte sich ab. »Nie im Leben.«

Gallus kam ihr so nah, dass sie seinen Schweißgeruch und seinen sauren Atem riechen konnte. Wie hielt Engelin das nur aus? »Wenn ich es sage, wirst du es tun! Du bist unsere Gefangene! Du bist eine gute Kämpferin und wirst uns unterstützen!«

»Niemals!«

»Dann werden wir dich wieder in Fesseln legen!«

Trauer und Sorge ließen ihre Furcht verblassen. »Und wenn schon! Meinst du, das schreckt mich?«

Caspar umfasste grob ihr Kinn. »Ich an deiner Stelle würde Gallus Respekt erweisen. Du kommst mit, damit wir bewachte Wagen überfallen und reichere Beute machen können! Wir haben Möglichkeiten, dich gefügig zu machen.« Er legte die andere Hand auf ihren Po und drückte sie an sich.

Glücklicherweise schritt Leander ein, der inzwischen ebenfalls die Talsenke erreicht hatte. »Lass die Finger von ihr. Wir sind Luxbrüder, keine Lustmolche!«

»Du vielleicht«, grinste Caspar.

Leander warf ihm ein Übungsschwert vor die Füße. Caspar konnte der Herausforderung nicht widerstehen. »Mal sehen, ob du was gelernt hast«, reizte er ihn zusätzlich. Und Leander hatte dazugelernt. Schon nach wenigen Schlägen war der Kampf vorbei. Clarissa war ein wenig stolz auf ihren Schüler.

Für Gallus war der Streit jedoch nicht beendet. »Sie wird uns Geld einbringen, so oder so«, stellte er klar.

Auf einmal sah Clarissa ihre Rettung aus dieser Notlage vor sich. »Meine Mutter wird für mich zahlen. Leander kann mich nach Rostock bringen und das Geld in Empfang nehmen.«

Überrascht blitzte Leander sie an.

Caspar und Gallus wechselten einen Blick.

»Du verpfeifst uns nicht?«, wollte Gallus wissen.

»Ich schwöre es«, sagte Clarissa, die wusste, dass ihr keine andere Wahl blieb.

»Mit dem Geld kommt Leander zu uns zurück, so schnell es geht?« Der Satz war mehr eine Forderung als eine Frage. Zu ihrer Erleichterung nickte Leander.

»Du kannst ihm doch nicht trauen!«, warf Caspar erregt ein.

Gallus rieb seine rot gefleckte Nase, als überlegte er ernsthaft. »Er hat Ehre im Leib. Das hast du doch, Sohn?« Wieder nickte Leander.

»Wir können ihnen kein Geld für die Reise geben«, meldete sich nun Engelin zu Wort. Sie schien wenig begeistert von dem Vorschlag. »Wir haben kaum genug zum Überleben.«

Leander blickte Clarissa an. »Wir werden es uns selbst verdienen. Am Wochenende findet in der Nähe ein Volksfest statt. Wenn Clarissa und ich noch ein bisschen üben, können wir dort auftreten. Und ihr könnt dort auch Geld verdienen, auf ehrliche Art!«

Clarissa zögerte. Sie, eine Gauklerin? Das war weit unter ihrer

Würde. Und was wäre, wenn man sie auf dem Fest wiedererkennen und festnehmen würde?

Auf dem Pfad trafen sie auf Waldarbeiter, die ebenfalls auf dem Weg zum Erntedankfest waren. Scherzend und singend schlossen sie sich ihnen an. Selbst Gallus war wie verwandelt. Ein aufgewickeltes Seil unter dem Arm, schritt er pfeifend voraus. Ursel hatte es sich im Karren bequem gemacht und wurde von Leander geschoben. Die Alte hatte Clarissa geholfen, ihre verräterischen Haare unter einem bunten Tuch zu verstecken. Ein weiteres Tuch trug Clarissa um die Hüfte, auch hatte Ursel ihr Knoten in den Rocksaum gemacht, um ihn aufzurüschen. Nachdem Engelin sich geschminkt hatte, hatte sie auch Clarissas Augen mit einem Kohlestrich betont. Es war keine große Veränderung, und doch fühlte Clarissa sich, als ginge sie zu einem Maskenball. Obgleich sie ihre Muskeln spürte, schritt sie kräftig aus. Von morgens bis abends hatte sie in den letzten Tagen mit Leander geübt. Ihre Arme waren schwer vom Muskelkater. Auch in ihren Handgelenken und im Rücken ziepte es. Sie hatte ihm weiter das ernsthafte Fechten beigebracht. Im Gegenzug hatte er mit ihr eine Szene samt Kampf einstudiert. Es hatte ihr Freude gemacht, Finten und Sprünge zu lernen und auf große Gesten statt auf punktgenaue Hiebe und Stiche zu setzen. Auch hatte die andauernde schweißtreibende Beschäftigung sie wie erhofft abgelenkt. Abends war sie in einen schweren und traumlosen Schlaf gefallen. Sie würde mit Leander nach Rostock reisen, ihm das Geld beschaffen und dann weitersehen – basta. Weiter konnte und wollte sie nicht denken. Es wurde Zeit abzureisen, des Nachts war es schon empfindlich kalt. Zwischen den Bäumen blitzten die ersten Häuser auf. Sie hörten die Musik der Spielleute aus dem Dorf. Es ging los.

Außer Atem, aber zufrieden mit ihrer Leistung, neigte Clarissa ihr Haupt vor dem begeistert klatschenden Publikum. Das Kämpfen war leicht gewesen, nun kam der unangenehme Teil: Sie schürzte den Rock und schritt lächelnd die Reihen ab. Auf der anderen Seite hielt Leander seinen Hut hin. Hell klimperten die Münzen, die in ihren Rocksaum geworfen wurden. Ein Mann neigte sich zu ihr und steckte ihr, bevor sie noch wusste, wie ihr geschah, ein größeres Geldstück in den Ausschnitt. Sie war drauf und dran zu protestieren, als sie Leanders Arm um ihre Schulter spürte.

»Ihr traut Euch was, mein Herr! Ich halte bei den Kampfkünsten dieses Weibsbildes lieber Abstand! Sonst setzt es noch mal was, oje!«, rief er in die Runde und verdrehte die Augen. Die Zuschauer lachten bei dem Gedanken an die eben zu Ende gegangene Vorstellung. Die Weiberherrschaft war ein beliebtes Thema in Geschichten und Druckwerken. In Frankfurt hatte Clarissa Drucke gesehen, die zeigten, wie hübsche Frauen auf dem Rücken ihrer krabbelnden Männer ritten oder die Hosen anhatten. Diese Faszination hatten sie sich in ihrer Vorführung zunutze gemacht.

Der Mann kam noch einmal näher; beruhigend wurde Leanders Griff fester. »Wo das herkommt, da gibt's noch mehr! Komm mich nachher im Gasthof besuchen«, raunte der Kerl ihr zu.

Clarissa rang sich ein Lächeln ab, platzte aber heraus, kaum, dass die Zuschauer sich zerstreut hatten: »Was erlaubt dieser Kerl sich!«

Eine harte, kalte Stimme gab ihr unerwartet Antwort: »Das, was sich alle Männer uns gegenüber ständig herausnehmen. Als Fahrende haben wir keinen Respekt verdient. Wir Frauen sind für die ohnehin alle Huren.« Engelin war zu ihnen getreten. Offenbar wollte sie Leander und Clarissa das Geld abnehmen. Leander zögerte, die Münzen herauszugeben. »Gallus ist der Anführer, er sammelt das Geld. Wie immer«, beharrte Engelin und setzte sanfter hinzu: »Ich muss dich sprechen.«

Leander folgte ihr, Clarissa blieb allein zurück. Plötzlich fühlte sie sich ungeschützt. Sie könnte zum Grab ihres Vaters gehen, aber auch da wäre sie allein. Sie sah sich um. Gallus spazierte über ein in den Lüften gespanntes Seil, Caspar jonglierte mit brennenden Fackeln. Freihart tanzte zum Amüsement der Kinder mit seinem Murmeltier um die Wette. Ursel saß zwar nur einen Steinwurf entfernt und las in der Hand, würde ihr aber nicht zu Hilfe kommen können. Was, wenn der Mann sie noch einmal belästigte? Oder ein anderer? Immerhin war sie weit genug von dem Gasthof entfernt, in dem man ihr vom Tod des Vaters berichtet hatte. Auch hatte sie die Schwerter. Nach Halt suchend, nahm sie eines auf und schwang es um ihre Seiten. Leander hatte gesagt, sie solle immer in Bewegung bleiben. Tatsächlich traten einige Marktbesucher neugierig näher.

Engelin zog Leander zur Rückseite einer kleinen, verlassen wirkenden Hütte. Nervös schaute sie auf den Platz. Gallus war auf dem Seil; etwas Zeit hatten sie, bevor er sie vermissen würde. Ihr Kugelbauch drückte gegen Leanders Hüfte. Auch ihre Brüste waren voller geworden, das konnte er in diesem Moment nicht übersehen. Was wollte sie von ihm?

»Was willst du in Rostock? Lass Caspar mit ihr gehen und bleib bei uns!«, sagte Engelin und sah Leander flehend an.

»Caspar? Wer weiß, was er Clarissa auf dem Weg antut!«

»Wen schert's!«, sagte sie.

Wie konnte sie nur so kalt sein? »Mich schert's«, gab Leander zurück. Sie schmiegte sich an ihn. Leander war verwirrt. »Was ist mit Gallus?«

»Gallus ist alt«, sagte sie leise und schob die Hand unter sein Hemd. »Sein Saufen. Die Wut auf Sixt. Wie besessen ist er! Mit mir redet Gallus von nichts anderem. Unser Kind ist ihm lästig.«

Das hatte Leander nicht gewusst. Er mied jedes Gespräch mit seinem Vater, seit die letzten schon nach einem Satz in einem Streit gemündet hatten. Es herrschte eine Art Waffenstillstand der Worte zwischen ihnen. Sie wussten, dass sie unterschiedliche Ansichten über ihr Leben und die Zukunft hatten. Es war nur eine Frage der Zeit, bis sie sich bekämpften oder trennten. Beides scheute Leander. Wenn er nicht mehr auf seinen Vater achtgab, würde dieser vermutlich vollkommen dem Suff verfallen. »Zeig ihm, dass du der Stärkere bist. Denn das bist du längst. Caspar wird sich auf deine Seite schlagen. Er folgt dem Stärksten, wie ich.«

Das glaubte Leander kaum. »Hast du vergessen, dass ich gegen das Rauben bin? Ich will gar nicht der Anführer sein!«

Engelin hob die Hand, in der sie den Geldbeutel hielt. »Dann lass uns das hier nehmen und verschwinden. Nur wir zwei. Irgendwohin. Seit ich bei meiner prügelnden Mutter abgehauen bin, ziehe ich herum. Es wäre gut, ein Zuhause zu haben.«

Sie sprach selten über ihre Vergangenheit, hatte anscheinend aber einiges durchgemacht. Dennoch wandte Leander ein: »Es ist sein Kind!«

Sie lächelte arglos. »Bleibt doch in der Familie!«

Leander löste sich sanft von Engelin. Er hatte Mitleid mit ihr. »Bring Gallus das Geld, ehe er dich vermisst oder den Weg zum Krug gefunden hat.«

Verzweiflung brannte in ihrem Blick. Sie hatte von Anfang an auf das falsche Pferd gesetzt, und jetzt musste sie sehen, wie sie damit zurechtkam. Engelin nestelte ihre Glücksmünze aus dem Ausschnitt.

»Lass uns darum wetten. Wenn ich gewinne, hauen wir ab. Ich sage: Kopf!« Schon warf sie die Münze in die Luft.

Leander fing sie auf und gab ihr das Geldstück unbesehen zurück. »Unsere Zukunft ist doch kein Glücksspiel!« Er spähte über den Platz. Das Seil war verwaist. Clarissa drehte rotwangig das Schwert. Die Zuschauer erfreuten sich an ihrer Anstrengung – so etwas bekamen sie nicht alle Tage zu sehen. Die Bürgertochter machte sich gut als Gauklerin.

Engelin zischte, plötzlich erbittert. »Du bist froh, dass du abhauen kannst, nicht wahr? Du wünschst dir nichts sehnlicher, als uns endlich los zu sein! Da kommt dir diese Schnepfe gerade recht! Aber bei ihr kannst du nicht landen! Du bist nichts. Niemand. Ein Schlappschwanz!« Leander ließ sich nicht dazu herab, auf diese Bosheit zu reagieren, sondern lief auf den Marktplatz hinaus. Wo war sein Vater geblieben?

Natürlich fand Leander Gallus im Gasthaus, wo er in Rekordzeit bereits den ersten Humpen geleert hatte. Er prostete den anderen Gästen zu und hatte sogar schon eine Runde ausgegeben. Er war wie ein ungezogenes Kind: Wenn man ihn nicht ständig im Auge behielt, machte er nur Unfug. Nur, dass es bei Gallus' Eskapaden um ihren Lebensunterhalt ging. Leander setzte den Schlapphut auf, sodass der Wirt sein Gesicht nur schlecht erkennen konnte. Gröber als es ihm zustand, riss er seinen Vater hoch.

»Es geht weiter. Engelin wartet auf dich.« Gallus zuckte, war kurz davor, ihn zu schlagen. »Pass lieber auf, sonst haut sie noch mit dem Geld ab.«

Das gab Gallus offenbar zu denken. Er warf dem Wirt eine Münze zu und eilte hinaus. Gerade noch mal gut gegangen, dachte Leander voreilig. Doch da traten sie vor die Tür und sahen, wie Engelin Clarissa vor allen Zuschauern das Kopftuch herunterriss und sich die schwarzen Haare der Fechterin über ihren Rücken ergossen.

Clarissa wusste kaum, wie ihr geschah. Sie hatte bis zur Erschöpfung Spiegelfechterei betrieben und sich dabei gefragt, wo Leander geblieben war, als auf einmal Engelin zu ihr stürzte und sie singend und hüftschwingend antanzte. Abrupt hatte Clarissa in den Bewegungen innegehalten. Die Zuschauer hatten begeistert geklatscht und waren näher gedrängt. Auf einmal hatte Engelin an ihrem Kopftuch gezerrt. Clarissa hörte Rufe aus dem Publikum: »Die schwarze Hexe!« und »Die Mörderin!«. Sie hatte keine Ahnung, was sie tun sollte. Wenn sie jetzt flüchtete, wäre es um sie geschehen. Also spielte sie das böse Spiel mit, lachte künstlich und drehte sich im Tanz. Sie nahm die andere bei der Hand, bildete mit ihr einen Reigen. Ja, sie ließ sogar zu, dass vorwitzige Männer die Hände nach ihr ausstreckten. Die Laune hochhalten! Keinem Zweifel Raum geben! Solange würde niemand sie festnehmen, hoffte sie.

Engelin lachte, gehässig kam es Clarissa vor. »Seht nur, diese schönen Haare! Eine richtige Judith!« Judith, das war doch die Mörderin in der Bibel? Clarissa sah ein ernstes Gesicht in der Menge, das sie beunruhigte. War er derjenige, der sie beschuldigen würde? Es konnte jeden Moment so weit sein …

Da schlug jemand die Trommel. Alle wandten sich um. Leander und Gallus standen auf dem Seil und bedrohten einander mit Schwertern. Schon rannten die ersten Zuschauer dieser Attraktion entgegen. Clarissa gab ebenfalls Fersengeld und versteckte eilig das Haar wieder unter dem Tuch. Sie lief in den Wald, der ihr auf einmal als eine Zuflucht erschien.

Es dauerte lange, bis die anderen in ihrem Versteck auftauchten. Clarissa hatte sich die Kohlestriche aus dem Gesicht gewischt, sich gewaschen und ihre Kleidung wieder in Ordnung gebracht, als könnte sie sich damit auch von dem Verdacht reinigen. Es dämmerte bereits, kalte Feuchtigkeit stieg von der Erde auf. Clarissa fragte sich, was Engelin bezweckt hatte. Wollte sie eine Belohnung kassieren oder war es pure Eifersucht? Denn eifersüchtig war die Schwangere, das hatte Clarissa wohl bemerkt. Dabei war es doch klar, dass Clarissa Engelin nie gefährlich werden könnte – Leander und sie gehörten einem völlig anderen Stand, einer anderen Welt an. Außerdem war Engelin doch Gallus' Geliebte! Clarissa durchschaute dieses Geflecht einfach nicht.

Die Gaukler schwiegen düster. Engelin erwiderte trotzig Clarissas Blick, Gallus humpelte, Caspar war zornig, und das alte Paar wirkte erschöpft. Leander holte wortlos die Satteltasche und ließ sich Clarissas Waffen aushändigen, eine Forderung, der die Männer widerwillig nachkamen. Danach band er ein altes Kurzschwert aus dem Gauklerkarren an seinen Leibriemen.

»Wir reiten los«, sagte Leander knapp.

Clarissa betrachtete die langen Schatten der Felsen und der Bäume. Sie wollte liebend gern weiter – aber jetzt? Noch einmal in der Dunkelheit durch den Wald? Mit einem fremden Mann? »Heute noch?«, fragte sie zweifelnd.

Leander nickte und band die Pferde los. Offenbar hatten er und die anderen sich nichts mehr zu sagen.

Wusste er, was er tat? Konnte sie ihm wirklich vertrauen? Andererseits hatte sie sich in letzter Zeit in seiner Gegenwart immer wohlgefühlt. Clarissa verabschiedete sich hastig. Ursel allerdings ließ sich nicht hetzen, sondern dankte ihr mit einer herzlichen Umarmung.

24

Das gedämpfte Klappern der Hufe auf dem Waldboden klang unnatürlich laut. Leander hing seinen Gedanken nach. Immer wieder ließ er die Zeit nach dem Gespräch mit Engelin Revue passieren, aber ihm fiel nichts ein, was er hätte anders machen können. Er wusste, dass Clarissa sich fürchtete. Seine Entscheidung, in der Dämmerung loszureiten, mochte leichtsinnig wirken, aber er hatte die Gegend oft genug durchstreift und dabei eine verlassene Köhlerkate entdeckt, die als Schlupfwinkel taugte. Da er von Kindesbeinen an auf der Straße lebte, war er es gewöhnt, ständig Ausschau nach Quartier und Nahrung zu halten. Freiheit und Romantik des Vagantendaseins – natürlich hatte er nicht gelogen, als er Clarissa am Bach von seinem Leben vorgeschwärmt hatte. Fahrender zu sein hieß aber auch, rechtlos zu sein und oft genug hungrig ins Bett zu gehen. Je älter man wurde, desto schwieriger wurde dieses Leben, das hatte er mehr als einmal beobachtet. Nicht ohne Grund besagte ein Sprichwort: »Junger Gaukler, alter Bettler.« Gleichzeitig hatte Leander natürlich versucht, ihre Sympathie zu gewinnen. Clarissa war schön und lebhaft, aber auch eigensinnig und stark, das gefiel ihm. Ihre Naivität war beinahe rührend. Vermutlich hatte sie bislang überhaupt nur überlebt, weil sie so arglos war. Ungewohnte Wehmut überfiel ihn. Sie war wie ein Wesen aus einer unerreichbaren Welt, zu der er wohl nie wieder Zugang erlangen würde. Wenn Gallus so weitermachte, schon gar nicht. Leander dachte an ihren erbitterten Streit vor dem Gasthof. Es war eine Gemeinheit von Engelin gewesen, Clarissa bloßzustellen, und gefährlich dazu. Als er eine entsprechende Bemerkung gemacht hatte, hatte sein Vater einen Wutausbruch bekommen. »Solange du mit mir herumziehst, wirst du mir Respekt erweisen! Du wirst aufhören, meine Entscheidungen infrage zu stellen, und dich unterordnen!«, hatte Gallus gefordert. Natürlich hatte Leander sich ein Widerwort nicht verkneifen können. Ein einziges: »Sonst?« Gallus hatte gebrüllt: »Sonst kannst du verschwinden.« Obgleich ihr Verhältnis seit vielen Jahren schwierig war, hatte ihn dieser Ausbruch seines Vaters doch verletzt.

Aber sie waren eben auch ein eingespieltes Gespann. Ohne sich abzusprechen, hatten sie den anderen Handzeichen gegeben und waren auf das Seil geklettert. Beiden war klar gewesen, dass sie von Clarissa und Engelin ablenken mussten. Natürlich hatte der betrunkene Gallus keine Chance gegen Leander gehabt. Es war ein Wunder, dass er sich überhaupt auf dem Seil hatte halten können. Nachdem Leander seinen Vater geschlagen und sie gemeinsam das Dorf verlassen hatte, eskalierte ihr Streit. Es war zum Bruch gekommen. Leander würde die Reise nach Rostock für die Gruppe unternehmen und dann allein weiterziehen. Anderen mochte es furchtbar erscheinen, wenn Vater und Sohn sich zerstritten. Aber in der Tiefe seines Herzens war Leander erleichtert über den Schnitt. Sein Vater hatte so viel Unglück über andere Menschen gebracht! Immer wieder hatte Leander versucht, ihm beizustehen, ihn auf den richtigen Weg zu bringen, und war gescheitert. Jetzt war es genug. Er hatte seine Sohnespflicht erfüllt, jetzt war er an der Reihe. Er würde sein Leben so leben, wie er es für richtig hielt. Wohin es ihn führen würde, davon hatte er noch keine Vorstellung. Aber er würde nicht zum Verbrecher werden wie Gallus.

Nebel lag über der Lichtung, in deren Mitte sich die Kate abzeichnete. Windschief und von Brombeergestrüpp umgeben, war sie ein Schemen im Wolfsgrau der Nacht. Leander stieg vom Pferd und nahm Clarissas Tier am Zügel.

»Hier bleiben wir. Bei meinen Ausritten habe ich nie jemanden an der Köhlerhütte gesehen. Bis zum Morgen dürften wir hier unsere Ruhe haben.«

Er hörte, wie Clarissa hinter sich griff. Natürlich hatte er ihr das Rapier zurückgegeben. »Ein Gasthof ist wohl nicht in der Nähe«, sagte sie mit dünner Stimme.

»Nein, wir werden mit dieser Hütte vorliebnehmen müssen.« Sie musste doch wissen, dass sie nicht genug Geld hatten, um allzu oft in einem Gasthof einzukehren!

Den gezückten Dolch in der Hand, kontrollierte er die Kate. Eine morsche Holzbank. Einige undefinierbare Trümmer. Der Geruch kalter Kohle. Mit Schlageisen und Zunderschwamm entzündete er ein Feuer. Erst als die ersten Flammen züngelten, trat Clarissa ein. Sie trug ihr Rapier an einem Degengehänge an der Hüfte und hatte die Satteltasche im Arm. Im flackernden Licht waren ihre Augen riesengroß und ihre Haut fahl. Außerdem wirkte sie verfroren. Es war kühl geworden, bald würde es die ersten Nachtfröste geben. Er nahm ihr die Satteltasche ab und breitete aufmunternd die Arme aus.

»Euer Quartier, Madame!«

»Ich habe einen Verlobten«, sagte Clarissa unvermittelt.

Leander lachte auf. Vermutlich war ihr jetzt aufgegangen, dass es gefährlich sein konnte, mit einem Fremden durch die Lande zu ziehen. Diese Naivität war entzückend, aber auch ein wenig beängstigend, fand Leander.

»Tatsächlich?«, fragte er. Es hätte ihn gewundert, wenn sie nicht schon vergeben gewesen wäre. Sie könnte selbst ihn, entgegen seines Keuschheitsgelübdes, in Versuchung führen. Allerdings würde er einen Teufel tun, das zuzugeben. Leander schaute sich um. Ein paar Äste lagen in einer Ecke. Er müsste Holz sammeln gehen. Andererseits wäre es vermutlich besser, nicht durch allzu viel Rauch auf sich aufmerksam zu machen.

»Nun ja, ein wenig jedenfalls. Marius hat meinen Vater vor unserer Abreise aus Frankfurt um meine Hand gebeten. Aber mein

Vater hat gesagt, Marius müsse erst einmal auf eigenen Füßen stehen«, brach es aus ihr heraus.

Mit einem Ast fegte er den Boden ab, bis Kiesel und Staub verweht waren. Das musste reichen. Er hüstelte. »Kluger Mann, dein Vater. Aber wer ist Marius?«

Clarissa löste ihre Decke aus den Riemen der Tasche und presste sie an ihre Brust. »Ein Fechtschüler. Also, Meister des Schwerts, seit Kurzem.«

Er holte einen Kanten Brot heraus, brach ihn durch und reichte ihr die Hälfte. Ihre Finger berührten sich. Clarissa zog die Hand zurück, als hätte sie sich verbrannt. Leander kuschelte sich auf der anderen Seite der Feuerstelle in seine Decke. Er hatte schon an schlechteren Plätzen übernachtet. »Du solltest dich beeilen. Bevor das Feuer wieder aus ist, meine ich.«

Zögernd breitete Clarissa ihre Decke aus und setzte sich darauf. Es musste unbequem sein mit dem Rapier an der Seite. Aber sie würde ja wissen, was sie tat. »Habe ich ihn bei der Fechtschule gesehen? Wie sieht Marius aus?«, fragte er nach ein paar Brotbissen. Clarissa beschrieb ihn. »Ein wenig schlaff in der Haltung, oder?«, glaubte sich Leander zu erinnern.

Clarissa aß auf und verteidigte ihren Fast-Verlobten: »Aber nur ein ganz klein wenig. Es ist schon viel besser geworden.« Das war ja rührend! Was sie wohl an diesem schlaffen Schönling fand? Aber wer verstand schon die Frauen?

Leander gähnte. Er konnte überall einschlafen, war aber bei Gefahr ebenso schnell wieder wach. Der Instinkt der Straße. Clarissa hingegen saß noch immer mit aufgerissenen Augen da.

»Wenn es das ist, was dir Sorgen macht: Ich tu dir nichts. Kein Interesse. Das hätte ich, wenn ich gewollt hätte, schon längst tun können.« Er schloss seine Augen und lauschte den Geräuschen der Nacht. Endlich legte sich auch Clarissa hin. Leander umfasste den Griff seines Dolches, den er unter der Decke versteckt hielt, und schlief ein.

Das Kleid schlug Wellen auf ihren Füßen. Als sie in Schlangenlinien über den Feldweg lief, hinterließ ihre Königinnenschleppe eine Schneise im Sand. Wie lustig das aussah! Die Spitze um ihren Hals flatterte im Wind. Wenn sie sie vor die Augen hielt, war die ganze Welt verrüscht. Da waren die Jungen, halb bedeckt vom Spitzenmuster. Warum gingen sie so breitbeinig? Hatte das mit den Holzschwertern zu tun, die sie tragen durften? Das wollte sie auch mal ausprobieren! Clarissa ließ die Spitze fallen. Sie raffte den Saum des alten Samtrocks, den sie wie ein Kleid trug, und lief ihnen hinterher. Die Jungen wollten ihr die Schwerter nicht geben. Die Brust vorgeschoben, die Hände am Heft, standen sie zusammen. Sie griff nach einem Holzschwert. Bekam einen Stoß. Fiel. Der Blütenkranz löste sich aus ihrem Haar und landete im Dreck. Staub befleckte den Samt. Mutter würde sie sicher wieder schelten! Bitterlich weinte sie. Plötzlich war da ein großer Schattenriss in der Sonne. Ein Mann. Er wies die Jungen zurecht. Beugte sich zu ihr und reichte ihr das Holzschwert. Sie umklammerte es stolz. Blinzelte in die Sonne. Schwarz seine Haare, glänzend sein Harnisch, silbrig der Beidhänder an seiner Seite, länger als sie selbst. Ihr Vater …

Eine Hand auf ihrer Schulter, schwer. »Schon gut … Lass das Schwert lieber los.«

Nein! Mit tränennassem Gesicht fuhr sie hoch. Ein Ruck der Hand, die das Heft hielt. Metallisches Zischen. Leander stürzte zurück, stolperte über die kalte Feuerstelle, fiel auf die Holzbank, die unter seinem Gewicht zusammenbrach. Sogleich sprang er wieder auf die Füße und rieb sich die schmerzenden Arme.

»Verdammt, Clarissa! Ich wollte nur verhindern, dass du dich selbst verletzt!«, fauchte er.

Sie schob das Rapier zurück in die Scheide und strich sich übers Gesicht. Ihre Hände waren von Staub und Tränen schlierig. Was hatte sie getan? Erst langsam dämmerte ihr, wo sie war. Der Traum war so lebendig gewesen! War es überhaupt ein

Traum? Nein, sie erinnerte sich daran, wie sie an einem Sommertag mit ihren Eltern vor die Stadt gewandert war. Sie musste vier, fünf Jahre alt gewesen sein. Ihre Mutter hatte ihr geholfen, sich zu verkleiden. Wie eine Prinzessin wollte Clarissa damals aussehen. Die Jungen waren die ersten Schüler gewesen, die bei ihnen gewohnt hatten. Clarissa hatte sich darüber gefreut, aber die Jungen hatten sich nicht nur geweigert, mit ihr zu spielen, sie hatten sie auch gehänselt. Bis ihr Vater eingeschritten war. Fritjoff. Sie sank in sich zusammen und ließ die Tränen laufen. Auf einmal hatte sie das Gefühl, als könnte sie den Verlust niemals verwinden. Ihr kam es vor, als wäre sie ganz allein auf der Welt. Alles war zu viel.

»Entschuldige … aber ich habe von meinem Vater geträumt.« Sie schluchzte.

Leander kniete sich neben sie, die Hände in einer Geste der Hilflosigkeit erhoben. »Darf ich … Möchtest du …?« Clarissa nickte. Er schloss sie in die Arme und hielt sie fest. Es tat gut, ihn zu spüren. Tröstete sie. Gab ihr ein wenig Vertrauen zurück. Als sie sich etwas beruhigt hatte, erzählte sie ihm den Traum. Sie nahm seinen Geruch nach Rauch und Kräutern in sich auf. Hitzig und kräftig war Leander. Trotz seiner Lebhaftigkeit ruhig. Nicht fordernd, wie Marius. Ihr Verlobter – warum war sie damit gestern herausgeplatzt? Sie hatte sich gefürchtet. Albern. Ein Lächeln zupfte an ihren Lippen. Auf einmal überkam sie der intensive Wunsch, sich zu Leander zu neigen, an ihn zu schmiegen, ihn zu küssen. Es war ein Ziehen in ihrem Leib, dem sie nicht widerstehen konnte. Wie magisch angezogen hob sie ihren Kopf, näherte sich ihm, berührte ihn schon fast. In diesem Augenblick löste er sich von ihr, hielt sie auf Armeslänge von sich und sah ihr in die Augen.

»Besser?«

Am Morgen teilten sie sich den Inhalt eines Wasserschlauches und das letzte Brot. Die Pferde taten sich an Gras und Gestrüpp schadlos. Als sie aufsaßen, begann Leander von lustigen Erlebnissen auf seinen Reisen und skurrilen Gauklerbekannten zu sprechen. Clarissa amüsierte sich sehr und vergaß darüber ihren Kummer. Sie musste daran denken, dass sie ihn beinahe geküsst hatte. Wie leichtsinnig sie gewesen war! Auf der anderen Seite spürte sie noch immer diese seltsame Sehnsucht in ihrem Körper, die ihr völlig fremd war.

Sie kreuzten die Hauptrouten des Kutschverkehrs, hielten sich jedoch so weit wie möglich an kleinere Wege. Auf Hofstellen und in Dörfern kauften sie Proviant und fragten sich durch. Leander kannte einige Orte gut, ganz im Norden war er aber noch nicht gewesen. Wenn sie Fahrende trafen, erkundigte er sich beiläufig, ob diese Sixt begegnet waren, der mit seinem blonden Zopf und dem goldenen Ohrring eine auffällige Erscheinung war.

Zwischen den Feldern trabten ihre Pferde nebeneinanderher, beide waren alt und nicht besonders schnell, aber immerhin kam man auf ihnen besser voran als zu Fuß. Bauern fuhren letztes Getreide ein, viele Äcker waren bereits abgemäht. Gänse und Reiher zogen mit heiseren Rufen über sie hinweg. Inzwischen fielen die Blätter von den Bäumen, auch wenn kein Wind wehte.

»Lustige Geschichten über Fechtmeister gibt es nicht, oder?«, sagte Leander irgendwann.

Clarissa überlegte. »Vermutlich haben die alten Fechter viel erlebt. Schließlich sind sie oft durch die Lande gezogen, um bei den besten Meistern zu lernen. Manche sind bis nach Italien oder Spanien gereist.«

»Durch die Lande gezogen? Wie wir Vaganten?«, wunderte sich Leander.

»Ein wenig schon«, musste Clarissa zugeben.

»Eine schöne Vorstellung.«

Ihr fiel die erste Anekdote ein, die Paulus erzählt hatte. »Ich kenne nur eine Geschichte über einen Fechtmeister, die finde ich aber nicht wirklich lustig.« Leander wollte sie trotzdem hören. Beim Erzählen verhaspelte sie sich. Sie war es nicht gewöhnt, etwas vorzutragen.

»›Diesen Streich habe ich dich nicht gelehrt!‹«, wiederholte Leander am Schluss lachend. »Ich habe mich schon oft gefragt, was es mit den Geheimnissen der Fechtmeister auf sich hat. Sie machen so ein großes Bohei darum: Tatam«, er schlug einen Trommelwirbel auf seinem Sattelknauf, »jetzt ziehen sich die Meister zurück. Tatam – jetzt haben sie die Geheimnisse erfahren und sind unschlagbar. Du weißt sicher, was sich dahinter verbirgt?«

»Leider nicht. Mein Vater hat es mir nie verraten.« Sie fixierte einen Punkt in der Ferne.

Verlegen sah er sie an. »Ich wollte nicht …«

»Schon gut«, sagte sie harsch und setzte hastig, aber freundlicher nach: »Ich habe mir selbst Gedanken darüber gemacht. Ich glaube, dass es diese Geheimnisse gar nicht mehr wirklich gibt. Angefangen hat ja alles mit den Merkversen von Johannes Liechtenauer, einem berühmten Fechtmeister. Mein Vater besitzt eines seiner Bücher. Liechtenauer tut zwischendurch immer so mysteriös. ›Vor und Nach, die zwei Ding sind aller Kunst ein Ursprung‹, heißt es beispielsweise. Das bedeutet aber nur, dass man entweder im Angriff oder in der Verteidigung ist. Oder ›Darauf dich fasse: alle Künst haben Länge und Maße‹. Mein Vater meinte, dass Liechtenauer mit ›Länge‹ die Entfernung zum Gegner meint und mit ›Maß‹ die Härte des Schlages. Liechtenauer erwähnt auch die verdeckten, geheimen Worte. In neueren Fechtbüchern ist allerdings schon sehr viel erklärt. Ich habe erst kürzlich eines in der Hand gehabt, in dem ganze Kampfabläufe und Tricks aufgeführt werden.« Dieses Mal drängte sie die Erinnerung zurück. »Ehrlich gesagt glaube ich, dass im Laufe der Jahrhunderte viele Geheimnisse den Weg aufs Papier gefunden haben, die Fechtmeister das aber nicht zugeben wollen.«

Er lächelte sie von der Seite an. »Das ist wie beim fahrenden Volk: Mit Vorhang und Trommelwirbel wirkt der Taschenspielertrick noch mal so gut.«

In Gedanken sah sie vor sich, wie sie vor ein paar Monaten mit Fritjoff in Schwerin in Meister Meyers Fechtbuch gelesen hatte. Wer würde Jodocus vom Tod des Freundes berichten?

»Bei manchen Vaganten und Räubern gibt es übrigens auch eine Geheimsprache«, wusste Leander. »Zickisen sind angebliche Blinde, eine Dützbettlerin ist eine verkleidete Wöchnerin und ein Calmierer ein falscher Prediger. Und weißt du, was ein Bauerndegen ist? Die Bohne! Wenn er die gegessen hat, schlägt der Bauer jeden in die Flucht.« Leander lachte.

Clarissa mied seinen Blick. Wusste er doch mehr über das Räuberleben, als er zugeben wollte? Er war und blieb ein Fahrender, das durfte sie nicht vergessen, so nett sie ihn auch fand.

Als sie am Abend auf eine einsam gelegene Hütte zuritten, aus der Rauch aufstieg, fragte Leander: »Hast du dir schon eine Geschichte überlegt, unsere Geschichte?« Sie verstand ihn nicht gleich. »Na, wenn wir in dem Hof um ein Bett für die Nacht bitten, können wir kaum zugeben, dass wir nicht verheiratet sind. Dann würde man uns in den Kerker werfen.«

»Ich … nein«, musste sie zugeben.

»Dann lass mich machen. Ich habe Erfahrung mit so was.« Erfahrung damit, mit jungen Frauen irgendwo unterzuschlüpfen? Vermutlich. Bei den Fahrenden schienen Familie und Ehe nicht viel zu zählen, diesen Eindruck hatte sie zumindest gewonnen.

Es war eine kleine Hütte mit einem Pferch, in dem einige Hühner scharrten. Die Tür nur einen Spalt geöffnet, beäugte die alte Frau sie misstrauisch. Leander lupfte seinen Schlapphut, Clarissa lächelte.

»Gott zum Gruß, gute Frau. Meine Schwester und ich sind auf dem Weg zu unserer Mutter. Wir suchen ein Bett und eine warme Mahlzeit für die Nacht. Es soll Euer Schaden nicht sein«, sagte Leander höflich.

Die Bäuerin streckte die Hand aus. Faltig und schwielig war sie. Was Ursel wohl daraus lesen könnte? Clarissa erkannte nur die viele Arbeit, die dieses Leben geprägt haben musste. »Zeigt her das Geld.«

Leander reichte ihr eine Münze. Ich hätte nicht einmal gewusst, wie viel ich ihr anbieten soll, dachte Clarissa. Selbst die Verhandlungen in den Herbergen hatte ihr Vater übernommen.

Es knirschte, als die Frau auf die Münze biss. »Geschwister seid ihr? So seht ihr aber gar nicht aus«, sagte sie argwöhnisch.

»Clarissa kommt eher nach unserem Vater, ich nach unserer Mutter.« Wie leicht ihm diese Lüge über die Lippen kam!

Ein Augenblick der Stille. Clarissa fürchtete schon, dass die Bäuerin nicht darauf hereinfiel. »Na, dann kommt rein. Viel Diebsgesindel ist unterwegs dieser Tage, Gott sei's geklagt. Kesselflicker und Vaganten. Klauen einem die Hühner unterm Arm weg, da kann man gar nicht vorsichtig genug sein. Als mein Mann noch lebte, haben sie es nicht gewagt. Aber die Rote Ruhr hat meinen Seligen geholt. Zwei Tage krank und weg war er. Mich hat er einfach zurückgelassen«, murmelte die Alte. Sie gab die Tür frei und schlurfte in einen ärmlich ausgestatteten Raum, in dem ein Kaninchen über den gestampften Lehmboden hoppelte. Angeschlagene Steinguttöpfe standen auf einem einfachen Brett. Es roch nach einer Mischung aus Gemüse und Stall. »Dann muss ich den Eintopf wohl noch verlängern«, sagte die Witwe und kippte umstandslos Wasser aus einem Eimer nach. »Woher kommt ihr? Wo wollt ihr hin?«

»Aus Fra…«

»Nach Ro…«, begannen Clarissa und Leander gleichzeitig.

Die Bäuerin kniff die Augen zusammen. »Fraro – kenn ich nicht.«

»Wir kommen aus Frankfurt und wollen nach Rostock«, sagte Clarissa schnell.

»Wir haben unseren Vater besucht, der nach Frankfurt gerufen wurde, um dort einen Kirchenbau zu beaufsichtigen. Ein imposantes Bauwerk. Der Turm kratzt die Wolken, denkt man. Sehr aufregend, ihn dort auf den Gerüsten zu sehen. Und erst recht, einmal selbst hochzusteigen«, berichtete Leander so begeistert, dass Clarissa sich fragte, ob er über seine eigene Vergangenheit sprach. Er hatte am Bach doch erwähnt, dass Gallus Baumeister gewesen war.

»Evangelisch oder katholisch?«

Clarissa warf Leander einen schnellen Blick zu. Sie wusste nicht, welcher Religion man in diesem Teil des Reiches anhing. Oft war es von Stadt zu Stadt, von Dorf zu Dorf, von Gemeinde zu Gemeinde, von Haus zu Haus unterschiedlich – und der eine war dem anderen spinnefeind, das hatte sie auf dem Hinweg oft genug mitbekommen. Ihr suchender Blick fiel auf ein verstaubtes Heiligenbild auf einem Wandbrett.

»Katholisch«, sagte sie. Sie bemerkte, wie Leander die Augenbraue hochzog.

»Dann ist es ja gut. Ketzer will ich in meinem Haus nicht haben. Lutheraner, Juden, Täufer und wie die alle heißen«, befand die Witwe. Clarissa und Leander wechselten einen Blick und atmeten auf.

Die Frau nahm ihr Kaninchen auf den Arm und streichelte es. »Rostock. Kenn ich nicht. Wie ist es dort?«

Nun brauchte Clarissa nicht lange zu überlegen: »Das Meer, die Hanse, unsere Universität – Rostock steht für so viel! Wisst Ihr, wie wir Rostocker die Wahrzeichen unserer Stadt beschreiben?« In breiter Mundart begann Clarissa zur Freude ihrer Zuhörer das alte Gedicht zu rezitieren: »Söben Doern in Sint Marien Kark, söben Straten bi den groten Mark, söben Doern, so da gaen to Lande, söben Kopmannsbrüggen bi dem Strande, söben Toern, so up das Rathus stan, söben Klocken, so dakliken slan, söben Linnenböm op den Rosengoern, dat syn de Rostocker Kennewohrn.« Anschließend erklärte sie, dass es in dem Gedicht um die Wahrzeichen Rostocks ging, die jeweils sieben Mal auftraten: die Türen der Kirche Sankt Marien, die Straßen zum Großen Markt, die Stadttore, die Anleger für die Handelsschiffe, die Rathaustürme, die Kirchenglocken und die Lindenbäume im Rosengarten.

»Verstanden hab ich nichts – aber lustig hat sich's angehört«, fand ihre Gastgeberin. Der Eintopf war heiß, und sie aßen. »Habt ihr Neuigkeiten mitgebracht?«, wollte sie jetzt wissen.

Sie unterhielten sich den ganzen Abend. Clarissa berichtete, was sie in Frankfurt aufgeschnappt hatte, aber Leander sorgte mit seinen lebhaft vorgetragenen Anekdoten für mehr Begeisterung. Schließlich wurde die Witwe müde. Sie scheuchte die Hühner in die Stube und führte ihren Besuch zu einer Kammer, die direkt neben dem Pferch lag. In dem kleinen Raum stand nur ein schmales Spannbett. »Hier hat mal der Knecht gewohnt. Geht für Geschwister. Für'n verliebtes Paar ging es auch.« Sie hob den schrumpeligen Zeigefinger. »Seid ihr aber nicht, oder? Ich will keine Unzucht unter meinem Dach!«

Beide beeilten sich, der Witwe zu versichern, dass sie Bruder und Schwester seien. Ein Kienspan wurde auf die Fensterbank gestellt. Clarissa kletterte auf das Bett, damit Leander auf dem Fußboden Platz hatte. Er pustete die Flamme aus. Dunkelheit umfing sie. Clarissa hörte, wie Leander sich hinlegte. Erschöpfung machte sich mit rasender Geschwindigkeit in ihr breit. Schon wieder würde sie in ihrem Kleid schlafen müssen. Erst jetzt ging ihr auf, dass sie gar nicht bewaffnet war.

»Fraro.« Leander lachte leise, und auch Clarissa konnte ein übermüdetes Kichern nicht unterdrücken. »Beim nächsten Mal sollten wir uns einig sein. Aber wie bist du auf Katholisch gekommen?«

»Das Heiligenbild im Regal«, flüsterte sie.

»Ich habe es nicht so mit dem Glauben.«

»Wer ist eigentlich Sankt Kümmernis?«

Wieder ein leises Lachen. »Das weiß ich zufällig. Den gibt es nämlich gar nicht. Die katholischen Vaganten beten ihn trotzdem an.« Sie hörte ihn gähnen. »Wir können froh sein, dass sie nicht mit uns beten wollte. Gute Nacht, Schwesterchen.«

Es wurde kühler und windiger, blieb aber trocken. Gegen Mittag des nächsten Tages machten sie eine längere Pause. Wie sie es von den Reisen mit ihrem Vater gewöhnt war, begann Clarissa mit Schwertübungen. Leander machte sogleich mit. Er begeisterte sich inzwischen vor allem für komplizierte Schlagkombinationen. Im Trainingskampf ging sie mit mehr Entschlossenheit auf ihn los. Unter ihrem Druck stieß Leander irgendwann aus: »Du machst wirklich ernst, was?«

Clarissa hielt erschrocken inne. »Hab ich dich verletzt?«

»Das nicht, aber du kämpfst anders als sonst. Härter.« Er ging in den Angriff, und sie parierte.

»Theorie und Spiegelfechterei werden mir im Kampf gegen die Mörder meines Vaters nicht nützen. Ich muss es auch wagen zuzuschlagen«, sagte sie. Das schien Leander einzuleuchten. Im weiteren Kampf schenkten sie sich nichts. Nach einem Unentschieden ließen sie sich ausgepumpt auf die Wiese fallen und sahen zu, wie die Wolken vorbeizogen. Clarissa genoss das Kitzeln des Grases auf ihrer Haut. Jeder schöne Tag konnte der letzte dieses Jahres sein, wurde ihr schmerzlich bewusst.

Leander drehte sich auf den Bauch, stützte das Kinn auf die Hände und sah sie an. »Du willst also rausfinden, was deinem Vater zugestoßen ist.«

Clarissa legte sich auf die Seite. Seine Augen schimmerten

dunkelbraun. Sie müsste nur den Arm ausstrecken und könnte ihn berühren. Sie staunte, wie schnell sie sich an seine Nähe gewöhnt hatte. Für den Fall der Fälle war ja der Degen in Griffweite. »Wollen? Der Mord an meinem Vater muss gesühnt werden. Und dass ich unschuldig bin, steht nun mal fest.«

»Engelin konnte sich gut vorstellen, dass du eine Mörderin bist.«

»Sie wollte mich loswerden.«

»Aber so eine Gemeinheit, das ist schon heftig.«

»Was tut man nicht alles aus Liebe.«

»Liebe?«, fragte Leander begriffsstutzig.

Sie zupfte einen Grashalm ab und strich damit gedankenverloren über ihre Wangen. »Engelin war eifersüchtig, das weißt du doch genau. Warum auch immer.«

Leander lachte. »Aber das hat doch nichts mit Liebe zu tun! Das war Berechnung. Sie ist schwanger, braucht jemanden, der sie versorgt, und mein Vater … na ja. Er ist wohl nicht der beste aller Ehemänner.«

»Dein Vater und Engelin sind verheiratet?«

»Eine Räuberhochzeit hat es gegeben.« Er rechnete mit ihrem ungläubigen Blick und bekam ihn. »Nur ein Spaß. Bei uns geht es nicht so förmlich zu.«

»Die Geschichte über den Baumeister – war es Gallus, über den du gestern gesprochen hast?«

Schweigend zupfte er ihr den Halm aus der Hand und stupste damit ihre Nase. Es war eine vertrauliche, zarte Geste, die sie verlegen machte. Genauso wie sein weicher Gesichtsausdruck und der hilflose Zug um seinen fein geschwungenen Mund. Wie es wohl wäre, ihn zu küssen, dachte sie und biss sich auf die Lippe.

»Als du von deinem Traum erzähltest, musste ich daran denken, wie ich einmal meinen Vater auf einer Baustelle besuchte. Es war tatsächlich eine Kirche. Ich war wohl acht Jahre alt. Als ich ihn nicht fand, lief ich furchtlos die Gerüste hoch, bis ganz nach oben. Er fiel fast in Ohnmacht, als ich ihn fand. Stolz trug er mich auf seinen Schultern hinunter. ›Der ist wie du. Er hat den Kopf in den Lüften, der wird auch mal Baumeister‹, gratulierte jeder Maurer ihm, der uns begegnete.«

Clarissa versuchte dieses Bild mit dem Gallus in Einklang zu bringen, den sie kennengelernt hatte. Es musste etwas geschehen sein, das ihn aus der Bahn geworfen hatte. Da fielen Regentropfen aus heiterem Himmel, und sie sprangen auf, um ihre Reise fortzusetzen. Vielleicht würde sie es eines Tages erfahren.

Regenschauer blieben die Ausnahme, und so kamen sie gut voran. Oft gelang es Leander, private Unterkünfte für sie zu organisieren. Beim Erzählen ihrer Geschwister-Geschichten wurden sie immer routinierter. Clarissa merkte, dass es ihr Spaß machte, wenn sie sich fabulierend neu erfinden konnte. Der Gedanke an die Heimat erfüllte sie dagegen mit Sorge. Wie es wohl ihrer Mutter ging? Hatte sich die Todesnachricht in der Stadt bereits herumgesprochen? Ob man auch in Rostock wusste, dass man sie für die Mörderin hielt? Wie könnte sie sich jemals von diesem Verdacht reinwaschen? Wovon würden sie leben, wenn es niemanden mehr gab, der Geld verdiente? Die Schmiede würden sie verlieren, das stand fest. Würde Lievke sich verdingen? Oder wieder heiraten? Wenn bewiesen war, dass Clarissa unschuldig war, würde auch sie sich Arbeit suchen. Sie würde an eine schnellere Heirat denken müssen. Marius wäre damit sicher einverstanden. Furchtbar eng erschien ihr jetzt die Welt, in die sie zurückkehren sollte. Unterwegs konnte sie jede Entscheidung allein treffen. In Rostock würde sie von so vielen abhängig sein.

Je weiter sie nach Norden kamen, desto öfter verwandelten sich die Regentropfen in Eis. Es wurde schwieriger, bezahlbare Unterkünfte zu finden, und Clarissa wurde die Reise lang. Schließlich, am Abend des zehnten Tages, erreichten sie Schwerin.

»Dieses Mal weiß ich, wo wir unterschlüpfen können«, kündigte Clarissa an und führte ihr Pferd mit einem Schenkeldruck zu den Stadttoren.

Jodocus war überrascht, sie zu sehen. Als er nach Fritjoff fragte, brach Clarissa in Tränen aus, obgleich sie sich vorgenommen hatte, sich zusammenzureißen. Der Messerschmied führte sie zum Stubentisch. Thekla schenkte ihnen Branntwein ein. Mit dünner Stimme begann Clarissa zu sprechen. Alle waren so bestürzt, dass niemand Leander wahrzunehmen schien, der ihnen in die Stube gefolgt war. Als ihr Bericht auf die Zeit nach dem Überfall kam, stockte Clarissa. Natürlich konnte sie ihnen nicht die Wahrheit über Leander und die räubernden Gaukler sagen. Sie hatte sich eine Notlüge zurechtgelegt, zögerte aber. Es fiel ihr schwer, den Freund des Vaters anzulügen.

»Wir fanden Clarissa«, meldete sich in diesem Augenblick Leander zu Wort. »Jemand hatte sie bewusstlos und verletzt auf ein Pferd gebunden. Es lief ziellos durch den Wald.«

Er hatte im Schatten des großen Kachelofens gestanden und trat nun ins Licht. »Ich bin Leander. Luxbruder und Schwertkämpfer.«

»Lll… Leichtbruder also. G… Gaukler«, präzisierte Jodocus.

»Wenn Ihr es so nennen wollt. Wir nahmen Clarissa auf und kümmerten uns um sie, bis sie in der Lage war zu reiten.«

Clarissa sah das Misstrauen in Jodocus' Blick und beeilte sich hinzuzusetzen: »Ich weiß nicht, wie ich es ohne diese Leute geschafft hätte. Es ist eine kleine Gemeinschaft, zwei Frauen und vier Männer. Sie haben mich gepflegt und ernährt.« So weit entsprach alles der Wahrheit.

»Was habt ihr im Wald gemacht?«, wollte Thekla wissen, die ihr jüngstes Kind auf dem Arm schaukelte. Clarissa staunte, wie groß es in den Wochen seit ihrer Abreise geworden war.

»Wir kamen aus Frankfurt, wo wir aufgetreten sind, und wollten weiter zu den Erntedankfesten auf den Dörfern. Aber Ursel wurde krank, die Älteste in unserem Bunde. Clarissa half, sie zu pflegen.«

»Ich denke, Clarissa ww… war selbst verletzt?« Aus Jodocus' Worten sprach Skepsis.

»In den ersten Tagen ging das nicht, das stimmt. Später schon.« Sie berichtete von ihren Verletzungen und verstummte danach. Zögernd sah sie in ihr Glas. Jodocus hatte es wieder gefüllt, aber sie wollte einen klaren Kopf behalten. »Das ist aber noch nicht alles.« Um eine ruhige Stimme bemüht, berichtete sie, dass man sie des Mordes am eigenen Vater beschuldigte.

Stille kehrte ein.

»Für mmm… mich hört sich das merkwürdig an«, sagte Jodocus schließlich und stürzte einen weiteren Schnaps hinunter. »Auf ddd… der Herbstmesse war etwas in Gang, was Fritjoff in Besorgnis versetzte. Er ri… riskiert es, weiterzureiten, obwohl mit einem Überfall zu rechnen ist. Der Mann mit der Kutte. Das ist ja ww… wie aus einem Schauermärchen.«

Clarissa konnte nur nicken.

»Hast du jemanden, der dir in Rostock zur Seite steht? Der dich verteidigen kann, wenn es, Gott behüte, nötig werden sollte?«, wollte Thekla wissen.

Kannte sie jemanden, der sich in den Rechten auskannte? Juristen gab es in Rostock zuhauf, aber einen, dem sie vertraute? »Meine Freundin Barbara hat einen Juristen geheiratet. Sicher weiß er, was zu tun ist. Ich werde so schnell wie möglich mit ihm sprechen«, erwiderte sie.

Jodocus massierte die Schwielen an seinen Händen. »Ich ww… werde dich morgen nach Rostock bringen«, kündigte er an.

Clarissa sah, wie Leander aufmerkte. Würde er um die Belohnung, oder genauer, um sein Lösegeld gebracht? Jetzt wäre die beste Gelegenheit, Leander loszuwerden. Andererseits hatte er ihr wirklich geholfen. Und sie würde ihn vermissen, das musste sie sich eingestehen.

»Ich habe Leander einen Lohn für seine Mühen versprochen«, gab Clarissa zu.

Jodocus musterte Leander kritisch. »Bbb… Belohnung? Oder Lö… Lösegeld?«

»Ich habe versprochen, Clarissa zu ihrer Mutter zu bringen«, versuchte Leander den Vorwurf beiseitezuschieben.

Bevor der Schmied noch etwas sagen konnte, schloss Thekla das Gespräch. »Lass uns morgen darüber befinden. Wir können alle erst mal eine Stärkung vertragen, vor allem Clarissa. Du bist ja ganz vom Fleisch gefallen«, sagte sie liebevoll und nahm tröstend Clarissas Hand. Aber warum trug Thekla schwarze Kleidung? Und warum war der Spiegel verhängt? War noch jemand gestorben? Fragend blickte sie die Hausherrin an. Thekla verstand ihre stumme Frage und nickte.

»Maria ist eingeschlafen. Vierzehn Tage ist es jetzt her. Es war eine Erlösung«, sagte sie bekümmert. Clarissa sprach der Familie ihr Beileid aus.

Als Thekla in die Küche ging, um für das Abendessen zu sorgen, folgte Clarissa ihr. Sie hörte, wie Jodocus Leander ausfragte, als glaubte er nicht an dessen Unschuld und seine hehren Absichten. Es ist ein wenig, als wollte er die schützende Rolle des Vaters für mich übernehmen, dachte sie gerührt. Gut, zu wissen, dass jemand für sie da war.

Am nächsten Morgen gingen sie gemeinsam in die Kirche und beteten für Fritjoff. Zurück in der Schmiede, nahm Jodocus ein Rapier vom Haken. Liebevoll, als redete er über eines seiner Kinder, beschrieb er es. Es war ein Raufdegen mit Spangenkorb und s-förmiger Parierstange, der Griff war mit geflochtenem Silberdraht umwickelt. Zu ihrem Erstaunen reichte er es Leander.

Jodocus' Worte dabei klangen ungewöhnlich steif: »Fritjoff war mir lieb und teuer ww… wie ein Bruder. Ich ehre dich für das, was du getan hast, nnn… nicht für das, was du bist. Du bist jung, mmm… mach das Beste aus deinen guten Anlagen.« Er wies auf Leanders schartiges Schwert. »Deinen alten Hhh… Haudrauf kannst du ja dann zum Kartoffelschälen nehmen.«

Begeistert nahm Leander das Rapier an sich und bedankte sich überschwänglich. Es war aber auch wirklich ein kostbares Geschenk!

Auch für Clarissa hatte das Paar etwas. Thekla holte einen versiegelten Brief aus einer Kommode. »Den hat Maria kurz vor ihrem Tod an deinen Vater geschrieben. Ich denke, er steht deiner Mutter zu, auch wenn ich nicht weiß, ob sie etwas damit anfangen kann. Wir vermuten, es geht darin um Carl«, erklärte sie.

Clarissa sah sie verwundert an: »Carl muss großen Eindruck auf Maria gemacht haben. Sie kannten sich, wenn ich es richtig verstanden habe, doch nur als Jugendliche.«

Für kurze Zeit waren nur das Hämmern der Schmiede und das Kratzen des Schleifsteins zu hören. Dann nickte Jodocus seiner Frau zu, sie sollte erzählen. »Einige Jahre nachdem Carl die Schmiede verlassen hatte, kehrte er nach Schwerin zurück. Ich erinnere mich gut daran. Meine Familie wohnte neben der Schmiede, und wir Kinder gingen dort ein und aus. So habe ich ja auch Jodocus kennengelernt.« Thekla warf ihrem Mann einen zärtlichen Blick zu. »Carl war damals schon ein gefürchteter Kriegsmann. Er wollte seinen Bruder abholen, um sich um Fritjoffs Ausbildung zu kümmern. Aber Fritjoff und Jodocus waren gerade auf Gesellenwanderschaft gegangen. Dennoch blieb Carl eine Weile hier. Maria mochte ihn sehr, war aber schon dem Altgesellen Veit versprochen. Es kam zu einem Streit, in dessen Verlauf Carl gewalttätig reagierte und sich Maria auf Veits Seite stellte.«

»Und Fritjoff?«, wollte Clarissa wissen.

»Fritjoff und Carl sahen sich, soweit ich weiß, erst in Frankfurt auf der Fechtschule wieder. Danach trennten sich ihre Wege endgültig«, sagte Thekla vage. Ihr Mann nickte zustimmend. Diesen Teil der Geschichte kannte Clarissa schon. Dennoch steckte sie

Marias Brief mit gespannter Erwartung ein. Ihn zu lesen wäre eine der wenigen Möglichkeiten, ihrem Vater auch nach dessen Tod näherzukommen.

Als sie die Pferde aus dem Stall geholt hatten, verabschiedete Jodocus Leander. »Hab Dank. Ab hhh… hier übernehme ich.«

»Aber ich …«, wollte Leander widersprechen.

Jodocus legte dem jungen Mann ruhig, aber bestimmt, eine Hand auf die Schulter. »Du hast ggg… genug getan und deinen Lohn erhalten. Nun reite zurück zu deiner Sss… Sippe.« Er stieg aufs Pferd. »Verabschiedet euch!«, forderte er.

Überrumpelt reichte Clarissa ihrem Reisegefährten die Hand. Seine Haut schien zu glühen. Mit einem intensiven Blick schlug Leander ein, neigte vor Jodocus das Haupt, stieg auf sein Pferd und ritt davon. Clarissa sah ihm nach. Noch immer konnte sie seine Berührung spüren, warm, wie eine kostbare Erinnerung. Würde sie ihn je wiedersehen?

25

Rostock, Mitte Oktober 1608

Etwa zwei Monate nach ihrem Aufbruch und vier Wochen nach dem Tod ihres Vaters kam Clarissa wieder in Rostock an. Schon von Weitem sah sie neben ihrem Haus vor der Messerschmiede die Holzschwerter am Band schaukeln. Für einen kurzen Augenblick war Clarissa von Hoffnung erfüllt. Doch die Fensterläden ihres Hauses waren verrammelt, die Tür verschlossen. Jodocus betätigte entschlossen den Türklopfer. Die Nachbarn nickten ihr zur Begrüßung ernst zu und konnten vor lauter Neugier die Augen nicht mehr abwenden.

Schließlich hörten sie Schritte. Eine leise Stimme: »Geht weg! Ich habe nichts mehr!«

Freude und Kummer machten Clarissas Hals eng. »Mutter! Ich bin es! Jodocus ist bei mir, Vaters Freund.«

Metallisches Klackern. Es dauerte lange, bis Lievke den Schlüssel im Schloss hatte. Als sie endlich öffnete, erschrak Clarissa. Ihre Mutter war abgemagert und wirkte zerfahren, zog die beiden herein und schloss eilig die Tür hinter Jodocus. Clarissa fiel ihrer Mutter in die Arme und fühlte sich auf einmal so geborgen, als wäre sie wieder ein kleines Mädchen.

»Du bist bei mir, mein Blümchen!«, sagte Lievke gepresst. »Die Tür ist heute von selbst aufgesprungen – das bedeutet unerwarteten Besuch. Ich habe es kaum zu hoffen gewagt – aber da bist du!« Ihre Mutter zitterte, weinte aber nicht. Clarissa sah sich um. In der Diele war es dunkel. Die Verbindung zur Schmiede war zugemauert, die Wandbehänge fort. Nur eine einsame Truhe stand noch an der Wand; sie war vermutlich zu sperrig gewesen, um sie schnell zu Geld zu machen.

Sie setzten sich, und noch einmal berichtete Clarissa, was geschehen war. Ihre Mutter hörte jedoch gar nicht richtig zu. Unvermittelt sagte sie: »Der Tuchhändler und der Krämer bedrängen mich wegen der Schulden. Der Hausbesitzer will die Pacht – aber ich hab doch nichts! Alle haben mich verlassen, nur unsere Magd Hilde hat mir die Treue gehalten. Ich muss sie weit ausschicken, damit sie günstiges Essen kaufen kann. Mein Vater kann auch nicht helfen, er ist noch auf Handelsreisen unterwegs.« Lievke seufzte tief. Obgleich Clarissas Großvater in Wismar lebte, das nur ein oder zwei Tagesreisen entfernt lag, hatten sie kaum Kontakt. Clarissa wies auf die zugemauerte Tür, brauchte aber gar nichts zu sagen. »Tietke, unser Altgeselle, war der Erste, der die Todesnachricht zu seinen Gunsten genutzt hat. Er hat gesagt, dass ich keinen Anspruch auf die Schmiede habe, weil ohne Fritjoff kein Meister mehr da ist.«

»Bist du des… deswegen bei der Zunft gewesen? Die mmm… müssten dir doch helfen!«, erregte sich Jodocus.

Lievke fuhr sich durch das Haar, das fettig und nachlässig aufgesteckt war; so kannte Clarissa ihre Mutter gar nicht. »Sie meinten, dass Tietke schon die ganze letzte Zeit mehr für die Schmiede verantwortlich war als Fritjoff.« Sie knetete die Hände. »Ich glaube, dass sie froh waren, endlich wieder einen Altgesellen zum Meister machen zu können; die Meisterstellen in Rostock sind knapp.«

»Dabei hättest du … als Www… Witwe …«

Lievke nickte ruckartig. Es schien, als hätte sie beim Tod ihres Mannes die letzten ihr zur Verfügung stehenden Tränen vergossen oder sei in eine Art Schockstarre gefallen. »Jetzt habe ich nichts mehr. Sogar Fritjoffs Pferd musste ich verkaufen. Dabei ist er so stolz darauf gewesen!«, brach sie heraus.

Überrascht fuhr Clarissa auf. »Vaters Pferd?« Das Ross war doch bei dem Überfall weggelaufen.

»Ein Kaufmann hat es gebracht. Samt Satteltasche. Der Kaufmann hat den Besitzer des Pferdes anhand des Gepäcks herausgefunden. Ein ehrlicher Mann! Leider war kein Geld in der Tasche. Dabei muss Fritjoff doch von Alexander und Marius seinen Lohn bekommen haben!«

Clarissa erinnerte sich daran, wie das Pferd vor Schreck davongaloppiert war. »Wusstest du da schon …« Sie kämpfte gegen den Kloß in ihrem Hals. »Wie hast du …«

»Ein Bote hat mir den Brief eines Geistlichen mit der Todesnachricht gebracht und Fritjoffs Lieblingsschwert dazu. Es war noch Blut daran. Da wusste ich, dass es stimmt. Fritjoff hätte es zu Lebzeiten niemals aus den Händen gegeben.« Sie blinzelte heftig und zupfte ein zerknittertes Stück Papier aus ihrem Ärmel. Clarissa vermutete, dass ihre Mutter den Brief so oft gelesen hatte, weil sie den Inhalt nicht glauben konnte. Es war ein kurzer Brief, in einer gestochenen Schrift verfasst, unterschrieben von einem Pater, dessen Name unleserlich war.

Als sie das Papier wieder faltete, fiel Lievke ihr noch einmal um den Hals. »Ich habe mich so gesorgt! Du warst wie vom Erdboden verschluckt. Ich dachte schon, ich bin jetzt ganz allein auf dieser Welt. Du bist doch alles, was ich noch habe.« Sie schluchzte trocken; es war ein rauer, erschütternder Laut. Clarissa strich ihr liebevoll über den Rücken.

Jodocus erhob sich. »Ich muss zurück. Mmm… meine Arbeit wartet«, sagte er. »Meldet euch, wenn ihr Hilfe benötigt. Ich würde dich auch vor den Bbb… Bütteln verstecken. Hoffe aber nicht, dass es ddd… dazu kommt«, sagte er mit einem halben Lächeln und schloss Clarissa in die Arme.

»Vor den Bütteln?« Lievkes Unterlippe bebte. Clarissa würde es ihr erklären, wenn sie allein waren.

Bernhard, Barbaras Ehemann, lief, die Arme verschränkt, in der Stube auf und ab. Sogar im Haus trug er seinen Doktorhut, was Clarissa albern fand. Zudem war der Hut inzwischen verrutscht.

Ihre Freundin versuchte Clarissa Trost auszusprechen. Ansonsten wirkte Barbara ganz zufrieden, wenn sie auch die ständigen Gastmähler anstrengten, die sie für die Universitätskollegen ihres Gatten ausrichten mussten. »Ich darf nur selten dabei sein, und selbst wenn, dann verstehe ich höchstens die Hälfte!«, flüsterte sie Clarissa zu. »Dafür versteht Bernhard nichts von Geschäft und Haushalt, und ich kann schalten und walten, wie ich will.«

Der Jurist unterbrach missbilligend schnalzend ihr Getuschel. »Eine ernste Sache ist das, eine ernste. Und es gibt wirklich keine Zeugen, die Eure Unschuld beweisen könnten?«

»Nein, wir waren allein im Wald«, musste Clarissa zum wiederholten Mal bestätigen. Es war, als hoffte Bernhard, dass ihr doch noch etwas einfiele.

Der Jurist rückte seinen Hut gerade. »Ich werde Erkundigungen einholen, ob in der Gerichtskanzlei bereits eine Anklage eingegangen ist. Ich rate Euch, verlasst das Haus so wenig wie möglich. Erregt kein Aufsehen! Die Lage Eurer Familie ist ohnehin ernst genug. Euer Stand ist gefährdet! Ihr könntet alles verlieren und Eure Mutter mit ins Verderben ziehen.«

Mit weichen Knien verließ Clarissa das Haus der Freundin. Eigentlich hatte sie gehofft, dass dieses Gespräch sie aufbauen würde. Stattdessen hatten Bernhards Mahnungen sie nur noch mehr verunsichert.

Als sie heimkam, saß ihre Mutter im Fechtsaal. Trotz des helllichten Tages waren die Fensterläden verschlossen. Schmale Lichtstreifen fielen durch die Spalten auf den Fechtboden. Ganz ruhig saß Lievke, sodass Clarissa zunächst dachte, sie würde schlafen. Auf Zehenspitzen ging sie näher und kniete sich neben den Stuhl. Ihre Mutter hatte die Augen halb offen, doch kein Glanz war mehr in ihnen zu sehen.

»Wie ist es gelaufen, Herzchen?«, fragte Lievke matt.

»Gut«, log Clarissa. Sie mochte Lievke die Wahrheit im Moment nicht zumuten. Ihre Mutter hielt ein Papier in den Händen. War es der Brief von Maria? Aber nein, die Schrift war anders. »Hat jemand geschrieben?«

»Gerold Grammig, der Fechtmeister.«

»Ich dachte, er hätte die Stadt verlassen, nachdem Vater ihn im Zweikampf so gedemütigt hat.«

»Leider nicht. Die Universität hat ihn als Fechtmeister eingestellt.« Auch dort hatte man also ihren Vater fallen lassen wie eine heiße Kartoffel. »Die Eltern der Studenten von Adel, allen voran der Freiherr von Reipenstein, haben Grammig unterstützt.« Bitterkeit überkam Clarissa. Der Adelige hatte ein Verbrechen begangen, indem er in ihr Haus eingedrungen war und Alf verletzt hatte. Jetzt kam Reipenstein nicht nur straflos davon, sondern schädigte ihren Vater sogar im Tode noch.

»Und was will Grammig von uns?«

»Er bittet um ein Gespräch.«

Entweder wollte Lievke nicht darüber reden, oder sie wusste nichts Genaues, also drang Clarissa nicht weiter in sie. »Was ist eigentlich mit den Fechtschülern? Und mit Alf?« fragte sie.

»Die Jungen musste ich heimschicken. Und Alf entlassen. Er wollte bleiben, aber ich konnte mir seine Dienste nicht mehr leisten. Er kommt ab und zu vorbei und schaut, wie es mir geht.«

Alf, die treue Seele! Wie einsam sie auf einmal waren. Clarissa musste an Marius denken und seinen Wunsch zu heiraten. Sie hatte es Lievke noch gar nicht erzählt! Vielleicht hätte sie bald schon eine eigene Familie, und Lievke könnte ihre Rolle als Großmutter dort einnehmen. Aber sie konnte sich kaum noch an Marius' Gesicht erinnern, stellte sie fest. Dafür sah sie Leander umso klarer vor sich. Ob er das Rapier wohl schon zu Geld gemacht hatte? Gallus würde sich sicher nicht mit einem Stück Stahl abspeisen lassen. Außerdem konnte man eine Waffe schlecht aufteilen. Aber was kümmerte es sie?

»Sind sonst noch Briefe gekommen? Von Marius vielleicht?«

Ihre Mutter wiegte müde das Haupt. »Eine Bekannte bei Hofe hat mir ihr Beileid bekundet. Sie schrieb, dass sie mich dort gebrauchen könnten. Herzog Johann Albrecht II. hat gerade geheiratet. Für seine junge Frau werden erfahrene Hofdamen und Näherinnen benötigt.«

»Aber das ist doch wunderbar!« Clarissa wusste, wie gerne ihre Mutter von ihrer Zeit bei Hofe erzählt hatte und wie stolz sie darauf gewesen war. Warum freute sie sich nicht?

»Wunderbar? Ich kann dich doch nicht verlassen, Kind. Du bist alles, was mir geblieben ist. Wo sollst du hin? An den Hof kann ich dich nicht mitnehmen, nach diesen bösen Gerüchten schon gar nicht. Das Haus werden wir kaum halten können. Uns wird nur übrig bleiben, zu meinem Vater nach Wismar zu ziehen. Nein, ich werde meiner Bekannten schreiben, dass meine Familie mich braucht.«

Lievke erhob sich und ging schwerfällig die Treppe hinauf.

Leander sah zu, wie sich die Astronomische Uhr bewegte. Sie zeigte den Ablauf der Tage und Jahre, aber auch die Heiligen und die Sternzeichen an. Nicht zum ersten Mal fragte Leander sich, ob die Planeten Einfluss auf das Leben der Menschen nahmen. War alles vorherbestimmt? Konnte man das Schicksal wirklich aus den Handlinien lesen, wie Ursel behauptete? Was hätte Ursel in Clarissas Handlinien entdeckt? Hätte sie ihn dort gesehen? War ihm eine Rolle in Clarissas Leben bestimmt? Wie albern, so etwas zu denken! Clarissa war für ihn unerreichbar, und er schätzte sie zu sehr, um sie in sein schlichtes Leben hineinzuziehen. Schlimm genug, dass er ständig gegen den Drang ankämpfen musste, sie zu küssen.

Ein Bürger nickte Leander höflich zu. Seit er das kostbare Rapier aus Jodocus' Schmiede an seiner Seite trug, hielt man ihn für einen hohen Herrn, was ihm durchaus gefiel. Wenn er es nur wäre! Sosehr er seine Freiheit liebte, sehnte er sich doch auch oft nach einem guten Leben ohne Sorgen. Er trat aus der Marienkirche. Eisiger, salziger Wind umfing ihn. Wenn es weiter abkühlte, würde er nicht mehr lange in der verlassenen Fischerhütte bleiben können. Er wandte sich nach rechts. Obgleich er weder die Adresse noch Clarissas Nachnamen gewusst hatte, hatte er das Haus der Familie schnell gefunden. So viele Fechtmeister gab es in Rostock nicht. Zu klopfen hatte er jedoch noch nicht gewagt. Clarissa sollte nicht glauben, er sei wegen des Geldes da. Er wollte nur sicher sein, dass es ihr gut ging. Außerdem, das gestand er sich ein, während er die Wokrenterstraße hinunterschritt, eilte es ihn nicht, zu Gallus zurückzukehren. Sicher, er würde das Rapier verkaufen und seinem Vater das Geld bringen müssen. Aber noch nicht jetzt.

»Jungfer Clarissa, Besuch!«, schallte es aus der Halle. Ihre Magd Hilde war ausnahmsweise da. Sie war gleich morgens einkaufen gewesen und hatte günstig etwas altes Brot und verschrumpeltes Gemüse erstehen können. Hilde ertrug die neue Lage im Haus mit stoischer Ruhe. Die wirtschaftliche Not schien ihr weniger Sorge zu bereiten als die Aussicht, sich eine neue Anstellung suchen zu müssen.

Was für ein Besuch konnte das sein? Clarissa strich über ihren Rock. Es war schön gewesen, nach der Reise ein frisches Kleid aus der Truhe nehmen zu können, sauber und nach Lavendel duftend. Aber auch ihre Kleider müsste sie wohl bald zu Geld machen.

Im Fechtsaal stand ihre Mutter. Lievke sah verändert aus. Sie hatte sich die Haare ordentlich aufgesteckt und war geschminkt. Grell wirkte die Farbe gegen das Schwarz ihres Kleides und die Trauer in ihrem Gesicht. Neben ihr stand Meister Grammig, der eine Übungswaffe ihres Vaters schwang. Clarissa kam es wie ein Frevel vor, dass er sich aus Vaters Waffenschrank bediente, und sie hätte ihm am liebsten den Dusack aus der Hand gerissen.

Erst jetzt bemerkte sie, wie leer der Waffenschrank war; vermutlich hatte Lievke bereits einige Schwerter verkaufen müssen.

»Da ist sie ja!« Gerold Grammig kam ihr, die Waffe lässig senkend, entgegengeschritten. Auf seinem Wams trug er das Wappen der Federfechter, das sie so oft in Frankfurt gesehen hatte. Er nahm ihre Hand und führte sie an seine Lippen. Clarissa erwartete, dass er den Handkuss nur andeuten würde, fühlte aber gleich darauf seinen feuchten Mund; am liebsten hätte sie sich den Handrücken abgewischt. Seine Haare waren ölig wie bei ihrer ersten Begegnung. Er begrüßte Lievke und führte sie zum Tisch, als wäre es sein Haus. Lievke bot ihm etwas zu trinken an, Hilde servierte. Weitschweifig begann er mit ihnen zu plaudern. Clarissa ging schnell die Geduld aus. Was wollte er von ihnen?

Schließlich kam er zur Sache. »Ich darf mich rühmen, dass die Universität Rostock mir ihr Vertrauen ausgesprochen hat. Die hohen Herren sind erleichtert, einen ehrenvollen Fechtmeister in ihren Diensten zu wissen.« Wollte er etwa ihren Vater erneut herabsetzen? Hatte er denn gar keinen Anstand? Bevor sie Fritjoff verteidigen konnte, fuhr Grammig fort: »Um meiner unwürdigen Existenz in einer, wohlgemerkt noblen, Herberge ein Ende zu machen, befasse ich mich seit Längerem mit dem Gedanken, ein Haus zu erwerben.«

Seit Längerem, dachte Clarissa. Was für eine Übertreibung! Er war doch erst seit ein paar Wochen in der Stadt. Und jetzt wollte er sie aus ihrem Haus vertreiben, denn darauf lief es wohl hinaus! Während die Wut sie packte, bemerkte sie, wie ihre Mutter in sich zusammensank.

»Wir haben nicht die Absicht auszuziehen!«, sagte Clarissa, um dem Fechtmeister den Wind aus den Segeln zu nehmen.

Grammig streichelte zufrieden seinen Schopf. »Das wird auch nicht nötig sein, wenn mein Vorhaben von Erfolg gekrönt ist. Ich plane nämlich, meinen Junggesellenstand zu beenden und in den

Bund der Ehe zu treten.« Das war doch nicht sein Ernst! Ihr Vater war erst ein paar Wochen tot! Sie hatten noch nicht einmal in Ruhe um Fritjoff trauern können. Lievke schien unmerklich ihre Schultern zu straffen. Sie strich eine unsichtbare Strähne von der Stirn. Ihre Mutter dachte doch nicht wirklich daran, diesen Schleimer zu heiraten?

Ihr Gegenüber räusperte sich vernehmlich. »Da ich keinen Dünkel kenne und Euer derzeitiges Elend mich nicht abschreckt, möchte ich Euch, Witwe Nykrantz, um die Hand Eurer Tochter bitten.« Erwartungsvoll wanderte sein Blick von Lievke zu Clarissa.

Sie fiel aus allen Wolken. Dieser alte Mann – er war sicher schon an die fünfzig –, ein erklärter Feind ihres Vaters, hatte die Frechheit, um ihre Hand anzuhalten?

Ihren Zorn bezwingend sagte sie: »Das ehrt uns sehr, aber ich bin …«

»Wir werden über Euer Angebot nachdenken«, fiel Lievke ihr ins Wort. Das Gesicht ihrer Mutter sah aus wie eine Maske.

»Ich bin bereits versprochen!«, gab Clarissa nicht nach. Ihre Mutter seufzte.

»Ach ja?« Meister Grammig hob pikiert eine Augenbraue.

»Ja!«, bestätigte Clarissa. Sie wollte diesen Fechtmeister nicht! Lieber würde sie Marius heiraten!

Ihre Mutter nestelte an ihrem Amulett. »Nicht mehr, Blümchen. Es war ein … Missverständnis des jungen Mannes«, erklärte sie. Clarissas Kopf ruckte herum. Lievke wusste davon? Aber woher? »Er hatte sich in meine Tochter verliebt und sich falsche Hoffnungen gemacht«, sagte sie an Grammig gewandt.

»Marius …«, begann Clarissa erneut.

»Meister Marius hat sich für sein Ansinnen entschuldigt und sein Wort zurückgezogen. Ein unhöflicher junger Mann, der ohnehin für dich nicht infrage gekommen wäre. Ich habe den Brief zurückgehalten. Er war ja auch an mich gerichtet«, sagte Lievke und erhob sich. »Wie gesagt: Wir werden über Euer Angebot nachdenken«, komplimentierte sie den Fechtmeister hinaus.

An der offenen Tür neigte sich Gerold Grammig noch einmal zu ihnen. »Wartet nicht zu lange, meine Damen. Ich möchte schon bald das Aufgebot für Clarissa und mich bestellen«, drängte er sie.

Clarissa fiel es schwer, höflich zu bleiben. Sie warf die Tür hinter ihm zu, als könnte sie den Gedanken an eine Heirat aussperren.

Lievke berührte zart ihren Arm. »Ich wollte dir den Brief von Marius ja geben … später … wenn der Schmerz über Fritjoff nicht mehr so groß ist. Es ist einfach zu viel auf einmal«, sagte sie geknickt.

»Zeig ihn mir!«, forderte Clarissa.

Dieses Mal zupfte Lievke den Brief aus dem Rockbund.

Verehrte Witwe Nykrantz,
wie Ihr wisst, verfügen wir Fechtmeister über ein dichtes Nachrichtennetz, und so kam ich nicht umhin, vom Tod Eures Gatten zu hören. Aus diesem gewichtigen Grund möchte ich das Eheversprechen, das ich Eurer Tochter gab, zurückziehen.
Ich verbleibe hochachtungsvoll,
Marius, Meister des Schwerts, Mitglied der ehrenvollen Bruderschaft von Sankt Marx und Fechter in den Diensten des Herzogs von Braunschweig und Lüneburg

Zornbebend knüllte Clarissa den Brief zusammen. Kein Wort des Beileids oder des Trostes. Keine vernünftige Erklärung. Die Aufzählung seiner Titel war ja beinahe länger als der Brief. Wie konnte er es wagen! Lievke hielt ihr einen weiteren Brief hin. Von Alexander. Höfliche, ehrliche Worte des Beileids, die sie etwas versöhnten.

Es klopfte. War das etwa noch einmal dieser penetrante Freier?

Clarissa riss die Tür auf. »Nun lasst uns doch etwas Zeit, bevor wir Euren Heiratsantrag …« Der Rest des Satzes blieb ihr im Halse stecken. Ihr Herz tat einen Sprung. Leander. Da stand er. Überrascht lächelnd. Das Rapier am Degengehänge. Dann wurde ihr klar, was er von ihr wollte, und sie brauste auf: »Willst du unsere Notlage auch noch ausnutzen? Hast du denn noch nicht genug bekommen? Verschwinde!« Sie warf die Tür zu und stürmte erregt in den Fechtsaal. Verzweifelt starrte sie auf den Fechtboden und wusste nicht, wohin mit sich. In diesem Augenblick hätte sie jemanden schlagen mögen. Gut, dass niemand in Reichweite war.

»Wer war das, Liebchen?«, fragte Lievke verwundert.

»Niemand, Mutter. Ein Vagant, niemand sonst.«

Am nächsten Morgen, als ihre Mutter noch schlief, lieferte ein Bote einen Brief in ihrem Hause ab. Er war an ihren Vater gerichtet. Clarissa erbrach das Siegel erregt.

Lieber Fritjoff, bester Freund,
das Schlimmste ist eingetreten: Unruo ist gleich nach eurer Abreise freigelassen worden. Er musste lediglich ein Strafgeld für den Mord an Benjamin zahlen. Es ist eine Schande! Das ganze jüdische Viertel ist in Aufruhr ob dieser erneuten Herabsetzung ihres Standes. Jetzt zählt unser Versprechen mehr denn je!
Die Hinweise auf eine Verschwörung verdichten sich. Sie werden auch mich nach Prag führen. Komm so schnell du kannst in die Kaiserstadt. Wir müssen den Verräter finden! Allein werde ich es nicht schaffen. Zumal ich in den letzten Tagen das Gefühl hatte, einen Schatten zu viel zu haben. Irmel möchte mich vor Angst um mein Leben am liebsten nicht aus dem Haus lassen. Aber wir haben eine Pflicht vor Gott und unseren Brüdern. Der Herrgott, die Jungfrau Maria und seine Heiligen mögen dich beschützen!
Dein Fechtbruder Paulus

PS: In deiner anderen Angelegenheit gibt es keine Neuigkeiten, aber vielleicht weiß ich in Prag schon mehr!

Immer wieder überflog Clarissas Blick die wenigen Zeilen. Jeden einzelnen Satz las sie, bis sie ihn auswendig konnte. Und doch begriff sie wenig. Ihr schwirrte der Kopf. Fritjoff hatte nach dem Verräter gesucht und sich dabei Feinde gemacht. War der Überfall gar kein Zufall gewesen? Wollte man ihn mundtot machen? Unruo war auf freiem Fuß. Hatte er von Fritjoffs Racheschwur gehört und wollte ihm zuvorkommen, indem er ihn überfiel? Um was für eine Verschwörung ging es? Paulus und Fritjoff mussten ausführlich darüber beraten haben. Deshalb war ihr Vater wohl auch so besorgt gewesen! Aber wer hatte sich verschworen? Und gegen wen? Ihr Vater sollte nach Prag kommen. Hatte der Kaiser damit zu tun? Wer war der Verräter? Kannte sie ihn auch? Auch Paulus wurde verfolgt. Waren seine Verfolger die gleichen, die ihren Vater ermordet hatten? Dann war auch Paulus' Leben in Gefahr! Die Sorge um den lieben alten Fechter machte sie kribbelig. Sie musste an Paulus schreiben und ihm von Fritjoffs Tod erzählen, ihn warnen! Aber vermutlich war es schon zu spät. Der Brief trug zwar kein Datum, aber wahrscheinlich war Paulus nicht mehr in Frankfurt. Sie musste um jeden Preis mehr über den Überfall herausfinden. Vielleicht war der Mörder der Verräter? Es musste eine Spur geben, die Paulus helfen konnte, die Verschwörung aufzudecken. Wenn er denn noch lebte …

Sorgenvoll setzte Clarissa einen Brief an Paulus auf, nahm eine der wenigen Münzen aus dem Geldbeutel ihrer Mutter und bat die Magd, einen Boten zu suchen, dem sie ihn mitgeben konnte. Anschließend eilte Clarissa zu dem Harnischmacher in der Altschmiedestraße bei Sankt Nikolai, für den ihr früherer Knecht Alf jetzt arbeitete. Immer wieder sah sie sich auf der Straße nach Leander um, denn sie bereute ihre Worte inzwischen sehr. Sie hätte ihn zumindest anhören sollen!

Alf war erleichtert, sie gesund wiederzusehen. Der Tod seines Herrn hatte auch ihn sehr getroffen, und als Clarissa ihm von den Merkwürdigkeiten des Überfalls berichtete, erklärte er sich sofort bereit, den Kaufmann ausfindig zu machen, der das Pferd gefunden hatte, und ihn noch einmal eingehend zu befragen. Vielleicht waren dem Kaufmann merkwürdige Gestalten in der Nähe aufgefallen.

Auf dem Weg zur Kirche Sankt Marien, wo Clarissa dem Gottesdienst beiwohnen wollte, kam ihr Barbaras Mann entgegen. Er mied Clarissas Blick, was sie eigenartig fand. Zweifelte er etwa an ihrer Unschuld? War das denn möglich? Glaubte er etwa, sie habe sich selbst auf das Pferd gefesselt und dann bewusstlos geschlagen? Barbara plauderte vor dem Beginn des Gottesdienstes unbefangen mit ihr, aber Clarissa war nicht bei der Sache. Sie dachte fieberhaft darüber nach, was sie tun konnte. Als der Gottesdienst beendet war, eilte sie zurück.

Kaum im Haus, erstarrte Clarissa. Ein Mann saß mit ihrer Mutter am Tisch – Leander. Clarissas Puls begann zu rasen, Hitze schoss ihr in den Kopf.

Lievke hob die Hände und lächelte sanft. »Bleib ruhig, er hat mir alles erzählt. Dass er ein Luxbruder ist. Von den Gauklern. Den Räubern. Dem Lösegeld.« Clarissa öffnete den Mund. »Still! Er will nichts. Er bietet uns lediglich seine Hilfe an.«

Sprachlos ließ Clarissa sich auf den nächstgelegenen Stuhl fallen. Weil ihr nichts anderes einfiel, stammelte sie: »Ich glaube, Bernhard hält mich für schuldig.«

In diesem Moment klopfte es schon. Lievke ging zur Tür.

Eine tiefe Stimme dröhnte: »Wir sind auf der Suche nach Clarissa Nykrantz. Sie soll ins Gericht gebracht werden.«

Geschockt wich Clarissa zurück.

»Lasst uns eintreten!«, forderten die Büttel.

Hilflos blickte Clarissa Leander an. Was sollte sie tun? Wo sollte sie hin? Sie wollte nicht in den Kerker! Ihre Mutter antwortete leise und wortreich. Doch dann musste Lievke den Weg freigeben.

In ihrem Versteck wagte Clarissa nicht zu atmen. Leander hatte nicht lange überlegt, es gab in der Diele ja auch kaum geeignete Verstecke. Sie war in die Truhe gekrochen, und er hatte eine Tischdecke über sie geworfen. Nur gedämpft hörte sie jetzt Stimmen und Schritte. Schon kam beides näher. Ein Rucken verriet ihr, dass sich jemand am Holzdeckel zu schaffen machte. Clarissa hielt die Luft an. Ein Griff, und sie wäre enttarnt. Hatte Bernhard sie also doch verraten! Plötzlich ein Scheppern und das Klirren von Klingen. Kämpften sie etwa? Wollte Leander auch ins Gefängnis wandern? Ein Lachen drang zu ihr. Was war da los? Dann wieder Schritte. Die Tür fiel ins Schloss. Jetzt öffnete wirklich jemand den Truhendeckel.

Ihre Mutter. »Komm raus, wir müssen dir ein besseres Versteck suchen, bis wir wissen, was zu tun ist.«

Sie wollten bis zum Einbruch der Nacht warten, bevor sie das Haus verließen. Lievke berichtete, wie Leander die Büttel mit einem Schwertkunststück abgelenkt hatte, als diese gerade die Truhe durchwühlen wollten, und zum ersten Mal konnte Clarissa wieder ein lebensfrohes Blitzen in den Augen ihrer Mutter sehen. Clarissa erzählte ihrerseits von dem Brief, der am Morgen angekommen war. Ehe sie aber noch darüber diskutieren konnten, wurde erneut der Messingschlegel betätigt. Sie schickten Hilde zur Tür. Ängstlich spähte die Magd durch den Spalt der Fensterläden.

»Frau Barbara«, flüsterte Hilde ihnen zu. Hatte der Jurist jetzt seine Frau geschickt, um Clarissa herauszulocken?

»Lasst mich ein! Ihr habt nichts zu befürchten!«, hörten sie die Freundin wispern. Clarissa nickte ihrer Mutter zu. Wenn sie nicht einmal einer Freundin vertrauen konnte … Leander und sie verschwanden im Fechtsaal, als Hilde öffnete. Angespannt standen sie beieinander, Blicke gingen hin und her. Leander signalisierte ihr, dass er sich eine Waffe von der Wand nehmen und ihr Zeit verschaffen würde, damit sie fliehen konnte. Das wollte Clarissa nicht – er sollte sich nicht ihretwegen strafbar machen oder sein Leben in Gefahr bringen! Doch bevor sie sich einig wurden, traten Lievke und Barbara in den Fechtsaal. Büttel waren nicht in Sicht.

Die Freundin entschuldigte sich bei Clarissa für das Verhalten ihres Mannes. »Bernhard will immer alles richtig machen. Richtiger als richtig sogar. Die ganze Nacht hat er über deinem Fall gebrütet. Dann ist er aber doch zum Gericht gegangen. Er meinte, er würde gegen das Gesetz verstoßen, wenn er nicht dafür sorgen würde, dass der Mord untersucht wird. Immerhin geht es hier um ein Menschenleben. Was er dir damit antut, scheint ihm egal zu sein. Ich konnte ihn nicht zurückhalten!«, erregte Barbara sich.

»Aber was genau haben die Büttel vor? Clarissa ist doch unschuldig«, wunderte sich Lievke.

»Na, sie werden Clarissa erst einmal einsperren. Dann werden sie Akten aus dem Taunus beschaffen. Das kann schon ein paar Wochen dauern.« Barbara schüttelte den Kopf. »Besser wäre es, du würdest fürs Erste verschwinden«, riet sie ihrer Freundin. »Habt ihr irgendwo Verwandte?«

Lievke schüttelte den Kopf. »Mein Vater würde Clarissa sofort ausliefern. Er ist ein Duckmäuser, der jede Auseinandersetzung fürchtet. Deshalb verstand er sich ja auch nicht mit Fritjoff.«

»Ich könnte nach Schwerin, zu Jodocus«, schlug Clarissa vor.

Barbara biss sich auf die Lippen. »Das ist zu nah. Da muss nur ein Rostocker dich sehen und am falschen Ort plaudern …«

»Oder nach Frankfurt. Zu Irmel.«

»Schon besser.«

Nun mischte Leander sich ein. »Such doch deinen Verlobten auf.«

Barbara fiel aus allen Wolken. »Du hast einen Verlobten?«

»Hatte«, präzisierte Clarissa. »Die Verlobung wurde gelöst.« Verstohlen musterte sie Leanders Gesicht bei den Worten, doch seine Züge blieben unergründlich. Betretene Stille.

»Dann reite doch nach Prag«, schlug Leander vor. »Ich könnte dich dorthin begleiten, damit dir auf dem Weg nichts geschieht.« Clarissa sah die Abenteuerlust in seinen Augen.

»Wir haben kein Geld, jemanden zu beauftragen, um die Wahrheit über Fritjoffs Tod herauszufinden und deine Unschuld zu beweisen. In Prag könntest du Paulus treffen und dich mit ihm beratschlagen. Er weiß sicher, was zu tun ist. Und du wärst hier außer Gefahr«, stimmte Lievke zu.

Clarissa konnte es kaum glauben. »Du würdest mich mit einem Fremden ziehen lassen?«

»Hilde kann dich begleiten.«

Die Magd protestierte sofort. »Nach Prag? Bitte, Herrin, habt Erbarmen! Ich weiß ja nicht mal, wo das ist! Der Winter kommt! Ich kann mich kaum auf einem Pferd halten! Ich hab Angst vor den Viechern!«

»Dem Anstand muss Genüge getan werden. Wir müssen Clarissas Ehre hochhalten«, sagte Lievke bestimmt.

Hilde warf sich zu ihren Füßen. »Und Ihr, Herrin? Kann ich nicht bei Euch bleiben? Ihr braucht mich doch auch.«

»Nicht so sehr, wie meine Tochter dich braucht.« Lievke nahm Fritjoffs Brustharnisch von der Wand und reichte ihn Leander. »Er hat dich sicher hierhergebracht. Er hat mir die Wahrheit über sich gesagt, obwohl sie nicht rühmlich war und er leicht hätte lügen können. Leander hat dich geschützt, als die Büttel da waren. Außerdem ist mir das lieber, als dich im Kerker oder in den Händen dieses Möchtegern-Meisters Grammig zu sehen. Du warst schon immer anders als andere Mädchen … vielleicht rührt das daher, dass …« Sie verstummte.

Clarissa war verwirrt. »Was meinst du?« Sie hoffte, dass ihre

Mutter jetzt nicht wieder mit ihrem angeblichen Pech anfing oder mit ihren zwei linken Händen.

»Dein Vater hat gewollt, dass du mutig bist. Dass du dich durchkämpfen kannst«, sagte Lievke, aber Clarissa hatte das Gefühl, dass das nicht der ursprüngliche Gedanke ihrer Mutter gewesen war.

»Und was ist mit dir?«, fragte Clarissa aufgewühlt.

»Ich werde meine Freundin bei Hofe besuchen. Sie hat mich eingeladen, also wird sie mich auch aufnehmen. Außerdem kann ich vorerst ja nicht zurück. Das Haus werden sie uns schon bald wegnehmen.«

»Ich würde lieber mit Euch an den Hof, Herrin«, mischte Hilde sich ein. Sie weinte jetzt fast.

»Das kann ich mir vorstellen, es wird aber nicht möglich sein. Finde dich damit ab, dass du Clarissa nach Prag begleitest.«

Barbara hatte ihnen mit großen Augen zugehört. »Ich weiß nicht, ob ich gutheißen kann, was ihr da tut.« Mitfühlend blickte sie ihre Freundin an. »Ob du jemals einen Mann finden wirst, wenn du deine Ehre gefährdest und auf diese Reise gehst, ist fraglich. Allerdings sind ja die Mordvorwürfe … Ich maße mir kein Urteil an. Deine Lage scheint so verzwickt, dass keine einfachen Lösungen zu finden sind. Ich kenne Leander nicht, aber wenn ihr ihm vertraut, muss ich es wohl auch. Warten wir, bis der Staub sich legt. Wenn mich jemand fragt: Ich weiß von nichts.«

Clarissa nahm die Hand ihrer Freundin. »Das ist mehr, als wir von dir erwarten können. Ich danke dir.«

»Eure Habseligkeiten könnt ihr bei mir einlagern. Heute ist es zu spät, die Stadt zu verlassen. Ihr könnt euch in einem meiner Lagerschuppen verstecken. Ich schmuggle euch morgen aus der Stadt. Ich sagte doch: Bernhard interessiert sich nicht fürs Geschäft.« Barbara lächelte verschwörerisch. »Das ist auch aufregender, als nur zu lauschen, wenn Doktoren über Rechtsfälle dozieren.«

Sie vereinbarten mit Barbara eine Zeit, zu der sie sich am Schuppen treffen würden. In aller Stille begannen Clarissa und ihre Mutter zu packen. Leander zog sich zurück, um Degen und Harnisch zu polieren; Clarissa hatte den Eindruck, er wollte ihr und ihrer Mutter vor allem etwas Zeit verschaffen.

Lievke wirkte todtraurig und zugleich gefasst, als sie warme Kleidung und etwas zu essen heraussuchten. Clarissa nahm sie bei den Händen und zog sie zu sich auf die Bettkante. Es war ein merkwürdiges Gefühl, vielleicht zum letzten Mal in dem Haus zu sein, in dem sie aufgewachsen war. Wie würde Lievke ohne sie zurechtkommen?

»Ich kann bei dir bleiben«, bot Clarissa an.

»Damit du in den Kerker geworfen wirst? Nein.«

Clarissa strich über den Handrücken ihrer Mutter, auf dem sich die Adern zeigten. »Ich kann es nicht fassen, dass du mich gehen lässt«, sagte sie schließlich leise. »Früher mochtest du mich kaum auf der Straße spielen lassen.«

»Bei dem Verkehr? All die Reiter, die Kutschen! Wie schnell kommt ein Kind unter die Räder!« Lievke tastete nach ihrem Kettenanhänger. »Aber ich konnte dich nie aufhalten. Irgendwie bist du mir immer entwischt. Es ist deine Bestimmung, es ist sein Teil, der in dir weiterlebt«, flüsterte sie.

»Vater war immer sehr mutig«, stimmte Clarissa zu.

»Ich spreche nicht von deinem Vater.« Clarissa verstand nicht, was sie meinte. Lievke nestelte an der Kette. »Er hat mich immer geschützt, jetzt soll er dich schützen.« Clarissa zögerte, als ihre Mutter ihr den Anhänger hinhielt. »Nimm ihn. Du wolltest doch immer schon wissen, was darin ist.«

Mit bebenden Fingern drehte Clarissa die fingergliedgroße Silberkapsel, bis sie in zwei Hälften zerfiel. Eine winzige Papierrolle lag darin, zart und brüchig wie ein welkes Blatt. Fragend sah sie ihre Mutter an. Auf einmal standen doch Tränen in den Augen der Mutter. Gerührt legte Clarissa ihre Handfläche an

Lievkes Wange. Nach einem Moment der Stille rollte sie behutsam das Papier auseinander. »Ivo, 27. März 1590. Nun aber bleiben Glaube, Hoffnung, Liebe, diese drei. Aber die Liebe ist die Größte unter ihnen«, stand in verblichener Schrift darauf.

»Das ist … mein Geburtsdatum«, wunderte sich Clarissa.

Lievke tupfte die Tränen mit einem Taschentuch ab, aber da weinte sie schon wieder, als wäre ein Damm gebrochen. »Bei deiner Geburt … es ging mir so gut. Ich hatte einen gewaltigen Bauch, wie ein Walfisch, sagte dein Vater immer.« Lievke schluchzte. »Die Wehen setzten ein. Alles war in Ordnung, aber dann zerbrach unter mir der Gebärstuhl. Erst lachten wir noch darüber. Aber heute weiß ich, dass es ein Omen war. Du wolltest einfach nicht herauskommen. Die Hebamme zog das Kind aus meinem Leib, und dann …« Clarissa war kalt geworden bis ins Mark, ihr Mund war trocken. Lievke hatte nie über ihre Geburt gesprochen. Der kleine Zettel zitterte in Clarissas Hand. »Er war tot.«

Clarissa verstand nicht. Die Zunge schien an ihrem Gaumen zu kleben. »Aber …«

»Ein Junge. Wir nannten ihn Ivo. Er wurde nicht einmal getauft. Wir waren vollkommen verzweifelt, Fritjoff und ich. So sehr hatten wir uns auf dieses Kind gefreut. Er war dein Bruder, Clarissa.« Lievke blinzelte. »Aber dann bäumte ich mich noch einmal unter einer Wehe auf. Und heraus kamst du, unser Glück. Niemand hatte mit dir gerechnet, selbst die Hebamme nicht.«

Clarissa hatte einen Bruder. Sie hätte einen gehabt, wenn nicht … Sie war die verlassene Hälfte eines Zwillings. Auf einmal verstand sie, warum sie sich nie ganz gefühlt hatte, nie heil. Warum sie immer auf der Suche gewesen war. Und warum ihre Mutter sie so hatte beschützen wollen. Sie schloss Lievke in die Arme, und sie hielten sich lange Zeit fest. Es war ein Geheimnis gewesen, ihr Familiengeheimnis, galten Zwillingsgeburten doch als Unglückszeichen; außerdem wurden Zwillingsmütter nur zu oft der Unzucht verdächtigt.

Lievke rollte das Papier andächtig wieder auf, verstaute es in der Silberkapsel und band ihrer Tochter die Kette um den Hals. »Fritjoff meinte immer, dass die Willenskraft deines Bruders im Mutterleib auf dich übergegangen ist. Die männliche Freude an der Bewegung, am Kampf. Ich wollte immer nur, dass du mein kleines Mädchen bist. Aber ich muss lernen, dich loszulassen, dir mehr zuzutrauen. Wie viel hast du schon geschafft! Ich bin sicher, dass sich dieser Weg nicht zufällig aufgetan hat. Dass du Leander nicht zufällig begegnet bist. Also, sei mutig und finde Vaters Mörder. Ich werde auch mutig sein. So gut ich eben kann.«

Noch einmal tupfte Lievke sich die Tränen ab. Clarissa berührte den Kettenanhänger so, wie ihre Mutter es stets getan hatte, und sie spürte, wie neuer Mut sie durchströmte.

Als Barbara den Lagerschuppen hinter ihnen schloss, hatte Clarissa sich bereits von ihrer Mutter verabschiedet. Wenn Lievke morgens bei den Schuppen auftauchte, wäre die Gefahr zu groß, dass jemand etwas bemerkte. Ihre Mutter hatte gefasst gewirkt. Sie hatte Leander das Versprechen abgenommen, Clarissa heil wieder zurückzubringen. So schnell war alles gegangen, dass Clarissa gar nicht damit hatte hadern können.

In dem Schuppen roch es so stark nach Bier, dass es Clarissa vorkam, als würde sie allein von dem Duft betrunken. Sie fühlte sich sicher in Leanders Gegenwart, auch wenn sie durchgerüttelt war von der rasenden Geschwindigkeit der Ereignisse. Leander schien nachdenklich, Hilde hatte geschmollt. Schweigend hatte sich die Magd in eine Ecke verkrochen. Inzwischen konnten sie ihr leises Schnarchen hören.

Clarissa wünschte sich, sie könnte mit Leander über Ivo sprechen, aber sie hatte die Neuigkeit selbst noch nicht verdaut. »Wirst du nicht Ärger mit deinem Vater bekommen, wenn du länger fortbleibst?«, wisperte Clarissa, als sie schlaflos auf den Gerstensäcken lagen. Es war kalt geworden. Ihre Nasenspitze fühlte sich eisig an, und sie musste ihre Arme und Beine reiben, um warm zu werden.

Leander lachte leise. »Auf ein bisschen mehr Ärger kommt es nicht mehr an.«

»Aber was ist mit dem Geld? Gallus und die anderen werden es brauchen.«

»Willst du mich davon überzeugen, dich im Stich zu lassen?«

Sie seufzte. Was für eine beängstigende Vorstellung. »Nein, natürlich nicht. Ich bin froh, dass du mich begleitest. Ohne dich würde ich vermutlich schon im Kerker schmoren.«

»Vielleicht sitzen die anderen längst auch im Kerker«, flüsterte Leander.

»Sag so was nicht!«

»Möglich wär's. Wenn Gallus und Caspar weiter so leichtsinnig auf Raubzüge gehen.«

»Vielleicht sind sie ja zur Besinnung gekommen. Oder der Winter treibt sie in die Dörfer«, wandte Clarissa ein.

»So oder so: Sie sind zu fünft, sie werden eine Möglichkeit finden zu überleben – auch ohne mich. Das haben sie immer geschafft. Und über das Geld aus dem Verkauf des Rapiers werden sie sich auch in ein paar Wochen noch freuen. Bis dahin kann ich es genießen, dank dieses schönen Stücks für einen hohen Herrn gehalten zu werden.«

Sein Ton klang ehrlich, und Clarissa fragte sich, ob er so offen sprach, weil die Dunkelheit sie umfing. Es gab nichts mehr, nur sie und ihre Gedanken. »Wärst du denn gerne einer?«, fragte sie. Er hatte doch so oft betont, wie sehr sein Leben ihm gefiel.

Das war eine Frage zu viel. »Schlaf jetzt, sonst hören uns die Nachtwächter bei ihrem Rundgang, und du landest doch noch im Loch«, sagte Leander nur.

Bei Morgengrauen kam Barbara mit einem Knecht und ließ

ihn den Karren bepacken. Währenddessen wärmte sie etwas Bier. Clarissa war dankbar dafür, sie fühlte sich wie gerädert. Schlaflos hatte sie sich auf den Gerstensäcken hin und her gewälzt. Immer wieder waren ihre Gedanken zu ihrem verstorbenen Bruder gewandert. Waren sie einander ähnlich gewesen? Wie würde er aussehen, wenn er noch lebte? Warum war er im Mutterleib gestorben und nicht sie? Sie dachte an das, was Ursel in ihrer Hand gelesen hatte. Leise dankte Clarissa ihrer Freundin für die risikoreiche Hilfe. Sie und Hilde legten sich in die Lücke zwischen den Bierfässern. Neben sich hatte sie den schweren Waffensack, den Harnisch und ihre Satteltasche mit Vaters Manuskript. Leander hatte den Brustharnisch gestern noch anprobiert. Er war ihm etwas zu groß, passte aber ausgezeichnet zu dem Rapier. Leander würde mit ihren Pferden in einiger Entfernung des Bierkarrens reiten. Bei der ersten Gelegenheit würden Clarissa und Hilde aufs Pferd wechseln. Sie war nervös. Würden die Torwächter den Wagen anhalten und durchsuchen? Aber ihre Sorge war umsonst, so wichtig war sie anscheinend auch nicht, dass in Rostock ein Großalarm ausgelöst wurde, nur weil sie unauffindbar war.

Als sie sich wenig später aufs Pferd schwang, Hilde half, hinter ihr Platz zu nehmen, und sie das Rostocker Umland hinter sich ließen, ergriff eine Mischung aus Entschlossenheit und Euphorie von ihr Besitz. Sie würde ihre Ehre wiederherstellen, den Mörder des Vaters finden und die Verschwörung vereiteln. Zumindest hoffte sie das.

26

Raureif lag über der Landschaft. Die Bäume waren in einen Mantel aus Eis gehüllt. Unter den Hufen klirrten die zersplitternden Pfützen. Clarissa hatte nicht gewusst, wie weit es nach Prag war, aber Barbara hatte geschätzt, dass sie zehn bis vierzehn Tage unterwegs sein würden. Das wenige Geld, das sie hatten, würde gerade für Essen und die eine oder andere Unterkunft ausreichen. Ansonsten würde sie sich darauf verlassen müssen, dass Leander geeignete Unterschlupfe fand. Zunächst würden sie Marius' Heimatstadt Güstrow passieren. Mit seiner Liebe war es nicht weit her gewesen, dachte Clarissa. Auch wenn sie nicht mit ganzem Herzen Ja zu ihm gesagt hatte, hatte sie sein schroffer Brief doch verletzt. Wäre ihm wirklich an ihr gelegen, hätte er ihr doch helfen müssen! Aber es sah ganz danach aus, dass es ihm gar nicht so sehr um sie, sondern eher um die prestigeträchtige Fechtschule ihres Vaters gegangen war. Erbärmlich, fand Clarissa. Selbst wenn sie jemals Zuneigung zu Marius empfunden haben sollte – sie war nur noch enttäuscht und wollte ihn am liebsten nie wieder sehen.

Lange hatten Leander und sie über Paulus' Brief, die geheimnisvolle Verschwörung und den Verräter gesprochen. Was hatte die Verschwörung zum Ziel? Sollten die Marxbrüder geschädigt werden? Clarissa erzählte von der Feindschaft der zwei Fechtbruderschaften und der offenkundigen Besorgnis des Vaters. Leander berichtete im Gegenzug von den Spannungen, die er auf der Straße hautnah erlebt hatte. Von der drückenden Steuerlast, die viele Menschen in die Armut trieb. Vom Streit zwischen Katholiken und Evangelischen, der oft erbittert und bis aufs Blut geführt wurde. Von der Unzufriedenheit mit dem Kaiser, dem jede Untat zugetraut wurde.

Gegen Nachmittag setzte Eisregen ein, der ihnen und ihren Pferden schwer zu schaffen machte. Bald waren Clarissas Handschuhe durchweicht, und sie hatte kein Gefühl mehr in den Fingern. In steifen, gefrorenen Falten hingen ihr Umhang und die Mähne ihres Pferdes hinunter. Hilde jammerte, weil ihr Hintern wund war und sie fror. Eine Weile noch hatte Leander leise vor sich hin gesungen, aber inzwischen war auch er verstummt. Kleine Eiszapfen hingen von seinem Schlapphut, als er den ersten Hof ansteuerte, der vor ihnen auftauchte. Der Bewohner ließ ihn jedoch nicht einmal ausreden. Unfreundlich beschied er ihnen, keine Wanderer aufzunehmen, auch nicht in seinem Stall. Notgedrungen mussten sie weiterreiten. Suppige Dämmerung schwappte über das Land, dicke Wolken türmten sich auf, die Schnee versprachen. Noch bei zwei weiteren Höfen sprachen sie vor, wurden aber ebenfalls abgewiesen. Inzwischen rutschten die Pferde immer öfter auf der glatt gefrorenen Erde aus.

»Es wird uns nichts anderes übrig bleiben, als in Güstrow in einen Gasthof zu gehen«, sagte Leander schließlich.

Die Aussicht gefiel Clarissa nicht. »Und wenn jemand mich erkennt?«

»Wir werden einfach sagen, dass du unpässlich bist, und dann verschwindest du im Bett. Dafür sind Frauen ja bekannt.«

Clarissa ließ ihr Haupt auch in der Wirtsstube bedeckt und zog sich, sobald Leander die Übernachtung bezahlt hatte, mit Hilde zurück. Sie würden sich ein Stockbett in einer Gemeinschaftskammer teilen. Auf anderen Lagern machten es sich vereinzelt Frauen bequem. Den Geruch von feuchtem Stroh und fremden Ausdünstungen konnte Clarissa kaum ertragen. Leander war im Schankraum am warmen Kamin geblieben, und sie beneidete ihn darum.

»Wären wir doch in Rostock geblieben! Ich kann weder gehen noch sitzen! Alles tut weh! Meine Finger und Zehen spüre ich kaum noch vor Kälte! Kann ich nicht zur Witwe Lievke zurück? Bitte, Jungfer Clarissa!«

Clarissa sah sie aufmunternd an. »Du weißt, was meine Mutter befohlen hat. Und bis jetzt ist doch alles gut gelaufen.«

»Gut?« Fassungslos klemmte Hilde ihre Finger unter die Achselhöhlen.

»Zeig mal her«, forderte Clarissa sie auf. Vorsichtig wärmte und massierte sie die Hände und Füße der Magd, der das sichtlich unangenehm war. Als es Hilde besser zu gehen schien, bat Clarissa sie, ihnen etwas zu essen aus der Schankstube zu holen und eine Feuerstelle zu suchen, an der sie ihre Kleider trocknen konnten. Hilde nahm die Kleidung und verließ die Kammer. Die anderen Reisenden betteten sich zur Ruhe, aber Hilde kehrte nicht zurück. Sicher war sie nur in einem Plausch aufgehalten worden, mutmaßte Clarissa. Oder war sie in Not? Clarissa musste nachsehen, schließlich war sie für die Magd verantwortlich. Also ging sie in die Schankstube, um Hilde zu suchen.

Leander unterhielt sich mit ein paar Männern. Als er Clarissa sah, entschuldigte er sich und kam zu ihr. Sie zogen sich in einen Winkel zurück, in dem sie niemand sehen konnte.

»Wo ist Hilde?«, fragte sie nervös und rechnete beinahe damit, dass er ihre Besorgnis abtun würde.

»Ich dachte, sie ist bei dir. Dafür ist sie doch da.«

»Ich habe sie nach Essen geschickt und um unsere Mäntel aufzuhängen, aber sie ist nicht zurückgekommen.«

Leander reagierte sofort. »Verstehe. Ich werde sie suchen. Geh zurück in die Kammer, viele Rostocker sind hier zu Gast.« Schon wenig später hörte sie Leander an der Tür. Glücklicherweise schliefen die anderen Frauen in der Kammer schon. Clarissa schlich in den Flur. Zu ihrer Überraschung reichte er ihr eine Schale mit Eintopf. »Deine Kleidung habe ich gefunden«, wisperte er. »Fein säuberlich zum Trocknen aufgehängt. Aber Hilde ist weg. Sie ist mit einer Familie los, die mit einem Wagen auf dem Weg nach Rostock war, wusste ein Stallknecht. Vor einer Stunde schon.«

Clarissa konnte es nicht fassen. Leander hob ratlos die Schultern. Sein Hemd stand einen Spalt offen. Sie konnte in der kleinen Senke zwischen den Schlüsselbeinen die Haut schimmern sehen. »Soll ich ihr nachreiten?«

Sie überlegte. »Hilde wird kaum freiwillig mit dir zurückkommen.«

»Wahrscheinlich nicht.«

»Ich könnte es versuchen. Ihr ins Gewissen reden«, schlug Clarissa vor.

»Vergiss es. Dich lasse ich bei diesem Wetter um diese Zeit nicht mehr losreiten.«

Clarissa brauste auf. »Du hast mir gar nichts zu verbieten!«

»Ich habe deiner Mutter mein Wort gegeben, auf dich achtzugeben. Ich mag zwar nur ein Vagant sein, aber ich halte meine Versprechen.«

»Wir reiten ihr morgen nach. Zurück nach Rostock.«

»Um den Bütteln in die Hände zu laufen?«

Sein Einwand hatte etwas für sich. Mit ihm allein unterwegs … die Vorstellung schreckte sie nicht. Allerdings brachte jetzt gerade seine bloße Anwesenheit ihren Körper zum Kribbeln.

»Meine Ehre …«, wandte sie schwach ein.

Leanders Zähne blitzten bei einem kleinen Lächeln auf. »Ich werde deine Ehre nicht gefährden, das habe ich dir schon einmal gesagt. Dafür kann ich garantieren.« Aber ich nicht, dachte Clarissa mit einem ungewohnten Sehnen im Herzen. Empfand er denn gar nichts für sie? »Betrachte mich als deine Leibwache«, setzte er hinzu.

Sie hatte am Morgen eine schier unendliche Zeit in der muffigen Kammer verbringen müssen, bevor Leander das Zeichen zum Aufbruch gegeben hatte. Jetzt aber war der Himmel aufgerissen, und die Sonne taute die dicke Eisschicht auf den Wegen an, sodass sie gefahrlos weiterreiten konnten. Clarissa war froh, als sie das Güstrower Schloss passiert hatten und die Stadt hinter sich lassen konnten. Als die Straße breiter wurde, schloss sie zu Leander auf.

»Darf ich ehrlich sein? Ich verstehe nicht, warum du mich nach Prag begleitest. Die Reise ist anstrengend, gefährlich, und du hast dort nichts zu tun«, sagte sie schließlich.

Leander lachte, weiß stieg sein Atem in die klirrend kalte Luft auf. »Ich habe überall etwas zu tun. Das ist doch das Herrliche am Vagantendasein.«

»Aber es hat doch auch so viele Nachteile! Wenn du in ein anständiges Leben zurückkönntest …«

Seine Heiterkeit verflog. »Ich kann aber nicht zurück.« Er sah in die Ferne. Rehe scharrten am schilfgezackten Ufer eines Flusses in der Erde. »Und zu meinem Vater – alles in mir widerstrebt dem Gedanken, zu ihm zurückzukehren. Es ist Zeit für mich, eigene Wege zu gehen, ob nach Prag oder sonst wohin.«

Eine Weile ritten sie schweigend nebeneinanderher.

»Bist du traurig, dass die Verlobung gelöst ist?«, fragte er irgendwann leise.

Clarissa entschied sich für Ehrlichkeit. Leander hatte es nicht verdient, dass sie ihn belog. »Mir hat es gefallen, hofiert zu werden. Der Gedanke, mit Marius den Rest meines Lebens zu verbringen, hat mich jedoch eher erschreckt. Es erschien mir zu früh, meine Freiheit aufzugeben. Aber jetzt, nach Vaters Tod …«

»… wäre die Hochzeit deine Rettung gewesen?«

»Ich hoffe, dass es noch einen anderen Mann geben wird, der mich will. Wenn es mir denn gelingt, das bisschen von meiner Ehre zu erhalten, das mir geblieben ist.«

Leander sah sie von der Seite an. »Ehre ist nicht nur eine Frage des Standes. Ehre ist eine Sache des Herzens.«

Bedächtig Eiskristalle aus der Mähne ihres Pferdes streichend, sagte Clarissa: »Für jemanden wie dich mag Ehre keine Frage des Standes sein, aber für die Tochter eines Fechtmeisters …«

Er ließ ihre Worte unkommentiert verklingen, und obgleich der Weg erst in einiger Entfernung schmaler wurde, ritt er voraus.

Clarissa hatte mit ihrer Frage einen Nerv getroffen. Natürlich war es schwer verständlich, dass er sie nach Prag begleitete. Sicher war es auch eine Flucht, das gestand Leander sich ein. Er wollte nicht in sein altes Leben zurück. Es war naiv von ihr, zu glauben, er könne einfach so wieder ein »anständiges Leben« aufnehmen. Nein, korrigierte er sich, es war Unwissenheit. Sie wusste nicht, was in seiner Jugend in seiner Heimatstadt geschehen war und eine Rückkehr unmöglich machte. Und sie würde es auch nie erfahren. Außerdem gefiel es ihm, auf sich gestellt zu sein. Und, auch das musste er sich eingestehen, Clarissa gefiel ihm ebenso. In ihrer Gegenwart fühlte er sich edler, heldenhafter und mutiger, als er wirklich war. Sie brachte das Beste in ihm zum Vorschein. Ihr Schicksal berührte ihn. Er wollte ihr helfen, wieder glücklich zu werden. Und dass sie beide ihre tiefe Liebe zur Fechtkunst verband, verstärkte das Band zwischen ihnen noch mehr.

Als wüsste Clarissa, dass sie ihn mit ihrer Bemerkung verletzt hatte, suchte sie das Gespräch. In einem ruhigen Moment erzählte sie ihm von ihrem verstorbenen Bruder und wie sie der Bericht der Mutter aufgewühlt hatte. Er lauschte aufmerksam. Es schien ihr gutzutun, sich ihre Gefühle von der Seele zu reden. Manche ihrer Gedanken konnte er aber nicht nachvollziehen. Wie konnte man jemanden vermissen, den man gar nicht gekannt, von dessen Existenz man nicht einmal gewusst hatte?

Menschen kamen zusammen und trennten sich wieder, aber letztlich blieb jeder allein. Die Intensität ihrer Gefühle rührte ihn an. Würde ihn jemals jemand so vermissen? Natürlich gefiel es ihm, mit Clarissa unterwegs zu sein. Es gefiel ihm mehr, als ihm lieb war. Aber nach einer Weile würden auch sie wieder getrennte Wege gehen.

Um sich aufzuwärmen, begannen sie während der Mittagspause zu trainieren. Clarissa hatte ihm von den Möglichkeiten berichtet, Fechten und Ringen zu verbinden, wie es in den Schriften verschiedener Fechtmeister beschrieben wurde, und rasch wurde ihnen warm. Erst hatten sie kaum gewagt, einander anzufassen. Ihre Berührungen waren zögerlich und lasch gewesen. Aber Clarissa war immer wieder auf die Anweisungen zurückgekommen, zumindest so weit, wie sie sie von ihrem Vater erinnerte, und das hatte es ihnen leichter gemacht, ihre Scheu zu überwinden. Sie führten das Schwert einhändig und packten mit der anderen Hand Arme oder Beine des Gegners, um ihn zu Fall zu bringen. Manchmal umschlang man auch die Hüfte, aber diese Bewegung mied Leander. Er wollte nicht den Eindruck erwecken, Clarissa zu nahe zu treten. Schließlich geschah es doch. Ineinander verknäult und erhitzt fielen sie. Deutlich spürte er Clarissas Körper auf sich. Wild, aber auch ein wenig erschrocken war ihr Blick. Leander wurde heiß, und bevor er noch wusste, wie ihm geschah, stieß er sie von sich. Danach hielten sie sorgsam Abstand und ließen für den Rest der Reise das Ringen sein.

Sie durchquerten Mecklenburg und genossen klare Tage, in denen der Himmel sich über zugefrorene Seen weit aufspannte und Bauern sich über die unerwarteten Gäste freuten, was ihre Reisekasse schonte. Eines Tages, in den Wäldern der Mark Brandenburg, wurden sie von dem starken Geruch von Gebratenem und Gelächter überrascht. Auf einer Lichtung trafen sie auf eine Jagdgesellschaft. Zwischen Schlitten hatten Diener eine Feuerstelle errichtet. Pferde standen, Decken umgelegt und Heusäcke vor den Nüstern, am Waldrand. Blut fleckte die raureifbedeckte Wiese. Hunde taten sich an den Innereien der erlegten Tiere gütlich. Über dem Feuer drehte sich ein Wildschwein. Eine sechsköpfige Gruppe von Männern und Frauen hatte es sich in den Pelzdecken auf den Schlitten bequem gemacht und sprach dem mitgebrachten Wein zu. Leander und Clarissa wurden neugierig beäugt und dann als willkommene Abwechslung begrüßt. Leutselig lud man sie ein, sich dazuzugesellen. Erschöpft und durchgefroren ließen sich die beiden nicht zweimal bitten. Der Gastgeber, ein kostbar gekleideter Junker, den alle hofierten, hieß die Diener, ihnen gewärmten Wein und Fleisch zu reichen. Auf den Schlitten wurden Plätze freigemacht, und Clarissa kam zwischen den Damen zu sitzen.

Der Junker fragte Leander aus, und dieser erzählte, dass sie – er gab sie wieder als Geschwister aus – auf dem Weg zu ihrem Vater nach Prag seien. Leander blieb nah bei der Wahrheit, indem er erzählte, dass ihr Vater Fechtmeister sei. Dann wandte sich die Aufmerksamkeit des Junkers Clarissa zu. Wohlwollend musterte er sie. Er schalt Leander, dass er seine Schwester auf eine derartige Reise mitschleppte. »Die Kälte könnte der feinen Haut Eurer Schwester schaden! Seht nur, wie rosig sie ist!« Er beugte sich vor und kniff Clarissa zur Erheiterung der anderen Männer in die Wange. Sie senkte erbost den Blick.

Eine füllige Dame, offenbar die Gattin des Gastgebers, begann mit Leander zu plaudern. Sie wirkte für einen Jagdausflug sehr aufgetakelt und auch ein wenig ordinär. Leander, dem diese Aufmerksamkeit offenbar gefiel, erzählte bereitwillig lustige Geschichten. Auch die anderen Frauen amüsierten sich über Leanders Berichte, was ihn nur noch mehr anstachelte.

Clarissa gefiel nicht, wie die Damen ungeniert mit Leander flirteten. Auch bemerkte sie, dass ein rotgesichtiger, kriegerisch wirkender Mann die Unterhaltung mit immer mehr Missfallen beäugte. Die Schatten wurden länger. Sie wandte sich an Leander: »Bruder, denkst du nicht, wir sollten den Herrschaften für ihre Gastfreundschaft danken und uns auf den Weg machen, damit wir rechtzeitig das nächste Gasthaus erreichen?«

Die Füllige klatschte empört in die Hände. »Es ist zu spät, sich noch auf den Weg zu machen! Ihr seid natürlich unsere Gäste! Zum Jagdschloss ist es nicht weit!«, rief sie aus.

Leanders und Clarissas Proteste stießen auf taube Ohren. Schon packten die Diener das erlegte Wild und die Waffen auf einen Schlitten. Ihre Pferde wurden an den Schlitten befestigt, und man gruppierte sich um. Clarissa kam neben dem Junker zu sitzen, Leander zwischen den Damen. Die Pelze wurden über sie geschlagen. Auf einmal bemerkte Clarissa eine Hand auf ihrem Oberschenkel. Sie zuckte zurück. Als wäre nichts gewesen, führte der Junker die Unterhaltung mit den anderen Männern fort, ließ seine Hand aber auf ihrem Schenkel liegen. Sie warf Leander einen alarmierten Blick zu, doch der hatte offenbar keine Augen mehr für sie. Die Frauen hatten ihn geschickt in eine Plauderei versponnen.

Sie erreichten ein gepflegtes Herrenhaus mitten im Wald, an dessen Seite ein Park mit Rotwild grenzte. Clarissa und Leander wurden Gästezimmer zugewiesen, die im Nu beheizt waren. Sie legte ihre klamme Kleidung ab und genoss den Moment der Stille. Wo waren sie nur hingeraten? Das Zimmer war kostbar ausgestattet. Man hatte ihr gesagt, dass ein Diener sie zum Essen rufen würde, aber für einen festlichen Rahmen hatte sie nichts im Gepäck. Eine Dienerin kam und brachte ihr einen Krug Wein und eine Kanne warmes Wasser. Immerhin konnte sie sich waschen. Gerade, als sie sich entkleidet hatte, wurde sie erneut gestört. Die füllige Dame trat ein. Ungeniert musterte sie Clarissa, bis diese sich ein Laken um den Leib schlang.

»Ihr hattet ja nur so wenig Gepäck dabei. Da dachte ich mir, dass Ihr für heute Abend etwas Garderobe gebrauchen könntet.

Es ist zwar nicht das Neueste, dürfte Euch jedoch gut stehen. Meine Dienerin wird sich um Eure Haare kümmern. Ihr könnt ja nicht wie eine Bauernmagd herumlaufen. Nur, weil wir rustikalen Vergnügungen frönen, wollen wir doch die Etikette nicht außer Acht lassen«, sagte die Dame.

»Das ist sehr freundlich von Euch«, musste Clarissa zugeben.

Die Dame ließ Wein einschenken und reichte ihr ein Glas. Sie stieß mit Clarissa an. »Nun denn, lasst uns auf diesen Abend trinken. Euer reizender Bruder wird auch bereits versorgt.« Das wird Leander sicher genießen, dachte Clarissa und spürte einen Stich Eifersucht. Sie nahm einen tiefen Schluck. Der Wein war stark, mit Gewürzen versetzt und gewärmt. Clarissa merkte beinahe sofort, wie er ihr zu Kopfe stieg.

Als die Dame sie verließ, half die Dienerin Clarissa, sich frisch zu machen und anzukleiden. Die Robe war für ihren Geschmack zu figurbetont, sie wollte jedoch weder die Gastgeber beleidigen, noch in ihrem einfachen Reisekleid beim Essen erscheinen. Auf das Kunstvollste wurden ihre Haare hochgesteckt. Dann läutete es zum Mahl.

Leander genoss die fürstliche Bewirtung tatsächlich. Ihm fiel es leicht, unvorhergesehene Wohltaten auszukosten. Auch ihm wurde Wein, Wasser und Kleidung gebracht. Es war zwar merkwürdig, dass ihnen so großzügig Gastfreundschaft gewährt wurde, aber angesichts der langen Reise und der kalten Jahreszeit konnten sie eine Verschnaufpause gut gebrauchen. Auch das Interesse der Damen gefiel ihm. Es war gut, seine Gedanken von Clarissa abzulenken. Sie waren einander gefährlich nahe gekommen. Er musste auch aufpassen, dass weder Clarissa noch er sich verplapperten.

Als es läutete, legte er sein Rapier an, das perfekt zum geliehenen Samtanzug passte, und ging in die Halle. Ausgestopfte Tierköpfe hingen an den Wänden. Holztafeln verkündeten, wann der Hausherr welches Wild erlegt hatte. In einem breiten Kamin lagen Holzstämme und strahlten Hitze aus. Der rotgesichtige Mann, wohl ein früherer Offizier, wie Leander herausgehört hatte, wartete dort bereits. Er wies auf Leanders Waffe. »Schönes Stück. Kann ich es einmal sehen?«

»Natürlich.« Bereitwillig reichte Leander dem Mann sein Rapier. Dieser untersuchte es eingehend. »Ich hatte den Junker gewarnt, herumziehendes Volk ins Haus zu laden. Aber er meinte, wenn ein Mann ein solches Rapier trägt, kann er kein Strolch sein«, sagte er anerkennend, als er die Waffe zurückgab. Leander hatte diese Mischung aus Menschenverstand und Offenheit nicht erwartet. »Solinger Herkunft?«, wollte der Mann wissen.

»Dieses Rapier stammt aus Schwerin, aus der Werkstatt des kunstfertigen Messerschmieds Meister Jodocus.« Er wiederholte einiges, was der Schmied ihnen über das Rapier berichtet hatte.

»Ich habe von ihm gehört. Der Schweriner Hof kauft meines Wissens auch bei ihm«, sagte der Mann und reichte Leander ein Glas. »Wie ist es, wollen wir später unsere Künste messen?«

Leander wollte gerade ablehnen, als die Hausherrin eintrat. Sie musste ihre letzten Worte mitbekommen haben, denn sie jubelte schier. »Ein männlicher Zweikampf in allen Ehren, das wollt Ihr uns doch nicht abschlagen, Herr Leander?« Sie entfaltete einen Fächer und ließ ihn vor ihrer üppigen Brust tanzen, die durch das enge Kleid nur noch betont wurde.

»Wie käme ich zu einer solchen Grausamkeit?«, sagte Leander, wie er hoffte, galant. Er hatte den feinen Herrschaften, vor denen er aufgetreten war, oft gelauscht. »Gehe ich recht in der Annahme, dass wir zunächst speisen werden?« Mit vollem Magen würde der alternde Soldat sicherlich auf den Kampf verzichten.

»Natürlich! Die Tafel ist bereitet!«

In diesem Augenblick trat Clarissa ein, und Leander verschlug es den Atem. Das Kleid war atemberaubend. Es war zwar raffiniert, wirkte aber nicht aufdringlich, wie es bei der edlen Dame der Fall war. Verlegen faltete Clarissa die Hände. Er sah ihr an, dass sie nicht wusste, wie sie sich verhalten sollte. Zärtlichkeit überfiel ihn. Glücklicherweise kamen auch der Hausherr und die anderen Gäste hinzu, sodass er seine Aufmerksamkeit auf etwas anderes richten konnte. Sonst hätte er sie ganz und gar nicht mehr brüderlich angeblickt.

In mehreren Gängen wurde das Wild aufgetragen. Dazu wurden durchweg schwere Weine gereicht. Obgleich Clarissa nur nippte, fühlte sie sich bald wie in Watte gepackt. Sie hatte nicht das Gefühl, etwas zu verpassen, das Gespräch schien sich nur um Jagderfolge und andere Nichtigkeiten zu drehen.

Nach dem Essen wurde ein Spieltisch aufgebaut, und Clarissa wurde aufgefordert, mit dem Hausherrn eine Partie Tric-Trac zu spielen. Immer wieder berührte der Mann beim Setzen der Steine ihre Hände und unter dem Tisch ihre Knie. Allmählich wurde ihr die Situation sehr unangenehm.

»Ich möchte mich zur Nacht entschuldigen«, sagte sie und machte Anstalten, sich zu erheben.

»Nicht doch, meine Liebe, der Abend ist noch nicht vorbei«, sagte der Edle mit schwerer Zunge, nahm ihre Hand und küsste sie. Clarissa stellten sich die Nackenhaare auf. In diesem Augenblick hörte sie Schwerterklirren. Wo war Leander? Die Gespräche waren verstummt, die anderen Damen verschwunden. Sie eilte dem Geräusch entgegen.

In der Eingangshalle fochten Leander und der Offizier einen Kampf aus. Die Frauen standen dabei und feuerten die Männer an. Ein wenig kamen sie Clarissa wie die losen Weiber bei der Fechtschule vor. Der Offizier kämpfte gut, kam allerdings in seiner Kunst nicht an Leander heran, der die Haue und Huten leichtfüßig und mit allen Feinheiten umsetzte. Es kam ihr sogar ein wenig vor, als spielte Leander mit seinem Gegner. Vermutlich hätte er den Kampf längst beenden können. Endlich schlug er dem Offizier das Rapier aus der Hand, das mit scharfem Scheppern auf den Steinfliesen aufkam. Die Damen klatschten geziert.

Der Unterlegene funkelte Leander zornig an. »Ihr habt mich gedemütigt, mein Herr!«

Leander versuchte sogleich, ihn zu beruhigen: »Nicht doch! Ihr habt Euch wacker geschlagen! Vergesst nicht, dass unser Vater Fechtmeister ist«, sagte er entschuldigend lächelnd.

»Und vergesst Ihr nicht, dass ich in der kaiserlichen Armee gedient habe.«

Beschwichtigend legte der Junker seinem Freund die Hand auf die Schulter. »Nach einem solchen Mahl zu kämpfen, du bist ein wahrer Mann! Mir steht eher der Sinn nach den Freuden des Leibes!«, lachte er und löste damit die Spannung für den Moment.

Clarissa ärgerte sich. Sie hielt den Kampf und Leanders Sieg für eine Dummheit. Musste er sich hier unbedingt beweisen, nur um die Damen zu beeindrucken? Überhaupt hatte sie diese ganze Gesellschaft satt! Sie entschuldigte sich noch einmal und zog sich in ihr Gemach zurück. Lange wälzte sie sich noch mit dunklen Gedanken herum, bevor sie endlich in den Schlaf sank.

Die Gesellschaft ließ sich die Stimmung nicht verderben. Es wurde weiter getrunken und gespielt. Der Offizier wurde von den Frauen als Spielverderber geneckt, bis er wieder eine gute Miene aufsetzte. Ohne Clarissa machte Leander das Beisammensein aber nur noch halb so viel Spaß. Sobald sich die Gelegenheit ergab, dankte er und verabschiedete sich unter dem Protest der Damen. In seinem Gemach wischte er sein Rapier sorgsam ab; gute Waffen wollten gepflegt werden. Da hörte er jemanden eintreten und fuhr herum – die Hausherrin. Sie hatte ihr Leibchen gelöst, Lippen und Wangen waren gerötet. Dicht trat sie an ihn heran und verschloss mit ihrem Zeigefinger seine Lippen.

»Ich habe zwar keinen Siegeskranz für dich, aber eine andere

Anerkennung deiner Stärke. Mit Freuden schenke ich mich dir ganz hin«, sagte sie schwülstig lächelnd.

Leander trat zurück. »Das ehrt mich, edle Dame. Aber ich …«, wollte er sie abwimmeln.

»Ich habe gleich gesehen, was für ein stattlicher Mann du bist. Du nimmst es nicht nur mit unschuldigen Tieren auf.«

Sie zupfte an ihrem Leibchen, schon lugten ihre Brustwarzen heraus. Diese Situation war gefährlich. Wenn jemand sie überraschte, wäre es um sein Leben geschehen, und Clarissa wäre ebenfalls in Gefahr.

»Bedeckt Euch, edle Dame«, sagte er und ging auf sie zu, doch sie lehnte sich gegen das Türblatt und zog ihn an sich.

»Du willst es gleich hier?«, hauchte sie voller Vorfreude. Er konnte sie doch nicht einfach von der Tür wegreißen! Eine gute Idee musste her. Aber während er noch überlegte, hörte er Clarissa schreien.

Clarissa war gerade weggedöst, als sich die schwere Bettdecke neben ihr bewegte. Schlaftrunken rang sie um einen klaren Kopf. Da zupften Finger an ihrem Hemd, sie spürte Hände auf ihrem Leib und behaarte Beine an ihren! Sie schrie auf und tastete gleichzeitig nach ihrem Rapier, das sie ans Bettgestell gelehnt hatte. Im Aufstehen zog sie es.

Als Leander und die Hausherrin mit Kerzen in den Händen hereinstürzten, sah Clarissa, wer versucht hatte, ihr Gewalt anzutun – es war der Offizier! Nur im Hemd stand er neben dem Bett, ihre Rapierspitze an der Brust. Nun platzten auch die anderen herein. Der Hausherr starrte sie fassungslos an.

»Meine Ehre gegen ihre Ehre«, fauchte der Offizier und wies auf Clarissa.

»Welche Ehre?«, zeterte die Hausherrin und wies auf Leander. »Er hat mich unsittlich berührt, dieser Schuft!« Tatsächlich stand ihr Leibchen weit offen.

Der Junker musterte seine Frau finster. »Fort mit dir, Weib. Und alle anderen auch! Zu Bett mit Euch!« Murrend verließen sie das Zimmer. Zuletzt stolzierte der Offizier wutsteif hinaus. Der Junker sah Clarissa bedauernd an. »Und ihr zwei verschwindet, bevor ich mich doch noch dazu entschließen muss, meiner Frau zu glauben.«

Clarissa und Leander packten ihre Sachen, holten die Pferde aus dem Stall und verschwanden in der eiskalten Nacht. Es hatte zu schneien begonnen.

In der Morgendämmerung fanden sie eine verlassene Schäferhütte. Trotz seiner steifen Glieder gelang es Leander, ein kleines Feuer zu entfachen. Sie hatten seit ihrer Flucht aus dem Jagdschloss nicht miteinander geredet.

Clarissa kniete neben dem Feuer und umschlang ihre Knie. Der Offizier hatte ihr eine Heidenangst eingejagt. Sie mochte sich gar nicht vorstellen, was passiert wäre, wenn sie ihn nicht rechtzeitig bemerkt hätte. Und wenn Leander ihren Schrei nicht gehört hätte? Leander trat zu ihr und schloss behutsam die letzten Falten ihres Pelzumhangs. Trotzdem zitterte sie. Sie war enttäuscht von Leander, hatte sie ihn doch liebgewonnen und geglaubt, er sei anders als andere Männer, dass sie ihm wirklich etwas bedeutete. Sie hatte sich einen Platz in seinem Herzen gewünscht, obgleich sie genau wusste, dass sie keinen Anspruch darauf hatte. Sie konnten nie ein Paar werden. Leander hielt seine bebenden Finger dicht über die Flammen. Sein Umhang war wesentlich dünner als ihrer. Wie musste er frieren!

»Danke, dass du ggg… gekommen bist«, sagte sie zähneklappernd. Sie konnte sich nicht beherrschen anzufügen: »Aber wie konntest du nur … ddd… dieses Weib …«

»Glaubst du wirklich, ich hätte sie auch nur berührt? Sie hat sich benommen wie eine Hure!«, platzte er heraus. »Aber dieser Mann in deinem Bett … hat er … hat er«, seine Stimme brach.

Sie schüttelte den Kopf. »Ich bin aufgewacht, als er an meinem Hemdsaum nestelte.«

Leander ballte die Hände zu Fäusten. »Dieser Hurensohn! Beinahe wäre ich zu spät gekommen! Ich hätte ihn abstechen sollen, als ich Gelegenheit dazu hatte!« Er war so aufgewühlt, wie sie ihn noch nie erlebt hatte. »Ich hätte es mir nie verziehen, wenn er dir etwas angetan hätte. Es war mein Leichtsinn, der uns in diese Lage gebracht hat.« Sie sah Tränen der Wut in seinen Augen. Seine Lippen waren blau, die Nase leuchtete rot. Mit einem Stöckchen schürte er das Feuer. Es war ein sinnloses Unterfangen, das Bruchholz war zu nass. Jähe Zuneigung überfiel sie. Letztlich waren sie beide Opfer dieser Herrschaften geworden, die sich mit ihnen die Langeweile vertreiben wollten. Clarissa öffnete ihren Umhang.

»Wärm mich ein wenig, Leander. Mir ist kalt bis ins Herz«, lud sie ihn ein.

Zögernd setzte er sich neben sie. Clarissa legte den Umhang um sie beide. Sie versuchten ihn vierhändig so gut es ging zuzuhalten, doch er klaffte immer wieder an der einen oder anderen Stelle auf, bis sie es schließlich lachend aufgaben. Auf einmal schien die Zeit stillzustehen. Tief sahen sie einander an. Clarissa schob jeden Gedanken, jeden Warnschrei in ihrem Inneren fort. Sie näherte ihr Gesicht dem seinen, ahnte die Weichheit seiner Lippen schon, bevor sie sie spüren konnte, überwand sein Zögern und küsste ihn schließlich, ohne zu wissen, ob er es auch wollte. Doch er wollte. Tastend öffneten sich seine Lippen den ihren. Sie fühlte seine Hand auf ihrer Halsbeuge, zart und zugleich wohltuend. Seine Finger spielten mit ihrem Haar, strichen langsam den Rücken hinunter. Clarissa wölbte sich ihm entgegen, umfing ihn, tauchte ein in seinen Duft und die plötzliche Hitze seiner Haut. Es gefiel ihr, dass sein Griff fordernder wurde, ihr Kuss tiefer. Ihre Gefühle wallten auf, und sie schmiegte sich an ihn. Sein Herz klopfte wild wie ihres – aber da sprang er auf.

Clarissa fühlte sich mit einem Mal nackt und schutzlos. Mit dem brennenden Wunsch, die Nähe zwischen ihnen wiederherzustellen, trat sie zu ihm, wagte aber nur, seine Finger zu berühren. »Hat es dir nicht gefallen?«, fragte sie unsicher.

Sein wilder, aufgewühlter Blick bewies das Gegenteil. »Es hat mir mehr als alles andere gefallen«, sagte er rau. »Aber wir dürfen das nicht tun. Ich habe deiner Mutter mein Wort gegeben.«

Ihre Finger schoben sich in seine, sie umschlangen und verbanden sich. Clarissa tastete auch nach seiner anderen Hand. Die Kuhle in seiner Halsbeuge pulste. Zärtlich strich sie darüber und sah, wie er erschauerte. Ihre Gesichter kamen sich wieder näher. »Meine Mutter ist aber nicht hier«, flüsterte sie.

Leander sah ihr in die Augen. Seine Finger tanzten über ihren Arm, ihre Schultern, die zarte Haut ihres Halses. Die wohlige Gänsehaut ließ ihren Atem schneller werden. So nah war er jetzt, dass sie seine Hitze wieder spüren konnte. »Ich würde dich lieben, Clarissa. Ich würde dich begehren und ehren, aber das wäre nicht genug.«

Seine Worte ließen ihr Herz jubeln. Clarissa konnte ihm nicht widerstehen. Alles in ihrem Körper schien nach Leander zu rufen. Es war, als würde ihr ohne ihn etwas Entscheidendes fehlen. Schon berührten sich ihre Lippen wieder. Flammend heiß wallten ihre Gefühle auf. Seine Handflächen glitten über ihre Schulterblätter, ihren Rücken. Ihr Körper brannte an seinem. Ruhig hielt er sie. Sein Gesicht neigte sich zu ihrem Ohr. »Tu das nicht. Du hast Besseres verdient«, sagte er heiser.

»Ich kann mir aber nichts Besseres vorstellen!«

»Ich habe viele Vagantenpaare gesehen. Glaub mir, so willst du nicht enden!« Abrupt hielt er sie an den Schultern auf Abstand.

»Aber du warst doch nicht immer so …« Tiefe Verzweiflung überfiel sie. »Kannst du denn gar nichts tun?«

Seine Augenlider senkten sich abweisend. »Nein.«

»Ich verstehe es nicht. Was ist denn nur damals geschehen, dass du jetzt so leben musst?« Er schwieg.

Clarissa fühlte die Zurückweisung wie körperlichen Schmerz. »Du bist gerne allein und vogelfrei! Du willst gar nichts ändern!«, warf sie ihm vor.

»Wie gerne ich es ändern würde! Aber ich kann es nicht!« Leander stieß es heftig hervor. Entschuldigend sah er sie an. Er ging ein paar Schritte, unentschlossen. »Nur Gallus könnte etwas ändern.« Auf ihren fragenden Blick redete er endlich. Seine Sätze schleuderte er knapp und hart heraus. »Ich war noch ein Junge von zehn Jahren. Mein Vater war Baumeister in Nürnberg. Seit dem Tod meiner Mutter war Gallus oft betrunken und konnte nicht arbeiten. Vernachlässigte seinen Dienst bei der Stadtwache. Der Rat verlor die Geduld, drohte mit Strafe. Eines Tages wollte sein Kollege Thomas ihn zum Wachdienst abholen. Vater hatte gerade eine neue Waffe. Thomas bestaunte sie. Ich sah zu, wie die Männer mit der Muskete herumalberten. Unsere Magd machte gerade die Wäsche. Da legte mein Vater auf sie an. Aus Spaß. Spaß!« Leander schnaubte bitter. »Sie war fünfzehn, Ninchen nannte ich sie. Ein Schuss löste sich. Sie starb. Thomas rannte weg. Vater fürchtete das Gefängnis und floh mit mir. Nie wieder sind wir nach Nürnberg zurück. Später behauptete Gallus stets, die Waffe sei nicht geladen gewesen, als er sie an die Wand gehängt hatte. Aber ich glaube ihm nicht. Er war doch damals nie bei Sinnen. So landeten wir auf der Straße.«

Endlich verstand Clarissa. Mit einem geflohenen Mörder als Vater hatte auch Leander alle Rechte verloren. Als Vogelfreier konnte man kein Haus haben, keine ehrliche Arbeit. Nur ehrlich geborene Jungen durften zur Schule gehen oder Lehrling werden. Wenn Gallus sich gestellt hätte, wäre Leander zur Waise geworden. Leanders einziger Weg zurück wäre die Bestrafung, die Hinrichtung des Vaters. Ein hoher Preis.

»Aber du bist unschuldig. Wie ich«, sagte sie erschüttert und überlegte. »Es muss doch eine Möglichkeit geben, zu beweisen, dass es ein Unglück und kein Mord war. Dann käme dein Vater vielleicht mit dem Gefängnis davon.«

»Nach all den Jahren? Glaubst du ernsthaft, Gallus würde sich stellen? Auf der Straße hat er jedes Vertrauen in die Justiz verloren.«

Noch einmal nahm sie seine Hand. »Du musst es versuchen!«

Nach einem Kuss auf ihre Fingerkuppen löste Leander sich von Clarissa und trat das glimmende Feuer aus. Sie mussten weiterreiten.

27

Prag, Mitte November 1608

»Größer als Frankfurt? Natürlich, weit größer! Prag ist die wichtigste Stadt im Kaiserreich. Die Hauptstadt des böhmischen Königreiches. Prag hat so viele Facetten wie ein Diamant.« Aus Arkadi sprudelte es so mitreißend heraus, dass Clarissa gar nicht anders konnte, als ihm zu lauschen. Auf jeder Körperfläche ihres Reisegefährten hatten sich kleine Schneehügel gebildet, was ihn größer machte, als er wirklich war. Dabei war Arkadi zierlich. Spitz und knallrot stach die Nase aus dem Gesicht, die lang bewimperten Augen gaben ihm stets etwas Verträumtes. Er neigte zu auffallender Mimik und Gestik, was seinem Temperament und seiner Profession geschuldet war.

In einem Gasthof hatten sie den Spielmann kennengelernt. Clarissa und Leander hatten sich dort ihre Unterkunft mit einer Schwertkampfvorführung verdient, und auch Arkadi unterhielt die Gäste mit Geschichten und Gesang zum Geigenspiel. Wie jeden Vaganten, dem sie begegneten, sprach Leander auch Arkadi auf Sixt an; er hatte ihn jedoch nicht gesehen. Sie hatten sich schnell mit dem jungen, verträumten Spielmann angefreundet. Arkadi zog zum ersten Mal als Gaukler herum und hatte den richtigen Zeitpunkt verpasst, sich bei einem reichen Gönner über den Winter einzunisten. Schnell stellten sie fest, dass sie das gleiche Ziel hatten. Prag war Arkadis Geburtstadt. Sie beschlossen, gemeinsam weiterzuziehen. In Begleitung würden sie und Leander nicht wieder in Versuchung geraten, einander zu nahe zu kommen. Sosehr sie den Kuss genossen hatte, wusste Clarissa doch, dass ihre Gefühle füreinander aussichtslos und noch dazu gefährlich waren.

Arkadis Lobgesang auf Prag war noch nicht zu Ende. »Der Kaiser residiert hier, er ist zugleich König von Böhmen. In Prag haben die wichtigsten Ämter und Kirchen ihren Sitz. Es gibt eine Universität und etliche Schulen. Eigentlich ist Prag vier Städte: Altstadt, Neustadt, Kleinseite und Hradschin. Ach ja, und die Judenstadt kommt auch noch hinzu. Menschen vieler Nationen leben hier, vieler Religionen. Deutsche, Italiener, Spanier, Holländer. Jeder darf sein, wie es seinem Naturell entspricht. Deshalb sind ja auch die Beratungen so wichtig, die jetzt in Prag stattfinden. Diese Vielfalt muss erhalten bleiben. Wollen wir etwa, dass die Welt nur grau ist? Nein!«

Clarissa blinzelte eine Schneeflocke weg, die sich in ihren Wimpern verfangen hatte. Wenn es weiter so schneite, wäre bald auch dieser Weg unpassierbar. Das Reisen war ebenso beschwerlich wie gefährlich, gerade in der wilden böhmischen Gebirgslandschaft. Pässe waren von den Schneemassen blockiert, Wege hüfthoch zugeschneit, und nachts hörten sie die Wölfe heulen. »Ich hoffe, es ist noch nicht zu spät! Für November waren die Beratungen anberaumt worden, hieß es. Und wenn die hohen Herren den ganzen Tag reden, sind sie froh, abends mal jemand anderem zuhören zu können. Vor allem, wenn er so viele gute Geschichten kennt wie ich. Ich bin der Beste, findest du nicht?« Zufrieden legte Arkadi die Hand auf die Brust und schloss die Augen.

»Natürlich«, lächelte Clarissa über dieses schamlose Eigenlob. Tatsächlich verfügte Arkadi lediglich über einen kleinen Schatz an Geschichten, die er aber geschickt auszuschmücken wusste. Besonders liebte er die Legenden um Libussa. Libuscha, wie er sie im weichen Zungenschlag nannte, war eine weise Frau und Gründerin der Prager Burg gewesen. Es hieß, die Herrscherin habe Prag eine große Zukunft prophezeit: »Sieh, ich erblickte die Stadt, ihr Ruhm reicht bis zu den Sternen«, zitierte Arkadi Libussa oft und gerne. Sein Herz schlug für die Stadt an der Moldau, wie er nie zu betonen vergaß. Auch war Arkadi immer auf der Suche nach Anekdoten. Er und Paulus würden sich verstehen, dachte sie. Paulus müsste Prag bereits erreicht haben. Aber würde sie ihn in der fremden Stadt finden? Würde Arkadi ihr helfen? Wo könnten sie unterschlüpfen? Geld hatten sie kaum noch. Sie würde zunächst versuchen, Benjamins und Ezras Familie zu finden. Und was waren Leanders Pläne? Würde er bis zum Tauwetter in Prag abwarten? Er fände sicher ein Auskommen. Allerdings war die Rückkehr zu seinem Vater überfällig. Engelins Schwangerschaft neigte sich dem Ende zu, vermutlich brauchten die Gaukler jeden Pfennig. Wo waren sie wohl untergekommen?

Clarissa wurde jäh aus ihren Gedanken gerissen. Vor ihnen hatte sich die Aussicht auf ein Tal aufgetan. Prag lag, von Anhöhen umgeben, in einer Art Kessel. Nebelschwaden und Rauchfähnchen aus tausend Schornsteinen verschleierten das Land. Kirchen reckten sich schneebestäubt in den Himmel, unzählige Türme waren es. Steinhäuser, groß und klein. Wie ein Greifvogel mit ausgebreiteten Schwingen thronten Palast und Dom über der Stadt. Eine weite Brücke spannte sich über den halb zugefrorenen Fluss. Die Stadtmauer wirkte zierlich – und das bei einer Kaiserstadt, wunderte sich Clarissa.

»Habe ich zu viel versprochen?« Arkadi streckte die Arme aus, als hätte er diesen Anblick eigens für sie organisiert. Er schwieg ungewöhnlich lange. »Wie mir das Herz aufgeht!«, seufzte er.

Leander hauchte in seine mit Tüchern umwickelten Hände. »Du solltest einen Lobgesang auf Prag dichten. Dafür findet sich bestimmt ein Gönner. Wenn du ihm dann noch ein dichterisches Denkmal setzt, steht einer Laufbahn bei Hofe nichts mehr im Wege.«

»Meinst du wirklich?« In Arkadis Gesicht leuchtete Hoffnung. »Dann müsste ich nicht in die Kammer meiner Mutter zurück. Sie ist zänkisch, wisst ihr. Wenn sie netter wäre und die Kammer größer, hätte ich euch längst ...«

»Mach dir nichts draus. Wir finden schon etwas. Clarissa bei den Schwertbrüdern ihres Vaters, und ich …«

»Zur Not musst du auf dem Fußboden vor dem Ofen schlafen. Aber meine Mutter, ich warne dich, die hat Haare auf den Zähnen …«

Heiser lachend winkte Leander ab. »Schon gut! Im Notfall komme ich auf dein Angebot zurück.«

»Abgemacht«, sagte Arkadi. »Wohin müsst ihr? Ich kann euch dorthin führen, egal, wo es ist. Niemand kennt Prag besser als ich.«

Leander blickte Clarissa fragend an. »In die Judengasse«, sagte sie und hatte die enge Straße in Frankfurt vor Augen, in der sie nur einmal gewesen war.

»In welche? Ein ganzes Stadtviertel bewohnen die Juden in Prag, was denkst du denn? Hier ist alles größer als woanders! In Freiheit und Pracht leben die Juden hier, und noch nie ging es ihnen besser als unter Kaiser Rudolf.«

»Du sprichst so ehrfürchtig vom Kaiser. Sonst beschweren sich immer alle über ihn«, wunderte sich Clarissa.

»Dieses Gezänk kenne ich natürlich auch. Aber sag mir, wo leben die böhmischen Brüder oder die Utraquisten denn ohne Angst? Wo die Evangelischen, die Wiedertäufer oder die Calvinisten? Wo die Katholischen? Wo die Juden? Habt ihr überhaupt welche in Rostock?« Clarissa verneinte, von einigen der genannten Glaubensgemeinschaften hatte sie noch nicht einmal gehört. »Siehst du! Jeder will jedem an den Kragen. Jeder rüstet gegen jeden zum Krieg. Nur hier nicht, in Prag, in meinem Prag …«

Sie führten ihre Pferde durch eines der Tore und fragten sich durch. Genau genommen fragte Arkadi, während Leander und Clarissa staunend folgten. Prag war eine Stadt der Gegensätze, war ihr erster Eindruck. Mit kunstvollen Mustern verzierte Stadtpalais und goldgeschmückte Kirchen wechselten sich mit rohen Holzhütten ab. Adelige und Bürger in pelzverbrämten Gewändern, frisch lackierte Kutschen und plüschige Sänften schoben sich an Heerscharen von Bettlern vorbei. Das Sprachgewirr war enorm, aber Deutsch und eine Sprache mit vielen Zischlauten herrschten vor. Die meisten Häuser schienen Namen zu haben, die sie auf einfachen Holzbrettern oder kunstvollen Plaketten der Welt verkündeten. Manche Bauten waren über und über mit malerischem Kratzputz bedeckt und wirkten wie Gemälde.

Durch eine Mauer und das Moldau-Knie war die Judenstadt von den anderen Stadtvierteln abgetrennt. Clarissa kam es vor, als würde sie eine andere Welt betreten. Eng bebaut, Häuser und Gassen verschachtelt und verwoben, glich das Judenviertel einem Labyrinth. Durch die Hauptstraße mit ihrer unübersichtlichen Masse an Geschäften drängten sich die Menschen. Auch hier herrschte Vielfalt vor: alte Juden in Kaftan, mit weißem Franseschal, Schläfenlocken und Kappe, reiche Kaufleute in kostbaren Pelzmänteln, Lumpenkinder. Es gab Bücher mit seltsamen Schriftzeichen zu kaufen, schillernde Seidenstoffe und Felle. Überall Rauch, Straßendreck und fremde Gerüche. Clarissa schwindelte, und sie war froh, als sie in eine Gasse abbogen. Hier zeichneten schwarze Rußnasen die alten Häuser, windschiefe Hütten lehnten sich an frisch verputzte Steinhäuser. Trotz der Witterung zogen Bauarbeiter neue Hausmauern hoch.

»Vor ein paar Jahren hat es hier gebrannt. Ein Inferno, sage ich euch. Bei der Enge – wie soll man da löschen?«, sagte Arkadi. »Viele Prager Handwerker haben gejubelt. Für sie sind die Juden unliebsame Konkurrenz. Sie haben den Kaiser aufgefordert, die Juden auszuweisen, aber Rudolf hat sich geweigert.«

Vor einem schmalen Fachwerkbau in der Nähe der Stadtmauer machten sie Halt. Die Tür des Hauses stand trotz der Witterung offen. Im Flur plauderten etliche Menschen, Kinder spielten im Schneematsch. Einer der Männer, die auf den Treppenstufen zum Obergeschoss saßen, wies ihnen den Weg in das Hinterhaus. Sie nahmen von ihrem Reisegefährten Abschied. Arkadi schärfte ihnen ein, wo sie ihn finden konnten. Leander fragte Clarissa, ob er bleiben sollte. Sie nickte, wollte ihn nicht missen. Außerdem schüchterte die Vorstellung, mutterseelenallein in dieser unbekannten Stadt zu sein, sie gewaltig ein. Immer wieder kamen Menschen aus den Zimmern und machten auf einen Schwatz im Hausflur Halt. Clarissa hatte sich nicht vorstellen können, dass so viele Menschen in einem so kleinen Haus wohnen konnten.

Vor der Wohnung am Hof herrschte hingegen drückende Stille. Auf ihr Klopfen öffnete ein Mann, der sie bleich und hohläugig anstarrte. Clarissa nahm ihren Mut zusammen und stellte sich vor. Der Mann wirkte sehr abweisend, aber dann bat er sie doch hinein. Es war nur eine kleine Kammer, vollgepropft bis in den letzten Winkel. Hinter Seilen, an denen mit hebräischen Schriftzeichen bedruckte Zettel hingen, lauerte eine Druckmaschine. Daneben Setzkästen, Papiere, Werkzeug. Eine verhärmte Frau nickte ihr stumm zu – die Ehefrau, mutmaßte Clarissa. Sie setzten sich an einen kleinen Tisch. Es war ein Trauerhaus, unverkennbar. Freudlos und vernachlässigt, kalt und staubig. Hier war auch zwei Monate nach Benjamins Tod noch kein Alltag eingekehrt. Clarissa, deren Trauer sich ebenfalls noch frisch anfühlte, konnte das gut nachvollziehen. Den Tränen nahe, sprach sie Benjamins Vater ihr Beileid aus und berichtete auch von ihrem eigenen Verlust. Das Knie des Mannes wippte nervös, während er ihr lauschte.

»Ich würde Ezra gerne sprechen. Er weiß sicher, ob Paulus schon in Prag angekommen ist. Es geht um eine wichtige Angelegenheit, die mit der Marxbruderschaft zu tun hat«, sagte Clarissa.

Plötzlich sprang der Mann auf und zischte: »Fechter! Tod und Verderben hat diese Bruderschaft über unser Heim gebracht!

Schweigt mir davon! Hinaus mit euch! Hinaus!« Er sprach ein glasklares Deutsch.

Sie war erschrocken über diesen Ausbruch. »Ich wollte Euch nicht … ich will nur …«, stotterte sie.

Der Mann fuchtelte mit den Armen, als treibe er Vieh. Sie wich zurück. »Hinaus, sage ich, hinaus! Zwei Söhne hat diese Bruderschaft mich gekostet! Einer ist tot und der andere verschwunden! Ich will nichts mehr davon hören!«

Verschwunden? Wo war Ezra? Und was sollten sie nun tun? »Aber ich … wisst Ihr wenigstens, wo wir unterkommen … wo ich …«

Ezras Vater riss die Tür auf und warf sie hinaus. »Lasst euch nie wieder hier blicken!«, brüllte er, bevor er die Tür zuschlug. Die Menschen auf dem Gang starrten sie an. Clarissa stürzte an ihnen vorbei.

Die Trauer des Ehepaares hatte Clarissa wie eine Welle überrollt und ihren eigenen Kummer aufgewühlt. Sie fühlte sich von Grund auf gescheitert, verloren. Ohne Geld, ohne Ziel, ohne Freunde, ohne Hoffnung. Was für ein Irrsinn, überhaupt hierherzukommen! Zu glauben, sie könnte den Mörder ihres Vaters finden, sich von dem ungeheuerlichen Verdacht freimachen. Sie kämpfte gegen die Tränen. Leander berührte ihren Arm. Am liebsten würde sie sich jetzt an ihn schmiegen, sich von seiner Nähe trösten lassen. Aber ihre Ehre war alles, was sie noch hatte.

Es dauerte lange, bis sie sich wieder unter Kontrolle hatte. Gefasster sah Clarissa sich um. Schon senkte sich die Dämmerung über die Häuser, und die Lichter wurden entzündet. Nur in dem Trauerhaus blieb es finster. Was sollte sie tun?

»Also doch zu Arkadi vor den Ofen«, wollte Leander ihr Mut machen.

»Du vielleicht, aber ich …«

»Wir werden schon eine Herberge für dich finden.«

Wir, sagte er. Wieder schossen Clarissa die Tränen in die Augen. Bald gab es kein Wir mehr. Würde vielleicht nie wieder eines geben. »Unser Geld ist fast alle«, sagte sie schwach.

»Eine Armenherberge. Erst mal. Bis ich etwas für uns verdient habe.«

Sie musste sich enorm beherrschen, ihm nicht in die Arme zu sinken. »Du bist so lieb.«

Leander lächelte. »Purer Eigennutz. Arkadi will nicht zu seiner zänkischen Mutter zurück und ich nicht zu meinem räuberischen Vater.« Trotz der Wortwahl schlich sich ein weicher Ton in seine Stimme, als er Gallus erwähnte.

In diesem Moment sah Clarissa eine Bewegung am Trauerhaus. Die Frau huschte zu ihnen. »Kommt«, sagte sie und eilte los. Clarissa folgte ihr, sich vergewissernd, dass Leander die Pferde losband und ihnen hinterherkam.

Sie verließen die Judenstadt durch ein Tor. An einem Kirchvorplatz mit hölzernen Krambuden steuerten sie ein gepflegtes Steinhaus an. Die Fassade des Hauses war frisch verputzt, und Leuchter flankierten den Eingang. Ein schmächtiger Mann um die fünfzig ließ sie ein. Er sah nicht wie ein Diener aus. Sein grauer Anzug war zwar unauffällig, aber sorgsam geschneidert. Die zierliche Krause um den schmalen Hals war aus feiner Spitze, die äußerlichen Merkmale seines jüdischen Glaubens kaum zu sehen. Er bewegte sich vorsichtig wie von langer Krankheit genesen. Clarissa kam er ein wenig wie ein Graureiher vor, der im Frühjahr erschöpft nach Mecklenburg zurückkehrte. Er führte sie durch eine herrschaftliche Halle, von der mehrere Türen abgingen, ins Hinterhaus. Es war, als würden sie vom Dunkel ins Licht treten oder mit dem Fingerschnippen eines Zauberers von einem Winterabend in einen Sommertag wechseln. An den hohen Wänden reihten sich dicht an dicht Gemälde und Drucke. Clarissa nahm die Wärme wahr, die die bulligen Kachelöfen ausstrahlten. Dann verstand sie, warum sie sich auf einmal so sommerlich fühlte: Man hörte ein Trillern und Pfeifen wie auf einer Blumenwiese. An den Fenstern hüpften Vögel in geräumigen Käfigen. Katzen fläzten sich friedlich auf der Fensterbank. Ihre Anspannung ließ nach. Etwas strich um ihre Füße, und sie strauchelte.

»Gleich hab ich dich!« Ein etwa elfjähriger Junge mit dunklen Locken verfolgte die Katze um Tische und Bänke, bis er sie endlich einfangen und an sich drücken konnte. Clarissa sah Leander an und bemerkte, dass auch seine Sorgenfalten sich geglättet hatten. Benjamins und Ezras Mutter hingegen war verschwunden. Eine Magd nahm ihnen die klammen Umhänge ab und wies ihnen die Ofenbank zu. Kaum hatten sie Platz genommen, reichte sie ihnen auch schon gewärmten Wein, der Clarissa guttat, ihr aber sofort zu Kopf stieg. Finger, Zehen und Nasenspitze kribbelten, als das Leben in sie zurückkehrte.

»Donna Felicitas kommt gleich«, sagte der schmächtige Diener. Clarissa hatte keine Ahnung, um wen es sich dabei handelte. Titel und Name schienen ihr eher welsch als böhmisch zu sein. Aber solange sie in dieser friedvollen Wärme bleiben durfte, war es ihr egal. Die Katze ließ sich buckelnd vom Arm des Jungen gleiten und spazierte zu ihnen. Clarissa streckte die Hand aus und wollte sie kraulen, doch das Tier wandte sich lieber Leander zu.

Eine samtige Stimme ließ sie aufsehen. »Nehmt es nicht persönlich, sie ist sehr wählerisch. Selbst wenn ich sie hungern lassen würde, was ich natürlich nicht tue, finge sie auch nur die Mäuse, die nach ihrem Geschmack sind.«

Eine Frau hatte die Stube betreten. Mit ihrem ebenmäßigen Gesicht, den schimmernden Locken und der sinnlich gerundeten Figur war sie eine auffällige Schönheit. Ihre Kleidung war vom perlenbestickten Gazeschleier bis zu den Seidenpantoffeln geschmackvoll und exquisit. Clarissa wollte aufstehen, aber die Frau wehrte mit einer grazilen Geste ab. Ihre Hände waren klein und zart. Sie trug einen Ring an jedem Finger, sogar am Daumen. Mit ihrer zierlichen Nase und dem rosenförmigen Mund hatte sie etwas Puppenhaftes. Ein süßer Duft umgab sie.

»Nicht doch! Wir setzen uns zu euch.« Eine Magd stellte einen samtbezogenen Armlehnenstuhl und einen gedrechselten Holzstuhl vor sie, auf Letzteren setzte sich Benjamins und Ezras Mutter. Als Donna Felicitas Platz nahm, schob die Magd ihr einen gepolsterten Schemel hin, auf den sie ihre Füße bettete. Die Katze sprang auf den Schoss ihrer Herrin. Jetzt, im helleren Lichtschein, erkannte Clarissa, dass die Donna bereits älter war, fünfunddreißig mindestens, was ihrer Schönheit jedoch keinen Abbruch tat.

»Regina hat mich gebeten, mich eurer anzunehmen«, sagte Donna Felicitas, und nickte Benjamins und Ezras Mutter freundlich zu.

Regina knetete ihre Hände im Schoß. »Benjamins Tod hat uns in Verzweiflung gestürzt. Als Ezra ohne ein Wort verschwand, hat mein Mann auch noch den Rest Lebensmut verloren. Mordechai geht nicht einmal mehr seinen Geschäften nach. Er hat sogar die Gesetze der Gastfreundschaft vergessen. Dabei hat Benjamin doch so große Stücke auf die Marxbruderschaft gehalten«, brachte sie heraus.

»Wo ist Ezra? Was ist mit ihm passiert?«, hakte Clarissa sofort ein.

»Wir vermuten, dass er nach Frankfurt zurück ist. Jemand hat ihm erzählt, dass der Mörder freigelassen wurde. Er will ihn finden und Rache nehmen. Mitten im Winter! Außerdem vernachlässigt Ezra seine religiösen Pflichten. Wir haben ihn gewarnt, wollten ihn aufhalten. Ezra ist doch alles, was uns geblieben ist …« Reginas Schultern bebten, aber sie weinte nicht; Clarissa musste unwillkürlich an ihre Mutter denken. Sie wollte Lievke so schnell wie möglich schreiben.

Donna Felicitas legte die Hand auf Reginas Arm. Leise sang sie, was Regina zu trösten schien. »Ein Lied für ein trauriges

Herz«, flüsterte Felicitas schließlich. »Du hättest mir früher davon erzählen sollen. Wir werden Ezra schon finden. Der Ewige wird ihn beschützen.« Sie wandte sich Clarissa zu. »Mir wäre lieb, wenn ihr mir selbst noch einmal sagen würdet, mit wem ich es zu tun habe und warum ihr euer Leben riskiert habt, um nach Prag zu kommen. Es erscheint mir eine abenteuerliche Geschichte zu sein. Ich bin nicht sicher, ob ich alles verstanden habe.« Clarissa berichtete, ohne jedoch die Verschwörung und den Mordverdacht zu erwähnen. Felicitas lauschte konzentriert, fragte oft nach, kommentierte den Bericht aber nicht. Eine hochschnellende Augenbraue verriet ihr Missfallen, als sie erfuhr, dass Leander weder mit Clarissa verwandt noch ein Diener der Familie war. Inzwischen machte sich Erschöpfung in Clarissa breit. Die strapaziöse Reise und die Anspannung forderten ihren Tribut.

»Ihr dürft euch gleich zurückziehen«, sagte Felicitas, die zu ahnen schien, wie es um sie stand. »Mein Gehilfe Jaro hat Kammern für euch bereitmachen lassen. Ihr, Clarissa, könnt vorerst in meinem Haus bleiben. Ihr jedoch …«

»Ich kann bei einem Freund unterkommen. Familiäre Angelegenheiten rufen mich ohnehin nach Hessen zurück«, sagte Leander schnell. »Dürfen wir denn überhaupt bei Euch übernachten, als Christen? Ist das nicht verboten?«

»Dieses Haus steht außerhalb der Judenstadt, und ich glaube kaum, dass es Euch etwas angeht, was ich tue oder lasse«, gab Donna Felicitas reserviert zurück. »Ob Ihr bleiben möchtet, habt Ihr freilich selbst zu entscheiden.« Beide nahmen das Angebot an. Clarissa war überwältigt von dieser Großzügigkeit. Sie dankte Regina, dass sie sie hierhergebracht hatte. Dennoch war ihre Gastgeberin auch rätselhaft für sie. Warum nannte man sie Donna?

»Darf ich fragen, wer Ihr seid und warum Ihr das für uns tut?«, platzte Clarissa an der Schlafkammer im Hinterhaus heraus.

Donna Felicitas lächelte unergründlich. »Sagen wir: weil ich ein weites Herz habe.«

Als Clarissa am nächsten Morgen erwachte, lag ein Brief auf ihrer Türschwelle. Große, runde Buchstaben reihten sich aneinander, ein wenig kindlich fast.

Liebe Clarissa,
ich bin froh, dass du eine angenehme und sichere Unterkunft gefunden hast. Für meinen Teil möchte ich die Großzügigkeit deiner Gastgeberin nicht länger strapazieren. Unsere Reise ist zu Ende. Für mich ist es nun Zeit, mich um meine Angelegenheiten zu kümmern. Schließ dich auf dem Rückweg Kaufleuten an, die werden dich sicher nach Rostock zurückbringen. Ansonsten weißt du dich ja zu verteidigen. Du warst eine wunderbare Lehrmeisterin. Ich wünsche dir, dass du findest, wonach du suchst.
Leander
PS: Ein paar Tage bin ich noch bei Arkadi.

Die dürren Worte taten ihr weh. Dennoch schalt sie sich. Leander hatte ihr schon so lange geholfen; mehr zu verlangen, wäre vermessen! Trotzdem war es, als ginge ein Riss durch ihr Herz. Er schien ähnlich zu fühlen, sonst hätte er wohl kaum auf seinen Aufenthalt bei Arkadi verwiesen, dachte sie mit einem Funken Hoffnung.

Clarissas Magen knurrte vernehmlich. Wann hatte sie zuletzt gegessen? Der Wein gestern Abend hatte ihren Hunger gedämpft und sie schnell einschlafen lassen, aber jetzt hatte sie Visionen von frisch gebackenem Brot, warmem Hirsebrei und Obstmus. Sie wusch sich, rieb die Flecken aus ihrem Kleid und richtete die Haare, dann ging sie durch einen Flur ins Haus. Niemand war in der Stube, aber aus dem anderen Seitenflügel zogen köstliche Gerüche zu ihr. Clarissa folgte dem Duft. Ein weiterer Gang, links Wärme und Düfte einer Küche, rechts eine offene Tür zu einem Hinterhof, aus dem lautes Klappen klang, als würde jemand Teppiche ausschlagen.

»Wo wollt Ihr hin? Ihr habt hier nichts zu suchen! Die Küche ist tabu für eine Ungläubige wie Euch!« Jaro, der Gehilfe, schoss mit weit vorgeschobenem Kopf auf sie zu; hinter das Ohr hatte er eine Feder geklemmt.

»Ich muss zu lange geschlafen haben. Könnte ich etwas zu essen bekommen?«

»Das geht jetzt nicht, Ihr müsst auf die nächste Mahlzeit warten«, scheuchte Jaro sie in die Stube. Unschlüssig stand Clarissa da. Als Jaro fort war, wandte sie sich dem Hinterhof zu: ein kleines, arkadengeschmücktes Viereck. Die Luft war kühl und erfrischend. In der Nacht hatte es eine Handbreit geschneit. Die junge Magd hatte Teppiche verkehrt herum auf dem Schnee ausgebreitet und den Staub ausgeschlagen. Jetzt mühte sie sich, einen der schweren Teppiche wieder aufzurollen. Sogleich fasste Clarissa mit an; sie hatte ohnehin nichts Besseres zu tun. Die Magd war verwundert, ließ es aber zu. Gemeinsam drehten sie die Rollen, bis nur noch die Abdrücke des Teppichs den Schnee zierten. Schließlich half Clarissa ihr auch noch, die Teppiche wieder hineinzutragen.

Die Magd betrachtete sie scheu. »Wartet kurz«, sagte sie. Einen Augenblick später kam sie mit einem Teller mit etwas Dörrobst und einem kleinen flachen Brot zurück, den sie Clarissa reichte. »Ich habe gehört, wie du mit Jaro gesprochen hast.«

Clarissa dankte ihr. »Ich wusste nicht, dass ich nicht in die Küche darf«, sagte sie.

»Du bist treife, unrein. Unser Essen muss koscher sein und darf nicht verunreinigt werden«, klärte die Magd, die sich als Sara vorstellte, Clarissa auf. »Aber mach dir keine Gedanken darüber, Donna Felicitas hat oft Gäste.«

Nachdem Clarissa sich gestärkt hatte, bat sie Sara, sie zu

Donna Felicitas zu bringen. Sara führte sie zu dem Raum links der Eingangshalle. Das Zimmer wurde durch zahllose Kerzen erhellt, denn das Winterlicht fiel nur schwach durch die bunten Butzenscheiben. Auch hier sang ein kleiner Vogel. Donna Felicitas saß an einem Schreibtisch und notierte etwas in ein großes Buch. Alles in diesem Raum schien sorgfältig ausgewählt zu sein und passte perfekt zusammen. Die Bücher waren in helles Leder eingebunden, das Schreibgerät war aus Silber, die Federn weiß. Auf einem Regal reihten sich wie Kunstwerke ein Globus, eine goldene Tischuhr und merkwürdige Gerätschaften aus Metall. Neben Donna Felicitas stand ein Silberteller mit duftendem Gebäck. Der Junge saß neben ihr. Beide waren kostbar gekleidet und gepflegt. Er schrieb ebenfalls, ein Spiegelbild der Mutter. Auf dem Kopf trug er eine kleine Mütze. Bei Clarissas Eintreten sah er auf und musterte sie neugierig. Clarissa warf ihm ein Lächeln zu und sah sich um.

»Euer Begleiter ist bereits abgereist«, begrüßte Donna Felicitas sie formlos.

»Ja, er hat mir eine Nachricht dagelassen«, sagte Clarissa und versuchte, ihre Enttäuschung zu überspielen.

Felicitas streute Sand über die glänzende Tinte. Die Edelsteine an ihren Ringen funkelten. Sie sah Clarissa mit einer Eindringlichkeit an, die kaum zu ihrem sanften Aussehen passte. »Ich will ehrlich mit Euch sein. Eure Geschichte erscheint mir nicht schlüssig.«

Jetzt wäre die Gelegenheit, etwas von den Mordvorwürfen zu erzählen, aber Clarissa zögerte. »Ich kann Eure Zweifel sehr gut nachvollziehen. Ich finde sie selbst unglaublich und verstehe manches, was geschehen ist, immer noch nicht. Wenn Ihr es wünscht, verlasse ich sofort Euer Haus.«

Donna Felicitas schwieg. »Bleibt einstweilen. Ich bin Regina gegenüber im Wort. Was habt Ihr nun vor?«

Zunächst bat Clarissa ihre Gastgeberin, sie nicht mehr so

förmlich anzureden. »Natürlich nur, wenn es Euch recht ist. Ich würde mich wohler fühlen, wenn Ihr mich duzt«, sagte sie und zählte auf: »Ich möchte Benjamins Grab aufsuchen, meiner Mutter schreiben und mich nach Meister Paulus umhören. Vielleicht hat einer der anderen Fechter etwas von ihm gehört.«

Ihr Kleid glatt streichend, erhob Donna Felicitas sich. »Die ersten beiden Punkte dürften kein Problem sein. Lasst uns gehen. Wir haben Zeit, dich zu begleiten. Etwas frische Luft dürfte uns guttun, nicht wahr, David?«, sagte sie an ihren Sohn gerichtet. David sprang auf und wischte sich unauffällig einen Tintenfleck am Hosenbein ab.

Donna Felicitas rief eine Dienerin. Sie ließ sich einen schwarzen Umhang umlegen, in den dekorativ ein gelbes Band gearbeitet war, und das Haupt mit einem dichten Schleier bedecken. Kurz besprach sie sich mit ihrem Gehilfen, bevor sie das Haus verließen. David nahm einen kleinen Beutel an sich. In Begleitung eines Dieners machten sie sich auf den Weg in das Judenviertel. Auf dem Weg wurde David von anderen Kindern angesprochen und schenkte ihnen Münzen aus seinem Beutel. Wenn er kein Geschenk dabeihabe, dürften sie ihm die Kippa abnehmen und er müsste sie zurückkaufen, so schreibe es das Gesetz vor, erklärte Donna Felicitas. In der Judenstadt wurde Felicitas respektvoll gegrüßt und in Gespräche verwickelt, was Clarissa Gelegenheit gab, sich in Ruhe umzusehen. Die Gegensätze waren ebenso extrem wie im übrigen Prag: hier die reichen Juden, die sich nach der höfischen Mode kleideten, federgeschmückt, in Pelzen und mit goldenen Hauben, dort die Armen in Lumpen. Ein gelbes Band oder Tuch als Erkennungszeichen ihrer Religion schienen sie nur außerhalb der Judenstadt zu tragen. David nickte den Grüßenden schüchtern zu. Er blieb stets in der Nähe seiner Mutter und schien sich unwohl zu fühlen.

Hinter einem trutzigen Bau, einem jüdischen Gotteshaus, wie Clarissa erfuhr, befand sich der Friedhof. Es war ein weites

Gelände mit einer Unzahl von Marmorstelen und Reliefsteinen aus mattrosa Sandstein unter verwachsenen Holunderbäumen. Alle Steine waren mit hebräischen Schriftzeichen und Symbolen verziert. Scheren, Bücher und Bären standen offenbar für Namen oder Berufe der Beerdigten. Ein imposantes Hochgrab stach Clarissa ins Auge. Es gehöre dem langjährigen Vorsteher der jüdischen Gemeinde, dem generösen Stifter und Hofjuden Mordechai Meisl, erklärte David auf Clarissas Nachfrage.

Felicitas legte einen Stein auf Benjamins Grab. Als sie Clarissas Verwunderung bemerkte, sagte sie: »Dieser Brauch geht auf das alte Israel zurück, wo die Toten in Grabhöhlen bestattet wurden. Damals brauchte man kleine Steine, um den Verschlussstein zu verkeilen. Gleichzeitig ist jeder Stein ein Gruß an den Toten.«

»Darf ich auch einen Stein ablegen?«, fragte Clarissa, die mit den Bräuchen der Juden nicht vertraut war.

»Natürlich. Du hast Benjamin doch auch gekannt.« Felicitas reichte Clarissa einen Kiesel, der ganz warm war, offenbar hatte sie ihn als Handschmeichler verwendet. Clarissa legte ihn ab und sprach in Gedanken einen Segen für den Fechter.

Es war kühl, und Donna Felicitas schien trotz ihres Pelzumhangs zu frieren, also eilten sie zum Haus der Familie zurück. Vor Donna Felicitas' Haus warteten etliche Menschen. Die Dame sagte, dass sie gleich für sie Zeit habe, und ging hinein. Trotz der Wartenden bat sie Clarissa noch in ihr Kontor. Sie hielt ihrem Vogel einige Körner hin, die er aus ihrer Hand pickte.

»Um auf deinen Plan zurückzukommen: Wie stellst du dir das vor?«, begann Felicitas. »Du willst einfach so durch Prag spazieren, ganz allein, und dich nach einem Fechtmeister aus Frankfurt erkundigen? Ich kann nicht begreifen, dass deine Mutter diese Reise überhaupt zugelassen hat!«

In diesem Augenblick erschien Clarissa das alles selbst unglaublich. So wie Felicitas es sagte, hörte es sich falsch und verwegen an. Dass sie die Mordvorwürfe verschwieg, quälte Clarissa, sie fürchtete aber, dass Felicitas sie sofort aus dem Haus werfen würde, wenn sie davon erfuhr. Verlegen tastete sie nach dem Glücksbringer ihrer Mutter, den sie um den Hals trug. David war ihnen gefolgt und lauschte aufmerksam. »Ich bin den weiten Weg von Frankfurt nach Rostock gereist und von Rostock nach Prag. Jetzt werde ich nicht aufgeben«, sagte Clarissa knapp.

Felicitas blickte sie prüfend an, doch in diesem Moment mischte sich David ein. »Hast du denn keine Angst? Natürlich nicht! Du hast doch das Schwert. Es ist doch dein Schwert, nicht wahr? In dem Gepäck. Ich … ich habe es gesehen. Von Weitem natürlich nur. Kannst du damit umgehen?« Felicitas' Sohn bestaunte sie wie ein exotisches Tier. Clarissa nickte.

»David, ich bitte dich! Das ist nichts, womit du dich beschäftigen solltest«, mahnte Felicitas ihren Sohn. »Ein Schwert ist nicht die richtige Antwort, das habe ich dir doch schon so oft erklärt. Wir können keine Konflikte mit Gewalt lösen. Konflikte bewältigen wir nur mit Herz und Kopf.«

»Fechten ist mehr als Kampf!«, mischte Clarissa sich ein. »Es ist eine Schule des Lebens, Unterricht für Körper und Geist. Man lernt, sich zu beherrschen, schnell zu reagieren, die Bewegungen seines Gegenübers vorauszuahnen – kurzum: vieles, was einem auch im normalen Leben nützt. In einem alten Fechtbuch heißt es: ›Wer fechten will, der soll ein Herz haben wie ein Löwe und soll so scharf sehen wie ein Falke und soll so geschickt sein wie ein Vogel.‹ Es gab übrigens sehr berühmte jüdische Fechtmeister, die ihre Schriften hinterlassen haben.«

David lauschte fasziniert, aber Donna Felicitas runzelte die Stirn. »Ich kann dich nicht guten Gewissens gehen lassen. Du bist mein Gast, Regina hat sich für dich verbürgt. Wenn dir etwas zustößt …«, redete sie Clarissa ins Gewissen.

»Können wir ihr nicht Jaro mitgeben?«, warf David ein.

Seine Mutter hob die Augenbrauen. »Und wer soll Jaros Aufgaben übernehmen?«

»Das mache ich!«

»Du bist kein Gehilfe, du bist mein Sohn, das darfst du nie vergessen. Denke immer an deinen Stand!«, sagte Felicitas streng. Der Junge wurde rot. »Dennoch, eine gute Idee. So sei es. Jaro wird Clarissa begleiten.« Ein zufriedenes Lächeln huschte über Davids Gesicht.

Clarissa fühlte sich durch die Großzügigkeit ihrer Gastgeberin beschämt. Sie überlegte, was sie tun könnte, um ihre Unterkunft zu verdienen. Im Haushalt mit anfassen? Bei ihren zwei linken Händen, wie ihre Mutter es immer genannt hatte? »Ich kann lesen und schreiben. Vielleicht kann ich Euch irgendwie helfen? Ich könnte David auch Fechtunterricht geben«, schlug Clarissa vor und fing den freudigen Blick des Jungen auf.

»Ganz bestimmt nicht. Seine Kämpfe wird David mit Hilfe des Geistes austragen«, verbat sich Donna Felicitas. »Uns wird sicher etwas anderes einfallen.«

Jaro gefiel es ganz und gar nicht, dass er Clarissa begleiten sollte, das gab er ihr deutlich zu verstehen. Er war aber nicht der einzige Bedienstete, weshalb sich Clarissas schlechtes Gewissen in Grenzen hielt. Neben dem vogelzarten Gehilfen gab es zwei Mägde, Knechte und eine Köchin. Jaro schien sich allerdings nicht mit derartigen Tätigkeiten abzugeben. Er hatte lange mit Donna Felicitas gesprochen und später den Brief, den Clarissa an ihre Mutter geschrieben hatte, einem der Boten übergeben, die im Haus ein und aus gingen.

Clarissa war froh, dass Jaro mit ihr ging. Gesenkten Hauptes bahnte er ihr den Weg durch die fremde Stadt. Sie versuchte, sich die Wege einzuprägen, kam aber im Gassengewirr schnell durcheinander. Sie fragte Jaro nach den Besitzern der herrlichen Stadtpalais und den Namen der Kirchen aus. Jaro begann seine Antworten knapp, schweifte dann aber ab; er schien gelehrt zu sein. Clarissas sonstige Fragen beantwortete er nicht. Seine

Herrin erwähnte er mit Ehrerbietung, verweigerte aber weitere Informationen. Nach einer Weile ließ Clarissa stumm die Atmosphäre der Stadt auf sich wirken. In den Straßenfluchten tauchte der Burgberg mit dem Dom, dem Palast und dem Stadtteil Hradschin auf. So nah erschien der Kaisersitz und war gleichzeitig eine Welt für sich. Als Stadt in der Stadt beschrieb Jaro die Burg. Kaiserschloss, Dom und Adelspaläste auf engstem Raum: Hier blieben die reichsten Adeligen, die Hofbeamten und die hohen Geistlichen unter sich. Manche der Paläste schienen so protzig, dass sich der Wohnsitz des Kaisers dagegen bescheiden ausnahm. Offenbar zeigte sich Kaiser Rudolf dem Volk kaum. Kein Wunder, dass regelmäßig gemunkelt wurde, er sei bereits gestorben, dachte Clarissa.

Bei einem Uniformierten der Stadtgarde erkundigte Clarissa sich nach Meister Paulus.

»Ein Federfechter?«, wollte der Gardist wissen und zwinkerte ihr zu. »Ich hoffe, nicht Euer Gatte, junge Frau.«

»Nein, ein Meister der Bruderschaft von Sankt Marx«, antwortete sie.

Sein Gesicht verzog sich. »Diese Katzenfechter haben hier nichts zu suchen. Bei uns dienen nur Federfechter, und bald wird es hoffentlich auch im ganzen Reich so sein«, sagte er und ließ sie halb bedauernd stehen. Auch hier diese unselige Feindschaft! Bei Clarissas weiteren Befragungen zeigte sich, dass es in Prag durchaus Marxbrüder gab. Aber Meister Paulus kannte niemand.

Sie ertappte sich dabei, dass sie nach Leander Ausschau hielt. Ihre Hoffnung, ihn wiederzusehen, war jedoch vergeblich. Auch ihre Suche nach Paulus führte ins Leere. Zuletzt nahmen sie sich die Hospitäler und Armenherbergen vor. Die Gebäude voller einsamer Kranker deprimierten sie. Clarissa spürte eine Last auf ihren Schultern. Ihre Schuhe waren durchnässt, die Füße halb taub. Ihre Wangen brannten vor Kälte, die Hände schmerzten. Was tat sie nur hier?

»Möchtet Ihr nun zum Haus meiner Herrin zurück?«, fragte Jaro hoffnungsvoll.

Clarissa drückte den Rücken durch. »Noch nicht. Lasst uns noch ein wenig weitersuchen.«

Arkadi wohnte in einem Holzhaus in der Nähe des Pferdemarktes beim Kloster Maria Schnee. Es war eine ländliche Gegend, in der wohlhabende Kaufleute mit Bauern und Handwerkern zusammentrafen. Der Spielmann freute sich, Leander wiederzusehen. Noch begeisterter war er, als sie die enge Kammer verließen und so dem endlosen Schwall von Vorwürfen und Nörgeleien seiner Mutter entkamen. Sie verließen die Neustadt und wandten sich der Altstadt zu.

»Und, habe ich zu viel versprochen, was meine Mutter angeht?«, fragte Arkadi, als sie auf die Straße hinaustraten.

»Genau genommen hast du untertrieben! Aber egal, ich bin froh, dass sie mich unter ihrem Dach duldet.«

»Es ist auch mein Dach!«, protestierte Arkadi. Dabei war es in den Zänkereien vor allem darum gegangen, dass Arkadi keinem ordentlichen Beruf nachging und zu wenig zum Unterhalt beitrug.

Sie überquerten eine vielbogige Steinbrücke, die so breit war, dass drei Kutschen nebeneinanderfahren konnten, und auf der trotzdem enormes Gedränge herrschte. Leander wurde angerempelt und kontrollierte den Sitz seines Rapiers am Leibriemen. Unter ihnen bugsierten Flößer geschickt große Mengen langer Baumstämme auf dem mächtigen Fluss.

»Und nun? Was stellen wir an?«, wollte Leander wissen. Am liebsten würde er sich nach diesem Paulus umhören. Vielleicht würde er Clarissa treffen … er vermisste sie schon jetzt, wie sollte es erst in ein paar Stunden, ein paar Tagen werden? Aber es war nicht seine Aufgabe, nicht seine Mission. Er musste sich eingestehen, dass er sich durch Clarissas Schicksal nur zu gerne von seinen eigenen Problemen ablenken ließ. Mit seinem Vater hatte er sich daran gewöhnt, sich dahin treiben zu lassen, wo es ihm gefiel. Doch Clarissa hatte ihn nachdenklich gemacht. Hätte er den tödlichen Schuss und die Flucht verhindern können? Konnte er jetzt noch etwas tun? War es nicht längst zu spät? Wenn er ehrlich war, musste er sich eingestehen, dass er seinen Vater aufgegeben hatte. Hatte er sich damit auch selbst aufgegeben?

»… müssen wir herausfinden«, schlichen sich Arkadis Worte in seine Grübeleien. Sie hatten einen imposanten Brückenturm passiert und liefen bergan. Wo wollten sie hin?

»Was müssen wir herausfinden?«

»Hast du mir denn gar nicht zugehört?« Arkadi warf empört die Hände in die Luft. »Na, ob die Sitzungen über die unerledigte Frage der Religionsfreiheit schon begonnen haben! Wo die Herrschaften einquartiert sind! In welchem Gasthof sie zusammenkommen. Wo wir Geld verdienen können.« Geld verdienen, natürlich. Ohne Geld konnte Leander nicht überleben, und die Reise nach Hessen war teuer. »Ich weiß auch schon, wo!« Aufgedreht zählte Arakadi auf: »In der Altstadt leben viele reiche Patrizier. Italienische Baumeister und Künstler haben sich rund um das Klementinum mit der Welschen Kapelle niedergelassen. In der Neustadt und auf dem Berg Vysehrad wohnen Handwerker und Krämer, wobei der ärmste Teil das Viertel der Fischer und Schiffer ist. Auf der Mala Strana, der Kleinseite, und im Hradschin wohnen die meisten Mitglieder des Hofes, höfische Handwerker und Besucher der Residenz. Genau das Richtige für uns.«

In den Geschäften und Gaststätten im Schatten der Burgmauern holten sie Erkundigungen ein und erfuhren, dass die Beratungen über den vom Kaiser in Aussicht gestellten Religionsfrieden noch nicht begonnen hatten, ja, dass der Kaiser noch nicht einmal dazu eingeladen hatte. Leander fragte auch nach Meister Paulus aus Frankfurt, aber niemand hatte von ihm gehört. Durchgefroren und enttäuscht kehrten sie in einem Gasthof ein. Die meisten Tische waren leer. Gelangweilt schoben die Schankweiber die Becher hin und her. Mit seinem letzten Geld bezahlte Leander ihren gewürzten Wein. Eine Mahlzeit konnten sie sich nicht leisten

»Pleite?«, fragte Arkadi. Leander zuckte grinsend die Schultern; es gab Schlimmeres. »Ich auch. Na, dann lass uns hoffen, dass sich der Laden noch ein bisschen füllt.«

Vor Donna Felicitas' Haus stand eine herrschaftliche, bewachte Kutsche, die Jaro sogleich in Erregung versetzte. Ein wichtiger Besucher schien gekommen zu sein, und Jaro ärgerte sich, dass er ihn nicht hatte begrüßen können. Clarissa verschwand in ihrer Kammer. Sie zog die feuchte Kleidung aus. Zum Trost holte sie ihre Tasche hervor, nahm das Manuskript heraus und strich darüber. Fast war es, als könnte sie ihren Vater dadurch spüren. Aber was war das? Ein kleiner Wulst wellte die Seiten. Sie blätterte und entdeckte Marias Brief. Ihre Mutter hatte ihn in Clarissas Gepäck versteckt. Das Siegel war erbrochen. Clarissa faltete den Brief auseinander. Die Schrift war krakelig, aber offenbar war es Jodocus' Schwester wichtig gewesen, selbst zu schreiben. Neugierig begann Clarissa zu lesen.

Lieber Fritjoff,
mein Ende naht, und stärker als je zuvor durchlebe ich die Momente noch einmal, die mir etwas bedeutet, die sich in meinem Inneren eingegraben haben. Ich sehe Carl und Veit vor mir, spüre die Anziehungskraft, die dein Bruder auf mich ausgeübt hat, und die Verlässlichkeit von Vaters Altgesellen. Ich habe mich für die Sicherheit und gegen mein Herz entschieden. Reue quält mich. Ich hätte Carl damals aufhalten müssen. Er wäre ein anderer Mann geworden, ein guter Mann. Als er nach Schwerin zurückkehrte, hatte die Härte schon von ihm Besitz genommen. Du wirst verstehen, was

ich meine. Du warst schon auf Gesellenwanderschaft, hast ihn aber wenig später bei der Fechtschule erlebt. Mit jedem hat Carl sich zerstritten, jeden hat er gereizt bis aufs Blut. Manchmal denke ich, er wollte es nicht anders. Er wollte frei sein für das Leben, das er sich erwählt hatte. Dennoch gab es eines, das er nie aufgegeben hat, und das bist du gewesen.

Wir haben schon einmal darüber gestritten, deshalb weiß ich, dass du es nicht hören willst, also verzeih den Starrsinn einer Sterbenden. Carl hat vieles nur auf sich genommen, um dir ein besseres Leben zu ermöglichen. Du sagtest, Carl habe aus purem Egoismus gehandelt. Ich möchte aber, dass du eines nie vergisst: Carl hat dich immer geliebt. Mach also deinen Frieden mit ihm, so wie ich es getan habe. Er hat es verdient.

Maria

Clarissas Hals war eng. Nachdenklich legte sie den Brief zu dem Manuskript auf den Tisch. Wie gern hätte sie mit ihrem Vater darüber geredet! Jetzt würde ihr Onkel Carl für sie immer ein Mysterium bleiben.

Es klopfte. David trat ein. Er trug die abgeschrubbten Schatten von Tinte an den Fingern und roch nach Seife.

»Habt ihr ihn gefunden? Meister Paulus meine ich?«, fragte David neugierig.

»Leider nicht«, sagte sie.

Der Junge sah sich im Zimmer um. »Ich wäre gerne mitgekommen, nach draußen.«

»Die Suche war kein Vergnügen, glaub es mir. Es war kalt, nass, dazu die vielen Kranken. Du bist hier drinnen besser dran.«

»Hier ist es langweilig!«, beschwerte sich David. »Ich habe den ganzen Tag gelernt, musiziert und mich im Rechnen geübt.«

»Du hast Haustiere, Bücher …«

»Die meisten Bücher darf ich kaum anfassen. Wissenschaftliche Traktate, die mein Vater geliebt hat.« Der Elfjährige schritt ans Fenster und sah hinter die Vorhänge. Clarissa ahnte, dass David sich nach dem Rapier umsah. Aber Felicitas missbilligte dieses Interesse, also hatte Clarissa die Waffe wohlweislich unter dem Bett versteckt.

»Wo ist dein Vater?«, fragte sie neugierig.

Trauer zeichnete Davids Antlitz. »Tot. Auf einer Handelsfahrt ertrunken. Im letzten Jahr.«

Clarissa hatte es befürchtet. »Das tut mir leid.« Sie lenkte ab: »Und deine Freunde?«

»Ich spiele meist mit den Kindern des Gesindes. Meine Freunde sehe ich nur in der Hohen Schule und an Festtagen. Ich muss lernen, damit ich später das Geschäft übernehmen kann. Dabei will ich viel lieber Arzt werden.«

Clarissas Neugier war geweckt. Eigentlich wollte sie den Jungen nicht ausfragen, konnte es aber doch nicht lassen. »Viele Menschen suchen deine Mutter auf …«

»Sie leiht ihnen Geld«, sagte David reserviert. Er entdeckte das Manuskript und blätterte darin. Vor allem die Zeichnungen hatten es ihm angetan. Seine Augen leuchteten. »Können wir diese Übungen hier machen?«

»Ich müsste deine Mutter fragen, ob es ihr recht ist. Sie schien nicht sehr begeistert von der Fechtkunst.«

»Frag sie lieber nicht. Mutter findet sonst sicher eine Rechenaufgabe, die ich lösen soll. Oder Jaro verdonnert mich zum Hebräisch-Unterricht.« Er wirkte traurig.

»Wollen wir Tric-Trac spielen? Schach? Beherrschst du ein Instrument?«, lenkte Clarissa ihn ab.

»Erzähl mir doch einfach etwas über das Fechten, dagegen kann Mutter nichts haben. Wie war das noch mit den Bestien, die du neulich erwähntest?«

»Mancher Meister hat diesen Vergleich angestellt. Ein Fechter müsse so klug sein und so eine klare Sicht haben wie der Luchs, ein wagemutiges Herz wie ein Löwe, schnell im Drehen und

Wenden müsse er sein wie ein Tiger. Aber er solle auch sein wie ein Elefant.«

»Ein Elefant? Was könnte ein Fechter damit zu tun haben?«, staunte David, dessen Laune sich deutlich besserte.

Clarissa machte es sich bequem. Das würde ein langes Gespräch. »Standfest ist er und kniet niemals nieder. Für einen Fechtschüler bedeutet das also …«

Arkadi zählte die Münzen in seinem Beutel. »Eine magere Beute«, sagte er. Da der Gasthof leer geblieben war, hatten sie die Lokalität gewechselt. Doch offenbar hielt die Kälte die Menschen vom Ausgehen ab. Dennoch hatte Arkadi ein paar Geschichten vorgetragen. Leander hatte sich zurückgehalten und lediglich mit einem Kurzauftritt für einen Zehrpfennig gesorgt. Ständig tauchten Leibwachen und Gardisten verschiedenster Herkunft auf, mit denen er nicht aneinandergeraten wollte.

Es war Nacht, als sie aus dem Gasthof am Burghang traten. Durch die Gasse schallten Schwerterklirren, Lachen und laute Rufe. Sofort stand Leander unter Spannung. Arkadis Versuche, ihn aufzuhalten, waren vergeblich.

Auf einem kleinen Platz hatten sich Gardisten versammelt. Die meisten trugen die Wappen ihrer Herren auf den Wämsern. In ihrer Mitte fochten zwei. Es war ein harmloses Kräftemessen, bei dem die Kämpfer sich jedoch nichts schenkten. Funken sprühten, als ihre Klingen aufeinandertrafen. Wie Leander darauf brannte, seine neuen Fertigkeiten im Kampf mit anderen zu erproben! Er liebte es, mit Clarissa zu fechten, aber sie wussten beide, dass er ihr inzwischen überlegen war.

»Lass uns verschwinden«, flüsterte Arkadi, doch schon wandte sich ein Gardist zu ihnen um. Er hatte einen auffälligen Backenbart, den Leander affig fand.

»Zischt ab! Das ist hier nichts für Gaffer!«, fauchte er sie an. Leander beobachtete ungerührt die Kämpfer. Der Gardist musterte sie jetzt; am längsten blieb sein Blick an Leanders Rapier hängen. »Ein freiwilliges Opfer?«, fragte er höhnisch.

Leander legte die Hand auf den Knauf. Er würde es diesem arroganten Laffen schon zeigen! »Wieso nicht?« Hinter ihm stöhnte Arkadi leise.

Sie warteten, bis der Kampf vorbei war, dann rief der Gardist Leander auf. Spöttische Bemerkungen machten die Runde. Die würden sich wundern!

»Wir fangen mal harmlos an!«, sagte ein Mann und trat auf den Platz. Leander zückte das Rapier und erwies ihm die Ehre. Der Kampf begann. Die Schandrufe verstummten, als Leander den Gardisten mit ein paar Schlägen entwaffnet hatte. Ein weiterer nahm seine Stelle ein und forderte Leander heraus. Es dauerte etwas länger, aber auch ihn besiegte Leander. Die Zuschauer drängten sich nun enger um sie, Spannung lag in der Luft. Leander vibrierte vor Freude.

Der Gardist mit dem Backenbart betrat nun den Platz. »Welchen Meister habt ihr gehabt?«, wollte er beim ersten Schlag wissen.

Geschickt parierend, meinte Leander: »Wollt Ihr reden oder kämpfen?« Schon brachte er seinen Kontrahenten unter Druck.

»Welchen Meister, fragte ich«, wiederholte dieser, als er den Angriff abgewehrt hatte.

»Den besten.«

»Wen?«

Leander schlug ihm das Rapier aus der Hand. »Den besten, sagte ich.«

Offenbar hatte er es mit einem schlechten Verlierer zu tun. »Also bist du gar kein Meister des Schwerts, sondern ein dahergelaufener Landstreicher?«, griff er Leander an. Er wies auf Leanders Waffe. »Und dieses Rapier, das hast du wohl gestohlen!« Auch seine Kumpane rückten nun näher.

»Es ist mir für meine Dienste verehrt worden.«

Alle lachten.

Ein Kopfstoß riss Leander von den Füßen. Im Nu war er von Männern umringt. Der Verlierer schlug auf ihn ein, andere machten mit. Leander hörte Arkadi aufschreien und dann verstummen. Was war mit dem Freund? Wütend versuchte er sich zu verteidigen, doch die Angreifer waren zu viele. Immerhin versuchte er, sich Gesichter und Wappen einzuprägen. So ging man nicht mit ihm um! Diese Feiglinge! Einer riss ihm das Rapier aus den Händen. Leander bäumte sich auf und versuchte, sein Schwert zurückzubekommen. Er bekam ein Handgelenk zu fassen und grub seine Hände tief ins Fleisch. Der nächste Schlag tauchte ihn in Schwärze.

28

Mit brummendem Schädel erwachte Leander vor dem Ofen. Arkadis Mutter schürte das Feuer und stäubte dabei den Raum mit Asche. Niesend stand Leanders auf.

»Ich dachte schon, du wirst gar nicht mehr wach!« Arkadi reichte ihm einen Becher eiskalten Wassers. Sein linkes Auge war zugeschwollen.

Leander trank gierig und glaubte, im Wasser noch den Schnee schmecken zu können. Die Beule auf seiner Stirn betastend fragte er: »Wie lange habe ich geschlafen?«

»Die ganze Nacht und den halben Morgen.«

»Wo ist mein …« Hektisch sah Leander sich um.

»Denkst du ernsthaft, ich hätte das Rapier zurückholen können? Ich bin froh, dass ich dich nach Hause schleppen konnte!«

Leander ließ sich aufstöhnend an die Wand sinken. Diese Halunken! Es war sein Rapier, er hatte es sich verdient! Ohne das Rapier konnte er sich bei seinem Vater und den anderen Luxbrüdern nie mehr blicken lassen. Er konnte nicht fassen, dass sich die Gardisten so schäbig verhielten.

Arkadis Mutter schwang einen knorrigen Ast gegen ihren Sohn. »So wie du aussiehst, wirst du auf keinen Fall Geld verdienen! Such dir eine anständige Arbeit! Wie oft hab ich das schon gesagt!« Arkadi verdrehte die Augen.

»Entschuldige«, murmelte Leander. »Du hattest noch versucht, mich aufzuhalten.«

Sein Freund grinste. »Aber du warst ja nicht zu bremsen. Ich war auch nicht schlecht. Unser Kampf war ziemlich beeindruckend, bis …«

Seine Mutter versetzte ihm mit dem Ast einen Schlag auf den Hintern. Arkadi protestierte. »Hast du wenigstens etwas Geld mitgebracht?«, wollte sie wissen.

Pflichtschuldig reichte Arkadi seiner Mutter die Münze. Leander wandte sich der Tür zu, doch Arkadi fragte: »Wo willst du hin? Wollen wir nicht erst mal unsere Wunden versorgen?« Dann grinste er: »Ich könnte auch ein Lied dichten, über deinen Sieg. Den Rest kann ich ja unter den Tisch fallen lassen.«

Doch Leander war nicht zum Spaßen. »Keine Zeit. Ich muss mein Rapier zurückholen.«

Clarissa saß neben David am Tisch und rieb ihre steifen Finger. Der Junge hatte von Jaro Unterricht erhalten und war nun vertieft in ein Buch der Prager Jüdin Riwka Tikotin, das sich mit Kinderheilkunde befasste und das er aus der Bibliothek des Vaters herausgeschmuggelt hatte. Clarissa hatte heute mit Jaro die letzten Herbergen abgesucht, aber von Paulus immer noch keine Spur gefunden. Nun wollte sie Irmel schreiben und ihr diese Adresse mitteilen. Vielleicht konnte sie ihr etwas über den Aufenthaltsort ihres Mannes übermitteln; ein wenig würde Clarissa hoffentlich noch bei Felicitas bleiben dürfen. Sie nahm die Feder auf und drehte sie zwischen den Fingern. Wehmütig dachte sie darüber nach, wie sehr sich ihr Leben in den wenigen Monaten verändert hatte. Von der geachteten Bürgertochter, die mit Ratsherren, Adeligen und Professoren an einer Hochzeit teilnahm, zur mittellosen Bittstellerin und gesuchten Mörderin. Kein Wunder, dass sie das meiste davon ihrer Gastgeberin verschweigen musste. Glücklicherweise fiel sie ihr nicht sehr zur Last. Donna Felicitas führte ein großes Haus. Sie bekam ständig Besuch, und egal, wie arm oder wie reich die Menschen wirkten, ihnen wurde zumindest ein Getränk und etwas Gebäck angeboten. Ein Esser mehr oder weniger würde ihr kaum auffallen.

In diesem Augenblick trat Donna Felicitas ein, mit einer Nachricht wie mit einem Fächer wedelnd. »Ezra ist zurück. Mein Reiter hat sie gefunden.«

Clarissas Herz schlug schneller. »Sie?«

»Paulus ist auch da, aber mach dir nicht zu viel Hoffnung. Ich habe schon nach dem besten Arzt des Viertels schicken lassen.«

Clarissa ließ die Feder fallen und sprang auf. David tat es ihr nach.

»Du bleibst hier!«, befahl Felicitas.

»Aber Mutter! Ich kenne Ezra doch aus der Synagoge. Ich will auch wissen, wie es ihm geht.«

»Das kann ich dir später erzählen.«

»Bitte!«

Felicitas' Blick blieb hart, aber sie ließ es zu, dass David sie begleitete. Gemeinsam eilten sie zum Haus der Brüder.

Auf den ersten Blick erschien die Prager Burg Leander wie ein Wirrwarr aus verschiedenen Palästen, Kirchen und Hinterhöfen, die durch eine Unzahl Mauern voneinander getrennt waren. Manche Höfe standen offen, aber viele durften sie auch nicht betreten. Neben den imposanten Steinbauten gab es jedoch auch viele freie Flächen: In Gärten und auf Plätzen reckten sich Bäume und Weinstöcke in die Höhe. Anhand der Uniformfarben und der Wappen fragten Leander und Arkadi sich durch. Die Gardisten vom gestrigen Abend stammten aus verschiedenen Kompanien, aber der Bärtige, der zuletzt gegen Leander gekämpft und ihm vermutlich das Rapier gestohlen hatte, gehörte dem Gefolge des Kaisers an. Offenbar beschäftigte Kaiser Rudolf über einhundert berittene Gardisten, Hartschiere genannt, und einhundert weitere Trabanten, die Garde zu Fuß. Dazu kamen die sogenannten Anwärter: junge Männer, deren Eignung noch geprüft wurde.

Zunächst verwehrte man ihnen den Zugang zum geschlossenen Teil der Prager Burg, aber Leander konnte sie geschickt durch einen Seiteneingang mogeln. Als sie den Hof erreicht hatten, an dem die Gardisten untergebracht waren, platzten sie erneut in einen Kampf. Es war allerdings ein Kampf, wie Leander noch keinen gesehen hatte. Ein feiner Herr mit silbrigem Haar und ein jüngerer Mann mit Knebelbart fochten vor den Hauptleuten der Garde. Sie kämpften elegant. Einer führte zu dem Rapier in der anderen Hand einen Dolch. Der zweite setzte seinen Umhang zur Täuschung ein, schwang ihn, verdeckte damit seine Bewegungen und stach überraschend zu. Seine linke Hand hielt er lässig erhoben, was ihm etwas Tänzerisches gab und seine Eleganz unterstrich. Fasziniert versuchte Leander, sich die Bewegungen einzuprägen. Wenn er doch nur von ihnen lernen könnte, nur ein paar Stunden! Er musste unbedingt herausfinden, wer die Männer waren. Wenig später war der Kampf beendet, und die Fechter verhandelten mit einem Herrn, der eine federgeschmückte Sturmhaube trug. Dann strebten sie der Tür zu. Bevor Arkadi ihn aufhalten konnte, sprang Leander ihnen in den Weg. Nun wurden sie von Gardisten bemerkt, die sogleich auf sie zustürzten.

»Noch nie habe ich jemanden so fechten sehen, edle Herren«, sagte Leander schnell. »Darf ich erfahren, wessen Kunst ich bewundern konnte? Und was man tun muss, damit man von Euch einige Lektionen in Eurer Fechtkunst erhält?«

Die Gardisten packten Leander, doch er befreite sich wieder. »Ihr habt ja nicht einmal ein Schwert, mein Herr. Und ein Gardist seid Ihr offenbar auch nicht«, sagte der Knebelbärtige streng.

»Ich hatte ein Schwert, aber ein Gardist hat es gestohlen!«

Der Herr mit der federgeschmückten Sturmhaube trat nun, von vier Dienern flankiert, zwischen sie. »Eine starke Anschuldigung, für die Ihr hoffentlich einen Beweis habt«, sagte der Hauptmann ernst, dem es offenbar unangenehm war, dass Leander den Vorfall vor den beiden Fechtmeistern angesprochen hatte. Er hatte ein freundliches Gesicht mit vorspringender Stirn.

Aus dem Augenwinkel bemerkte Leander, dass sich Arkadi davonmachen wollte. »Mein Freund hier hat es gesehen«, sagte er schnell.

Stille. »Das … stimmt«, musste der zugeben.

Der Hauptmann wandte sich an seine Untergebenen. »Bringt ihn hinein. Wir wollen dort seine Anschuldigung prüfen.«

Die Kunstfechter verließen den Hof, ohne Leander eines weiteren Blickes zu würdigen. Leander musterte die Gardisten auf der Suche nach dem schlechten Verlierer. Zwei kamen ihm bekannt vor. Attraktive Männer, einer blond, der andere bärtig und tiefbraun. Waren sie auch gestern Abend dabei gewesen? Eher nicht. Aber wo hatte er sie schon einmal gesehen?

Leander folgte dem Hauptmann in eine karge, fensterlose Kammer. Grob stießen die Gardisten ihn auf einen Schemel, der vor einem zerkratzten Tisch stand. Vielleicht hätte er die Angelegenheit doch auf sich beruhen lassen sollen, dachte Leander. Wenn die Gardisten ihm hier etwas antaten, gäbe es keine Zeugen.

Der Herr stellte sich als Hartschierleibguardihauptmann vor, ein imposanter Titel, wie Leander fand. »Ihr habt gestern gut gekämpft«, sagte er überraschend.

»Ihr habt es gesehen?«

»Nur den ersten Kampf. Was ich öffentlich natürlich nie zugeben werde. Ihr könnt Euch sicher denken, dass uns solche Raufhändel nicht erlaubt sind.«

»So seid Ihr auch Zeuge gewesen, als ich zusammengeschlagen und beraubt wurde?«

»Nein. Ich kann mir auch nicht vorstellen, was so eine schändliche Strafe notwendig machen sollte.«

»Man beschuldigte mich, kein Meister des Schwerts zu sein und mein Rapier gestohlen zu haben.«

»Entsprechen diese Anschuldigungen der Wahrheit?«

Leander hielt dem Blick stand. »Die erste entspricht der Wahrheit, die zweite nicht.«

Der Hartschierleibguardihauptmann nickte. Er rief einige seiner Männer herbei, die am Abend zuvor dabei gewesen waren, und befragte sie. Leander war erleichtert über seine anständige Reaktion. Auch der Mann mit dem Backenbart war dabei. Seine Stirn war geschwollen. Wie alle anderen schwor er jedoch, er habe nichts mit dem Raub des Rapiers zu tun.

Leander funkelte den Lügner an. »Seht seine blaue Stirn – er hat mir einen Kopfstoß verpasst! Und das Handgelenk, ich habe es zerkratzt.«

Tatsächlich schob der Gardist den Ärmel hoch. »Eine Katze hatte sich gestern im Hof verlaufen, Herr Hauptmann. Meine Kameraden können es bezeugen.«

Der Hauptmann verschränkte die Hände hinter dem Rücken. »In dieser Garde dienen Adelige, Patrizier, respektable Bürgersöhne. Gegen das Wort dieser Männer zählt das Wort eines dahergelaufenen Luxbruders nichts, und mag er noch so begabt sein. Wir haben der Gerechtigkeit Genüge getan und Eure Anschuldigungen geprüft. Verschwindet also und unterlasst Eure Lügen.«

Erbost stemmte Leander die Hände auf den Tisch. »Das kann ich nicht!«

»Überlegt es Euch gut. Ihr könntet weitere Dreistigkeiten mit dem Leben bezahlen.«

Leander war bewusst, wie brenzlig die Situation war. Gleichzeitig war er aber entschlossen, sich das Rapier zurückzuholen. Als er sich zum Gehen anschickte, fragte er: »Sagt mir noch eines: Wer waren die beiden Fechtmeister, die eben ihre Künste vorgeführt haben?«

»Signore Salvator Fabris und Meister Capo Ferro. Ich soll prüfen, ob ich sie für eine Audienz beim Kaiser empfehlen kann.

Der Kaiser hat großes Interesse an der Fechtkunst. Seine Lieblingswaffe ist das Rapier. Vergesst die beiden schnell wieder. Ganz und gar nicht Euer Umgang.«

Ernüchtert und voller Rachedurst ließ Leander zu, dass die Gardisten Arkadi und ihn hinausführten. Bevor die Tür ins Schloss fiel, sah er die hochgezogenen Mundwinkel des schändlichen Angreifers. Doch sein Entschluss stand fest, er würde sich nicht geschlagen geben. Er brauchte nur eine Waffe. Und er wusste auch schon, wo er sie bekommen konnte. Endlich hatte er einen Grund, Clarissa wiederzusehen.

Sie durften erst eintreten, als der jüdische Arzt das Krankenzimmer verlassen hatte. Paulus lag in einer winzigen Kammer des engen Hauses unter einem dicken Stapel Decken. Das Gesicht des alten Mannes war schweißbedeckt und rot. Es war fraglich, wie lange sein bejahrter Körper das Fieber aushalten würde. Clarissa machte es tieftraurig, ihn so zu sehen. Wie beeindruckt sie über die Behändigkeit des alten Mannes gewesen war, als er in Frankfurt gefochten hatte; und nun schwand er dahin. Vielleicht würde sie jetzt niemals erfahren, welches Wissen ihren Vater das Leben gekostet hatte und wer für den Mord verantwortlich war. Sie setzten sich an Paulus' Bett. Ezras Mutter schüttelte die Kissen des Kranken auf.

»Ich war in einem der wenigen Gasthöfe abgestiegen, die am Kaiserweg nach Frankfurt zu dieser Jahreszeit geöffnet sind. Man warnte mich dort vor den gefährlichen Schneeverwehungen …«, begann Ezra. Der junge Jude wirkte wie seine Eltern von Trauer gezeichnet. Seine dunklen Augen waren verschattet, und seine Bewegungen wirkten nun nicht mehr geschickt und wieselflink, sondern fahrig.

»Es war eine Torheit von dir, überhaupt loszureiten. Sollen wir dich auch noch verlieren?«, erregte sich sein Vater.

»Als ich abreiste, hatte ich den Eindruck, ihr nehmt mich gar nicht mehr wahr. Ich trauere auch um meinen Bruder, sehr sogar. Aber ihr habt euch so hängen lassen. Ihr habt nicht mehr gegessen, nicht getrunken, nicht gearbeitet. Ihr hattet vergessen, dass ihr noch einen Sohn habt. Einen lebendigen Sohn!«, warf Ezra seinen Eltern vor.

»Das ist nicht wahr!«, protestierte sein Vater, woraufhin Ezras Mutter beschwichtigend die Hand auf die ihres Mannes legte. Ganz unrecht schien ihr Sohn nicht zu haben.

»Ich musste es tun, und ich werde erneut losziehen, um Benjamin zu rächen!«, beharrte Ezra. Dann wandte er sich an Clarissa und Felicitas: »Im Gasthof berichtete man mir von einem Mann, den man halb erfroren aufgefunden hatte. Es war Paulus.«

»Du brachst deine Reise ab?«, mutmaßte Clarissa.

»Was blieb mir anderes übrig? Levin hatte mir geschrieben, dass der Mörder meines Bruders freigelassen worden und spurlos verschwunden war. Wie könnte ich für diese unsichere Unternehmung den Hauptmann unserer Bruderschaft sterben lassen? Ich wollte warten, bis Paulus transportfähig war. Dann kam Donna Felicitas' Reiter und half mir mit dem Transport. Habt Dank dafür.« Er neigte das Haupt vor Felicitas. Ezra nahm Clarissas Hände. »Ich vergaß über meinen Kummer ganz, dir mein Beileid auszusprechen. Dein Vater war ein guter Mann«, sagte er. »Wie ist es geschehen?«

Einigermaßen gefasst berichtete Clarissa von dem Überfall und erwähnte nun auch erstmals vor Donna Felicitas den Mordverdacht gegen sie. Schon lange hatte es sie bedrückt, die Wahrheit verschwiegen zu haben. Felicitas' Blick war durchdringend. »Ich hätte es Euch längst sagen müssen und verstehe, wenn Ihr mich nicht länger in Eurem Haus dulden wollt«, entschuldigte Clarissa sich.

Sofort ergriff Ezra für Clarissa das Wort und verteidigte sie. Sie sei eine gute Fechterin, was er merkwürdig finde, aber eine friedfertige Frau.

Donna Felicitas wog ihre Reaktion ab. »Ich habe Grauenvolles erlebt und weiß, was Menschen einander aus purer Niedertracht antun können. Dass eine junge Frau wie du aber ohne Not ihren Vater ermordet, mag ich nicht glauben«, meinte sie schließlich.

»Ich danke Euch für Euer Vertrauen«, sagte Clarissa erleichtert.

Nun räusperte sich Ezras Vater Mordechai, dem die Diskussion die Röte auf die Wangen getrieben hatte. »Es wird uns nichts übrig bleiben, als zu warten, bis Meister Paulus das Bewusstsein zurückerlangt. Lasst uns für seine Gesundung beten. Und spätestens wenn der Frühling den Schnee von den Wegen treibt, werden wir uns auf die Suche nach den Mördern machen«, sagte er und nickte Ezra entschlossen zu.

Als Leander sie kommen sah, war sein Zorn wie fortgeblasen. Freudige Erregung ergriff von ihm Besitz. Ganz bewusst war er ohne Arkadi gekommen. Clarissa hatte ihm gefehlt. Sie sah strahlend aus und hatte die Strapazen der Reise anscheinend schnell überwunden. Auf einmal fühlte Leander sich, wie er da auf dem Pferdeblock vor dem Haus saß, schäbig und fehl am Platze.

Clarissa hatte ihn sogleich bemerkt und lief aufgeregt auf ihn zu. »Denk dir nur, Ezra und Paulus sind in Prag angekommen. Benjamins Mörder, dieser Unruo und sein Spießgeselle Jerg, sind noch nicht gefunden – aber Paulus ist sehr krank!«, platzte sie ohne Begrüßung heraus. Dann bemerkte sie die Schwellung auf seiner Stirn. »Was ist geschehen? Was ist dir zugestoßen? Geht es dir gut?« Sie wirkte ehrlich besorgt.

Donna Felicitas reagierte reserviert auf Leanders Anwesenheit. Der Höflichkeit folgend, bat sie Leander zwar hinein, sorgte aber dafür, dass eine Magd sich an den Vogelkäfigen zu schaffen machte, sodass die beiden jungen Leute nicht allein waren.

Sogleich wollte Clarissa Leander verarzten, aber er winkte ab.

»Fühlst du dich wohl bei ihnen? Darfst du noch etwas bleiben?«, wollte er stattdessen wissen.

»Ich hoffe es. Donna Felicitas ist sehr großzügig. Und du, wohnst du bei Arkadi?«

»Seine Mutter ist wirklich schrecklich!«, sagte Leander. Sie mussten lachen.

Jaro trat zu ihnen. »Donna Felicitas wünscht Euch jetzt zu sehen, Jungfer Clarissa.«

Aber sie hatten sich doch kaum unterhalten! Was wollte Donna Felicitas? Clarissa und Leander schwiegen, bis Jaro außer Hörweite war.

»Würdest du mir dein Rapier leihen? Nur kurz, für ein, zwei Tage?«, wisperte er.

»Wofür brauchst du es?« Leander wich ihrem forschenden Blick aus. »Wo ist dein Rapier geblieben?« Er sah den Zweifel in ihren Augen und wünschte sich nichts mehr, als sie stolz zu machen. Stattdessen ließ er sich ständig mit Füßen treten. Das musste ein Ende haben. »Leihst du es mir oder nicht?«, fragte er noch einmal.

Jetzt mied Clarissa seinen Blick, was ihn beinahe noch mehr traf. Sie holte die Waffe aus ihrer Kammer. Als sie ihm das Rapier reichte, erzählte er ihr noch schnell von den Künsten der Fechtmeister Fabris und Capo Ferro. Zumindest Ersterer schien ihr ein Begriff zu sein.

Jetzt fiel Leander ein, wo er die beiden Gardisten, die sie begleitet hatten, schon einmal gesehen hatte: bei der Fechtschule in Frankfurt. Als er ihr von der Begegnung erzählte, fragte Clarissa ungläubig: »Marius und Alexander sind hier?« Leander sank der Mut. Marius war beinahe ihr Verlobter gewesen. Hätte er doch nur den Mund gehalten!

Wie immer saß Donna Felicitas über ihren Papieren. »Du verstehst sicher, dass ich dich mit dem jungen Mann nicht allein lassen kann. Ich habe einen Ruf zu verlieren. So geht es jeder Frau, aber bei mir wäre es besonders gravierend.«

Clarissa, die sich über die Bevormundung ärgerte, fragte: »Darf ich erfahren, warum das so ist?«

Felicitas' rosenförmiger Mund spitzte sich, wobei sich die Falten um ihre Mundwinkel verstärkten. »Vielleicht erzähle ich dir irgendwann einmal meine Geschichte, heute aber nicht.« Noch immer ruhte der Blick ihrer Gastgeberin auf Clarissa. »Ich wusste, dass du etwas vor mir verbirgst.«

Clarissa senkte den Blick. »Ich habe es einfach nicht gewagt, Euch von den schändlichen Vorwürfen zu erzählen. Dabei bin ich so dankbar für Eure Güte und Gastfreundschaft.«

»Versprich mir, mir nichts mehr zu verschweigen, solange du mein Gast bist – was es auch ist.« Clarissa nickte. Donna Felicitas drehte die Ringe an ihren Fingern. »Ich bin heute Abend auf einen Empfang geladen. Kein besonderes Vergnügen, viel wichtiger sind die Gespräche, die am Rande des Empfangs stattfinden. Dennoch soll mein Sohn mich begleiten. Und ich möchte, dass auch du dich uns anschließt.«

Clarissa war überrascht. Warum sollte sie mit? Ein zufälliger Gast, nicht von Stand und ohne besondere Kenntnisse. »Ich … aber … wird Jaro nicht mitgehen?«

»Mein Gehilfe kann sich kaum zu uns an den Tisch setzen. Meine Zofe schon. Du kannst ein Auge auf David haben, wenn ich mich mit den hohen Herren zu Beratungen zurückziehe.«

»Vertraut Ihr ihnen denn nicht?«

»Ich vertraue keinem, wenn es um meinen Sohn geht. Betrachte es als besonderen Vertrauensbeweis, dass ich dich darum bitte.«

Clarissa stimmte zu. Sie war es ihrer Gastgeberin schuldig. Außerdem wäre ein Empfang sicher eine angenehme Abwechslung. Donna Felicitas notierte sich etwas, und Clarissa verstand, dass sie entlassen war. Wenig später trug die Magd nicht nur ein

Kleid, sondern auch Leibwäsche, Schleier, Strümpfe und sogar Seidenschuhe in ihre Kammer. Jaro wartete, bis die Magd gegangen war, dann zog er einen Dolch, der in einer silberbeschlagenen Scheide steckte. Clarissa wurde mulmig zumute. Wollte er ihr etwas antun?

»Ich werde mit dir Tacheles reden. Ich habe meiner Herrin gleich gesagt, dass ich es für einen Fehler halte, dich aufzunehmen. Eine Schickse wie du gehört nicht hierher und wird nur für Schlamassel sorgen.« Jaro wog den Dolch in der Hand. »Außerdem verbirgst du etwas, glaub nur nicht, ich merke das nicht. Und ich sage dir: Solltest du dieser Familie Schaden zufügen, wirst du dafür büßen.« Clarissa war bewusst gewesen, dass Jaro sie nicht mochte, dennoch wurde ihr kalt bei diesen Worten.

Sichtlich widerstrebend legte Jaro den Dolch auf die neue Kleidung und zeigte ihr eine versteckte Tasche im Rock. Clarissas Besorgnis wuchs. Offenbar fürchtete Donna Felicitas ernsthaft um das Leben ihres Sohnes. Und vor Jaro sollte sie sich besser in Acht nehmen.

Nach dem Empfang fuhren sie spät am Abend in das Judenviertel zurück. Donna Felicitas war schweigsam. Sie hatte sich lange mit den Herren zu Gesprächen zurückgezogen. Ganz außerordentlich war Felicitas hofiert worden, und auch für David hatte man sich ausnehmend interessiert, während Clarissa als Zofe kaum wahrgenommen worden war. So hatte sie Gelegenheit gehabt, in aller Ruhe die Herrschaften zu studieren. Gastgeber war Peter Vok von Rosenberg gewesen, offenbar ein wichtiger böhmischer Adeliger, Politiker und Kunstmäzen, der auf Seiten der Protestanten stand. Die wenigen weiblichen Gäste schienen eher schmückendes Beiwerk zu sein. Ihre Roben waren zauberhaft: weite Röcke, fließende Schleppen und feinste Spitze. Donna Felicitas trug einen neuen Kragen aus zarter Reticella-Spitze, der dank eines Drahtrahmens hinter ihrem Kopf aufragte. Bei

Tisch ging es immer wieder um die Auseinandersetzungen der verschiedenen Religionen, die inzwischen auch auf der Straße ausgetragen wurden. Erst gestern hatte man bei einem katholischen Harnischmacher den Laden geplündert, weil es hieß, er plane in Prag ein Gemetzel an den Andersgläubigen, so, wie es seinerzeit in Frankreich zur Bartholomäusnacht der Fall gewesen war. Die geladenen Herren, darunter der Freiherr Wenzel Budowec von Budowa, hatten darüber den Kopf geschüttelt, und Clarissa hatte bei allen die Besorgnis gespürt, die sie sorgsam verbargen. In Clarissas Nähe hatte der Arzt und Alchemist Michael Maier gesessen, der in Rostock bei ihrem Vater einige Fechtstunden genommen und den es nun an den Hof des Kaisers verschlagen hatte. Im Gespräch hörte sie heraus, dass der geborene Rendsburger in Rostock, Frankfurt an der Oder, Padua und Basel studiert und promoviert hatte. Nach verschiedenen Reisen war Maier in Rostock als Arzt tätig gewesen, aber bald an Rudolfs Hof berufen worden. Der Kaiser schien sich besonders für Maiers Forschungen zu einer Universalmedizin zu interessieren und konsultiere ihn in jüngster Zeit beinahe täglich, hieß es. Auch Rosenberg begeisterte sich für die Alchemie; um seinen Hals trug er einen goldenen Totenschädel. Über seine Forschungen hatte Magister Maier sich ausgeschwiegen, dafür umso mehr über die Weltharmonie gesprochen, die es zu erringen gelte.

Gefährlich war der Empfang Clarissa jedoch in keinem Fall vorgekommen. Was befürchtete Donna Felicitas nur? Immer wieder waren Clarissas Gedanken während des Essens zu Leander zurückgewandert. Er hatte verzweifelt gewirkt, wie verloren. Sie hatte sich so sehr danach gesehnt, ihn zu berühren. Er schien in Schwierigkeiten zu sein, wieder einmal. Wo war sein Rapier geblieben? Und was hatte er mit ihrer Waffe vor? Sie wünschte sich wirklich, es würde ihm gelingen, seine Verhältnisse zu ordnen, um seinetwillen. Sie empfand tief für Leander. Was man von Marius nicht sagen konnte. Schon die Erwähnung hatte ihren

Zorn geweckt. Wie hatte sie ihm jemals vertrauen können? Was machten Marius und Alexander hier? Dass es die beiden ausgerechnet hierher verschlagen haben musste! Was Signore Fabris in Prag wollte, konnte sie sich hingegen denken – er war schon in Frankfurt auf der Suche nach einem neuen Gönner gewesen. Aber wer war dieser Capo Ferro?

Die Kutsche fuhr schneller, dann kam sie unerwartet zum Stehen. Donna Felicitas sah hinaus. Sie hatten ihr Haus noch nicht erreicht. Clarissa konnte die Sorge in ihren Augen lesen.

»Jaro, was ist? Fahrt weiter!«, rief Felicitas ihrem Gehilfen zu, der neben dem Kutscher vorne saß. Sie hörten, wie jemand vom Kutschbock stieg. Ein Schwert wurde gezogen. David sank vor Furcht in sich zusammen. Clarissa folgte Donna Felicitas' Blick, der unter die Sitzbank deutete. Instinktiv tastete sie hinunter – ein Rapier. Mit einer schnellen leisen Bewegung holte sie es hervor. Felicitas drückte ihren Sohn an sich und nickte. Mit hämmerndem Herzen stieg Clarissa aus.

Der Kutscher stand mit gezücktem Schwert vor dem Wagen. Aus dem Schatten des Hauses kam ein Mann – Leander. Clarissa sah seinen aufgerissenen blutigen Ärmel und stürzte zu ihm. Im Dämmerlicht wirkten Augen und Haarschopf schwarz, unnahbar sah er aus. Leander reichte ihr das Rapier. Sein eigenes trug er wieder am Leibriemen. Ihre erregt gewisperten Fragen beantwortete er nicht, stattdessen schloss er sie in die Arme. Heftig hämmerte sein Herz an ihrer Brust.

»Mögen wir uns irgendwann wiedersehen«, sagte er rau. Dann machte er sich los und verschwand zwischen den Häusern im Schatten. Was war denn nur geschehen?

Felicitas strampelte panisch. Gleichzeitig erfüllte sie die Gewissheit, so tief unter Wasser zu treiben, dass sie die Oberfläche nie rechtzeitig erreichen würde. Ihre Wangen waren schmerzhaft gespannt. Auf den Augen lastete Druck. Ihre Brust war so hart, als müsste sie zerspringen. Da, in der Ferne streckte sich eine Hand nach ihr aus. War es ihr Ehemann Noa? Gleich bin ich bei dir, Geliebter! Wild schlug sie mit den Füßen, holte mit den Armen aus. Es war noch so weit. Die Kräfte verließen sie. Nein, sie wollte nicht … konnte nicht … Panik schnürte ihr Herz ein. Sie durfte nicht untergehen. Ihr Sohn brauchte sie doch! Aber sie konnte einfach nicht mehr. Ihr Mund klappte auf, schnappend wie das Maul eines Fisches auf dem Trockenen. Sie ergab sich dem kühlen Nass. Das Letzte, was sie wahrnahm, war die salzige Flut, die ihr Leben davonschwemmen würde.

Schweißgebadet schreckte Felicitas aus dem Schlaf. Zerrte an der feuchten Seidendecke, die ihren Leib einschnürte. Kam taumelnd auf die Füße. Riss an dem Stoff, bis er endlich nachgab. David! Barfuß eilte sie in den Flur. Nächtliche Stille. Sie spähte in die benachbarte Kammer, doch dort war es dunkel, und sie konnte ihn nicht atmen hören! Auf Zehenspitzen schlich Felicitas an das Bett ihres Sohnes und legte ihr Ohr über seinen Mund, bis sie den Hauch seines Atems spürte. Ihr Zittern ließ nach. Schon auf dem Rückweg schalt sie sich, was für eine Närrin sie war! Natürlich ging es ihm gut.

In ihrer Kammer zog Felicitas das klamme Hemd aus und streifte ein frisches über. Weich fiel es über die Rundungen ihres Körpers. Sie legte die zerrissene Decke beiseite. Schade um die teure Seide, dachte sie mit der Klarheit einer Kauffrau, aber ihre Magd Sara konnte sicher noch etwas Schönes daraus nähen. Felicitas liebte es, kostbare Stoffe zu tragen, sich zu belohnen durch Kleider, gutes Essen und Schmuck. Dieser Luxus konnte ihr Schicksal zwar nicht ungeschehen machen, leichter erträglich war es aber doch. Ihrer Gänsehaut wegen schlüpfte sie eilig unter eine neue Decke. Beinahe jede Nacht suchte sie dieser Albtraum heim, sie war darauf vorbereitet. Auf der Seite liegend zog sie die Beine an. Klein und schwach fühlte sie sich, wie so oft. Warum nur hatte der Allmächtige es zugelassen, dass ihr Mann gestorben war! Warum hatte Noa sie allein gelassen, mit der Verantwortung für ihr Vermögen und den Geschäften, von denen niemand wissen durfte? Gerade hatten ihre Boten wieder Geld nach Spanien geschmuggelt, um ihre Glaubensbrüder zu unterstützen, denen der spanische König mit Verfolgung und Tod drohte. Bei dem Empfang heute hatte sie sich winden müssen, um einen erneuten Kreditwunsch abzulehnen. Sie hatte nicht genügend Bares parat.

Noch immer war ihr nicht warm geworden, also nahm sie sich eine pelzgefütterte Decke. Mit den Armen umschlang sie ihre Brust, die schon so lange niemand mehr liebkost hatte. Sie war nicht dafür gemacht, allein zu sein. Noa war stark gewesen, er hatte ihr die Sicherheit gegeben, die sie brauchte. Und doch blieb sie beharrlich Witwe. Keiner ihrer Verehrer reizte sie, keinem vertraute sie. Wollten sie nicht alle nur ihr Geld? Sie wollte ihren Einfluss nicht aufgeben. Mit ihrem Vermögen konnte sie so viel Gutes tun. Erst gestern hatte sie wieder einer kinderreichen Witwe beim Aufbau eines Geschäfts geholfen. Und bevor sie sich jemandem hingab, den sie nicht begehrte, blieb sie lieber allein.

Oder hatten ihre üblen Träume mit Clarissa zu tun? Jaro war davon überzeugt, dass ihr Hausgast sie in Gefahr brachte. Jeden Abend, wenn sie und Jaro zusammensaßen, um bei einem Glas Wein oder Traubensaft den nächsten Tag zu besprechen, warnte er sie. Aber Felicitas hatte ein gutes Gefühl, was die junge Frau anging. Clarissa strahlte Kraft und Selbstbewusstsein aus, und beides schätzte sie sehr. Auseinandersetzungen mit der jüdischen Gemeinde, weil sie eine Christin beherbergte, fürchtete Felicitas nicht. Sie ließ sich nicht gerne in ihr Leben hineinreden, ganz gleich von wem. Diese Unabhängigkeit hatte sie im Laufe der Jahre erst gewonnen. Wer mehrfach in fremden Städten neu angefangen hatte, der ließ kleinliche Kritik leichter an sich abprallen. Außerdem kam sie ihren Pflichten ansonsten gewissenhaft nach. Sie war der Überzeugung, dass Absonderung mehr schadete als nützte. Je besser Juden und Christen einander kannten, umso besser könnten sie zusammenleben. Nein, ihr Traum hatte mit ihrem verstorbenen Mann zu tun. Sein grausamer Tod verfolgte sie. Felicitas drehte sich auf die andere Seite. Sie musste die Gedanken abschütteln, sonst würde sie gar nicht mehr in den Schlaf finden. Und ihre Geschäfte erforderten einen klaren Kopf, vor allem die verbotenen.

29

Clarissa eilte zu Reginas und Mordechais Haus. Eben erst hatte Ezra ihr die Nachricht gebracht, dass Paulus erwacht sei. Sie konnte es kaum erwarten, mit ihm zu sprechen. Zehn Tage waren seit dem Abschied von Leander vergangen. Zehn Tage, in denen sie versucht hatte, ihre Sehnsucht zurückzudrängen. Zehn Tage, in denen sie das Leben dieser jüdischen Familie besser kennengelernt hatte. Sie hatte sich über die Stille an Schabbat gewundert, genau wie über die Betriebsamkeit, die am Sonntag im benachbarten Judenviertel herrschte, wo die Schankstuben und Garküchen schon ab Vormittag geöffnet hatten, was die Geistlichen zum Toben brachte. Auf dem Tandlmarkt in der Galli-Gasse vor ihrem Haus verkauften viele Juden ihre Waren; eine strenge Abgeschiedenheit wie in Frankfurt gab es hier nicht. Oft kam es zu Streitereien mit Kunden oder Prager Handwerkern. Clarissa hatte auch den Gottesdienst in der gegenüberliegenden Sankt-Gallus-Kirche bereits besucht.

Im Geheimen hatte sie mit David in dem Fechtmanuskript gelesen, mit ihm musiziert und auf Felicitas' Wunsch hin begonnen, ein Verzeichnis ihrer Bücher anzulegen. Sie war froh, dass sie sich ein wenig für die Großzügigkeit ihrer Gastgeberin erkenntlich zeigen konnte. David war ein aufgeweckter Junge, dem aus Clarissas Sicht zu wenig zugemutet wurde. Immer nur im Haus bleiben zu müssen, beschützt und bemuttert, hielt ihn klein und furchtsam. Sogar auf dem Weg zur Hohen Schule bei der Alt-Neusynagoge wurde er von Jaro begleitet. Der Gehilfe studierte alte Schriften und unterrichtete David gewissenhaft. Sie wusste selbst, wie es war, wenn die eigene Mutter einem nichts zutraute. Vielleicht konnte sie David helfen, selbstbewusster zu werden und seinen Radius zu erweitern. Außerdem war es eine interessante Arbeit. Felicitas besaß nicht nur hebräische Bücher, sondern auch naturwissenschaftliche und geschichtliche Schriften sowie Gedichtbände, in denen Clarissa las, um sich die Zeit zu vertreiben. Gern hätte sie Marius und Alexander aufgesucht. Möglicherweise wussten die beiden etwas über Fritjoffs Nachforschungen in Frankfurt, das ihr entgangen war. Aber Jaro hatte keine Zeit, sie zu begleiten, und Felicitas wollte Clarissa nicht allein gehen lassen. Das Jahr ging dem Ende zu, und sie plante ein Fest. Auch herrschte auf den Straßen große Unruhe, weil der Kaiser noch immer nicht das Religions- und Toleranzgespräch einberufen hatte. Inzwischen fürchteten viele, Rudolf würde sich den Papisten, dem spanischen Hof und den Jesuiten geschlagen geben und Maßnahmen treffen, um alle Andersgläubigen zu unterdrücken.

Schon als sie eintraten, hörte Clarissa, wie Paulus eine Anekdote erzählte. Strahlend stürzte sie zu dem alten Herrn. Er drückte sie mit zitternden Händen an sich.

»Ich habe die Todesnachricht bereits gehört. Ausgerechnet Fritjoff! Wie konnte das nur passieren?«, fragte Paulus.

Clarissa setzte sich auf seine Bettkante. Noch einmal musste sie vom Tod ihres Vaters berichten. »Als ich deinen Brief las, fragte ich mich, ob der Angriff auf Fritjoffs Nachforschungen zurückzuführen ist. Hat ihn jemand als Gefahr betrachtet? War er dabei, eine Verschwörung aufzudecken? Hat er den Verräter ausfindig gemacht? Vielleicht hat derjenige, der meinen Vater ermordet hat, auch dich verfolgt?«, schloss sie.

Paulus wog das Haupt. Sein Gesicht wirkte noch faltiger als früher, wenn das überhaupt möglich war. »Könnte sein. Mein Unfall auf dem Weg ist aber eher auf meine Selbstüberschätzung zurückzuführen. Ich wollte unbedingt noch die Etappe schaffen und bin im Schnee verunglückt. Früher haben mir widrige Reisebedingungen nichts ausgemacht. Ich hatte Glück, dass mich jemand fand und Ezra mir später zu Hilfe kam. Auf Fechtbrüder kann man sich eben immer verlassen«, sagte er, was den jungen Mann sichtlich stolz machte. »Und Fritjoff … er hat sich in seinem Leben viele Feinde gemacht, nicht zuletzt die Doppelsöldner um Unruo und Jerg.« Noch einmal sah er Ezra an. »Mein Versprechen, den Mörder deines Bruders zur Rechenschaft zu ziehen, gilt nach wie vor«, versicherte Paulus.

»Komm erst mal wieder zu Kräften«, bremste Ezra ihn.

Tatsächlich flatterten die Lider des alten Fechters. Das Fieber schien ihm noch in den Knochen zu sitzen. Dennoch sprach er weiter. »Es wäre aber auch möglich, dass der Angriff mit der Verschwörung zu tun hat. Es sieht so aus, als wollten uns die Federfechter beim Kaiser verunglimpfen, damit dieser uns die Privilegien entzieht. Merkwürdigerweise scheinen aber auch Marxbrüder verwickelt zu sein, diese Verräter! Von verschiedenen Seiten haben wir erfahren, dass Fechter zu Geheimaufträgen rekrutiert werden.«

Clarissa wunderte sich über Paulus' Worte. Die Feindschaft zwischen den Fechtbruderschaften war allgemein bekannt, warum also ein Geheimauftrag? Und konnte die Konkurrenz tatsächlich zu einem hinterhältigen Mord führen? Wenn sie an Benjamins Schicksal dachte, konnte sie es nicht ausschließen.

»Es gab allerdings noch etwas … das Fritjoff beunruhigt hat«, sagte Paulus stockend und sank wieder in die Kissen. Seine Stimme war brüchig. Clarissa beugte sich vor. »Er glaubte … auf der Fechtschule seinen Bruder Carl gesehen zu haben.«

Einen Augenblick hingen die Worte in der Luft. »Carl ist tot. Er ist im Türkenkrieg vor Kanizsa gefallen«, widersprach Clarissa ungläubig.

Paulus' Lider flatterten. »Eben deshalb war … Fritjoff ja auch so … beunruhigt.« Die Augen fielen ihm zu. Wenig später atmete er gleichmäßig.

Die Besucher zogen sich aus dem Krankenzimmer zurück. Leise tauschten Clarissa und Ezra sich über das Gehörte aus. Konnte das wahr sein? Und was hatte es zu bedeuten, wenn Carl noch lebte? Wo war er die ganze Zeit gewesen? Was tat er jetzt? Warum hatte er seinen Bruder nicht einfach aufgesucht? Mit Fritjoff gesprochen?

Hinter ihnen wurde gearbeitet. Rachel und Mordechai packten Druckwerke für den Tandlmarkt in der Altstadt zusammen. Sie gehörten nicht zu den Buchdruckern, die die wichtigen religiösen Schriften der Juden druckten, hatten aber mit allerlei Handreichungen und Flugblättern gut zu tun. Clarissa und Ezra gingen vor die Tür, um nicht zu stören. Clarissa wollte noch nicht in Felicitas' Haus zurück. Vielleicht wussten Marius und Alexander mehr über die Nachforschungen ihres Vaters.

Kurz entschlossen wandte sie sich an Ezra. »Würdest du mich zur Schlossgarde begleiten?«

Alexander entdeckte sie als Ersten. Im Innenhof eines Palais exerzierte er mit seinen Kollegen. Seinen Degen am Gürtel tragend, hantierte er mit einer Muskete. Wie immer waren seine Bewegungen perfekt. Marius war nirgends zu sehen. Sobald Alexander sie bemerkte, brach er die Übungen ab und entschuldigte sich bei seinen Kameraden. Die Verblüffung stand ihm ins Gesicht geschrieben, als er auf sie zukam. Gut sah er aus in der Uniform des Kaisers. Wie immer war er gepflegt, Bart und Haare waren penibel gestutzt. Alexander und Ezra begrüßten sich freundschaftlich. Besonders verwundert war Alexander aber über Clarissas Aufenthalt in Prag. Nachdem sie ihm für seinen freundlichen Brief nach dem Tod ihres Vaters gedankt hatte, berichtete sie von den Gerüchten einer Verschwörung gegen die Marxbrüder. Angespannt trieb Alexander ihr Gespräch voran und versprach, seine Kameraden zu fragen, ob sie von merkwürdigen Vorkommnissen wussten. Er erzählte, dass Marius und er von einem Söldnerführer hierher vermittelt worden waren. Ebenso viele Marxbrüder wie Federfechter seien, soweit er es wisse, in der böhmischen Hauptstadt tätig, was oft zu Auseinandersetzungen führe. Die Frage, ob er Carl oder die Söldner Jerg und Unruo gesehen hatte, verneinte er.

Helles Lachen war zu hören. Als hätte er es plötzlich eilig, versprach Alexander, Ezra Bescheid zu geben, falls Benjamins Mörder hier auftauchen sollte. Hastig verabschiedete er sie. In diesem Augenblick kam Marius in den Hinterhof gebogen. An seinem Arm hing eine propere junge Frau in einem bunten Kleid. Es war deutlich zu sehen, dass die beiden schäkerten, als die Frau sich verabschiedete und im Haus verschwand.

Jetzt war Clarissa an der Reihe, Alexander verwundert anzuschauen.

»Die Tochter des Kommandanten. Marius und sie wollen sich verloben«, erklärte Alexander und mied ihren Blick.

»Na, da hat er ja keine Zeit verloren«, sagte Clarissa sarkastisch. Obgleich Marius sie entdeckt hatte, wirkte es, als wollte er sie ignorieren. Aber dann kam er doch auf sie zu.

Alexander sah Clarissa an, als fürchte er, dass sie eine Szene machen könne.

»Was tut ihr denn hier?«, wollte Marius barsch wissen.

Clarissa lächelte süßlich. »Wir wollten nur unseren alten Weggefährten Guten Tag sagen.«

Marius strich über seine Uniform, als müsste er Staub abbürsten. »Das habt ihr ja nun getan. Alexander, wir müssen exerzieren. Du weißt, der Kommandant duldet keinen Schlendrian.«

Clarissa wunderte sich, dass Alexander sich so etwas gefallen ließ, aber da gab er schon scharf zurück: »Außer bei dir.«

»Nur kein Neid«, schnappte Marius und wandte sich ab. Die Stimmung zwischen den beiden schien nicht die beste zu sein. Peinlich berührt verabschiedeten sich Clarissa und Ezra und sagten Alexander, wo sie zu finden seien.

Marius drehte sich noch einmal zu ihnen um. »Konntest du eigentlich schon die Mordvorwürfe gegen dich entkräften?« Wahrheitsgemäß verneinte Clarissa. Da trat Marius ganz nah an sie heran. »Du könntest meinen Ruf beschmutzen. Lass dich also nie wieder hier blicken«, flüsterte er.

Ezra ärgerte sich mehr über Marius' unverschämtes Verhalten als sie selbst. Clarissa überraschte bei ihrem ehemaligen Beinahe-Verlobten – was für ein Titel! – überhaupt nichts mehr. Marius war ehrgeizig, und im Interesse seiner Karriere schien ihm jedes Mittel recht. Ihre Gedanken kreisten um Leander, und sie bat Ezra, ob sie einen Abstecher zu Arkadi machen könnten. Glücklicherweise war der junge Spielmann zu Hause. Endlich erfuhr Clarissa von Leanders Kampf gegen die Gardisten, dem feigen Raub und wie er sich sein Rapier zurückgeholt hatte. »Danach war es besser, dass Leander die Stadt verließ, glaub es mir. Er ist jetzt auf dem Weg nach Hessen«, verriet Arkadi. Clarissas Herz wurde schwer. War es ein Abschied für immer gewesen?

Zufrieden registrierte Alexander die respektvollen Gesten des Wirts und der Gäste in der Schankstube, als er eintrat. Seine neue Position am Kaiserhof machte etwas her und erfüllte ihn zugleich mit Zufriedenheit. Innerhalb weniger Monate hatte er seine Ziele erreicht. Er staunte selbst, wie leicht es auf einmal gegangen war. Einzig die Kabbeleien mit Marius trübten die Stimmung; sein Freund benahm sich wirklich schändlich.

Alexander zog die engen Lederhandschuhe aus und rieb sich die kalten Finger. Schneematsch tropfte von seinen Stiefeln auf die schlierigen Holzbohlen. Sein Vater Jakob saß mit anderen an einem Tisch vor dem Kamin und redete. Unscheinbar sah er aus. Wie so viele Goldschmiede trug er auf Reisen keinen Schmuck, stattdessen bescheidene Kleidung und einen langen, zotteligen Bart. Als er ihn sah, sprang er auf. Alexander drängte die Rührung zurück. Sein Vater war leichtsinnig, im Winter nach Prag zu reisen, nur um ein wichtiges Geschäft selbst abzuschließen. Allerdings hegte Alexander die Vermutung, dass sein Vater auch neugierig auf den neuen Stand seines Sohnes war, so oft hatte er ihn am Tor des Kaiserpalastes abgeholt.

»Endlich! Ich hab das Geschwätz kaum mehr aushalten können! Komm, wir gehen ein Stück«, forderte Jakob seinen Sohn auf.

»Bist du sicher? Es ist klirrend kalt draußen.«

»Besser als dieser Dunst nach Bier, Holzrauch und Schweiß!«

Alexander half seinem Vater in den Fuchspelzmantel. Jakob setzte zusätzlich eine Pelzmütze auf, unter der sein Gesicht fast verschwand. »Hast du die Geschäfte zu deiner Zufriedenheit erledigen können?«

»Die Waren sind gesichert. Morgen früh brechen wir auf«, sagte Jakob leichthin. Niemand musste wissen, dass er Gold und Silber gekauft hatte.

»Mir wäre wohler, wenn ich dich nach Güstrow begleiten könnte«, sagte Alexander nicht zum ersten Mal.

Jakob winkte ab. »Verschwende keinen Gedanken daran, sondern treib deine Karriere voran, Sohn. Wir fahren im Geleit. Und, hast du etwas herausbekommen? Hast du dich schon bei dieser bedauernswerten jungen Frau gemeldet?« Sein Vater nahm regen Anteil am Leben seiner Freunde, Bekannten und Kunden. Clarissas Schicksal hatte ihn gerührt.

»Bislang hatte ich noch keine Zeit«, gab Alexander zu.

»Das ist doch schon Tage her! Lass uns hingehen, dann haben wir ein Ziel«, bestimmte Jakob. Alexander ließ sich darauf ein. Wenn sie zusammen waren, traf sein Vater die Entscheidungen, und meist lag er richtig damit. Aber dieses Mal zögerte Alexander. Er wusste ja nicht einmal, ob Clarissa ihn gerne sehen wollte.

Eine heitere, feierliche Stimmung lag über dem Haus. Der Chanukkaleuchter war noch nicht an seinem Platz in der Tür, sondern stand auf dem Tisch. Felicitas arbeitete in ihrem Kontor. Auch in der Küche wurde noch gewerkelt. Es roch nach Kartoffeln und Krapfen. Heute würden drei Öllampen entzündet werden. Am ersten Tag des Festes Chanukka war für Clarissa noch alles fremd gewesen: der Ritus, die Gebete, das Essen, die Spiele. Während Jaro sie missbilligend ignorierte, hatten Felicitas und David ihr bereitwillig vieles über dieses Fest der Freude und der Hoffnung auf Rettung erzählt, das annähernd zur gleichen Zeit wie die christliche Weihnacht begangen wurde. Chanukka erinnere an die Wiedereinweihung des zweiten jüdischen Tempels in Jerusalem.

Clarissa half David, die frische Tischdecke auszustreichen. Der Junge holte den bunten Treidel aus der Tasche und legte ihn bereit. Das Spiel mit dem Kreisel gehörte zu Chanukka wie auch Geldgeschenke an die Kinder und Spenden für die Armen.

Jemand klopfte an der Tür. Jaro verzog das Gesicht. Natürlich nahmen viele von Felicitas' Kunden keine Rücksicht auf die jüdischen Feiertage, die meisten wussten nicht einmal davon. Felicitas hatte ihre Gespräche auf den Tag verlegt, damit abends Zeit für die Feier blieb. Der Gehilfe öffnete. »Donna Felicitas empfängt heute keinen Besuch mehr«, wollte er die Besucher abfertigen.

»Wir möchten Jungfer Clarissa sprechen. Ich habe ihr eine Nachricht zu überbringen.«

Clarissa, die in der Stube saß, horchte auf. War das nicht Alexander? Sie sprang auf und eilte an die Tür.

Der Fechter stand im Eingang, neben ihm ein alter Mann. Alexander begrüßte sie und stellte seinen Vater Jakob vor. Ein eisiger Wind umstrich sie. Alexanders Vater hatte eine knallrote Nase, gefrorener Atem brachte seinen Bart zum Glitzern. Der

Fechter war perfekt gekleidet und rasiert, der Hauch eines Duftwassers umgab ihn, doch auch er wirkte verfroren.

»Lass sie doch kurz ein, Jaro«, bat Clarissa, doch der Gehilfe gab den Eingang nicht frei.

»Wer ist es denn?« Donna Felicitas stand in der Diele. Sie war in ihr Festkleid gehüllt und trug einen perlenverzierten Haarschmuck. Auf dem Arm hielt sie eine Katze, deren rechter Hinterlauf mit einem Verband umwickelt war. Clarissa stellte ihr die Männer vor. Sie hatte Felicitas schon ausführlich von Alexander und Marius berichtet.

»Willkommen, Herr Jakob. Und Ihr seid also Meister Alexander? Clarissa hat mir von Euch erzählt.«

»Ich hoffe, nur Gutes.«

»Gibt es denn Schlechtes?«

Alexander verneinte hastig. Die Begrüßung schien ihm eher unangenehm zu sein.

»Es dämmert. Die Kerzen werden gleich entzündet«, mahnte Jaro, der streng auf die Einhaltung der jüdischen Riten achtete.

Donna Felicitas öffnete gerade den Mund, doch im gleichen Augenblick hob Alexanders Vater die Stimme. »Und ihr sollt euch freuen vor dem Ewigen, eurem Herrn, sieben Tage lang«, sagte Jakob leise, als erinnere er sich an etwas lange Vergessenes. Offenbar hatte Alexanders Vater den achtarmigen Leuchter entdeckt. Sein Blick wanderte den Türrahmen hoch, und er bemerkte die Schriftkapsel; auch etwas, das Clarissa vor ihrem Aufenthalt bei Felicitas nicht gekannt hatte. Die sogenannte Mesusa enthielt eine Pergamentrolle mit dem jüdischen Glaubensbekenntnis.

Alexander starrte seinen Vater an. »Wir möchten nicht stören, sondern kommen an einem anderen Tag wieder«, sagte er.

Clarissa wollte jedoch nicht warten: »Hast du etwas über die Gerüchte herausbekommen? Über meinen Vater?«, fragte sie schnell.

Doch Jakob richtete sich an Donna Felicitas. »Sicher gibt es auch … Latkes und Sufganiot?«

Felicitas gefiel anscheinend die Freude des Alten. »Natürlich gibt es Kartoffelpuffer und Krapfen. Fettgebackenes an Chanukka, wie es sich gehört. Ihr scheint Euch auszukennen, mein Herr. Seid Ihr einmal zu Gast bei einem Chanukka-Fest gewesen?«

»Vor langer Zeit.«

Alexander fühlte sich sichtlich unwohl in seiner Haut. »Vater, gehen wir! Wir wollen nicht stören.« Felicitas und er maßen einander mit Blicken.

Jaro mischte sich ein: »Sie sollten wirklich gehen. Es ist so weit. Die Öllampe wird gleich entzündet.«

»Wenn es Euch eine Freude machen würde, seid Ihr herzlich eingeladen«, entschied Felicitas.

»Ja, damit würdet Ihr mir wirklich eine große Freude machen«, gab der alte Mann zu.

»Aber Donna Felicitas …« Jaro konnte seinen Satz nicht zu Ende bringen.

»Chanukka ist ein Fest der Freude. Keine Gespräche über Geschäftliches oder Gerüchte also, das ist meine einzige Bedingung«, sagte Felicitas.

Die Besucher erklärten sich einverstanden. »Dann tretet ein«, entschied sie. Felicitas wandte sich an Alexander. »Würdet Ihr mir kurz die Katze abnehmen? Meine Nase juckt.« Schon hatte sie Alexander das Tier in den Arm gelegt und tupfte sich mit einem Seidentuch die Nase. »Das arme Ding ist von einem Karren angefahren worden. Ein Junge hat sie zu mir gebracht«, erklärte sie. Alexander hielt die Katze verdutzt, aber vorsichtig.

Das Gesinde war über die fremden Besucher nicht gerade begeistert, als sie sich jedoch als freundliche Gäste erwiesen, wurde es noch ein schöner Abend, bei dem viel musiziert, gesungen und gespielt wurde. Endlich lernte Clarissa auch Davids Freunde kennen. Die Jungen alberten den ganzen Abend herum. Als wäre er selbst noch ein Kind, spielte Jakob mit ihnen Treidel. Alexander war ungewohnt zurückhaltend; er schien sich an der Katze festzuhalten, die in seiner Nähe blieb. Seinen Vater beobachtete er, als hätte er ihn noch nie so erlebt.

Als Clarissa und Felicitas die Besucher zur Tür brachten, wandte sich Alexanders Vater den Gemälden zu. »Was für eine exquisite Sammlung venezianischer und niederländischer Kunst«, zeigte der alte Mann sich beeindruckt. Clarissa hatte die Bilder wohl betrachtet, ihre Güte aber nicht einzuschätzen gewusst. »Flämische Malerei, nicht wahr? Ich glaube Antwerpen zu erkennen.«

Donna Felicitas hob Details einiger Bilder hervor und erläuterte sie kurz. »Ihr kennt Antwerpen?«, wollte sie von dem alten Mann wissen.

»Meine Familie hat früher dort gelebt«, sagte Jakob und zupfte Krümel aus seinem Bart.

»Das wusste ich ja gar nicht«, wandte sich Clarissa an Alexander.

»Das war, ehe ich geboren wurde. Ich habe oft von der Stadt reden gehört. Die Kanäle, die Diamantenhändler, die Spanische Furie«, sagte Alexander schnell. Felicitas ließ ihren Blick auf Alexanders Gesicht ruhen. Er war so groß, dass sie zu ihm aufsehen musste.

»Die Spanische Furie gehört zu meinen ersten Erinnerungen«, sagte Felicitas und fügte hinzu: »Das hätte ich wohl nicht sagen dürfen. Verschweigen Damen sonst nicht immer ihr Alter?« Es war scherzhaft gemeint, aber Felicitas lächelte nicht.

»Was für eine schreckliche Erinnerung. Ich hoffe, das Leben hat Euch danach mit schöneren Erlebnissen versöhnt«, meinte Alexander.

»Das hat es.«

»Was Euer Alter angeht, so sorgt Euch nicht. Ihr seid die

schönste Frau, die ich je gesehen habe.« Offenbar hatte Alexander seinen Charme wiedergefunden. Ob Clarissa ihre Gastgeberin vor ihm warnen musste?

Überschwänglich bedankte sich Alexanders Vater für die Einladung. Er werde diesen Besuch in Prag nie vergessen, versicherte er Felicitas. Als Jakob hinausging, stützte er sich wie zufällig am Türpfosten ab, aber Clarissa bemerkte, dass er zum Abschied die Mesusa berührte. Was hatte das zu bedeuten?

Nachdem der achte und letzte Chanukka-Abend vorüber war, suchte Alexander erneut das Haus auf. Er beachtete Clarissa kaum, sondern überreichte Felicitas einen Topf Honig und ein Säckchen mit getrockneten Früchten. »Ein kleines Dankeschön meines Vaters«, sagte er und zupfte nervös am Saum seines Wamses. »Ich wollte Euch mit meinem Kompliment neulich nicht zu nahe treten«, setzte er hinzu.

»Oh, Ihr seid mir nicht zu nahe getreten. Dieses Kompliment aus dem Mund eines Mannes, der derart auf sein Äußeres achtet, ist sehr schmeichelhaft.«

Clarissa war beruhigt über diese schnelle, aber zutreffende Einschätzung. Alexander jedoch verschlug es die Sprache. »Wolltest du mir auch etwas sagen?«, half sie ihm auf die Sprünge.

Alexander legte die Hände auf seinen Gürtel. »Ich muss mich für Marius' Verhalten entschuldigen. Ich erkenne ihn nicht wieder«, sagte er schnell. »Außerdem habe ich Erkundigungen eingeholt, aber nichts herausgefunden. Von Unruo, Jerg und Carl fehlt jede Spur. Einen Hinweis auf eine Verschwörung gibt es nicht. Ich halte aber die Augen offen«, bot er an.

»Das wäre schön«, stimmte Clarissa zu.

Jaro räusperte sich. Er stand vor Felicitas' Kontor, ein grauer Schatten, doch seine Herrin ließ ihn warten.

Alexanders Augen ruhten auf Felicitas. »Mein Vater war so begeistert von Euren Gemälden. Wenn Ihr es mir gestattet, würde auch ich sie mir eines Tages gerne genauer anschauen. Ich schätze die flämischen Meister sehr, diese naturgetreue Darstellung! In meiner Jugend hatte ich das Glück, einige dieser Kunstwerke betrachten zu dürfen.« Das waren ja ganz neue Töne von Alexander! Felicitas gestattete es und plauderte noch ein wenig mit ihm. Es war, als nähmen sie Clarissa gar nicht mehr wahr. Ein Lächeln huschte über Clarissas Gesicht. Donna Felicitas war eine sinnliche Frau und Witwe, warum sollte sie kein Interesse an Männern haben? Aber ausgerechnet Alexander …

In der nächsten Woche waren Prags Gassen tief verschneit. Boten kamen erkältet an und scheuten die Weiterreise. Für Clarissa gab es keine Notwendigkeit, das Haus zu verlassen. Sie spürte, wie Unruhe sie überfiel. Die Untätigkeit, die Ungewissheit, das viele Sitzen zermürbten sie. Sie wusste allerdings genau, was ihr Entspannung verschaffen würde, auch wenn es viel verlangt war. Clarissa suchte Donna Felicitas in ihrem Arbeitszimmer auf und bat sie darum, in der Stube Fechtübungen machen zu dürfen; die Decken waren hoch genug.

Felicitas hielt eine Lupe vor das Auge und betrachtete ein funkelndes Diadem. Statt einer Antwort sagte sie: »Alles, was du erzählt hast, stimmte. Der Ruf deines Vaters war ausgezeichnet, ebenso wie dein Leumund. Allerdings suchen die Büttel dich, weil man dich wegen des Mordverdachts verhören will.«

Clarissa ließ sich auf einen Stuhl fallen. »Ihr habt Erkundigungen über mich eingeholt?«

Ihre Gastgeberin legte zufrieden das Diadem in eine Schatulle und holte eine edelsteinbesetzte Brosche hervor. »Denkst du, ich würde dich sonst in der Nähe meines Sohnes dulden?«

»Habt Ihr von meiner Mutter gehört?«

»Sie ist offenbar an den Mecklenburger Adelshof gezogen. In eurem Haus lebt wohl nun ein gewisser …« Felicitas zog einen Brief hervor.

»Gerold Grammig«, mutmaßte Clarissa.

»Ebendieser.« Felicitas musterte sie. »Du möchtest hier bleiben?«

Clarissa nestelte an der Kette ihrer Mutter. »Wenn es irgend geht.« Früher oder später würde sie sich den Anschuldigungen stellen müssen. Im Zweifelsfall musste sie hoffen, dass die Richter den Verdacht gegen sie ausräumten. Doch noch war sie nicht bereit, sich zu stellen. Das Risiko war zu hoch.

»Ich will ehrlich zu dir sein. Ich kenne dich nicht. Du bist keine Jüdin. Trotzdem hatte ich, als ich dich zum ersten Mal sah, gleich ein gutes Gefühl. Ich höre auf meinen Bauch, denn er war es, der uns in Antwerpen gerettet hat. Wenn ich damals nicht gespürt hätte, dass uns Unheil droht, wären alle meine Angehörigen dort gestorben. So habe ich nur einen Teil meiner Familie in Flandern verloren.«

»Ihr habt an Chanukka schon davon gesprochen. Hat die Spanische Furie mit dem Aufstand der Niederlande zu tun?«, wollte Clarissa wissen.

Felicitas nickte. »Die spanische Krone hatte Söldner aus vielen Ländern angeheuert, um die nach Unabhängigkeit und protestantischem Glauben strebenden Niederländer zu unterjochen. Im Herbst 1576 blieben jedoch die Soldzahlungen aus. König Philipp II. hatte gerade den zweiten Staatsbankrott erklärt. Die Söldner plünderten und mordeten. Sie zogen gen Antwerpen, wo sie Geld und Gold vermuteten. Die Bürger errichteten einen Verteidigungswall, wurden aber überrannt. Mit dem Schlachtruf ›Santiago! España! A sangre, a carne, a fuego, a sacco‹ – ›Heiliger Jakobus! Spanien! Blut, Fleisch, Feuer, Plünderung‹ – brannten und metzelten die Söldner alles nieder, was ihnen in den Weg kam. Dieser Schlachtruf verfolgt mich bis in den Schlaf! Nur, weil ich schon am Tag vorher blutige Träume hatte und durchdringend weinte, verließ meine Mutter mit uns Kindern das Haus. Mein Vater und meine anderen Verwandten wurden gefoltert, damit sie verrieten, wo sie ihre Schätze versteckt hatten.« Schockiert schwieg Clarissa. »Wenn man bedenkt, dass dieser unselige Krieg noch immer andauert! Aber ein Waffenstillstand scheint bevorzustehen. Wie auch immer: Viele verließen damals Flandern, zogen nach Amsterdam, Frankfurt oder Prag. Wir gingen nach Venedig zurück, in die Heimat meiner Eltern. Dort habe ich gelebt, bis ich meinen Mann heiratete und ihm nach Prag folgte. Was die Familie deines Bekannten allerdings nach Mecklenburg verschlagen hat, kann ich nicht nachvollziehen.«

»Ich weiß es auch nicht«, musste Clarissa zugeben.

»Alexander scheint aus guter Familie zu sein.«

»Soweit ich weiß, schon«, sagte Clarissa vage; möglicherweise dachte Felicitas daran, auch über ihn Erkundigungen einzuholen.

»Du kannst nun sicher verstehen, warum ich mich vor den Spannungen in Böhmen fürchte. Die Altstädter Handwerker wollen das ›jüdische Gesindel‹, wie sie uns nennen, aus der Stadt vertreiben. Die Juden machen ihnen zu viel Konkurrenz. Immerhin wird geduldet, dass wir auch außerhalb unseres Viertels, beispielsweise hier auf dem Tandlmarkt, Handel treiben. Glücklicherweise beschäftigt Kaiser Rudolf Hofjuden und ist auch mit unseren Gelehrten wie Rabbi Löw bekannt. Rudolf hält schützend die Hand über uns – und schröpft uns gleichzeitig. Dass jüdische Fleischer zur Versorgung der kaiserlichen Löwen täglich bestes Rind im Palast abliefern müssen, ist noch das Geringste. Als Mordechai Meisl – du sahst sein Grab neulich – starb, ohne Kinder zu hinterlassen, änderte Rudolf kurzerhand die Gesetze und beschlagnahmte sein Vermögen. Über eine halbe Million Gulden flossen in die Kasse des Kaisers.« Felicitas seufzte. »Aber wir sind nicht allein in Gefahr. Schon lange wollen der Papst, der spanische König und die Jesuiten den Kaiser zwingen, härter gegen Andersgläubige vorzugehen. Die Protestanten sind in Böhmen in der Mehrheit. Wenn Rudolf die Gespräche über Religion und Toleranz verweigert, wird es einen

Aufstand geben. Die Stände und das Volk haben die Geduld mit ihm verloren.«

»Mir erscheint diese ganze Lage sehr kompliziert«, gab Clarissa zu.

»Das ist sie auch. Zu viele ringen um die Macht. Die Auseinandersetzung zwischen Kaiser Rudolf und seinem jüngeren Bruder Matthias – der Bruderstreit – schwächt die Habsburger. Da die Kaiserwürde nicht erblich ist, sondern die Kurfürsten den Kaiser wählen, sind die Habsburger darauf angewiesen, dass sie von den Ständen unterstützt werden. Diese wiederum schließen sich dem an, der ihnen am meisten Freiheiten und neue Befugnisse gewährt. Im letzten Herbst schien es, als könnte Matthias seinen Bruder vom Thron stoßen. Mit einem Heer rückte er auf Prag vor. Doch Rudolf gelang es, die böhmischen Stände auf seiner Seite zu halten, indem er ihnen verschiedenste Versprechungen machte. Einen Teil hat er eingelöst, aber das Gespräch über die Religionsfreiheit schiebt er immer weiter hinaus. Fünfundzwanzig Forderungen haben die nicht katholischen Stände formuliert. Wenn er sein Versprechen bricht, werden sie sich gegen ihn stellen. Wenn er es aber hält, bringt er die katholische Welt gegen sich auf und wird beseitigt. So oder so könnte es Krieg geben. Davor möchte ich meinen Sohn bewahren.«

»Aber wie wollt Ihr das tun?«

»Ich bin nur ein kleines Rädchen, aber ich kann meinen Teil dazu beitragen. Sagen wir: Ich leihe den richtigen Leuten Geld und verweigere es anderen. Das macht mich bei manchen nicht gerade beliebt. Ich fürchte, sie könnten versuchen, David etwas anzutun, um mir zu schaden.«

Nun konnte Clarissa nachvollziehen, warum Felicitas ihren Sohn unter ständiger Beobachtung hielt. »Wie schändlich! Glaubt mir, ich würde nie zulassen, dass David etwas geschieht. Solange ich in seiner Nähe bin …«, platzte sie heraus.

»Darauf hoffe ich. Vielleicht hat dich das Schicksal aus diesem

Grund zu uns geführt«, unterbrach Felicitas ihren Wortschwall. »Auch ich muss mich entschuldigen. Natürlich hat Jaro deinen Bekannten erkannt, als Leander neulich abends vor unserer Kutsche auf der Straße stand. Aber wir wollten wissen, wie du auf einen Überfall reagieren würdest.«

So hatte also auch Felicitas ihr gegenüber verdeckt agiert. Ein wenig waren sie quitt, fand Clarissa. »Warum habt ihr keine Beschützer, keine Leibgarde oder etwas Ähnliches?«

Donna Felicitas wirkte auf einmal sehr müde. »Wir hatten bewaffnete Wachen. Sie haben meinen Mann verraten und zugelassen, dass er bei einem Angriff auf See starb. Mir ist nicht wohl bei dem Gedanken, Söldner im Haus zu haben. Ihre Treue gilt denen, die am meisten zahlen. Wie kann ich sicher sein, dass ich diejenige bin? Es gibt im Zweifelsfall immer jemanden, der mehr bietet.« Sie wog die Edelsteinbrosche in der Hand und hielt sich die Lupe wieder vor das Auge.

Clarissa verstand, dass sie gehen sollte. Dennoch fragte sie: »Jaro vertraut ihr aber?«

»Jaro stand schon in unseren Diensten, als mein Mann noch lebte. Er ist ein gelehrter Mann und ein angesehenes Mitglied der jüdischen Gemeinde. Seine Loyalität ist unverbrüchlich.«

An der Tür drehte sich Clarissa noch einmal um. Etwas hatte sie sich schon die ganze Zeit gefragt. »Warum wohnt Ihr eigentlich außerhalb der Judenstadt?«

»Ein Schuldner meines Mannes konnte nicht zahlen, und so bekamen wir dieses Haus. Ich bin froh darüber, denn so entgehen wir der Enge. Die Wohnungsnot in der Judenstadt ist groß, beinahe dreihundert Schock Meißner Groschen zahlt man inzwischen für ein Zimmer mit Kammer. Wir sind nicht die einzigen Juden, die Häuser außerhalb der Judenstadt besitzen. Das wird nicht gern gesehen, aber es ist gestattet. Viele Maßnahmen gegen die Juden wurden in Prag abgeschwächt. Allerdings müssen wir bei jedem Landtag wieder die Versuche abwehren, unsere

Privilegien einzuschränken, die Steuern zu erhöhen oder uns aus dem Land zu jagen.«

»Ein Tanz auf dem Seil.«

»Wenn du es mit diesem Worten verharmlosen willst.«

»Das wollte ich nicht, entschuldigt. Mir kam dieses Bild nur gerade in den Sinn.« Clarissa hielt inne. Eigentlich wollte sie sich nicht noch mehr in die Nesseln setzen, aber dann sagte sie es doch: »Mich wundert auch, dass es Euch erlaubt ist, die Geschäfte Eures Mannes weiterzuführen.«

»Das ist doch auch bei Christen so üblich«, schnappte Felicitas, setzte dann aber ruhiger hinzu: »In unseren heiligen Büchern gibt es sehr viele Regeln, wie Frauen sich zu verhalten haben, wenn sie mit Christen reisen, sie zu Besuch haben oder Handel treiben. Diese Regeln können bisweilen sehr detailliert sein. Beispielsweise heißt es im Sefer Chassidim, dem Buch der Frommen, im Gegensatz zur Thora, wenn eine Frau auf Handelsreisen ist und es droht Gefahr, soll sie einen Teil ihrer Haare abschneiden und daraus einen Bart machen.« Beide mussten bei der Vorstellung lachen.

Jetzt fiel Clarissa auch wieder ein, was sie überhaupt gewollt hatte. »Darf ich in Eurer Stube das Fechten üben? Ich rücke anschließend auch wieder die Möbel zurecht – Ihr werdet nichts davon bemerken.«

Felicitas blickte halb durch sie hindurch, als wäre sie mit den Gedanken ganz woanders. »Tu, was du nicht lassen kannst. Und nun geh, ich habe diesen Schmuck zu schätzen. Eine Dame aus altem böhmischen Adel möchte mir die Juwelen zum Pfand übereignen.« Konzentriert prüfte sie das Stück. Als Clarissa gerade die Tür öffnete, hörte sie Felicitas missbilligend schnalzen. »Da wollte sie mir doch tatsächlich Glassteine unterjubeln …«

David saß mit Jaro in der Stube. Für die Bücher, die er studieren sollte, hatte er keinen Blick. Leise hob Clarissa einen Stuhl an und stellte ihn beiseite.

»Was geht hier vor?«, fragte Jaro schroff.

»Donna Felicitas hat mir erlaubt, hier einige Fechtübungen zu machen, wenn ich hinterher wieder für Ordnung sorge.«

David sprang auf. »Warte, ich helfe!«

»Wir sind noch nicht fertig!«, mahnte Jaro.

»Das stimmt nicht. Sieh die Uhr an, Jaro!«

Schon half David Clarissa, den Tisch beiseitezurücken. Ungehalten ging Jaro zu Felicitas' Kontor und kam mit noch finsterer Miene zurück, um wortlos irgendwo im Haus zu verschwinden. David lächelte Clarissa verschwörerisch an. Sie holte ihre Waffen und überraschte David damit, dass sie mit Dolch und Schwert balancierte, wie sie es von Leander gelernt hatte. David wollte auch selbst einmal Hand anlegen. Clarissa sagte ihm, dass er zunächst die Grundlagen lernen müsse, und erklärte ihm die verschiedenen Elemente eines Schwerts: »Knopf oder Knauf sagen wir zu dem einen Ende, Ort oder Spitze zu dem anderen. Dann folgt das Kreuz oder Gefäß, das Heft oder Gehilz und die Klinge. Die Klinge unterteilen wir in Stärke und Schwäche sowie in lange und kurze, also vordere und hintere Schneide.«

Davids Augen waren groß geworden, während sie erklärte. »In mir gibt's ein Tohuwabohu!«, stöhnte er schließlich lachend. Vielleicht hatte sie es mit ihrem Fachwissen doch übertrieben, er war ja noch ein Kind. Clarissa malte mit Kreide einen Kreis auf das Parkett und übte mit ihm Ausfallschritte. »Beim Fechten müssen deine Schritte so sicher sein, als ob du auf einer Waage stehen würdest.«

David war begeistert.

Durch die vertrauten Fechtübungen stiegen Erinnerungen an Leander in Clarissa auf. Sie musste unwillkürlich an ihre gemeinsame Zeit denken. Es war jetzt schon über drei Wochen her, dass sie sich voneinander verabschiedet hatten, doch er ging ihr einfach nicht aus dem Kopf. Wie sehr sie sich wünschte, ihn wiederzusehen!

30

Marburg, Januar 1609

Beinahe zärtlich strich Leander über die geschwungene Parierstange seines Rapiers. Er konnte seinen Besitz noch etwas genießen, bis er an der Reihe war. Der Mann am Tisch prüfte gerade eine verzierte Pulverdose auf ihren Silbergehalt. Nervös wartete der Besitzer auf das Urteil des Pfandleihers. Auch Leander hoffte, dass er eine anständige Summe bekam, obgleich es ihm schwerfiel, auf die Waffe zu verzichten. Immerhin besaß er noch Fritjoffs Brustharnisch, und den würde er auf keinen Fall aus den Händen geben.

Die Reise war gefährlich gewesen und Leander endlos vorgekommen. Viel zu oft hatte er beim Freischaufeln des Weges oder beim langsamen Stapfen durch Schneewehen Muße gehabt, darüber nachzudenken, was in Prag passiert war. Der Abend stand ihm noch klar vor Augen: Mit Clarissas Rapier bewaffnet, hatte er gewartet, bis die Gardisten abends aus dem Palais strömten. Arkadi hatte er nicht benachrichtigt, da er den Freund nicht noch mehr mit in seine Schwierigkeiten hineinziehen wollte. Er war dem Mann mit dem Backenbart und seinen Freunden unauffällig von Gasthof zu Gasthof gefolgt. Immer weniger Gardisten waren weitergezogen. Schließlich war es Leander gelungen, den Dieb von den anderen abzusondern. Sogleich hatte ein erbitterter Kampf begonnen. Leander war leicht verletzt worden, hatte jedoch gesiegt. Er hatte den Gardisten gezwungen, ihm das Versteck des Rapiers zu verraten. Es stellte sich heraus, dass dieser es bei einer Hure deponiert hatte. Als Leander es zurückbekommen sollte, war er von dem Gardisten hinterrücks angegriffen worden, hatte ihn aber vor den Gästen des Hurenhauses gedemütigt, was dieser ihm vermutlich so schnell nicht verzeihen würde. Leander würde sich wohl besser eine Zeitlang nicht in Prag sehen lassen.

Auch an die Trennung von Clarissa dachte er oft zurück. Aufgewühlt vom Kampf und erzürnt über sich selbst und die Schwierigkeiten, in die er immer wieder geriet, hatten ihm die Worte gefehlt, sich anständig zu verabschieden. Er hätte ihr gerne noch einmal gesagt, wie viel sie ihm bedeutete. Auch hätte er Clarissa bitten können, auf ihn zu warten. Aber würde er ihr je ein anständiges Leben bieten können? Momentan konnte er es sich nicht vorstellen.

Das Waldversteck in Hessen war verlassen gewesen, aber in der Höhle hatte Leander ein Zeichen seines Vaters gefunden; es wies nach Norden. Leander vermutete, dass der Trupp genügend Beute gemacht hatte und nach Marburg gereist war, um Sixt aufzuspüren. In Marburg hatte er seinen Vater und Engelin tatsächlich gefunden, in einer Kellerkammer der schäbigsten Absteige der Stadt. Sie hatten einen schrecklichen Anblick geboten.

»Ihr seid dran! Gebt schon her!«, blaffte der Pfandleiher ihn an. Offenbar hatte Leander die erste Aufforderung überhört.

Schweren Herzens nahm Leander von seinem Rapier Abschied. Ade, Jodocus' Schwertkunst! Das Rapier war Symbol eines besseren, ehrenvolleren Lebens. »Bewahrt es für mich auf. Ich werde es auf jeden Fall wieder auslösen!«, sagte er.

Der Mann prüfte die Waffe. »Das sagen sie alle«, murmelte er. »Ich sperre das Rapier vier Wochen lang weg. Wenn es danach verkauft wird – Pech für Euch, Glück für mich.«

Vier Wochen – das war viel zu knapp. Aber er brauchte das Geld, und zwar jetzt. Der Pfandleiher nannte ihm eine erschreckend niedrige Summe. Leander begann zu handeln, zählte die Güte und Vorzüge der Waffe auf und konnte tatsächlich einige Münzen mehr herausschlagen. Sogleich machte er sich auf die Suche nach einer Hebamme.

»Wann hat sie das Kind verloren?«, wollte die alte Frau wissen, als sie Leander die Tasche in die Hand drückte, die er offenbar für sie tragen sollte.

»Soweit ich es verstanden habe, vor knapp einer Woche.«

»Auf der Straße?«

»Ja, niemand wollte sie einlassen oder ihr helfen.« Diese Grausamkeit der Mitmenschen hatte ihn besonders erschüttert. Wenn er je auch nur daran gedacht hatte, Clarissa in das Leben der Fahrenden zu entführen – und wie oft hatte er sich ihre Zweisamkeit ausgemalt –, so war dieser Gedanke spätestens jetzt zerstoben. Wenn man jemanden liebte, durfte man ihn diesen Gefahren nicht aussetzen.

»Und das Kind?«

Leander hob ratlos die Schultern. Mehr, als dass es tot war, hatte er aus der fiebernden Engelin nicht herausbekommen.

Die Hebamme schien diese Antwort schon erwartet zu haben. »Kommt leider öfter vor. Von christlicher Nächstenliebe keine Spur. Viele Menschen verschließen die Augen vor den Nöten der anderen. Ob es nun um den Beginn oder das Ende eines Lebens geht.«

Sie hatten die Herberge erreicht. Leander führte die Hebamme zu den Kammern im Keller. Er schauderte. Es war wirklich sehr kalt hier unten. In der Kammer stank es. Gallus lag in einer Lache Erbrochenem und schlief. Leander hatte seinem betrunkenen Vater kurzerhand die Hände und Füße gefesselt, damit dieser sich nicht von Neuem mit Branntwein versorgen konnte. Gallus mochte noch so pleite sein – Alkohol auftreiben konnte er immer irgendwie.

Die Hebamme würdigte Gallus kaum eines Blickes. »Macht ihn lieber sauber, nicht dass er noch erstickt«, meinte sie kalt.

Leander erschrak, als er Engelin sah. Totenbleich und eingefallen lag sie auf dem Stroh, kaum hob sich ihre Brust noch. Auf Höhe des Unterleibs hatte sich das Laken verdunkelt. Die Hebamme stieß ein Gebet aus, als sie das Tuch zurückschlug und Engelin untersuchte.

»Holt Wasser, möglichst heiß und sauber«, befahl sie. Leander eilte los. Dank des Geldes konnte er schnell mit einer Schale heißen Wassers zurückkehren. Die Hebamme begann mit ihrer Arbeit. Währenddessen reinigte er seinen Vater.

Routiniert gab die Hebamme ihm Anweisungen, wie er bei der Versorgung von Engelin helfen konnte. Offenbar war Engelins Unterleib von der Geburt aufgerissen, und sie drohte zu verbluten; auch hatten sich Teile der Wunde entzündet. Es war ein grauenvoller Anblick. Leander half nach Kräften.

Hinter ihnen war ein Husten zu hören, gefolgt von jämmerlichem Weinen. »Bitte, macht, dass sie es überlebt. Bitte! Ich will sie nicht verlieren! Sie ist doch mein Liebstes!« Gallus wand sich auf dem Boden in seinen Fesseln.

»Das hättet Ihr Euch überlegen sollen, bevor Ihr sie schwängert und auf der Straße um ein Haar verrecken lasst«, zischte die Hebamme und holte ein Stoffetui aus ihrer Tasche, in dem sich verschiedene Nadeln befanden.

Gallus schluchzte. »Das Kind, ganz klein war es und blau. Die Nabelschnur lag um seinen Hals …«

Die Alte fädelte den Zwirn ein. »Wärt Ihr nur in ein Hospital gegangen. Oder zu einer Hebamme.«

»Wollten uns nicht nehmen!« Trotzig riss Gallus an den Fesseln.

Die Hebamme begann, Engelins gesäuberte Wunden zu nähen. Leander konnte nicht hinsehen. »Hättet das Geld nicht versaufen sollen«, murmelte sie.

Gallus versuchte sich zu verteidigen, forderte, losgebunden zu werden, und rief nach Wein. Das Selbstmitleid seines Vaters ging Leander auf die Nerven. »Mach doch einmal in deinem Leben etwas richtig und halt den Mund!«, fauchte er. Gallus starrte seinen Sohn an, schwieg aber tatsächlich.

Schließlich war die Hebamme fertig. Sie reichte Leander einige Kräuter und gab ihm eine Anweisung, wie er Engelin damit pflegen sollte. Leander entlohnte sie. »Ich werde morgen wieder nach ihr sehen. Wenn sich ihr Zustand verschlechtert, holt mich. Obwohl ich nicht mehr viel tun kann. Ihr Leben liegt in Gottes Hand.«

Traurig und erschöpft ließ Leander sich auf den Boden sinken. Einen Stuhl gab es in dieser Kammer nicht. »Ich bin zu spät gekommen«, murmelte er.

Gallus versuchte, sich aufzusetzen, fiel aber immer wieder hin. Leander mochte ihm nicht helfen, zu wütend war er auf seinen Vater. Nach einer Weile schaffte Gallus es allein. »Du bist spät gekommen, stimmt«, brummte sein Vater. »Aber wir hatten eigenes Geld. Haben es aufgeteilt. Hätte auch eine Weile reichen müssen«, fügte er zerknirscht hinzu. »Engelin hat uns ein Haus gemietet. Viel zu groß. Hat Hausfrau gespielt. Haben aus dem Vollen geschöpft. Ich hab gesoffen. Da war es weg, das schöne Geld. Und wir saßen auf der Straße.«

»Wenn du nicht so viel getrunken, sondern das Geld besser …«

»Schon gut! Ich weiß es selbst! Du musst es mir nicht noch unter die Nase reiben!« Gallus schrie es. Leander sah Tränen in den aufgequollenen Augen seines Vaters glitzern. »Musst mir immer den Spiegel vorhalten, was? Mach es doch besser, wenn du kannst! Ich hab Durst. Hol mir was, Sohn. Wein am besten!«, befahl Gallus. Leander reagierte nicht. Vom Krankenlager drang leises Stöhnen zu ihnen. Gallus schluchzte. »Ich würde alles tun, wenn es ihr nur besser ginge. Alles.« Eine Weile schwiegen sie.

»Wo sind die anderen?«

Sein Vater wischte sich den Rotz in den Ärmel. »Ursel und Freihart haben es besser gemacht. Haben ihren Anteil genommen und sind verschwunden. Reicht wohl über den Winter.« Immerhin etwas Erfreuliches, dachte Leander.

»Und Caspar?«

»Haben uns gestritten. Ist weg, mit der Muskete und seinem Geld. Wollte es nicht, das Ding. Nicht für geschenkt.« Gallus schnaubte, hustete dann. »Hat einen zu viel überfallen. Mit der Schusswaffe bedroht. Sitzt im Kerker. Diese verdammten Waffen, bringen nur Unglück in die Welt.«

»Und Sixt?«

»Nie hier angekommen. Seine Frau nagt mit den Kindern am Hungertuch.« Die Stimme seines Vaters wurde weinerlich. »Wirklich, ich verdurste. Leander, du bist doch ein guter Junge. Hol mir doch etwas Wein, bitte. Nur ein bisschen.«

Tatsächlich stand Leander auf. Er sah nach Engelin. Ihr Zustand war unverändert. Stumm sprach Leander ein Gebet für die Tänzerin. Dann holte er einen Krug Wasser und gab Gallus zu trinken, der ihn als herzlos beschimpfte. Leanders Gedanken wanderten zu Clarissa nach Prag. Wie es ihr wohl erging? Sehnsucht machte sein Herz schwer. Um sich abzulenken, überlegte er: Wenn Sixt nie hier angekommen war, wo steckte er dann?

Zwei Wochen lang schwebte Engelin zwischen Leben und Tod. Eine weitere Woche dauerte es, bis sie wieder einigermaßen bei Kräften war. Ihr Körper schien zu heilen, aber ihre Seele war noch immer verwundet. Sie weinte um das verlorene Kind und ihr verdorbenes Leben. Doch Leander hatte in dieser Zeit beinahe mehr mit seinem Vater zu tun als mit der Kranken. Gallus war unausstehlich. Immer wieder verlangte er nach Wein oder Branntwein und versuchte handgreiflich zu werden, wenn Leander ihn zum Waschen von den Fesseln löste. Aber je nüchterner er wurde, desto klarer wurde auch seine Reue. Gallus begann, sich um Engelin zu bemühen. Liebevoll umsorgte er sie. Versuchte, sie zu trösten und aufzuheitern. Es war, als wäre Gallus ein anderer Mensch geworden.

Eines Tages saßen sie gemeinsam beim Essen, als Gallus sagte: »Ich weiß nicht, ob es so, wie es war, weitergehen kann.«

»Ich werde nicht mehr mit euch herumziehen«, stimmte Leander zu und bemerkte, wie Engelin den Blick senkte.

»Aber was willst du tun?«, fragte Gallus, als hätte er nichts anderes erwartet.

»Mir anständige Arbeit suchen. Mich durch Mut und Können auszeichnen, im Heer vielleicht. Sodass man gar nicht mehr nach meiner Herkunft fragt.«

Gallus stocherte in seinem Essen. »Deine Herkunft ist nicht so schlecht, eigentlich«, sagte er zerknirscht.

»Ich weiß. Ich erinnere mich noch gut daran, wie ich dich damals auf den Baustellen besucht habe.« Engelin sah verwundert auf. Ausführlich beschrieb Leander, wie kundig und geachtet sein Vater gewesen war.

»Das war früher«, murmelte Gallus, als wäre es in einem anderen Leben gewesen.

»Vielleicht könnte es wieder so sein. Ich habe über die Ereignisse damals nachgedacht. Über den Schuss. Du sagtest doch immer, die Waffe sei nicht geladen gewesen …«

»War sie auch nicht!«, brauste Gallus auf.

»Möglicherweise lohnt es sich, nach Nürnberg zu reisen und mit Meister Thomas zu sprechen«, hatte Leander sich überlegt. Engelin verstand offensichtlich kein Wort. Gallus würde ihr selbst erzählen müssen, was damals geschehen war.

Zweifelnd sah sein Vater ihn an. »Ich kann mich dort nicht blicken lassen.«

»Aber ich. Mich wird nach all den Jahren niemand erkennen.«

Ein paar Tage später reisten sie ab. Sie nahmen einen Karren bis Wetzlar und fanden tatsächlich Freihart und Ursel. Die Gaukler waren bei ihrem Sohn untergeschlüpft, der als Bergmann arbeitete und sich für seine umherziehenden Eltern zu schämen schien. Die beiden Alten waren wohlauf, was Leander sehr freute. Ursel humpelte stark, hatte sich aber erstaunlich gut erholt. Glücklicherweise erklärten sie sich bereit, Gallus und Engelin eine Weile aufzunehmen. Trotz der Gefahren des Tauwetters hatte Leander es eilig. Je eher er nach Nürnberg kam, desto schneller könnte er ihre Vergangenheit klären, sein Rapier auslösen und möglicherweise nach Prag zurückkehren. Denn das war es, was er unbedingt wollte, wie ihm in den letzten Tagen klargeworden war. Wenn Clarissa denn noch dort war … Wenn nicht, würde er sie an einem anderen Ort finden, komme, was da wolle.

31

Prag, Februar 1609

Nebel hing in den Gassen Prags, als sich Paulus und Ezra verabschiedeten. Wie von weit her klangen Gelächter und Musik. Die drückende politische Lage schien die Vorfreude der Prager auf ihren »Masopust«, ihren Karneval, noch zu steigern. Schon jetzt liefen viele verkleidet durch die Straßen und tauchten mit ihren Geweihen und Masken in den Nebelschwaden unvermittelt auf, um ebenso abrupt wieder zu verschwinden. Clarissa war jedoch nicht nach Feiern zumute.

Sie schloss Paulus noch einmal in die Arme. »Bist du sicher, dass du jetzt schon abreisen willst?« Beinahe zwei Monate nach seiner Ankunft war der alte Fechter zwar wieder gesund, aber noch immer schwach.

»Es hilft ja nichts. Wir sind mit unseren Nachforschungen über Fritjoffs Tod und die Verschwörung in eine Sackgasse geraten. Ich muss nach Frankfurt zurück, wo alles angefangen hat.«

Die Falten vertieften sich auf seinem Gesicht, als er lächelte. »Irmel vermisst mich sicher sehr, und ich vermisse sie. Ein altes Paar soll man nicht zu lange trennen. Ich habe die Heiligen vorhin noch einmal um eine glückliche Reise angefleht. Außerdem habe ich ja meine persönliche Garde.«

Ezra lächelte vom Pferd herab, und auch ihm wünschte Clarissa eine gute Reise. Hoffentlich würde er den Mörder seines Bruders oder zumindest Frieden finden.

Clarissa sah den beiden Fechtern nach, bis sie im Gassengewirr verschwunden waren, und dachte an die Geschehnisse der letzten Wochen zurück. Tatsächlich hatten sie trotz aller Bemühungen nichts über den Mord oder eine Verschwörung herausfinden können. Sie alle fürchteten inzwischen schon, dass Clarissas Vater einem Gerücht aufgesessen und nur durch einen dummen Zufall gestorben war. Oft war Alexander zu Clarissa gekommen, um ihr Neuigkeiten von den Fechtern zu berichten. Bei seinen Besuchen hatte er stets nach Felicitas Ausschau gehalten. Der Schein hatte Clarissa nicht getrogen: Felicitas und er fühlten sich tatsächlich zueinander hingezogen. Über ihr gemeinsames Interesse an Kunst und eine ähnliche Vergangenheit hatten sie sich angefreundet. Seine unnahbare Maske schien Alexander Felicitas gegenüber abzulegen; ihr etwas vorzuspielen hätte wohl kaum Sinn gehabt. Das Gesinde beobachtete diese Entwicklung misstrauisch, schließlich war Alexander kein Jude. Auch David reagierte auf Alexander reserviert.

Alexander berichtete, dass die Federfechter und die Marxbrüder noch öfter als sonst aneinandergerieten. Aber die Stimmung in der Stadt war ohnehin aufgeheizt. Der Landtag war eröffnet worden, doch Kaiser Rudolf bestand offenbar auf der alleinigen Annahme des katholischen Glaubens und lehnte Religionsfreiheit ab. Dagegen leisteten die böhmischen Stände unter Führung des Freiherrn Budowec von Budowa Widerstand. Die Anzeichen verdichteten sich, dass die Katholiken für einen Angriff rüsteten. Die Lage in Böhmen erschien Clarissa unübersichtlich: Die Stände kämpften gegen den Kaiser, die Handwerker gegen die Juden, der Adel gegen die Bürger und die Katholiken gegen alle auf einmal. Verglichen damit waren sie sich daheim in Mecklenburg geradezu unheimlich einig.

Kurz überlegte sie, ob sie zu Felicitas' Haus zurückgehen sollte. Bald müsste der Briefbote kommen. Der zweiwöchentliche Brief ihrer Mutter war überfällig. Lievke ging es am Hof des Herzogs Johann Albrecht II. im mecklenburgischen Schloss Gadebusch gut. Sie hatte mit den Gewändern und der Ausstattung für die neue Herzogin viel zu tun, auch lenkte sie das Beisammensein mit den anderen Näherinnen ab. Dennoch klang in jeder

Zeile durch, wie sehr sie unter dem Verlust ihres Mannes und der Trennung von ihrer Tochter litt. In ihrem ersten Brief hatte Lievke ihrer Tochter Vorwürfe gemacht, weil diese auch nach Hildes Verschwinden weitergereist war, aber letztlich schien sie erleichtert, dass Clarissa in Sicherheit war. Nach Mecklenburg zu reisen, wagte Clarissa nicht. Noch immer war der Verdacht gegen sie nicht ausgeräumt. Und wohin sollte sie zurückkehren? Ihr Zuhause existierte ja nicht mehr. Auch hatte ihre Mutter geschrieben, dass das Familienoberhaupt sie aufgesucht hatte. Clarissas Großvater war entsetzt über das Verschwinden seiner Enkelin und drohte, sie zurückzuholen und den Bütteln auszuliefern. Er hatte tatsächlich das Recht dazu, war er doch seit dem Tod ihres Vaters ihr Vormund. Clarissa hoffte nur, dass dem viel beschäftigten Tuchhändler so schnell keine Zeit bliebe, nach Prag zu reisen. Sie hatte es ja auch gut bei Felicitas, unterrichtete weiterhin David und verzeichnete die Bücher. Vor allem aber hatte sie einen Weg gefunden, selbst noch dazuzulernen. Voller Vorfreude machte sie sich auf den Weg.

Ein Mann mit Knebelbart und zusammengezogenen Augenbrauen öffnete die Tür des Fechtsaals. Einzig der Haarwirbel über der Stirn, der eine Strähne vorwitzig hochstehen ließ, milderte den strengen Eindruck. Sonnenlicht strömte durch die Fenster auf die gewachsten Dielen, große Spiegel warfen die Silhouette der Fechter zurück. Durch die Fenster leuchtete das Grün der Kampa-Halbinsel. Auf einem Tischchen standen eine Karaffe und feinste Gläser voller Wein, daneben ausgesuchtes Gebäck.

»Guten Morgen, Herr Ridolfo«, begrüßte Clarissa den Herrn. »Eurer Miene nach zu urteilen, habt Ihr bei Eurer Weiterentwicklung der Dolch- und Degen-Variation noch immer keinen Durchbruch erlangt.« Sie kannte niemanden, der sich so präzise mit der Fechtkunst auseinandersetzte wie Ridolfo Capo Ferro. Der als Rudolf Eisenhut in Deutschland geborene Fechter hatte lange in Italien gelebt und dort die Fechtkunst studiert. Nach einigen Streitigkeiten mit Fabris, der sich von Capo Ferro ausspioniert fühlte, hatten sie sich in Prag dann doch zusammengetan. Seitdem teilten sie sich ein Haus mit Fechtsaal und warben um zahlungskräftige Schüler.

Clarissa lernte von beiden sehr viel. Während Capo Ferro die bisherigen Entwicklungen der Fechtkunst präzise zusammenfasste, war Fabris enorm einfallsreich und technisch brillant. Insgesamt war das Fechten dieser Meister leichtfüßiger und schneller, es wurde weniger gehauen und dafür mehr gestochen, was schlankere Klingen ermöglichte. Fabris war überzeugt, bald werde es Degen geben, die dünn wie eine Nadel wären. Das fand Capo Ferro natürlich übertrieben und unpraktisch – und schon entbrannte eine neue Fachdiskussion. Clarissa gefiel das Fechten mit dem Linkerhanddolch, wobei die Koordination der beiden Waffen nicht einfach war. Noch schöner fand sie es allerdings, einen Umhang zu verwenden, wie sie es erst kürzlich gesehen hatte. Das war eine elegante Variante, bei der man den Gegner verwirren und sich sicher fühlen konnte. Abends notierte sie das, was sie gelernt hatte, in ihrem Manuskript. Es war so viel, dass sie Felicitas bald um Papier bitten musste.

Weit schritt Capo Ferro auf dem Fechtboden aus. »So habt Ihr Euch mal wieder allein davongestohlen? Ich weiß nicht, ob ich das tolerieren kann. Ich mache mich ja schon fast zu Eurem Komplizen!«

Clarissa lächelte ihn entschuldigend an. »Ihr wisst doch, dass ich einer Fechtstunde nicht widerstehen kann.«

Capo Ferro nahm ein Rapier und reichte auch Clarissa eine Waffe. Er korrigierte ihre Haltung gnadenlos. Ihr konnte es nur recht sein, einen besseren Lehrmeister gab es nicht. Wie so oft musste sie an Leander denken, der von diesem Unterricht sicher enorm profitiert hätte. »Der Degen ist die Königin unter den Waffen und bildet die Grundlage für die Führung aller übrigen«, sagte er. »Dennoch hat das Degenfechten seine Tücken. Wie geht man beispielsweise gegen einen brutalen Gegner vor, der weder ein Tempo noch die Mensur beachtet, also die Entfernung von der Spitze der eigenen Klinge bis zum Körper des Gegners? Jungfer Clarissa, lasst uns den Ablauf einmal gemeinsam durchgehen! Die praktische Übung hat mir schon häufig die Lösung meiner Gedankenexperimente beschert. Also: Man wende entweder das Mezzo Tempo an und trachte den Gegner durch einen Stoß am Arm oder an der Degenhand zu verwunden.« Völlig versunken führte er eine Abfolge von Bewegungen aus. Clarissa hielt dagegen. »Oder man ziehe zurück, lasse den Gegner, wenn sich die Möglichkeit hierzu bietet, falsch stoßen, um ihm hierauf einen Stoß in das Gesicht oder die Brust beizubringen.«

Mitten im Klingenkreuzen stieß Signore Fabris zu ihnen. Herausgeputzt, mit silbrig-welligem Haar, setzte er sich an das Tischchen, schob aber den Wein weit von sich.

Sie unterbrachen ihre Übungen. »Habt Ihr gestern etwas erreicht, Signore?«, wollte Capo Ferro förmlich wissen und setzte Clarissa ins Bild: »Signore Fabris war gestern lange mit Exzellenzen vom Hofe unterwegs und ist jetzt erst zur Messe zu den Jesuiten gegangen.«

Fabris nahm eine Prise Schnupftabak – eine Gewohnheit, die er, wie er nie zu erwähnen vergaß, vom französischen Hof mitgebracht hatte. »Außer Doktoren, seinen Kammerdienern und der Leibwache dringt niemand mehr zu Kaiser Rudolf durch. Am ehesten finden noch Magister Maier und der Astronom Kepler bei ihm Einlass.« Fabris schnäuzte sich in ein spitzenumsäumtes Taschentuch. »Es heißt, der Kaiser lässt Gelehrte jedweder Couleur über die Religions- und Toleranzfragen beraten. Dann schiebt er ihre Analysen ungelesen auf seinem Tisch beiseite, um sich seinen alchemistischen Problemen und mechanischen Spielereien zu widmen. Dass das Volk ob seiner Trägheit ungeduldig wird, scheint er nicht wahrzunehmen. Auch sein Bruder Matthias wartet nur auf eine gute Gelegenheit, Rudolf vom Thron zu stoßen. Der Kaiser sollte aufpassen, dass man ihn nicht stürzt.«

Salvator Fabris sprach in einem unnachahmlichen Tonfall, in dem sich Hochachtung und Spott mischten, fand Clarissa. »Sein Magister, Michael Maier, war an der Universität Rostock tätig und ein Schüler meines Vaters«, merkte sie an.

»Fritjoff hatte ein Händchen dafür, mit den unterschiedlichsten Menschen auszukommen. Vielleicht könntet Ihr diesen Gelehrten bitten, beim Kaiser für unsere Fechtkunst ein gutes Wort einzulegen? Allmählich haben wir die wichtigsten Familien Prags durch. Wenn sich nicht bald solvente Gönner finden, muss ich weiterziehen.«

»Wohin habt Ihr vor zu reisen?«, wollte Clarissa wissen.

Fabris schnupfte noch einmal Tabak. »Wusstet Ihr, dass Katharina von Medici eine große Liebhaberin des Schnupftabaks war?« Ein kräftiges Niesen folgte. Etwas munterer sah er Clarissa an. »Mich zieht es in meine Heimat Padua zurück. Wenn ich dort keinen adeligen Gönner finde, werde ich erkunden, ob man meine Künste an der Universität Padua zu schätzen weiß.«

»Und ich werde Euch nach Italien begleiten«, sagte Capo Ferro freundschaftlich.

Fabris legte sein feines Wams ab, hängte es sorgfältig über die Stuhllehne und nahm sich ein Rapier. »Genug der Reisepläne. Lasst sehen, Ridolfo und Clarissa, ob wir die Fechtkunst noch weiter perfektionieren können. Beginnen wir: Prima Guardia, Seconda, Terza, Quarta.« Nachdem sie die Klingenlagen durchgegangen waren, kamen sie zu den Übungen, die die Fechtmeister eigens für Clarissa ansetzten: der Kampf eines Schwächeren gegen einen Stärkeren. Salvator Fabris resümierte: »In summa dürfte es vorteilhaft sein, wenn der Schwächere sich weniger auf die Parade verlässt und mehr den Stößen ausweicht, um seine Klinge frei zu halten. Man kann oft die Beobachtung machen, dass die Schwäche des einen nicht selten mehr vermag als die Stärke des anderen.«

Als Clarissa angenehm ermattet vom Fechttraining bei den Herren Fabris und Capo Ferro zu Felicitas' Haus zurückkehrte, stand eine Kutsche vor der Tür. Clarissa wunderte sich nicht darüber. Jaro schickte sie sogleich in das Zimmer ihrer Gastgeberin. Donna Felicitas hatte Besuch, aber es war kein Bittsteller, den sie gerade fürstlich bewirtete: Es war Clarissas Großvater. Clarissa erschrak. Er wollte sie doch nicht etwa hier herausreißen und in den Kerker werfen lassen? Zuzutrauen wäre es ihm. Wie oft hatte sich ihr Vater mit seinem Schwiegervater über dessen vorauseilenden Gehorsam gestritten! Seitdem sie ihn vor Jahren zum letzten Mal gesehen hatte, war er noch dicker geworden. Er hatte die sechzig überschritten, und man sah ihm ein Leben voller Völlerei an. Sein Gesicht war aufgequollen und rot, das schüttere Haar struppig. Im Sitzen hing sein Bauch weit über die Schenkel. Auch jetzt hatte er die Finger tief in die Konfektschale vergraben, die Felicitas ihm dargereicht hatte.

»Grootvadder, Ihr habt Euch gar nicht angekündigt«, begrüßte Clarissa ihn bemüht herzlich.

Er steckte sich mit abgespreiztem Finger ein Stück kandierten Ingwer in den Mund. »Ich hatte Sorge, dass du dich aus dem Staub machst. Bei deiner Erziehung ist ja wohl einiges schiefgelaufen. Ich sagte ja immer: Fritjoff hat dir viel zu lange die Zügel schießen lassen! Wie oft habe ich mit deinem Vater und deiner Mutter darüber diskutiert. Aber wollten sie auf mich hören? Nein!«

»Ich habe mich gerade mit deinem Großvater über seine interessanten Geschäfte unterhalten«, ging Felicitas, so höflich es möglich war, dazwischen.

»Wollweberei und Leinwandhandel sind in Wismar weit verbreitet. Ich beschaffe zudem viele Stoffe direkt von der iberischen Halbinsel, was gute Qualität und angemessene Preise sichert. Wegen meiner Handelsreisen habe ich aber auch erst so spät von Clarissas Dummheiten erfahren. Ich kann mich ja nicht um alles kümmern! Jetzt muss ich dich so schnell es geht zurückschaffen, damit du deine Unschuld beweisen oder deine Strafe auf dich nehmen kannst. Diese ungeklärten Anschuldigungen sorgen nur für böse Gerüchte. Mein ausgezeichneter Ruf könnte beschädigt werden.«

Clarissa war entsetzt. Wusste er überhaupt, was er von ihr verlangte? Doch ihr Großvater war noch nicht fertig. »Solltest du freigesprochen werden, verheirate ich dich sofort, damit du nicht noch mehr Unfug machen kannst. Ich habe schon einen Handelspartner im Sinn, mit dem ich mich verbinden möchte. Deine Mutter will ja erst mal das Trauerjahr abwarten – falsche Sentimentalität, aber was will man machen.« Dass er so über ihre Mutter sprach! Ansonsten hatte er noch nicht ein Wort über Lievke verloren.

»Wie geht es meiner Mutter?«

»Gut. Ich habe sie gerade auf Schloss Gadebusch besucht. Muss sich natürlich unter den Näherinnen erst wieder hocharbeiten, bis sie Einfluss auf den Tucheinkauf nehmen kann. Eine junge Herzogin braucht aber einiges. Allerdings sind die Mecklenburger Herzöge noch immer klamm, und auf Pump liefere ich nicht. Du kannst schon mal deine Sachen packen!«, forderte er Clarissa auf und griff erneut in die Konfektschale.

»Wollt Ihr nicht wenigstens eine Nacht bleiben? Ich kann Euch ein Zimmer herrichten lassen«, bot Felicitas an.

Misstrauisch blickte er auf. »Ihr seid doch Jüdin, oder? Habe nichts Gutes von euch und euresgleichen gehört. Deswegen haben wir euch ja auch aus Mecklenburg vertrieben.« Was für eine Unverschämtheit! Clarissa hätte ihrem Großvater am liebsten eine gehässige Antwort entgegengeschleudert.

Felicitas' Gesicht verhärtete sich, doch sie blieb höflich. »Ich ziehe es vor, jeden Menschen für sich zu beurteilen. Zudem kann üble Nachrede für jeden Geschäftsmann ein Problem sein, das habt Ihr ja gerade selbst gesagt. Lasst mich ganz offen sein: Clarissa leistet mir gute Hilfe. Ich würde sie gerne noch ein paar Monate hierbehalten und …« Clarissas Großvater wollte Felicitas ins Wort fallen, doch diese hob gebieterisch die Hand, woraufhin er sich tatsächlich zurückhielt. »Im Gegenzug werde ich Euch einige Ballen Eurer viel gepriesenen Tuche abnehmen. Später werde ich Clarissa selbstverständlich sicher nach Wismar geleiten lassen. Was haltet Ihr von meinem Angebot?«

32

Frankfurt, Februar 1609

Auf dem Weg nach Nürnberg machte Leander in Frankfurt Station. Hier hatten sie Sixt verloren, hier könnte er am ehesten die Spur des Diebes wiederaufnehmen. Auch wenn es kaum noch Hoffnung gab, dass etwas von ihren Messe-Einnahmen übrig war. Was wusste er sonst über Sixt? Wen hatte Sixt in Frankfurt gekannt? Hatte Sixt nicht mal von Schulden gesprochen? Aber wer lieh Gauklern schon Geld? Leander hörte sich in den Gasthöfen bei den Vaganten um. Sie verwiesen ihn an einen Kaufmann und Geldverleiher am feinen Liebfrauenberg. Nach einigen Diskussionen bestätigte dieser, dass er Sixt kenne und ihm wiederholt Geld geliehen habe. Alles sei mit rechten Dingen zugegangen und höchst offiziell verlaufen, das wies er Leander anhand eines Geschäftsbuches nach. Sixt habe seine Schulden sogar zurückgezahlt. Kurz danach sei Sixt aber wohl wegen Glücksspiels verhaftet und eingekerkert worden, so munkelte man. Soweit er wisse, saß Sixt noch immer im Gefängnis.

Sixt bot einen Anblick des Elends. Zusammengekauert hockte er in einem Kerker des Leinwandhauses am Weckmarkt und zitterte vor Kälte. Offensichtlich hatte er kein Geld mehr, um sich von den Wärtern gut verpflegen oder mit Feuerholz versorgen zu lassen. Sein Goldring war herausgerissen worden, das Ohrläppchen war vernarbt. Von der schönen Kleidung oder dem Schlapphut war ebenfalls keine Spur mehr.

»Das Geld ist weg«, musste Sixt eingestehen. »Hast du nicht ein paar Pfennige für mich? Ich geh hier sonst noch ein.«

Leander hätte ihn am liebsten geschlagen. So eine Dreistigkeit, erst sie bestehlen und dann noch anbetteln. »Weißt du eigentlich, was du uns angetan hast? Ursel wäre um ein Haar gestorben! Wir alle haben es kaum über den Winter geschafft.«

»Du lebst doch noch.«

Die Hände zu Fäusten geballt, zischte Leander: »Sei froh, dass ich mich nicht an Wehrlosen vergreife.«

»Was sollte ich machen? Die Schulden waren einfach zu hoch. Der Geldverleiher hat mir Druck gemacht.«

»Und da ist dir nichts anderes eingefallen, als deine Freunde zu beklauen?«

»Freunde …«

»Natürlich waren wir deine Freunde. Wir haben zusammengehalten.« Leander wandte sich der Tür zu und wollte klopfen, damit man ihn hinausließ. Was sollte er noch hier?

»Bleib doch da! Ich will nicht wieder allein sein!«, rief Sixt verzweifelt. »Das ertrage ich noch weniger als Kälte und Hunger!« Ein wenig schlechtes Gewissen schien er doch zu haben, denn er setzte hinzu: »Ich war doch nicht der Einzige! Was glaubst du, wer alles bei dem Geldverleiher Schulden hatte! Viele Gaukler, Fechter und die halbe Nachtwache standen bei ihm in der Kreide. Dieser Doppelsöldner, Meister Jerg oder wie er hieß, Fechtmeister Gerd und viele andere.«

Leander erstarrte bei diesen Worten. Eine Gänsehaut prickelte in seinem Rücken. Meister Jerg? Den Namen hatte er schon mal gehört. Es war um den Mord an dem jungen Fechtmeister Benjamin gegangen. »Was hast du gerade gesagt?«

Sixt lachte auf. »Was meinst du denn, warum die Nachtwächter die Einbrüche verübt haben? Um ihre Schulden zu tilgen! Von irgendwas müssen die teuren Waffen und Harnische ja bezahlt werden. Deswegen sind wir ja auch das eine Mal so heftig von ihnen verdroschen worden: weil sie uns warnen wollten. Wir sollten uns von ihrem Revier fernhalten.« Er kratzte sich ausgiebig unter den Achseln. »Tja, wenn ich das früher gewusst hätte …«

Für die besonders harte Abreibung, bei der Ursel schwer verletzt worden war, waren also gar nicht die Fechter verantwortlich gewesen. Leander dachte an das säuberlich geführte Schuldenbuch des Geldverleihers zurück.

»Weißt du, wer noch bei den Einbrüchen dabei war? Wer hatte außerdem Schulden bei dem Kaufmann?«

Sixt zählte ein paar Namen auf, die Leander unbekannt waren. Aber dann nannte er doch noch den Namen, auf den Leander gehofft hatte: Unruo von Minden. Leanders Gedanken überschlugen sich. Wenn sie Unruo schon nicht wegen des Mordes an Benjamin hart bestraften, dann vielleicht wegen Diebstahls. »Wie hoch ist deine Strafe?«, wollte er wissen.

»Steht noch nicht fest. Lassen mich warten. Die Richter haben zu viel zu tun.«

»Die Stadt würde es dir sicher danken, wenn sie diese Einbrecher, die Bedrohung ihrer Sicherheit, in die Finger bekäme. Kein Kaufmann bräuchte sich mehr um sein Gut zu sorgen. Und du könntest deine Schuld uns gegenüber wiedergutmachen, ein wenig zumindest …«, sprach Leander seine Überlegungen aus.

Der Kaufmann, offenbar ein rechtschaffener Händler, erklärte sich bereit, mit Leander seine Geschäftsbücher durchzugehen. Es zeigte sich in der folgenden Woche, dass die Diebe so dumm gewesen waren, ihm gestohlene Ware unter ihrem eigenen Namen zu verkaufen. Meister Jerg, Unruo und ihre Spießgesellen hatten ihren Kunden erzählt, dass sie die Waren als Lohn erhielten, weil sie für reiche Grundstücksbesitzer Häuser entrümpelten. Zum Glück hatten die Diebe einige Handelsmarken übersehen, andere erkannte der Kaufmann wieder, sodass Leander nachweisen konnte, dass die Gegenstände aus der Plünderung von Lagerschuppen stammten. Die betrügerischen Nachtwächter wurden zur Suche ausgeschrieben, eine Anklage würde folgen.

Bevor er gen Nürnberg abreiste, um seine eigene Vergangenheit in Ordnung zu bringen, schrieb Leander einen Brief an Clarissa. Natürlich musste sie von diesen Entwicklungen erfahren. Wie es ihr wohl ging? Er vermisste sie schrecklich. Hoffentlich konnte er auch in Nürnberg etwas bewirken. Schließlich hatte sich der verhängnisvolle Schuss auf Ninchen vor über acht Jahren gelöst. Eine lange Zeit …

Anfang März erreichte er endlich Nürnberg. Die Stadt war beinahe ebenso groß wie Prag oder Frankfurt, und seit Leander und sein Vater Nürnberg verlassen hatten, hatte sie sich noch weiter ausgedehnt. Leander staunte über die vielen Steinhäuser, die zwischen den großen Fachwerkbauten errichtet worden waren. Nürnbergs Reichtum rührte überwiegend vom Metallhandwerk her. Waffenschmieden, Harnischmacher und sonstiges Schmiedegewerk prosperierten in der Stadt. Möglicherweise gab es auch deshalb hier so viele Fechtmeister. Leander konnte sich noch gut erinnern, wie er als Kind mit seinem Vater die öffentlichen Fechtschulen im Sternhof in der Neutorstraße oder im Egidierhof besucht hatte. Wie begeistert er von den Künsten der Fechter gewesen war! Wäre sein Vater nur damals nicht dem Suff verfallen! Aber was nützten solche Gedanken? Das Einzige, was er tun konnte, war, heute alles zu geben. Und dazu war er bereit.

Vor ihrem früheren Wohnhaus halfen Kinder ihrer Mutter am Waschzuber. Leander schauderte. Ninchens Familie hatte ganz in der Nähe gewohnt, er war damals mit ihrem Bruder befreundet gewesen, Ambrosius. Er scheute sich ein wenig, ihn aufzusuchen. Erst einmal würde er einen Gasthof ansteuern, den besten Umschlagplatz für Klatsch und Tratsch.

Ein paar Tage später hatte Leander mit etlichen Leuten gesprochen, die früher mit seinem Vater zusammengearbeitet hatten. Viele wussten nichts von dem tödlichen Schuss und hatten sich damals gewundert, warum Gallus auf einmal verschwunden war. Auch Gallus' alten Freund Thomas hatte Leander aufgesucht. Dieser hatte ihm freundlich, aber knapp beschieden, dass er sich an den unglückseligen Abend kaum noch erinnern könne. Der Baumeister war offenbar wohlhabend geworden.

Jetzt saß Leander mit Ambrosius zusammen. Sie hatten sich gleich wiedererkannt, und der alte Freund hatte sich gefreut, ihn zu sehen. Von Vorwürfen keine Spur. Resigniert meinte er, dass sich häufig aus Waffen Schüsse lösten. Und im Übrigen sei das wenigstens ein schneller Tod; drei seiner Geschwister seien an Seuchen gestorben. Gott habe es wohl so gewollt. Ambrosius arbeitete als Harnischmacher und hatte mit Grietgen, seiner Freundin aus der Kinderzeit, eine kleine Familie gegründet. Er war nie aus Nürnberg herausgekommen und fand es beängstigend, wie weit Leander gereist war. Heute hatten sie Leander zu süßem Brei eingeladen. Während Grietgen noch kochte, hatte Ambrosius Leander seine Arbeiten gezeigt. Im Gegenzug hatte Leander seinen Freund gebeten, Fritjoffs Brustharnisch zu prüfen, der bei den Reisen durch Schnee und Matsch gelitten hatte. Gemeinsam polierten sie ihn und fetteten die Lederschlaufen, bis er wieder wie neu war. Nun fütterte Ambrosius geduldig ein Kleinkind, das bei ihm auf den Knien saß.

»Und dein Vater behauptet, er habe die Waffe damals gar nicht geladen? Vielleicht kann er sich nur nicht mehr daran erinnern«, meinte Ambrosius und zirkelte einen Löffel in den Mund des Kindes.

»Vater meint, dass er mit der Waffe eigentlich schlecht umgehen konnte und sie nur gekauft habe, um anzugeben. Bei der Wache hatte er ja keinen sehr guten Stand, das wollte er wohl wettmachen.«

»Wenn einer besoffen oder gar nicht zum Wachdienst erscheint, wird das nie gern gesehen. Aber wer soll die Waffe denn sonst geladen haben?«

Leander sah Grietgen zu, die einen Säugling fest in Tücher wickelte, sodass er sich kaum rühren konnte. Sie war eine zurückhaltende junge Frau, die ihren Haushalt mit Bedacht führte. Der Brei war lecker gewesen, und Leanders Schale war schon lange leer. Ihr Brei wurde derweil allerdings kalt. »Ich habe keine Ahnung. Ich war es nicht, so viel steht fest. Ninchen wird die Waffe, wenn überhaupt, nur zum Abstauben angefasst haben. Wir hatten keinen Besuch, außer Thomas. Der besuchte uns oft und beriet sich mit Gallus über ihre Arbeiten. Ich kann mich noch gut entsinnen, wie sie abends lange beisammensaßen. Aber Meister Thomas kann sich an nichts erinnern.« Leander bemerkte, dass er von dem Kleinkind auf Ambrosius' Schoß neugierig betrachtet wurde, und lächelte schielend, woraufhin es erschrocken die Augen aufriss und die Faust in den breibeschmierten Mund stopfte. Noch einmal verzog Leander das Gesicht, weniger erschreckend, wie er hoffte. Er hatte sich von Freihart verschiedenste Grimassen abgeschaut. Das Kind lächelte zaghaft. Jetzt blies Leander die Wangen auf und kugelte mit den Augen. Helles Giggeln. Na also, ein schöner Lohn. Nun setzte sich auch Grietgen wieder zu ihnen und begann ihren erkalteten Brei zu löffeln.

»Ich hatte gehofft, irgendwas zu finden … auf irgendwas zu stoßen, das uns weiterhilft. Mein Vater kommt wieder zur Vernunft, denke ich. Er hat eine Frau. Sie haben gerade ein Kind verloren. Gallus hat genug gebüßt. Ich wünschte wirklich, er könnte neu anfangen«, sagte Leander nachdenklich.

»Was ist mit dir? Hast du jemanden?« Ambrosius nahm Grietgens Hand. »Der Mensch sollte nicht allein sein.«

Leander erzählte von Clarissa und geriet unwillentlich ins Schwärmen. Er hatte das Gefühl, sich vor dem Freund aus Kindertagen nicht verstellen zu müssen. Das Kleinkind starrte ihn erwartungsvoll an. »Wenn ich ehrlich bin, möchte ich so schnell wie möglich zu Clarissa zurück. Aber was kann ich ihr schon bieten?« Noch einmal schnitt Leander ein Gesicht. Als hätte es nur darauf gewartet, kicherte das Kleine los.

»Mehr als manch anderer«, sagte Grietgen. Sie lächelte ihn scheu an. Es war das erste Mal, dass sie ihn direkt angeredet hatte. »Ich war damals mit Ninchen befreundet, weißt du.« Sie verstummte und warf Ambrosius einen zweifelnden Blick zu. »Wir haben über alles gesprochen. Wie es Freundinnen eben tun.«

Leander wagte es nicht, sich zu rühren. Er hatte das Gefühl, dass Grietgen etwas Wichtiges sagen wollte. In diesem Augenblick begann der Säugling zu schreien. Grietgen sah sich nach ihm um und war im Begriff aufzustehen. War die Gelegenheit vorbei? Würde sie wieder verstummen? Er wollte sie nicht drängen. Ambrosius kam ihr zuvor. Den Blick auf seine Frau gerichtet, nahm er das Kind aus der Wiege und legte es über die Schulter. Grietgen stellte die Essschüsseln zusammen. Leander sank der Mut, aber dann sprach sie doch.

Als sie geendet hatte, war Ambrosius fassungslos. »Du sollst nicht schlecht über die Toten sprechen, Grietgen!«

Seine Frau war den Tränen nahe. »Aber wenn es doch so ist!«

Der Säugling schrie schrill. Ungeduldig wippte Ambrosius mit den Knien. Das Kleinkind krabbelte derweil zu Leander. »Ich kann das nicht glauben. Warum hast du nie etwas erzählt?«

»Wem hätte es genützt? Ninchen war tot und … alle wusste doch, dass Gallus ein Säufer ist. Es war ihm zuzutrauen … Entschuldige, Leander.«

Leander war unter Hochspannung. Er spürte das Zupfen an seinem Bein und hätte beinahe unwirsch gezuckt, als ihm das Kleinkind einfiel. Kurzerhand fasste er es unter die Arme und hielt es sich vor die Brust.

»Meister Thomas hatte also ein Verhältnis mit Ninchen, und sie trafen sich, wenn Ninchen mit dem Dienst fertig war«, wiederholte er. »Deshalb war Meister Thomas also so oft bei uns zu Besuch. Warum ist mir das nicht aufgefallen?«

»Du hattest genug mit deinem Vater und dem Haushalt zu

tun. Er hat sich ja wohl um nichts gekümmert, klagte Ninchen immer.« Grietgen sah ihn an. »Sie mochte dich. Du hast ihr leidgetan.«

»Ja, ich mochte sie auch.« Unzufrieden zappelte das Kleinkind mit den Beinen. Leander wippte nun ebenfalls. »Wenn sie wirklich schwanger war, wie sie es dir gebeichtet hat, und es Meister Thomas gesagt hat …«

»… hätte er einen Grund gehabt, sie aus dem Weg zu schaffen«, beendete Ambrosius finster den Satz.

Die Waffe heimlich laden und dafür sorgen, dass die Geliebte erschossen wurde, war grausam und kaltblütig. »Aber warum hat er sie nicht mit Geld zum Schweigen gebracht? Das machen die hohen Herrn sonst doch immer mit ihren Mägden, heißt es«, dachte Leander laut.

»Vielleicht hatte er noch nicht so viel Geld. Er hat kurz nach Ninchens Tod geheiratet, das weiß ich noch genau. Ich habe ihn gesehen, als er aus der Kirche kam. Wir waren auf dem Friedhof gewesen. Ich wusste ja, wie verliebt Ninchen gewesen war, und war erschrocken, dass er sie so schnell vergessen hatte«, sagte Grietgen überraschend bitter.

Leander drehte das strampelnde Kind zu sich um, schnitt eine letzte Grimasse und setzte es ab. Es protestierte lautstark und versuchte, sich an seinem Bein hochzuziehen, bis Grietgen es schließlich auf ihre Hüfte setzte. »Ich muss ihn dazu bringen, dass er es gesteht. Dann wäre Gallus entlastet. Vielleicht würde er mit einer Geldstrafe davonkommen«, sagte Leander entschlossen.

Ambrosius reichte Grietgen den Säugling, die ihn in den anderen Arm nahm. Sie sah müde und besorgt aus. »Ich komme mit«, sagte Leanders alter Freund. »Du wirst einen Zeugen brauchen.«

Paulus und Ezra nahmen in Frankfurt die Spur von Benjamins Mörder auf. Sie hatten jedoch Pech: Als sie das Söldnerregiment erreichten, waren die Männer schon abgedankt. Wo sie die Winterpause verbrachten, wusste niemand. Kurzerhand beschlossen die Fechter, Fritjoffs Grab aufzusuchen. Die Gespräche mit den Dorfbewohnern brachten jedoch nichts Neues. Paulus sah nun nur noch eine einzige Möglichkeit, einen Hinweis auf den Mörder zu finden. Allerdings würde er viele Bußgebete sprechen müssen, um diese Sünde zu tilgen. Ezra war entsetzt, als er von dem Vorhaben erfuhr, und weigerte sich mitzuhelfen, doch Paulus konnte ihn immerhin überreden, Schmiere zu stehen. Im Schutze der Nacht schlichen sie aus dem Gasthof. Er hatte sich den Weg zu Fritjoffs Grab genau eingeprägt. »Verzeih mir, Herrgott«, murmelte Paulus, als sein Spaten ins Erdreich fuhr. »Und verzeih mir, alter Freund, dass ich deine Ruhe störe.«

Meister Thomas vertröstete Leander. Er wollte ihn bei Einbruch der Nacht auf der Hallerwiese vor den Stadttoren treffen. Eine merkwürdige Forderung für ein einfaches Gespräch, dachte Leander. Ob der Baumeister etwas ahnte? Zeitig sahen sie sich auf der öffentlichen Wiese an der Pegnitz um und störten dabei einige Liebespaare auf. Ambrosius versteckte sich am vereinbarten Treffpunkt in einem Busch. Die Glocken der Sankt-Johannis-Kirche läuteten, aber niemand erschien. Es war so leise, dass man das Plätschern von Brunnen und Fluss hörte. Auf der Hallerwiese wurden verschiedene Wettkämpfe ausgetragen, auch im Fechten. Gleichzeitig war sie Schauplatz vieler Hinrichtungen gewesen. Jemand anderem wäre jetzt vielleicht unheimlich, aber Leander war nicht für Spukgeschichten empfänglich. Schließlich tauchte Meister Thomas auf einem der Wege auf. Leander sah das Kurzschwert unter seinem Umhang blitzen. Der Baumeister blaffte ihn an, warum er ihn schon wieder belästigte, und betonte, dass er nur aus alter Verbundenheit zu Gallus gekommen sei.

»Wenn Ihr wirklich Verbundenheit zu meinem Vater spürtet, hättet Ihr damals anders gehandelt«, meinte Leander kalt.

»Was meinst du damit? Ich war Gallus ein treuer Freund.«

»Den Ihr ausnutztet, um unsere Magd zu schänden.«

»Eine infame Anschuldigung. Damit gebe ich mich nicht ab.« Meister Thomas wollte gehen.

»Ihr habt die Waffe geladen und dafür gesorgt, dass mein Vater auf Ninchen anlegte.«

Über die Schulter rief Meister Thomas nur »Lächerlich!«.

»Ninchen war schwanger. Wenn sie Eure Liebschaft bekannt gemacht hätte, wären Eure Ehepläne in Gefahr gewesen. Was Eure Frau wohl dazu sagen würde, dass Ihr einen Menschen auf dem Gewissen habt?«, rief Leander ihm hinterher.

Meister Thomas blieb stehen. Langsam drehte er sich um. »Das ist eine Lüge.«

»Es gibt Zeugen. Ninchen hat jemandem ihr Herz ausgeschüttet. Und dieser Jemand hat auch gesehen, wie Ihr das Pulver in die Waffe gefüllt habt.« Das stimmte nicht, aber irgendwie musste er den Mann aus der Reserve locken.

Im Näherkommen zog Meister Thomas das Schwert aus der Scheide. Leander bewegte sich nicht. Er wusste, dass er schneller war. »Schweig still oder ich erledige dich so, wie ich deinen Vater erledigt habe.«

»Ihr gebt es also zu?«

»Ninchen wollte meine Verlobung verhindern. Sie dachte, dass ich sie heiraten würde, das dumme Ding.« Meister Thomas lachte auf. »Als ob ich mich mit einer Magd zufriedengeben würde!« Jetzt war er so nah, dass er Leander verletzen könnte. Gelassen zog der junge Mann sein Gaukler-Schwert.

»Ihr habt gut geheiratet und nach dem Verschwinden meines Vaters seine Auftraggeber übernommen«, sagte Leander, als er den ersten Schlag parierte.

»Eine glückliche Fügung.«

Leander bewegte sich langsam, tat fast zaghaft. Er wollte seinen Gegner in Sicherheit wiegen. »Bei der Ihr nachgeholfen habt.«

»Aber nur ein wenig. Das bisschen Pulver. Dein Vater wusste ja nicht, was er tat. Dem hätte ich die Hose unter dem Hintern anstecken können. Unzurechnungsfähig war er. Und genauso dämlich wie du – sich mit mir anzulegen!«

Weit holte Meister Thomas zum Zornhau aus. Mit einer schnellen Bewegung setzte ihm Leander die Degenspitze unters Kinn. Ein Stich wie aus Clarissas Manuskript. Das sollte reichen, dachte Leander zufrieden. »Ambrosius, du kannst jetzt herauskommen«, rief er über die Schulter. In diesem Augenblick neigte der Baumeister den Kopf zurück und trat gleichzeitig mit langgestrecktem Bein aus. Leander fiel. Dann stach Meister Thomas zu.

»Was tut ihr hier? Ist euch denn nichts heilig? Das ist Grabschändung!«

In ihrer Erregung hatten weder Paulus noch Ezra das Herannahen des Geistlichen gehört, der nun mit nachlässig übergeworfenem Talar und Laterne vor ihnen stand. Ezra hatte bereits die Hand am Degen. Paulus wusste, dass auf sein Tun hohe Strafen standen. Er atmete noch einmal tief durch. Es war hart gewesen, das Grab auszuschaufeln.

»Es wäre Grabschändung gewesen – wenn dies denn ein Grab wäre. Aber seht selbst: Weder Sarg noch Leichnam sind darin.«

Der Geistliche stolperte über die Erdhaufen und leuchtete in die Grube. »Das kann nicht sein … ich habe doch gesehen …«, stammelte er.

Der alte Fechter legte sich eine Hand ins Kreuz. »Können wir uns setzen, während Ihr uns berichtet, was Ihr wirklich gesehen habt? Natürlich erst, nachdem ich das Grab wieder zugeschaufelt habe. Niemand muss davon wissen, das ist doch sicher auch in

Eurem Sinne? Jetzt kannst du doch helfen, Ezra, oder? Eine Totenschändung ist das ganz gewiss nicht, lediglich eine Plackerei.«

Gemeinsam ging es schneller, und anschließend beruhigte der Geistliche Paulus und sich selbst mit Branntwein. Nachdem sich der Schreck etwas gelegt hatte, erzählte er von dem Pater, der Fritjoffs Leiche hierhergebracht hatte. »Er und der Novize waren mit einem Karren unterwegs. Wollten Waren aus Frankfurt zu irgendeinem Kloster bringen. Der Pater hat darauf bestanden, den Toten selbst zu bestatten. Wollte uns die Arbeit ersparen. Warum hätte ich mich weigern sollen? Bei so einem kräftigen Kerl, mit den Narben im Gesicht … Pater hin oder her … dem widerspricht man besser nicht.«

Paulus umklammerte das Glas so heftig, dass es zu splittern drohte. »Wie sah er aus? Und welchem Orden gehörte er an?«

»Das war nicht so genau zu erkennen unter dem Umhang«, begann sein Gegenüber und beschrieb den Pater so, dass für Paulus kaum Zweifel blieben. Es könnte tatsächlich Carl gewesen sein. Aber warum? Was tat er hier? Wo war Fritjoffs Leiche? Oder lebte der Freund noch? Und wenn ja: Wo steckte er?

33

Prag, April 1609

Der Wind rüttelte an den Fensterläden, Regen peitschte gegen das Holz. Der April machte in dieser Nacht seinem Namen alle Ehre. Hinten im Haus klapperte eine Tür. Niemand außer ihr hörte es. Das Haus schlief. Clarissa kniff die Augen zusammen. Bei Kerzenschein ihr Kleid auszubessern, war nicht einfach. Sie hatte noch nicht schlafen können, jetzt aber waren ihre Lider schwer. Nur ein paar Stiche noch, dann könnte sie den Faden abschneiden. Sorgsam senkte sie die Nadel in den Stoff. Niemand sollte bemerken, dass sie einen geflickten Rock trug.

Beinahe ein halbes Jahr war sie nun schon in Prag. Die Tage vergingen schnell. Clarissa begleitete ihre Gastgeber überallhin. Sie wartete in der Nähe einer der vier Synagogen auf sie, brachte Felicitas zur Mikwe, dem rituellen Frauenbad, oder zu weiteren Empfängen und Gesprächen in anderen Vierteln der Stadt. Tatsächlich war Felicitas ein paar Mal als Christusmörder oder Wucherer beschimpft, angespuckt oder angegriffen worden. Jaro oder Clarissa hatten die brenzligen Situationen jedoch lösen können, ohne zur Waffe zu greifen. Einmal allerdings hatte ein Händler, dem Felicitas keinen Kredit gewähren wollte, sie in ihrem Kontor mit dem Schwert bedroht. Clarissa hatte ihn routiniert entwaffnet, und er war vor Schreck aus dem Haus geflüchtet.

Allerdings waren sie und ihre Gastgeberin danach zum hohen Rabbi Löw, dem Religionsoberhaupt Prags, einbestellt worden. Der Besuch hatte Donna Felicitas in Anspannung versetzt, und sie hatte Clarissa erklärt, um wen es sich dabei handelte. Jehuda ben Bezalel Löw war eine lebende Legende. Ein Ausbund an Gelehrsamkeit und Weisheit, ein Experte in der Magie der Kabbala. Die Begegnung war ehrfurchtgebietend gewesen. Der uralte, beinahe blinde Rabbi hatte sie befragt. Es stellte sich heraus, dass sich der abgewiesene Händler über Felicitas und ihre bewaffnete Zofe beschwert hatte. Schließlich hatte Clarissa den Raum verlassen müssen. Was Felicitas mit Rabbi Löw vereinbarte, erfuhr sie nie, aber sie durfte bleiben und auch Davids Unterricht fortsetzen.

Clarissa brannte darauf, sich bei Donna Felicitas zu revanchieren. Sicher, sie arbeitete für Felicitas, aber allein schon, dass ihre Gastgeberin im Februar ihren Großvater besänftigt hatte, war unbezahlbar gewesen. Clarissa mochte gar nicht daran denken, wie es ihr im Kerker, im Hause des Großvaters oder verheiratet mit einem völlig Fremden ergangen wäre! Stattdessen war Donna Felicitas ihm bei seinen unverschämten Tuchpreisen weit entgegengekommen. Nach dem Handel war ihr Großvater ohne sie wieder abgereist. Letztlich schien er sogar erleichtert zu sein, dass er sich dieser unangenehmen Angelegenheit nicht länger widmen musste. Aber der Ärger mit dem Oberrabbiner …

Dabei hatte sich auch die politische Lage in Prag noch immer nicht beruhigt. Der Kaiser hatte die Forderungen der Stände abgelehnt und den Landtag abgebrochen. Gegen sein ausdrückliches Verbot hatten die Stände einen neuen Landtag für Anfang Mai angekündigt und gleichzeitig um Unterstützung des Kaiserbruders Matthias nachgesucht. Notfalls wollten sie mit Gewalt für die Religionsfreiheit kämpfen. Zur gleichen Zeit hieß es jedoch, dass der Kaiser ein Heer von zwanzigtausend Mann nach Prag ziehen werde: die Passauer Söldner unter Führung von Bischof Leopold. In der Stadt ging die Angst um.

Clarissa schnitt den Faden ab und steckte die Nadel ins Kissen. Müde legte sie die Handflächen über die Augen. Das Klappern drang unangenehm in ihr Bewusstsein. Es musste das Fenster zum Hof sein. Würde sie bei diesem Lärm schlafen können? Sie rieb sich über das Gesicht. Wie einsam sie sich fühlte! Wie immer vor dem Schlafengehen nahm sie den Brief auf, den Leander ihr im März geschrieben hatte. Sie hätte ihm gerne geantwortet, wusste aber nicht, wohin sie schreiben sollte. Beinahe konnte sie den Brief auswendig, aber es tröstete sie, Leanders Schrift zu sehen und ihn durch diesen Brief ein wenig zu spüren.

Liebe Clarissa,
ich hoffe, mein Gruß trifft dich bei guter Gesundheit und Sicherheit an. Ich habe etwas erfahren, was ich dir unbedingt mitteilen muss …

Clarissa überflog die nächsten Zeilen. Leander hatte mit Hilfe von Sixt eine Anklage gegen Benjamins Mörder erwirkt. Die Söldner Unruo und Meister Jerg wurden nun vom Frankfurter Magistrat wegen vielfachen Einbruchs gesucht. Natürlich hatte Clarissa die Nachricht sofort nach Frankfurt übermittelt. Sie hoffte, dass die Information Meister Paulus und Ezra erreicht hatte.

Jetzt bin ich auf dem Weg nach Wetzlar zurück, um meinem Vater ins Gewissen zu reden. Ich hoffe, dass er seine guten Vorsätze hält. Er war tief erschüttert, als ich ihn verließ. Es gibt nämlich eine traurige Nachricht: Engelin hat ihr Kind verloren und wäre selbst fast an den Folgen der Geburt gestorben.

Diese Neuigkeit hatte Clarissa sehr mitgenommen. Sie hatte immer unterschwellig gespürt, wie sehr ihre Mutter unter dem Verlust eines Kindes gelitten hatte.

Aber du weißt ja noch gar nicht, wo ich zuletzt gewesen bin: Ich bin deinem Rat gefolgt und habe in Nürnberg mit meinem alten Freund Ambrosius, dem Bruder unserer Magd Ninchen, und auch

Vaters Freund Thomas gesprochen. Nach etlichen Nachforschungen habe ich herausgefunden, dass Thomas Vaters Waffe geladen hatte. Ninchen, die Arme, war von ihm schwanger, aber er wollte eine andere heiraten. Da hat sie ihn bedrängt, vielleicht sogar erpresst, und das kostete sie das Leben. Wie konnte ich damals nur so blind und unwissend sein! Aber vielleicht kann man von einem Zwölfjährigen, der unter Schock steht, gerade sein Zuhause verloren hat und mit einem gewalttätigen und ständig betrunkenen Vater geschlagen ist, auch nicht mehr erwarten.
Ich habe Meister Thomas zur Rede gestellt, und er griff mich an. Nur, weil ich den Brustharnisch deines Vaters unter dem Wams trug, blieb ich unverletzt. Auf jeden Fall könnte Gallus nun mit einer Geldstrafe davonkommen und das Nürnberger Bürgerrecht zurückerlangen.
Ich danke dir unendlich, dass du mich angespornt hast, diese Wunde meiner Vergangenheit zu schließen. Bete für mich, dass Vater nicht rückfällig geworden ist oder es sich anders überlegt hat. Ich wünsche mir nichts mehr, als bald wieder in Prag zu sein, bei dir.
Dein Leander

Leander sehnte sich nach ihr! Er würde zurückkommen. Clarissa drückte den Brief an ihre Lippen und bildete sich ein, Leander riechen zu können. Mit ihm zusammen zu sein war ihr sehnlichster Wunsch. Doch seit seinem Brief hatte sie nichts mehr von ihm gehört.

In diesem Augenblick flog die Tür zu ihrem Zimmer in einem jähen Luftzug auf, und Clarissa fuhr zusammen. Noch immer klapperte etwas. Das Haus war nicht sicher, wenn ein Fensterladen offen stand. Sie nahm ihre Kerze und ging auf Zehenspitzen in den dunklen Flur. Clarissa schauderte. Manchmal glaubte sie des Nachts Schritte und Türenklappen zu hören. Hatte sich dort etwas bewegt? Unfug! Es wurde wirklich Zeit, dass sie ins Bett kam! Ein Rascheln war zu hören. Tapsen. Gleich hatte sie das Fenster zum Hof erreicht. Ein Kreischen – unwillkürlich zog sie die Schultern hoch und entspannte sich gleich darauf etwas. Im Hof kämpften nur Katzen. Sie schloss den Fensterladen und eilte zurück. Jetzt aber ab ins Bett! Sie schnupperte. Warum roch es so merkwürdig in ihrem Zimmer? Als sie den Kerzenhalter auf den Tisch stellte, bemerkte sie die Schere, deren Spitze im Fußboden steckte. Sie war sicher, sie auf der Tischplatte abgelegt zu haben. Ein böses Omen, würde ihre Mutter sagen. War jemand hier gewesen? Clarissa spähte unter das Bett und hinter die Vorhänge. Als sie sicher war, allein zu sein, zog sie sich aus und schlüpfte unter die Decke. Bestimmt hatte sie die Schere beim Aufstehen unbemerkt hinuntergerissen.

Überraschend wurde Clarissa am nächsten Tag von Ezra aufgesucht. Sie hatte gar nicht gewusst, dass er zurück in Prag war. »Ich bin gerade angekommen, wollte zu Pessach wieder zu Hause sein«, begrüßte er sie. Clarissa verstand ihn gut; Ezra schien viel Trost in seinem Glauben zu finden. Tatsächlich war seine Kleidung noch gezeichnet vom Straßenstaub.

Clarissa war inzwischen mit den jüdischen Gebräuchen besser vertraut. Pessach war eines der wichtigsten Feste des Judentums, da es an die Befreiung der Israeliten aus ägyptischer Sklaverei erinnerte. Dass sie trotzdem ungehindert Ostern begehen durfte, war der offenen und freundschaftlichen Stimmung in Felicitas' Haus zu verdanken. Da es keine lutherische Kirche in Prag gab, hatte sie sich mit den ungewohnten Glaubensverhältnissen in Böhmen befassen müssen, um ein geeignetes Gotteshaus für ihre Gebete zu finden. Nach der Verbrennung des böhmischen Reformators Jan Hus hatten sich seine Anhänger, die Hussiten, aufgespalten. In Prag herrschten die böhmischen Brüder, eine strenge Gemeinschaft, die zu den christlichen Wurzeln zurückkehren wollte, und die Utraquisten vor. Bei beiden hatte Clarissa den Gottesdienst besucht und keine großen Unterschiede festgestellt. Aus Neugier war sie aber auch im Veitsdom und in der Teynkirche gewesen, beides beeindruckende Gotteshäuser. Sie konnte nicht verstehen, dass manchen Menschen die Vielfalt der Religionen Angst machte. Solange jeder den anderen in Frieden leben ließ, war es doch bereichernd, so viele verschiedene Bräuche und Feste zu erleben.

Die Vorbereitungen für das Pessach-Fest waren in Felicitas' Haus in vollem Gange. Schon wurden die gesäuerten Lebensmittel verschenkt. David war dabei besonders eifrig. Auch über Ezras Besuch war er begeistert. Sogleich wollte er ihm zeigen, welche Haue und Huten er schon gelernt hatte, doch Ezra schickte ihn erst mal weg.

»Habt ihr die Söldner gefunden? Hast du den Mörder den Bütteln übergeben können?«, fragte Clarissa gespannt, als sie wieder allein waren.

Ezra verneinte. »Sie sind spurlos verschwunden.«

»Und die Verschwörung? Der Verräter?«

Verspannt rollte Ezra die Schultern. »Ungewöhnlich viele Fechtschüler sind mit gutem Geld nach Prag gelockt worden, um im Umfeld des Hofes Stellen anzutreten, so viel steht fest. Alles andere bleibt im Ungewissen.« Nach diesen Worten wunderte Clarissa sich noch mehr, dass Ezra so eilig heimgekommen war.

Nun bat er sie auch noch, Platz zu nehmen. »Paulus wollte es dir erst schreiben. Aber ich hielt es für besser, es dir persönlich zu sagen«, begann er. Angespannt setzte Clarissa sich auf die Vorderkante eines Stuhls. Worauf wollte er hinaus? Atemlos lauschte sie, als er von den Nachforschungen und dem Besuch am Grab ihres Vaters berichtete. »Paulus war so verzweifelt, dass er es geöffnet hat, um Hinweise auf den Mörder zu finden.« Ezra schluckte trocken. »Das Grab deines Vaters ist leer, Clarissa.«

Clarissa riss die Augen auf. »Aber … wie kann das sein?«

»Der ominöse Geistliche und sein Novize haben Fritjoff begraben, niemand sonst war dabei. Der Wirt behauptete uns gegenüber steif und fest, er habe Fritjoffs Leiche gesehen. Aber entweder haben sie den Leichnam an einen anderen Ort gebracht oder …«

Clarissa sprang auf. »Oder mein Vater lebt!«

»Mach dir nicht zu viel Hoffnung. Wir haben zwar die beiden angeblichen Zeugen …«

»… den Krämer und den Zahnbrecher …«

»… noch nicht ausfindig machen können, aber dein Wort steht gegen ihres.«

»Und das des ominösen Paters. Er hat schließlich als Erster behauptet, ich hätte meinen Vater getötet. Aber auch er bleibt wohl verschwunden«, sagte Clarissa ernüchtert.

»Paulus glaubt, dass die Beschreibung auf Carl hindeutet.«

Clarissa ließ sich auf den Stuhl fallen. Sie musste die Informationen in Ruhe sacken lassen. »Also lebt er tatsächlich noch! Vater hat ihn auf der Herbstmesse wirklich gesehen! Aber wie kann Fritjoffs Bruder, der große Krieger, ein Pater sein?«, fragte sie verblüfft.

»Unglaublich, ja. Paulus versucht mehr herauszufinden.«

Carl kniete in einer Kammer des Jesuitenkollegs auf dem Fußboden. Durch die geschlossene Dachluke des Klementinums konnte er den Lärm der Straße und das unaufhörliche Schwatzen der Menschen hören. In der Prager Altstadt toste es wie auf einem Schlachtfeld. Besonders vor dem nahe gelegenen Altstädter Brückenturm und auf der Alten Brücke herrschte ständiger Betrieb. Dazu kam das Hämmern aus dem Inneren des Klementinums, das einst ein baufälliges Kloster gewesen war und Schritt für Schritt ausgebaut wurde. Und natürlich das Geschwätz der Schüler, die die Jesuiten unterrichteten. Hätten sich die Gesellschaft Jesu keinen ruhigeren Ort für ihr Kolleg aussuchen können? Hatte ihr Gründer nicht die Stille gepredigt?

»… nur einen Schock Meißner Groschen für den Sack bezahlt …«

»… ein reizendes Kleid …«

»… und dann habe ich gesagt …«

Verzweifelt hielt er sich die Ohren zu. Warum nur hatte Pater Seraphim ihn gezwungen, hier zu bleiben? Warum hatte er sich überhaupt auf diesen Einsatz eingelassen? Hätte er nicht als Einsiedler in den Bergen bleiben können? Wie er sich nach der Stille der Natur sehnte! Nur dort konnte er Gott deutlich hören. In der Stadt ging die Stimme des Herrn im belanglosen Geschwätz der Menschen unter.

Als Carl sich wieder gesammelt hatte, holte er die »Legenda aurea« hervor, das Buch, das ihn damals Gott und den Heiligen nähergebracht hatte und das ihn auch heute noch am meisten berührte. Wie einen Talisman hielt er es in den Händen; das Lesen fiel ihm schwer. Wie ein Dorn in seinem Fleisch quälte ihn der Anblick der Kostüme am Haken. Ob er noch oft in diese Verkleidungen schlüpfen musste? Diese Maskeraden ertragen? Sich in die Herzen der jungen Männer schleichen? Ihnen eine goldene Zukunft versprechen, bedeutsame Stellungen, die ihnen Ruhm einbringen würden? Nicht mehr lange, hatte Seraphim gesagt … aber was hieß das schon?

Gehorsam. Das war seine oberste Pflicht. Die Abtötung aller Bedürfnisse. Außerdem war er dem Pater zu Dank verpflichtet. Er würde alles für diesen Mann tun.

Carl dachte daran, wann ihm Pater Seraphim zum ersten Mal aufgefallen war. Der Moment stand ihm deutlich vor Augen: als sie vor Kanizsa den Ansturm der osmanischen Truppen in Empfang nahmen. Pater Seraphim hatte sie in vorderster Front angefeuert. Furchtlos, von einem heiligen Feuer erfüllt, das Carl damals noch nicht erkannt hatte. Wie blind er gewesen war! Erst der Pater hatte ihm die Augen geöffnet. Sechstausend Mann waren an diesem Tag vor Kanizsa gestorben. Den meisten hatten die Türken nach der Gefangennahme die Kehle durchgeschnitten. Auch Carl war gestorben – und wiederauferstanden. Noch immer plagte ihn der Krater in seiner Brust, den der Musketenschuss hinterlassen hatte. Täglich mahnte die Narbe ihn daran, sein neues Leben im Dienste Gottes zu nutzen. Denn Gott hatte Carl ein zweites Leben geschenkt.

Ohnmächtig und ausgeblutet hatte der Pater Carl bei ihrem Rückzug zu einem Pferd geschleppt. Feldmarschall Rußworm hatte gefordert, den Toten liegen zu lassen, doch der Pater hatte sich geweigert. In den folgenden Tagen, Wochen und Monaten hatte er Carl gepflegt. Er hatte die Kugel aus Carls Brust entfernt, hatte Eiter aus seinem Fleisch abgelassen und brandige Stellen herausgeschnitten. Er hatte ihn gewaschen und gefüttert, ihm den Fieberschweiß abgewischt, den Urin und den Kot. Und er hatte ihm vorgelesen, hatte ihn spüren lassen, dass jemand da war, der sich um seine Seele sorgte. Carl wusste noch genau, wie vernichtet er sich damals gefühlt hatte. Er hatte den letzten Menschen verloren, der ihm etwas bedeutet hatte, Hans. Zerbrochen durch den Schmerz, wieder neu zusammengesetzt durch die Heilung, das war er. Ein neuer Mensch, geschaffen durch die Hand eines anderen. Ein besserer Mensch. Die Geschichten der Heiligen, über die er früher gelacht hatte, hatten ihn getröstet: die Leiden des heiligen Vincentius, dessen Körper von seinen Peinigern mit eisernen Haken zerfetzt und auf einem Rost gebraten wurde, der aber immer auf Gott vertraut hatte. Oder das Schicksal ihres Ordensgründers Ignatius von Loyola. Iñigo, wie man ihn vor seiner Bekehrung nannte, war als junger Mann ein erfolgreicher Offizier gewesen. Bei der Verteidigung der Festung Pamplona gegen die Franzosen wurde er am Bein verletzt. Obgleich das Bein verarztet wurde, heilte es nicht. Schief zusammengewachsen, mussten die Knochen noch einmal gebrochen werden. Iñigo war dem Tode nahe. Am Fest von Peter und Paul besserte sich sein Zustand, und er genas. Allerdings stand unter dem Knie ein Stück Knochen hervor, wodurch das Bein etwas kürzer war als das andere. Iñigo war noch immer von der Sünde der Eitelkeit befallen. Er wäre lieber gestorben, als mit dieser Entstellung weiterzuleben. Deshalb brachte er die Ärzte dazu, das Stück Knochen abzuschneiden und das Bein zu strecken, bis es seine alte Länge wieder erreicht hatte. Die Behandlung war eine Tortur, und sie misslang. Dafür aber las Iñigo während seiner Genesung ein Buch über Jesus und die Heiligen. Er behielt das Humpeln – fand aber zu Gott.

Carl konnte sich in Iñigo hineinfühlen. Er war Soldat gewesen wie er. Auch seine Gefühle kannte Carl: den Starrsinn, die Wut, den Hass. Das alles streiften die Todesqualen von ihm ab. Sie machten seine Seele blank und unschuldig wie eine frisch polierte Klinge. Wieder gesund, beschloss Carl, alles zurückzulassen. Seine Herkunft, seine Vergangenheit, einfach alles. Nach seiner Priesterweihe hatte er die meiste Zeit als Einsiedler gelebt. Bis dieser Novize ihn aus seiner Ruhe gerissen hatte.

Seitdem hatte Carl versagt, gleich mehrfach. Er hatte versucht, sich zu weigern, den Auftrag anzunehmen. Er wollte nicht mehr in die Welt hinaus. Wollte seine Ruhe, endlich Frieden finden. Aber es sollte noch nicht sein. Überdeutlich hatte der Pater ihn an seine Pflicht zum Gehorsam erinnert. Carl solle es als eine erneute Prüfung seines Glaubens betrachten, so wie die Heiligen geprüft worden seien. Dennoch war es ihm schwergefallen, zur Frankfurter Fechtschule zurückzukehren. Noch dazu mit dieser Hure und dem Novizen, der sie fürchtete und sich doch im Geheimen den Schwengel wegrubbelte. Abschaum. Härter war es gewesen, die Fechtschüler zu treffen. Auf sein eigenes Leben zurückgeworfen zu werden. Seine eigene Vergangenheit. Überall Erinnerungen. Fritjoff zu sehen, ausgerechnet. Carl hatte versucht, seinen Bruder zu meiden, aber Fritjoff hatte ihn dennoch bemerkt. Hatte ihn verfolgt. Hatte zu viel gesehen, gehört. Deshalb hatte er nicht anders handeln können … Carl spannte das

Cilicium enger. Der Schmerz nahm ihm die Luft, durchflutete ihn heiß und süß. Alles für dich, mein Gott! Ab jetzt würde er keine Fehler mehr machen, das schwor er, als das Blut aus seinem Oberschenkel auf den Boden rann.

34

Prag, Mai 1609

Clarissa hörte den Schrei und lief los. Umringt von ihren Dienstboten stand Donna Felicitas in der Stube. Das Kleid zerrissen, die Haare zerrauft, das Gesicht verdreckt, bot sie einen erschreckenden Anblick. Sara, die Magd, versuchte, ihr aus den Kleidern zu helfen und sie zu säubern, aber David umklammerte den Leib der Mutter. Felicitas' Gesicht war eine Maske. Clarissa fluchte innerlich. Warum hatte sie ausgerechnet heute Donna Felicitas nicht begleitet? Aber ihre Gastgeberin hatte darauf bestanden, allein zu gehen. Sie würde nur einen kurzen, ungefährlichen Besuch machen. Zudem hatten Clarissa morgens heftige Kopfschmerzen geplagt. Sie hatte wohl das Essen nicht vertragen, auf jeden Fall hatten sie nachts Albträume verfolgt. So deutlich waren die Träume gewesen, dass sie schon glaubte, Schatten in ihrem Zimmer zu sehen. Hirngespinste! Inzwischen ging es ihr glücklicherweise wieder gut. Neulich hatte sie Nadeln in ihrer Kammer gefunden, eine tote Maus, ein Spinnennest. Ihre Mutter würde sicher glauben, Clarissas Aufenthalt in diesem Haus stünde unter keinem guten Stern.

Als sie Clarissa sah, stammelte Felicitas: »Jaro holt einen Arzt. Er ist nur leicht verletzt, aber der Kutscher muss verarztet werden. Der Mob ist außer Rand und Band. Katholiken stellen sich gegen Evangelische und Hussiten, und alle zusammen feinden die Juden an. Wenn es dir besser geht, Clarissa, hol bitte Alexander. Er soll uns sagen, was über die Vorkommnisse im Schloss gesprochen wird. Aber sei vorsichtig!«

Auf dem Exerzierplatz übten die Männer sich im Laden nagelneuer Musketen und Pistolen sowie im Schwertkampf. Marius fing Clarissa ab. »Ich hab dir doch gesagt, du sollst hier nicht wieder auftauchen!«, fuhr er sie an. Keine Spur mehr von dem schmeichelnden Ton, den er früher so gerne angeschlagen hatte.

Clarissa riss sich zusammen, um nicht ebenso scharf zu kontern. »Ich muss Alexander dringend sprechen, bitte hol ihn!«

»Den Teufel werd ich. Außerdem will Alexander dich gar nicht sehen. Weder dich noch diese Judendame.«

»Woher willst du …«

»Weil er es mir gesagt hat. Er will sich auf seine Fertigkeiten konzentrieren. Schließlich werden die Besten von uns schon bald in die Leibgarde des Kaisers aufrücken. Also verschwinde!«

»Marius, bitte! Ich …«

»Ob der Prager Magistrat wohl weiß, dass sich im Judenviertel eine gesuchte Mörderin versteckt?«

»Ich bin nicht … Fritjoff ist …« Sie hielt inne. Auf keinen Fall sollte sie ihm von dem leeren Grab berichten! »Du würdest doch nicht …«

Marius strich lächelnd seine blonden Haare zurück, die ihn so engelgleich erscheinen ließen. »Ach nein?« Entsetzt wich Clarissa zurück. Das würde er ihr doch nicht antun?

Da bog Alexander auf den Exerzierplatz ein. Er musste ihren erschrockenen Gesichtsausdruck bemerkt haben, denn er stürzte zu ihr, ohne Marius eines Blickes zu würdigen. »Ist etwas passiert?«

»Donna Felicitas – sie wurde überfallen! Sie wünscht dich zu sehen!«

Alexander legte die Hand auf ihr Schulterblatt und schob sie vorwärts. »Ich komme sofort!«

»Du wirst doch nicht etwa … wir müssen trainieren!«, versuchte Marius ihn aufzuhalten. Doch Alexander verschwand kurz in der Kammer seines Vorgesetzten und eilte dann mit Clarissa los.

Als sie das Haus erreichten, hatte Donna Felicitas sich noch immer nicht beruhigt. An der Tür wachte David. Er hatte das neue Rapier umgegürtet, das seine Mutter ihm geschenkt hatte. Clarissa hielt dieses Geschenk für übereilt, der Junge wäre noch lange nicht in der Lage, im Kampf zu bestehen. In der Stube klafften aufgeklappte Truhen. Die Mägde packten die kostbaren Bücher in Fässer, schlugen die Gemälde in Leinen ein. Frisch verbunden, spähten Jaro und der Kutscher aus den Fenstern. Die Vögel schrien in ihren Käfigen vor Aufregung, während sich die Katzen unter die Bänke verkrochen hatten. Alexander stürzte zu Felicitas und nahm ihre Hände. Es schien ihm nichts auszumachen, dass alle Augen auf ihnen ruhten, aber Felicitas ließ die Tür angelehnt, als sie ihn in ihr Kontor führte. Clarissa konnte ihre Stimmen deutlich hören.

»Wie ist die Lage? Was erzählt man sich im Schloss? Müssen wir fliehen? Ich kann meinem Freund, dem Herrn von Rosenberg, schreiben, ob er uns in seiner Residenz in Wittingau aufnimmt«, fragte Felicitas erregt.

»Die Lage ist unter Kontrolle. Die Verhandlungen sollen wieder beginnen. Du bist in Prag in Sicherheit. Ich könnte euch beschützen, wenn du willst.« Ein schlechtes Gewissen überfiel Clarissa, weil sie lauschte. Aber sie wollte unbedingt hören, was vor sich ging!

Stille. »Sagtest du nicht, du könntest in die Leibgarde des Kaisers wechseln? Diese Gelegenheit kommt nicht wieder.« Davon hatte Clarissa ja noch gar nichts gewusst! Das also hatte Marius eben gemeint. Was für eine Ehre!

»Für dich würde ich diese Gelegenheit mit Freuden fahren lassen …« Alexanders Stimme wurde weich.

Clarissa bemerkte, dass David sie ernst anschaute. Sie ging zu ihm. »Er ist ein guter Mann. Und ein ausgezeichneter Fechter«, sagte sie leise zu dem Jungen.

»Du mochtest Alexander am Anfang auch nicht«, gab David zurück.

»Das habe ich nie gesagt.«

»Hast du doch!«

»Hab ich nicht!«

Trotzig: »Dann hab ich es eben gespürt!«

Clarissa lächelte. »Das mag sein.« Wie sollte sie einem Elfjährigen erklären, was sie bei Alexander zu spüren glaubte und wie sie ihn im Umgang mit Frauen erlebt hatte? In Prag allerdings schien er sich vorbildlich zu verhalten. »Du musst zugeben, dass er sich deiner Mutter gegenüber immer sehr anständig verhalten hat.« Das stimmte wirklich. Seit Alexander Felicitas kannte, war er wie ausgewechselt, zumindest soweit Clarissa ihn erlebte.

»Ich will aber nicht, dass sie ihn heiratet! Er ist ein Ungläubiger!«

Lächelnd hob Clarissa die Hände. »Nun mal langsam! Von Heirat war noch nie die Rede!«

»Was will Mutter dann von ihm?« Aufgebracht starrte David sie an. Vielleicht war er auch ein wenig eifersüchtig, schoss es Clarissa durch den Kopf. Schließlich war er im Moment der wichtigste Mann im Haus. Und zum Mann wurde er langsam. David war ein gutes Stück gewachsen, seit sie ihn kannte. Die Schultern waren knochig, die Beine wirkten unnatürlich lang. Trotzdem war es eine gute Frage. Was suchte Felicitas? Schutz? Trost? Oder war sie wirklich verliebt? Clarissas Herz wurde schwer. Sie hatte erst einmal geliebt, und da hatte sie es nicht zu würdigen gewusst. Was hätte sie schon tun, wie Leander halten können? Leander sprach zwar von Sehnsucht, aber das hatte Marius auch getan. Und der steuerte nun geradewegs auf eine Heirat mit der Tochter des Hauptmanns zu. Leander hingegen blieb verschwunden.

Während die bereits gepackten Kisten weggeschoben und das Packen eingestellt wurde, kontrollierten Clarissa und Alexander die Fenster. Felicitas hielt ihren Sohn im Arm, als Alexander fortging. Auf einmal kam Clarissa sich sehr einsam vor.

Jaro spürte das Amulett auf seiner Brust, als er seine Meditation über dem Lebensbaum der Kabbala beendete. Es war ein kostbares Buch aus Felicitas' Bibliothek, das er für sich abgezweigt hatte. Das Studium der Kabbala führte nicht nur zur Erleuchtung, sondern bot auch Hilfe in praktischen Fragen. Übelmeinende würden es Zauberei nennen, aber für Jaro, der von Natur aus schwächlich war, war diese Magie wichtig. Schützende Zeichen, Wörter, die so starke Kräfte besaßen, dass sie sogar unbelebte Materie zum Leben erwecken konnten. Heute hatte ihn die schützende Hand an seinem Hals vor größerem Unglück bewahrt. Er dachte an den Spruch Mose »Deine Rechte, o Ewiger, verherrlicht durch Macht, deine Rechte, o Ewiger, zerschmettert den Feind«. Bitterkeit durchflutete ihn, als die Bilder des Tages ihm wieder vor Augen standen. Er, Jaro, hatte Felicitas vor dem Mob geschützt. Und wen hatte sie gerufen, bei wem sich bedankt? Dieser Alexander war eine Heimsuchung. Von Anfang an hatte Jaro gewusst, dass Clarissa Unglück ins Haus bringen, dass diese Fremde ihre Gemeinschaft zerstören würde. Aber kein Warnzeichen – die aufgespießte Schere, die Spinnennester und die schädlichen Kräuter im Essen –, kein harsches Wort hatte Wirkung gezeigt. Clarissa war einfach zu dickfellig!

Oft hatte Jaro versucht, Felicitas zu warnen, ihr ins Gewissen zu reden. Aber seine Herrin war nicht nur blind, was diese Fremden anging, sie war auch blind für seine Liebe. Dabei hatte er sich so viele Jahre aufopferungsvoll um sie und David gekümmert. War ihr Vertrauter geworden, ihr Beschützer. Und nun drohte er sie zu verlieren. Er durfte nicht riskieren, dass sie ihr Herz einem anderen schenkte. Felicitas mussten die Augen geöffnet werden. Jaro dachte an seine Verwandten in Krakau, an seine greise Mutter und die Geschwister, die gerade so über die Runden kamen. Sie waren auf das Geld angewiesen, das er ihnen schickte. Wenn er erst über Felicitas' Vermögen verfügte, konnte seine Mutter auch endlich aus ihrer schäbigen Hütte ausziehen.

Und ihm selbst würde Felicitas' Reichtum ermöglichen, sich ganz auf sein Studium der Kabbala zu konzentrieren.

Jaro schnupperte an seinem Hemd. Es war noch brauchbar, also warf er es über. Dazu die Halskrause, die er mochte; es machte ihm nichts, dass die Christen den Juden andere Krägen verboten hatten. Ein Duftwasser wie dieser eitle Leibgardist Alexander benötigte er nicht. Felicitas schätzte ihn, wie er war, davon war Jaro überzeugt. Er küsste die silberne Hand Miriams an seinem Hals, wie man das Schutzamulett nach der biblischen Prophetin nannte, und ging los.

In Felicitas' Gemächern duftete es nach Räucherwerk und feinen Ölen. Es war ein gemütliches Zimmer, mit Seidentapeten an den Wänden, schönen Möbeln, kunstvollen Miniaturen und viel silbernem und goldenem Zierrat. Felicitas' Lieblingsmagd massierte ihrer Herrin offenbar gerade die verspannten Schultern. Zu Jaros Bedauern hatte Felicitas vor seinem Eintreten eine weiche Wolldecke um den Oberkörper gelegt. Wenn er sich vorstellte, dass ihre seidige Haut darunter nackt war …

Sie wirkte müde. Ihre Augen waren geschwollen, als hätte sie geweint. »Gibt es etwas Wichtiges? Ist etwas mit David?« Er sah das Flackern in ihren Augen.

»Nein, alles in Ordnung, Herrin. Ich möchte Euch in einer anderen Angelegenheit sprechen. Einer privaten …«

Felicitas gab ihrer Magd die Erlaubnis, sich zur Ruhe zu begeben. Als sie allein waren, wies sie ihm einen Stuhl zu.

»Ich habe dir für deinen Einsatz zu danken. Wenn du nicht gewesen wärst, hätte es gefährlich werden können.«

»Ihr solltet Euch nicht immer dieser Gefahr aussetzen. Die Bürde des Geschäfts ist zu schwer. Über ein Jahr ist es nun her, dass der Allmächtige Euch dieses Los zugewiesen hat.«

»Ein Jahr, fünf Monate und achtzehn Tage«, sagte Felicitas leise.

»Es ist nicht gut, dass der Mensch allein ist, so heißt es doch in der Heiligen Schrift. Kein Mann ohne Frau, keine Frau ohne Mann, noch beide ohne Gott«, zitierte er weiter.

»Du bist ein Mann ohne Frau«, hielt sie fest.

»Ihr wisst, warum ich keine Frau habe.«

»Weil du ein treuer Gefährte bist.« Felicitas zog die Decke enger vor ihrer Brust zusammen, sie schien zu frösteln. Wenn sie ihn nur ließe, wie er wollte, würde ihr schon warm werden. Jaro zog den Stuhl heran. So nah war er, dass er sie riechen konnte. Er spürte die Regung seines Leibes und war froh, dass er saß. Nach ihrer zarten Hand greifend, sagte er: »Weil ich dich verehre, Felicitas.« Zum ersten Mal sprach er sie so an, und sein Mut beflügelte ihn. Diese seidige Haut! »Siehst du denn nicht, dass der Ewige uns in diese Lage gebracht hat? Er hat uns zusammengeführt, uns …«

Ablehnung schien auf ihrem Gesicht auf. Sie entzog sich ihm. »Es ist besser, wenn du jetzt gehst«, sagte sie kühl.

Noch immer hatte sie nicht verstanden. Geduldig sagte Jaro: »Niemand kennt dich so gut wie ich. Ich kenne deine Geschäfte, deine Geheimnisse. Wir haben zusammen die schwere Zeit überstanden. Dein Sohn schätzt mich wie einen Vater. Wir sind nicht ohne Grund zusammengeführt worden. Ich weiß, was du fühlst.«

Felicitas erhob sich, bewusst jede Berührung meidend. Er musste sie aufhalten. Impulsiv umschlang er ihre Hüfte, sog ihren süßen Duft ein, spürte ihren Busen über seinem Kopf. »Ich begehre dich zur Frau, Felicitas.«

Statt sich über sein Geständnis zu freuen, versuchte Felicitas, sich aus seiner Umarmung zu befreien. Ganz Herrin, befahl sie: »Jaro, lass mich los! Sofort!«

Er drückte sein Gesicht in ihren Bauch. Wie gut es tat, endlich seinen Gefühlen freien Lauf zu lassen! »Lass es zu. Bei mir brauchst du nicht die harte Geschäftsfrau zu spielen. Ich weiß, wer du wirklich bist.«

»Ich werde schreien, wenn du mich nicht sofort loslässt. Clarissa wird sofort kommen …«

Verletzt ließ Jaro von ihr ab. »Clarissa! Sie hat einen Keil zwischen uns getrieben. Sie hat diesen Gockel in unser Haus gebracht, Alexander.«

Felicitas verschränkte die Arme vor ihrem Leib, als müsste sie sich vor ihm schützen. War er zu forsch gewesen? Hätte er zartfühlender sein müssen? Aber was sollten die ewigen Umschweife?

»Clarissa hat keinen Keil zwischen uns getrieben. Alexander ist kein Gockel. Und es ist mein Haus«, sagte sie kühl. »Jaro, ich verdanke dir viel, das ist wahr. Jetzt aber erwarte ich nur eines von dir: Geh in deine Kammer. Wir werden beide dieses unglückselige Gespräch vergessen und morgen so tun, als wäre nichts geschehen.«

Gehorsam ging Jaro hinaus. Felicitas war verwirrt, das sah er jetzt klar. Sie musste zur Besinnung gebracht werden, er wusste nur noch nicht, wie.

Sobald Jaro die Tür hinter sich geschlossen hatten, brach Felicitas zusammen. Lange schon hatte sie gewusst, dass Jaro sie bewunderte. Wie hätte sie seine begehrlichen Blicke übersehen können? Und doch hatte sie gehofft, er würde sie als unantastbar betrachten. Hoffentlich hätte er sich morgen wieder unter Kontrolle, sie konnte nicht auf ihn verzichten. Der Überfall hatte ihr zugesetzt. Wenn ihr etwas zugestoßen wäre! Sie hätte doch auf Clarissa hören sollen. Aber sie war tatsächlich nicht ganz bei sich. Ihre Albträume ließen sie kaum noch zur Ruhe kommen. Jede Nacht ging sie mit ihrem Mann unter, jede Nacht ertrank sie, ohne die rettende Hand ergreifen zu können. Dann tappte sie durch das Haus und stahl sich in Davids Zimmer. Einmal war sie auch schon Clarissa begegnet, die die Geräusche aufgeschreckt hatten, und sie hatten beide über ihre Schlaflosigkeit gescherzt.

Felicitas legte ihr Nachtkleid an. Die Begegnungen mit Alexander versetzen ihren Körper in Aufruhr, sie konnte nichts dagegen tun. Sie wusste, dass es klüger wäre, Alexander auf Abstand zu halten, und doch lud sie ihn immer wieder ein. Er zog sie an. Sein wohlgeformter Körper, gepflegt und geschmeidig. Sein kluger Kopf. Seine reizvolle Mischung aus Männlichkeit und Verletzlichkeit. Diese Stärke, die ihr gestattete, schwach zu sein. Und dann gab es da noch etwas, was er verbarg, was ihn zu quälen schien, eine Last der Vergangenheit, die sie ergründen wollte. Unwiderstehlich. Jetzt, da Jaro sich offenbart hatte, verstand sie seine Feindseligkeit Alexander gegenüber noch besser. Aber sie wollte ihre Gefühle nicht mehr unterdrücken! Der heutige Überfall bewies ihr, wie schnell das Glück vorbei sein konnte. War es das, was ihr Traum sagen wollte – dass sie leben sollte, bevor es vorbei war? Vermutlich war es eher die brenzlige Stimmung in der Stadt, die sie beunruhigte. Vielleicht sollten sie Prag für eine Weile verlassen. Dann aber konnte sie Alexander nicht mehr treffen. Und wo waren die Juden schon sicher?

Erstaunlicherweise entspannte sich die Lage so weit, dass sie eine Woche später der Einladung von Signore Fabris zu seinem Fest folgten. Fabris, der kaum erwarten konnte, in die italienische Wärme zurückzukehren, hatte den Garten des Palais, das er und Capo Ferro auf der Kampa-Insel gemietet hatten, schmücken lassen. Es war ein sonniger Maitag. Felicitas hatte eigens für dieses Fest farbenfrohe Sonnenschirme für Clarissa und sich gekauft. Der Garten leuchtete in frischem Grün, Spielleute musizierten in angenehmer Lautstärke. Überall hatte Fabris Tische, Baldachine und Sitzgelegenheiten platzieren lassen, um die sich die Gäste tummelten. Unter ihnen waren viele Gardisten, die Unterricht bei Fabris oder Capo Ferro genommen hatten. Clarissa plauderte mit Federfechtern und Marxbrüdern, aber auch mit Gardisten, die keiner Bruderschaft angehörten. So mancher flirtete mit ihr, bat sie zum Kegelspiel oder zu anderen Vergnügungen, an denen sie gerne teilnahm. Verstohlen betrachtete sie die Männer. Ihre derzeitige Freiheit würde bald ein Ende haben. Könnte sie den Dunklen dort lieben, den stämmigen Gemütlichen oder den schmalen Blondschopf, der so lustige Sommersprossen hatte? Jeder von ihnen wäre vermutlich besser als der Mann, den ihr Großvater für sie ausgewählt hatte. Felicitas hatte versprochen, Clarissa nach Wismar zu schicken. Und dabei wollte sie nur einen … aber der hatte sie anscheinend vergessen.

Als ihr das Herz schwer zu werden drohte und sie, um sich abzulenken, zum Ballspiel schreiten wollte, bemerkte Clarissa, dass die Diener mit einem Mann an der Pforte des Gartens diskutierten. Er ließ sich nicht abweisen. Drohte Gefahr? Es gab genügend Bettler in Prag, die sie wegen dieses dekadenten Festes anfeinden würden. Sie sah sich nach Felicitas um. Die schöne Jüdin flanierte mit Alexander über das kurz geschnittene Grün. Und David? Er warf mit Capo Ferro auf Kegel und gewann offenbar, denn der strenge Fechtmeister schien sich zu ärgern. Sie hatte nicht mal ein Rapier dabei, aber die Fechtmeister waren natürlich bestens ausgestattet. Sehr beruhigend.

In diesem Augenblick nahm der Mann Anlauf, erklomm den Zaun und balancierte gekonnt hinüber. Clarissa traute ihren Augen kaum, und ihr Herz machte einen Hüpfer. Leander! Schon riefen die Diener die Wachen. Erregung machte sich breit, und die ersten Männer griffen nach ihren Degen.

»Nicht! Das ist doch nur Leander! Er gehört zu mir!« Clarissas Stimme hallte über den Garten. Alle starrten sie an. Ihre Zweifel waren wie weggeblasen. Er war tatsächlich ihretwegen zurückgekommen! Unbeirrt eilte sie zu ihm, verlor im Laufen ihren Schirm und flog ihm in die Arme. Sollten die Leute sie doch verurteilen! Leander umfing sie, und beide lachten glücklich. Fast war es zu viel für sie, und ihr drohten die Sinne zu schwinden – ihn zu spüren, zu riechen, zu hören. Zu wissen, was er auf sich genommen hatte, um hier zu sein, bei ihr.

»Etwas mehr Etikette, wenn ich bitten darf!« Salvator Fabris stand neben ihnen. Widerwillig lösten Clarissa und Leander sich voneinander, bis auf die Hände, die sich einfach nicht trennen mochten. »Jugendlicher Überschwang schön und gut. Aber wir sind ja hier nicht auf einer … wie sagt man … Bauernhochzeit. Wir sind unter Menschen von Stand. Mit wem habe ich das Vergnügen, wenn ich bitten darf?«, wandte Fabris sich an Clarissa und tupfte sich beiläufig mit einem Seidentuch die Stirn. Gerade wollte Clarissa Leander vorstellen, als ein Rapier durch die Luft zu ihnen flog. Geschickt fing Leander es auf.

»Haben wir Euch nicht schon einmal fechten sehen?« Capo Ferro trat hinzu, Leander musternd.

Leander verneigte sich und stellte sich vor. »Wenn ich mich erinnere, war es nicht gerade eine meiner Sternstunden.«

Capo Ferro zog eine Augenbraue hoch. »Fechterisch war es nicht schlecht. Lasst uns sehen, was Ihr könnt – ich habe ohnehin genug vom Kegelspiel. Bis zum ersten Treffer!« Er zog sein Rapier, und auch Leander machte sich bereit. Erleichtert stellte Clarissa fest, dass es sich um Übungswaffen handelte. Das Schwerterklirren ließ Gespräche und Musik verstummen. In Windeseile versammelten sich die Festgäste zum Zuschauen. Es war ein herrlicher Kampf, den Capo Ferro zwar gewann, der Clarissa aber dennoch stolz machte: Leander hielt sich wacker. Am Ende verneigten sich die beiden respektvoll voreinander. »Nun gut«, lachte Capo Ferro. »Von mir aus dürft Ihr bleiben.«

Fabris befragte Leander dennoch. Es fehlte nicht viel, und Clarissa hätte gejubelt, als dieser sich als »Bürger von Nürnberg« vorstellte. Sie konnte es kaum erwarten, mit Leander über die vergangenen Wochen zu sprechen. Jetzt traten auch Felicitas und Alexander zu ihnen, Clarissa stellte die beiden Männer einander vor, und es entspann sich sofort eine Fachsimpelei über Schmiedekunst und Angriffstechniken.

Als das erste Interesse an dem Neuankömmling verflogen war, hängte Clarissa sich bei Leander ein, und sie entfernten sich ein wenig von den Festgästen. Am liebsten hätte sie ihn noch einmal umarmt und geküsst, aber das schickte sich nun wirklich nicht. Außerdem wollte sie die Geduld ihres Gastgebers nicht überstrapazieren. Wenigstens konnten sich ihre Hände berühren, ohne dass es jemand sah.

»So ist alles gut gegangen? Die Bestrafung deines Vaters ist milde ausgefallen?«

Leander betrachte sie zärtlich und auch ein wenig stolz. »Ganz steht es noch nicht fest, aber immerhin hat der Richter Ambrosius' Aussage akzeptiert. Wenn ich zurückfahre, werde ich mehr wissen.«

Clarissa spürte einen leichten Stich im Herzen. »Du verlässt Prag schon wieder?«

Er umschloss ihre Finger. »Übermorgen. Ich muss. Ich habe einen Lastenzug als Wache hierherbegleitet. Ich brauche das Geld. Rechtsbeistand ist teuer, eine Geldstrafe wird sicher fällig, und ein Hausstand für Gallus und Engelin ist auch nötig.« Leander zögerte. »Die Wagen waren voller Waffen, fürchte ich. Das gefällt mir nicht.«

»Alle rüsten auf. Vor allem die Stände bewaffnen sich. Es heißt, sie haben die Geduld mit dem Kaiser verloren. Sie fordern, dass Rudolf den Protestanten endlich ganz offiziell in einem Majestätsbrief die Freiheit des Glaubens zusichert und den Bau evangelischer Kirchen erlaubt. Manche meinen, dass sich die böhmischen Stände mit Rudolfs Bruder Matthias zusammenschließen, wenn er ihnen genügend Zugeständnisse macht. Kaiser Rudolf würde gestürzt werden.«

»Bist du hier in Sicherheit?«

»Ich glaube schon. Außerdem: Wo soll ich sonst hin? Wenn

ich zu meinem Großvater nach Wismar reise, wird er mich verheiraten.«

»Nur das nicht! Ich will dich nicht noch einmal verlieren.« Leander meinte es ernst, das wusste sie.

Sie waren ein gutes Stück gegangen und sahen auf die Moldau hinaus. Leise gluckste das Wasser über die Mühle am Kampa-Ufer. Clarissa konnte sich nicht gänzlich über Leanders Worte freuen. Sie dachte daran, dass sie noch immer des Mordes beschuldigt wurde. Außerdem würde ihr Großvater einer Heirat mit einem ehemaligen Vaganten ganz sicher nicht zustimmen. Und wenn Leander und sie heiraten wollten, wären sie auf das Einverständnis ihres Großvaters angewiesen. Sie durfte den alten Mann auf keinen Fall gegen sich aufbringen. Aber erst mal mussten sie … Nein, sie hatte genug von diesem »erst mal«. Sie wollte jetzt glücklich sein! Impulsiv nahm sie Leanders Gesicht in die Hände und küsste ihn. Nach einer Sekunde der Überrumpelung öffneten sich seine Lippen den ihren. Schnell wurden ihre Berührungen intensiver. Clarissas Haut glühte. Sein rasender Herzschlag hallte in ihr nach. Sie wünschte sich nichts mehr, als ihren Gefühlen freien Lauf zu lassen. Nur langsam kamen sie voneinander los. Sie schmiegte sich an ihn, als sie weitergingen. Hoffentlich hatte sie niemand gesehen!

Nach ein paar Schritten hatte sich Leander wieder im Zaum und setzte seinen Bericht fort. »Ich habe meinen Vater und Engelin nach Nürnberg gebracht. Er war tatsächlich noch trocken und hatte sogar angefangen, etwas Geld zu verdienen. Ein guter Anfang! Vor dem Zusammentreffen mit dem Richter war er natürlich nervös, zumal Meister Thomas alles abstreitet. Aber da wohl auch bei einigen seiner Bauvorhaben etwas nicht mit rechten Dingen zugegangen ist, schenkt man Ambrosius Glauben.«

»Ambrosius muss wirklich ein guter Freund sein.«

»Das ist er. Du wirst ihn und seine Frau sicher eines Tages kennenlernen. Und ihre beiden Kinder, wirklich reizend.«

Ein Lächeln stahl sich auf Clarissas Gesicht. Leander wurde tatsächlich rot. »Ich meine … nicht, dass du denkst … ich dachte nur …«

Sie lachte. »Ich freue mich nur so darüber, dass du glaubst, ich könnte sie kennenlernen. Also, du und ich …«

Leander blieb stehen und küsste ihre Finger. Es war nur eine zarte Berührung, aber Clarissa wurde ganz heiß davon. »Ich zweifle nicht daran, dass wir zusammengehören. Ich gehöre dir, wenn du mich willst. Wenn wir uns einig sind – wer soll uns noch trennen?«

Leander verschloss ihre Lippen mit einem Kuss. Eine Weile genossen sie noch die Zweisamkeit, dann mussten sie zurück. Bevor sie das Flussufer verließen, entdeckten sie Felicitas und Alexander auf einer Bank am Fluss. Sie waren so tief ineinander versunken, dass sie nicht einmal bemerkten, wie Clarissa und Leander vorübergingen.

Auf der Kutschfahrt zurück schwieg Jaro missbilligend. Es war später Abend. Im Haus war Sara, die Magd, eingeschlafen, während sie auf ihre Herrin wartete. Clarissa bot an, Felicitas zu helfen, und diese schickte ihre Magd ins Bett. Nachdem sie Jaro eine gute Nacht gewünscht hatten, zogen sie sich in Felicitas' Kammer zurück. Felicitas schälte ihre Füße aus den Seidenschuhen und öffnete die Schnürung ihres Kleides selbst. Sie lud Clarissa, sich zu setzen. Traubensaft und Nüsse standen auf einem Tisch. Vor lauter Freude kam es Clarissa vor, als müsste sie von innen heraus leuchten. Sie war überhaupt nicht müde!

Bedächtig zog Felicitas ihre Ringe ab und deponierte sie in einem Schmuckkästchen. »Meinst du, mit mir stimmt etwas nicht? Ich sollte mich beschmutzt fühlen, weil ich Umgang mit einem Ungläubigen habe. Stattdessen geht es mir so gut wie lange nicht mehr«, sagte sie leise, als fürchtete sie, jemand könne sie hören. Doch sie lächelte dabei.

»Es ist doch nichts Verbotenes passiert! Worum sorgt Ihr Euch also?«, fragte Clarissa.

Felicitas biss sich auf die Unterlippe. »Bei Alexander kann ich für nichts garantieren.« Auf einmal wirkte sie ganz mädchenhaft.

Clarissa steckte sich eine Mandel in den Mund. Wäre es besser, Felicitas zu warnen? »Alexander ist ein interessanter Mann. Das finden auch andere Frauen«, sagte sie vorsichtig.

Schweigend löste Felicitas das Perlnetz und die Kämme, sodass sich ihre Locken über die Schultern ergossen. Je mehr sie sich von Kleidung und Schmuck freimachte, desto jünger wirkte sie, dachte Clarissa. Es musste eine Bürde sein, allein für das Geschäft die Verantwortung zu tragen und sich unter Männern zu behaupten. Kein Wunder, dass sich Felicitas einsam fühlte. »Alexander hat seine Frauengeschichten erwähnt. Doch seit er in Prag ist, ist alles anders. Er ist angekommen, hat diese billige Bestätigung nicht mehr nötig, meint er.« Sie sah Clarissa durchdringend an. »Er sagte heute … er liebe mich. Das ist … wunderbar.« Auf einmal sah Felicitas gar nicht mehr fröhlich aus. »Ich weiß nicht, was ich tun soll. Ich kann mit niemandem darüber reden, außer mit dir.« Unvermittelt schlang sie die Arme um Clarissa und drückte sie an sich. »Egal, was Jaro sagt. Ich weiß, dass dich das Schicksal in mein Haus geführt hat!«

Clarissa wagte sie kaum zu berühren. Schon lange fühlte sie sich mit Felicitas freundschaftlich verbunden, und doch war immer eine Distanz zwischen ihnen gewesen. Felicitas' Locken kitzelten ihre Nase, und sie roch das feine Duftwasser. Plötzlich spürte Clarissa, dass ihr Hals feucht wurde. Felicitas weinte! Nun hielt sie sie doch fest und strich ihr zart über den Rücken.

»Harte Strafen stehen auf den … Verkehr von Juden und Christen. Aber ich kann doch meinen Glauben nicht aufgeben! Ich würde alles verlieren. Mein Geschäft. Meine Ehre. Meinen Ruf. Und Alexander kann seinen Glauben ebenfalls nicht aufgeben«, brachte Felicitas bebend hervor.

»Ich hatte nicht den Eindruck, dass Alexander sonderlich gläubig wäre«, gab Clarissa zu bedenken.

»Denkst du ernsthaft, jemand würde freiwillig Jude werden? Gehasst, geschmäht, angespuckt?« Tatsächlich kam es öfter vor, dass Kinder Juden auf der Straße verfolgten, ihnen Grimassen schnitten oder sie anspuckten. Ein unmögliches Verhalten, fand Clarissa, an dem sich aber sonst niemand zu stören schien.

»Noch ist es doch nicht so weit! Warte erst einmal ab.«

Felicitas löste sich. Ihre dezente Schminke war verwischt. »Worauf soll ich warten? Es wird nur noch mehr wehtun. Schon jetzt träume ich jede Nacht davon, dass ich sterbe. Eine Hand streckt sich nach mir aus, aber ich kann sie nicht erreichen und ertrinke. Ich glaube, dass mein Mann aus dem Totenreich nach mir greift.« Zweifelnd sah sie Clarissa an, als erwartete sie, dass diese sie auslachte.

Clarissa suchte ein Seidentuch und reichte es Felicitas. »Vielleicht ist es gar nicht dein Mann, der dich retten will, sondern Alexander«, kam es ihr in den Sinn.

»Daran habe ich noch gar nicht gedacht! Könnte das sein?«

»Ich verstehe nicht viel von diesen Dingen. Wenn ich an so etwas glauben würde, wäre ich schon lange abgereist.«

»Wie meinst du das?«

»Bei alldem, was ich schon in meiner Kammer gefunden habe? Bei den merkwürdigen nächtlichen Geräuschen? Manchmal glaube ich, ich werde verrückt.«

Abwägend sah Felicitas sie an. »Ich habe immer versucht, einen Sinn in allem zu finden. Nicht zuletzt im Tod meines Mannes. Aber ich erkenne ihn nicht.«

Clarissa dachte an die Schicksalsschläge, die sie getroffen hatten. »Vielleicht gibt es keinen Sinn, keinen großen Plan. Vielleicht liegt der Sinn in uns …« Nachdenklich schenkte sie ihnen beiden Traubensaft ein. Mit dünnen Kristallgläsern stießen sie vorsichtig an. Er war frisch und köstlich. Auch Felicitas trank einen Schluck. Langsam beruhigte sie sich. Schließlich nahm sie Clarissas Hand.

»Aber jetzt haben wir nur über mich gesprochen! Bist du dir sicher, was Leander angeht?«

»Ganz sicher!«

»Wenn du mir erlaubst: Er ist nicht gerade … eine gute Partie. Wir Frauen sollten immer auf unser Auskommen bedacht sein.«

Clarissa nahm den Rat nicht krumm. Sie lächelte. »Ich bin sicherer als sicher. Er ist die beste Partie, die es geben kann. Für mich.«

Noch einmal stießen sie mit dem Traubensaft an. »Dann hoffen wir also, dass sich alles andere fügen wird.«

Die nächsten zwei Tage vergingen viel zu schnell. Immer wieder unterbrachen Clarissa und Leander ihre Pflichten, um sich zu treffen. Oft waren Felicitas oder Arkadi dabei, aber manchmal gelang es ihnen auch, den anderen zu entwischen. Sie nutzten jede Gelegenheit, um unbemerkt Zärtlichkeiten auszutauschen, und schmiedeten Pläne. Leander träumte davon, Meister des Schwerts zu werden und eine bedeutende Stellung anzunehmen. Sie sprachen über das Rätsel von Fritjoffs leerem Grab und Carls seltsamer Wiederauferstehung. Ein paar Mal suchten sie gemeinsam mit David die Fechtmeister Fabris und Capo Ferro auf, die Leander bereitwillig Lektionen erteilten. Jeder, der ein vollkommener Fechter zu werden wünscht, solle sich außer den Lektionen, die er mit seinem Meister nimmt, täglich mit verschiedenen Gegnern üben, erklärte Capo Ferro dazu. Doch dann reiste Leander nach Nürnberg ab. Er versprach, so bald wie möglich zu ihr zurückzukehren.

Flirrend lag die Junihitze über Nürnberg, als Gallus dem Bauherrn die Hand schüttelte. Mit breiter Brust und klaren Sinnen schritt er auf den Bauhof hinaus. Schon grüßten die ersten Arbeiter ihn respektvoll. Freundlich grüßte er zurück. Er würde ein guter Baumeister sein, kundig und gerecht. Er war glücklich, dass man ihm den Bau des Lagerschuppens anvertraute. Kein so aufwendiges Vorhaben, wie er sie früher verantwortet hatte, aber ein Anfang. Jetzt musste er nur noch einmal vor Gericht, dann könnte sein neues Leben beginnen.

Auf dem Weg ließ Gallus die Ereignisse der letzten Wochen Revue passieren. Noch während der Verhandlungen über seine Freisprechung und die Verurteilung seines schändlichen Kollegen Thomas hatte er die verschiedensten Menschen aufgesucht. Am schwersten war es ihm gefallen, Ninchens Familie zu begegnen. Doch sie hatten seine Entschuldigung angenommen. Wenn er Ninchen auch nicht absichtlich getötet hatte, so trug er doch die Verantwortung dafür. Außerdem hatte er sich bei den verschiedenen Bauhöfen nach Arbeit umgehört und mit vielen ehemaligen Kollegen gesprochen. Manche erinnerten sich an seine Ausfälle, aber viele schätzten ihn auch als erfahrenen Baumeister und freuten sich, ihn wiederzusehen.

Leander hatte für Engelin und ihn ein Zimmer mit Garten gefunden. Es war ein guter Ort, um neu anzufangen, um Kinder großzuziehen. Wenn sie seinen Lohn zusammenhielten, würden sie über die Runden kommen. Außerdem würde Engelin etwas dazuverdienen. Sie hatte in all den Jahren gelernt, für ihre Garderobe zu sorgen und selbst zu schneidern, diese Fähigkeiten waren immer gefragt. Schließlich hatten die meisten Handwerkerfrauen kein Geld, sich neue Kleider zu kaufen, sondern mussten die alten ausbessern und verschönern. Wenn sich eine darauf verstand, dann war es Engelin. Sie war wieder das blühende Leben. Die Totenblässe war ihrer rosigen Gesichtsfarbe gewichen. Aber der Verlust ihres Kindes und ihr eigener drohender Tod hatten sie verändert. Sie wollte nicht auf die Straße zurück, sondern bemühte sich ernsthaft, hier in Nürnberg mit ihm Fuß zu fassen. Ihre Zuversicht tat ihm gut, denn oft genug überkamen ihn noch Reue, Scham und Gewissensbisse, und er dachte sehnsüchtig an Bier oder Branntwein, die seine Seelenqualen dämpfen würde. Doch er blieb standhaft. Er wusste, wenn er wieder mit dem Saufen anfinge, würde er alles verlieren.

Gallus sah auf eine Kirchturmuhr und stellte zufrieden fest, dass er pünktlich kommen würde. Er hatte das Gericht so gut wie erreicht. In diesem Augenblick hörte er Schritte hinter sich. Ein Arm schlang sich um seinen Hals. Kräftige Finger legten sich über seinen Mund und erstickten seine Schreie. Gallus wurde in einen Hinterhof gezerrt und an Armen und Beinen festgehalten. Jemand quetschte seine Nase zu. Er schnappte nach Luft. Grob wurde ein Flaschenhals in seinen Mund gestoßen. Der beißende Geschmack von Branntwein erfüllte seinen Mund.

35

Prag, Ende Juni 1609

Sie kamen im Altarraum der Salvatorkirche beim Klementinum zusammen. Es war ein Ort, der exklusiv genug war, um Verschwiegenheit zu gewährleisten, und öffentlich genug, um ein unbemerktes Zusammentreffen zu garantieren. Pater Seraphim hatte viele Strippen ziehen müssen, um die beiden Männer hierherzulocken, deren Unterstützung ihm so wichtig war. So knapp, dass es gerade noch höflich war, begrüßten sie sich.

»Der Kaiser scheint entschlossen, den Majestätsbrief zur Glaubensfreiheit zu unterzeichnen. Wenn er dies tut, dürfen sich die Protestanten frei zu ihrer Konfession bekennen, können Kirchen bauen und über die Universität verfügen. Die Ketzer wären nicht mehr aufzuhalten. Aber Rudolf ist keiner vernünftigen Belehrung mehr zugänglich«, beklagte sich der päpstliche Nuntius Antonio Caetani.

»Ihr meint, Ihr bekommt keine Audienz bei ihm, Eure Hochwürdigste Exzellenz?«, stichelte der spanische Botschafter Baltasar de Zúñiga.

Seraphim fasste sich in Geduld. Die Männer waren Glaubensbrüder und gleichzeitig Konkurrenten. Stets versuchte einer den anderen an Rang und Einfluss zu übertrumpfen.

»Genauso wenig wie Ihr, Exzellenz. In der Antekammer des Kaisers stehen sich die Gesandten die Beine in den Bauch. Kaiser Rudolf verschanzt sich in seinen Privatgemächern und trinkt fast alle Tage im Exzess, um sein Leid zu vergessen, heißt es.« Caetani seufzte. »Aus einem Bösen werden tausende geboren. Alle Frechheiten, die jetzt die Ketzer anstellen, haben ihren

Ursprung in dem Zwist zwischen dem Kaiser und seinem Bruder. Wir haben schon lange für eine Versöhnung zwischen den Habsburgern plädiert, aber das scheint unmöglich.«

»Angeblich hofft der Kaiser darauf, die Übertragung der ungarischen Krone und der dazugehörigen Länder rückgängig machen zu können. Dabei weiß doch jeder, dass das eine irrige Vorstellung ist. Von diesem Zwist profitieren nur die Ketzer.«

»Auf keinen Fall darf den Forderungen der Stände nachgegeben werden. Nichts darf den katholischen Glauben entehren. Stattdessen sollten wir die Protestanten entzweien und dann vernichten. Wir müssen uns zu einer Katholischen Liga zusammenschließen, damit wir die Protestanten militärisch schlagen können.«

»Wenn der Kaiser den Böhmen die Religionsfreiheit garantiert, werden andere Länder mit unverschämten Forderungen folgen. Außerdem könnte die Übermacht der protestantischen Stände dazu führen, dass als Nächstes ein Ketzerkaiser auf den Thron kommt«, machte Seraphim die Dringlichkeit der Lage deutlich.

»Damit verlören die Katholiken einen wichtigen Sitz im Kurfürstenrat. Unglücklicherweise ist der Heilige Vater auf Frieden eingestellt. Er hat noch immer nicht den Glauben an Rudolfs Vernunft verloren. Für den Fall, dass der Kaiser sich zu diesem Majestätsbrief hinreißen lässt, droht der Papst ihm die Exkommunikation an. Rudolf würde damit seinem Schwur untreu, bis zum letzten Blutstropfen für den katholischen Glauben zu kämpfen. Allerdings hat den Kaiser diese Drohung bislang kaltgelassen.«

»Das wundert mich nicht, vernachlässigt der Kaiser doch schon seit Jahren seine religiösen Pflichten. Nicht nur, dass Rudolf nicht mehr beichtet, er zeigt auch keine Zerknirschung. Wenn nicht einmal die Drohung des Papstes fruchtet, weiß ich mir keinen Rat mehr«, sagte Zúñiga resigniert.

Auch Caetani wirkte ratlos. »Rudolfs Wankelmütigkeit ist krankhaft. Der Kaiser ist wie ein Labyrinth, das viele betreten haben, in dem sich aber niemand orientieren kann.«

Pater Seraphim räusperte sich. »Wie steht ihr zur Nachfolge des Kaisers? Es gibt nur wenige in der Casa d'Austria, die unseren Glauben ernsthaft verteidigen. Ihr ahnt, wen ich meine.« Zúñiga blickte ihn abwägend an und meinte, Madrid trete für den jeweils Ältesten ein, aber wenn Leopold hoch hinauswolle, sehe er durchaus Möglichkeiten. Caetani nickte zustimmend. »Vielleicht gibt es eine Möglichkeit, das Schlimmste zu verhindern«, sagte Seraphim und begann, seinen Plan darzulegen.

Der spanische Gesandte zögerte nicht. »Das Feuer muss gelöscht werden, bevor es zu große Schäden anrichtet. Eure Männer sind bereit, Bruder? Dann rettet das Heilige Römische Reich vor den Ketzern. Der Dank ist Euch gewiss.«

Schon eilten die Würdenträger hinaus. Als die Tür aufflog, stob der Novize zurück. Hatte er gelauscht? Jan scheute Seraphims Blick. Er leistete ihm Widerstand, aber auch ihn würde Seraphim noch ganz zu seiner Kreatur machen, so wie Carl, dachte der Pater, als er an seinem Schüler vorbeiging.

Als sie das Kolleg erreicht hatten, wollte ein Pater von gedrungener, kugeliger Gestalt sie aufhalten. Der Geistliche hatte Seraphim schon ein paar Mal neugierig beäugt.

»Was treibt Ihr Herren hier?«, wollte der Dicke wissen. Der Botschafter und der Gesandte gingen weiter, als hätten sie ihn nicht gehört. »Und was macht der Laienbruder auf dem Dachboden? Er ist uns nicht vorgestellt worden!«

Seraphim trat dicht an den Pater heran. Er brauchte seine Stimme nicht zu heben, um den Mann einzuschüchtern. »Lasst ihn in Ruhe, das empfehle ich Euch. Habt Ihr hier nicht genug zu tun, Bruder?«

»Natürlich, aber ich muss doch wissen, was in meinem Haus ...«

»In Eurem Haus?«, donnerte Seraphim nun doch. Schweißtröpfchen zeigten sich über der Lippe seines Gegenübers. »Anmaßung ist eine Sünde!« Er senkte die Stimme. »Genau wie Unzucht mit einer Köchin.«

»Aber ich habe nicht …«

»Dann riskiert nicht, dass böse Gerüchte in die Welt gesetzt werden. Der Generalobere weiß Bescheid, das sollte genügen.«

Ergeben senkte der Pater den Blick und ließ Seraphim ziehen.

Carl wuchtete die Truhe zur Gruft des Klementinums hinunter. Viele seiner Glaubensbrüder waren schmächtige Gestalten, schwach und schlaff. Zu zweit oder gar zu viert mühten sie sich mit den Kisten ab, die er allein heben konnte. Sein Kreuz und seine Arm- und Beinmuskeln brannten. Die Handrücken waren blutig, weil er immer wieder an die Wände der schmalen Gänge gestoßen war. Es kümmerte ihn nicht, auch dies war eine Buße. In seiner Zelle hatte er es nicht mehr ausgehalten. Die Enge hatte ihm die Luft genommen. Das Lärmen der Passanten und der Schüler hatte ihn betäubt. Jetzt fühlte er sich endlich wieder lebendig.

Im Keller öffneten Mönche die Kisten und prüften, ob wirklich Musketen darin waren. Umgehen konnte damit kaum jemand, das sah er ihren ungeschickten Handgriffen an. Die Jesuiten rüsteten für einen Krieg, hatten aber zu wenige in ihren Reihen, die ihn führen konnten. Sie würden die Gläubigen dazu bringen müssen, für sie zu kämpfen.

Als Carl sich die Stufen emporstemmte, sah er ihn schon, und wie immer überfiel ihn eine Mischung aus Dankbarkeit und Respekt. Pater Seraphim kam aus der Salvatorkirche, eine hoheitsvolle Erscheinung, umschwirrt von niederen Geistlichen und dem Novizen, der ihn so schändlich verraten hatte. Carl spürte das Keimen seiner alten Wut, seit Jahren bekämpft und doch unausrottbar, und er biss sich auf die Innenseiten seiner Wangen, bis er Blut schmeckte.

Sie zogen sich in einen stillen Winkel des Klementinums zurück.

»Ich sehe, du tust Dienst an der Gemeinschaft, Bruder. Wie lobenswert«, sagte Pater Seraphim süßlich.

»Ihr wisst genau, was ich lieber täte.«

»Du bist da, wo Gott dich hingestellt hat. Muss ich dich daran erinnern, dass Gehorsam deine oberste Pflicht ist?«

Carl schloss die Augen und wünschte sich in die Berge zurück. »Natürlich nicht.«

»Du kannst bald in deine Einsiedelei zurückkehren.«

»Aber wann?«

»Bald. Betrachte deinen Aufenthalt hier als eine Prüfung, dann wird er dir leichtfallen. Sind deine Männer auf ihren Posten?«

»Annähernd.«

»Die Zeit drängt. Der Kaiser scheint entschlossen, den Forderungen nach Religionsfreiheit zuzustimmen. Damit hätten wir Böhmen an die Ungläubigen verloren. So viele Seelen dem Untergang überlassen! Das Haus Habsburg geschwächt.«

Das Haus Habsburg kümmerte Carl wenig. Die Kriege der Habsburger hatten Tausende Männer das Leben gekostet. Gute Männer wie seinen Freund Hans. Das würde er den Habsburgern nie verzeihen. General Rußworm, unter dem er vor Kanizsa gekämpft hatte, war mit Duldung des Kaisers im Altstädter Rathaus in Prag hingerichtet worden. Carl rang erbittert um Gleichmut.

»Was ist also die Aufgabe der Männer?« Bislang hatte der Pater nur von ihm verlangt, die Fechter bei Hofe in die Leibgarden einzuschleusen. Es war nicht einfach gewesen, einige Trabanten des Kaisers auszuschalten und seine Männer auf ihre Posten zu bringen, aber es war ihm gelungen.

Der Pater neigte sich vor und flüsterte Carl den Auftrag ins

Ohr. Eigentlich hatte es auf der Hand gelegen. Carl hatte keine Skrupel, den Kaiser ermorden zu lassen. Um die Zuverlässigkeit seiner Schützlinge sorgte er sich nicht. Bei jedem von ihnen hatte er genügend Druckmittel, um ihn gefügig zu machen. Er setzte jedoch vor allem auf einen. Ihn hatte er dank der Hure in der Hand. Der Attentäter würde schockiert auf den Auftrag reagieren, aber er würde gehorchen. Etwas anderes nagte jedoch an Carl. Sein größter Fehler, der ihn Tag und Nacht verfolgte. Ein Gedanke, den nicht einmal härteste Bußen verdrängen konnten.

»Und mein Bruder? Wo steckt er? Habt Ihr ihn endlich freigelassen?« Carl schalt sich für seine Schwäche. Wie jämmerlich er sich anhörte! Warum hatte er es nicht übers Herz gebracht, seinen Bruder an jenem Abend im Wald zu töten? Warum hatte er Fritjoffs Tochter entkommen lassen? Carl hatte Gerüchte gestreut, ein Grab geschaufelt. Er hatte Fritjoff zu einem Bauernhof gebracht und den Bewohnern Geld gegeben, damit sie seine Wunden versorgten und ihn nicht entkommen ließen. Doch dann hatte der Novize ihn verraten, und Pater Seraphim hatte Fritjoff an einen geheimen Ort bringen lassen. Er drängte die Erbitterung zurück. Wieder in der Hand eines anderen, dabei wollte er doch nur in der Hand Gottes sein!

»Wir sind deine Familie. Deine Glaubensbrüder. Von allen anderen Bindungen löse dich, mein Freund«, sagte der Pater streng. Carl fühlte sich beschämt. Er war schwach, konnte den Anforderungen seines Glaubens nicht gerecht werden, hing noch immer den alten Verbindungen an. Da setzte der Pater langsam, als spräche er zu einem Kind, hinzu: »Wir geben auf deinen Bruder acht. Nur ein wenig noch.«

Als sie hinausgingen, strömten ihnen die Gläubigen auf dem Weg zur Messe entgegen. Ob sie alle bereit wären, ihren Glauben mit der Waffe zu verteidigen? Spätestens der Mord an ihrem Kaiser durch einen Protestanten würde ihnen den nötigen Hass dazu verleihen, davon war Carl überzeugt. Es würde einen Krieg geben, aus dem die Katholiken als Sieger hervorgingen, und er würde seinen Teil dazu beitragen. Einen Flächenbrand. Seine Tat würde die Sünden seiner Vergangenheit reinwaschen. Das Himmelreich wäre ihm sicher.

Er holte über den Kopf aus, riss das imaginäre Schwert herunter, reckte es über die Schulter und zog es durch. Deutlich spürte er die kühle Feuchtigkeit der Wände. Anfangs hatte er sich oft bei seinen Übungen die Handrücken aufgeschlagen, aber inzwischen kannte er die Abmessungen der Kammer genau. Keuchend blieb er stehen. Wie schwach er war! Seine Seite schmerzte. Der Stich, den sein Bruder ihm zugefügt hatte, quälte ihn auch nach knapp neun Monaten noch. Ihm fiel ein, dass er heute noch keinen Strich an die Wand gemacht hatte. Trotz der Liste wusste er nicht genau, wie viele Tage er schon in dieser Zelle verbracht hatte. Die erste Zeit nach dem Überfall war er kaum bei Bewusstsein gewesen. Kopfschmerzen und Fieber hatten ihn im Halbdämmer gehalten, brennende Hitze in seinen Eingeweiden. Einen klaren Gedanken zu fassen – aussichtslos. Die Angst um seine Tochter hatte sich in seine Fieberträume geschlichen. Hatte ihn den Überfall wieder und wieder erleben lassen. Hatte ihn wieder und wieder mit seinem Bruder kämpfen lassen. Carl. In welche dunklen Pläne war er nur verwickelt? Warum hatte er in all den Jahren keinen Kontakt gesucht? Warum hatte Carl ihn glauben lassen, er sei tot? Aber hätte das einen Unterschied gemacht? War ihr Bruch nicht ohnehin nach dieser verhängnisvollen Fechtschule endgültig gewesen? Wie Carl sich auf die Seite der Federfechter geschlagen und alle anderen geschmäht und niedergekämpft hatte, das war unerträglich gewesen. Fritjoff hatte versucht, Carl zu mäßigen – immerhin war er sein Bruder –, aber seine Reaktion hatte ihn hart getroffen. Tief verletzend waren Carls Worte gewesen, und als er dann noch auf den gütigen Fechtmeister Paulus losgegangen war, hatte es kein Zurück mehr gegeben. Und doch hatte Carl ihn bei dem Überfall nach der Fechtschule im letzten Herbst nicht getötet. Er hatte zwar kein lebenswichtiges Organ getroffen, aber da die Wunde nicht versorgt worden war, hatte sie sich entzündet. Fritjoff wusste nicht, wie lange er zwischen Leben und Tod geschwebt hatte. Auch jetzt schmerzte die Wunde noch, als ob ein Fremdkörper darin steckte. Sie schien eine Weile zu verheilen, dann wurde sie doch wieder rot und dick. Er wusste genau, was das bedeutete: ein schleichender Tod. Er musste hier heraus. Einen Arzt finden.

Das Erste, was er bewusst wahrgenommen hatte, war die Kälte gewesen. Wie frostig es in dieser ungeheizten Zelle war! Keine warme Mahlzeit seit Monaten. Nur dieser Bauer, der ihm alle paar Tage durch eine Klappe in der Tür Wasser und Brot reichte. Abgemagert war Fritjoff, kraftlos. Da half auch die Bewegung nicht, die er sich verschaffte. Selbst für die einfachsten Fechtübungen, die er Nacht für Nacht im Geiste durchging, fehlte der Raum. An eine Flucht war nicht zu denken. Endlos hatte er an der Tür gerüttelt, hatte Strohhalme vom Fußboden aufgeklaubt und damit im Schloss gestochert. Mit den Händen versuchte er den Mörtel zwischen den Steinen herauszukratzen, doch seine Fingernägel waren abgerissen, die Nagelbetten blutig. Er hatte versucht, den Bauern in ein Gespräch zu verwickeln. Hatte ihn bezirzt, auf ihn eingeredet, mit ihm geschimpft. Vergeblich. Der Bauer schien den Mönchen treu ergeben zu sein. Die Klappe öffnete sich, schweigend wurden Geschirr und Latrineneimer entfernt und neu hereingestellt. Auch auf seine Schreie reagierte niemand. Hörte ihn denn keiner? Lebte keine Menschenseele in der Nähe? Dies war doch ein Kloster, das sah er, wenn er durch die Klappe linste, aber wo waren die Mönche? Würde er hier den Rest seines Lebens verbringen müssen? Langsam dahinsiechen? Die Vorstellung ließ ihn verzweifeln. Noch mehr quälte ihn allerdings die Sorge um seine Familie. Hatte Clarissa den Überfall überlebt? Oder hatte man auch sie in eine Zelle gesteckt? Wie ging es wohl Lievke, seiner geliebten Ehefrau?

Der Bürgerkrieg würde auch Mecklenburg erreichen, da machte Fritjoff sich keine Illusionen. Jetzt sah er klar. Offenbar hatte er ein Gespräch zwischen Carl und seinem Begleiter mit angehört. Zumindest tauchten Bruchstücke dieser Unterhaltung immer wieder in seinem Kopf auf. Mit dem, was er vorher herausgefunden hatte, hatte er sich einen Reim darauf machen können. Carl hatte Fechter angeheuert, die Kaiser Rudolf das Leben nehmen sollten. Ein feiger Mord, der das Reich in Aufruhr versetzen würde. Denn der Mörder würde evangelischen Glaubens sein und der katholischen Gegenreformation zu neuer Kraft verhelfen. Ein Glaubenskampf würde im Reich ausbrechen. Natürlich würden die spanischen Habsburger ihren österreichischen Familienzweig unterstützen. Man hatte ja gesehen, wie hart die Spanier in den Niederlanden gegen Andersgläubige vorgegangen waren, wie brutal sie im eigenen Land herrschten. Blutgerichte, Massaker und die Verschärfung der Inquisition waren wahrscheinlich. Fritjoff hoffte nur, dass kein Marxbruder sich dazu herablassen würde, so eine schändliche Tat zu begehen. Oder war es vielleicht schon zu spät? War der Kaiser schon tot und der Glaubenskampf tobte bereits, der Tausende Menschen das Leben kosten würde?

Wie so oft schon schrie Fritjoff um Hilfe. Wie so oft verklang seine Stimme in den Mauern. Es war zum Verzweifeln! Er musste aufpassen, dass er wenigstens seine Sinne beieinanderhielt. Um das zu gewährleisten, fiel ihm nur eines ein. Schwerfällig hob er den Arm. Zornhau …

Die Bücher waren bereits im Kriechkeller des Hauses gelagert worden, jetzt verpackten die Mägde die Kleidung und die letzten Gerätschaften. Das meiste wurde sicher verstaut, um es im Fall eines Brandes oder einer Plünderung zu schützen; nur ein Teil wäre Reisegepäck. Felicitas war entschlossen, die Stadt zu verlassen und eine Weile in die Residenz ihres Freundes Peter Vok von Rosenberg in Wittingau zu ziehen, der seinerseits in Prag blieb, um die letzte Hoffnung auf Frieden zu erhalten. Doch die Chancen dafür standen schlecht. Dass die neue Ständeregierung das Landesheer einberufen hatte, war eine offene Kriegserklärung an den Kaiser. Clarissa dachte über die Lage nach, während sie ihre wenigen Habseligkeiten verstaute. Jeder stand gegen jeden, und selbst den Katholiken war der Kaiser nicht katholisch genug.

Als Clarissa ihre Tasche in die Stube bringen wollte, sah sie in Felicitas' Kontor. Ihre Gastgeberin führte die Feder so schnell, als wollte sie bis zur Abreise ihre gesamte Korrespondenz erledigen. Ein aussichtsloses Unterfangen, trafen doch ständig neue Briefe ein.

Da ließ das Scheppern des Türklopfers die beiden Frauen aufhorchen. Felicitas' angespannte Züge lichteten sich etwas. »Das ist sicher Alexander«, sagte sie an Clarissa gerichtet. Alexander war inzwischen ein täglicher, vertrauter Gast geworden, an den sich schließlich auch David gewöhnt hatte. Die beiden Frauen wandten sich der Stube zu. Doch nicht Alexander stand in der Tür, sondern Signore Fabris. Clarissa begrüßte ihn überrascht. »Wolltet Ihr nicht schon auf dem Weg nach Italien sein?«, wunderte sie sich.

»In der Tat. Der Wagen steht bereit. Ich war allerdings heute Morgen noch zur Messe in der Kirche des Heiligen Salvator, um den Segen für die Reise zu erbitten. Und dort …« Er stockte, nervös, seinen Schnurrbart zwirbelnd. »Ich habe Carl bei den Jesuiten gesehen. Natürlich ist er älter geworden. Als ich ihn unterrichtete, war er ein junger Mann. Nun, wir sind alle nicht jünger geworden. Aber er war es, unverkennbar.«

»Mein Onkel ist in Prag?«, wiederholte Clarissa ungläubig.

»Er trug einfache Kleidung, wie bei den Laienbrüdern der Jesuiten üblich.«

Clarissa nahm ihren leichten Umhang vom Haken, den sie für die Reise bereitgelegt hatten.

Felicitas beobachtete sie fassungslos. »Du willst ihn nicht wirklich suchen? Jetzt, wo jeden Moment der Aufstand losbrechen kann?«

»Ich muss es tun. Carl muss mir sagen, was mit meinem Vater geschehen ist.« Sie schloss Salvator Fabris in die Arme, der etwas überrumpelt schien. »Eine gute Reise wünsche ich Euch, Signore. Auch wenn es mir lieber wäre, Ihr bliebet hier.«

Fabris winkte ab. »Nichts hält mich mehr! Die schönste Zeit in meiner Heimat beginnt. Das Singen der Zikaden, der sonnenschwere Duft der Blüten. Ich habe schon viel zu viel Zeit damit vergeudet, auf eine Entscheidung des Kaisers zu warten. In Padua wird sich eine Anstellung für einen exquisiten Fechtmeister wie mich finden. Besucht Ihr mich stattdessen! Abgemacht? Möge der Herr uns gesund und munter eines Tages in Italien zusammenführen.« Er küsste ihre Hand.

Clarissa nahm die Einladung lachend an, bevor sie sich auf den Weg machte. In ihrer Aufregung dachte sie nicht einmal daran, eine Begleitung mitzunehmen, und eilte aus dem Haus.

Am Abend saßen sie in der Stube beisammen. Die Stimmung war gedrückt. Ohne Kissen, Decken und kostbare Leuchter und dafür voller Kisten und Kästen war der Raum ungemütlich. Selbst die Vögel sangen nur noch zaghaft.

»Und keiner der Pater kennt einen Carl? Das ist ja wirklich merkwürdig.« Felicitas legte sorgfältig ihr Besteck auf den Teller, sie hatte kaum gegessen. »Vielleicht war er nur zum Beichten oder der Messe wegen in der Kirche.«

Clarissa nickte. Die Pater waren abweisend gewesen. Bei einem oder zweien, vor allem einem kugeldicken Pater, hatte sie geglaubt, dass er ihr etwas verschwieg, wie aber hätte sie ihn zum Reden bringen können? »Das könnte natürlich sein. Es herrscht ohnehin eine merkwürdige Stimmung in der Stadt. Zum ersten Mal bedauerte ich es, allein und unbewaffnet losgelaufen zu sein.« Clarissa schüttelte ungläubig den Kopf. »Feindselig und aufgeladen. Gerade rund um das Klementinum schimpfen alle auf den Kaiser. So viel Hass habe ich in ihren Augen gesehen! Als würden sie Rudolf am liebsten umbringen.« Ein Gedanke ließ sie einfach nicht los. »Vielleicht ist die Fechterverschwörung gegen Rudolf gerichtet. Aber bei der Herbstmesse war die politische Entwicklung doch noch nicht abzusehen«, dachte sie laut.

»Genau genommen schon. Die Forderung nach Religionsfreiheit ist ja nicht neu.«

Aufgeregt überlegte Clarissa. »Möglicherweise war es das, was mein Vater herausgefunden hat. Vielleicht hat er von einem geplanten Attentat auf den Kaiser gehört.«

»Glaub mir, solange Rudolf Kaiser ist, heißt es immer wieder, es seien Attentäter auf ihn angesetzt. Es gibt sogar eine Prophezeiung in dieser Richtung. Aber noch nie ist etwas passiert. Seine Leibgarde ist hervorragend.« Ein Schatten zog über Felicitas' Gesicht.

»Alexander hat sicher viel zu tun«, versuchte Clarissa sie zu beruhigen. Felicitas schwieg bedrückt, also nahm Clarissa den Faden wieder auf: »Sollten wir nicht trotzdem versuchen, den Kaiser zu warnen? Wenn nichts passiert, dann war es eben ein Fehlalarm. Kannst du nicht Kontakt zu ihm aufnehmen, durch deine Geschäfte?«

Felicitas schüttelte den Kopf. »Unmöglich. Ich habe einmal mit seinem Bruder geschäftlich zu tun gehabt, Erzherzog Matthias. Es war ein Fehler und ist lange her, aber da ist der Kaiser nachtragend.«

Clarissa ließ der Gedanke keine Ruhe. Plötzlich wusste sie, wie sie zwei Probleme auf einmal lösen konnte. »Alexander könnte doch einen Brief in die richtigen Hände geben. Ich werde ihn gleich morgen früh aufsuchen!«

In der Stadt patrouillierten Gardisten. Fenster und Türen etlicher Häuser waren verrammelt, offenbar war Felicitas nicht die Einzige, die Übergriffe fürchtete. Zum Hinterhof des Palastes auf dem Burgberg bekam Clarissa keinen Zugang mehr. Wachen kontrollierten jeden Besucher scharf. Der Brief knisterte in ihrer Tasche. Gemeinsam hatten Felicitas und sie eine höfliche, aber eindeutige Warnung formuliert. Hoffentlich würde sie Alexander finden. Die schiere Menge Uniformierter, die das Schloss umringten, schüchterte sie ein. Jaro weigerte sich, sie zu begleiten; er habe zu viel zu erledigen. Ohnehin war sein Verhalten noch ablehnender geworden. Immer, wenn Clarissa ihn um etwas bat, ließ er sie zappeln. Sie wusste nicht, was sie ihm getan hatte.

Clarissa lief die Mauern in einiger Entfernung ab. Tatsächlich entdeckte sie Alexander und Marius am äußersten Rand der Wachtposten. Mit stolzgeschwellter Brust trug Marius die Uniform, Alexander hingegen wagte sie anscheinend kaum anzuschauen. Was hatte er denn?

Marius blaffte sie leise an: »Hast du meine Warnung vergessen? Zieh ab! Du wirst es sonst büßen!«

Clarissa ignorierte ihn. »Wir haben auf dich gewartet, Alexander. Wir reisen ab. Felicitas würde sich gerne verabschieden. Außerdem haben wir eine Bitte an dich«, sagte sie und wunderte sich über sich selbst; sie hätte nie gedacht, dass sie sich für Alexander als Liebesbotin betätigen würde. Den Brief vor den anderen herauszuholen, wagte sie nicht, aus Furcht, man würde ihn ihr abnehmen und vernichten.

»Zieh ab! Die anderen starren uns schon an! Willst du uns ruinieren?«, zischte Marius.

»Alexander kann ja wohl selbst antworten!«, wies Clarissa ihn zurück.

Noch immer ihren Blick meidend, sagte Alexander: »Er hat recht, du solltest gehen. Bestell Donna Felicitas meine besten Grüße. Wir werden uns nicht wiedersehen.«

»Aber …« Was war denn nur in ihn gefahren? Der Brief brannte förmlich zwischen ihren Kleidern.

»Geh jetzt! Du weißt, ich habe dich schon einmal gewarnt. Ich mache meine Drohung wahr!« Das kam wieder von Marius.

Tatsächlich wurde sie bereits von etlichen Gardisten finster gemustert. Aufgewühlt machte sie sich davon.

Außer Sichtweite ließ Clarissa sich auf eine niedrige Mauer sinken. Was war nur mit Alexander los? Und der Brief … Es musste doch eine Möglichkeit geben, dem Kaiser einen Brief zukommen zu lassen! Kurzerhand suchte sie sich die nächsten Palastwachen und sprach sie darauf an. Die Gardisten waren freundlich und wiesen ihr den Weg zum Vladislavsaal. Bereits vor dem Eingang des Burgflügels drängten sich die Menschen. Geschäftig diskutierten sie, eilten mit Papieren und gefolgt von Schreibern vorbei. Clarissa war verblüfft, sie hatte sich nie an dieser Seite des Palastes umgesehen. Sie schlängelte sich hindurch, trat durch eine weite Pforte und erstarrte. Der Anblick des Saales ließ sie für einen Augenblick ihre Hast vergessen. Ein unendlich weit erscheinendes Sterngewölbe breitete sich vor ihr aus. Rippenbögen, die so filigran wirkten, als könnten sie das fein gewobene Steinnetz nicht tragen. Kerzenschimmernde Kronleuchter.

»Gewaltig, nicht wahr? Wundert einen nicht, dass hier nicht nur der Landtag, sondern auch Reitturniere abgehalten werden. Kleines Andenken gefällig?« Die Frau wies auf ihren Stand. Auf einem kleinen Tisch hatte sie Uhren ausgelegt. Erstaunt ließ Clarissa ihren Blick über die anderen Stände wandern, die sich an der Längsseite aufreihten. Es gab Druckwerke zu kaufen, Gemälde, Kleiderschmuck und sogar Geschirr. Unter dem Dach des Kaisers gab es eine Krämerecke? Damit hatte sie nicht gerechnet.

»Ich möchte einen Brief abgeben … an den Kaiser.«

»Dort hinten befinden sich die Kanzleien. Viel Glück. Vielleicht schaut Ihr ja später noch mal vorbei«, sagte die Frau hoffnungsvoll.

»Ja, vielleicht.« Doch Clarissa hatte schon keinen Blick mehr für die Auslagen. Vor den Kanzleien war kaum ein Durchkommen. Offenbar warteten hier auch die Bürger, die bei den Tumulten der letzten Tage Schäden davongetragen hatten, um Klagen abzugeben und Ersatz zu fordern. Es dauerte ewig, bis sie einen Schreiber sprechen konnte, aber niemand schien sich zuständig zu fühlen. Sie beobachtete, wie Briefe in große Kisten geworfen und beiseitegeschoben wurden. Nein, die Warnung hier abzugeben hatte keinen Sinn. Gab es denn niemanden, der einen direkteren Zugang zum Kaiserpalast hatte? Noch einmal ging sie die vielen Gespräche durch, die sich in den letzten Wochen und Monaten mit dem Kaiser beschäftigt hatten. Doch, eine letzte Möglichkeit gab es noch. Hatte der Arzt und Alchemist Michael Maier nicht sein Labor im Goldmachergässchen?

Wenig später wurde Clarissa in ein winziges Haus in Burgnähe geführt. Kaiser Rudolf hatte die Häuserzeile für seine Bogenschützen errichten lassen, die sie allerdings meist untervermieteten, weil ihr Lohn so niedrig war, hatte Clarissa gehört. Inzwischen waren hier viele Alchemisten heimisch geworden. Regale bedeckten die Wände, in denen allerlei Gläser und Gerätschaften, Destillierkolben und Blasebälge verstaut waren. Auf den Boden konnte man kaum treten, weil er von Papieren und Kreidestrichen bedeckt war. Auf einem Herdfeuer köchelte in einer Metallschale etwas vor sich hin, das bestialisch stank. Maier saß am Tisch und füllte ein Papier Zeile um Zeile mit einer gestochen scharfen Schrift, dabei summte er eine Melodie, die sich in verschiedenen Tonhöhen wiederholte. Er war von gedrungener Gestalt, hatte eine hohe Stirn und tief liegende Augen.

Offensichtlich fühlte Maier sich von ihr gestört. Ungeduldig blickte er sie an. »Woher kenne ich Euch, sagtet Ihr?«

»Mein Vater, Fritjoff Nykrantz, war Euer Fechtmeister in Rostock. Wir sind uns erst neulich bei einem Empfang des Herrn von Rosenberg begegnet. Ich habe eine Bitte an Euch.«

»Da seid Ihr nicht die Erste! Kaum gelingt es, Vertrauen zum Kaiser aufzubauen, stehen schon die ersten Schmarotzer vor der Tür, die einen ausnutzen wollen.«

Clarissas Geduld neigte sich dem Ende zu. Felicitas würde bald abreisen. Sie wollte sich von ihr verabschieden. Und sie selbst wollte in der wenigen Zeit, die ihr blieb, weiter nach ihrem Onkel suchen. Was machte sie hier überhaupt? Wieder summte Maier. Clarissa erkannte jetzt, dass er Striche und Punkte notierte. Waren das Noten?

»Ich habe ein Gerücht über eine Verschwörung gegen den Kaiser gehört und möchte Euch bitten, einen Brief abzugeben, in dem ich ihn warne«, unterbrach sie ihn.

»Ihr? Ausgerechnet Ihr?«

»Was schadet es Euch, den Brief zu übergeben?«

»Ich könnte meinen Ruf beschädigen!«

»Wenn Ihr Euren Gönner verliert, ist es schlimmer.«

Der stechende Geruch wurde stärker. Was köchelte da nur auf dem Feuer?

»Woran arbeitet Ihr?«

»Geheim!«, wies er sie zurück. Dann stutzte er. »Ach, das meint Ihr? Die Papiere? Meine ›Medicina regia‹. Ich werde sie für den Kaiser drucken lassen. Für ihn allein. Außerdem plane ich etwas noch Größeres.« Was könnte denn noch größer sein? Als könnte sie seine Erkenntnisse stehlen, stellte er sich vor die Schrift. »War es das? Ich meine, kann ich Euch sonst irgendwie dienen?« Den Gestank schien er gar nicht wahrzunehmen.

Clarissa legte den Brief auf den Tisch. »Ich wäre Euch sehr verbunden, wenn Ihr diesen Brief dem Kaiser übergeben würdet. Ihm persönlich. Es ist wirklich wichtig.«

»Ich werde sehen, was sich machen lässt«, sagte Maier vage.

Hinter ihm knackte die glühende Metallschale. Maier suchte eine Zange und warf dabei einen Papierstapel vom Tisch. Seitenweise ergossen sich Notizen und Papiere mit Noten über den Boden. Er schien sie vergessen zu haben. Clarissa zog sich zurück. Wieder auf der Gasse, sog sie die frische Luft ein. Sie hatte alles versucht, um den Kaiser zu warnen.

»Bist du sicher, dass du hier bleiben willst?« Felicitas saß blass in ihrer Reisekutsche. Sie hatte einen Vogelkäfig auf dem Schoß und musterte Clarissa. Ihre Kindheitserinnerung an das Inferno von Antwerpen im Jahr 1576 ließ ihr keine Ruhe, das spürte jeder. David in Sicherheit zu bringen, war das Einzige, was für sie noch zählte. Jaro würde heute noch letzte Botengänge erledigen und dann mit dem als Warenlieferung getarnten Gepäck folgen. Niemand musste wissen, dass Donna Felicitas Prag verließ. Von der unerfreulichen Begegnung mit Alexander hatte Clarissa lieber gar nichts erzählt, sondern stattdessen geschwindelt, sie habe ihn nicht angetroffen.

»Ich komme später mit Jaro nach. Ich muss meinen Onkel finden. Wenn ich diese Gelegenheit verpasse, erfahre ich vielleicht nie, was mit meinem Vater passiert ist.« Felicitas schloss sie in die Arme und drückte ihr etwas in die Hand. Es war der Schlüssel für ihr Haus, der endgültige Vertrauensbeweis. Clarissa dankte ihr stumm und umarmte danach David, dem das sichtlich unangenehm war.

Noch einmal lief Clarissa zum Klementinum, um sich nach Carl zu erkundigen. Die Pater wollten ihr die Beichte abnehmen oder mit ihr beten, aber Auskunft geben wollten sie nicht. Da entdeckte sie den kugeligen Pater wieder, der einigen Handwerkern Anweisungen zu geben schien.

»Erinnert Ihr Euch wirklich nicht an ihn? Carl ist sein Name. Groß gewachsen, Narben im Gesicht. Eher ein Laienbruder als ein Pater. Er könnte einen Samtanzug getragen haben.«

»Was denn nun? Pater oder Samtanzug? Das passt ganz und gar nicht zusammen«, sagte der Pater. »Warum sucht Ihr ihn überhaupt?«

»Er ist in ein Verbrechen verwickelt. Und er ist mein Onkel. Ich glaubte, er sei tot. Könnt Ihr Euch nicht nach ihm erkundigen, bitte?« Clarissa blinzelte. Vielleicht würde es helfen, wenn sie ein wenig weinte. »Es kann doch nicht in Eurem Sinn sein, dass ein Verbrecher mit diesem Haus in Verbindung gebracht wird«, sagte sie mit erstickter Stimme.

Der Mann legte die rundlichen Hände zusammen. »Dies ist ein Haus Gottes, nichts sonst. Ich werde sehen, was ich für Euch tun kann.« Sie dankte ihm, ohne allzu viel zu erwarten.

Niedergeschlagen ging sie zurück. Sie hätte gleich mit Felicitas abreisen sollen. Vor dem Haus am Tandlmarkt lungerten Männer in Uniform herum. Einer kam ihr bekannt vor. Was wollten sie bei Felicitas? Clarissa versteckte sich hinter der Ecke der Galluskirche. Da hörte sie Schritte. Waren sie hinter ihr her? Hatte Marius sie etwa tatsächlich angeschwärzt? Sie wollte fliehen, doch zu spät. Eine Hand legte sich auf ihre Schulter.

»Clarissa Nykrantz?«

Sich nach einem Fluchtweg umsehend, fuhr sie herum. Felicitas' Haustür war verschlossen, mit Jaros Hilfe konnte sie also nicht rechnen. Die Männer wären schneller als sie. Sie hatte nur ihren kleinen Dolch in der Tasche, das Rapier war in ihrem Gepäck. Sie zerrten sie zu einem Karren. Clarissa strampelte und rief um Hilfe, aber die Tür zu Felicitas' Haus öffnete sich nicht. Menschen eilten blicklos an ihr vorbei. Sie bat darum, im Haus ihrer Bekannten eine Nachricht hinterlassen zu dürfen, sie flehte und drohte, schließlich wurde sie in ihrer Verzweiflung auch handgreiflich, doch die Büttel stießen sie in den Karren. Einer tastete sie grob ab und entriss ihr den Dolch. Die Tür wurde verriegelt. Hart wurde sie hin und her geworfen, als die Kutsche über das Pflaster polterte. Panik überfiel sie. Sie wollte nicht ins

Gefängnis! Niemand wusste, wo sie war, und könnte ihr zu Hilfe kommen. Also hatte Marius doch seine Drohung wahrgemacht.

Jaro wartete ab, bis die Büttel mit Clarissa verschwunden waren. Gut. Je eher sie aus seinem Leben verschwand, desto besser. Allerdings schien sie immun gegen seine Unfreundlichkeit. Am besten, Donna Felicitas erführe gar nichts von Clarissas Verschwinden; er würde sich eine Ausrede einfallen lassen.

Mit einem brüchigen Kracksen brach die Feder unter dem Druck seiner verkrampften Hände; es war schon die dritte. Ein Tintenfleck beschmutzte das Papier. Alexander knüllte es zusammen und warf es in die Ecke. Ihm war, als müsste er zerspringen. Sein ganzes Leben lang war er davongelaufen. Hatte sich getarnt, versteckt, verstellt. Niemand hatte von seiner Schande gewusst, von seinem Vater einmal abgesehen, und er liebte Alexander als einziger Mensch auf dieser weiten Welt, wie er war. Die Erinnerung an Felicitas' Gesicht stieg vor ihm auf, und er drängte die Tränen zurück. Momente ihres Beisammenseins. Vertraut und liebevoll. Vom ersten Moment an hatte er das Gefühl gehabt, auf jemanden getroffen zu sein, der seine Qualen teilte, der ihn heilen und versöhnen könnte. Sicher hätte er sich auch bei ihr verstellen müssen, anders ging es nicht. Aber das wäre ein geringer Preis für ihre Liebe gewesen. Und jetzt war diese Hoffnung zerschlagen. Mehr noch, er war ruiniert. Wäre dem Hass und dem Spott ausgeliefert. Das konnte er nicht ertragen. Es war eine grausame Ironie, dass er gerade jetzt mehr erreicht hatte, als er je zu hoffen gewagt hatte: Leibtrabant des Kaisers, was für eine Ehre. Aber auch diesen Posten würde er verlieren. Mit Schimpf und Schande würde man ihn hinauswerfen, vielleicht sogar einsperren. Eine Monstrosität. Lieber würde er sterben. Er wusste nicht, ob es Marius gewesen war, der hinter sein Geheimnis gekommen war und ihn verraten hatte, oder die vorwitzige

Hure auf der Frankfurter Messe. Letztlich spielte es auch keine Rolle. So oder so wurde er erpresst. Was er für eine Anerkennung seiner Fähigkeiten gehalten hatte, war in Wirklichkeit ein verbrecherischer Schachzug gewesen. Aber er würde sich nicht zum Werkzeug dieser Schandtat machen lassen. Wenn er diesen Brief unter Felicitas' Haustür durchgeschoben hatte, würde er ins Wasser gehen und sterben, und zwar dort, wo sie einander ihre Liebe gestanden hatten. Alexander nahm eine neue Feder aus der Schublade. Es war seine letzte, er würde keine weitere Schreibfeder mehr benötigen.

Leander drängte sich durch die Straßen Prags. Woher kamen auf einmal die vielen Uniformierten? Er hatte unterwegs kurz angehalten, um sich zu erkundigen. Die Stände hatten die allgemeine Bewaffnung beschlossen. Viele Bewohner schienen Angst zu haben. Ob es Clarissa auch so ging? Schon von Weitem sah er, dass die Fenster von Donna Felicitas' Haus verriegelt waren. Vor der Tür war kein Pferd angebunden, keine Kutsche wartete. Nur wenige Krambuden auf dem Tandlmarkt waren besetzt. Von einer düsteren Vorahnung erfüllt, bollerte er an die Haustür. Seit sein Vater nicht zu seinem Termin bei Gericht aufgetaucht war, war so vieles schiefgelaufen! Niemand öffnete. Er versuchte durch die Ritzen der Läden zu spähen. Dunkelheit. Eine Nachbarin musterte ihn aus einem kleinen Dachfenster nebenan argwöhnisch.

»Die sind abgereist, abgehauen!«, platzte sie laut heraus, offenbar stolz auf ihr Wissen.

»Aber wohin?«

»Tja, das haben sie mir nicht verraten.« Ratlos blickte Leander die Fassade empor. Donna Felicitas war verschwunden. Hatte sie Clarissa mitgenommen?

»Und ihr Hausgast, die schwarzhaarige junge Frau?«

»Die haben die Büttel geholt. Weiß auch nicht, warum.«

Sogleich hastete Leander los. Wie es auch dazu gekommen

war, er musste helfen. War Clarissa in Prag eingekerkert oder brachte man sie nach Rostock?

»Lasst mich wissen, was Ihr herausfindet! Ist ja nichts mehr los hier, seit die weg sind!«, rief die Nachbarin ihm hinterher.

Arkadi war nicht da, offenbar hatte er einen Gönner gefunden, dessen Gäste er unterhielt. Auf sein Drängen sagte ihm Arkadis Mutter, welche Gefängnisse es in Prag gab, allerdings nicht, ohne es zu versäumen, Leander wegen seiner vermeintlichen Schandtaten – warum sollte er sonst fragen? – die Leviten zu lesen.

Das Gefängnis im Altstädter Rathaus war scharf bewacht. Seine Erkundigungen nach Clarissa führten ins Nichts. Vielleicht könnte Alexander ihm Zugang verschaffen oder Clarissa sogar befreien. Doch auch der junge Gardist war nicht zu sprechen. Was sollte er nur tun?

Schreien und Heulen erfüllten die Gänge des Gefängnisses. Bei den Tumulten der letzten Tage und Wochen waren viele Prager eingekerkert worden. Die Stimmung war brenzlig. Gerüchte machten die Runde, dass die Kaiserlichen die Häuser der Ständevertreter in die Luft sprengen oder sie aus dem Fenster stürzen wollten. In ihrer Zelle nahmen die Frauen kein Blatt vor den Mund. Eine Katholikin und eine Angehörige der Glaubensgemeinschaft der böhmischen Brüder hatten sich ausdauernd angezetert und sogar an den Haaren gerissen, bis Clarissa sie getrennt hatte. Vom Gang hörten sie, dass mehrfach Wachleute angegriffen worden waren. Die Gefangenen schworen lautstark Rache für ihre Einkerkerung und kündigten eine gewaltsame Befreiung an. Die Wächter revanchierten sich mit der Androhung von Folter. Clarissa mochte gar nicht daran denken, was geschehen würde, wenn diese hasserfüllten Männer und Frauen aufeinander losgelassen würden. Immer wieder musste sie daran denken, was sie über die Bartholomäusnacht in Paris und das Massaker in Antwerpen gehört hatte. Stand nun auch in Prag ein Blutbad bevor? Wenn sie doch nur mit einem Büttel reden könnte! Aber die Männer hatten sie ohne eine weitere Erklärung in den Kerker geworfen. Es blieb ihr nichts, als abzuwarten.

Leander wusste nicht, wohin. Eine Unterkunft wollte er sich nicht suchen, obwohl die Nacht einbrach. Er hatte keine Ruhe, solange er spürte, dass Clarissa noch in der Nähe war. Erst jetzt fiel ihm auf, dass seine Schritte ihn wieder zu Felicitas' Haus geführt hatten. Hoffnung flammte in ihm auf. Vielleicht hatte die Nachbarin ihn belogen und Clarissa war gar nicht verhaftet worden! Er hätte nicht so leichtgläubig sein sollen. Wieder betätigte er den Klopfer. Nichts. Verzweifelt ließ er seinen Blick über Fenster, Fassade und Tür schweifen. Abweisend und verlassen. Es war ein Rätsel. Da entdeckte er ein weißes Dreieck an der Türkante. Er zupfte daran, und tatsächlich löste er ein Stück Papier, das halb ins Haus geschoben worden war. Ein Brief! *»An Donna Felicitas, von Alexander«*, stand darauf. Mit dem Anflug eines schlechten Gewissens riss Leander ihn auf. Was er las, brachte sein Blut zum Rasen. Nein, dazu durfte es nicht kommen! Nichts war so schlimm, dass man sich selbst das Leben nahm! Was auch immer dazu geführt hatte, er musste diese Verzweiflungstat verhindern. Leander lief los. Er hoffte, dass seine Ahnung ihn nicht trog.

Er fand Alexander auf jener Bank, auf der der Gardist vor einigen Wochen mit Felicitas gesessen hatte. Er hatte das Gesicht in den Händen vergraben und trug die Uniform der kaiserlichen Leibtrabanten. Leise trat Leander heran und nahm neben Alexander Platz. Eine lange Weile geschah gar nichts. Es fiel Leander schwer, ruhig zu bleiben, schließlich wollte er unbedingt Alexander dazu bringen, Clarissa zu finden und zu befreien. Aber er bezwang sich. Endlich senkte Alexander ein wenig die Finger.

Er erkannte Leander und stützte sich auf die Knie. Sein Gesicht war tränennass.

Alexander starrte auf den schwarzen, unergründlichen Fluss hinaus. Schwalben schlugen Haken über dem Ufer. »Ich bin eine Enttäuschung … nicht einmal das schaffe ich … mich umzubringen«, sagte er erstickt.

»Ich würde es andersherum sehen: Es ist eine Leistung, sich nicht umzubringen, wenn man einmal den Vorsatz gefasst hat. Es beweist, dass du zu sehr am Leben hängst. Dass das Licht in dir überwiegt. Deshalb möchte ich dich bitten …«

»Was weißt du denn schon?«, fuhr Alexander ihn an.

Leander hob die Schultern. Um Geduld bemüht sagte er: »Nichts weiß ich von deinen Sorgen und Nöten, natürlich nicht. Aber ich weiß, dass Donna Felicitas dich sehr schätzt. Auch Clarissa schätzt dich sehr. Deshalb …«

»Felicitas weiß nicht, was sie tut. Ich bin es nicht wert!«

Leander stieß entnervt die Luft aus. »Das solltest du sie besser selbst entscheiden lassen. Ich bin überzeugt davon, dass sie dazu in der Lage ist.«

Alexander sprang auf. Er fixierte den Fluss, als wollte er ihn angreifen. »Ich werde ihr keine Schande machen. Ihr nicht und auch sonst niemandem!«

Ein wenig neugierig war Leander schon. »Ist es das, was du in deinem Brief angedeutet hast? Dass jemand dich erpresst, damit du eine Schandtat begehst? Um welche Schandtat handelt es sich?«, fragte er, winkte dann jedoch ab. »Ach, vergiss es, ich brauche deine Hi…«

Blitzschnell hatte Alexander ihn am Revers gepackt. Leander war groß und kräftig, dennoch gelang es Alexander, ihn durchzuschütteln. »Du hast meinen Brief gelesen?«

»Das wollte ich ja gerade sagen: Ich habe dich gesucht. Ich brauche deine Hilfe. Clarissa braucht deine Hilfe. Sie ist verhaftet worden. Hilf mir, sie zu retten. Danach kannst du dich mit mir prügeln. Erzähl mir, was dich bedrückt, oder auch nicht. Geh ins Wasser, was ich für die Tat eines Feiglings halte, oder lass es bleiben. Aber hilf mir vorher, Clarissa zu retten.«

Zweifelnd starrte Alexander ihn an. »Das kann ich nicht. Ich gehöre der Leibgarde des Kaisers an. Ich kann ihm keine Schande machen, indem ich mich ins Gefängnis schleiche.«

»Und das hier«, Leander wies auf den Fluss, »wäre besser? Betrachte es einfach als letzten Dienst an Donna Felicitas. Sie hat die ganze Zeit nur das Beste für Clarissa gewollt.«

Jetzt funkelten Alexanders Augen. »Warum hilft Felicitas Clarissa nicht?«

»Offenbar ist sie verschwunden. Geflüchtet vor den Tumulten in der Stadt. Deshalb habe ich ja auch deinen Brief gefunden. Das Haus ist verlassen. Bei deiner Ehre als Fechtmeister bitte ich dich, hilf mir.«

Als der Wächter Wasser und Brot brachte, hatten die Frauen ihn in seltener Einigkeit angegriffen, sich auf ihn geworfen und gebissen; dann hatten sie versucht zu fliehen. Sogleich waren andere Wärter gekommen und hatten mit Stöcken auf sie eingeprügelt. Clarissa hatte ein paar Schläge abbekommen, bevor sie versichern konnte, dass sie nichts mit dem Angriff zu tun hatte. Dennoch war sie wie alle anderen Insassen ihrer Zelle in eine kleinere Kammer gebracht worden, wo sie auf ihre Bestrafung warten sollten. Finster schwiegen die Frauen sich an. Da öffnete sich die Luke in der Tür.

»Du da – komm raus!«, rief der Wächter und blickte Clarissa an. Clarissa wurde eiskalt. Was würde mit ihr geschehen?

Eine Frau sah sie an. »Beiß ihnen in den Hals. Wir helfen dir und hauen gemeinsam ab. Der Weltuntergang ist nahe«, flüsterte sie. Clarissa mied ihren Blick. War sie von Verrückten umgeben?

Die Tür öffnete sich. Eine Hand winkte nach Clarissa. Gesenkten Hauptes folgte sie. Sie dachte nicht daran, den Büttel anzugreifen. Gewalt würde alles nur noch schlimmer machen.

»Ihr braucht sie nicht zu begleiten. Ich bringe sie in die Burg. Befehl vom Kaiser.« Die Stimme kannte sie doch! Ihr Herz schlug wie wild. Sie bemühte sich, nicht ruckartig aufzusehen.

»Der Kaiser, hä? Ja, der weiß, was gut ist! Immer hübsche junge Damen hat er in seinem Bett. Wie viele Bastarde hat er? Fünf oder sechs?«

»Ich verbitte mir diese Anzüglichkeiten.« Alexander, er war es, ohne Zweifel. Die Tür fiel ins Schloss. Hinter sich hörte Clarissa die anderen Gefangenen aufheulen. Gesenkten Hauptes folgte sie Alexander hinaus.

Es war Nacht geworden. Clarissa traute ihren Augen kaum: Vor der Tür des Gefängnisses stand Leander und wartete auf sie! Am liebsten wäre sie ihm um den Hals gefallen, und sie sah, dass es ihm ebenso ging, aber Leander gebot ihr, den Finger über den Lippen, sich zurückzuhalten, und reichte ihr einen Umhang. Warum hatte sein Aufenthalt in Nürnberg so lange gedauert? War dort alles gut gegangen? Warum hatte er ihr nicht geschrieben? Auch musste sie ihm und Alexander von Carl erzählen!

In stillem Einverständnis eilten sie durch die Gassen bergab. Wachtrupps patrouillierten die Straßen. Sie versteckten sich in Torbögen, um nicht kontrolliert zu werden. Kein Lachen und keine Musik schallten aus den Gaststätten, kein Bewohner ließ sich sehen. Gespannte Stille lag über der Stadt. Endlich hatten sie Felicitas' Haus erreicht. Der Büttel hatte ihr den Dolch genommen, den Schlüssel aber gelassen. Leise öffnete Clarissa. Sie traten in das verlassene Haus ein. Sogleich holte Clarissa Kerze und Zündwerkzeug. Sie konnte es kaum erwarten, Alexander und Leander endlich von Carl zu erzählen. Als die Flamme brannte, bemerkte sie, dass Alexander ihnen nicht gefolgt war, sondern im Türrahmen stand. Was war los?

»Lebt wohl, meine Freunde«, sagte Alexander heiser.

Leander packte ihn am Arm, zerrte ihn hinein und schlug die Tür zu. »Jetzt ist nicht der richtige Zeitpunkt, um zu sterben!«, fauchte er ihn an.

Schroff machte Alexander sich los, als wollte er ihn schlagen. »Ich habe dir geholfen, jetzt kann ich gehen.«

Clarissa trat zu ihnen. Eigentlich hatte sie nichts dagegen, eine Weile mit Leander allein zu sein. »Wenn er seinen Dienst antreten muss …«, begann sie.

»Seinen Dienst antreten?«, fiel Leander ihr ungewohnt grob ins Wort. »Wohl kaum! Er will sich das Leben nehmen, dieser Feigling!«

Alexander stürzte auf ihn zu. »Ich bin kein Feigling!«

»Was denn sonst, wenn du vor allem davonläufst? Wenn du es nicht wagst, deine Sorgen mit deinen Freunden zu teilen?«

»Ihr seid nicht meine Freunde! Ihr kennt mich ja gar nicht. Niemand kennt mich!«

»Ach ja? Und wenn wir dich kennen würden, würden wir dich nicht mehr unseren Freund nennen? So düster ist dein Geheimnis? Ich sag dir was: Du läufst ganz einfach vor etwas davon. Aber glaub mir, das führt zu nichts. Ich weiß, wovon ich spreche.«

Alexander schlug in stummem Selbsthass die Fäuste auf die Stirn, immer und immer wieder, bis Clarissa seine Handgelenke packte. Nur mühsam konnte sie ihn bändigen.

»Alexander, was ist denn nur mit dir los?«

»Ach … Ich … Wenn du wüsstest …«, fing Alexander an. Es war spürbar, dass er mit sich rang. Schließlich brach es aus ihm hervor: »Man will mich zwingen, den Kaiser umzubringen! Morgen. Bevor er den Majestätsbrief unterzeichnet«, presste er schließlich heraus. »Wenn ich es nicht tue …« Er verstummte.

In Clarissas Kopf überschlugen sich die Gedanken. »Ich habe es doch gewusst! Und du sollst der Mörder sein? Aber womit will man dich zwingen? Ist Carl auch deswegen in der Stadt? Bei den

Jesuiten ist er gesehen worden! Aber dort kennt ihn angeblich keiner. Dabei ist er mit seinem vernarbten Gesicht doch recht auffällig«, redete sie los.

»Vernarbtes Gesicht?«, stutzte Alexander. Clarissa beschrieb ihren Onkel. »Genauso wie der Söldnerführer, der mich angeworben hat. Der mir die Stelle verschafft hat. Der mich erpresst.«

Jetzt mischte sich Leander ein. »Hat er noch andere angeworben?«

»Ich glaube schon. Von Marius weiß ich es. Warum?«

»Weil er nicht von seinem Plan abkommen wird, nur weil du dich entziehst. Wir müssen zum Schloss!«

Alexander überlegte einen Augenblick. »Um diese Zeit riskieren wir lediglich, gefangen genommen zu werden. Wir müssen morgen früh in den Palast. Der ideale Zeitpunkt für den Mord sei es, wenn der Kaiser auf dem Weg zur Unterzeichnung des Majestätsbriefes sei, das hat mir der Erpresser eingebläut. Weitere Anweisungen sollte ich kurz vorher bekommen.« Sein Blick wanderte über die Wände, an denen die Gemälde gehangen hatten. »Wir gehen zusammen. Wir brauchen nur noch jemanden, der uns hineinbringt. Den Leibarzt oder einen anerkannten Alchemisten, das wäre am besten«, sagte er schließlich. Clarissa berichtete knapp von Michael Maier. »So sei es. Wollen wir hoffen, dass mein Makel mir ein einziges Mal zu etwas nütze ist.« Ohne ein weiteres Wort zog sich Alexander in Felicitas' Kontor zurück.

Wenig später saßen Clarissa und Leander sich auf ihrem Bett gegenüber und hielten einander an den Händen. Aufgewühlt und voller Fragen berichtete sie von der Suche nach Carl, dem Brief und ihrer Verhaftung, die sie auf Marius zurückführte.

»Vielleicht war es gar nicht Marius. Möglicherweise wollte dein Onkel dich aus dem Verkehr ziehen, nachdem du dich so auffällig nach ihm umgehört hast. Wenn er wirklich der Drahtzieher hinter dem Anschlag ist, kann ihm diese Aufmerksamkeit nicht recht sein«, dachte Leander laut.

»Hast du verstanden, was Alexander mit seinem letzten Satz gemeint hat?«

Leander schüttelte den Kopf. »Was es auch ist, es quält ihn sehr«, sagte er nachdenklich. Einen Augenblick schwiegen sie. Clarissa strich über die feinen Härchen auf seinem Unterarm, die durch den hochgerutschten Ärmel zum Vorschein gekommen waren. Er rieb lächelnd über die Gänsehaut und zog sie an sich. Sie ließen sich in die Bettnische sinken.

Clarissa genoss es unendlich, ihn zu spüren. »Wie konntest du mich nur so lange warten lassen? Was ist geschehen?«, warf sie ihm zärtlich vor. Ein tiefes Seufzen hob seine Brust. »Oje, so schlimm?«

»Schlimmer!« Sie sah ihn an. Selbst im weichen Licht der Kerze sah man die Sorgenfalte auf seiner Stirn. Clarissa küsste die kleine Verwerfung in der Hoffnung, dass sie sich abmilderte.

»Wir hatten unseren letzten Termin bei Gericht«, begann er schließlich. »Gemeinsam mit Engelin wartete ich. Mein Vater kam nicht. Immer wieder bat ich den Richter um Geduld. Schließlich sahen wir Gallus den Gang entlangwanken. Da hätte er besser wegbleiben sollen.« Bevor Clarissa ihrem Entsetzen Ausdruck verleihen konnte, fuhr Leander fort. »Er sagte, Männer hätten ihn überfallen und ihm den Branntwein eingeflößt. Natürlich hat der Richter ihm nicht geglaubt.«

»Du aber schon?«

»Du hättest ihn sehen sollen. Er ist so voller Hoffnung gewesen. Und nun …«

Clarissa legte tröstend die Hand auf seine Brust. Sie spürte seinen Herzschlag, kraftvoll und stetig. »Es tut mir so leid für dich. Für ihn natürlich auch.« Waren ihre Hoffnungen auf ein gemeinsames Leben nun wieder zerschlagen? Das wollte sie nicht dulden! Sie würde sich diesen widrigen Umständen nicht fügen! »Ich liebe dich trotzdem. Was auch geschieht, ich möchte bei dir bleiben – und wenn wir unter der Brücke schlafen müssen.«

Er nahm ihre Hand und küsste sie auf die Handinnenfläche. Ein Kribbeln raste durch ihren Körper. »Das müssen wir hoffentlich nicht. Es ist noch mal gut gegangen«, beruhigte er sie, plötzlich lächelnd. »Als Gallus nüchtern war, haben wir mit Hilfe einiger Bauhandwerker herausgefunden, dass Meister Thomas seine Arbeiter bezahlt hatte, damit sie meinen Vater betrunken machten. Wir brachten sie dazu, das vor Gericht zuzugeben.«

Wütend warf Clarissa sich auf ihn. »Hättest du das nicht gleich sagen können? Oder wolltest du mich nur bange machen, du Scheusal!«, schalt sie ihn liebevoll.

Leander legte die Hand zart um ihren Nacken. »Ich wollte es spannend machen.« Er küsste sie, aber Clarissa sträubte sich etwas. »Das war es nämlich.« Seine Zunge umspielte ihre Lippen. »Als ich noch nicht wusste, dass es gut ausgehen würde.« Nun hielt sie die Verlockung nicht mehr aus und öffnete sich ihm. Sie versanken in einem tiefen Kuss. Clarissa spürte seine Hände auf ihren Schultern, wie sie die Wirbelsäule herunterstrichen und ihre Hüfte umfassten. Sie erschauderte wohlig. Ob Alexander sie hören würde? Aber eigentlich war das Kontor doch weit genug entfernt. Sie zupfte an Leanders Hemd, fühlte die Hitze seiner Haut, wollte nichts, als ihn ganz berühren, in ihm versinken. Sie begann, an ihrem Mieder zu nesteln, doch er schob sie bedauernd von sich.

»Meinst du nicht, es wäre besser, wenn wir ein wenig schliefen, bevor wir uns daranmachen, den Kaiser zu retten?«, sagte er und küsste ihren Scheitel.

36

Carl zog seinen Samtanzug an. Seine Waffen hatte er bereits verpackt. Er konnte es kaum erwarten, diese Stadt zu verlassen. Nur heute noch, mahnte er sich. Dann könnte er in seine Einsiedelei zurück. Dann würde die Welt eine bessere werden. Er würde an den Palasttoren für ein Ablenkungsmanöver sorgen. Danach würde er im Zimmer eines Gasthauses auf den Mörder warten, um ihm seine Belohnung zu geben. Wenigstens konnte ihm seine Nichte nicht mehr in die Quere kommen, diese neugierige und unerzogene Göre. Allein durch die Stadt zu streifen und sich nach ihm zu erkundigen! Skrupel hatte Carl nicht. Der Zweck heiligte die Mittel, hieß es nicht so?

Marius war nervös. Dass ausgerechnet er zu so etwas Großem ausersehen war! Wenn er es nur endlich hinter sich gebracht hätte. Sein Auftraggeber hatte ihm genaue Anweisungen gegeben. Er musste dem Kaiser lediglich auflauern, ihn erstechen und dann verschwinden. Mit einem ungeheuren Vermögen würde er sich davonmachen. Er hatte der Tochter des Kommandanten zwar die Ehe versprochen, aber was zählte das Geschwätz von gestern, wenn einem ganz neue Möglichkeiten offenstanden? Bislang war es für ihn immer nur bergauf gegangen – und das ohne viel Mühe. Diese eine Tat noch, und er wäre reich, ohne sich zu placken. Um den Kaiser tat es ihm nicht leid. Rudolf war ein verschrobener Lustmolch, der seine Geschäfte schleifen ließ und das Reich in den Ruin trieb. Allein diese ganzen nackten Weiber auf den Gemälden in seinem Kuriositätenkabinett! Das war doch keine Kunst! Höchste Zeit, dass endlich jemand etwas unternahm. Marius sah sich als Retter des Reiches. Es war ein gutes Gefühl.

Zunächst hatte Michael Maier sie nicht empfangen wollen. Aber dann war Alexander allein vorgegangen, hatte einige wenige Worte mit dem Medicus gewechselt, und sie waren eingelassen worden. Der Arzt wirkte aufgeregt wie ein Kind. Immer wieder starrte er Alexander an, als wäre dieser ein Wunderwesen. Was hatte Alexander ihm denn nur gesagt?

»Ich hatte in den letzten Tagen selbst Schwierigkeiten, zum Kaiser vorzudringen. Deshalb konnte ich Euren Brief auch nicht übergeben. Es ist eine schwierige Zeit. Rudolf sucht Rat in der Stille. In der Kontemplation über seinen alchemistischen Objekten.«

Alexander winkte ab. »Ihr wisst, dass er uns gemeinsam sofort empfangen wird«, sagte er im Brustton der Überzeugung, der Clarissa verwunderte.

Maier zögerte. »Aber Eure Begleiter?«

»Sind meine alchemistischen Gefährten. Denkt an das Buch der Heiligen Dreifaltigkeit.«

Maier nickte aufgeregt. »Natürlich, natürlich.« Dann musterte er sie. Summte einige Töne. Meinte schließlich: »Tatsächlich? Soso!«

Rudolf saß in seinem hell erleuchteten Kunstkabinett. Die Karaffe mit dem Malvasier war beinahe leer, ein hervorragender Jahrgang. Er würde seine Kammertrabanten rufen müssen, obwohl er eigentlich nicht gestört werden wollte. Die mechanische Spinne glitt über das polierte Holz, wurde langsamer und erstarrte. Er hatte nicht die Kraft, sie noch einmal aufzuziehen. Vor ihm lagen die Teile eines Perpetuum mobile. Was für ein Traum: eine ewig laufende Maschine, die sich aus dem Nichts bewegt. Kein Anstoß von ihm wäre mehr nötig. Faszinierend wie der mystische

Golem, über den Rudolf mit Rabbi Löw gesprochen hatte. Ob es Löw wirklich gelungen war, dem Lehm durch die Magie der Kabbala Leben einzuhauchen? Ihm gelang es ja noch nicht einmal, diese mechanische Spielerei zusammenzubauen! Seine Finger gehorchten ihm nicht, und auch sein Geist driftete immer wieder ab. Seit er Ende Juni vom Tod seines Lieblingssohnes erfahren hatte, war er tief erschüttert. Mit Don Julius Caesar d'Austria hatte er die Begeisterung für Automaten aller Art geteilt. Nie hatte sich sein unehelicher Sohn über seine mechanischen Interessen lustig gemacht, stattdessen hatten sie gemeinsam versucht, Lösungen für komplizierte Tüfteleien zu finden. Doch das dunkle Schicksal ihrer Ahnin Johanna von Kastilien, genannt Johanna die Wahnsinnige, hatte auch nach Don Julius gegriffen. Nachdem er im letzten Jahr den bestialischen Mord an seiner Geliebten begangen hatte und Rudolf gezwungen war, sein eigen Fleisch und Blut gefangen zu setzen, war sein Halbsohn immer mehr dem Irrsinn verfallen und schließlich erstickt. Es war, als läge ein Fluch über der Casa d'Austria. Rudolf zweifelte immer mehr daran, dass es ihm gelingen würde, diesen Fluch zu brechen. Seine Kräfte schwanden. Die Auseinandersetzungen mit seinem Bruder Matthias zehrten an ihm wie die Franzosenkrankheit.

Er zog den Folianten heran, der aufgeschlagen auf dem Bücherstapel lag. Je länger er auch darüber meditierte, er fand die Antwort nicht. Seit Tagen schon hatte sein Bibliothekar Fröschlin Bücher herangeschleppt. Rudolf hatte in seinem Laboratorium experimentiert und seine Kunstwerke studiert. Weder die Vergangenheit noch die Zukunft gaben ihm einen Hinweis darauf, was er tun sollte. Auch sein Hofastronom Kepler hatte sich zurückgehalten. Er hatte etwas in den Sternen gesehen, verschwieg es aber. Rudolf brachte es nicht über sich, Kepler für diesen Verrat zu strafen. Wenn er nicht bald einen Hinweis erlangte, würde er sich selbst befragen müssen – und nichts scheute er mehr, als zu lange in seine eigene Seele zu starren.

Versonnen betrachtete Rudolf das Geschmeide an seinen Fingern. Er trug einen Ring aus Bein, als Zeichen der Vergänglichkeit. Edelsteine und Symbole der Sternzeichen wechselten sich auf einem weiteren Ring ab: Symbole vollständiger materieller und geistiger Harmonie. Außerdem ein schmaler Goldring mit den Namen der wichtigsten Erzengel, auf dass sie ihn leiten würden. An der anderen Hand trug er einen Smaragd, den Monatsstein für Juli. Doch auch dieses wohlgewählte Geschmeide half ihm nicht weiter. Sollte er den Majestätsbrief unterschreiben und seinem Volk religiöse Freiheit garantieren? Persönlich hatte er nichts dagegen. Politisch jedoch quälten ihn Skrupel. Der katholische Glaube war ein Grundpfeiler seiner Herrschaft. Mit einer Stärkung der Andersgläubigen würde er sich viele Feinde machen. Den Papst. Den spanischen Hof. Den Klerus. Alle Katholiken seines Reiches. Außerdem gefiel es ihm nicht, wie die böhmischen Stände ihn unter Druck setzten. Unverhohlen ließen sie ihn wissen, dass sie ihn absetzen und seinen Bruder Matthias zum König machen würden, wenn er ihren Wünschen nicht nachkäme. Einem Kaiser die Pistole auf die Brust zu setzen! Das war Hochverrat!

Als er den letzten Schluck Rotwein trank, lief ein Großteil daneben. Sein zerfressener Kiefer gehorchte ihm einfach nicht mehr. War es nicht schlimm genug, dass er so nuschelte, dass seine Untertanen ihn kaum noch verstanden? Immerhin betäubte der Alkohol seine Schmerzen. Gestern Nacht war er schlaflos und betrunken durch die Gänge seines Palastes geirrt. Seine Leibwache hatte ihn zurück zu seinem Gemach leiten müssen. Eine traurige Gestalt, das war er, und einsam noch dazu. Keine Frau hatte er, keine Ehe geschlossen. Sein Lieblingssohn – tot. Die anderen Bastarde über das Reich verstreut. Und seinen Jüngsten hatten nun die Jesuiten in ihren Fängen.

Rudolf tastete nach den Einzelteilen des Perpetuum mobile. Zerstückelt, wie sein Reich es war. Wie er sich wünschte, dass auch sein Reich einfach funktionierte, ohne dass er ständig Einfluss nahm, ohne dass er scheiterte! Das Habsburgerreich als ewig laufende Maschine, das war sein Traum. In dieser märchenhaften Vision hätte er endlich die Muße, sich ganz auf die Welt in seinem Palast zu konzentrieren. Nie wieder würde er sein Schloss verlassen müssen. Hier hatte er alles, was er brauchte. Rudolf musste die Welt nicht beschwerlich erkunden. Alles, was ihn reizte, ließ er sich bringen, ob es nun ausgestopfte Krokodile, Nägel aus der Arche Noah oder missgebildete Föten in Glaspokalen waren. Wenn er wissen wollte, wie es irgendwo aussah, schickte er seine Maler los. Ganze Tage konnte er vor den Alpenpanoramen von Roelant Savery verbringen, den er zwei Jahre durch die Gebirgswelt geschickt hatte.

An der Kopfseite des Saales knarrte die Tür. Wer wagte es, ihn zu stören? Ein Flüstern war zu hören. Rudolf wollte schon schreien, um Ruhe bitten, damit seine Gedanken eine Lösung fanden. Damit er endlich diese Maschine zum Laufen brachte. Er würde es nie allen recht machen. Aber wie sollte er sich entscheiden? Er sehnte ein Zeichen herbei! Hatten ihn seine Alchemistenkollegen nicht zum Hermes Trismegistos, zum Gründungsvater der Alchemie, gekürt? War er nicht Mitglied der geheimen Bruderschaft der Rosenkreuzer? Wenn er nicht die Zeichen lesen konnte, wer dann?

Schon an den Schritten erkannte er seinen Leibarzt Michael Maier. Ein Adept der höheren Welten, wie er. Doch zunächst trat sein Leibkammerdiener zu Rudolf.

»Es ist Zeit, Eure Majestät. Die Ständevertreter warten bereits«, sagte der Diener gemessen.

Rudolf winkte ab. »Lasst sie warten.«

Als hätte er schon mit dieser Antwort gerechnet, meinte der Diener: »Magister Maier besteht darauf, Euch zu sprechen, Majestät. Er hat etwas gefunden … was Ihr Euch ansehen solltet. Etwas Bahnbrechendes, sagt er.«

Der Wunsch, eine Lösung all seiner Probleme präsentiert zu bekommen, brannte so stark, dass Rudolf es gestattete. Als der Magister jedoch mit zwei Männern und einer Frau das Kabinett betrat, tastete er erschrocken nach seinem Prunkschwert. Zu oft hatte man ihm schon den Tod durch die Hand eines Attentäters prophezeit.

Michael Maier war überzeugend. Es gelang ihm, zum Obersthofmeister vorgelassen zu werden. Nachdem sie den höchsten Beamten am Hof auf ihrer Seite hatten, gaben ihnen die Leibwachen den Weg frei. Dass viele Alexander kannten, war sicher ebenfalls hilfreich. Clarissa hingegen mit ihrem Rapiergehänge wurde misstrauisch beäugt. Es waren erstaunlich wenige Leibwachen in der Antekammer. Marius war nirgends zu sehen, und auch sonst erschien Clarissa nichts verdächtig. Nacheinander durchschritten sie mehrere Gewölbe im Obergeschoss des Schlosses, die voller Schränke, Tische, Gemälde und Statuen waren. Das war also das berühmte Kunstkabinett. Vor dem dritten Saal gab es noch einmal längere Diskussionen mit den Leibkammerdienern, aber auch sie ließen sie schließlich passieren. Der Saal, in den sie eintraten, wurde von unzähligen Kerzen erhellt. Und da saß er leibhaftig – der Kaiser! Umgeben von seltsamen Gerätschaften und einem hohen Stapel kostbarer Folianten, thronte er an einem grün bezogenen Tisch. Rudolf war klein und kräftig, das Gesicht blass mit hoher Stirn, die Haare kraus, die Augen groß und mild. Sein Kinn wirkte vorgeschoben, die Lippen verdreht, was er durch einen dichten Bart und eine Halskrause zu kaschieren versuchte. Er war ganz in Schwarz gekleidet, trug aber einigen Schmuck. Am auffälligsten war das Prunkschwert, ein kostbares Rapier, das er auf seinen Knien abgelegt hatte.

Michael Maier ging voraus und sprach mit dem Kaiser. Mit einem Wink gab Alexander seinen Freunden zu verstehen, dass sie in einiger Entfernung zurückbleiben sollten. Maier zeigte auf Alexander, als wäre er eine Statue und kein leibhaftiger Mensch. Die Augen des Kaisers waren groß geworden. Er wirkte mit einem Mal sehr konzentriert. Dann begann der Fechter sich auszuziehen. Bald stand er nackt da. Was hatte er vor? Clarissa senkte züchtig den Blick, konnte es aber nicht lassen hochzublinzeln. Alexander war wirklich ein Bild von einem Mann, auch wenn ihr Leander besser gefiel. Schließlich wurde ein Paravent aufgestellt, und sie konnte nichts mehr sehen.

Dann hörten sie einen heiseren Schrei. Die Rapiere gezückt, eilten sie los. Leander stieß den Paravent beiseite. Drei Leibgardisten waren unversehens aufgetaucht und hatten die Herrschaften angegriffen. Am anderen Ende des Saals klaffte eine weitere Tür, Körper lagen leblos auf der Schwelle. Hätten sie nur die Zugänge überprüft! Aber das Schloss war so groß und verwinkelt!

Während der eine Angreifer Magister Maier sowie den nackten und unbewaffneten Alexander in Schach hielt, stürzten sich zwei – Marius war tatsächlich dabei! – mit gezückter Waffe auf den Kaiser, der einen Folianten wie einen Schild vor sich hielt. Der Einband des Buches war zerschlitzt, offenbar hatte Rudolf den ersten Schlag abwehren können. Clarissa kamen die Angreifer bekannt vor, alle drei waren in Frankfurt zum Meister ernannte Marxbrüder. Ein kurzer Blick genügte ihnen zur Absprache: Leander eilte Marius und dem zweiten entgegen, während Clarissa den dritten Verräter angriff. Der Leibgardist war stark und schnell, gegen einen skrupelloseren Gegner hatte sie nie gekämpft. Sie versuchte sich zu erinnern, was sie von Signore Fabris und Capo Ferro über einen derartigen Kampf gelernt hatte. Aus dem Augenwinkel nahm sie wahr, wie Alexander nach seinem Degen suchte, doch auch seine Kleidung war verschwunden. Da fuhr die Degenspitze ihres Gegners direkt in Richtung ihres Herzens. Instinktiv drehte Clarissa sich weg. Gerade noch! Die Schneide traf ihren Oberarm, der Schmerz nahm ihr den

Atem. Kaum konnte sie die Schwerthand noch führen. Schritte drangen zu ihnen. Warum kamen die kaisertreuen Leibgardisten erst jetzt? Die Tumulte am Nordtor mussten sie länger aufgehalten haben als gedacht. Clarissa gelang ein letzter Angriff. Als der Verräter konterte, nutzte ein herangestürmter Gardist die Blöße und stieß ihm den Degen in die Brust. Hektisch sah sie auf. Was war mit Leander? Er hatte sich zwischen den Kaiser und die Angreifer gesetzt und hielt sich gut. Doch auch er würde gegen zwei nicht lange standhalten. Da schleuderte Alexander eine aus einer kindskopfgroßen Muschel gestaltete Vase zwischen die Verräter. Beide waren kurz abgelenkt. Während Alexander sich, noch immer nackt, auf Marius warf und einer der Gardisten dem Verräter den Degen in den Leib senkte, stach Leander dem verbliebenen Verräter durch den Hals ins Auge. Obgleich dies als Meisterstich galt, grauste es Clarissa. Schlagartig wurde ihr bewusst, wie sehr ihre Knie zitterten und ihre Armwunde schmerzte. Der Kaiser wurde von seiner Leibwache umringt. Krampfhaftes Röcheln erfüllte den Raum. Marius war schwer verletzt. Voller Wut über den ehemaligen Schüler des Vaters drängte sie die Gardisten beiseite, die ihn umzingelten. Aus einer tiefen Bauchwunde floss Blut auf den Holzboden. Aufgewühlt rüttelte sie Marius' Schultern. Seine Augenlider flatterten.

»Wie konntest du das tun? Was hast du dir nur dabei gedacht?«, beschimpfte Clarissa unbeherrscht den Sterbenden. Besänftigend legte Leander die Hand auf ihre Schulter.

Ein Schwall Blut quoll aus Marius' Mund. Alexander schob sich nun neben sie. Er hatte sein Hemd um die Hüfte geschlungen, um seine Blöße zu bedecken.

»Es ist vorbei. Tu einmal nur etwas Gutes. Sag uns den Treffpunkt! Wo solltet ihr eure Belohnung bekommen?«, forderte Alexander.

Marius lächelte schwach. Er streckte die Hand nach Clarissa aus, doch die Kraft reichte nicht mehr. Seine Finger zuckten im eigenen Blut. Dann bäumte er sich auf und starb, ohne noch etwas gesagt zu haben. Niedergeschlagen erhoben sie sich. Trotz ihres Zorns war Clarissa von Trauer erfüllt. Vor ihrem inneren Auge sah sie Marius beim Tanz auf der Hochzeit in Rostock, auf dem Pferderücken im Mecklenburger Land und in der Fechtschule, wo er zum Meister geschlagen wurde. Wie hatte er sich nur für dieses Verbrechen entscheiden können? War Geld ihm wirklich so wichtig gewesen?

Als hätte Alexander ihre Gedanken erraten, sagte er: »Marius ist alles in den Schoß gefallen. Aussehen, Frauen, Stellung. Sich hochzuarbeiten, dafür hatte er wohl keine Geduld. Außerdem heißt es, er habe seiner Verlobten von Reichtümern vorgeschwärmt, die seine Familie in Wahrheit nicht besitzt. Der Kommandant wollte die Verbindung wieder lösen.«

»Jetzt werden wir den Kopf der Verschwörung nie dingfest machen«, sagte Clarissa erschüttert. Vermutlich würde er einen weiteren Mordversuch planen.

In diesem Moment wies Leander auf die verschmierte Blutlache. »Vielleicht doch«, sagte er. Sie beugten sich über das Zeichen, das Marius mit seinem Blut auf das Holz gemalt hatte. Plötzlich wieder von Hochspannung erfüllt, nickten sie sich zu. Sobald Alexander sich angekleidet hatte, machten sie sich auf den Weg.

Unbewegt standen sie im Schatten des Altstädter Rathausturms. Über ihnen sirrte die Rathausuhr, die das Datum und astronomische Symbole zeigte. Seit dem Angriff hatten sie kaum geredet, dabei brannten die Fragen in Clarissas Mund. Sie würde sich noch etwas gedulden müssen. Ihr notdürftig verbundener Arm pochte. Leander wirkte erschüttert. Er hatte sie beschworen zurückzubleiben, aber sie hatte darauf bestanden, ihn und Alexander zu begleiten. Sie musste Carl einfach persönlich gegenübertreten!

Im Gasthaus auf der gegenüberliegenden Seite herrschte viel Betrieb, zu viel für Clarissas Geschmack. »In Frankfurt und auch bei unseren Treffen in Prag hatte er eine Vorliebe für große Gasthöfe und Erdgeschosszimmer«, flüsterte Alexander.

»Verständlich«, murmelte Leander. »Wo sonst kann er unauffällig kommen und gehen?«

Clarissa dachte an die Gasthöfe, die sie auf ihrer Reise aufgesucht hatten. »Nach vorn ist der Schankraum, hinten könnte ein Stall sein. Es gibt nicht viele Zimmer im Erdgeschoss, alle liegen zum Hinterhof.«

Alexander neigte den Kopf. »Ich gehe durch das Haus nebenan in den Hof. Ihr kommt von vorn.« Bevor sie noch darüber beraten konnten, lief er schon los. Clarissa und Leander warteten einen Augenblick, dann starteten auch sie. Clarissa hängte sich bei Leander ein und hoffte, dass ihr Rapier unter dem Umhang nicht entdeckt wurde. Sie taten so, als wären sie ein ganz normales Paar auf der Suche nach einem Zimmer. In der Gaststube drängten sich die Menschen. Sie schoben sich zur gegenüberliegenden Seite. Als sie die Tür öffneten, hörten sie Kampfgeräusche und spurteten los. Alexander und ein Mann im Samtanzug fochten in einem nur durch einen Kamin erleuchteten Zimmer. Sie konnten kaum eintreten, so gefährlich flogen die Degen im Raum. Mit einem Ausfallschritt sprang Leander zwischen die Männer und kreuzte die Klingen. Clarissa war wie gebannt. Es war der vernarbte Angreifer, ohne Zweifel: ihr Onkel Carl. Jetzt, da sie es wusste, erkannte sie in dem hageren Gesicht auch die Ähnlichkeit. Er hatte Fritjoffs Augen. Carl reagierte geschickt, er schien nichts von seinem Kampftalent eingebüßt zu haben. Schließlich hatten Alexander und Leander Carl in die Ecke vor den Kamin gedrängt. Das Feuer umriss scharf seinen Körper und ließ sein Gesicht verschwimmen.

»Tötet ihn nicht!«, hielt Clarissa die Männer auf. »Ich muss ihn befragen.« Sie trat etwas näher und rief in die Kampfpause hinein: »Weißt du, wer ich bin? Clarissa, deine Nichte. Die Tochter deines Bruders Fritjoff. Ich habe dich gefunden, und ich werde auch die Leiche meines Vaters finden, das schwöre ich, so wahr ich hier stehe!« Sie beobachtete Carl genau. Sein Auge zuckte nervös. Er belauerte die beiden jungen Männer, war aber so angespannt, dass man jederzeit mit einem gefährlichen Angriff rechnen musste. Er hatte bei der Erwähnung der Leiche reagiert. War ihr Vater tatsächlich nicht tot? Hoffnung durchflutete sie. »Oder hast du ihn gar nicht getötet? Lebt mein Vater noch? Wo hast du ihn versteckt? Erinnerst du dich noch an Maria?« Wieder zuckte Carls Auge. Noch näher kam Clarissa heran. »Die süße Maria. Sie liebte dich noch auf ihrem Sterbebett, weißt du das? Sie verzieh dir alles und meinte, du hättest Fritjoff trotz allem immer geliebt. Stimmt das, Onkel? Lebt mein Vater noch? Du würdest ihm doch nichts antun, deinem geliebten Bruder?« Für einen Lidschlag hatte sie das Gefühl, die harten Züge milderten sich etwas.

Da schwang er unvermittelt seinen Degen. Stahl gleißte auf Stahl. Eine Bewegung mit dem linken Arm in seine Tasche. Wieder Schwerterklirren. Er warf etwas hinter sich. Was war das? Zischen im Kamin. Weiß aufblitzendes Feuer. Ein ohrenbetäubender Knall. Clarissa wurde beiseitegestoßen, strauchelte und fiel. Als sie sich wieder hochgerappelt hatte, waren die Männer verschwunden.

Eine halbe Stunde später kam Leander ihr mit hängenden Schultern entgegen, immer noch von Rußflocken und Holzkohlestückchen gesprenkelt. Erleichtert fiel Clarissa ihm in die Arme. Sie hatte alle Hände voll damit zu tun gehabt, den aufgebrachten Wirt zu besänftigen und einen Boten zum Schloss zu schicken, damit sich jemand um den Schaden und die Untersuchung von Carls Hinterlassenschaften kümmerte. In der Zwischenzeit hielt sie die Schaulustigen vom Herumstöbern ab.

Auch jetzt noch war sie von Menschen umringt, die aufgewühlt über die Ereignisse redeten.

»Wir haben ihn auf der Alten Brücke verloren«, gestand Leander ein. »Er ist einfach in den Fluss gesprungen. Die Strömung scheint an dieser Stelle stark.«

Beklommen sah sie sich um. »Und Alexander?«

»Verschwunden.«

»Müssen wir ihn suchen? Meinst du, er tut sich doch noch etwas an?«

Leander hob ratlos die Schultern. »Ich glaube kaum, dass er gefunden werden will.«

Plötzlich verstummten die Gespräche. Clarissa und Leander wandten sich um. Der Hartschierleibguardihauptmann war mit seinen Wachen eingetreten. Die Männer scheuchten die Schaulustigen fort und schlossen die Tür. Leander berichtete ihm, was geschehen war und dass der Drahtzieher offenbar den Jesuiten angehörte. Dass der Mann auch Clarissas Onkel war, verschwieg er wohlweislich. Dafür bezeichnete er Clarissa als seine Verlobte, und ihr Herz hüpfte vor Freude dabei.

Erleichtert sprach der Hartschierleibguardihauptmann ihnen seinen Dank aus. »Er hat Schwarzpulver verwendet, natürlich. Dieses Teufelszeug! Auch in England sollen die Jesuiten vor ein paar Jahren bei dem Versuch beteiligt gewesen sein, den König und das Parlament in die Luft zu sprengen. Glücklicherweise konnte der Pulver-Verrat vereitelt werden.« Er senkte die Stimme. »Die Explosion werden wir offiziell als Unfall bezeichnen und sagen, der Mann sei ein leichtsinniger Musketier gewesen. Was den Attentäter angeht, so wünscht der Kaiser Stillschweigen. Wenn sich herumspräche, dass nicht einmal die Leibgarde mehr ganz auf Seiten des Kaisers steht, würde das die Kritik an seiner Majestät nur noch befeuern. Der Kaiser hat das Zeichen für die Harmonie der Elemente gedeutet und den Majestätsbrief unterzeichnet. Kanzler Lobkowitz hat die Unterschrift verweigert, weil er fürchtet, für einen solchen Ketzerdienst in die Hölle zu kommen, aber es wird sich schon jemand finden. Ihre Majestät möchte sich morgen Mittag bei euch und eurem Freund bedanken. Wo steckt er überhaupt?«

»Wir wissen es nicht, Hartschierleibguardihauptmann«, gestand Leander ein.

»Das wird der Kaiser bedauern. Einen Hermaphroditen bekommt man nicht alle Tage zu Gesicht.«

Clarissa und Leander vermieden jede Reaktion. Sie waren beinahe erleichtert, als man sie hinauskomplimentierte. Clarissas Arm musste dringend versorgt werden. Ohnehin fiel es beiden schwer, die richtigen Worte zu finden.

37

Carl kroch mit bebenden Armen und müden Beinen auf das Moldauufer. Die Strömung hatte ihn gegen einen Felsen geschleudert. Sein Rücken war wund und brannte, als hätte man ihm die Haut abgezogen. Trotz des unfreiwilligen Bades steckten noch Splitter in seiner Haut; die Explosion war stärker gewesen als gedacht. Aber er verdiente die Strafe. Er hatte versagt. Der Tumult am Palasttor, das Einschleusen der Attentäter durch eine Geheimtür, alles hatte geklappt. Und dann hatten ihn die Worte seiner Nichte unachtsam werden lassen. Das Gerede über Maria, über Fritjoff. Was würde der Pater nun seinem Bruder antun? Und wie würde seine eigene Strafe aussehen?

Seine Fingerspitzen pochten, und doch kratzte Fritjoff weiter. Nicht mehr lange, und er hätte vier Steine aus der Mauer gelöst, genug, um sich hindurchzuquetschen. Schließlich war er ja nur noch ein Schatten seiner selbst. Die Monate in der Zelle hatten ihn bis auf die Knochen abmagern lassen. Er war so schwach, dass er seine Fechtübungen nur noch wenige Minuten durchhielt. Seine Gedanken waren einzig auf die Flucht gerichtet. Erstaunlich, dass der Bauer seine Fluchtvorbereitungen noch nicht bemerkt hatte. Aber derzeit kam der alte Mann immer spät, wenn er denn überhaupt kam. Fritjoff war so hungrig, wie er es nur aus seiner Kindheit erinnerte.

Blut ließ den Mörtel zusammenkleben und erschwerte das Kratzen zusätzlich. Doch endlich gab auch der letzte Stein nach. Vorsichtig hob Fritjoff ihn nach innen. Falls es ihm doch nicht gelang, sich hindurchzuquetschen, konnte er zumindest das

Loch wieder vorläufig verschließen. Er steckte den Kopf durch die kleine Öffnung. Ein steiler Abhang. Das Mondlicht spiegelte sich auf den Blättern der Bäume und furchte die Felsen. Kein Mensch zu sehen. Er drehte sich um. Schob die Füße hinaus, die Unterschenkel, die Knie, weiter und immer weiter – und blieb mit der Hüfte stecken. Sosehr er sich auch quetschte, er kam einfach nicht hindurch. Fluchend zog er sich zurück. Ein weiterer Stein musste hinaus, mindestens, aber ob seine wunden Finger noch durchhielten?

Schweigend betraten sie Felicitas' Haus. Leander umgaben düstere Gedanken wie eine Gewitterwolke. In der Diele löste er sein Degengehänge vom Leibriemen und schleuderte das Rapier auf den Boden. Er ging ein paar Schritte, kehrte um, stützte sich mit den Handflächen gegen die Wand und murmelte etwas. So angespannt wirkte er, dass Clarissa kaum wagte, ihn zu berühren. Zaghaft berührte sie sein Schulterblatt.

Er wandte sich ihr zu. Seine Augen blitzten vor Verzweiflung. »Ich habe einen Menschen getötet«, brach es aus Leander heraus. »Ich habe ihm das Leben genommen. Ich bin ein Mörder.«

»Du bist kein Mörder. Du hast den Kaiser gerettet.«

Wieder ging er, die Hände hilflos an den Schläfen, auf und ab. »Er war ein Leibgardist. Ich muss seinen Namen herausfinden. Was hat ihn dazu getrieben, den Kaiser anzugreifen? Vielleicht hatte er einen Grund!«

Seine Verzweiflung tat ihr weh, aber es gab nur wenig, was sie für ihn tun konnte. »Welchen Grund könnte es geben, einen Menschen heimtückisch umzubringen? Ein Reich in Chaos zu stürzen?«

Er warf die Hände in die Luft. »Ich weiß es nicht! Vielleicht hätte ich ihn nur verletzen können. Ich hätte ihn nur außer Gefecht setzen sollen.«

»Dann hätte er möglicherweise den Kaiser doch noch getötet – oder dich«, gab Clarissa zu bedenken. »Du hast die sichere Lösung gewählt.«

Leander verharrte. »Wer zum Schwert greift, soll durch das Schwert umkommen, heißt es nicht so?«, sagte er tonlos. »Er hat sein Los gewählt. Und ich das meine.« Noch einen Augenblick schwieg er. Seine Augen richteten sich auf Clarissa. »Was rede ich! Dein Arm!«, rief er in plötzlicher Erkenntnis aus.

Behutsam löste Leander das abgerissene Stück Stoff von Clarissas Wunde. Sogleich begann das Blut wieder zu fließen. Mit Wasser und Branntwein reinigte er die Einstichstelle. Scharfer Schmerz durchfuhr Clarissa, sie schnappte nach Luft. Er verband die Wunde mit einem sauberen Tuch und pickte Rußflocken aus ihrem Haar. Clarissa dachte die ganze Zeit über Alexander nach, wusste aber nicht, wie sie es ansprechen sollte. »Ich wünschte wirklich, er hätte mich getroffen und nicht dich«, murmelte Leander.

Clarissa strich die schwarzen Pünktchen von seiner Wange. »Nein, nur das nicht. Dann hättest du Carl nicht so gut verfolgen können.«

»Wer weiß, vielleicht hättest du ihn eher eingefangen.«

»Das glaube ich kaum. Was euch zu zweit nicht gelungen ist …« Sie ließ den Halbsatz im Raum verklingen. »Ich muss ihn suchen. Vielleicht hat Carl meinen Vater im Jesuitenkolleg versteckt. Möglicherweise gibt es weitere Kirchen der Jesuiten in der Nähe. Ich bin jetzt ganz sicher, dass Vater noch lebt! Sobald es geht, werde ich losziehen.« Leander versuchte nicht, es ihr auszureden. Aber er würde sie nicht allein gehen lassen.

Schließlich holte er Wasser aus dem Hinterhof, und Clarissa feuerte den Herd an. Während sie auf das warme Wasser warteten, holte sie ein Fass mit Büchern aus dem Kriechkeller. Sie erinnerte sich da an etwas … Nacheinander zog sie die Bücher hervor, blätterte, las einen Absatz, dann nahm sie ein weiteres. Da war es: Der römische Dichter Ovid erzählte die Sage von

Hermaphroditos, dem Sohn der Göttin Aphrodite und des Gottes Hermes. Dieser wurde als Knabe von der Nymphe Salmakis in eine Quelle gezogen. Die verliebte Nymphe bat die Götter, sie beide nie wieder zu trennen, und so wurden sie zu einem Wesen halb Mann, halb Frau.

»Kaum vorstellbar, dass so ein Kerl wie Alexander etwas Weibliches an sich haben soll«, sprach sie ihren Gedanken aus. Hatte sie sich deshalb von Alexander angezogen gefühlt, weil sie den Riss in seinem Inneren, seine Seelenqualen, gespürt hatte? Widersprüche, wohin sie blickte …

»Vielleicht hat er sich gerade so hart gegeben, um jeden Zweifel an seiner Männlichkeit zu zerstreuen.«

»Und die Frauen? Seit ich ihn kenne, hat er immer mit Frauen poussiert«, wunderte sich Clarissa.

Leander lachte leise. »Es gibt viele Wege, Frauen zu beglücken«, sagte er geheimnisvoll.

»Woher weißt du das?«, fragte sie; sofort spürte sie Eifersucht in sich aufsteigen.

»Auf der Straße erzählt man sich so einiges …« Leander strich über ihre Wange und ließ die Finger weiter über ihren Hals bis zu ihrem Schlüsselbein gleiten. Ihr Körper reagierte sofort auf seine Berührungen. Clarissa neigte sich zu ihm. Sie wollte ihn liebkosen, aber ihre Haut fühlte sich klebrig von Ruß und Schweiß an.

»Ich würde mich gerne waschen, bevor …«

Er verschloss ihre Lippen mit einem Kuss. »Ich liebe dich auch so«, murmelte er. Schon ließ sie sich von ihm locken. Da blubberte das Wasser im Kessel und spritzte zischend in die Flammen. Unwillig lösten sie sich voneinander.

»Gnädigste, Ihr Bad wird bereitet«, sagte Leander gespielt förmlich. Sie suchten den Zuber, aber Clarissa war es peinlich, sich vor ihm zu entblößen. In stillem Einverständnis mischte er ihr heißes Wasser mit kaltem und ließ sie allein. Während sie sich wusch, ließ Clarissa den Abend noch einmal vorüberziehen. Sie trauerte um Marius, aber letztlich hatte er sich sein Schicksal selbst zuzuschreiben. Alexander hingegen … Es war niederträchtig, ihn wegen seiner Andersartigkeit zu erpressen. Sie verstand jetzt, dass er geflohen war. Wenn sich herumspräche, dass er kein ganzer Mann war, gab er sich dem Spott preis und verlöre vermutlich seine Stellung. Auch fürchtete er vermutlich Felicitas' Reaktion.

Doch der Abend hatte auch Positives gebracht. Eine Audienz beim Kaiser war eine schöne Anerkennung für Leander. Dass der Majestätsbrief unterzeichnet war, beruhigte sie ebenfalls. Jetzt würden die Bürger von Böhmen gleichberechtigt und in Frieden zusammenleben können. Sicher würde dieses Beispiel Schule machen. Und – Leander hatte sie als seine Verlobte bezeichnet. Ein Lächeln huschte über ihr Gesicht. Versöhnt und voller Vorfreude auf das Beisammensein mit ihrem Geliebten trocknete sie sich ab. Doch als sie Leander aus der Kammer holen wollte, schlief er bereits tief und fest. Vorsichtig, um ihn nicht zu wecken, kuschelte sie sich an ihn. Wie gut, dass sie Felicitas' Haus gerade jetzt für sich hatten.

Am nächsten Morgen wurden sie durch heftiges Klopfen geweckt. Verschlafen warf Clarissa sich ihr Kleid über und eilte zur Tür. Eine verhutzelte Nachbarin stand an der Schwelle. Clarissa hatte sie schon ein paar Mal gesehen.

»Hab ich doch richtig gehört, es ist jemand im Haus. Wo ist denn Donna Felicitas?« Die Alte versuchte, an ihr vorbeizuspähen.

»Donna Felicitas ist geschäftlich unterwegs. Ich hüte derweil das Haus«, sagte Clarissa kühl.

»Und der Mann? Ich habe doch eine Männerstimme gehört!« Sie beugte sich weiter vor.

»Hier ist kein Mann. Ich habe mir allerdings gestern Abend

noch ein Bad bereitet. Vielleicht hat das Schrammen des Waschzubers über die Bohlen Eure Ruhe gestört.«

»Ein Bad?«, fragte die Alte, als hätte sie davon noch nie gehört.

Clarissa nickte. »Für die Störung bitte ich um Entschuldigung. Guten Tag.« Sie schloss die Tür und atmete tief durch. Leander würde sich später hinausschleichen müssen.

Leander stand neben dem Badezuber und wusch sich gerade. Er war bis auf ein Tuch um die Hüften nackt. Clarissa trat zu ihm und schloss ihn in die Arme. Es störte sie nicht, dass sein Körper nass war. Sie wollte ihm einfach nur nahe sein. Stürmisch erkundete sie seinen Körper. Sie spürte die harte Muskulatur unter ihrer Haut und den rasenden Rhythmus seines Herzens. Ließ ihre Zunge über seinen Lippenbogen und die weiche Haut seines Halses gleiten. Leander erschauerte. Seine Hände umfassten ihre Taille, wanderten an ihrem Körper hoch. Clarissa liebte es, wie er sie berührte.

»Ich würde am liebsten den ganzen Tag mit dir hier verbringen«, flüsterte Clarissa, als sie sich von ihm löste, um zu Atem zu kommen.

»Das können wir nicht. Donna Felicitas kann bald schon zurück sein. Und der Kaiser wartet auf uns.« Er wollte wohl noch etwas sagen, aber Clarissa küsste ihn wieder.

»Ach, der Kaiser«, murmelte sie. »Was zählt der Kaiser, wenn ich dich haben kann?«

Er nahm ihr Gesicht in die Hände. Sein ganzer Körper bebte. »Außerdem weiß ich nicht, wie lange ich mich noch zurückhalten kann, Liebste.«

»Musst du dich denn zurückhalten?«, fragte sie wider besseres Wissen.

»Wenn wir erst verlobt sind, verheiratet … Du wirst mich doch heiraten, nicht wahr?« Zweifel blitzten in seinem Blick.

»Nichts lieber als das. Und bitte so schnell wie möglich«, erwiderte sie lächelnd.

Clarissa hatte ein frisches Kleid aus ihrer Truhe geholt und sah, abgesehen von ihrem – durch den Verband voluminösen – Oberarm, respektabel aus. Es hatte lange gedauert, Leanders Anzug zu reinigen. Gegen Mittag huschte Leander heimlich durch einen Nebeneingang aus dem Haus, und kurz darauf ging Clarissa möglichst laut polternd durch die Haustür, wobei sie einen verstohlenen Blick in Richtung Nachbarhaus warf. Ein paar Straßen weiter traf sie Leander wieder, und gemeinsam machten sie sich auf zum Hradschin. Auf den Straßen herrschte eine gelöste Stimmung. Im Vorbeigehen hörten sie Freude über den Majestätsbrief, Lob für den Kaiser und die Hoffnung, dass man das kostbare Schriftstück eines Tages zu sehen bekommen würde.

Die Leibwachen grüßten respektvoll. Sie durchquerten mehrere Vorzimmer, in denen unzählige fein gekleidete Herrschaften auf eine Audienz warteten, und wurden tatsächlich zum Kaiser vorgelassen. Rudolf befand sich in Gesellschaft des Leibarztes Maier in seinem Kunstkabinett. So weit die Wände reichten, reihte sich Gemälde an Gemälde, zumeist Darstellungen spärlich bekleideter Männer und Frauen in verfänglichen Posen.

»Denkt Ihr auch, dass Wir für Unsere Unterschrift unter den Majestätsbrief in die Hölle kommen werden?«, fragte der Kaiser sie unvermittelt. Er nuschelte stark und bewegte den Unterkiefer, als hätte er Mühe, die Wörter herauszubringen. Sein Gesicht wirkte fleckig, wie geschminkt. »Wir haben im Escorial viele Bilder der Höllenqualen gesehen, die Meister Bosch entworfen hat, und müssen zugeben, sie schrecken Uns sehr.«

Clarissa ging einmal mehr auf, wie sehr die Katholiken die ewige Verdammnis fürchteten. Sie war froh, als Protestantin einen pragmatischeren Zugang zum Glauben zu haben. »Wenn Ihr erlaubt, Majestät …«, begann sie. Kaiser Rudolf betrachtete sie wohlwollend und lange. Als sein schweres Haupt sich senkte, sagte sie: »Niemand kann es allen recht machen. Ihr, die Ihr so viele Untertanen habt, vermutlich am wenigsten. Wenn ich es richtig verstehe, habt Ihr Euch in Eurer Gnade für die Duldung anderer Meinungen und Haltungen ausgesprochen. Das halte ich für ein Werk des Friedens, das nicht falsch sein kann.«

Der Kaiser wandte sich an seinen Berater. »Die Zeichen waren eindeutig, das seht Ihr doch auch so?« Der Arzt nickte gemessen. »Das Verschwinden des Hermaphroditen stürzt Uns in Zweifel. Wir hätten ihn gerne noch in Unserem Kabinett gehabt. Wir haben eine Vorliebe für die Antike. Meister Spranger hat das Zusammentreffen von Salmakis und Hermaphroditos für uns bereits malerisch gestaltet.« Rudolfs Blick ruhte auf Clarissa. Auf einmal fühlte sie sich unwohl zwischen den vielen nackten Frauen auf den Gemälden, und sie fragte sich, ob dies wirklich der richtige Rahmen für eine Audienz war. Der Kaiser sprach über Alexander wie über ein Ausstellungsstück; auch das missbilligte sie. Nun gab er dem Leibtrabanten, der hinter ihm gewartet hatte, einen Wink. Der Mann überreichte Clarissa die Muschelvase, mit der Alexander gestern geworfen hatte; sie war leicht verbeult. Leander bekam eine silberne Spinne. Überrascht betrachteten sie die Gegenstände.

»Zum Dank für euren Einsatz«, sagte der Arzt, da der Kaiser schon wieder in Grübeleien versunken war. Eine wedelnde Geste zeigte ihnen, dass sie gehen sollten. Draußen sah Clarissa die Enttäuschung auf Leanders Gesicht. Eine Belohnung, gut und schön – aber das hier? Da hörten sie Schritte hinter sich. Der Hartschierleibguardihauptmann geleitete sie den Gang hinaus.

»Eine Frage noch«, richtete Leander das Wort an ihn. »Wer war der Leibgardist, den ich getötet habe?« Ruhelos drehte er die Silberspinne in seinen Fingern.

»Ein Meister der Marxbrüder. Eine Empfehlung brachte ihn in den Dienst des Kaisers. Offenbar hoch verschuldet. Mehr braucht ihr nicht zu wissen. Die Verräter sollen der Vergessenheit anheimfallen.« Der Hauptmann wies auf die Spinne. »Eine mechanische Spielerei, wie der Kaiser so viele besitzt. Eine Stellung bei Hofe wäre Euch vermutlich lieber gewesen, nicht wahr? Dabei seid Ihr nicht einmal Meister des Schwerts. Was allerdings Eurer Fechtkunst keinen Abbruch tut.« Er sah Leander fest in die Augen. »Ihr seid mutig und gewandt. Zudem steht Ihr auf der richtigen Seite. Ich möchte Euch eine Anwartschaft auf die Leibgarde anbieten. Während der Ausbildung könnt Ihr Euch beweisen und hier in Prag bei den Federfechtern Schwertmeister werden.« Clarissa wollte widersprechen – ausgerechnet die Federfechter! –, doch dann sah sie die Freude auf dem Gesicht ihres Geliebten und schwieg.

Ein Schatten verdunkelte jedoch gleich wieder Leanders Züge. »Der Kopf der Verschwörung hat offenbar den Vater meiner Verlobten entführt, weil er von dem Attentat erfahren hatte. Ich habe versprochen, ihr bei der Suche zu helfen. Wir vermuten, dass er irgendwo in Böhmen von Jesuiten gefangen gehalten wird.«

»Seid Ihr Euch sicher?«

»Alles deutet darauf hin.«

»Wie auch immer: eine ehrenvolle Aufgabe.« Der Hartschierleibguardihauptmann rief einen Diener heran und forderte Schreibzeug. An einem Beistelltisch schrieb er einen kurzen Brief und reichte ihn Leander. Die Vase in Clarissas Hand wurde schwer. Was sollte sie damit nur tun? Geld hätte sie besser gebrauchen können. »Geht in die Kanzlei und lasst Euch eine Liste der Jesuitenbesitztümer in Böhmen zusammenstellen. Findet den Vater Eurer Verlobten, und dann kehrt zurück nach Prag. Die Stelle ist Euch sicher, ob jetzt oder in einigen Wochen.« Leander verneigte sich elegant, Clarissa knickste. Beschwingten Schrittes liefen sie auf den Platz hinaus. Kaum waren sie außer Sichtweite des Palastes, fielen sie sich in die Arme und jubelten. Nun mussten sie nur noch Fritjoff finden.

Bereits am nächsten Tag kehrte Donna Felicitas zurück. Vermutlich hatte sie einen Boten beauftragt, sie über die Ereignisse in Prag auf dem Laufenden zu halten. Als Clarissa gerade ihr Rapier reinigte und ölte, hörte sie die Kutsche vorfahren. Eilig öffnete sie die Tür. Jaro half seiner Herrin beim Aussteigen. Dann redeten alle auf Clarissa ein.

»Ich bin so froh, dich gesund und munter zu sehen!«

»Wo habt Ihr denn nur gesteckt? Ich habe so lange auf Euch gewartet, wie es mir möglich war, Jungfer Clarissa!«, sagte Jaro ungewohnt freundlich.

»Musstest du kämpfen, sag schon! Und warum hast du einen so dicken Arm? Ist das etwa ein Verband? Ist es ein Streifstoß oder ein Durchstoß? Soll ich mir die Wunde mal ansehen?«

Lachend und sich umarmend gingen sie hinein. Die Fensterläden wurden aufgestoßen, die Vogelkäfige befestigt. Die Vögel trillerten, als wären sie froh, das Geschaukel überstanden zu haben.

Felicitas nahm Clarissa beiseite. »Und Alexander? Hast du von ihm gehört?«

»Wollen wir in dein Kontor gehen?«

Felicitas verstand. Erstaunt bemerkte sie die Muschelvase, die Clarissa auf ihrem Tisch deponiert hatte. Sie nahm die Vase in die Hand und prüfte sie begeistert. »Ein Nautiluspokal! Das Symbol der Schönheit und der Vergänglichkeit. Ein wunderbares Stück. Woher hast du es?«

»Der Kaiser hat es mir geschenkt.« Clarissa lächelte verlegen. Sie zog die Silberspinne, die verdeckt gestanden hatte, auf. Etwas ruckartig bewegte sich die Spinne über den Tisch. Felicitas fing sie ein und hielt sie mit den Fingerspitzen, sodass die Beine hilflos in der Luft zappelten, bis das Uhrwerk abgelaufen war.

»Der Kaiser?«, echote Felicitas und ließ sich auf ihren Stuhl sinken. »Ich glaube, wir haben wirklich etwas verpasst. Solch kostbare Geschenke!«

Clarissa lächelte wieder. »Er hatte sie gerade zur Hand.«

»Erzähl!«

Also berichtete Clarissa von den Ereignissen der letzten Tage. In Felicitas' Mienenspiel spiegelten sich Entsetzen, Zorn, Entrüstung, Sorge, aber auch Furcht und Freude. Doch dann enthüllte Clarissa Alexanders Geheimnis. Sie war unsicher, wie die Freundin die Nachricht aufnehmen würde. Zuletzt reichte Clarissa ihr Alexanders Abschiedsbrief, den Felicitas unter Tränen las.

Lange schwiegen sie. »Wie einsam muss er sein ganzes Leben gewesen sein! Wie verzweifelt!«, sagte Felicitas schließlich. »Dabei ist er doch kein Monstrum, sondern nur ein bisschen anders als andere!« Ein Stein fiel Clarissa vom Herzen. Sie hätte sich denken können, dass Felicitas sich nicht von Alexander abwenden würde. »Und du hast wirklich keine Ahnung, wo er stecken könnte?« Felicitas zog sich Papier heran. »Ich werde mir sogleich einen Vorwand einfallen lassen und an seinen Vater und seine Brüder schreiben, damit Alexander sich bei mir meldet, sobald er auftaucht. Ich muss ihn wiedersehen!«

»Eines noch«, hielt Clarissa sie auf und berichtete von ihrem Vorhaben, ihren Vater zu suchen.

Trotz erneuter Sorgen um ihre Sicherheit sagte Felicitas ihr jegliche Unterstützung zu. »Und wenn du Geld für die Reise brauchst – ich gebe es dir!«

Clarissa war beschämt. »Das ist zu viel verlangt.«

Felicitas lächelte schelmisch »Dann nehme ich Muschelvase und Spinne als Pfand.«

»Abgemacht.«

»Jaro wird das Reisegepäck für euch zusammenstellen«, sagte Felicitas noch. Verschwörerisch neigte Clarissa sich zu ihr. »Das wird ihm gefallen, endlich ist er mich los. Andererseits: Eben war er ausgesprochen freundlich zu mir.«

Felicitas senkte ebenfalls die Stimme. Ernster sagte sie: »Ich habe ihm ins Gewissen geredet. Spinnennester wirst du in deinem Zimmer nicht mehr finden.«

Jaro verstaute die letzte Kiste im Kontor und zog sich dann in seine Kammer zurück. Er schloss die Tür und ließ sich auf das Bett sinken. Endlich allein. Es war beschämend gewesen, wie Donna Felicitas ihn gemaßregelt hatte. Entsetzt hatte sie ihn auf seine Versuche angesprochen, Clarissa aus dem Haus zu ekeln. Wenigstens hatte sie nicht herausgefunden, dass er ihnen Kräuter in ihren Abendtrunk mischte – je schwächer Felicitas war, desto mehr brauchte sie ihn. Jaro liebte seine Dienstherrin sehr, aber er hatte auch Mitleid mit ihr. Felicitas war durch und durch verwirrt. Es gab nur noch einen Weg, sie aus dem Bann dieses Mannes zu befreien: Alexander musste verschwinden. Leise löste er die Holzverschalung hinter seinem Bett und zog eine kleine Puppe hervor. Gezielt stach er die Nadeln hinein. Diese Zauberei hatte nichts mit seinem Glauben, nichts mit der Magie der Kabbala zu tun. Aber sie würde ihm hoffentlich helfen.

Endlich, der Durchbruch. Da die Bauern in Sichtweite mit der Ernte beschäftigt waren, hatte Fritjoff nur unauffällig weiterarbeiten können. Er wollte keine Aufmerksamkeit auf sich ziehen, und auf keinen Fall wollte er seine Flucht gefährden. Wenn die Bauern wirklich für seine Bewachung verantwortlich waren, würden sie ihn kaum gehen lassen. Jetzt passte Fritjoff leicht durch das Loch in der Mauer. Dann nur noch den steilen Abhang hinunter und die nächste Siedlung gesucht. Irgendwie würde er sich schon durchschlagen – obgleich er überhaupt nicht wusste, wo er war. Fritjoff war wackelig auf den Beinen, als er die ersten Schritte tat. Ihm schwindelte. Hoffentlich hatte er seine Kräfte nicht überschätzt. Wie steil es bergab ging! Seine Oberschenkel zitterten von der ungewohnten Anstrengung. Was für ein Gebäude war das eigentlich? Ohne darüber nachzudenken, wandte er sich um. Kein Wunder, dass ihn niemand gehört hatte – man hatte ihn in einer Ruine gefangen gehalten! Seine Füße schleiften über den Grund, blieben hängen. Fritjoff strauchelte. Fiel. Überschlug sich mehrfach. Hart schlug er auf die Felsen auf.

Ihre Pferde tänzelten. Offenbar hatten sie sich im Stall arg gelangweilt. Clarissa half der Magd Sara – Felicitas hatte auf die Begleitung bestanden – aufzusteigen. Als sie die Stadtmauern hinter sich ließen, dachte Clarissa an die letzten Tage zurück, in denen sie alles für die Abreise vorbereitet hatten. Leander hatte das Schicksal des toten Leibtrabanten keine Ruhe gelassen, war aber auf eine Mauer des Schweigens gestoßen. Er würde seinen Frieden mit der Tat machen müssen, so schwer es ihm auch fiel. Zuletzt waren sie noch mit den Massen durch das Altstädter Rathaus gezogen, um einen Blick auf den Majestätsbrief zu erhaschen, der dort ausgestellt und gefeiert wurde wie ein Nationalheiligtum. Donna Felicitas wusste allerdings, dass die Katholiken nach wie vor rebellierten und der Papst dem Kaiser sogar mit Exkommunikation drohte. Es würde lange dauern, bis die Katholiken die Entscheidung Kaiser Rudolfs akzeptierten, wenn sie es denn überhaupt je taten. Und jetzt musste Clarissa zu denen, die diese Toleranz am heftigsten bekämpften …

Sie passierten die Weinberge um Prag, in denen Bauern mit der Lese begonnen hatten, und durchquerten die böhmischen Wälder. Die Hitze des Spätsommers brachte die Tannen zum Duften. Oft mussten sie mittags in Schattentälern rasten, weil die Sonne zu sehr brannte. Nachmittags aber lebten die Wälder auf, überall summte, flatterte und äste Getier. Nacheinander klapperten sie kirchliche Besitzungen ab, die mit der Gesellschaft Jesu in Verbindung standen. Die Geistlichen waren abweisend. Schließlich waren nur noch Ruinen auf ihrer Liste, doch weder Leander noch Clarissa dachten daran, aufzugeben.

Und ihr Durchhaltevermögen wurde belohnt. Zu Mittag

machten sie im Schatten einer Klosterruine Pause, die sich auf einem Felsgrat befand. Gräser hatten die Mauerreste überwuchert, über Hügel und Tal zog sich eine Wiese samt Heuschober. Es war drückend heiß, und das Zirpen der Grillen wurde durch die bröckelnden Mauern verstärkt. Aus purer Lust imitierte Leander das Zirpen. Clarissa machte andere Tiergeräusche nach, und schließlich hallte ihr Lachen von den Wänden wider. Auf einmal tauchte eine Bäuerin am Hang auf. Sie rief etwas, dann kam sie schwerfällig hochgestiefelt. Clarissa und Leander gingen ihr entgegen.

»Hab ich doch richtig gehört«, sagte die Greisin schnaufend. »Gut, dass ihr da seid, da liegt einer, der braucht Hilfe. Ich schaff's nicht allein …«

Sogleich ließen Clarissa und Leander sich von der Bäuerin den Weg weisen. Sie liefen einen Halbkreis um die Ruine. Auf der Rückseite war der Hang von Findlingen und Geröll übersät. Plötzlich vernahmen sie eine schwache Stimme. Atemlos vor verhaltener Hoffnung kletterte Clarissa voraus. Wenig später blieb ihr fast das Herz stehen: In einer Felsspalte entdeckte sie einen Mann – und es war tatsächlich ihr Vater! Sein linkes Bein steckte zwischen Felsbrocken fest. Clarissa rannen Tränen der Erleichterung und der Freude übers Gesicht. Zugleich versuchte sie, sich ihren Schrecken nicht anmerken zu lassen. Ihr Vater sah schlecht aus. Ausgemergelt, die sonnenverbrannte Haut schälte sich, die Lippen waren von der Trockenheit aufgeplatzt. Die Kiepe der Bäuerin lag daneben, etliche Pilze waren herausgerollt. Sara, die Magd, begann sogleich, die Pilze einzusammeln.

»Ich krieg ihn einfach nicht raus. Mochte ihn nicht alleinlassen, den Armen. Hab ihm Wasser gegeben, aber viel hatte ich nicht«, sagte die Bäuerin. Clarissa dankte ihr hastig. Sie war vollkommen aufgewühlt und wusste nicht, was sie zuerst tun sollte, aber Leander setzte ihrem Vater bereits den Wasserschlauch an die Lippen. Fritjoff trank gierig und erbrach gleich wieder.

»Hab nicht … zu schreien gewagt. Aus Furcht … man könnte mich wieder einsperren. Ihr … seid doch keine von … denen?« Fritjoff blinzelte in die Sonne. Erst jetzt schien er sie wirklich wahrzunehmen. Erkannte er sie denn nicht?

Clarissa neigte sich zu ihm. Sie wagte kaum, ihn zu berühren. »Aber ich bin es doch, deine Tochter!«, brachte sie tränenerstickt heraus.

Angestrengt riss er die Augen auf. Ruckartig bewegten sich seine Pupillen. Ein beinahe tierisches Schluchzen entrang sich seiner Kehle. Dann kamen die Tränen.

Es dauerte Stunden, bis sie Fritjoff aus der Felsspalte befreit und zu einem Fluss gebracht hatten. Dort bereiteten sie ein Lagerfeuer, gaben ihm zu essen und zu trinken und versorgten seine Wunden. Offenbar war sein Bein gebrochen. Sie schienten es vorsichtig. Bevor sie sich unterhalten konnten, fiel Fritjoff in einen tiefen Schlaf. Clarissa dankte der Bäuerin und wollte ihr etwas Geld geben, aber die Alte lehnte ab. Sie hatte keine Ahnung, wie Clarissas Vater hierhergekommen sein könnte. Mönche oder andere Geistliche gäbe es hier schon lange nicht mehr. Nur die Bauern, die die Wiese bewirtschafteten.

»Und wer bist du, Sohn?«

Leander hätte fast seine Holzschale fallen lassen, so überraschend waren Fritjoffs Worte gekommen. Er hatte gerade das Feuer für die Morgensuppe geschürt. Die ganze Nacht hatte der Verletzte geschlafen wie tot.

Sogleich eilte Clarissa zu ihrem Vater. »Das ist Leander, mein Verlobter.« Erst jetzt kam ihr in den Sinn, dass sie Fritjoff um seine Erlaubnis für eine Verlobung hätte fragen müssen.

»Ein neuer Verlobter? Was ist mit Marius geschehen?«

»Das ist eine lange Geschichte«, lenkte Clarissa ab und erkundigte sich nach seinem Befinden.

»Ich habe einen Durst, dass ich einen ganzen See austrinken könnte!«

»Mit einem Fluss können wir dienen«, sagte Leander lachend und reichte Fritjoff einen Becher.

Als Fritjoff getrunken hatte, begann er, die ersten Fragen zu stellen und seinerseits zu erzählen. Es dauerte Stunden, weil er immer wieder erschöpft wegnickte, aber irgendwann hatte sich sein Körper etwas erholt, und Clarissa erfuhr endlich, was ihr Vater in Frankfurt herausgefunden hatte.

»Bei der Fechtschule glaubte ich, Carl gesehen zu haben. Es war ein Schock für mich, so als wäre ich einem Geist begegnet. Für deine abergläubische Mutter wäre das nichts gewesen.« Fritjoff lächelte sehnsüchtig. »Wir müssen ihr gleich schreiben! Nicht, dass sie doch noch verheiratet wird! Meine Lievke!« Der Gedanke schien ihn ernsthaft zu beunruhigen. »Beim zweiten Mal war ich ganz sicher. Es war Carl. Ich wollte mit ihm reden. Dabei belauschte ich ein Gespräch, in dem es darum ging, mit Hilfe von Fechtern eine Schandtat zu begehen und sie zum Sündenbock zu machen. Carl muss mich wohl gesehen haben …«

»Was glaubst du, warum lebt er? Ich meine, warum hieß es, er sei tot?«

»Das würde ich ihn auch gerne fragen!«, brachte Fritjoff heraus. »Ich muss ihn unbedingt finden.« Clarissa berichtete, was sie über Carl herausgefunden hatte und wie sie ihm begegnet war.

»Was ist er denn nun? Söldner oder Laienbruder?«, fragte Fritjoff sich laut. »Oder was war er? Ob er im Fluss gestorben ist? Ich hielt ihn ja schon einmal für tot.«

»Er kämpfte gut. War schnell. Kräftig. Das dürfte ihm im Fluss genützt haben. Andererseits war er vermutlich durch die Explosion verletzt, schließlich stand er mit dem Rücken zum Feuer«, gab Leander zu bedenken.

»Aber was hat er gegen den Kaiser? Woher hat er das Geld für die Belohnung? Wo hat er in all den Jahren gesteckt, und wohin ist er jetzt verschwunden?« Clarissa hatte so viele Fragen.

»Das müssen wir herausfinden«, sagte Fritjoff müde. Sie schwiegen eine Weile.

Dann brach Clarissa die Stille. »Wir waren so ratlos! Eine Zeitlang glaubten wir, die Verschwörung sei gegen die Marxbrüder gerichtet.«

»So falsch war das nicht. Wenn ein Marxbruder den Kaiser getötet hätte, hätten wir unsere Unterstützer verloren. Die Marxbruderschaft wäre aufgelöst worden.«

Sie mussten das Gespräch unterbrechen, weil Fritjoff die Augen zufielen. In der Zwischenzeit machte Leander sich auf, um nach dem Bauern zu suchen, der den Gefangenen versorgt hatte.

»Ein Pater hat den Bauern bezahlt, damit er für Fritjoff sorgt«, sagte er, als er wieder zurückkam.

»Carl«, präzisierte Clarissa.

Doch Leander verneinte. »Narben hatte er nicht. Der Bauer sprach von einem Engel. Zumindest hat er ihn vor Jahren mal so im Jesuitentheater gesehen.«

Einige Tage später saß Clarissa mit ihrem Vater am Fluss. Die Farbe war wieder in Fritjoffs Wangen zurückkehrt, und seine Augen hatten den trüben Schimmer verloren. Sein Bein schien ihm Schmerzen zu bereiten, noch ärger schien allerdings die entzündete Wunde an seinem Leib zu sein, die er noch einmal geöffnet hatte; tatsächlich waren Steinchen darin gewesen. Inzwischen hatte Fritjoff auch die Kette um Clarissas Hals bemerkt. Er war froh, dass Lievke ihr endlich von dem verstorbenen Zwillingsbruder erzählt hatte.

Fritjoff nahm die Hand seiner Tochter. Es war, als kostete ihn selbst diese Bewegung enorme Kraft. Seine Schwäche tat ihr in der Seele weh. »Ich weiß nicht, wie viele Tage ich in der Felsspalte eingeklemmt lag, aber viel länger hätte ich nicht überlebt.

Ich kann dir gar nicht genug danken, dass du mich nicht aufgegeben hast.«

»Wie könnte ich! Außerdem war ich nicht die Einzige, die nicht an deinen Tod glauben wollte. Paulus, Ezra, Leander – jeder von ihnen hat seinen Teil zur Suche beigetragen.«

Seine Augen wanderten über ihr Gesicht. »Du liebst ihn sehr, das sehe ich dir an. Und er liebt dich ebenso.«

»Du gibst uns also deinen Segen?«

Ihr Vater zögerte. »Leander hat kein Handwerk gelernt, wenn ich ihn richtig verstanden habe. Ist weder Geselle noch Meister.«

Die Worte machten Clarissas Brust eng, aber sie war entschlossen, um ihre Liebe zu kämpfen. »Ihm wurde eine Stelle im Kaiserpalast angeboten!«

Er sah sie weich, beinahe mitleidig an. »Sicherer ist es, ein Handwerk zu haben, zu dem man zurückkehren kann, wenn man als Fechter kein Auskommen mehr findet. Heißt es nicht ›Junger Fechter, alter Bettler‹?«

»Leander ist der beste Fechter, den ich kenne. Wenn er kein Auskommen findet, wer dann?«, rief sie aus.

»Deine Worte in Gottes Ohr! Aber du musst verstehen, dass ich meine Tochter gut versorgt wissen will.« Sein Blick verschwamm, die Gefangenschaft schien ihn dünnhäutig gemacht zu haben. »Schön zu wissen, dass meine Tochter glücklich wird. Wie könnte ich dir meinen Segen also verweigern?« Überglücklich fiel Clarissa ihrem Vater um den Hals.

Schmerz, Blut und Scham. Mehr gab es nicht in ihm. Er war ein Wurm, ein Egel, ein ekelhaftes Insekt. Weniger als das. Er war ein Versager. Dunkelrote Schmierstreifen bedeckten die Fliesen, über die sie krochen. Der Novize war schon ein paar Mal zusammengesackt, aber Pater Seraphim trieb Jan immer wieder hoch. Carls Mundwinkel und Wangen waren wund vom Holzknebel. Dieser metallische Geschmack in seinem Mund! Die Wunden auf seinem Rücken von der Explosion waren wieder aufgebrochen, das wusste er, weil Blut und Eiter über seine Flanken rannen und auf den Boden tropften. Pater Seraphim stolzierte voraus, wie jeden Tag, seit sie nach ihrer Flucht aus Prag hier zusammengefunden hatten. Seraphims Oberkörper war nackt, das Gesicht mit Asche bedeckt. Unter dem linken Arm schleppte er ein schweres Holzkreuz. Auf der Stirn trug er eine Dornenkrone, eine Geißel in der Rechten, mit der er sie peitschte. Ecce homo: Siehe, der Mensch! Der Bibelspruch aus dem Kreuzweg Christi kam Carl wie ein Hohn vor. Alles Menschliche musste er abtöten. Qualvoll war es, wenn er sich auf Händen und Knien weiterschleppte. Wenn die Geißel seinen Rücken gerbte. Wieder stürzte der Novize. Hart schlug der Pater auf Jan ein, bis er sich zitternd und mit blutunterlaufenen Augen aufrappelte. War das wirklich der Weg in den Himmel?

Im Keller des Klosters verlor Carl jegliches Zeitgefühl. Er wusste nicht, wie lang die Zeit der Buße war. Waren es Tage, gar Wochen? Eines Morgens stand die Zellentür offen. Er half dem Novizen auf. Sie taumelten ins Licht. Um Jans Mund war die Haut blutunterlaufen von dem Knebel, ein schorfig-bitteres Lachen. Vermutlich sah Carl ebenso aus. Wassereimer standen bereit, daneben lagen weiße Tücher. Pater Seraphim erwartete sie schon. Jan zuckte zusammen, und Carl senkte den Blick. Demut, sie waren Demut und Gehorsam gelehrt worden, wieder einmal.

Schweigend trat Seraphim zu ihnen und half ihnen, die Wunden zu reinigen und ihre Ausscheidungen abzuwaschen. Beiden fiel es schwer, die Berührungen des Paters zu ertragen. Carl hielt die Nähe anderer Menschen ohnehin kaum aus, aber nun verursachte sie ihm Übelkeit.

»Darf ich abreisen und meine Exerzitien beenden, Bruder?«, fragte er leise, als er seine Blöße bedeckt hatte. Sich nach dem Verbleib seines Bruders zu erkundigen, wagte er nicht.

Pater Seraphim lächelte ihn versonnen an. »Gott der Herr

zürnt uns nicht, obgleich unsere Mission gescheitert ist. Wir haben ein Zeichen des Herrn erhalten: Unser Ordensgründer wurde im gleichen Monat, in dem der Kaiser seine Untat beging, vom Heiligen Vater seliggesprochen. Wir dürfen also in unseren Anstrengungen nicht nachlassen, bis das Ziel erreicht ist.«

Carl sank der Mut. Die Prüfungen waren offenbar noch nicht beendet. »Welchen Auftrag habt Ihr für mich, Bruder?«

Pater Seraphim machte eine große Geste zur Wand, wo Sättel und Waffen hingen. »Noch nie wurden Kreuz und Schwert so dringend benötigt wie heute. Deshalb wirst du dein gottgegebenes Talent ein weiteres Mal zum Lobpreis Gottes nutzen. Wir werden dich an die Seite des Erzherzogs Leopold stellen. Hilf dem Bischof, mit dem Passauer Kriegsvolk König Matthias zu ruinieren und Kaiser Rudolf vom Thron zu stoßen. Der Krieg gegen die Ketzer beginnt jetzt erst richtig. Wir werden nicht aufgeben, bis unser Glaube gesiegt hat.«

Sie brauchten knapp zwei Wochen bis nach Prag, weil sie den geschwächten Kranken mithilfe eines Karrens transportieren mussten. Donna Felicitas lud Clarissa und ihren Vater ein, vorerst in ihrem Haus wohnen zu bleiben. Leander trat seinen Dienst an.

Clarissas und Fritjoffs Überraschung war groß, als Lievke Anfang September in Begleitung ihres treuen Knechtes Alf in Prag ankam. Clarissa hatte ihrer Mutter gleich nach Fritjoffs Rettung geschrieben, ebenso an Paulus, Levin und Jodocus; alle würden erleichtert sein, dass Fritjoff unter die Lebenden zurückgekehrt war. Lievke hatte sich sofort auf den Weg zu ihrem geliebten Mann gemacht. Es war ein tränenreiches, aber freudiges Wiedersehen. Alf war es zu verdanken, dass Clarissas Mutter sich diese Reise überhaupt hatte leisten können: Er hatte dem Kaufmann, der Fritjoffs Pferd heimgeführt hatte, nachweisen können, dass dieser das Fechtschulgeld an sich genommen hatte. Der Mann hatte sich so sicher vor einer Bestrafung gefühlt, dass er den bestickten Geldbeutel des Fechters am Gürtel getragen hatte. Nach Rückzahlung des Diebesguts und einer Entschädigung war Alf sogleich zu Lievke gereist. Wenig später war Clarissas Nachricht eingetroffen, und Lievke hatte den Herzog um eine Beurlaubung gebeten.

Clarissa fand eine Unterkunft in der Altstadt, wo sie wohnen würden, bis Fritjoff reisefähig war. Dass Lievke Leander ebenfalls ins Herz geschlossen hatte, löschte Fritjoffs letzte Zweifel aus. Einzig, dass Leander den Federfechtern angehören würde, gefiel ihm ganz und gar nicht. Begierig darauf, seine alte Kraft zurückzuerlangen, begann er zu trainieren. Solange sein Bein geschient war, übte er die Arme und ließ sich von Clarissa alles vorführen, was sie von Signore Fabris und Capo Ferro gelernt hatte. Doch Fritjoffs Bein heilte schlecht, was ihn zunehmend ungeduldig machte. Würde er je wieder fechten können? Gemeinsam forschten sie Carls Spuren nach, doch weder in dem Gasthof noch bei den Jesuiten schien man ihn zu kennen. Er war so geheimnisvoll verschwunden, wie er gekommen war.

Als Mitglied der angesehenen Leibgarde blühte Leander auf. Nun auch offiziell verlobt, hatten Clarissa und Leander mehr Freiheiten. Sie durften ohne Begleitung spazieren gehen, dennoch konnten sie es kaum erwarten, endlich heiraten zu dürfen. Noch vor Anbruch des Winters wollte Clarissa mit ihren Eltern nach Rostock reisen, damit sie auch offiziell von den Mordvorwürfen entlastet wurde. Der Abschied fiel ihnen schwer, und Clarissa versprach, so schnell wie möglich zurückzukehren.

Gegen die schiere Größe und die Tumulte von Prag erschien ihr Rostock geradezu idyllisch. Wie lange sie fort gewesen war, wurde Clarissa überdeutlich, als sie ihre Freundin Barbara besuchte und einen Säugling in ihren Armen sah. Barbaras Mann half ihnen, damit der Briefwechsel wegen des vermeintlichen Mordes und

Clarissas Entlastung so schnell wie möglich in Gang kam. Gemeinsam suchten sie nach einer Bleibe. In ihrem alten Haus in der Wokrenterstraße wohnte nach wie Gerold Grammig, der als Fechtmeister der Universität tätig war. Da er aber offenbar etliche Bürger und Handwerker brüskiert hatte, waren viele erfreut, Fritjoff wiederzusehen. Doch Fritjoff war nicht mehr in der Lage, ausdauernd und korrekt Fechtunterricht zu erteilen. Zu seinem Kummer war sein Bein steif geblieben. Er würde wieder als Schwertfeger seinen Unterhalt verdienen müssen.

Lievke war ihrem Mann eine große Stütze. Zufällig erfuhren sie, dass Freiherr von Reipenstein seine Strafe bekommen hatte: Sein unbeherrschtes Temperament, mit dem er bei ihnen eingebrochen und sie bedroht hatte, hatte beim Jagen zu Streitigkeiten mit anderen Adeligen geführt. Bei dem anschließenden Ehrenhändel war er zu Tode gekommen.

Leander schrieb regelmäßig. Er fieberte seiner Meisterprüfung entgegen, die am Tag des heiligen Veit im Juni stattfinden sollte. Zeit genug, sich vorzubereiten, hatte er, da er für die Bewachung des Palais abgestellt war. Viele seiner Kollegen begleiteten Unterhändler auf diplomatischen Missionen. Das war auch nötig, allerorten gerieten Katholiken und Andersgläubige aneinander, weil die Protestanten nun, wie im Majestätsbrief gestattet, eigene Kirchen und Schulen errichten wollten. Das duldeten die Katholiken jedoch nicht. Zudem drohte der Erbfolgekrieg im Westen des Reiches sich zu einem Flächenbrand auszuweiten. Es ging um die fruchtbaren und wohlhabenden Herzogtümer Jülich, Kleve und Berg, die Grafschaften Mark und Ravensberg sowie die Herrschaft Ravenstein – ein großes Gebiet, das viel Einfluss mit sich brachte. Da der Herrscher im vorigen Jahr ohne Nachkommen gestorben war, hatte ein Gericht entschieden. Der Kaiser hatte die Entscheidung jedoch nicht akzeptiert, da sie eine Stärkung der Protestanten bedeutet hätte. Also hatte Rudolf die Gebiete von Söldnern und spanischen Truppen unter der Führung seines Neffen Leopold, des Bischofs von Passau, besetzen lassen. Die Reaktion ließ nicht auf sich warten. Die Protestantische Union rüstete gegen den Kaiser und konnte zudem den französischen König Heinrich IV., den Erzfeind der Habsburger, als Verbündeten gewinnen. Auch im Westen des Reiches bekämpften sich also erneut Katholiken und Protestanten. Clarissa versuchte, die Entwicklung der Ereignisse aus der Ferne zu verfolgen. Sie hoffte, dass Leander nicht auf gefährliche Missionen entsandt wurde, wusste aber auch, dass er darauf brannte, sich zu beweisen. Wenn sie doch nur in seiner Nähe wäre! Da ihre Eltern sie nicht im Winter reisen lassen wollten, musste Clarissa bis Februar in Rostock ausharren. Schließlich bat Donna Felicitas in einem Brief ganz offiziell um Clarissas Hilfe, und sie durfte sich endlich gemeinsam mit Alf auf den Weg machen.

38

Prag, Juni 1610

Schwer atmend und knallrot im Gesicht stand David vor Clarissa im Innenhof. Er war in den eineinhalb Jahren, die sie ihn kannte, ordentlich in die Höhe geschossen. »Was ist eigentlich ein Donnerschlag?«

Clarissa beschirmte amüsiert ihre Augen. Die Sonne blendete von den geweißten Arkaden. »Wo hast du denn das Wort aufgeschnappt?«

Grinsend hob David die knochigen Schultern. Widerspenstig ringelten sich seine Locken. Er würde ein attraktiver Mann werden. Öfter traf er sich jetzt mit anderen Jungen. Sie schienen sich im Erzählen von Abenteuergeschichten und Mutproben zu überbieten, denn David kehrte stets mit haarsträubenden Berichten nach Hause zurück, die Felicitas mit der neuen Freiheit ihres Sohnes hadern ließen.

»Donnerschlag oder Mordstreich nennt man es, wenn man seinem Gegner im Kampffechten mit dem Knauf auf den Schädel schlägt. Wenn du gut triffst, ist er bewusstlos. Wenn du aber zu schwach schlägst, dann gnade dir Gott.« Clarissa machte den Ablauf vor. »Aus dieser Haltung einen anständigen Angriff zu beginnen, ist schwer. Dein Gegner ist also im Vorteil.«

Felicitas betrat den Innenhof. Sie war ausgehfein und musterte sie kritisch, sagte aber nichts. Letztlich gefiel es ihr, dass David an Selbstbewusstsein gewonnen hatte, das hatte sie Clarissa gestanden. »Ich werde mit Jaro zu einem Geschäftsgespräch fahren. Kontrolliere bitte die frisch aufgesetzten Verträge, David.« Eine Katze war ihr gefolgt und strich nun um Davids Füße. Er nahm das Tier hoch und schmiegte sein Gesicht in das Fell.

Noch nie, seit Clarissa Felicitas kannte, hatte diese so viel zu tun gehabt. Längst hätte sie einen Schreiber einstellen können, aber Felicitas behielt gerne die Kontrolle. Außerdem lenkte die Arbeit sie ab. Clarissa wusste, dass Felicitas noch oft an Alexander dachte. Sie hatte sich beiläufig bei der Familie und bei Geschäftspartnern nach ihm erkundigt, aber vergeblich.

Seit kurz nach der Erteilung des Majestätsbriefs die Katholische Liga gegründet worden war, investierten viele Adelige und Bürger in Trutz, Schutz und Waffen. Der Erbfolgestreit in Jülich, Kleve und Berg hatte die Besitzenden der Gegend in Geldnot gebracht. Truppen mussten ausgestattet, Schutzwälle errichtet, Kriegsschäden beseitigt werden. Immerhin hatte ein dramatischer Vorfall die Ausweitung des Krieges auf ganz Europa verhindert: Im Mai war Heinrich IV., König von Frankreich, hinterrücks durch einen Attentäter ermordet worden. Clarissa schauderte, als sie das Gerücht hörte, dass der Mörder im Auftrag der Habsburger gehandelt habe und von den Jesuiten angestachelt worden sei. Im Namen des Glaubens zu töten erschien ihr als gotteslästerlicher Widerspruch. Da Maria von Medici, König Heinrichs Witwe, die Kriegsrüstung einstellte, hatten die Protestanten ihren wichtigsten Verbündeten verloren. Dennoch war der Konflikt nicht gelöst. Nach wie vor belagerten die Truppen des Passauer Bischofs die Besitzungen der Jülicher. Um eine Lösung zu finden, hatte der Kaiser den Fürstentag in Prag einberufen. Eine geschäftige Zeit nicht nur für Gastwirte und Spielleute, sondern auch für Geldverleiher. Auch Leanders Dienstzeiten waren verlängert worden, sodass sie sich oft nur für eine Stunde am Abend treffen konnten. Clarissa wusch sich schnell und zog sich um. Sie würde nicht von Felicitas' Seite weichen.

Eine Brise trug das heisere Brüllen der Löwen zu ihnen. Inzwischen konnte Leander den vorherrschenden Wind an der Geräuschkulisse erkennen. Ein Fenster im ersten Stock des Palais ging auf und wurde wieder verschlossen. Neben ihm, auf der anderen Seite des Eingangsportals, dämmerte Egidius vor sich hin. Er war einer der wenigen gewesen, die Leander vorbehaltlos aufgenommen hatten. Die anderen hielten es für einen Fehler, einen dahergelaufenen Fechter anzuheuern, das hatten sie ihm deutlich zu verstehen gegeben. Zumeist waren sie Adelige oder Patrizier, die sich ohnehin für etwas Besseres hielten. Vor allem der Kommandant Wolf von Trammendorff machte ihm das Leben schwer. Ein Emporkömmling, beinhart und ehrgeizig. Mit allen Mitteln versuchte er, seine Karriere voranzutreiben; dass Leander geholfen hatte, den Verlobten seiner Tochter zu entlarven, nahm der Kommandant ihm übel. Die Gerüchte über die mysteriöse Begleitung Leanders beim Kaiser schienen von Trammendorff zusätzlich anzustacheln. Sensationsgierig versuchte er herauszufinden, mit welcher Kuriosität sich die Retter Zugang zum Kunstkabinett verschafft hatten. Leander war froh, dass sich der Kaiser und Magister Maier über Alexander ausschwiegen. Der Kommandant sollte sich zurückhalten, was Kuriositäten anging, fand Leander. Mit seinem Wasserkopf und den überlangen Armen entsprach Wolf von Trammendorff selbst nicht gerade dem gängigen Schönheitsideal.

Ein Schnarchen. Egidius' Kopf fiel nach vorn, er riss ihn hoch und die Augen auf, schon sackten die Lider wieder halb hinunter. Immer standen sie einen Spalt offen, sodass ein Fremder nicht ahnen würde, dass er schlief. Noch nie hatte Leander einen Menschen kennengelernt, der so entspannt war und so viel Schlaf benötigte. Wenn Egidius nicht aufpasste, döste er immer und überall ein. Warum er sich ausgerechnet zur Wache gemeldet hatte, war Leander ein Rätsel.

Leander verlagerte sein Gewicht auf das linke Bein. Als er bemerkte, dass sein Fuß wippte, mahnte er sich zur Ruhe. Er rückte die Waffe zurecht. Seine Uniform saß perfekt, und doch fühlte er sich eingeschnürt. Seinen Dienst hatte er sich aufregender vorgestellt, und er war inzwischen etwas enttäuscht vom Dasein als Gardist bei Hofe. Manche seiner Kollegen ergötzten sich daran, welchen vornehmen Herrschern sie begegneten. Aber für Leander waren es nur Menschen wie andere auch. Auch der gesamte Hofstaat erschien ihm unglaublich. Wie viele Männer und Frauen für den Herrscher arbeiteten! Hunderte waren es. Was für Berufe es hier gab! Er hatte kaum glauben können, dass der Kaiser eine Mundwäscherin, astronomische und geometrische Instrumentenmacher, Edelknabentafeldecker, Federschmücker, Stallvergolder und Leopardenwärter beschäftigte. Dazu die Leibärzte, Alchemisten, Laborhelfer. Am Hof war die Hierarchie penibel geregelt. Auch bei der Leibgarde herrschte eine Hackordnung. Die berittene Garde der Hartschiere glaubte sich den Trabanten, der Garde zu Fuß, überlegen. Innerhalb der zwei Abteilungen gab es eine strenge Rangfolge: Sie waren in je zehn Rotten eingeteilt, die von dem Dienstältesten geführt wurden. Noch war Leander nur Anwärter, durfte aber hier und dort einspringen. Er tat es mit vollem Elan und brannte darauf, sich auszuzeichnen.

Von der Kleinseite drangen Musik und die Rufe der Spielleute zu ihnen. Ein Fürstentag brachte immer Gaukler mit sich. Auch Arkadi hatte gut zu tun, und manchmal beneidete Leander seinen Freund um dessen freies Leben außerhalb von Diensträngen. Aber dennoch wollte er nicht mehr tauschen. Lange genug hatte er als Vagant gelebt. Er war glücklich, dass ihm der Sprung in ein anerkanntes Leben gelungen war. Über jeden Brief, den er aus Nürnberg bekam, freute er sich. Engelin schrieb ungelenk und nie viel, aber solange sie schrieb, wusste er, dass sein Vater und sie wohlauf waren. Dass Engelin wieder guter Hoffnung war, freute ihn enorm. Nach seiner Meisterprüfung würden Clarissa und er auch endlich heiraten können. Wenn es nur schon so weit wäre! Es fiel ihm schwer, sich an dieses Leben zu gewöhnen, in dem man ständig etwas hinausschob. Auf der Straße lebte man nach Lust und Laune. Aber diesen einen Tag würde er auch noch aushalten …

Egidius taumelte, er musste einen Schritt machen, um nicht zu fallen, nahm aber sogleich wieder perfekte Haltung an.

»Hab ich was verpasst?«, nuschelte Egidius und wischte sich unauffällig einen Spuckefaden vom Kinn.

Leander grinste. »Drei Boten sind rein und wieder raus, der Waffenmeister, jemand, der fragte, ob dies das Palais Lobkowitz sei, und die Wäscherin …«

»Die schöne Wäscherin! Verdammt, hättest du mich nicht wecken können?«

»Ich konnte ja nicht ahnen, dass du so tief schläfst! Mit offenen Augen schlafen – damit könntest du ja auf dem Jahrmarkt auftreten.« Leander hätte sich am liebsten auf die Zunge gebissen. Dass ihm das rausgerutscht war! Er fürchtete stets, dass sein Vorleben ans Licht käme.

»Ist schon nützlich, auch, wenn man sich mit leichten Mädchen vergnügt und danach ein Schläfchen macht. Die wagen es dann nicht, sich an der Geldbörse zu vergreifen.«

»Daran habe ich ja noch gar nicht gedacht! Vielleicht sollte ich doch mal an meinen Fertigkeiten in dieser Hinsicht arbeiten«, scherzte Leander.

»Als ob du das nötig hättest. Wenn ich eine Verlobte wie Clarissa hätte, würde ich nicht einmal darüber nachdenken.«

Leanders Wangen röteten sich. »Oh, daran dachte ich nicht … eher an … andere Situationen, in denen man bestohlen werden könnte.« Er sollte wirklich lieber den Mund halten.

Das Löwenbrüllen war verstummt, Fütterungszeit. Gleich würde die Wachablösung kommen, und er konnte noch einmal zum Fechtplatz gehen. Ende Mai waren die ersten Fechtmeister mit ihren Schülern in Prag eingetroffen, aus Breslau und anderen Städten. Die Schüler waren zumeist junge Männer. Viele waren Drechsler, Goldschmiede, Gürtler, Hutmacher, Uhrmacher oder Zinngießer. Sie gingen anständig miteinander um, und die Bewunderung, die sie ihm wegen seiner Fähigkeiten und seines Postens entgegenbrachten, tat Leander gut. Das Fechten machte ihm keine Sorgen. Aber er würde ja auch in den anderen ritterlichen Wehren geprüft werden. Natürlich hatte er als Luxbruder auch ab und zu Stockkämpfe ausgefochten, aber der korrekte Umgang mit dem Paradeschwert war vollkommen neu für ihn. Sein Körper kribbelte vor Ungeduld. Wache gestanden hatte er wahrlich genug …

Vier Männer kamen ihnen entgegen, von Stand, wie es schien. Obgleich nur die höchsten Adeligen an den Beratungen mit dem Kaiser teilnahmen, waren auch andere zum Fürstentag nach Prag gekommen, um Einfluss zu nehmen und ihre Angelegenheiten zu klären. Einer der Männer kam Leander bekannt vor. Das war doch der Offizier aus dem Jagdschloss, mit dem er auf ihrer Reise gefochten hatte! Dieser Schuft, der vorgehabt hatte, Clarissa Gewalt anzutun! Es fiel Leander schwer, vor diesem Mann, wie man es sie gelehrt hatte, Haltung anzunehmen. Der Offizier hatte ihn nun auch bemerkt und starrte Leander an. Offenbar fiel ihm nicht ein, woher sie sich kannten. Grußlos gingen die Männer an ihnen vorbei. Als Leander bei Dienstschluss sah, dass der Offizier sich mit seinem Vorgesetzten unterhielt, ahnte er jedoch, dass diese Sache noch nicht abgeschlossen war.

Am Abend spazierten sie durch die Stadt. Clarissa hatte sich bei ihm eingehängt. Sie beobachteten die Menschen und plauderten über die Ereignisse des Tages. Musikanten, Jongleure und Tänzer zeigten ihre Künste. Auf der Alten Brücke warf ein Feuerspucker Flammen in den Himmel. Kinder sprangen vom Brückengeländer ins Wasser, bis die Büttel sie vertrieben.

»Wie es den anderen Luxbrüdern wohl geht?«, erriet Clarissa seinen Gedanken.

»Caspar wartet anscheinend auf seine Hinrichtung.«

»Der Arme«, sagte Clarissa. »Ich mochte den Feuerschlucker zwar nicht, aber diese Strafe verdient niemand.«

»Raubüberfall mit Schusswaffe – Caspar wusste, was er tat. Er ist dieses Risiko bewusst eingegangen, also muss er die Folgen tragen«, antwortete Leander ungewohnt hart. »Sixt wurde zu einer Galeerenstrafe verurteilt. Das Letzte, was ich von Ursel und Freihart hörte, war, dass sie sich mit ihrem Sohn versöhnt haben und auf ihre alten Tage sesshaft werden wollen.« Er zog sie an sich.

»Die beiden sind wirklich rührend, findest du nicht? Was unsere Hochzeit angeht …«, begann Clarissa.

Ein Ruf unterbrach ihr Gespräch: »Siehst du, da ist er!«

Leander war diese Unterbrechung lieb. Sicher, er wollte Clarissa so schnell wie möglich heiraten. Gleich hier, auf der Alten Brücke, würde er ihr das Jawort geben, wenn es möglich wäre. Aber die Angelegenheit war kompliziert. Es gab in Prag noch gar keine evangelische Kirche. Seit der Erteilung des Majestätsbriefs wurden zwar Spenden gesammelt und Pläne gemacht, bis aber der erste evangelische Gottesdienst in Prag abgehalten werden könnte, würden noch ein paar Jahre ins Land gehen. Also hatte er sich eine Überraschung für Clarissa überlegt. Weil er sich aber selbst so darauf freute, fiel es ihm schwer, das Geheimnis zu bewahren.

Arkadi und ein Gaukler, der Leander bekannt vorkam, kamen ihnen entgegen. »Schau dir die Uniform an! Früher ist er ein Luxbruder gewesen! Und jetzt ein Leibgardist! Glaubst du mir endlich?«, redete der Spielmann auf seinen Begleiter ein. Leander konnte es kaum fassen. Warum hielt sein Freund nicht den Mund? »Wir sind gestern beim Herzog von Sachsen aufgetreten und kamen ins Gespräch. Er hat es mir einfach nicht geglaubt. Dabei lüge ich doch nicht«, sagte Arkadi jetzt zu Leander. »Zumindest nicht nach Feierabend.«

Der Gaukler musterte ihn. »Kennen wir uns nicht von früher?«

»Das glaube ich kaum«, meinte Leander.

»Doch, doch. Aus Frankfurt.« Der Mann hatte ein gutes Gedächtnis. »Schämst dich wohl jetzt dafür?«

Leugnen war sinnlos. »Keineswegs. Allerdings haben wir vorletztes Jahr das Herumziehen aufgegeben und sind sesshaft geworden.« Er musste dem Gespräch eine andere Richtung geben. »Wie laufen die Geschäfte denn so?«

»Bei Fürstentagen immer gut. Ansonsten: Seit die Passauer Plagen im Süden herumlungern, ist da kein Geschäft mehr zu machen. Die Söldner wissen nicht, wie's weitergeht, und plündern die Gegend aus. Die Leute dort haben nichts mehr zu fressen.« Er wies auf Clarissa. »Deine Süße?«

Clarissa drückte Leanders Armbeuge sanft, sie spürte, wie unangenehm ihrem Verlobten das Gespräch war. »Wollen wir nicht noch ein wenig spazieren gehen?«

»Gerne.« Leander legte Arkadi die Hand auf die Schulter. »Willst du uns begleiten? Wir haben uns so lange nicht gesehen.«

»Kein Wunder. Du bist ja abends immer bei der Fechtschule«, warf Arkadi ihm gespielt schmollend vor.

Leander lachte. »Und du bei den hohen Herren!«

»Fechtschule?«, hakte der Gaukler nach.

»Mein Freund wird Meister des Schwerts. Da gibt's kein Vertun«, sagte Arkadi stolz.

Jetzt war es aber genug! Leander neigte höflich das Haupt und schickte sich an zu gehen. »Wir sehen uns bei der Fechtschule!«, rief ihm der Gaukler nach. Leander hatte es befürchtet.

Als die untergehende Sonne den Sandsteintürmen einen goldenen Schimmer verlieh und sich der Himmel über dem Hradschin rot färbte, brachte Leander Clarissa zum Haus von Donna Felicitas zurück. Wie so oft mochte er seine Verlobte kaum gehen lassen.

»Ich bin dann morgen zeitig da, damit ich einen guten Platz ergattere«, sagte sie. »Irmels Salben bringe ich mit, vorsichtshalber.« Sie hatte jede freie Minute in den letzten Tagen genutzt, um Heilsalben nach den Rezepten der Frankfurterin anzumischen.

»Es gibt einen Leibarzt, der auch die Fechtschüler versorgt.« Trotzdem würde es Clarissa beruhigen, wenn sie die Salben dabeihätte. »Pack sie ruhig ein, sicher ist sicher.«

Clarissa biss sich zart auf ihre Unterlippe. Er sehnte sich danach, sie zu küssen. Aber in aller Öffentlichkeit und noch dazu vor den Augen der neugierigen Nachbarin – undenkbar. »Bist du nervös wegen der Kämpfe? Oder macht dir der Gaukler Sorgen?«, fragte sie.

»An der Hellebarde könnte ich schneller sein. Aber sonst … Nein, mir ist nur manchmal, als stünde unser Glück auf tönernen Füßen. Immer kann jemand mein Leben ins Wanken bringen«, gab er zu.

Sie fädelte ihre Finger in seine. Handgelenk an Handgelenk, Puls an Puls, standen sie da. »Du hast schon so viel erreicht! Das ist doch etwas wert.«

»Adelige dienen in der Leibgarde des Kaisers. Patriziersöhne. Ich bin nur ein dahergelaufener …«

Clarissa löste die Hand und legte den Finger über seine Lippen. »Du bist der Beste von allen, das darfst du nie vergessen.« Ihre Worte taten Leander gut. »Ich sollte hineingehen.« Clarissa sah ihn sehnsuchtsvoll an. Rot und voll wirkte ihr Mund in der Dämmerung, schneeweiß ihre Haut gegen das schimmernde schwarze Haar. Er fühlte sich unwiderstehlich von ihr angezogen.

»Das stimmt.« Ein kleiner Kuss … nein, besser nicht.

Behände zog sie ihn in den Schatten des Hauseingangs und küsste ihn leidenschaftlich. Je vertrauter sie miteinander wurden, desto schwerer fiel es Leander, von ihr abzulassen. Manchmal kam es ihm vor, als wäre er ein einziges Sehnen. Sein Keuschheitsgelübde erschien ihm überflüssig – sie liebten sich, gehörten zusammen, für immer, ob mit oder ohne Heirat. Immer wieder hatte sein Ehrgefühl über seine Leidenschaft gesiegt. Aber wie lange konnte er sich noch bezwingen? Da stieß Clarissa ihn schon spielerisch von sich und schlüpfte hinein.

Als Clarissa, Felicitas und David den Innenhof des Stadtpalais betraten, in dem die Fechtschule abgehalten werden sollte, herrschte in der Waffenecke der Federfechter helle Aufregung. Fechter und Handwerker rannten durcheinander. Es wurde gehämmert und gesägt. Ein Maler schwang hektisch einen Pinsel. Grimmig dreinblickende Wachen flankierten die Eingänge. Leander war im Gespräch mit seinem Kollegen Egidius, als er sie entdeckte und zu ihnen eilte.

»Eindringlinge haben heute Nacht die Wappen der Federfechter zerschlagen. Es heißt, es seien Marxbrüder gewesen! Glücklicherweise waren die Waffen noch eingeschlossen«, ereiferte er sich. »Meine Waffenbrüder versuchen gerade, die Schuldigen zu finden. Aber ich kann hier nicht fort.«

»Das wäre ja noch schöner«, sagte Donna Felicitas lächelnd. »Wir wollen doch etwas zu sehen bekommen für unser Geld.«

Leander senkte lächelnd den Kopf. »Ich werde mein Möglichstes geben, damit Euch nicht langweilig wird«, versprach er.

»Darf ich mitkommen? Ich würde mir die Waffen gerne mal anschauen«, bat David.

»Später vielleicht, wenn alles vorbei ist«, meinte Leander, doch Felicitas winkte ab.

»Ich wünschte, du würdest dich mit der gleichen Begeisterung für unsere Geschäfte interessieren!«, rügte sie ihren Sohn. Jetzt stießen auch Arkadi und Ezra zu ihnen und wünschten Leander Glück.

Plötzlich blaffte ein kräftiger Kämpfer sie an. »Die Juden haben hier nichts zu suchen. Wir wollen nichts mit Juden zu schaffen haben!«

Leander schien den Mann zu kennen. »Lass gut sein. Das sind meine Freunde, und sie sind höchst willkommen«, sagte er.

»Ist der Jude vielleicht ein Marxbruder? Einer von denen, die unsere Wappen geschändet haben?«, provozierte der Kämpfer Ezra.

Clarissa bemerkte, wie die Muskeln in Ezras Schwertarm spielten. »Das haben wir nicht nötig«, sagte Ezra beherrscht.

Finster blickte der Fechter den jungen Juden an. Mit der Aufforderung, noch einmal zu üben, brachte Leander die beiden Streithähne auseinander. Zum Abschied warf er seinen Freunden einen entschuldigenden Blick zu.

»Dieser endlose Streit zwischen den Fechtbruderschaften! Als gäbe es nicht genügend Probleme!«, rief Clarissa entnervt aus. Ezra schwieg dazu. Die gegenseitigen Verletzungen saßen bei den Fechtern tief. David begann, Clarissa und Ezra nach der Geschichte der Fechtbruderschaften und dem Ablauf einer Meisterprüfung auszufragen.

»Nach der Meisterprüfung darf man sich nichts zuschulden kommen lassen. Erst nach zwei Jahren wird man endgültig zum Meister gekürt. Bei mir ist es dieses Jahr so weit«, erzählte Ezra gerade und fügte leiser hinzu. »Ich hoffe, dass auch der Federfechter Jerg sich in Frankfurt sehen lassen wird. Dann kann er sich nicht nur seine Meisterwürde abholen, sondern noch etwas anderes.« Ezras Hand hatte das Heft umschlossen, sodass die Knöchel weiß hervortraten. Eines Tages würde er den Tod seines Bruders rächen, das stand fest.

Sie schwiegen einen Augenblick. »Auch Alexander wird in diesem Jahr endgültig Schwertmeister«, sprach Clarissa schließlich aus, was alle dachten. Ezra und David wandten sich dem Fechtplatz zu.

Gedankenverloren langsam bewegte Felicitas ihren Fächer.

Ihre Stimme war nur ein Hauch, als sie sagte: »Ich habe mich mit ihm von Anfang an verbunden gefühlt. Sonst hätte ich ihm nicht so schnell mein Vertrauen geschenkt. Es kränkt mich, dass er glaubte, ich würde ihn verurteilen. Ich würde ihm gerne sagen, wie sehr ich ihn schätze.«

»Keiner von uns kann sich vorstellen, was …« Clarissa stockte, schließlich waren sie nicht allein. »Was das für ihn bedeutet hat. Was für eine Seelenlast es sein muss, sich immer verstellen zu müssen.« Eine Idee nahm Gestalt in ihr an. »Vielleicht gibt es eine Möglichkeit, wie du Alexander von deinen Gefühlen erzählen kannst«, begann sie. »Wenn Ezra nach Frankfurt reist, um seine Meisterschaft bestätigen zu lassen, könntest du mitfahren. Ich glaube kaum, dass Alexander das Fechten aufgegeben hat, nur weil er aus Prag verschwunden ist …«

Felicitas' Gesicht hellte sich auf. »Er wird da sein, bestimmt. Das ist eine großartige Idee!« Sie strahlte Clarissa an. »Und du begleitest mich!«

Clarissa zögerte. Im Herbst wäre sie hoffentlich schon verheiratet. Sie konnte sich kaum vorstellen, Leander so kurz nach ihrer Hochzeit allein zu lassen. Er wäre sicher nicht abkömmlich. Aber sie wollte der Freundin nicht die Laune verderben, also lächelte sie.

Auf dem Fechtplatz wurde nun das frisch bemalte Wappen der Federfechter aufgestellt. Langsam füllten sich die Zuschauerplätze. Clarissa sah einige Marxbrüder, die sie durch Paulus kennengelernt hatte. Viele Fechter drängten sich in die ersten Reihen, Haudegen, die begierig darauf waren, einen blutigen Kampf zu erleben und selbst tatkräftig einzugreifen. Furcht umschloss ihr Herz wie eine kalte Hand. Oft waren bei einer Fechtschule Schüler schwer verletzt oder getötet worden. Natürlich vertraute sie auf Leanders Fähigkeiten. Aber eine Portion Glück gehörte immer dazu …

In einem stillen Winkel vor dem Austragungsort der Fechtschule sagte der Offizier dem spanischen Fechter, was er von ihm erwartete. Als er mit dem Kommandanten gesprochen hatte, war ihm wieder eingefallen, woher er diesen Gardisten mit dem Kastanienschopf kannte. Kalte Wut hatte ihn erfasst. Der junge Mann hatte ihm im vorletzten Winter im Jagdschloss seines Freundes eine Demütigung sondergleichen zugefügt. Seine Bekannten hatten sich noch tagelang hinter vorgehaltener Hand über seine Niederlage im Kampf und sein Missgeschick bei der jungen Dame mokiert. Und das ihm! Er zählte dem Spanier die Silbermünzen in die Hand.

»Die andere Hälfte gibt es, wenn du ihn besiegt hast.«

Der Spanier wog die Münzen in der Hand. Eine tiefe Falte kerbte seine Stirn, es gefiel ihm offenbar nicht, dass er geduzt wurde. Er war ein muskulöser Kerl in feiner Kleidung, aber eben nur ein Lohnfechter. »Er soll nicht schlecht sein, hört man«, sagte er.

Abfällig sah der Offizier ihn an. »Na und? Ich habe nach dem Kampferfahrensten weit und breit gefragt. Bist du das etwa nicht? Dann verdient sich ein anderer diesen Lohn.«

Die Finger des Spaniers umschlossen das Geld. »Die spanische Fechttechnik ist unschlagbar! Gegen ›La verdadera Destreza‹ kommt ein Federfechter nicht an. Aber natürlich gibt es ein Risiko«, sagte er.

Der Offizier zog die Lippen kraus. »Was meinst du denn, warum ich dich so üppig bezahle?«

»Und wenn's hart auf hart kommt, legt Ihr noch was drauf?«

»Wie meinst du das?«

Der Spanier schob das Kinn vor. »Wenn er stirbt, wird ein Strafgeld fällig. Dann werdet Ihr meinen Lohn verdoppeln.« Der Spanier hielt ihm die Hand hin. Der Offizier ließ den Blick schweifen. Wieder stand ihm vor Augen, wie man über ihn gelästert hatte. Für diese Schmach forderte er Wiedergutmachung.

»Kann immer passieren im Eifer des Gefechts. Wollt Ihr nun, dass ich ihn besiege, oder nicht?«

Das wäre eine kostspielige Genugtuung. Aber seine Ehre wäre es wert. Der Offizier schlug ein.

»Ein Hoch auf den Luxbruder! Gestern noch Gaukler, heute schon Gardist!«

Der Ruf war weithin über den Fechtplatz zu hören. Alle Augen wandten sich dem Rufer zu. Clarissas Freude verpuffte. So erleichtert war sie gewesen, dass Leander sich in den ersten Waffengattungen behauptet hatte, und nun das! Arkadi mühte sich wild gestikulierend, dem fremden Vaganten Einhalt zu gebieten, doch dem machte es offenbar Freude, die Aufmerksamkeit auf sich zu ziehen.

»Ich kenne ihn von der Frankfurter Messe! Hat ein prächtiges Schauspiel damals gezeigt, als Straßenkünstler.«

Arkadi wollte dem Mann die Hand auf den Mund legen, doch der machte sich los und stieß den Spielmann von sich. Erleichtert sah Clarissa, dass sich Ezra durch die Menge zu dem Störenfried drängte.

Doch es war schon zu spät. In der Ecke der Federfechter hatten heftige Diskussionen eingesetzt. Der Kommandant mit dem großen Kopf redete auf Leander ein. Er grollte lautstark, weil Leander sich mit Abschaum wie Feuerschluckern, Steinbrechern und menschlichen Missgeburten gemeinmachte. Ihr Geliebter verteidigte sich. Ein Grinsen halb unterdrückend, hörten die Gardisten zu.

»Hoch lebe der …« Der Schrei verstummte. Eingeschüchtert verstummte der Gaukler und starrte Ezra an.

Der Schiedsrichter rief zur nächsten Runde. Leander trat auf den Platz. Clarissa konnte Verzweiflung und Zorn in seinem Gesicht lesen. Hoffentlich machte ihn die Wut nicht unvorsichtig! Immerhin war das Rapier an der Reihe, eine Wehr, die Leander mühelos beherrschte. Als Clarissa allerdings den Mann sah, der nun den Kampfplatz betrat, regte sich Sorge. Der Kleidung und dem Aussehen nach war er vermutlich ein Spanier. Ein Körper, der unter dem schlichten schwarzen Anzug nur aus Muskeln und Sehnen zu bestehen schien, und eine furchtlose Haltung. Ihre Hände krampften sich um die Balustrade. Die Kämpfer griffen zu den Waffen und prüften sie schwingend, dann begannen sie sich zu umkreisen. Nach anfeuernden Rufen brachte die Spannung das Publikum zum Schweigen. Das würde ein harter Kampf werden. Clarissa hielt die Luft an.

Die Fechttechnik des Spaniers war ungewöhnlich. Nie griff er direkt an, sondern bewegte sich über die rechte oder die linke Seite. Seine Schritte waren kurz, kaum ging er in die Bindung. Eine Zeitlang versuchten die beiden, sich gegenseitig ihren Kampfstil aufzuzwingen, was zu längeren Phasen des Umkreisens und einigen heftigen Kämpfen führte. Plötzlich gelang dem Spanier eine geschickte Schlagkombination. Leanders Rapier flog in hohem Bogen durch die Luft. Clarissa sog die Luft ein. Vereinzelter Applaus, Buhrufe. Mit leeren Händen stand er dem Spanier gegenüber. Siegessicher stolzierte der Spanier zu Leander, um ihm den notwendigen Schmiss zu verpassen. Schon holte er aus. Leander tänzelte – und machte aus dem Stand einen Überschlag über die Klinge des Mannes. Clarissa konnte kaum hinsehen. Todessprung nannten die Gaukler diese Aktion – und nie war ihr der Begriff treffender erschienen. Das hätte auch schiefgehen können! Wäre der Sprung missglückt, hätte sein Gegner Leander den Leib aufgeschlitzt. Der Spanier fuhr herum, aber da hatte Leander schon seine Waffe wieder ergriffen und riss das Rapier hoch. Die Zuschauer tobten. Von Neuem begann das Umkreisen. Allmählich gelang es Leander immer besser, die Aktionen seines Gegners vorauszusehen, sich an ihn anzupassen und ihn mit seinen eigenen Waffen zu schlagen. Nach einem langen Kampf besiegte er den Spanier schließlich mit einem überraschenden Ausfall, der zu einem Armtreffer führte.

Die Zuschauer jubelten. Auch Clarissa juchzte laut, ohne sich durch die pikierten Blicke einiger Damen stören zu lassen. Leander hatte es geschafft! Er suchte ihren Blick. Clarissa warf ihm einen Luftkuss zu. In seiner Ecke gratulierten ihm der Hartschierleibguardihauptmann und die Fechtschüler. Auch der Kommandant und die anderen Leibtrabanten konnten ihm die Anerkennung nicht versagen. Egidius hielt ihm einen Becher hin, den Leander gierig austrank.

Der Spanier wischte sich das Blut ab und stürmte fluchend vom Platz. Clarissa schauderte, als sie daran dachte, wie Benjamins auf dem Platz ausgetragene Feindschaft ein tödliches Ende gefunden hatte. Leander müsste in den nächsten Tagen gut auf sich aufpassen.

Leanders Stimme bebte beim Meisterschwur. Nie hätte er es sich träumen lassen, dass er es einmal so weit bringen würde! Als die frisch gekürten Fechtmeister die Gratulationen entgegennahmen, kam auch der Spanier zu ihm. Finster blickte der Spanier ihn an – aber er hielt ihm die Hand hin.

»Gut gekämpft, für einen Federfechter. Kann man nichts sagen. Juan Manchez mein Name.«

Leander nannte seinen Namen, schlug ein und lobte seinerseits höflich die Kampfkunst des Gegners.

»Die spanische Fechtschule ist die beste der Welt«, war der Spanier überzeugt.

Leander lachte. »Ich kenne einen Italiener, der dasselbe von seinem Land sagen würde. Den Franzosen geht es vermutlich ähnlich. Um das beurteilen zu können, müsste ich bei Euch ein paar Stunden nehmen.«

»Warum nicht? Fragt im Palais Lobkowitz nach mir.«

»So steht Ihr im Dienst einer katholischen Familie?«

»Sagen wir es so: Die Verbindungen vieler Katholiken zum spanischen Hof sind naturgemäß eng.«

Eine Weile fachsimpelten sie. Andere wollten Leander nun auch gratulieren. Beim Abschied zog Juan Leander ein Stück heran. »Ich würde übrigens in nächster Zeit aufpassen, mi amigo. Ein Mann hat mich bezahlt, damit ich Euch besiege. Es hätte ihm wenig ausgemacht, wenn Ihr gestorben wärt.« Er lächelte entschuldigend. »Ich brauchte das Geld, aber natürlich hätte ich Euch dem Mammon nicht geopfert.«

»Natürlich«, echote Leander hohl. Seine Gedanken rasten. Immerhin sprach Juan offen. »Wer war der Mann?«

»Ein Offizier. Älter schon. Er selbst hätte gegen Euch keine Chance gehabt. Also, no te enfades!«

Leander sah sich in der Menge um. Er wusste genau, um wen es sich handelte, aber der Offizier war nicht zu sehen. Dafür bemerkte er Clarissas alarmierten Gesichtsausdruck. Sie hatte alles gehört. Beruhigend legte er den Arm um die Schulter seiner Verlobten. Sie dürften sich den Tag nicht verderben lassen.

Den neuen Meistern der Fechtbruderschaft Zur Feder wurde eine besondere Anerkennung zuteil: Eigens für sie wurde ein Gottesdienst im Veitsdom abgehalten. Anschließend feierten Clarissa und Leander mit ihren Freunden, den anderen Fechtmeistern und deren Angehörigen in einem Wirtshaus. Sie saßen an einer langen Tafel. Ständig wurden neue Speisen und Getränke gereicht. Musiker spielten auf, und schließlich sang Arkadi ein Lied über Leanders Fechtkünste. Verlegen zupfte dieser an dem kaiserlichen Wappen, das sein Wams schmückte. Der Silberabguss glänzte neu, und Leander konnte sich an der Gravur seines Namens darunter gar nicht sattsehen. Immer wieder wurde nun auch getanzt. Die Messerschmiede ließen es sich nicht nehmen, einen Schwerttanz vorzuführen. Auch Leander und Clarissa reihten sich ein. Wie selbstverständlich ergriff Clarissa ein Schwert, bestaunt von den Ehefrauen der anderen Fechter. Sie strahlte Leander an. Wie glücklich sie waren! Jetzt würde sie nichts mehr hindern können, endlich zu heiraten. Felicitas saß mit David dabei und lächelte tapfer. Clarissa ging zu ihr, um sie etwas aufzuheitern. Gleichzeitig bat der Hartschierleibguardihauptmann Leander zu sich. Leander war verlegen; er hatte zu viel getrunken und gefeiert, um mit seinem Vorgesetzten ein vernünftiges Gespräch zu führen.

»An Eurem Stand ist nichts mehr auszusetzen, wenn auch die Zwischenrufe heute unschön gewesen sind. Seht zu, dass diese Nachrede Eure Ehre nicht weiter beschmutzt. Ihr müsst diesem Gaukler eine Abreibung verpassen und so Respekt einfordern.«

Leander konnte es sich kaum vorstellen, dass er sich so verhalten würde, wie er es früher bei den Fechtmeistern gehasst und verachtet hatte. Außerdem hatte Ezra ihm versichert, dass er den Gaukler gemaßregelt hatte.

Der Hartschierleibguardihauptmann war jedoch noch nicht fertig: »Eure Leistung soll belohnt werden. Der Herzog von Braunschweig-Wolfenbüttel wird Ende Juni im Auftrag des Kaisers nach Wien aufbrechen. Verhandlungen mit dem Bruder des Kaisers stehen an. Auch muss das Passauer Kriegsvolk abgedankt werden, damit Ruhe im Reich einkehrt. Neben der Leibgarde des Herzogs dürft Ihr ihn begleiten. Kaiser Rudolf vertraut dem Herzog zwar, aber sicher ist sicher.« Er schlug Leander auf die Schulter. »Euer erster richtiger Auftrag, gratuliere! Seid also rechtzeitig wieder in Prag.«

Stolz ging Leander zu den anderen zurück. Clarissa war im Gespräch mit einer verhuschten Frau, die sie als Zuzana vorstellte. Die beiden hatten über das Fechten gesprochen. Leander lockte Clarissa aus dem Gespräch und auf die Tanzfläche. Er senkte sein Gesicht in Clarissas duftendes Haar, als sie vor dem Wirtshaus dem letzten Gast hinterhersahen.

»Es war eine schöne Feier. Aber kurz«, sagte Clarissa bedauernd. Ihr Atem kitzelte sein Ohr und sandte eine Gänsehaut über Nacken und Rücken. Sogleich umspielte ihre Zunge seine Lippen. Leander hielt sie fest, unanständig nah. Ihre Hände wanderten seinen Rücken hinunter, legten sich auf seine Hüfte, pressten ihn an sich. Jedes Mal fiel es ihm schwerer, ihre Zärtlichkeiten zu beenden. »Jetzt können wir endlich das Aufgebot bestellen. Ich halte es nicht aus, noch länger auf dich zu warten. Keinen Augenblick länger«, flüsterte sie.

Mühsam löste er sich von ihr. Leander legte den Finger unter Clarissas Kinn. »Die Feier war kurz, weil mancher morgen früh rausmuss. Auch du solltest noch packen«, sagte er geheimnisvoll.

Clarissa sah ihn überrascht an. »Packen?«

Nun hielt er sich nicht mehr zurück. Auf diesen Augenblick hatte er sich schon so lange gefreut! »Wir reisen morgen nach Rostock. Wir wollen doch die Hochzeitsgesellschaft nicht warten lassen.«

Clarissa fiel ihm ungestüm um den Hals, lachte und weinte zugleich. Die Überraschung war gelungen.

Bei wunderbarem Sommerwetter und in Begleitung von Felicitas, David, Ezra und Arkadi war es die schönste Reise, die Clarissa je erlebt hatte. In Rostock hatten Clarissas Eltern alles liebevoll vorbereitet. Ihr neues Haus am Alten Markt war mit Blumenkränzen geschmückt und ein Zimmer für das zukünftige Paar war hergerichtet. Als Trauzeugen hatte ihr Vater Jodocus und Barbaras Mann Bernhard bestimmt. Ein Messerschmied und ein Jurist mit Verbindungen zum Rat: eine gute Mischung, wie Clarissa fand. Die Zeit verging wie im Flug. Jetzt trafen auch die Gäste ein: Leanders Vater war mit Engelin und ihrem gemeinsamen Kind angereist, Jodocus brachte seine große Familie mit. Leanders Freund Ambrosius war mit Grietgen und den Kindern aus Nürnberg gekommen. Clarissas Großvater nahm Felicitas sogleich wieder in Beschlag, um einen weiteren Tuchhandel zu vereinbaren. Irmel und Paulus sowie Ursel und Freihart hatten geschrieben; sie waren inzwischen zu alt für eine so weite Reise.

Die Hochzeit fand in der letzten Juniwoche statt. Schon bei der Morgensuppe ging es hoch her, als sich die Nachbarn und die Rostocker Freunde einfanden. Dann wurde das Brautpaar getrennt: Während die Frauen Clarissa halfen, das neue Kleid anzulegen, das Lievke für sie genäht hatte – es war farbenprächtig und geschmackvoll zugleich –, zogen die Männer mit angeheuerten Musikanten munter durch die Stadt. Leander musste sich auf einen Stein stellen und die Heirat öffentlich ankündigen, falls jemand Einspruch erheben wollte, was aber niemand tat. In der Marienkirche wurden Clarissa und Leander getraut. Erst anschließend durfte sie als Zeichen ihres neuen Standes die Haare aufstecken und die Brautkrone aufsetzen. Für beide war es ein erhebender Moment, das spürten sie, als sie sich die Hände reichten. Noch vor einem Jahr hätte keiner von ihnen geglaubt, dass es je so weit kommen könnte. Geächtet waren sie gewesen, beinahe mittellos. Und nun versprachen sie sich hier in der wichtigsten Kirche Rostocks, im Angesicht vieler Freunde und Verwandten, ewige Liebe.

Als sie aus der Kirche traten, standen Freunde und Bekannte mit ihren Degen und Schwertern Spalier, und die Frauen bekränzten das Paar mit Blüten. Als Geschenk brachte Gallus zu ihrer Überraschung das kostbare Rapier mit, das Leander von Jodocus bekommen und später versetzt hatte. Dem Brautzug schlossen sich unzählige Rostocker an; manche kannte selbst Fritjoff kaum. Auch ehemalige Schüler wie Kai, der sich trotz seines lahmen Beins zu einem kräftigen Lehrling gemausert hatte, gratulierten ihnen. Jeder Gratulant wurde mit Gebäck beschenkt, als Zeichen der Hoffnung, dass die Ehe ebenso süß werden würde. Es gab ein Festmahl und einen anschließenden Tanz, der sich wegen der herrlich lauen Sommernacht auf den Alten Markt ausweitete. Arkadi tanzte mit hübschen Rostockerinnen.

Felicitas, David und Ezra wurden wegen ihres Glaubens zwar bestaunt, aber freundlich aufgenommen.

Clarissa und Leander genossen die Feier aus ganzem Herzen. Schließlich wurden sie unter Musik und Gejohle ins Schlafzimmer geleitet. Leander nahm Clarissa auf den Arm und trug sie zum Brautbett. Dann schlugen Fritjoff und Gallus die Decken über ihnen zu. Seite an Seite lagen sie unter dem Leinenzelt, lauschten den leiser werdenden Geräuschen und strahlten einander an. Behutsam öffnete Clarissa die Schleife an Leanders Kragen, während er an ihrem Kleid zupfte. So lange hatten sie auf diesen Augenblick gewartet, doch jetzt, wo es so weit war, würden sie sich Zeit lassen. Sie wollten ihre erste Liebesnacht auskosten.

Für Clarissa war es ein Wunder. Endlich hatte sie gewonnen, wonach sie sich so lange gesehnt hatte. Sie gehörten zusammen, und nichts konnte sie mehr trennen. Der einzige Wermutstropfen war, dass Leander schon morgen nach Prag reiten musste. Er durfte auf keinen Fall zu spät zu seinem ersten Auftrag als Leibgardist kommen.

39

Prag, Mitte Juli 1610

Clarissa spähte durch das Fenster auf die Straße. Noch immer stand die Hitze in der Gasse. In manchen Ecken war der Gestank des Straßendrecks so stark, dass sich die Frauen duftende Blütenkränze auf Haupt oder Schulter legten. In solchen Momenten vermisste sie Rostock sehr, wo meist eine frische Brise wehte. Seit zwei Wochen war sie zurück in Prag. Da Leander unterwegs war, hatte sie allein eine Unterkunft gesucht. Ihre Wohnung befand sich in der Neuen Welt. Das Viertel hieß so, weil es gerade außerhalb des Hradschins lag. In den verwinkelten Gassen mit den vielen Holzhäusern lebten Handwerker, Maler und Hofbedienstete. Auch der Astronom Tycho Brahe hatte früher hier gewohnt. Inzwischen war auch der Hausrat angekommen, den Fritjoff und Lievke ihnen geschenkt hatten; einer von Barbaras Fuhrleuten hatte die Kiste in Prag abgeliefert. Clarissa seufzte. Wie lange würde sich Leanders Auftrag wohl noch hinziehen? Ständig dachte sie an ihn. Sah ihn vor sich. Die tiefgründigen Augen, den sinnlichen Mund. Seinen Körper, den sie erst so selten genossen hatte. Ihre Wangen glühten, als sie an die Nacht dachte, die sie nach ihrer Hochzeit gemeinsam verbracht hatten. Stunden voller Leidenschaft und Lachen. Wenn er nur endlich zurück wäre …

Immerhin hatte sie zu tun. Sie half Felicitas, unterrichtete David und erhielt auch gelegentlich Besuch von Zuzana. Die Pragerin hatte Clarissa bei der Meisterfeier gefragt, ob sie wirklich fechten können; beim Schwerttanz hatte es so gewirkt. Zuzana gestand, dass sie sich fürchte, wenn sie allein war. Ob Clarissa ihr nicht die Grundlagen der Fechtkunst beibringen könne? Allerdings habe sie kein Geld, um Clarissa zu bezahlen. Sie waren sich trotzdem einig geworden. Clarissa unterrichtete Zuzana, und diese hatte im Gegenzug die neuen Brokatvorhänge angepasst.

Nun stieg Clarissa auf den Schemel und begann, die Vorhänge aufzuhängen. Als sie den letzten Haken befestigt hatte, betrachtete sie ihr Werk. Der kostbare Brokat wirkte in dem kleinen, holzgetäfelten Zimmer ein wenig protzig, aber Felicitas hatte darauf bestanden, ihr den Stoff zu schenken. Leander würde staunen, wenn er ihr neues Zuhause zum ersten Mal sah! Luft kam jetzt allerdings überhaupt nicht mehr hinein. Es wäre besser, wenn sie das Fenster wieder freimachte, dann könnte sie auch gleich noch einmal hinausspähen. Gerade hatte sie Hand an die Vorhänge gelegt, als der Brokat sich bauschte. Eine Bö? Hier in der Prager Sommerhitze? Oder versuchte etwa jemand einzubrechen? Entschlossen riss sie den Stoff zur Seite – und fiel Leander um den Hals. Ungestüm herzte er sie, bis ihr Körper schließlich durch das Fenster hinausgeglitten war und sie lachend auf dem heißen Straßenpflaster standen. Erst jetzt erkannte sie, wie müde ihr Ehemann aussah.

»Komm schnell hinein!«, zog sie ihn fröhlich hinter sich her. An der Tür blieb er stehen, hielt ihre Hand aber ganz fest. Zaghaft trat er ein, berührte die Vorhänge, legte die Finger auf den Klapptisch, betrachtete den alten Schemel, als wäre er ein Thron und die Tonkanne ein Silber-Erbstück. Clarissa sah die Rührung in seinen Zügen.

»Unser erstes Zuhause«, sagte Leander heiser und zog sie an sich. »Etwas so Herrliches hätte ich mir nie erträumt.«

Clarissas Hals wurde eng. Leander hatte seit seiner Kindheit kein Heim mehr gehabt, keine tiefe Liebe gespürt. Überdeutlich spürte sie, wie wertvoll das war, was sie besaßen. »Das Herrlichste in diesem Raum bist du. Endlich hab ich dich wieder …«, wisperte sie und strich zart seinen Hals entlang, über das Schlüsselbein und seine Brust. Begehren wallte in ihr auf. Sie zog die Vorhänge zu. Mit einigen Handgriffen öffnete sie ihr Kleid und ließ es von den Schultern gleiten. Nackt stand sie vor ihm, bebend. Sah, wie sein Atem flacher wurde, seine Hände ihren Körper berührten, als wäre er eine Kostbarkeit. Dann hielt sie nichts mehr.

Nach ihrem ausgiebigen Liebesspiel war Leander eingeschlafen. Nackt lagen sie aneinandergeschmiegt auf ihrem Bett. Nur dreißig Stunden hätten sie von Wien hierher benötigt, hatte er vorher noch gemurmelt, das sei neuer Rekord mit einer Kutsche. Ihre Kehle war trocken, Hunger hatte sie auch. Sie hatte viel zu wenig im Haus! Vorsichtig setzte sie sich auf und wollte sich losmachen, doch seine Arme umschlangen sie, und Leanders Haupt bettete sich auf ihren Oberschenkel. Beinahe brachte sie es nicht übers Herz, ihn zu verlassen. Und doch, bei diesen Temperaturen und nach so einer langen Reise sollte sie zumindest einen Eimer frisches Wasser und einen Krug Bier holen. Da spürte sie zart Leanders Lippen auf ihren Schenkeln. Clarissa erschauderte, ein Ziehen fuhr durch ihren Körper.

»Du wolltest doch wissen, wie man Frauen noch beglücken kann«, murmelte er.

Verlegen und zugleich neugierig ließ sie sich niedersinken.

Viel später saßen sie zusammen an ihrem Tisch und verspeisten mit großem Appetit eine Mahlzeit, die Clarissa auf die Schnelle zubereitet hatte. Am offenen Fenster sahen sie die Nachbarn vorbeiziehen, hörten sie plaudern, lachen und streiten. Jetzt, wo die Sonne untergegangen war und die Hitze nachgelassen hatte, kehrte das Leben in die Gassen zurück. Beide waren ermattet und glücklich. Noch immer war Leander müde, hatte aber inzwischen zumindest den Straßenstaub abgewaschen.

»Wie ist der Herzog denn so?«, wollte sie wissen, als sie ihnen frisches Prager Bier einschenkte.

Leander trank und überlegte. »Er ist ein gebildeter, höflicher Mann. Begeistert sich für die Wissenschaften, besonders die Alchemie, und die Kunst. Deswegen versteht er sich wohl auch mit dem Kaiser so gut. Vor allem aber ist er geduldig. Das muss er auch sein, bei diesen Verhandlungen. Ständig muss man warten. Nicht, dass ich mich beschweren würde – wir waren in der Wiener Hofburg durchaus angenehm untergebracht –, aber es ist schon merkwürdig, wie die hohen Herren ihre Verhandlungen führen. Und langweilig ist es noch dazu.«

»Worum geht es denn bei diesen Verhandlungen?«

Er unterdrückte ein Gähnen. »Der Kaiser will, dass sein Bruder ihm Österreich, Mähren und Ungarn zurückgibt. Das will Matthias natürlich nicht. Also verlangt Rudolf einen Ausgleich von ihm: jährlich fünfzigtausend Gulden und zweitausend Liter Wein.«

»Diesen Ausgleich will Matthias aber nicht leisten«, mutmaßte Clarissa.

»So ist es. Er hat das Geld wohl auch gar nicht. Da die Passauer Truppen noch immer in seiner Nähe herumlungern, muss er selbst Söldner anwerben.« Leander neigte sich zu ihr, als fürchte er Lauscher. »Tatsächlich munkelt man, dass der Kaiser das Passauer Kriegsvolk auf seinen Bruder hetzen will. Der lachende Dritte ist Erzherzog Leopold, Rudolfs Lieblingsneffe. Ihm will der Kaiser nämlich Land verschaffen, am liebsten auf Matthias' Kosten.« Leander gähnte herzhaft. »Entschuldige bitte«, sagte er lachend.

»Nein, entschuldige du mich! Ich könnte dich noch ewig weiter befragen. Dabei musst du doch todmüde sein.« Clarissa stand auf, nahm ihn bei den Händen und zog ihn zum Bett.

Sie hatten Zeit genug, über die Ereignisse der letzten Wochen zu sprechen, denn für eine Weile kehrte Ruhe in ihr Eheleben ein. Leander ging morgens zur Burg und kehrte abends zurück, manchmal übernahm er auch die Nachtwachen. Auch Clarissa ging ihrer Arbeit nach. Vor allem aber genossen sie ihre unbeschwerte Zweisamkeit. Doch schon Anfang August wurde Leander befohlen, den Herzog erneut nach Wien zu eskortieren.

Mitte August brach Clarissa, wie sie es Felicitas versprochen hatte, nach Frankfurt auf, ohne Leander wiedergesehen zu haben. Felicitas ließ einen sechsspännigen Wagen bereitmachen. Jaro schmollte, weil er in Prag die Stellung halten musste. Ezra begleitete sie. Er und Felicitas würden bei Levin in der Judengasse Quartier nehmen, während Clarissa an Paulus und Irmel geschrieben hatte, die sich freuten, sie zu beherbergen.

Zwei Jahre waren seit ihrer letzten Begegnung vergangen, und Clarissa erschrak darüber, wie gebrechlich Irmel und Paulus wirkten. Trotzdem hatten sie wieder das Haus voller Gäste. Hauptmann Christoff und Meister Gerd waren mit neuen Schülern angereist, aber auch frühere Fechtschüler ließen sich sehen. Von Alexander hatte niemand etwas gehört. Auch Benjamins Mörder hatten sie immer noch nicht finden können. Zuletzt hatte man Jerg und Unruo beim Passauer Kriegsvolk gesehen.

Clarissa besuchte die Fechtschule, traf Freunde und begleitete Felicitas bei ihren Geschäften; die geschäftstüchtige Dame hatte im Voraus etliche Verabredungen getroffen. Aus Neugier besuchte Clarissa die Buchgass und entdeckte, dass Capo Ferro ein Fechtbuch veröffentlicht hatte, ein beeindruckendes Werk. Überall beriet man über die Nachrichten. Erzherzog Leopold, der Bischof von Passau, hatte mit seinem Kriegsvolk den Kampf um die Veste Jülich aufgeben müssen. Jetzt wollte Kaiser Rudolf offenbar seinen Bruder mit Unterstützung des Passauer Kriegsvolks zur Rückgabe der Königskronen zwingen. Es war merkwürdig, wieder hier zu sein: genauso wie vor zwei Jahren und doch ganz anders. Clarissa sorgte sich um Leander und konnte es kaum erwarten, ihn endlich wiederzusehen. Sie waren viel zu oft getrennt!

Endlich kam der Tag, an dem die Meisterschüler nachgeprüft werden sollten. Clarissa wartete mit Irmel und der Medizintasche unter dem Wappen der Marxbrüder. Die Stimmung in der Fechthalle kochte beim Schwerttanz hoch. Letztes Mal hatte noch Fritjoff mitgetanzt, aber heuer war ihr Vater in Rostock geblieben. Sicher wäre er gerne hier. Er ließ sich nie lange die Laune verderben, aber nicht mehr fechten zu können, das hatte ihn tief getroffen. Clarissa schüttelte den Gedanken ab. Wo blieb nur Felicitas? Sie hatte diesem Tag so sehr entgegengefiebert! David war bereits mit Ezra eingetroffen. Zwischen Clarissa und Ezra stehend, beobachtete er fasziniert die Fechter. Plötzlich erstarrte Ezra. Clarissa folgte seinem Blick. Die Ecke der Federfechter hatte sich gefüllt – und da waren auch Meister Jerg und der Mörder Unruo! Obgleich der Fechtkampf noch tobte, schwang Ezra sich über die Balustrade und rannte auf die Federfechter zu. Die Meister Christoff und Gerd folgten ihm auf dem Fuß. Jerg und Unruo wollten Fersengeld geben, doch da schnitt ihnen schon Meister Levin mit seinen Schülern den Weg ab. Ein Kampf entbrannte, der die Aufmerksamkeit der Zuschauer vom Fechtplatz abzog. Niemand bekam mehr mit, wie die Fechtschüler sich schlugen. Schon wollte der Ringrichter mit seiner Stange auch zwischen Ezra und Unruo gehen, die sich erbittert bekämpften. Christoff und sein Schüler hielten Meister Jerg fest, der sich wehrte wie wild. Ezra hob das Schwert, und Clarissa fürchtete schon, dass er seinem Gegner den Schädel spalten würde. Hasserfüllt starrte er den Mörder seines Bruders an. Beschwichtigend redete Levin auf ihn ein. Unruo nutzte die Verwirrung, stieß Gerd beiseite und rannte zum Ausgang.

Im gleichen Augenblick warf sich jemand auf ihn und hielt ihn fest. Alexander! Er wirkte schmaler, sehniger. Clarissa blickte sich hektisch um. Noch immer war Felicitas nirgendwo zu sehen. Sie durften sich auf keinen Fall verpassen! Unruhig wandte Clarissa sich an Irmel. »Bitte, du musst Alexander aufhalten, egal wie! Ich muss Felicitas suchen!« Dann rannte sie los. Schließlich entdeckte sie Felicitas in einer abgelegenen Ecke des Gebäudes.

»Alexander … er ist da! Komm schnell. Er hat Ezra geholfen, Benjamins Mörder dingfest zu machen!«

Felicitas standen Tränen in den Augen. »Wie schön!«, sagte sie mit dünner Stimme. »Aber soll ich mich ihm aufdrängen, wenn er mich nicht will? Er ist ein Ungläubiger, unsere Liebe hat ja doch keine Zukunft!«

Clarissa setzte sich neben sie. Eine Spur ungeduldig strich sie ihrer Freundin über den Rücken. »Das haben wir doch schon alles besprochen! Also mach mir nichts vor, sondern sag mir lieber, was dich wirklich bedrückt.«

»Ich bin alt … so viel älter als er. Selbst wenn er könnte … Vielleicht würde ich ihm keine Kinder mehr schenken. Es gibt so viele junge, fruchtbare Frauen.«

»Und doch hat er dich gewählt. Du bist ebenfalls eine sehr begehrenswerte Frau.«

»Alexander ist davongelaufen …«

Clarissa wunderte sich, wie unsicher die kluge Geschäftsfrau auf einmal wirkte. Sie beugte sich vor und klatschte die Hände auf die Knie. »Und das wird er auch gleich wieder tun, wenn wir uns nicht sputen! Gib dir einen Ruck!«

Von den Marxbrüdern, Irmel und auch David umgeben, stand Alexander am Rande des Fechtringes. Jerg und Unruo wurden gerade von Bütteln abgeführt. Ezra begleitete sie; er wollte sichergehen, dass sie auch wirklich im Gefängnis landeten. Alexanders Augen weiteten sich, als er Clarissa und Felicitas bemerkte, die den Kampfplatz betraten. Auf einmal wirkte er wie waidwund. Da nahm David die Hand des hünenhaften Fechters und führte ihn seiner Mutter entgegen.

»Auch dank Herrn Alexander sind die Mörder und Diebe gefasst«, sagte der Junge, doch weder Felicitas noch Alexander schienen seine Worte wahrzunehmen. So viel Unausgesprochenes lag in ihrem Blick. Clarissa und David ließen die beiden allein.

Felicitas und Alexander verließen die Fechtschule, in der in jeder Ecke Getöse von Fechtern und Zuschauern herrschte, und ließen sich schweigend durch die Gassen Frankfurts treiben. Sie berührten einander nicht, achteten aber auch darauf, dass der Abstand zwischen ihnen nicht zu groß wurde. Schließlich erreichten sie einen ruhigeren Platz mit weinbewachsenen Laubengängen.

Felicitas sah, wie Alexander mit sich rang. Es rührte sie, den Kämpfer so schwach zu sehen, also ergriff sie zuerst das Wort. Ihre Stimme zitterte wieder, als sie sprach: »Ich weiß nicht, ob du an mich gedacht hast. Ob ich dir je etwas bedeutet habe. Oder ob ich deine Worte damals am Fluss nur missverstanden habe, missverstehen wollte, weil ich dich so mag. Ich will dich nicht bedrängen. Ich möchte nur, dass du eines weißt: Ich schätze dich als der, der du bist.«

»Wie kannst du das sagen? Du wusstest doch nicht, was ich bin. Eine Missgeburt.« Er spie es aus, voller Selbsthass und gleichzeitig hungernd nach Widerspruch.

»Du bist gut so, wie Gott dich geschaffen hat.«

Er suchte die richtigen Worte. »Ich habe mich nach meiner Abreise aus Prag eine Zeitlang als Söldner verdingt. Habe gekämpft, bis ich glaubte, meinen Kummer abgetötet zu haben. Doch kaum war ich wieder bei Kräften, erstarkte auch der Kummer. Ich wusste plötzlich, dass ich nicht mehr davonlaufen kann. Also bin ich nach Güstrow zurück«, brach es aus ihm heraus. »Sprach zum ersten Mal mit meinem Vater über meine Geburt und unsere Flucht aus Antwerpen. Alles hat er zurückgelassen, alle Kontakte abgebrochen. Wir waren Juden damals – kannst du dir das vorstellen?«

Er platzte damit heraus, als wäre es undenkbar. Felicitas war es jedoch, als verliehen die Worte ihr neue Kraft. Wenn er von Geburt Jude war, stand ihrer Verbindung doch nichts mehr im Wege! »Deshalb kannte dein Vater also Chanukka. Er wusste, dass bei der Brit Mila, der rituellen Beschneidung, dein …« Sie stockte.

»Ja, mein Makel wäre sogleich aufgefallen. Meine Brüder haben nichts geahnt, weil mein Vater mich vor ihrer Nähe schützte. Als sie jetzt die Wahrheit erfuhren, waren sie schockiert. Vater und ich sind zusammen nach Flandern gereist. Haben unseren Verwandten die Wahrheit gesagt. Sie freuten sich, uns zurückzuhaben.« In seiner Stimme klang die Verwunderung durch. »Sogar die jüdische Gemeinde hat meinen Vater wieder aufgenommen. Der Rabbi meinte, jeder, der von einer jüdischen Mutter geboren sei, bleibe sein Leben lang Jude.«

Felicitas nahm zärtlich seine Hand. Über seine eigenen Pläne hatte Alexander nichts gesagt. Wenn er wieder Jude würde, könnten sie heiraten. Doch würde ihn die jüdische Gemeinde überhaupt aufnehmen? Das war eine komplizierte Frage, über die die Gelehrten vermutlich ausgiebig beraten mussten. »Dann kannst du nicht mehr zurück«, hielt sie fest.

»Ich nicht, und mein Vater auch nicht. Er will wieder nach Antwerpen ziehen. Ich habe ihn nie so glücklich gesehen wie im Kreis seiner Geschwister. Erst jetzt ist mir klar, was er für mich geopfert hat.«

»Er liebt dich wirklich.«

Alexander wirkte unglücklich. »Deshalb hat er mich ja auch damals in Prag besucht. Er war so stolz, dass es mir gut geht. Doch der Preis für seine Liebe ist nach wie vor hoch. Meine Brüder bleiben Christen und führen unser Geschäft in Mecklenburg weiter. Wieder ist unsere Familie gespalten.«

»Und du? Was wirst du tun?«

»Ich weiß es nicht. Jetzt ist es an mir, meine Schuld an meinem Vater abzutragen. Ich kann ihn in Antwerpen nicht allein lassen.«

»Ich denke, er hat dort seine Geschwister.«

»Schon. Aber von seinen anderen Söhnen getrennt zu sein, uns Brüder gespalten zu sehen, das zerreißt ihm das Herz.«

»Halte deinen Vater nicht für schwächer, als er ist«, riet Felicitas ihm. »Es kann auch ein Segen sein, zu wissen, dass sein Geschäft in Mecklenburg weitergeführt wird und seine Söhne ein Auskommen haben.«

»Dennoch, neu anzufangen …«

»Fangen wir nicht alle ständig neu an?«

Alexander sah sie an, und plötzlich hoben sich seine Mundwinkel ein wenig. »Ich glaube, David hat sich wirklich gefreut, mich zu sehen«, sagte er.

»Wir alle haben dich vermisst. Ich am allermeisten.« Felicitas sah ihm in die Augen. »Denk bitte nie wieder, dass mit dir etwas nicht stimmt. Für mich bist du genau richtig.«

Scheu berührte Alexander sie. »Du ahnst nicht, was mir das bedeutet. Aber ich fühle mich meinem Vater gegenüber in der Pflicht. Das verstehst du doch sicher?«

Am Abend fand die Feier auf einem Weinschiff statt. Clarissa beobachtete zufrieden, wie Felicitas und Alexander mit den anderen auf dem Deck tanzten. Sie hatte nur kurz mit Felicitas gesprochen. Die Freundin war entschlossen, die Zeit mit Alexander zu genießen, so kurz sie auch sein mochte, und Clarissa hatte sie darin bestärkt. Aus Spaß hatte Clarissa versucht, David zum Tanz aufzufordern, doch der Jugendliche zierte sich und lauschte lieber Paulus' Anekdoten. Am Heck des Schiffes entdeckte Clarissa einen Mann, der allein auf den Fluss hinausblickte. Clarissa ging zu ihm. »Störe ich?«

Ezra verneinte. Obgleich er – gemeinsam mit Alexander – endgültig zum Meister des Schwerts gekürt worden war, wirkte er unglücklich. Clarissa konnte es ihm nicht verdenken. »Zwei Jahre ist es her«, sagte er leise. »Zwei Jahre. Ich frage mich, was für ein Mann Benjamin jetzt wohl wäre. Was für ein Fechter. Ob er schon verheiratet wäre. Manchmal frage ich mich auch, wie es umgekehrt gewesen wäre. Hätte Benjamin die Söldner getötet, wenn sie mich erstochen hätten? Hätte ich sie töten müssen?«

»Ich bin froh, dass du es nicht getan hast. Du hättest dich nur beschmutzt mit ihrem Blut. Jetzt wird das Gericht für ihre Bestrafung sorgen.«

Er spuckte ins Wasser. »Das hätte das Gericht gleich tun können. Aber ein Judenleben ist halt nichts wert …«

»Das ist ungerecht, ich weiß. Dennoch: Du hast Jerg und Unruo ihrer Strafe zugeführt. Und das ist das, was jetzt zählt.« Viel zu lange hatte Ezra sich mit dem Mord an seinem Bruder beschäftigt und darüber sein eigenes Leben vernachlässigt. Clarissa hoffte, dass er diesen Schicksalsschlag überwinden würde.

Ein fröhlicher Ruf riss sie aus ihrem Gespräch. David stürmte heran. »Ezra, kennst du schon die Geschichte …«

Das Gesicht des Fechters hellte sich auf. »Nein. Aber du wirst sie mir sicher gleich erzählen …«

Es war Mitte Oktober. Auf dem Straßenpflaster von Antwerpen lag glitschiger Raureif. Alexander betrat als erster Gast das Badehaus. Im Laufe seines Lebens hatte er viele Winkelzüge anwenden müssen, um sein Geheimnis zu wahren. Zu Unzeiten ins Badehaus zu gehen und Badeknechte zu bestechen, war einer davon. Von klein auf hatte man ihm zu spüren gegeben, dass etwas an ihm nicht stimmte. Sein Vater hatte ihm eingeschärft, niemandem zu vertrauen, seinen Körper niemals sehen zu lassen, ohne ihm aber einen Grund dafür zu nennen. Alexander war verwirrt gewesen. Er hatte ja nicht gewusst, dass etwas mit ihm nicht stimmte. Dass er anders war als andere Jungen. Der Vater hatte ihn von seinen Brüdern ferngehalten, ihm Sonderbehandlungen zukommen lassen und ihn schließlich durch viele Reisen abgesondert. Diese unbestimmte Angst, verkehrt zu sein, hatte Alexanders Kindheit geprägt. Was für ein Schock es gewesen war, festzustellen, dass er ein Monster war! Ganze Bücher und Abhandlungen hatte er über Hermaphroditen gelesen. Und dann die Verwirrung, dass die Frauen ihn trotzdem mochten. Er hatte schnell gelernt, die Bedingungen zu bestimmen, unter denen er mit ihnen verkehrte. Nicht zu viel Licht, dominantes Verhalten, kaum Berührungen zulassen, das Liebesspiel abwechslungsreich gestalten. Auf zu neugierige, zu entschlussfreudige Frauen ließ er sich gar nicht erst ein. Clarissa war so ein Fall. Aber von ihr hatte er ja auch wegen seines Freundes Marius die Finger gelassen, dessen Verrat ihn tief getroffen hatte. Nur einmal hatte Alexander sich gehen lassen, nach seiner ersten Meisterprüfung, und die Hure hatte seine Nachlässigkeit gnadenlos ausgenutzt. Jetzt war er endgültig Meister des Schwerts und hatte doch nichts davon. Er konnte sich in Prag am Kaiserhof nicht mehr blicken lassen. Die Schmach wäre unerträglich.

Der Knecht brachte heißes Wasser. Als er allein war, ließ Alexander sich ins Wasser gleiten und wusch sich. Wie oft hatte er seinen Körper gehasst, wie oft hatte er ihn verflucht. Das Wissen, dass eine Frau ihn wirklich liebte, wie er war, erfüllte ihn mit einem tiefen Sehnen. Sein Vater war froh, ihn bei sich zu haben, das spürte er jeden Tag. Die Arbeit in der Goldschmiedewerkstatt ging Alexander leicht von der Hand, und doch war er oft nicht bei der Sache. Seine Gedanken kreisten um Felicitas. Dass sie bereit war, ihn zu lieben, obgleich sie von seinem Makel wusste! Dass sie ihn gesucht hatte, bis nach Frankfurt für ihn gereist war! An ihren Abschied zu denken, hielt er kaum aus. Alexander trocknete sich ab, warf sich ein Hemd über und läutete nach dem Barbier. Sein Vater hatte schnell neue Kunden gefunden, gerade die Frauen kamen gerne, um sich von Alexander Schmuck anpassen zu lassen. Auch machten seine Antwerpener

Verwandten Versuche, ihn zu verkuppeln. Alexander interessierten diese Frauen jedoch nicht. Keine Frau interessierte ihn. Außer Felicitas.

Die alten Männer saßen am Ofen zusammen und erzählten sich feixend Geschichten. Oft ließ Jakob die Arbeit ruhen, um mit seinen Geschwistern Gebete zu sprechen, die heiligen Schriften zu studieren oder einfach zu plaudern. Es war, als wollten sie die vielen Jahre der Trennung in möglichst kurzer Zeit aufholen. Frisch rasiert und duftend begrüßte Alexander seinen Vater und seine Onkel.

»Ein Brief aus Güstrow ist gekommen. Deinen Brüdern geht es gut. Sie scheinen mich gar nicht zu vermissen«, sagte Jakob.

»Schön zu hören«, meinte Alexander und nahm einen Armreif auf, den er gerade verzierte. Das Verhältnis zu seinen Brüdern war kühl. Sie waren erleichtert gewesen, dass er Güstrow wieder verlassen hatte.

Alexanders Onkel grinste. »Zu vermissen? Sie werden froh sein, dass sie dich los sind!«

»Dabei ist es die Pflicht der Kinder, freudig für ihre Eltern zu sorgen.« Freudig, wiederholte Alexander innerlich. Tue ich das? Ist es meine Pflicht, freudig zu sein? Zu viel hatte er in den letzten Jahren aufgeben müssen. Die Freude an der Gemeinschaft in der Fechtbruderschaft, seine Ehre als Leibgardist, die Liebe. Beinahe hätte er sich selbst aufgegeben, wenn Leander ihn nicht davor bewahrt hätte.

»Und es ist die Pflicht der Eltern, ihren Kindern ein gutes und freies Leben zu ermöglichen«, meinte der Onkel.

»Sagt das auch der Rabbi?«, wollte Alexanders Vater wissen, dessen religiöses Wissen im Laufe der Jahre verblasst war. Sein Bruder kicherte zahnlos. »Der Rabbi? Der hat genug damit zu tun, Alexanders Fall anhand der alten Schriften zu prüfen. Nein, ich sage das.« Alexander spürte die Blicke der beiden alten Männer auf sich.

Felicitas eilte in die Küche, um zu kontrollieren, ob schon alles bereit war. Es waren aufregende Tage für sie. Gestern hatte ihr Sohn die Vollendung seines dreizehnten Lebensjahrs gefeiert und war als mündiges Mitglied in die jüdische Gemeinde aufgenommen worden. Nach der feierlichen Bar-Mizwa stand heute das Fest an. Sie hatten zwar keine Verwandten in Prag, aber umso mehr Freunde, die begeistert ihre Einladung angenommen hatten. Nur auf eine Einladung hatte sie keine Antwort erhalten …

David gab sich, abgesehen von den Momenten, in denen er sich unbeobachtet glaubte und mit den Katzen schmuste, sehr erwachsen. Übermütig rangelte er mit seinen Freunden und prahlte mit seinem Rapier. Es fiel ihr manchmal schwer, ihn zur Vernunft zu bringen. Ihrem Sohn den Vater zu ersetzen, war manchmal nicht leicht. Doch als sie David gestern vom Frauenbalkon der Synagoge aus beobachtet hatte, wie er erstmals die Tefillin, die Lederriemen und Gebetskapseln trug und aus den Prophetenbüchern vorlas, hatte sie die Rührung übermannt. Wie schnell er groß wurde! Bald wäre er aus dem Haus. Sie musste sich ernsthaft nach einem Mann umsehen, sonst würde sie allein sein. Lange hatte sie aus Liebe zu ihrem verstorbenen Mann nicht an eine Heirat denken können. Dann war Alexander in ihr Leben getreten und wieder verschwunden. Natürlich schrieben sie sich, aber von einer Heirat war nie die Rede gewesen.

In ihrer Kammer legte sie ihr Alltagskleid ab, das nach Küche roch. Im Spiegel betrachtete sie ihren Körper. Sie war noch schön. Ihr Leib sehnte sich nach Zärtlichkeit. Zu lange ignorierte sie schon die Bedürfnisse ihres Körpers, ihrer Seele. Ein ganzer Teil ihrer Persönlichkeit lag brach. Das musste ein Ende haben, dachte sie und strich sich mit dem Kamm den Staub aus den Haaren.

Sie war noch dabei, sich zu frisieren und anzukleiden, als die ersten Gäste eintrafen. Sie musste sich beeilen. Ihre Stube war schon gut gefüllt, als sie fertig war. Höflich begrüßte und bewirtete ihr Sohn die Gäste. Auch sie wandte sich zunächst den Honoratioren der jüdischen Gemeinde und ihren höhergestellten Freunden zu. Natürlich hatten einige wieder befreundete Witwer mitgebracht und priesen sie Felicitas an. Eine Frau durfte in ihren Augen eben nicht allein sein. Auch Jaro warf ihr nach wie vor begehrliche Blicke zu, wenn er sich unbeobachtet fühlte. Dass Alexander verschwunden war, schien ihn zu ermutigen. Möglicherweise würde sie sich doch von Jaro trennen. Sie vertraute ihm nicht mehr genug.

Schließlich wurde aufgetischt. Ezra, Rachel und Mordechai plauderten beim Essen mit Leander und Clarissa. Ihre Freundin wirkte blühend und lachte herzlich über einen von Davids Scherzen, was diesem gut gefiel. Vielleicht wäre es trotzdem gut, den Unterricht zu beenden, wie es der Rabbi schon lange von ihr forderte. Bislang hatte Felicitas ihn mit großzügigen Spenden hinhalten können. Aber jetzt, wo David als Mann galt, war die Nähe zwischen ihm und Clarissa einfach nicht mehr schicklich. Nach dem Essen kamen die jüdischen Musiker, die David sich gewünscht hatte, und spielten auf. Es waren erfahrene Klezmorim, die sofort alle in den Bann zogen. Auch Felicitas tanzte ausgelassen, mit jedem Takt entschlossener, endlich den Werbungen eines Junggesellen oder Witwers nachzugeben. Der Vergangenheit nachzuhängen, war sinnlos. Sie musste Kompromisse machen. Und sie wollte endlich leben.

Mit einer Bestechung gelang es Alexander, nach Toresschluss die Prager Stadtmauer zu passieren. Sicher war das Fest schon vorbei. Dabei wäre er so gerne bei Davids Bar-Mizwa gewesen! Er hatte ein schönes Geschenk beschafft und konnte es kaum abwarten, das Staunen des Jungen zu sehen. Ein harter Ritt war es gewesen, ein hohes Risiko. Aber seit sein Vater ihn quasi vor die Tür gesetzt hatte, hatten ihn die Gefahren des Winters nicht geschreckt. Er sollte in Prag ein neues Geschäft aufbauen, mit Werkstätten in Güstrow, Antwerpen und Prag sei die Familie ausgezeichnet für die Zukunft gerüstet, hatte sein Vater augenzwinkernd gemeint. Rührung überfiel Alexander. Schon immer hatte sein Vater nur sein Bestes gewollt.

Alexander spürte das Eis auf seinem Gesicht, als er die Galli-Gasse hinaufritt. Sein Pferd dampfte in der kalten Nachtluft. Kurz vor seiner Abreise war er, wie sein Vater, wieder zum Judentum übergetreten, eine Entscheidung, die er lange hinausgezögert hatte. Zu oft hatte er erleben müssen, wie die Juden geschmäht wurden. Nun gleich zweifach angreifbar zu sein, war keine erstrebenswerte Aussicht. Aber er war stark … Licht erhellte Felicitas' Haus. Beschwingte Musik war zu hören. Er war noch nicht zu spät! Alexander sprang vom Pferd und band es an einen Pfosten, dann stürmte er hinein.

Felicitas drehte sich mit einem fremden Mann im Tanz, ließ ihn aber los, als sie Alexander bemerkte. Nicht, als ob sie ertappt worden wäre. Eher, als ob der Fremde auf einmal nicht mehr existierte. Nichts schien es mehr zu geben, außer ihm. Strahlend wie eine Königin schritt Felicitas auf Alexander zu und nahm seine Hand. Er war angekommen.

Jaro war aus allen Wolken gefallen, als Alexander auf einmal in der Tür gestanden hatte. Sein Zauber hatte so gut gewirkt! Aus Frankfurt war sie ohne Alexander zurückgekehrt – und nun? Schamlos war seine Herrin dem Geck in die Arme gefallen. Noch während des Fests war Jaro in seine Kammer geeilt und hatte nach dem Nadelpüppchen gesehen, das er dort versteckt hatte. Es war eingesponnen von Spinnweben, aber unberührt. Sogar Jude war Alexander auf einmal. Wie hatte das geschehen können? Es musste doch etwas geben, womit er diese Verbindung verhindern konnte! Warum war Alexander damals so überhastet aus Prag verschwunden? Einen Posten am Kaiserhof gab man doch nicht einfach auf. Felicitas sprach nicht darüber, und auch in ihren Briefen hatte er keinen Hinweis entdecken können. Jaro würde sich bei seinen Erkundigungen beeilen müssen.

Vier Wochen später wurden Felicitas und Alexander in Prag nach jüdischem Brauch getraut. Clarissa gefiel das fröhliche, traditionelle Fest. Unter der Chuppa, einem Baldachin aus verzierter Seide, sprach der Rabbi die Gebete. Nach dem Aufstecken des Ringes verlas der Rabbi die Ketubba, den Ehevertrag. Der Rabbiner sprach die sieben Hochzeitssegenssprüche, und Alexander zertrat ein Glas zur Erinnerung an die Leiden des Volkes Israel. Während der Feier wurde Felicitas auf einem Stuhl durch die Menge getragen. Es gab Gerede, weil die Braut älter war als der Bräutigam, aber das Paar ließ sich nicht dadurch stören. Es schien, als könnte nichts sie auseinanderbringen. Sogar David wirkte versöhnt.

Noch nie hatte Clarissa in so kurzer Zeit so viel und so ausgelassen gefeiert. Später dachte sie, es war, als müssten sie das Leben noch einmal feiern, bevor das Unglück über sie hereinbrach.

40

Mühlviertel, Österreich, Mitte Januar 1611

Aus dem Haus drang schon seit Stunden das Jammern der Frauen. Verzweifelte Hilferufe, ein Schuss, Todesschreie, kaum mehr menschlich. Das metallische Sensen der Schwerter. Dazwischen das Brüllen der Kühe, das Klirren der Münzen in den Holztruhen und der Gesang der Sieger. Die Kakophonie des Krieges. Carls Brust hob sich in einem tiefen Atemzug. Seine Narben spannten. Der Fels unter ihm war eiskalt, seine Beine taub. In seinem Gesicht brannte der Frost. Vor Stunden war er hierhergeflüchtet. Seine Augen hatte er fest geschlossen. Er wusste, was geschah, hatte es oft genug erlebt. Er betete, von diesem Auftrag erlöst zu werden. Aber jeden Tag wurde er aufs Neue mit den Schandtaten der Söldner konfrontiert, die die Erinnerungen an alte Grausamkeiten wachriefen. Das war in einem anderen Leben gewesen, erinnerte er sich stets. Heute war er ein besserer Mensch. Aber stimmte das wirklich?

Schritte im vereisten Gras. Jemand ließ sich neben ihn sinken, schluchzte. Carl stieß langsam die Luft aus. Eine erneute Prüfung.

»Ich habe noch auf sie eingeredet … habe gesagt, es wäre besser, wenn sie Geld und Vieh freiwillig hergäben. Aber sie wollten nicht hören … wieder einmal. Am Talausgang ein Hinterhalt. Steine haben die Bauern auf die Reiter geworfen. Nun sind sie tot.« Stockend, von immer neuem Schluchzen unterbrochen, begann der Novize zu beten.

Seit Pater Seraphim ihnen aufgetragen hatte, das Passauer Kriegsvolk zu begleiten, um Erzherzog Leopold zum Sieg zu führen, hatte der Novize seine Nähe gesucht. Jan war ein Mann der Bücher. Waffen und grausame Männer schreckten ihn. Dabei war Hilfe bitter nötig gewesen. Leopold verstand nichts vom Kriegshandwerk, bei der Belagerung Jülichs war er schmählich gescheitert. Seine Feldherren waren geldgierige Glückssucher, allen voran der Oberbefehlshaber, der Wallone Laurentius Ramee, von seinen Soldaten Rammauf genannt. Schon jetzt folgten den Truppen an die dreihundert Wagen mit erbeuteten Gütern. Und es würden noch mehr dazukommen. Carl hatte schon lange den Eindruck, dass es in diesem Feldzug nicht um den Glauben ging, sondern um Gold. Als Grund hieß es, das Passauer Kriegsvolk habe noch immer keinen Sold erhalten.

In seinem früheren Leben hätte er dem Novizen ein paar Maulschellen verpasst und ihn angefahren, er solle nicht flennen. Jetzt aber bemühte er sich, brüderliche Liebe zu empfinden. »Kürzlich erst warst du überzeugt, es wäre richtig, über das Mühlviertel zu ziehen, um die hier wohnenden Protestanten zu strafen.«

»Bekehren, habe ich gesagt! Nicht strafen! Niedermetzeln und den Weibern Gewalt antun schon gar nicht«, brach es aus Jan heraus.

Carl öffnete die Augen. »Hast du nicht selbst einmal getötet?«, fragte er kalt. Der Novize öffnete den Mund, nur ein Krächzen kam heraus. »An dem Tag, an dem du mich aus der Einsiedelei holtest?« Schon oft hatte Carl darüber nachgedacht. Sicher, der Hirte war dem Tode nah gewesen. Aber dass er just in dem Moment gestorben war, als Carl zu einem Auftrag aufbrechen musste, war verdächtig gewesen.

»Ich … nein … ich …«

Carls Hand schoss vor und schloss sich um den Hals des Novizen. Zart und schmal. Ein fester Griff … »Schwörst du es bei Gott?«

»Ich … schwöre es!« Als sich der Klammergriff löste, fiel Jan keuchend vornüber. »Ich habe ihn nicht … angefasst. Ich habe es nicht einmal gewagt … ihm die toten Augen zu schließen.« Der junge Mann schlug die Hände vor das Gesicht. Carl verstand nicht, warum Pater Seraphim gerade ihn als Helfer ausgesucht hatte. Jan war zwar tiefgläubig und gelehrt, aber schwach. Dass der Pater diesen jungen Mann so quälte, erfüllte Carl mit Abscheu. Jan war kein würdiger Gegner, in keiner Weise. Ohnehin fand er, dass seine Schuld längst abgetragen war. Er wollte in die Einöde zurück. Endlich wieder Gottes Gegenwart spüren. Nichts sonst.

Beim Aufstehen knickten seine Beine weg. Jan wollte ihn halten, doch Carl lehnte die Hilfe ab. Seine Gliedmaßen kribbelten, als das Leben in sie zurückkehrte. »Wir suchen den Pater in seinem Quartier in Pregarten auf und sagen ihm, dass wir hier verschwinden.«

Angst weitete die Augen des Novizen. »Aber das … können wir nicht.«

»Dies hier«, Carl machte eine Handbewegung über das Tal, »hat nichts mit dem zu tun, woran wir glauben. Also komm.«

Leichten Schrittes lief Carl zu den Häusern. Er hatte vorgehabt, die Gräueltaten der Soldaten zu ignorieren, aber er konnte es nicht. Als er sah, wie ein Söldner eine greise Bäuerin schüttelte, um zu erfahren, wo sie ihre Barschaft versteckt hatte, und ein anderer einer Magd das Kleid herunterriss, ging er dazwischen.

»Haltet ein in eurem gottlosen Tun! Wisst ihr denn nicht, dass der Herr euch für eure Schandtaten bestrafen wird?«

»Was schert mich Gott, wenn ich hungere?«, blaffte der eine Söldner, während der andere die Magd in den Schnee stieß.

»Rädern oder der Galgen durch den Profos des Heeres drohen euch!«, warnte Carl. Keine Reaktion. Die Soldaten waren furchtlos; viele von ihnen hatten sich vom Passauer Scharfrichter festmachen lassen: Sie hatten von ihm Zettel mit geheimnisvollen Wörtern und Symbolen gekauft, die sie im Kampf schützen sollten. Sie trugen diese Zettel bei sich und verschluckten sie bei Gefahr. Ein Aberglaube zwar, aber einer, der den Männern zusätzlichen Mut verlieh.

Der Söldner zerrte der Greisin an den Haaren, bis er Büschel in den Händen hielt. Sie heulte auf, dass sie nichts besitze. Carls Haaransatz prickelte wie von tausend Ameisen. Er sollte nicht … Da packte er schon den Mann und versetzte ihm eine schnelle Folge von rechten und linken Haken. Als der Söldner außer Gefecht gesetzt war, wandte Carl sich dem zweiten zu, der sich auf die schreiende Magd geworfen hatte. Er trat ihm in die Seite, bis der Mann sich unter ihm krümmte. Dann packte er ihn am Kragen. »Wenn ich dich oder deinen Kumpan noch mal erwische, dann gnade euch Gott!«

Der Söldner nickte ebenso verwirrt wie eingeschüchtert über den Gewaltausbruch des Geistlichen. Der Novize hatte derweil die beiden Frauen ins Haus gebracht. Carl wandte sich zornbebend ab. Er hatte gehofft, er hätte diesen Teil seines Lebens hinter sich gelassen. Aber hatte er nicht gerade deshalb von Pater Seraphim diesen Auftrag bekommen? Weil er das Kriegswesen besser kannte als jeder andere? Trotzdem konnte er nicht jede Misshandlung, jede Vergewaltigung verhindern. Er machte sich auf den Weg, um den Kommandanten des Trupps zu suchen und ihn mit Nachdruck an seine Pflichten zu erinnern. Dann würde er Pater Seraphim aufsuchen und sich verabschieden.

Erzherzog Bischof Leopold aus dem Hause Habsburg, Bischof von Passau und Straßburg, spielte Krieg. Begeistert drehte er die Geschenke von Pater Seraphim in den Händen: einen Degen, mit dem man auch schießen konnte, und eine Pulverflasche mit Uhr. Natürlich hatte es ihm die Waffe besonders angetan. Für einen Bischof hatte Leopold eine ausgesprochene Vorliebe für soldatisches Auftreten und Waffen. Er trug auffällige Sporen an den Stiefeln und besaß eine perfekte Kampfausrüstung, die er allerdings nie benutzte. Mit stolzgeschwellter Brust schritt er die Truppen ab, ohne zu ahnen, dass sich die Männer über ihn lustig machten. Dennoch wollte Seraphim ihn mit Geschenken bei Laune halten.

Leopold wedelte mit der Waffe durch die Luft. »Und schießen tut sie auch? Wie lädt man sie?« Seraphim zeigte es ihm. »Ein nützliches Wunderwerk! Wenn mir die Wenzelskrone sicher ist, werde ich als Erstes diesen unseligen Majestätsbrief rückgängig machen. Mit Hilfe meiner Verbündeten in der Katholischen Liga dürfte es ein Leichtes sein, die Protestanten zu unterdrücken. Und mit einem reichen Königreich wie Böhmen lassen sich die Kriegskosten stemmen.« Leopold nahm nacheinander den Teller mit Hasen- und Entenbraten, das Schälchen Marzipan, die frischen Zitronen und auch die Nürnberger Lebkuchen ins Visier, die man für ihn herangeschafft hatte. Als er den Lauf auf einen Diener richtete, sank dieser vor Angst in sich zusammen. Nicht ganz unbegründet. Seraphim dachte, dass es möglicherweise ein Fehler gewesen war, dem Habsburger die Waffe zu geben. »Wie viele Männer haben wir im Moment? Lasst Ramee rufen! Ich will es wissen! Er soll mir Bericht erstatten«, befahl Leopold.

»Sogleich, Exzellenz«, sagte der Diener und eilte erleichtert aus dem Raum.

»Und der Kaiser hat ganz sicher keine Truppen?«, fragte Leopold argwöhnisch.

»Ganz sicher. Die Kassen sind leer. Ihr könnt Euch die Krone holen.«

Leopold öffnete das Fenster und spähte hinaus. »Ein wenig dauert der Kaiser mich schon. Rudolf hat eine besondere Zuneigung zu mir.«

»Und doch sieht er Euch nicht mehr als Nachfolger für den böhmischen Thron. Die Niederlage von Jülich hat Euch geschadet.«

»Die Protestanten haben mir einen Strich durch die Rechnung gemacht. Aber wenn ich mit den Truppen Prag besetze, kann er nichts mehr tun.«

»Auch die böhmischen Stände werden sich Eurer Übermacht ergeben«, bestärkte ihn Pater Seraphim.

»Was ist mit Matthias? Kann er mir in den Rücken fallen?«

»Nein. Sorgt Euch nicht um ihn.« Matthias hatte kein Geld für einen Krieg. Sein Elan richtete sich auf etwas anderes; er war bei Dorle in guten Händen. Außerdem hatte erst kürzlich wieder der Novize dem Palast einen Besuch abgestattet. Seraphim konnte sich auf seine Geheimwaffen verlassen.

»Das ist gut. Dann hole ich mir die Krone. Und Ihr bekommt Euren Lohn. Das Kolleg ist Euch sicher.«

»Nicht zu vergessen die Wiederherstellung unseres Besitzes«, erinnerte Seraphim.

»Auch das.« Mehr wollte Seraphim gar nicht hören.

Leopold legte Feuer an die Lunte und betätigte den Abzug. Ein Schuss löste sich. In der Ferne war ein Schrei zu hören. Der Habsburger lachte hell. »Noch mal! Ladet mir die Waffe noch mal!«

Dorle stand an der Tür zum Schlafgemach ihres Geliebten und wies den Boten des Bischofs ab. Sie konnte Melchior Klesl ohnehin nicht leiden. Viel zu stark war sein Einfluss auf Matthias, viel zu oft erinnerte Klesl Matthias an eine standesgemäße Heirat. Außerdem hatte Pater Seraphim ihr aufgetragen, den Bischof und dessen Boten von Matthias fernzuhalten.

»Der König ist unpässlich«, sagte sie zum wiederholten Mal. »Lasst Euch einen Termin geben und kommt morgen wieder.«

»Aber …«

Sie drückte ihm die Tür vor der Nase zu. Vor ihr auf dem Teppich zerfetzte der Affe das Seidengewand, das man eigens für ihn angefertigt hatte. Wenigstens war der Zwerg nicht auch noch hier. Oft genug musste sie mit den beiden um Matthias' Aufmerksamkeit buhlen. Auf unzähligen Kissen und unter dicken Decken lag Matthias auf dem Bett. Er wirkte aufgedunsen, was auf den vielen Alkohol zurückzuführen war. Die Verhandlungen, bei denen ständig dem Wein zugesprochen wurde, trugen nicht gerade zu seiner Spannkraft bei. Aber eine Krone entschädigte doch für manches. Sie verstand nur nicht, warum sie noch nicht schwanger geworden war. Ein Kind würde ihr ein Auskommen sichern. Dabei tat sie wahrlich alles dafür! Dorle setzte sich zu ihrem Geliebten aufs Bett und achtete darauf, dass ihr Kleid Blicke auf ihren Körper gewährte. Sie ergriff seine Hand und legte sie auf ihren Oberschenkel.

»Wie geht es denn meinem starken König?«

Matthias sah sie aus glasigen Augen an. »Mein Bruder verhext mich! Dieser stechende Schmerz! Wir müssen den Bann brechen! Dabei müsste ich zu den Verhandlungen zurück. Leopolds Truppen … meine Söldner.« Er war wie besessen von der Vorstellung, dass Rudolf ihn verhexte. Das Gerücht, Rudolf habe einen Hund zauberisch taufen lassen und quäle das Tier zu Tode, damit Matthias ebenfalls diese Schmerzen verspüre, jagte ihm eine Höllenangst ein. Und dann die Funde, die die Dienerschaft in seinem Palast machte! Katzenkadaver mit ausgestochenen Augen, Zettel mit geheimnisvollen Zeichen. Dorle wusste, dass Jan dieses Zauberwerk regelmäßig im Auftrag des Paters hier hereinschmuggelte. Seraphim hatte kein Interesse mehr daran, dass Matthias die böhmische Krone errang. Sie allerdings schon.

Der Affe kreischte schrill, als sein Gewand endgültig in Fetzen war. Ein Lächeln huschte über das Gesicht des Königs. Er wollte sein Maskottchen schon zu sich locken. Nur keine Ablenkung! Dorle schob seine Hand ihren Schenkel hinauf. Als seine Finger sich in ihr Gesäß krallten, sagte sie lächelnd: »Ich bringe dir stracks deine Kraft zurück, mein Imperator. Ich schütze dich vor Hexerei. Der böse Zauberer in Prag kann dir nichts anhaben.« Behände schlug sie die Decke zurück und setzte sich auf seine Hüfte. Sie musste jede Gelegenheit nutzen, ihn gefügig zu halten.

Rudolf lachte. Schon lange hatte niemand mehr ein Lachen von ihm gehört. Gerade hatte er einen Brief seines Vetters Leopold über die Verheerungen des Passauer Kriegsvolkes gelesen. Mit Leopolds Hilfe würde er Matthias ruinieren und ihm die Königreiche wieder abjagen. Auch die widerspenstigen böhmischen Stände, die in der Krise um den Majestätsbrief gewagt hatten, mit seinem verhassten Bruder zu verhandeln, würde er zurechtstutzen. Und wenn das Reich befriedet war, würde er heiraten und legitime Nachfolger zeugen. Noch war er nicht zu alt, nicht zu krank. Natürlich würde er seinem Neffen nie die böhmische Krone geben. Alle Kronen standen ihm zu. Schließlich war er der Kaiser.

41

Prag, Ende Januar 1611

»Seid Ihr sicher?«

Felicitas lächelte. »Zweifelst du am Sachverstand der Ärztin?«

»Wie könnte ich!« Clarissa fiel ihrer Freundin um den Hals. »Wann wird es so weit sein? Oder konnte sie das nicht sagen?«

»Es wird ein Sommerkind. Ich habe schon bei Davids Bar-Mizwa gedacht, dass du ungewöhnlich aufgekratzt bist. Manche Frauen reagieren so bei ihrer ersten Schwangerschaft.«

Clarissa wusste gar nicht, wohin mit ihrer Freude. Noch vor Kurzem hätte Clarissa sich nicht vorstellen können, Mutter zu werden. Aber jetzt, mit Leander an ihrer Seite … Sie würde ihm sofort schreiben. Wieder einmal war er mit dem Herzog von Braunschweig in Wien. Einer dieser Aufträge, die sie umso lästiger fand – schließlich musste sie ohne ihn auskommen –, seit er ihr gestanden hatte, wie langweilig sie waren.

Als sie aus der Kammer traten, trafen sie Alexander, der mit David das medizinische Handbuch studierte, das er ihm zur Bar-Mizwa geschenkt hatte. Beide musterten sie erstaunt. »Gibt es etwas zu feiern?«

Der Herzog nahte. Sofort stieß Leander seinen Freund Egidius mit dem Stiel der Hellebarde an. Egidius schoss hoch, als hätte ihn jemand gezwickt. Freundlich grüßend ging Herzog Heinrich Julius vorbei. Die beiden Gardisten folgten ihm. Bischof Klesl und der Herzog gaben sich die Klinke zum Audienzzimmer in die Hand. Leander und Egidius neigten höflich den Kopf und bezogen an der Tür ihren Posten. Es kam oft vor, dass ein eiliger Brief an die Boten übergeben werden musste. Die Gespräche verliefen schleppend. Oft war König Matthias unpässlich, mit seiner Geliebten beschäftigt oder ließ den Herzog aus nichtigen Gründen warten. Dafür staffierte er seinen Zwerg und seinen Affen aus, als wären sie Lakaien.

Leander zählte die Flächen in der Holzdecke und dachte an Clarissa. Sein Herz weitete sich beim Gedanken an seine Frau. Erst gestern hatte der Bote ihm Clarissas Brief gebracht. Sie war schwanger! Natürlich hatte er die Nachricht sogleich mit seinen Kollegen gefeiert. Er würde sicher ein guter Vater. Zumindest freute er sich ungeheuer darauf. Er konnte es kaum erwarten, wieder bei Clarissa zu sein und ihrem Bauch beim Runden zuzusehen.

Endlich kam die Ablösung. Leander und Egidius trafen die anderen Trabanten im Hof. Trotz der Kälte übten sie sich ein wenig. Ein Reiter preschte durch das Tor. Mann und Pferd wirkten gehetzt, als wären sie eine weite Strecke geritten.

Leander nahm das Pferd beim Zügel. »Dringende Neuigkeiten?«, fragte er, darauf gefasst, dass der Bote ihn abwimmeln würde.

Der Mann sprang ab und sagte im Gehen: »Das Passauer Kriegsvolk zieht auf Prag. Sie wollen die Stadt überrennen und alle Protestanten niedermetzeln, heißt es.«

Eine kalte Hand umfasste Leanders Herz. Clarissa! »Also brechen wir auf?«

Er bekam keine Antwort.

Der Tag verlief quälend langsam. Die Gespräche zwischen Herzog und König zogen sich hin. Minütlich rechnete Leander damit, das Signal zum Aufbruch zu erhalten, aber nichts geschah. Schließlich zog sich der Herzog in seine Gemächer zurück. Leander hielt es nicht mehr aus. Er stahl sich davon und bat um ein Gespräch mit dem Herzog. Heinrich Julius behandelte ihn freundlich, weshalb Leander sich diese Impertinenz überhaupt erlauben durfte. Dennoch wurde er vertröstet. Im Gang wartete er, dass der Kammerdiener des Herzogs ihn einlassen würde. Ganz still saß er da. Plötzlich öffnete sich eine Tür, die er bis dahin noch gar nicht bemerkt hatte, und eine Frau trat aus der Wand. Wo kam sie her? Hatte sie dem Herzog etwas angetan? Es war die Geliebte des Königs, eine puppenhafte Frau mit kokettem Lächeln.

»Was macht denn ein so stattlicher Gardist ganz allein in diesem Gang?«, gurrte sie, als sie ihn bemerkte, und stellte sich in Pose, sodass ihre spitzen Brüste zur Geltung kamen.

Doch Leander war unempfänglich für ihre Reize. »Wo kommt Ihr her? Ist da eine geheime Tür? Habt Ihr dem Herzog etwas angetan?«

»Ich habe mich lediglich verlaufen. Kannst du mich zu meinem Gemach geleiten, bitte schön?«

»Ihr seid die Geliebte des Königs.«

»Na und? Du sollst mich ja nicht gleich hier im Gang vögeln.«

Leander war verwirrt über so viel Derbheit. »Ich kann die Wachen rufen!«

»Meinst du, sie werden mich in Ketten legen lassen?« Sie löste sich aus seinem Griff.

»Moment«, versuchte Leander sie aufzuhalten. »Wisst Ihr, ob wir abreisen werden?«

Sie trat nah an ihn heran und legte die Hand auf das kaiserliche Wappen auf seiner Brust. »Was bekomme ich für die Information? Hast du Geheimnisse für mich?«

»Leider nein.« Er zögerte. »Die Passauer ziehen auf Prag.«

Sie verzog schmollend den Mund. »Das weiß ich längst.«

Was könnte sie sonst interessieren? »Der Kaiser will König Matthias die Krone wieder wegnehmen.«

»Ein alter Hut. Sag, ist der Kaiser wirklich ein so großer Zauberer und Hexenmeister?«

Leander verneinte. Wie kam sie nur darauf? »Er interessiert

sich für Alchemie, das schon. Viele Versuche hat es in seiner Burg gegeben, den Stein des Weisen zu erringen. Gold zu machen. Aber Hexerei? Nein, er sucht eher nach Hinweisen, nach Prophezeiungen.«

»Ihr werdet nicht abreisen. Der Kaiser wird gestürzt, und keiner, der davon profitieren möchte, will jetzt in seiner Nähe sein«, sagte sie kühl. »Auch der Herzog, sosehr er auch auf Seiten des Kaisers stehen mag, wird ihm nicht beistehen, bis dieser Kampf entschieden ist. Und jetzt entschuldige mich, ich habe ein Kleid zu bestellen. Ich werde bald Mätresse des neuen Königs von Böhmen sein«, schnappte sie und stolzierte davon.

Endlich wurde Leander eingelassen. Heinrich Julius saß am Tisch und las. Vor sich hatte er die neueste Ausgabe der »Aviso Relation oder Zeitung«, eines Druckwerks, das in Wolfenbüttel herausgegeben wurde und Neuigkeiten aus aller Welt enthielt. Zu seinen Füßen saßen zwei Meerkatzen auf einer Samtdecke und lausten sich. Die Affen waren mit silbernen Ketten am Stuhl befestigt. Ein wenig ungerecht fand Leander es schon, dass ein Fahrender mit einem Murmeltier als rechtlos galt, während ein Adeliger mit zwei Affen seinen modischen Geschmack bewies.

Die Strapazen der letzten Wochen hatten Herzog Heinrich Julius gezeichnet. Tiefe Ringe hingen unter seinen Augen, und er hielt hüstelnd ein Taschentuch vor den Mund. In Prag war der Herzog zuletzt tagelang von Adelspalast zu Adelspalast geritten, um das Geld für die Abdankung der Passauer zusammenzubekommen. Wie ein dummer Junge ließ Kaiser Rudolf den Herzog warten oder schickte ihn herum. Leander verstand nicht, warum er sich das gefallen ließ.

»Durchlaucht, verzeiht die Störung. Ich habe gehört, dass die Passauer auf Prag ziehen. Sollen wir alles zum Aufbruch bereitmachen?«, fragte Leander und suchte unauffällig die Wände nach der versteckten Tür ab.

Ein Hustenanfall hielt den Herzog von einer Antwort ab. Er

tropfte ein Elixier auf einen Löffel und gurgelte damit. Durchdringender Veilchenduft erfüllte den Raum. Heinrich Julius hatte nicht nur eine Leidenschaft für Alchemie, sondern versorgte auch seine Bediensteten bei Bedarf mit Medizin, die er selbst herstellte. »Noch nicht. Wir setzen die Gespräche mit König Matthias fort.«

»Werdet Ihr in Prag nicht gebraucht?«

»Nein.« Der Herzog sah ungehalten auf. »Sonst noch was?«

»Sind denn die Passauer Truppen noch immer nicht abgedankt?«

Der Herzog seufzte. Er hielt den Meerkatzen eine Handvoll Mandeln und Rosinen hin. Leander wusste, dass Heinrich Julius bereits mehrere Tausend Gulden aus der eigenen Schatulle für die Befriedung dieses Konflikts eingesetzt hatte. »Ihr seid impertinent, das wisst Ihr wohl? Aber sei's drum. Die Truppen sind eine Figur in einem Spiel, das niemand mehr begreifen kann. Ich fürchte, der Kaiser will die böhmischen Stände mit Hilfe des Kriegsvolkes unterdrücken. Dabei habe ich ihm doch geraten, nicht auf hitzige junge Leute zu hören, die gerne weiterfliegen möchten, als ihre Flügel es zulassen.«

»Müssten wir ihnen dann nicht gerade zu Hilfe kommen? Viele Glaubensbrüder sind bedroht.«

»Der Kaiser beauftragte mich, König Matthias hier in Wien aufzuhalten. Und das werde ich tun.«

»Aber warum? Ist das nicht gegen Eure eigene Überzeugung?«

»Meine Tochter wird heiraten. Glaubt Ihr nicht, dass ich auch lieber woanders wäre?«, wich der Herzog aus. Heinrich Julius brauchte die Hilfe des Kaisers gegen die aufmüpfige Stadt Braunschweig, das wusste Leander wohl.

»Schickt mich nach Prag, mit einem Brief, einer Botschaft, egal was! Ich muss zurück zum Hof, zu meinen Freunden, meiner Ehefrau. Ich kann nicht zulassen, dass ihr etwas zustößt.«

»Ihr seid zu meiner Bewachung abgestellt worden.«

Leander war verzweifelt. Er konnte sich nicht hier in Wien langweilen, während in Prag Clarissa in Gefahr geriet. »Dann quittiere ich meinen Dienst.«

»Ihr seid ein halsstarriger junger Mann. Nie seid Ihr den geraden Weg gegangen.« Nachdenklich sah der Herzog ihn an. »Nun, vielleicht habe ich eine Aufgabe für Euch …«

Schon von Weitem konnte Leander die Kloaken und Lagerfeuer aus feuchtem Holz riechen. Es war ein stinkender, schmutziger Haufen, der sich von Österreich aus nordwärts wälzte. Menschen, Pferde und Karren befleckten die Berglandschaft Böhmens. Leander versuchte, das Passauer Kriegsvolk zu schätzen. Er hatte von neuntausend Mann Fußvolk und viertausend Berittenen reden gehört, und so viele waren es wohl noch immer. Leander trug abgenutzte, zusammengesuchte Kleider, wie Söldner sie oft anhatten. Im Gepäck hatte er seine Uniform und sein Rapier. Der Herzog hatte ihm noch ein Fläschchen Violensaft zur Stärkung mitgegeben. Das Bündel versteckte er in einer Felsspalte. Niemand durfte erfahren, in wessen Diensten er wirklich stand, wenn er herauszufinden versuchte, was die Anführer dieser Armee vorhatten.

»Willst du wirklich gehen?« Felicitas klang ängstlich.

Beruhigend küsste Alexander ihre Hand. »Jeder ist aufgerufen, die Stadt zu verteidigen.«

»Aber das kannst du doch auch von hier aus. Und Clarissa, bleib lieber hier – in deinem Zustand!«

»Ich will nur herausfinden, welche Maßnahmen zur Verteidigung bei uns in der Nähe ergriffen werden. Es ist doch besser, wenn ich mit Alexander gehe, als allein, oder?«

Das musste Felicitas zugeben. Ihren Sohn jedoch hielt sie resolut auf. »Du bleibst hier!«, befahl sie.

Alexander und Clarissa holten Ezra ab. Sie bemerkte, dass der junge Fechter gut aussah. Seine kantigen Züge wirkten nicht mehr ganz so scharf, die Augen hatten etwas von ihrem Glanz zurückgewonnen. Nachdem Benjamins Mörder zum Tode verurteilt worden war, hatte Ezra seine Ruhe zurückgefunden. Anscheinend führte seine Familie derzeit sogar Heiratsverhandlungen für ihn.

Die Stimmung auf den Straßen Prags war aufgeheizt, seit sich herumgesprochen hatte, dass die Stadt angegriffen werden sollte. Immer öfter kam es zu Streitigkeiten. Protestanten warfen Katholiken vor, die Armee herbeigerufen zu haben, um sie zu unterdrücken. Kanonen wurden auf erhöhte Plätze gerollt. Schließlich erreichten sie einen der Musterungsplätze. Viele Prager warteten darauf, sich zu melden. Die meisten waren mit einfachen Piken oder schartigen Schwertern bewaffnet. Am Rande des Platzes standen einige kaiserliche Garden. Ob Leander ihren Brief erhalten hatte? Ob er schon auf dem Weg zu ihr war?

»Immerhin scheinen die Garden auf unserer Seite zu sein«, mutmaßte Ezra. »Als Matthias im Jahr 1608, damals war er noch Erzherzog, die Stadt angriff, metzelten seine Truppen das Bauernheer einfach nieder. Mit einer Pike kann man gegen Musketiere und Doppelsöldner nichts ausrichten.«

Sie unterhielten sich mit Wartenden und erfuhren, dass der Kaiser kein Geld für die Verteidigung der Stadt bereitstellte.

»Er will uns den Truppen ausliefern!«, rief ein Mann und schleuderte aus dem Schutz der Menge einen Stein gegen die Gardisten. Die stürzten sofort los, um den Schuldigen zu suchen. Gleichzeitig brach am anderen Ende des Platzes ein Streit aus. Zwei Männer fochten gegeneinander; wie sich herausstellte, waren es ein Katholik und ein Anhänger der böhmischen Brüder, ein Federfechter und ein Marxbruder. Ezra und Alexander gingen dazwischen, wurden aber sogleich als Juden beschimpft. Clarissa hielt sich zurück. Sie wollte ihrem Körper nicht zu viel zumuten. Gleichzeitig war sie wütend. So viele Waffen waren in der Stadt, so viele Fechtmeister! Und was machten die Fechter? Sie bekriegten sich wegen Nichtigkeiten, statt gegen den Feind zusammenzuhalten.

»Wir müssen die Fechter zusammenbringen!«, sagte sie auf dem Heimweg zu Alexander und Ezra. »Die Federfechter und die Marxbrüder dürfen sich nicht länger bekämpfen.«

»Niemals werde ich einem Federfechter die Hand reichen!«, platzte Ezra heraus.

»Aber du reichst doch auch Leander die Hand.«

»Das ist etwas anderes. Leander ist kein typischer Federfechter. Und er ist dein Mann.«

Alexander sah sie von der Seite an. »Es ist aussichtslos. Die Feindschaft zwischen den Bruderschaften ist zu tief.«

Clarissa war entschlossen. »Glaubt, was ihr wollt. Ich muss es versuchen.«

»Lass das besser. Niemand wird einer Frau zuhören. Du bringst dich in Teufels Küche«, warnte Alexander sie. Ezra stimmte ihm zu. Clarissa schüttelte den Kopf. Angst hatte sie nicht.

Clarissa suchte das Gasthaus auf, in dem sie mit Paulus einer Versammlung der Marxbrüder beigewohnt hatte. Was sie dort sah, übertraf ihre Erwartungen. Bis auf den letzten Platz war der Versammlungsraum besetzt. Es roch nach Öl und Schleifstaub, überall bereiteten Fechter ihre Waffen vor. Der erste Mann, der sie bemerkte, hielt sie für ein Schankweib und bestellte Bier. Der nächste wollte sie hinauswerfen. Doch Clarissa stellte sich auf einen Stuhl und hob die Stimme. Die Männer starrten sie an. Die Hitze war ihr ins Gesicht geschossen. Ihr Leibchen spannte plötzlich.

»Mein Name ist Clarissa Marvig. Ich bin die Tochter des Marxbruders Fritjoff Nykrantz …«

»Verschwinde, wir haben zu arbeiten!«, rief einer dazwischen.

»Lass sie reden!« Ein korpulenter Mann trat vor und hakte

seine Daumen in den Gürtel, sodass die Aufmerksamkeit auf die Schnalle mit dem Marxlöwen gezogen wurde. Es war Meister Gerd, den Clarissa zwar nicht mochte, der aber schon länger in Prag diente. »Was hast du zu sagen?«

Clarissa überlegte fieberhaft, wie sie anfangen sollte. Sie war so entschlossen gewesen, den Fechtern ins Gewissen zu reden, dass sie gar keinen richtigen Plan gemacht hatte. »Das Fechten ist eine hohe Kunst, und jeder von euch ist ein Meister«, begann sie.

»Hört, hört!«

»Die Fechtkunst geht vor allem auf die Schriften Meister Liechtenauers zurück. Er war es, der den Grundstein für die Künste der Marxbrüder gelegt hat. Aber auf Johann Liechtenauer berufen sich ebenso die Federfechter.«

Wieder wurde sie unterbrochen. »Diese Halunken! Gerupft werden, das sollen sie!«

»Ich bin nicht nur die Tochter eines Marxbruders …«

»Erzähl uns was Neues!«

»Ich bin auch die Ehefrau eines Federfechters.«

»Schande über dich!«

Sie ließ sich nicht beirren. »Ich kenne also beide Fechtbruderschaften gut. Und ich sage euch, abgesehen vom Namen und einigen Details, was die Mitgliedschaft angeht, seid ihr nicht so verschieden.«

Die Männer nahmen ihre Gespräche wieder auf. Immer lauter brandeten die Wortwechsel. Meister Gerd mahnte Clarissa: »Komm auf den Punkt!«

Clarissa schluckte nervös. Da bückte sie sich nach einem Schild und hieb mit der Scheide ihres Rapiers dagegen. Verwunderte Stille kehrte ein.

»Die Prager sind zerstritten. Jede Religionsgemeinschaft feindet die andere an. Aber ihr sitzt hier und gehört ebenso verschiedenen Religionsgemeinschaften an. Es sind Katholiken unter euch und böhmische Brüder. Und doch seid ihr Brüder im Schwert. Marxbrüder, allesamt. Jetzt zieht ein feindliches Heer gegen Prag, und den Söldnern wird es egal sein, ob sie Federfechter oder Marxbrüder töten. Meine Bitte an euch ist einfach: Vergesst für eine Weile eure Feindschaft. Schließt euch mit den Federfechtern zusammen und entwickelt einen Plan, um die Stadt zu verteidigen. Gemeinsam können wir es schaffen. Wenn jeder für sich kämpft, wird Prag überrannt, und viele Fechter werden sterben.«

Selbst das Schleifen der Steine über den Stahl war verklungen. Jetzt setzten hitzige Diskussionen ein.

»Die Federfechter haben uns beschimpft, bekämpft, die Unseren getötet!«, rief schließlich ein Kämpfer.

»Wie ihr auch Federfechter beschimpft, bekämpft und getötet habt.«

»Das können wir nicht verzeihen!«

»Das müsst ihr auch nicht. Haltet zusammen und siegt. Streitet, und ihr werdet verlieren.«

Nun mischte Meister Gerd sich ein. »Die Federfechter werden kaum einverstanden sein.«

»Das werden wir gleich sehen. Besprecht euch solange und werdet euch einig. Die Verteidigungsstrategie muss schnell geplant werden. Es heißt, die Passauer Söldner sind schon in Karlstadt einmarschiert, wo sie die böhmische Krone rauben wollen«, sagte sie. Clarissa stieg vom Stuhl. Ihre Knie zitterten noch immer. Und doch war sie stolz, dass sie es gewagt hatte. Auf die Entscheidung der Fechter hatte sie keinen Einfluss.

Im Versammlungsraum der Federfechter wiederholte sich die Szene beinahe wortgleich. Auch hier blieben die Männer stur. Clarissa ging niedergedrückt nach Hause. Immerhin hatte sie es versucht. Die Wohnung war kalt und leer. Unberührt lag ihre Nachricht auf dem Tisch. Leander war noch immer nicht zurückgekehrt.

42

Auf dem Weißen Berg bei Prag, Mitte Februar 1611

Im feindlichen Heer kam es Leander zugute, dass er als Fahrender gelernt hatte, geschmeidig und unauffällig zu agieren. Notlügen fielen ihm leicht. In der letzten Woche hatte er vielen Gesprächen gelauscht und wichtige Informationen aufgeschnappt und war immer weiter an die Heeresführung herangerückt. Das Kommando hatte Erzherzog Leopold übernommen, der gemeinhin als unfähiger Geck galt und von vielen verachtet wurde, seit er vor einiger Zeit mit einem Querschläger einen Soldaten getötet hatte. Oberst Ramee hatte ebenfalls keinen sonderlich guten Ruf; ihm schien es nur darauf anzukommen, in Prag möglichst viel Beute zu machen. Aber was hatten die Heerführer wirklich vor? Das sollte Leander im Auftrag des Herzogs herausfinden und einem Verbindungsmann mitteilen, einem böhmischen Adeligen namens Peter Vok von Rosenberg. Es wurde Zeit. Inzwischen waren sie nicht mehr weit von Prag entfernt.

Unter einem Vorwand hatte er es geschafft, dass ihm die Verpflegung für die Leibgarde des Erzherzogs anvertraut wurde, und jetzt wartete er eine günstige Gelegenheit ab, in dessen Reisezelt einzudringen. Alle Heerführer hatten sich gerade bei den Musketieren versammelt. Noch einmal blickte Leander sich um. Niemand in Sicht. Er huschte hinein. Auf dem Tisch lag eine Karte Prags, auf der verschiedene Figuren aufgestellt und Hinweise notiert waren. Aufgeregt beugte sich Leander darüber. Die Feinde würden aus der Stadt heraus Hilfe erhalten – und zwar massiv, so wie es aussah!

»Was hast du hier zu suchen?«

Leander fuhr herum. Ihm stand ein hochgewachsener Mann mit narbigem Gesicht gegenüber. Clarissas Onkel!

In Ketten lag Leander im eisigen Matsch und hustete schwer. Immer wieder schalt er sich für seine Unachtsamkeit. Offenbar hatte Carl in der Nähe des Zeltes unbewegt auf einem Felsen gesessen, sodass er ihn nicht bemerkt hatte. Leander hatte versucht, mit Carl zu reden. Hatte ihm zugeflüstert, dass er mit Clarissa verheiratet war. Dass sie ein Kind bekommen würden. Dass Fritjoff lebte und ihn zu sehen wünschte, ihn, seinen Bruder. Doch Carl hatte Leander ignoriert und die Wache gerufen. Als die Männer ihn abführten, hatte Leander geschwiegen. Niemand musste wissen, dass sie sich kannten. Seine Muskete und das Dienstschwert hatten sie ihm abgenommen. Seitdem lag er im Dreck und wurde schikaniert. Als Spion drohte ihm die Todesstrafe. Oberst Ramee führte ein grausames Regiment. Wer von den Beutewagen stahl, wurde standrechtlich erschossen. Der Bischof gab zu den Erschießungen seinen Segen. War es das wirklich wert gewesen? Wenn er die Nachricht wenigstens überbracht hätte! Aber so wäre sein Tod völlig nutzlos. Es hieß, Ramee rücke bereits mit einer Kompanie Musketiere auf Prag vor: eine geheime Vorhut, die einen Überraschungsangriff plante. Immer wieder drängte Leander die Verzweiflung zurück. Er würde nicht aufgeben.

Je näher der Feind rückte, desto angespannter wurde die Lage in Prag. Anfang Februar war das Heer in Tabor eingerückt und weiter nach Karlstadt gezogen, wo die böhmischen Reichskleinodien verwahrt wurden. Allerdings hatte man die Krone und das andere Geschmeide bereits vorausschauend in die Wenzelskapelle des Veitsdoms geschafft. Inzwischen machten Gerüchte die Runde, dass die Feinde des Nachts die Stadtmauern Prags angreifen wollten. Clarissa hielt es in ihrer Wohnung auf der

Kleinseite nicht aus; sie hinterließ eine Nachricht an Leander und eilte zu Felicitas. Sie traf die Freundin in großer Sorge an. Alexander war gerade aufgebrochen, um die Stadt zu verteidigen, und David war ihm unbemerkt gefolgt. Auch Jaro war verschwunden. Clarissa bot an, David zu suchen, aber dann wäre Felicitas ungeschützt. Schweren Herzens blieb sie. Unruhig lief Clarissa in der Stube auf und ab.

Felicitas sah sie besorgt an. »Willst du dich nicht setzen? In deinem Zustand darfst du dich nicht überfordern.«

»Es geht mir gut! Meine Brüste schwellen an, und ich habe ständig Hunger. Aber sonst – ich habe so viel Kraft wie immer.«

»Setz dich doch, bitte.« Felicitas seufzte. »Du machst mich nervös.«

Clarissa ließ sich neben die Freundin auf einen Stuhl sinken. »Wenn ich nur David nie das Fechten gelehrt hätte. Dann wäre er jetzt nicht so wild darauf, seinen Beitrag zur Verteidigung der Stadt zu leisten.«

Felicitas zögerte, dann sagte sie: »Viel Gutes ist aus unserer Begegnung entstanden. Wir müssen darauf vertrauen, dass es sich auch dieses Mal zum Guten wendet.« Doch Clarissa sah, wie schwer es der Freundin fiel, zuversichtlich zu sein.

Gebückt eilte Jaro im Schatten der Häuser bergab. Auf dem Burggelände hatte ein großes Durcheinander geherrscht, genau wie im Hradschin. Die Menschen sicherten ihre Häuser oder stürmten bewaffnet zur Stadtmauer; er musste aufpassen, dass er nicht über den Haufen gerannt wurde. Sein Amulett hielt er fest umklammert. Noch nie hatte er sich so sehr gewünscht, unsichtbar zu sein.

Als Alexander sich bereitgemacht hatte, um sich bei der Stadtverteidigung hervorzutun, hatte Jaro gewusst, dies war die Gelegenheit, auf die er so lange gewartet hatte. Er hatte die Marter der letzten Monate kaum ausgehalten. Vor Donna Felicitas' Hochzeit hatte er kurz überlegt, ob er seinen Dienst quittieren sollte, aber er war beinahe fünfzig und traute es sich nicht zu, woanders neu anzufangen. Bei einem neuen Dienstherrn müsste er mit ehrgeizigen jungen Männern konkurrieren, da konnte er nur den Kürzeren ziehen. Gereist war er ohnehin nicht gerne. Außerdem brauchten seine Verwandten in Krakau sein Geld. Also hatte er sich für Dulden und Leiden entschieden. Alexander behandelte ihn ausgesucht höflich, dennoch war es für Jaro unerträglich, mit den Turteltäubchen unter einem Dach zu wohnen. Auch David ließ sich kaum noch etwas von ihm sagen. Aber jetzt war die Gelegenheit, das Ruder herumzureißen. Sicher, Donna Felicitas würde traurig sein, aber sie würde sich irgendwann auch mit diesem Schicksalsschlag abfinden. Und der Kommandant hatte ihm nicht nur eine Belohnung zugesagt, sondern auch absolutes Stillschweigen zugesichert, wenn Jaro ihm Alexander in die Hände spielte. Wann, wenn nicht bei einem feindlichen Angriff, wäre die beste Gelegenheit, diesen Mann aus dem Verkehr zu ziehen?

David tänzelte zwischen den Menschen hindurch, die ihm entgegen Richtung Stadtkern flohen oder mit ihren Waffen zur Stadtmauer hetzten. Unauffällig war er Alexander gefolgt; er wollte nicht nach Hause zurückgeschickt werden. Er war jetzt ein Mann, und er würde auch handeln wie einer. Noch nie war er nachts allein in der Stadt unterwegs gewesen. Der Fackelschein warf unheimliche Schatten auf die efeubewachsenen Mauern. Im Dunkel schien Unheil zu lauern. Er schluckte. Er hatte ein Gefühl, als ob sein Magen zitterte. Seinen Stiefvater hatte er schon lange aus den Augen verloren. Er schätzte Alexander inzwischen, vor allem aber hatte er nicht ignorieren können, wie sehr seine Mutter ihn liebte. Aber er würde auch allein klarkommen, schließlich focht er nicht schlecht. Davids Hand tastete nach dem Rapier. Er trug den Degen, den seine Mutter ihm geschenkt hatte, offen am Gürtel. Es war ein erhebendes Gefühl, bewaffnet zu sein. Schreie drangen aus der Ferne zu ihm. Dort musste es sein! Zwei Frauen schleppten einen Verletzten an ihm vorbei. Zum ersten Mal fragte er sich, ob er in der Lage sein würde, jemanden zu verletzen, gar zu töten. Dabei wollte er doch Arzt werden! Das hier war ihm als tolle Mutprobe erschienen. Jetzt zweifelte er an seiner Entscheidung. Beinahe hatte er die Stadtmauer erreicht. Hier herrschte ein ungeheures Durcheinander. Gewehrfeuer blitzte an der Mauerkrone auf. Schüsse, Schreie.

Im gleichen Moment, als er Alexander entdeckte, der gerade mit einem Uniformierten mit ungewöhnlich großem Kopf sprach, packte jemand sein Rapier und riss daran. David wurde von dem ungestümen Angriff herumgeschleudert. Ein Mann, ungeschlacht und schmutzig.

»Was macht ein Judenbengel wie du denn mit einer so feinen Waffe? Gib her!« Die Zahnstümpfe schimmerten gelb im Fackelfeuer.

»Ich denke nicht daran! Lasst mich in Ruhe, ich will die Stadt verteidigen!«

»Du?« Der Mann spuckte ihm ins Gesicht. Angeekelt wischte David sich den Schleim von der Wange. »Du darfst außerhalb der Judenstadt gar keine Waffe tragen.« Er stieß David um, dann hob er seine Pike.

Der Junge bekam es mit der Angst zu tun. Er blickte sich um. Niemand achtete auf sie. Er könnte nach seinem Stiefvater rufen, aber auch der war nicht mehr zu sehen. Angriffslustig kam der Mann näher. »Alexander!«, gellte Davids Stimme.

Der Angreifer grinste. »Niemand wird einem Judenbübchen zu Hilfe kommen. Also, her mit dem Degen!«

Rückwärts stolpernd zerrte David am Gehilz. Er bekam das Rapier einfach nicht aus der Scheide!

Leanders Gesicht war geschwollen und pochte. Seine Lippe war aufgesprungen. Mehr Sorgen machte ihm aber der stechende

Schmerz in seiner Flanke. Die Wachen hatten ihn in ein Zelt gebracht und in Anwesenheit eines Geistlichen verhört. Er hatte den hochgewachsenen Mann gemustert und überlegt, ob er wohl derjenige war, der mit Clarissas Onkel zusammenarbeitete. Carl war nicht zu sehen gewesen. Der Blick des Paters war wach gewesen, die Augen kalt. Zunächst hatten sie gefragt, wer er sei und was er hier wolle. Leander war bei der Legende geblieben, die er sich für diesen Auftrag zurechtgelegt hatte: Er war ein Geselle aus Nürnberg – immer schön nah bei der Wahrheit bleiben –, der als Söldner sein Glück machen wollte. Sie hatten ihm nicht geglaubt und angefangen, ihn zu schlagen. Ob er ihre Kriegskasse stehlen wolle? Ob er ein Attentat auf den Bischof plane? In wessen Auftrag er spioniere? Das Leugnen war ihm mit jedem Schlag schwerer gefallen, aber er hatte durchgehalten.

Jetzt brachten sie ihn zum Gefangenenpferch zurück, sie hatten Wichtigeres zu tun. Aber sie würden sich ihm später wieder widmen, das hatten sie ihm bereits angedroht. Die Hände mit Seilen auf den Rücken gefesselt, stolperte er über die von Rädern, Pferdehufen und Stiefeln aufgewühlte Erde. Seine Finger waren trotz der Kälte geschwollen und taub, zu eng waren die Fesseln. Gerade wollten die Wachen ihn wieder an einen Packwagen binden. Er musste etwas tun, irgendwas.

»Ich muss pinkeln«, sagte Leander laut.

»Lass laufen.«

»Es wird den hohen Herren nicht gefallen, wenn ich beim nächsten Verhör nach Pisse stinke. Oder in vereisten Hosen verrecke, bevor sie mich zu Ende befragt haben«, sagte Leander.

Die Wachen tauschten einen Blick. »Ich werd dem bestimmt nicht den Schwanz beim Pissen halten!«, wies der eine das unausgesprochene Ansinnen entrüstet zurück.

Sie lösten die Seile auf seinem Rücken und schnürten Leander die Handgelenke vor der Hüfte zusammen. Dann schoben sie ihn ein Stück beiseite, wo er sich erleichtern konnte. Leander sah sich um. Er war mitten im Lager. Selbst wenn er sich losreißen könnte, würde er nicht weit kommen. Er ließ die Schultern hängen, als hätte er sich in sein Schicksal gefügt. Die Wachen banden ihn mit einem weiteren Seil an den Wagen. Seine Hände ließen sie vorn. Darauf hatte er gehofft.

Das Gesinde zog sich zurück. Es wurde still im Haus. Aus der Ferne waren Schüsse zu hören. Clarissa und Felicitas wachten. An Schlaf war nicht zu denken. Plötzlich ließ ein Krachen sie aufschrecken. Eine Hand schob sich durch das gesplitterte Seitenfenster. Plünderer! Clarissa tastete nach ihrem Rapier und schlich los.

Mit seinem Rapier, das er nun doch noch aus der Scheide befreit hatte, hielt David den Mann auf Abstand. Noch einmal rief er nach Alexander, dann schrie er kurzerhand um Hilfe. Als ein Mann stehen blieb, meinte der Zahnstummelige, der Jude habe ihm seinen Degen gestohlen, er werde aber allein mit ihm fertig. Der Mann eilte weiter zu den Kämpfenden. David war zornig und fühlte sich zugleich hilflos. Er versuchte, sich zu konzentrieren. Clarissa hatte ihn die Haue und Huten gelehrt und verschiedene Kampfabläufe gezeigt. Aber wie entwaffnete man einen Pikenträger, ohne ihn ernsthaft zu verletzen? Die Initiative wurde ihm abgenommen: Der Mann sprang ihm entgegen. David schlug gegen die Pike. Seine Klinge glitt ab und ritzte dem Gegner die Hand. Der fluchte, stach wütend auf ihn ein und packte mit der anderen Hand nach ihm. Bekam Davids Arm zu fassen. Ein Griff wie eine Schraubzwinge. David versuchte, das Rapier außer Reichweite zu halten. Und nun? Als Fechter musste er Luchs, Tiger, Löwe und Elefant zugleich sein! Verzweifelt holte der Jugendliche aus.

Rasant war der Einbrecher ins Haus geklettert. Clarissa presste sich an die Wand neben dem Fenster. Noch hatte er sie nicht bemerkt. Da kam noch ein zweiter! Besser, sie griff gleich an. Das Überraschungsmoment war ihr sicher.

Die Gefangenen schliefen oder starrten vor sich hin. Keine Wache in Sicht. Im Lager wurde es ruhiger. Leander musste handeln, die Gelegenheit war günstig. Langsam bewegte er seine Hände zum oberen Ende seines Leibriemens. Jahrelang hatte er nicht mehr an das doppelte Leder und den Miniaturdolch gedacht, mit dem er als Luxbruder so oft Späße gemacht hatte. Soldaten kamen vorbei. Er ließ den Kopf nach vorn sinken, als ob er schliefe. Mit den tauben, eng gebundenen Händen dauerte es ewig, bis er die Metallspitze aus dem Lederschlitz hatte. Unauffällig begann er zu säbeln. Schließlich hatte er die erste Fessel durch. Sich endgültig zu befreien ging jetzt schnell. Leander lauschte. Vereinzelte Worte, Schnarchen, Kindergebrüll aus dem Tross, wollüstiges Stöhnen. Ein Hund knurrte und jaulte dann. Leander kam auf die Füße und tänzelte zwischen den anderen Gefangenen hindurch, die ihre Beine weit von sich gestreckt hatten. Sein Puls dröhnte zwischen seinen Ohren. Wie kam er am schnellsten zu dem Ort zurück, an dem er sein Bündel versteckt hatte? Oder sollte er seine Sachen zurücklassen? Aber das kostbare Rapier! Er ging langsam, um kein Misstrauen zu erregen. Nur noch an einer Wagenburg vorbei, dann hätte er es geschafft. Leander musste sich beherrschen, nicht loszusprinten. Es war ein Schock, als sich plötzlich jemand zwischen den Wagen vor ihm aufbaute.

Clarissa hatte dem einen Mann ins Bein und dem anderen in den Arm stechen müssen, ehe sie aufgegeben hatten. Fluchend waren sie davongehumpelt. Sie festzuhalten und auf Büttel zu warten, wäre sinnlos – alle waren an der Stadtmauer. Als sie das Fenster vernagelten, kam Jaro zurück.

»Hast du David gefunden?«

Jaro sah sie verwirrt an. »David? Ist er nicht hier?«

»Ich dachte, du würdest ihn suchen! Wo warst du denn sonst?« Felicitas war sichtlich unzufrieden mit ihrem Gehilfen. Mürrisch schweigend half Jaro beim Sichern des Hauses. Clarissa musterte ihn. Warum antwortete er nicht? Was hatte Jaro wirklich während seiner Abwesenheit getan?

Immer wieder lief Felicitas zur Tür, um nach ihrem Mann und ihrem Sohn Ausschau zu halten. Auch jetzt wagte sie einen Schritt vor die Tür.

Ein Freudenschrei: »David!« Er war es tatsächlich!

Ihren Sohn nach Verletzungen abtastend, trat sie ein und verrammelte den Eingang. David strahlte. »Der Donnerschlag hat mich gerettet!«, sagte er stolz.

Clarissa lachte erleichtert. »Das will ich ganz genau hören!«, forderte sie.

David berichtete von dem Angriff und wie er den Mann mit einem kräftigen Schlag gegen die Schläfe unschädlich gemacht hatte. »Ich habe es ganz so gemacht, wie du es mir beigebracht hast. Ich habe auf meinem Platz beharrt wie ein Elefant, war schnell wie ein Tiger und wagemutig wie ein Löwe. Danach bin ich lieber wieder zurück …«

»Das war auch nur vernünftig«, lobte Felicitas ihren Sohn. Ein Schatten legte sich über ihr Gesicht. »Aber wo ist Alexander?«

43

Heerlager vor Prag, am Weißen Berg, Mitte Februar 1611

Pater Seraphim tobte vor Wut. Wie hatte der Feind entkommen können? Warum hatte Carl nichts bemerkt? Unbewegt ließ Carl die Schimpftirade an sich vorbeiziehen. Neben ihm scharrte Jan nervös mit dem Fuß. Wenn der Pater wütend war, musste meistens er es ausbaden.

»Er könnte ein Spion gewesen sein! Wenn er die Karte gesehen hat – und ich bin sicher, das hat er –, dann wird er unseren Angriffsplan verraten! Das muss verhindert werden!«

Carl beobachtete Pater Seraphim. War er schon immer so fanatisch gewesen oder hatten sich seine Wutausbrüche in den letzten Jahren noch einmal gesteigert? Auf der anderen Seite konnte Seraphim charmant sein, gewinnend. Konnte einen um den Finger wickeln. Einen in die Welt des Glaubens entführen, bis man sich dort geborgen fühlte. Carl dachte an das Gespräch zurück, in dem er dem Pater gesagt hatte, dass er – jetzt, sofort, in diesem Augenblick – in seine Einsiedelei zurückkehren würde. Geschickt hatte Seraphim ihn dazu gebracht, noch ein wenig zu bleiben. Er könne ihn nicht entbehren, Carls Schuld sei noch nicht abgegolten. Nur noch die Eroberung Prags, dann ließe er ihn gehen, endgültig. Carl hatte sich breitschlagen lassen, obgleich er fürchtete, dass der Pater lediglich einen Mann fürs Grobe brauchte. Und dieser Mann wollte er um keinen Preis mehr sein.

Pater Seraphim schrieb eine Nachricht und siegelte den Umschlag mit seinem Ring. Er reichte Jan den Brief. »Du wirst nach Prag reiten und den geflüchteten Spion aufspüren. Halte ihn auf, irgendwie. Töte ihn, wenn es sein muss. Und dann begib dich zu unseren Brüdern und sag ihnen, sie sollen ein neues Versteck für die Waffen finden. Gib ihnen diesen Brief, damit sie dir glauben.«

Carls Gedanken rasten. Er hatte Clarissas Mann doch nicht laufen lassen, um ihn jetzt sterben zu sehen! In der Nacht war er entschlossen gewesen, seine Pflicht zu tun und diesen Leander, wie er wohl hieß, wieder festzusetzen. Carl hatte keine Familie. Er war ein Einzelgänger. Hatte alle Verbindungen hinter sich abgebrochen. Aber auf einmal war es, als ob überall Verwandte auftauchten. Wie Kletten, die er nicht abschütteln könnte. Die Erinnerungen an seinen Bruder, das Gerede von seiner Nichte und dem Kind hatten ihn weich gemacht. Und schon hatte der junge Mann sein Zögern ausgenutzt und war im Dunkel verschwunden.

Jan nahm den Brief an sich. Er pulte verbissen an der Nagelhaut seines Daumens. »Pater, ich frage mich lange schon eines«, begann er mit dünner Stimme. »Ich weiß, dass unser Ordensgründer als junger Mann ein Kriegsheld war. Aber Bruder Ignatius hat doch den Waffen abgeschworen. Er hat sie vor dem Altar Unserer Lieben Frau vom Montserrat geopfert. Warum sollen wir also zu den Waffen greifen …«

»Gehorche! Es ist jetzt nicht die Zeit für Grundsatzdiskussionen«, donnerte Seraphim.

Jan senkte den Blick. Carl glaubte nicht, dass Jan Leander töten würde. Aber er wollte sichergehen. »Ich kann den Auftrag übernehmen«, bot er an.

»Dich brauche ich hier. Beim Angriff auf Prag darf nichts schiefgehen. Ich traue den Kommandeuren nicht, die Ramee hiergelassen hat.«

Mit hängenden Schultern machte sich der Novize auf den Weg.

Laut hallten die Pferdehufe durch die Nacht. Wenn ihn nur niemand aufhielt! Leander hatte sein Bündel geborgen und am Rande des Heerlagers ein Pferd gestohlen. Immer wieder wanderten seine Gedanken zu dem Gespräch mit Carl zurück. Clarissas Onkel hatte geschunden gewirkt, verhärmt. Ein Krieger in einer Art Kutte, ein seltsamer Anblick. Auf seine Fragen hatte Carl nicht geantwortet. Hastig hatte Leander berichtet, wie sie Fritjoff gefunden hatten, wie er Clarissa geheiratet hatte und in die Bruderschaft der Federfechter eingetreten war. Je mehr Carl von ihm wusste, desto schwerer würde es ihm fallen, ihn festzusetzen oder ihm etwas anzutun. Und Leanders Kalkül war aufgegangen. Er war an dem Hünen vorbei in die schwarz schimmernde Nacht geflohen. Die Weinberge im Umland Prags lagen bereits hinter ihm. Wie ein dunkler Gürtel breitete sich nun die Stadtmauer vor ihm aus. Er musste nur noch seine kaiserliche Uniform überwerfen und die Stadtgarden warnen.

Es dauerte, bis er jemanden gefunden hatte, der zuständig war. Die meisten Häuser lagen friedlich im Dunkel, aber bei den Stadtgarden herrschte helle Aufregung. Offenbar war bereits ein Angriff auf die Stadtmauer erfolgt, den die Städter abgewehrt hatten. Jetzt wurden Verletzte versorgt, Männer rekrutiert, Waffen zusammengetragen und Pulver abgefüllt. Warum hatte die Prager Stadtverwaltung nicht früher für eine angemessene Verteidigung gesorgt, fragte sich Leander. Oder hatten Verräter die Aufrüstung absichtlich verschleppt? Man schickte ihn von einem Haus zum anderen, bis er die Nachricht schon ungeduldig herausschreien wollte. Warum dauert das so lange? Er wollte zu Clarissa. Sehen, dass es ihr gut ging. Sie und ihre Freunde warnen. Vermutlich schlief sie in ihrer Kammer auf der Kleinseite, dem ersten Ziel der Feinde. Wenn die Truppen dort einfielen … er mochte gar nicht daran denken.

Endlich war ein Verantwortlicher gefunden. Graf von Thurn organisierte die Verteidigung der Stadt. Hektisch lief er in Reitstiefeln und Harnisch umher, dass die Sporen klirrten. Er schien Leander gar nicht zuzuhören. Aber dann sagte er doch: »Erst den Hradschin einnehmen und die Burg umzingeln? Vermutlich wollen die Truppen vom Kaiser ihren Sold einfordern. Das kann uns nur recht sein, wenn sie abgedankt werden. Umso schneller ist dieser Spuk vorüber. Tun kann ich da gar nichts. Ihr seht doch, was hier los ist.«

»Sie wollen die Stadt überrennen. Hoffen, dass viele Prager vom Fasching noch zu betrunken sind, um sich zu verteidigen. Das Rathaus einnehmen. Die protestantischen Ständevertreter hinrichten.« Die Todesliste hatte Leander verstört.

»Kaiser Rudolf hat den Ständevertretern versichert, dass die Truppen zu ihrem Schutz hier sind.«

»Das ist doch Unfug! Schutz vor wem?«

Ein Bote lenkte den Grafen ab. Worte flogen hin und her. Offenbar erkundigten sich die Prager nach Schießpulver, aber keine benachbarte Stadt konnte etwas entbehren.

»Und was ist mit dem Waffenlager im Klementinum? Wollt Ihr das Jesuitenkolleg denn nicht ausheben?«, fragte Leander drängend.

»Später.«

»Die Jesuiten könnten den Pragern in den Rücken fallen!«

»Dann muss ich erst recht warten, bis ich einen geeigneten Trupp zusammenhabe.«

Ratlos ging Leander davon. Würde er sich selbst darum kümmern müssen? Ohne fähige Männer konnte allerdings auch er nichts ausrichten. Erst einmal wollte er ohnehin Clarissa in Sicherheit wissen.

Clarissa war in einen unruhigen Schlaf gesunken, als das Klopfen sie auffahren ließ. Wer kam da? Alexander? Im Hemd, das Rapier in der Hand, lief sie zur Tür, wo sie auf Felicitas, David und Jaro traf, die ebenfalls verschlafen und aufgeschreckt wirkten. Hoffnung glomm in Felicitas' Blick. Aber es war Leander, der vor der Tür stand. Wie erleichtert Clarissa war! Sie hatte sich so oft vorgestellt, wie sie ihre Freude über die Schwangerschaft teilen würden, jetzt aber wurde der Augeblick durch die Ereignisse getrübt. Sofort sah sie die blauen Flecken und Risse in seinem Gesicht. Sie betastete seine Wunden, während sie ihn einließ. »Was ist geschehen?«

»Ich habe in unserer Wohnung deine Nachricht gefunden. Gut, dass du hier bist«, sagte Leander statt einer Antwort. Fest umarmte er sie und flüsterte ihr ins Ohr, wie glücklich er über ihre Schwangerschaft sei. Doch der innige Moment währte nur kurz. Es drängte ihn, zu berichten, was er im feindlichen Heer herausgefunden und wie die Stadtgarde reagiert hatte.

»Wir müssen es noch einmal bei den Fechtbruderschaften versuchen«, platzte Clarissa heraus und erzählte ihrerseits von ihrem Appell.

»Das ist eine ausgezeichnete Idee! Ich werde dich begleiten. Wir finden bestimmt einige Fechter, die bereit sind, die Waffen aus dem Kloster zu holen. Sicher sind Luxbrüder in der Stadt; Arkadi könnte sie zusammentrommeln. Ich werde mich allerdings auch bald im Schloss sehen lassen müssen, um dort Bericht zu erstatten.« Zart strich er durch ihr Haar. Erst jetzt bemerkte er Felicitas' versteinertes Gesicht. Clarissa eilte sich, Leander über Alexanders Verschwinden aufzuklären.

David nahm tröstend die Hand seiner Mutter. »Wir suchen nachher den Abschnitt der Stadtmauer ab, an der gekämpft wurde. Wir werden Alexander schon finden!«

Nachdem sie Leanders Wunden versorgt hatten, machten sich Clarissa und Leander auf den Weg. Einige Federfechter waren zwar in Alarmbereitschaft, aber nicht zur Kooperation bereit. Noch einmal redete Clarissa ihnen, unterstützt von Leander, ins Gewissen. Anschließend trennten sie sich. Leander wollte mit ein paar Männern zum Klementinum aufbrechen, Clarissa hingegen wollte zu den Marxbrüdern. Sie küssten sich zum Abschied, als wollten sie einander nie mehr loslassen.

Jan hatte das Klementinum erreicht. Der Novize war froh, dass er den Spion nicht entdeckt hatte: Das hätte ihn nur in einen Gewissenskonflikt gebracht. Der Obere las den Brief und beriet sich mit einem Bruder. Die Tür zur Gruft stand offen. In einiger Entfernung wurden Kisten hochgeschleppt und aufgebrochen. Es waren Musketen darin. Jan hätte es nie für möglich gehalten, dass die Jesuiten tatsächlich zum Krieg rüsteten. Was war mit diesem Orden nur geschehen? Verriet er nicht seine Ideale? Oder waren es einzelne Menschen, die gegen den Glauben handelten? Menschen wie Pater Seraphim?

Jan musste sich eingestehen, dass er Seraphim lange idealisiert hatte. Immerhin hatte der Pater seine Ausbildung jahrelang großzügig begleitet. Aber seit Jan ihm als Sekretär diente, zeigte Seraphim sein wahres Gesicht. Längst war Jans Bewunderung Abscheu und Angst gewichen. Sollte ein Pater nicht Vorbild sein?

Jan bemerkte einen kugeligen Pater, der sich bemühte, die Männer aufzuhalten. Er beschwor den Segen der Waffenlosigkeit und erinnerte an die wundersame Wandlung des seligen Bruders Ignatius. Endlich jemand, der ihn verstand! Jan ging zu dem Pater und sprang ihm bei. Der Geistliche fiel ihm nicht ins Wort, sondern ermunterte ihn durch Gesten und Blicke. Jan beobachtete, wie immer mehr Brüder bei ihren Worten zögerten, wie sie die Brecheisen wieder absetzten und die Kisten verschlossen hielten. Auch der Obere schien innezuhalten. Neue Kraft strömte in den Novizen. Seine Stimme wurde laut und selbstbewusst. Sie waren schon zwei, vielleicht warteten andere nur darauf, dass jemand diesem Irrsinn ein Ende machte.

Um sechs Uhr morgens fiel das Passauer Kriegsvolk mit viertausend Mann in die Kleinseite ein. Der böhmische Heerführer Graf von Thurn stellte sich ihnen mit fünfhundert Reitern entgegen, wurde jedoch zurückgeschlagen. Überall in der Stadt läuteten die Glocken zum Alarm. Carl stürmte voraus, als die Truppen die Kleinseite in Besitz nahmen. Er versuchte, die Soldaten vom Plündern abzuhalten und weiterzutreiben, doch an jeder Ecke wurde gekämpft. Türen wurden eintreten, Menschen auf der Straße massakriert, selbst weiße Fahnen ignoriert, die verzweifelte Anwohner aus den Fenstern hängten. Carl ließ sein Schwert stecken. Er brachte es nicht über sich zu kämpfen.

»Die Kleinseite muss gesichert werden! Stellt Wachtposten auf! Und dann weiter über die Alte Brücke!« Konsterniert blickte der Kommandeur ihn an. Offenbar fühlte er sich um seinen Einsatz gebracht. Mit eigenen Worten wiederholte er Carls Befehle. Carl bemerkte Pater Seraphims zufriedenes Lächeln. Es war wie damals, vor Kanizsa. Sie beide in vorderster Front. Nur dass sie nun beide Gottesmänner waren. »Wir müssen den Übergang zur Altstadt sichern und dann das Rathaus in Besitz nehmen!«, befahl Carl seinem Trupp.

Clarissa versuchte gerade noch einmal Meister Gerd und andere Marxbrüder zu überzeugen, als ein kleiner Junge angelaufen kam. Trotz des Schlafmangels fühlte sie sich hellwach und stark wie eine Löwin.

»Das Passauer Kriegsvolk ist da! Sie haben die Kleinseite überrannt und ziehen nun Richtung Alte Brücke. Graf von Thurn wollte sie aufhalten, wurde jedoch verletzt und musste sich mit seinen Reitern zurückziehen!«

Die Fechter sahen einander an. Wortlos bewaffneten sie sich. Auch Clarissa nahm sich einen Brustharnisch. Die Alte Brücke war ein Nadelöhr. Sie mussten sie halten, koste es, was es wolle. Die Morgendämmerung setzte ein. In den Straßen herrschte Panik. Menschen verschlossen die Häuser oder flüchteten, beladene Karren hinter sich herziehend. Kinder hingen an der Hand ihrer Mutter und weinten. Ein kleines Mädchen stolperte weinend durch die Menge. Clarissa spürte den Impuls, der Kleinen zu helfen, aber da riss schon eine alte Frau sie hoch und humpelte mit ihr davon.

»Auf zur Alten Brücke! Wir müssen das Gatter im Altstädter Brückenturm herunterlassen und das Bollwerk halten!«, forderte Meister Gerd die Menschen zur Mithilfe auf, aber die meisten waren kopflos vor Angst. Clarissa konnte es ihnen nicht verdenken. Auch ihr war übel vor Spannung. Wo steckte nur Leander? Wo ihre Freunde? Hoffentlich waren sie in Sicherheit. Sie rannten jetzt. Von der Kleinseite waren Kampflärm, das Preschen von Pferdehufen und Schreie zu hören. Feuer erhellte die Gassen im Hradschin. Endlich waren sie am Fluss. Zu spät! Reiter drangen durch den Kleinseitener Brückenturm und galoppierten über die Brücke, gefolgt von kampflustigem Fußvolk. Wenige Stadtgardisten versuchten sie aufzuhalten. Warum in aller Welt war das Gatter offen? Machte jemand gemeinsame Sache mit Leopolds Truppen? Oder hielt man das Kriegsvolk für ungefährlich? Clarissa zückte den Degen und sah sich um. Zu wenige, sie waren viel zu wenige! Die Angreifer würden sie einfach überrennen. Hinter sich hörte sie Rufe, Schritte. Fechter eilten auf das Tor zu, angeführt von Leander. Sie erkannte auch den Spanier Juan, mit dem Leander bei der Fechtschule gekämpft hatte. »Ich habe etliche Fechter mitgebracht. Arkadi hat die Luxbrüder und andere kampffähige Gaukler zusammengetrommelt!«

Dann schob Leander sie zurück und sah ihr dabei fest in die Augen: »Rette dich, bitte!«

»Ich will dich nicht allein lassen!«, protestierte Clarissa.

»Denk an unser Kind!«

Leander stürzte voraus, dem Tor entgegen. Die ersten Marxbrüder drängten hinein. Rufe. Das Gatter ruckte. Auf einmal ging alles ganz schnell. Schusswechsel. Wiehern. Todesschreie. Clarissas Herz stolperte, das Blut rauschte in ihren Ohren. Die

Menge geriet in Bewegung. Sie wurde gestoßen, an die Mauer am Flussufer gedrängt. Kurzerhand kletterte sie hinauf und spähte über die Kämpfenden. Fechter hielten die Feinde vom Weiterzug in die Stadt ab. In der Menge ein Pater hoch zu Ross, der die Kämpfenden geifernd anfeuerte. Daneben ein Laienbruder, der nicht kämpfte, nicht schrie, sondern aussah, als ob er sich wegwünschte: Carl. Clarissa war nicht erstaunt, ihren Onkel zu sehen. Leander hatte von seiner Begegnung mit Carl im Heerlager erzählt. Was trieb diesen Mann nur an, was hatte er vor, rätselte Clarissa kurz, wurde aber gleich wieder vom Kampfgeschehen gefangen genommen. Das Gatter senkte sich nur langsam. Wenn die Feinde den Turm einnähmen, wäre Prag verloren. Leander und andere Fechter verteidigten verbissen die Türen des Brückenturms. Immer mehr Passauer Kriegsvolk strömte nach. Die Übermacht des Feindes wurde drückend. Schon kämpften sich einige in Richtung Altstädter Rathaus vor, die anderen gen Judenstadt. Hektisch sah Clarissa sich um. Vereinzelt kamen ihnen Männer zu Hilfe. Aber was war das? Eine Welle der Erleichterung überrollte sie. Ezra in Begleitung vieler anderer Fechter!

»Die Marxbrüder kommen!«, rief Clarissa über die Menge. »Marxbrüder und Federfechter! Löwe und Greif! Gemeinsam retten wir die Stadt!«

Tatsächlich reihten sich die Marxbrüder zwischen die Federfechter. Seite an Seite hielten sie die Stellung, trieben die Angreifer zurück. Endlich hatte das Gatter die Erde erreicht. Aber viele Angreifer waren schon in die Altstadt gelangt und schwärmten jetzt aus. Clarissa sprang von der Mauer. Verletzte waren zu versorgen.

Der Offizier trieb seine Männer voran. Nun hatte er Gelegenheit, sich zu beweisen. Als er beim letzten Ständetag hier gewesen war, hatte er bei der Fechtschule viel Geld verloren und doch seine Ehre nicht zurückgewonnen. Dabei war er so sicher gewesen, dass der Spanier den Fechter schlagen würde. Aber jetzt … Alarmgeläut hatte ihn und seine Männer aus dem Bett geschreckt. Ohnehin bedeutete ein Ständetag immer Arbeit für ihn. Noch günstiger wäre es für seine Laufbahn allerdings, sich in der Verteidigung Prags auszuzeichnen. Sein derzeitiger Posten brachte ihm nicht genug ein.

»Die Marxbrüder kommen! Marxbrüder und Federfechter! Löwe und Greif! Gemeinsam retten wir die Stadt!«, mischte sich eine helle Stimme in das Getöse der Schlacht.

Der Offizier sah sich um. Auf der Mauer stand doch tatsächlich die hübsche Schwarzhaarige, die er im Jagdschloss seines Freundes beinahe … Erneut überfiel ihn die Schmach. Er gab seinen Männern Befehle, dann drängte er sich durch die Kämpfenden. Wenn er sich schon nicht an dem Fechter rächen konnte, dann eben an ihr.

Die Eindrücke überrollten Carl. Er war am Ziel – und zugleich ratlos. Er hatte die Truppen hierhergeführt. Er hatte Seraphims Befehl ausgeführt. Jetzt könnte er gehen, doch er rührte er sich nicht. Tänzelnd verharrte sein Pferd im Gewimmel, wartete auf den Druck seines Schenkels.

Vor seinem inneren Auge überschlugen sich die Bilder, mischten sich in das, was er jetzt sah. Ein Mann, dem er in Zutphen den Bauch aufgeschlitzt hatte. Ein abgeschlagener Kopf in Stuhlweißenburg. Blut, das ihm in Kanizsa ins Gesicht gespritzt war. Jede Schlacht, die er geschlagen, jeder Mann, den er getötet hatte, schien an ihm vorbeizuziehen. Rätselhaft war ihm sein Leben mit einem Mal. Wie war er nur hierhergekommen? Welcher Weg hatte ihn hierhergeführt? Pater Seraphim hatte ihn zum Werkzeug eines Plans gemacht, eines Planes, den Carl weder kannte noch teilte. Was gab Seraphim das Recht, derart über ihn zu verfügen? Dass er sein jämmerliches Leben gerettet hatte? Damit er jetzt hier stand und eine Stadt ins Unglück stürzte?

Sollte das der Sinn seines Lebens sein?, fragte sich Carl. Schon lagen etliche Männer in ihrem Blut. Auf einmal sah er klar: Er würde nicht mehr kämpfen. Seine Schuld war abgetragen, er würde keine neue auf sich laden. Carl zerrte am Zügel und versuchte, sein Pferd zu drehen. Doch das Tier war eingekeilt zwischen den Menschen und panisch durch die Schüsse.

»Die Marxbrüder kommen! Marxbrüder und Federfechter! Löwe und Greif! Gemeinsam retten wir die Stadt!«

Carl entdeckte seine Nichte auf der Mauer, ein Rapier in den Händen. Was für eine erstaunliche Frau, dachte er widerwillig. Wie mutig. Wie seine Mutter, damals auf dem Kampfplatz, kurz bevor sie erschlagen wurde. Aus dem Kampflärm drang Seraphims Stimme zu ihm. »Komm! Wir müssen das Altstädter Rathaus einnehmen! Die Ständevertreter gefangen setzen!« Carl verharrte. »Auf, zum Rathaus! Treib deine Männer voran!«, schrie Seraphim erneut.

Carl gelang es, sein Ross durch die Menge zu leiten. Er wurde angegriffen, nur knapp entging er dem Schlag.

»Das ist die falsche Richtung!« Seraphim folgte ihm.

Carl schenkte ihm keinen Blick. »Ich verschwinde.«

Seraphim ritt neben ihn. »Das ist Gehorsamsverweigerung!«, brüllte er.

»Und das hier ist Wahnsinn!«

Männer hatten Seraphim als Pater erkannt und wollten ihn vom Pferd reißen. Der Geistliche trat und schlug nach ihnen. Weibisch wirkte es. »Hilf mir! Das ist ein Befehl!«

Unwillkürlich hatte Carl sein Pferd in die Richtung gebracht, in der er seine Nichte gesehen hatte. Da entdeckte er, wie ein Offizier Clarissa bei einem Verwundeten angriff, dem sie gerade geholfen hatte. Und auf einmal wusste Carl, was wichtig war. »Du hast mir nichts mehr zu befehlen!«

Ein Wutschrei: »Das wirst du büßen!« Wie aus weiter Ferne hörte er noch, das Seraphim andere Passauer zu Hilfe rief.

Clarissa hatte dem Verwundeten das Bein abgebunden, als jemand sie am Arm packte und hochzerrte. Sie erkannte den Offizier sofort; sie hatte ihn bei der Fechtschule im Publikum gesehen. Sofort zog sie ihr Rapier und verteidigte sie sich. Obgleich er größer und stärker war, konnte sie sich gegen ihn behaupten. Doch dann zog er einen Dolch aus dem Stiefel. Sich gegen einen doppelt bewaffneten Mann zur Wehr zu setzen, war nicht einfach. Tapfer hielt sie gegen seine Klingen. Im gleichen Augenblick, als die Funken bei einem Schlag des Dolches gegen ihr Rapier sprühten, klickte es, als ob ein Mechanismus ausgelöst wurde. Mit einem Mal klappten aus dem Dolch ihres Gegners viele weitere kleine Klingen aus. Er drehte die Waffe, ihr Rapier verkantete sich – und wurde ihr aus der Hand gerissen.

Jetzt ließ der Offizier den Degen fallen, umschlang sie und schob sie auf eine Gasse zu. Clarissa schrie um Hilfe und wehrte sich verzweifelt, kam gegen ihn aber nicht an. Schon warf er sie zu Boden. Einen Lidschlag später flog der Offizier beinahe von ihr. Ein Hüne hielt ihn scheinbar mühelos am Schlafittchen – ihr Onkel war ihr zu Hilfe gekommen! Noch immer war der Offizier bewaffnet und fuchelte mit seinem Degen herum. Carl wirkte hasserfüllt und zugleich wirr. Er zog sein Schwert nicht. Mit blanker Hand packte ihr Onkel die Schneide und riss dem Offizier den Degen weg. Blut tropfte aus seiner Hand in die Erde, doch Carl schien den Schmerz nicht zu spüren. Clarissa nahm ihr Rapier und lief zum Ende der Gasse. Sie war zwischen Zorn, Erstaunen und Freude hin und her gerissen. Sie wollte ihren Onkel beschimpfen, ihn befragen, ihm danken, alles zugleich.

»Lass sie in Frieden«, hörte sie Carl leise sagen. Schon drehte er sich um und folgte ihr. In diesem Augenblick sprang der Offizier ihn an und senkte ihm einen Dolch, den er wohl im anderen Stiefel getragen hatte, in die Seite. Mit einem Seufzer ging ihr Onkel in die Knie. Der Dolch steckte in seiner Flanke. Clarissa schrie um Hilfe. Dieses Mal stürzten Fechter heran.

»Der Laienbruder – was hat er dir getan?«, fragten sie und wollten Carl den Garaus machen. Nur mit Mühe konnte Clarissa sie aufhalten.

»Er war es, der mir etwas antun wollte!«, sagte sie und wies auf den Offizier. Während die Fechter den Mann abführten, kniete sich Clarissa neben Carl und ergriff seine Hand. Plötzlich waren sie allein. Sein Blick war ruhig, als hätte er diesen Moment schon sehr lange herbeigesehnt. In der Enge der Gasse schien der Schlachtenlärm unwirklich.

44

Prag, Mitte Februar 1611

Aus der Judenstadt stieg Rauch auf. Menschen lagen am Straßenrand in ihrem Blut. Wunden wurden verbunden, Tote zu Haufen aufgeworfen. Erschüttert wies Clarissa den Männern mit der Trage den Weg. Die Fenster von Felicitas' Haus waren geborsten. Clarissa wurde kalt vor Sorge, doch als sie eintrat, zeigte sich, dass niemand zu Schaden gekommen war.

Die Freundin war fassungslos: »Ich soll einen feindlichen Katholiken aufnehmen? Einen Jesuiten noch dazu?«

Felicitas stand, die Arme verschränkt, vor Clarissa. Die Augen der Freundin waren aufgequollen. Kälte drang durch die offenen Fenster in die Stube. Hämmern war zu hören. Tatsächlich war es einigen Passauern gelungen, in die Altstadt vorzudringen. Vor allem in der Judenstadt hatte es zahlreiche Opfer gegeben. David und Jaro hatten gemeinsam Felicitas' Haus verteidigt; Alexander blieb verschwunden.

»Er ist mein Onkel.«

»Hat er nicht deinen Vater beinahe ermordet und verschwinden lassen? Hat er dir nicht den Mord in die Schuhe geschoben? Hat er nicht das Attentat auf den Kaiser vorbereitet? Und jetzt hat er auch noch die Schlächter in unsere Stadt geführt! Wie kannst du erwarten, dass ihn beherberge!«

Clarissa spürte, wie ihre Schultern nach vorn sackten. »Alles, was du sagst, stimmt. Aber hätte ich ihn seinem Schicksal überlassen sollen, nachdem er mich gerettet hat? Mit einem Dolch in der Flanke?« Carl regte sich auf der Trage, als wollte er sich erheben.

Da trat David zu ihnen. Resolut, nur mit dem Zeigefinger,

drückte er ihn hinunter. »Gut, dass du den Dolch hast stecken lassen, so ist er nicht gleich verblutet. Könnte die Nieren getroffen haben oder ein anderes Organ.« David blickte Clarissa durchdringend an. »Ich glaube kaum, dass wir so schnell einen Arzt herbekommen. Aber ich könnte mir das Buch der Wundarznei holen.«

Konsterniert, aber auch stolz auf ihren Sohn, sah Felicitas Clarissa an. »Wir tun es für dich, nicht für ihn. Von mir aus kannst du diesen Verräter später dem Henker übergeben.«

Pater Seraphim floh ins Klementinum. Die Türen des Jesuitenkollegs waren geschlossen, da hatte er kurzerhand ein Fenster eingeschlagen und war hineingeklettert.

Immer weitere Krieger des Ständeheeres und der Fechter hatten die Passauer Truppen zersprengt, festgenommen oder ermordet. Er selbst war von Pragern gejagt worden, die Rache an allen Katholiken nehmen wollten, insbesondere an katholischen Geistlichen. Auch schien sich herumgesprochen zu haben, dass die Jesuiten über Waffen verfügten. Nur knapp war er entkommen. Sie benötigten die Waffen, die im Klementinum gelagert wurden, und zwar schnell! Überhaupt verstand er nicht, warum die jesuitischen Laienbrüder ihnen nicht längst zu Hilfe gekommen waren. Carls Verrat machte ihn noch immer fassungslos. Er würde ihn büßen lassen! Genau wie den Novizen, der sich wohl irgendwo versteckte.

Im Klementinum dröhnte die Stille. Nein, da war ein leises Murmeln. Vor dem Altar kniete eine Handvoll Patres und betete. Sein unfähiger Novize war darunter. Am liebsten hätte Seraphim Jan an den Haaren hochgerissen, doch sie waren ja nicht allein.

»Bruder Jan!« Heiser klang seine Stimme im Kirchenschiff. Der Novize erhob sich und kam zu ihm, den Kopf gesenkt. »Warum sind die Musketen noch nicht verteilt? Wir benötigen sie, um das Ständeheer niederzuschlagen!«

Jan machte ein unschuldiges Gesicht. »Welche Waffen, Pater?«

»Versuch nicht, mich für dumm zu verkaufen! Ich hab sie doch gesehen, die Waffen!«

»Hier sind keine Waffen, Pater. Die einzige Waffe, die wir hier verwenden, ist unser Gebet.« Die Stimme des Novizen klang sanft.

»Du weißt, welche Strafe ich für Widerspenstigkeit vorsehe!«, drohte Seraphim, doch Jan zeigte zu seiner Verwunderung keine Furcht.

»Ihr könnt mir nichts mehr tun«, sagte Jan ruhig. »Das lasse ich nicht mehr zu.«

Seraphim fuhr auf. »Auf, ihr anderen! Hoch mit den schlaffen Leibern! Holt die Waffen! Ruft die Laienbrüder heran!«

Ein dicklicher Pater trat zu ihnen, an den sich Seraphim dunkel erinnerte.

»Kniet Euch neben uns und erhebt Eure Stimme zum Herrn, auf dass Er uns beschützen möge«, begann der Kugelige ruhig.

»Einen Teufel werd ich«, fuhr Seraphim ihn an, als Schritte dröhnten und mit einem Krachen die Tür des Kirchenschiffs aufgesprengt wurde. An die zwanzig Männer stürzten herein.

»Wo sind die Musketen? Rückt sie raus!«, forderten die Prager.

»Wir haben keine Musketen«, versicherte der Dickliche ruhig.

»Dann durchsuchen wir das Kolleg!«

»Nur zu. Gott schütze euch.«

Einige Männer wurden zur Bewachung der Geistlichen abbestellt. Die Patres mussten sich hinknien und die Hände auf den Kopf legen. Alle taten es und beteten, nur Seraphim starrte zornig, während die Prager Kirche und Kolleg absuchten und sogar im Garten gruben. Er neigte sich zu Jan und flüsterte: »Ich werde dich kriechen lassen und schlagen wie einen Hund, bis du lernst, deinen Willen aufzugeben.«

Furchtlos blickte der Novize ihn an. »Es geht nicht um meinen Willen. Es geht auch nicht um Euren Willen. Es geht um den Willen des Herrn.«

Von draußen drang das Donnern von Hufen zu ihnen. Die Männer kehrten wutschnaubend zurück. »Ihr habt die Waffen hier irgendwo«, knurrte der Anführer.

»Und wir werden sie nutzen, um euren Frevel zu strafen! Das Höllenfeuer wird euch verzehren!«, drohte Seraphim ihm.

Pferdeschnauben und Rufe waren zu hören. Der Anführer zog ein Messer aus dem Gürtel. »Das werden wir zu verhindern wissen. Ihr werdet uns nie mehr mit der Hölle drohen. Nie mehr unsere Frauen im Beichtstuhl entehren. Nie mehr Waffen horten«, sagte er kalt und gab den anderen einen Wink. Sie rissen Seraphim an den Armen hoch und hielten ihn fest. Wie schwarze Engelsflügel hing Seraphims Gewand hinunter, als sie es aufschlitzten. Das Beten der Patres schwoll an, als der Anführer Seraphim Penis und Hoden abschnitt. Seraphims Kreischen war kaum zu ertragen, doch dann brach es abrupt ab. Der Anführer hatte ihm die Kehle durchgeschnitten. Bevor die Prager sich den nächsten Pater greifen konnten, kamen die Dragoner den Jesuiten zu Hilfe. Die Waffen, die Jan und seine Glaubensbrüder in den Gewölben des Klementinums versteckt hatten, blieben verschwunden.

Als Leander am Abend zu ihnen stieß, war er über und über mit kleineren Wunden und Prellungen übersät. Seine Kleidung war blutbefleckt und schmutzig. Behutsam reinigte Clarissa seine Wunden, während er berichtete.

»Nachdem wir das Tor verschlossen und gesichert hatten, stieß endlich auch das Ständeheer zu uns. Wie man hört, wurden die Passauer Söldner, die es in die Altstadt geschafft haben, entweder gefangen genommen oder ermordet. Aber es hat auch viele andere Tote gegeben.« Sein Blick wanderte zu Carl, der unbewegt auf einer Pritsche lag und schlief; die Frauen hatten mit

Davids Hilfe den Dolch entfernt, die Wunde ausgebrannt und genäht und ihm Schlafkräuter gegeben. Der Stich war tief, und alle gingen davon aus, dass Carl an inneren Blutungen sterben würde. »Etliche Patres und Mönche wurden auf das Grausamste massakriert. Das Volk gibt den Katholiken die Schuld an dem Überfall. Merkwürdigerweise wurden im Klementinum keine Waffen gefunden.«

»Hast du gehört, wie die Stände die Belagerung beenden wollen?«, fragte Felicitas.

»Ramee ist nur auf Geld aus. Ich hörte, die Stände wollen unter den wohlhabenden Einwohnern der Stadt sammeln und seine Truppen auszahlen. Aber so viel Geld ist in der kurzen Zeit nicht zu beschaffen.«

Felicitas nickte, als hätte sie diese Antwort erwartet. »Ich werde mit Mitgliedern der jüdischen Gemeinde und mit meinem Freund Peter Vok sprechen; wir wollen unseren Beitrag leisten.« Nervös drehte sie ihre Ringe. »Und Alexander?«

»Niemand hat von ihm gehört. Aber ich werde noch heute ins Schloss reiten.« Noch einmal ließ er sich von David die Beschreibung des Mannes geben, mit dem Alexander zuletzt gesprochen hatte. »Das muss der Kommandant gewesen sein. Ich werde ihn fragen.«

Clarissa hockte sich neben ihn. »Heute noch?«

»Ich bin schon zu lange unterwegs. Wenn ich mich nicht bei der Leibwache melde, könnte man mir unterstellen, ich sei nicht loyal. Die Strafen für Verräter sind hart.«

Als Leander gegangen war, setzte Clarissa sich zu Carl an die Pritsche. Sie hatte bereits an ihren Vater geschrieben und von Carl berichtet, auch wenn sie nicht wusste, wie die Boten derzeit vorankamen. Immer wieder wanderten ihre Gedanken zu Leander, der sich erneut in Gefahr brachte. Sorgenvoll legte sie die Hand auf ihren Bauch. Auch wenn es kaum zu sehen war, spürte sie doch deutlich, wie sich ihr Körper veränderte. War das hier wirklich der richtige Ort, um ein Kind großzuziehen? Wäre sie nicht im beschaulichen Rostock besser aufgehoben? Hatte sie nicht eine schöne Kindheit gehabt? Aber Leander war so stolz, am Kaiserhof zu dienen. Hoffentlich stieß ihm nichts zu!

Einen Augenblick saß sie gedankenverloren da. Leise, wie zu sich selbst, begann sie zu sprechen. »Seit ich schwanger bin, denke ich oft über unsere Familie nach. Über meinen Zwillingsbruder, der bei der Geburt starb und von dem ich bis vor Kurzem nichts wusste. Genauso wenig, wie ich von dir wusste. Dabei ist eine Familie wie ein Baum: Ein Ast ist mit dem anderen verbunden, ein Ast gleicht das Gewicht des anderen aus. Mein Kind soll von allen Zweigen unserer Familie wissen, so wie du von uns wissen sollst. Ich wuchs auf zwischen einer abergläubischen Mutter, die mir einredete, ich hätte zwei linke Hände, und einem Vater, der mich von klein auf das Schwert führen ließ …«

45

Der Kaiser sah aus dem Fenster des Prager Schlosses auf die Kämpfenden hinab. Den zweiten Tag rannte das Passauer Kriegsvolk nun schon gegen den Altstädter Brückenturm an. Es gab kein Durchkommen. Die Fischer schlugen die Söldner, die von der Kleinstädter Seite herüberkamen, sogleich zusammen. Dabei hatte er doch verbreiten lassen, dass das Passauer Volk in kaiserlichen Diensten stand. Rudolf war von tiefer Trauer erfüllt.

»Prag ist schon bald in unserer Hand, Majestät. Ich werde die Ordnung wiederherstellen. Meine Männer sind überall in der Stadt unterwegs. Als König von Böhmen werde ich unseren Glauben zu neuer Blüte führen. Habe ich schon erzählt, dass ich in Passau ein Jesuitenkolleg plane? Ein fähiger Pater steht mir zur Seite, dem ich die Erziehung unserer Kinder in die Hände legen möchte. Wenn ich dann erst Tirol besitze …« Zufrieden plapperte Erzherzog Leopold weiter.

Rudolf sank tiefer in sich zusammen. Prag, seine Stadt – wie sehr musste sie leiden! Das hatte er nicht gewollt. Sein Vetter war naiv. Glaubte Leopold wirklich, er würde einem Heißsporn wie ihm die Krone überlassen? Leopold hatte dem katholischen Glauben zu viel Schaden zugefügt, um noch zum böhmischen König, geschweige denn zum Kaiser zu taugen. Auch ihm hatte Leopold Schaden zugefügt. Die böhmischen Stände riefen nach Matthias, ausgerechnet sein Bruder sollte sie schützen! Wieder einmal. Sein Sturz war kaum mehr abwendbar, das wusste er jetzt. In seinem Audienzzimmer drängten die Ständevertreter auf ein Gespräch, vor dem Schloss flehten die geschundenen Mütter mit ihren Kindern, er möge die Passauer auszahlen und abziehen lassen. Aber er konnte es nicht. Der Staatsschatz war geplündert. Das Einzige, was er noch besaß, war seine märchenhafte Kunst- und Kuriositätensammlung. Rudolf wusste sich nicht zu helfen, wieder einmal. Sein Leben lang hatte er um Siege gerungen, um Harmonie und Eintracht. Aber alles, was er erreichte, war Zerstörung, Chaos und Tod. Auch er selbst war kaum mehr als ein lebendiger Leichnam. Bald würde er einen Lederriemen am Kinn tragen müssen, weil die französische Krankheit seinen Kieferknochen weggefressen hatte.

Ohne ein Wort an Erzherzog Leopold zu richten – nannte man ihn nicht ohnehin »Rudolf der Schweigsame«? –, verließ der Kaiser das Zimmer. Er würde heute keine Audienzen mehr gewähren. Sie waren ohnehin zu nichts mehr nütze. Er brauchte Ruhe. Nur die Alchemie konnte ihm Erlösung bringen. Sein größtes Experiment erforderte höchste Konzentration. In seinem Privatlabor wartete ein ganz besonderes Exponat auf ihn. Mit Hilfe des Hermaphroditen würde er die Weltenharmonie wiederherstellen. Nur leider wussten Doktor Maier, den er wegen seiner Verdienste zum Pfalzgraf und Privatsekretär gemacht hatte, und er noch nicht genau, wie sie dabei vorgehen sollten. Sein Bibliothekar schleppte verschiedenste alchemistische Schriften heran, die sie prüften. Andere Rosenkreuzer waren derzeit nicht zu sprechen. Maier wollte das weibliche Geschlechtsteil wegschneiden, um die Ordnung wiederherzustellen. Der Hermaphrodit musste dem Feuer übergeben werden, hieß es in einer anderen Schrift. Rudolf grauste es bei dem Gedanken, einen Menschen dem Feuer zu überantworten. Sofort stand ihm die Erinnerung an das Autodafé in Toledo wieder lebhaft vor Augen. Aber wenn es nicht anders ging – um sein Reich zu retten, würde er es tun.

Wie ein Tier war er in einen Käfig gekettet. Seine Arme waren taub. Seine Knöchel schmerzten von den Eisenfesseln. Dass der

Kaiser ihm das antat, ihm, der geholfen hatte, Rudolf vor dem Attentäter zu retten!

Breitbeinig gefesselt stand Alexander da, damit man ihn untersuchen konnte. Abwechselnd waren Doktor Maier und ein Maler zu ihm gekommen, hatten ihn abgetastet, vermessen und auf Papier gebannt. Alexander konnte nicht protestieren. Sie hatten ihm eine enge Maske übergestülpt, unter der er kaum Luft bekam. Die Kopfwunde, die er bei seiner Entführung davongetragen hatte, pochte. Noch nie hatte er sich so erniedrigt gefühlt. Oft kam der Kaiser in das Labor und diskutierte mit Maier, als wäre Alexander gar nicht da. War er eine Missgeburt, die man töten musste, um das Gleichgewicht der Welt wiederherzustellen? Ein Talisman, den man bestmöglich konservierte? Oder ein Ausstellungsstück für das Kabinett wie der flugunfähige Dodo oder der zahnlose Löwe, der mit Fleischbrei gefüttert werden musste?

Mehr Sorgen als sein eigenes Schicksal machten Alexander allerdings die Geräusche und Gerüchte, die er hörte, wenn die Tür des Verlieses geöffnet wurde. Die Stadt war überfallen worden. Inständig murmelte er Gebete für Felicitas und David, für Clarissa und Leander, denn beten war das Einzige, was er noch tun konnte.

Leander hatte an verschiedenen Orten der Burg Wache geschoben. Täglich sammelten sich mehr Menschen im Burghof, um gegen die Untaten der Besatzer zu protestieren. Leander wagte gar nicht daran zu denken, wie ihre Wohnung wohl aussah. In jedem Haus waren bis zu zehn Söldner einquartiert. Gut, dass Clarissa bei Felicitas in relativer Sicherheit war. Die Untätigkeit auf seinem Posten zermürbte ihn. Über Alexanders Verbleib hatte er noch nichts herausgefunden. Allerdings hatte der Kommandant merkwürdig ausweichend reagiert.

Zwei Leibtrabanten tuschelten. Ungeniert lauschte Leander.

»Hast du die Zeichnungen gesehen? Bart und Schwanz wie ein Kerl, aber eine Fut wie ein Weib! Der Hofmaler hat's für die Ewigkeit festgehalten. Was es alles gibt!«

»Ein richtig saftiger Schlitz? Brüste auch?«, fragte der andere lüstern.

»Glaub ich nicht. Muskulös ist er schon.« Der Gardist bemerkte Leanders aufmerksamen Blick und verstummte.

»Sind wohl Schausteller im Schloss?«, fragte Leander, obgleich er es besser wusste. Sie mussten über Alexander sprechen.

»Unfug! Geheim ist's …« Leander tat so, als interessierte es ihn nicht, und er hatte sich nicht getäuscht: Der Gardist konnte es nicht lassen, mit seinem Wissen anzugeben. Er neigte sich zu ihm. »Im Labor im Mihulkaturm halten sie ein Monstrum gefangen. Einen Mann mit Schwanz und Fut!«

Gespielt staunend kommentierte Leander die Worte. »Und, darf man das Monster besichtigen?«

»Wo denkst du hin … fest verrammelt ist das Labor. Soll ein Geheimnis bleiben. Der Kaiser hat irgendwas mit ihm vor. Doktor Maier trägt medizinisches Gerät herbei und hat den Kommandanten angewiesen, jede Menge Feuerholz bereitzustellen.«

Leanders Nackenhärchen hatten sich während des Gesprächs aufgestellt. Labor. Medizinisches Gerät. Feuer. Eile war geboten. In den nächsten Stunden versuchte er, mehr herauszubekommen. Auch ließ er sich für Botengänge abstellen, die es ihm ermöglichten, am Mihulkaturm vorbeizugehen. Der massive Turm an der Nordseite verschmolz mit der Burgmauer und war schwer bewacht. Obgleich er sehr hoch war, erschien er gegen den daneben aufragenden Veitsdom zierlich. Die Tür schien verriegelt. Der Kommandant verwahrte den Schlüssel. Ein anderes Exemplar besaßen der Kaiser und der Alchemist, hieß es. Leander musste Alexander befreien – aber wie?

Clarissa war an Carls Krankenbett eingenickt. Als sie mit steifem Nacken und krummem Rücken hochfuhr, sah ihr Onkel sie an. Sein Gesicht war zerfurcht wie eine Berglandschaft, die Augen von einem kühlen Blau. Lediglich an den zusammengepressten Lippen erkannte sie, dass er Schmerzen haben musste.

»Warum hast du mich nicht einfach sterben lassen?«, fragte er mit tiefer, rauer Stimme. »Du musst mich doch hassen.«

»Wie könnte ich dich hassen? Du hast mich gerettet, du hast Leander fliehen lassen, du bist mein Onkel.« Sie zögerte. So vieles ging ihr durch den Kopf, so vieles wollte sie wissen. Es war unklar, wie lange sein Zustand es ihm erlaubte, zu sprechen. »Hat er dich zu alldem gezwungen, der Pater, mit dem du gestern zusammen warst? Das Attentat vorzubereiten? Den Angriff auf Prag?«

»Ich verdanke ihm mein Leben … Seraphim hat mich gerettet, damals …« Sein Gesicht verzog sich unter Schmerzen.

»Bei der Schlacht von Kanizsa?«

Carl kniff die Augen zusammen, das sollte wohl Zustimmung signalisieren.

»Warum hast du deinen Bruder glauben lassen, du seiest tot?«

»Ich war tot … für ihn und den Rest der Welt. Bis Seraphim kam.«

»Und trotzdem hast du Fritjoff überfallen.«

Schwer hob Carl den Kopf, um seinen Worten Nachdruck zu verleihen. »Ich hätte ihm nie etwas angetan. Er und Maria sind die Einzigen … waren …« Carl verstummte gequält. »Wie geht es ihm … Fritjoff? Lebt er?«, fragte er. Clarissa erzählte ihm von der Gefangenschaft, dem Unfall und seinen Folgen. »Das tut mir leid …« Es klang ehrlich. Doch es gab Drängenderes.

»Was hat Pater Seraphim vor?«

»Dem katholischen Glauben … zum Sieg verhelfen. Erzherzog Leopold soll Kaiser werden und … die Protestanten beseitigen.«

Clarissa betrachtete die verkrampften Gesichtszüge. Sie musste Felicitas um schmerzstillende Kräuter bitten. »Wir haben die Truppen zurückgeschlagen.«

Carl stieß hart die Luft aus. »Das ist … gut. Es ist nicht mein Krieg.« Sein Blick flackerte durch das Zimmer. Beim Anblick der Schriftkapsel am Türpfosten zuckte er zusammen. Erschrocken umklammerte er das Kreuz um seinen Hals. »Die Christusmörder! Ich muss … gehen!« Seine Armmuskeln spielten, aber es gelang ihm nicht aufzustehen.

Felicitas tauchte an der Tür auf. Aufgeregt winkte sie Clarissa zu sich. Carls letzte Worte hatte sie gehört. »Dein Onkel darf die Christusmörder gern verlassen. Ich lasse ihn gern ins städtische Gefängnis bringen. Aber erst einmal wirst du gebraucht!«

Clarissa erhob sich. Mit einem traurigen Blick auf ihren Onkel sagte sie: »Die Jüdin hat deine Wunden versorgt. Du solltest ihr danken, statt sie zu schmähen.«

»Alexander wurde gefunden!«, flüsterte Felicitas ihr beim Hinausgehen zu.

Leander war gekommen. Auf den Tisch gestützt stand er da, sprungbereit. David notierte seine Anweisungen: Seile, Masken, Eisenhaken …

»Alexander wird im Mihulkaturm gefangen gehalten. Ich bin sicher, dass der Kommandant dahintersteckt. Der wird seine Strafe bekommen. Ich kann Alexander heute Nacht befreien, aber ich werde es nicht allein schaffen …«, begann Leander.

Sie besprachen sich und schwärmten dann aus, um die nötigen Vorbereitungen zu treffen.

In einer Hand hielt David sein Buch, die andere hatte er an das Rapier gelegt. Unbedingt hatte er Alexander mit befreien wollen, aber seine Mutter hatte es ihm verboten. Alexander behandelte ihn wie einen jungen Mann, nicht wie ein Kind. Er nahm seine Interessen ernst und unterstützte ihn in dem Wunsch, Arzt zu werden. Seit Alexander da war, durfte David in den Büchern seines verstorbenen Vaters lesen, und nicht einmal Jaro wagte es mehr, es ihm zu verbieten. David lauschte in das Haus. Nichts war zu hören. Die Mägde hatten sich in ihre Kammern zurückgezogen. Jaro schlief sicher auch schon. David hatte es kaum glauben können, als seine Mutter ihm von Jaros Machenschaften erzählte. Er vertraute dem Gehilfen und hatte Jaro Felicitas gegenüber verteidigt; es sei ganz sicher nur ein Missverständnis. Aber er konnte nicht ignorieren, dass Jaro sich Alexander, Clarissa und Leander gegenüber feindselig verhielt.

Jetzt hielt es ihn nicht mehr auf seinem Stuhl. Er lauschte an Fenstern und Türen. Aus Jaros Kammer drangen merkwürdige Geräusche. Alarmiert klopfte David an die Tür und riss sie gleichzeitig auf. Der Gehilfe packte bei Kerzenlicht allerlei Dinge in einen Sack. Auf seinem Lager türmten sich Kleidung, Bücher und seltsame Gerätschaften. Aufgeschreckt starrte der Gehilfe David an. Die Hälfte von Jaros ohnehin schmalem Gesicht lag im Schatten, seine Augen schienen schwarze Höhlen zu sein.

Der Junge verstand nicht gleich. »Du packst? Willst du uns verlassen? Aber warum?« Jaro griff nach einem Buch und wollte es verschwinden lassen. David erkannte den Titel. Er fiel Jaro in die Hand. »Der Sohar? Es ist gebunden wie die Bücher meines Vaters.« Er schlug es auf. »Das Exlibris. Das ist Vaters Buch. Aber ich dachte …«

Jaro nahm ihm das Buch wieder ab. »Dein Vater hat es mir geschenkt. Du bist ohnehin zu jung dafür.«

Ungläubig trat David an das Lager, wo Jaros Habseligkeiten lagen. Er nahm eines der Tontöpfchen und schnupperte daran. »Wozu benötigst du so viel Muskat? Und – ist das nicht Mohn?«

»Die Schlaflosigkeit …«

Davids Stimme brach vor Erregung: »Ich wusste nicht, dass du unter Schlaflosigkeit leidest. Das hast du nie erwähnt.«

»Deine Mutter …«

»Leidet unter üblen Träumen. Hast du ihr etwas gegeben? Ohne ihr Wissen? Aber warum?«

»Es ist zu viel für sie … die Arbeit … ich wollte ihr helfen. Ihr Entspannung verschaffen«, suchte Jaro Ausflüchte. David war sprachlos. Jetzt entdeckte er auch das Loch in der Täfelung und das Nadelpüppchen. Er fixierte den Gehilfen, Trauer und Wut rangen in ihm um die Vorherrschaft. »Sag mir, dass du nichts mit dem Verschwinden meines Stiefvaters zu tun hast«, forderte er tonlos. Jaro mied seinen Blick. David umklammerte das Heft seines Rapiers. Seine Handflächen waren schweißnass, seine Augen brannten. »Ich habe dir vertraut. Wir alle haben dir vertraut. Waren wir nicht wie eine Familie für dich?«, fragte David mit zitternder Stimme.

Mit einem Griff nahm Jaro seine restlichen Habseligkeiten und drängte sich an David vorbei hinaus. Der Jugendliche brachte es nicht über sich, ihn aufzuhalten.

Seine Habseligkeiten an sich gepresst, lief Jaro die Galli-Gasse hinunter. Bewaffnete Männer hasteten durch die Nacht. Jaro hatte Angst. Die Nadeln des Stoffpüppchens stachen in seine Hand; er musste zusehen, dass er dieses nutzlose Ding so schnell wie möglich loswurde. Er musste in die Judenstadt und bei Bekannten unterschlüpfen, bis er einen Händler fand, der gen Krakau reiste. Seine Familie würde ihn verfluchen, aber sie würde ihn aufnehmen, erst einmal, bis er wusste, wie es weitergehen sollte. Scham brannte in ihm. Wie David ihn angestarrt hatte. Warum verstand der Junge ihn nicht? Jaro hatte doch nur das Beste für sie alle gewollt! Hätten sie Alexander nicht einfach vergessen können?

»Aus dem Weg, Jude!« Ein Mann stieß ihn beiseite. Jaro fiel hin und zog den Kopf ein. Eilig rappelte er sich hoch und hastete weiter. Nicht mehr weit, dann hätte er es geschafft.

»Heda, du hast etwas verloren! Aber das ist ja …« Schon packte der Mann Jaro am Kragen und schleuderte ihn gegen die Hauswand. Der Angreifer hielt das Nadelpüppchen in den Händen. Ausgerechnet diese Puppe war ihm beim Sturz heruntergefallen! Der Mann schüttelte ihn durch. »Bist du ein verfluchter Zauberer? Ein jüdischer Hexer?«

Andere Männer hörten die Schreie und kamen neugierig näher. Auf einmal war Jaro von hasserfüllten Gesichtern umringt. Jemand riss ihm den Beutel weg. »Sag schon: Hast du das Unglück über unsere Stadt gebracht?« Eine Maulschelle brachte Jaros Ohr zum Sirren, ihm wurde schwindelig. Das Buch wurde aus dem Beutel gezerrt, die Tontöpfe. In einer ganzen Flut von Schlägen gingen seine Hilferufe unter.

Durch die Schlitze seiner Maske sah Alexander, wie Kaiser und Alchemist einträchtig die Bücher studierten. Jetzt, aus der Nähe, erkannte er, wie sehr Rudolf durch die Krankheit gezeichnet war; die schwerfälligen Bewegungen, offene Schwären und dann dieser Gestank verfaulenden Fleisches. Um den Hals trug der Kaiser eine Silberphiole und einen großen, unförmigen Stein.

»Das ganze Universum ist ein Körper, dessen Veränderungen chemischer Natur sind. Gutes kann in Böses und Böses in Gutes verwandelt werden. Der Hermaphroditos steht für die Vereinigung der Gegensätze, die im Lapis, dem Stein der Weisen, vereinigt sind«, fasste Michael Maier zusammen. »Dieses Doppelwesen ist mehr als nur männlich und weiblich. Er ist der Stein der Weisen und Christus gleichermaßen, denn das Magische ist von Gott erschaffen und existiert überall. Der Planet Merkur ist ihm zugeeignet, ebenso wie das flüchtige Quecksilber. Er steht für die Materia Prima, die zur Herstellung des Steins der Weisen notwendig ist. Und ist nicht das Opus Magnum der Transmutation unser Ziel?«

Der Kaiser nahm einen winzigen Schluck aus der Silberphiole.

»Aber gilt die Geburt eines Zwitters nicht auch als Zeichen göttlichen Zorns? Als Vorzeichen für Krieg und Pest?«, nuschelte er.

»Tatsächlich wurden Hermaphroditen bei den Etruskern lebend in einen Kasten gesperrt und auf hoher See versenkt. Andere wurden dem Feuer übergeben, aus dem sie wie der Phoenix rein und vollkommen auferstanden«, musste Maier zugeben. »Plinius schrieb in der römischen Kaiserzeit allerdings: Es werden Menschen mit beiden Geschlechtern geboren, welche wir Hermaphroditen nennen, die einst Androgynen genannt und für Unglückszeichen gehalten wurden, jetzt aber dem Vergnügen dienen.«

»Wie kommt es zu dieser Störung der Harmonie?«

»Zurückzuführen sind sie auf den siebenzelligen Bau des weiblichen Uterus: In einer der drei linken Zellen wächst nach der Befruchtung das weibliche Wesen, in einer der drei rechten das männliche, während die mittlere Zelle Hermaphroditen hervorbringt«, erklärte Maier.

»Die mythologischen Gestalten Kaineus, Iphis und Teiresias aus dem alten Griechenland waren ebenfalls Mann und Frau. Ihre Mythen wären Stoff für den Hofmaler«, sinnierte Rudolf und setzte hart hinzu: »Um das Schicksal zu wenden, muss das Monster von der Erde getilgt werden.«

Alexander riss an den Fesseln. Als ob das Schicksal des Kaiserreiches etwas mit ihm zu tun hatte! Rudolfs Niedergang war einzig und allein seiner eigenen Politik zu verdanken!

»Das ist eine Sicht der Dinge. Wollt Ihr wirklich, dass ich das tue, Majestät?«, zweifelte Maier. »Den alten Schriften zufolge wird der Hermaphrodit durch Wärmezufuhr in einen Mann verwandelt. Auch hat der Bologneser Arzt Tagliacozzo eine Methode entwickelt, durch einen chirurgischen Eingriff aus dem Hermaphroditen einen vollkommenen Mann zu machen.«

»Ist Euch diese Methode bekannt?«

»Selbstredend.«

»Das Schicksal meines Reiches liegt in Euren Händen.«
»Operation oder Feuer?«
»Das bleibt Eurem Sachverstand überlassen.«
»Wohlan denn, wenn es Euer Wunsch ist, Majestät«, sagte der Alchemist und gab dem Laborhelfer Anweisungen, die metallene Einfassung des Schornsteins abzuschrauben; sie brauchten Platz.

Panisch versuchte Alexander zu schreien, doch die Maske erstickte seine Stimme.

Immer wieder fielen dem Wachhabenden die Augen zu. Die Dienstzeiten im Schloss waren lang. Seit die Passauer Prag überfallen hatten, kam er kaum zum Schlafen. Der Hartschierleibguardihauptmann hatte ihre Arbeitszeiten verlängert, um den Kaiser noch besser zu schützen. Aber auch nach Feierabend hatte der Gardist keine Ruhe. Wenn er nach Hause kam, musste er die einquartierten Söldner einschüchtern oder strafen, die tagsüber seine Familie drangsaliert hatten.

Gesang perlte an seine Ohren. Der Gardist sah seinen Kollegen an, der übermüdet lächelte. Sie mussten durchhalten bis zur Ablösung. Die Frauenstimme kam näher, dann Gelächter. Wie ungewohnt, wo ständig das Geschrei der Belagerten dröhnte, und wie schön. Die Umrisse mehrerer Personen zeichneten sich vor der gewaltigen Fassade des Veitsdoms ab. Lachend schlenderten ein Mann und zwei Frauen auf sie zu.

»Was habt ihr um diese Zeit hier zu suchen?«, fuhr der Gardist sie an.

»Nicht so rüde, der Herr! Wir haben uns verlaufen. Haben ein wenig gefeiert, nur für uns. Die Zeiten sind hart. Möchtet Ihr einen Schluck? Ein guter Tropfen, wahrlich.«

»Wir sind im Dienst.« Der Gardist senkte die Stimme. »Der Kommandant kann jeden Augenblick vorbeikommen. Bei der angespannten Lage …«

»Natürlich! Sch…« Der Mann legte lachend den Zeigefinger über den Mund. Er sah lustig aus, harmlos, sonst hätte der Gardist ihn längst vertrieben. Auch die Frauen waren liebreizend. Sie lächelten ständig, und die feurige Schwarzhaarige hatte ihn sogar angeblinzelt. »Aber man kann ja nicht immer nur arbeiten. Etwas Spaß muss auch sein. Das erinnert mich an die Geschichte von den zwei Zwergen. Kennt ihr sie?«

»Nein, schießt los.« Der Mann begann zu erzählen. Bald lachten sie, bald redeten sie durcheinander. Ein angenehmer Zeitvertreib, um sich wach zu halten.

Ein gutes Stück von der nächtlichen Gesellschaft entfernt verfing sich ein Metallhaken auf den Zinnen des Daches. Ezra war angespannt, als Leander die Festigkeit des Seiles prüfte, es hinter den unteren Rücken führte und sich dann, die Füße am Mauerwerk, emporstemmte. Schritt für Schritt erklomm Leander die Mauer. Sie hatten sich eine Stelle der Burgbegrenzung ausgesucht, an der der Abstand zwischen Mauerfuß und Dach geringer war. In seiner dunklen Kleidung und mit der Maske vor dem Gesicht verschmolz Leader mit der Nacht. Ezra schauderte, er fürchtete die Höhe. Die Aussicht, auf den Dächern bis zum Mihulkaturm zu klettern, ihn zu ersteigen und dann durch eine Luke einzubrechen, schreckte ihn. Leander war diese Herausforderung erstaunlich gelassen angegangen. Vor Ezra wurde das Seil wieder hochgezogen. Jetzt schlich er in sein Versteck in einem dichten Gebüsch zurück, wo er auf Leander warten würde. Hoffentlich ging alles gut.

Leander war froh darüber, dass er schon als Kind mit seinem Vater Baugerüste erklettert und später über das Seil getanzt war. Der kalte Wind pfiff ihm um die Nase. Es roch nach dem Rotwild im Hirschgraben. Prag wirkte von hier aus wie eine Puppenstadt. Er wickelte das Seil auf und band es auf den Rücken.

Auf allen vieren kraxelte er über das Dach zum Turm. Von unten hörte er helles Lachen. Clarissa und Felicitas hatten darauf bestanden, Arkadi bei seinem Ablenkungsmanöver zu begleiten. Es war eine Gratwanderung. Sie mussten laut genug sein, um Geräusche zu übertönen, und durften doch die anderen Gardisten nicht anlocken. Der Turm war erreicht. Noch einmal warf Leander den Metallhaken. Klirrend rutschte er ab. Er erstarrte. Die Gespräche waren verstummt. Wieder Gelächter. Noch ein Wurf – endlich. Leise zog er sich zum Turmdach hoch. Hoffentlich wäre Alexander in der Lage zu klettern. Sonst würden sie die Flucht nach vorn antreten müssen.

»… und dann habe ich gesagt …«, trug der Wind Arkadis Worte zu ihm.

Mit langsamen Bewegungen brach Leander die Dachluke auf. Vorsichtig ließ er sich am Seil ins Innere sinken. Mondschein fiel durch die Luke, aber ein paar Schritte weiter konnte er kaum die Hand vor Augen sehen. Er war noch nie im Mihulkaturm gewesen, hatte aber durch seine Erkundigungen eine ungefähre Vorstellung von den drei Stockwerken. Leander tastete sich die Wendeltreppe hinab. Vor einer massiven Tür machte er Halt. Hier musste es sein. Er holte einen Draht aus der Gürteltasche und begann, im Schloss herumzustochern. Als Fahrender lernte man notgedrungen einiges, was auch im Alltag nützlich war, dachte er. Nicht alles war schlecht gewesen an dieser Zeit. Die Tür sprang auf, und er trat ein. Laut schepperte es, als er über ein riesiges Ungetüm aus Metall stolperte.

Das Scheppern ließ die Gardisten herumfahren. Sofort hatten sie ihre Hellebarden im Anschlag. »Oje, auf der Kleinseite kämpfen sie wieder. Wie fürchterlich«, versuchte Clarissa ihre Anspannung zu überspielen. Offenbar war Leander im Inneren angelangt. Hatte ihn jemand angegriffen? War etwa doch eine Wache im Labor postiert? »Gut nur, dass wir hier in Sicherheit sind. Sollen wir nicht doch ein Lied singen, um uns aufzuheitern?«, setzte sie beherzt hinzu.

»Still, schöne Frau.« Der Gardist neigte den Kopf, dann wandte er sich an seinen Kollegen. »Müssen wir nachschauen gehen?«

»Es ist doch gerade so gemütlich. Außerdem muss der Kommandant bald auf seiner Runde vorbeikommen, das macht er am liebsten selbst.«

»Stimmt, den Besuch lässt er sich nicht nehmen. Im Mihulkaturm muss es etwas ganz Besonderes geben. Auch der Kaiser und sein Leibarzt sind ständig da.«

Nur nicht zu viel Interesse zeigen! »Tatsächlich? Da fällt mir ein Scherz ein: Kommt ein Arzt zum Rabbi …«, begann Arkadi feixend.

Clarissa bemerkte, wie Felicitas die Augenbrauen missbilligend hochzog, und stieß der Freundin kichernd den Ellbogen in die Seite. »Der Scherz ist gut«, sagte sie. Auch Felicitas rang sich ein Lächeln ab.

Ersticktes Atmen war zu hören. Leander konnte nur Schemen erkennen. Licht zu machen wagte er nicht. Die Hände ausgestreckt, tastete er sich vorwärts. Metallgitter. Er streckte die Hände hinein. Ein Körper zuckte bei seiner Berührung zurück, die Haut war eiskalt.

»Alexander, ruhig. Ich bin es, Leander.« Ein ersticktes Schnaufen. Konnte es wahr sein, dass der Kaiser seinen Retter in einem Käfig gefangen hielt, kaum bekleidet oder gar nackt? Was für eine Unmenschlichkeit! Leander tastete weiter. Tatsächlich, ein Käfig. Das Schloss war massiv. Wieder kam der Drahtbügel zum Einsatz. Die Gittertür sprang auf. Vorsichtig erfühlte er Ketten, Eisenklammern und die Maske über den Kopf. Mit eiskalten Fingern zog Leander sie ab. Keuchend sog Alexander die Luft ein.

»Der Kommandant, er muss gleich kommen. Immer schaut

er nachts vorbei, dieses Scheusal! Hat mich niedergeschlagen und hier abgeliefert. Wedelt immer mit den Schlüsseln vor meiner Nase und macht mich doch nicht los. Stattdessen begafft er mich, als könnte er seinen Augen nicht trauen. Ich bin es nicht wert, zu leben, sagt er. Sollte mit den Fahrenden herumziehen. Ausgestellt werden. In Kristallgläser eingelegt wie die zweiköpfigen Kinder in Rudolfs Kuriositätenkabinett. Auf ein Gemälde gebannt wie der am ganzen Körper behaarte Mann oder die Schlange, aus deren Schwanz ein grünender Zweig sprießt. Ausgestopft wie das Krokodil. Ich bin so erleichtert, dass du …«, sprudelte Alexander heraus.

»Ruhig! Lass sehen, ob ich die Fesseln aufbekomme. Für einen ausführlichen Bericht haben wir später Zeit …«

Das Rasseln eines Schlüsselbundes und nachfolgende Schritte aus dem Erdgeschoss ließen sie zusammenfahren. Leanders Herz schlug bis zum Hals. Er zog Alexander die Maske wieder über. »Entschuldige«, flüsterte er und schloss leise das Gitter. Dann versteckte er sich hinter der Tür.

Hastig waren sie in Richtung Veitsdom geflüchtet, als sich jemand über den Wehrgang näherte. »Wir wollen euch ja nicht in Schwierigkeiten bringen«, hatte Arkadi den Wachen vor ihrer Flucht schlauerweise zugemurmelt. Davon, dass außerhalb des üblichen Wachwechsels jemand beim Turm vorbeischaute, hatte Leander nichts gewusst. Aber nun war der Kommandant tatsächlich eingetreten. Clarissas Hals war eng. Sie mochte nicht daran denken, was ihrem Mann drohte, wenn er entdeckt wurde. Sie warteten eine Weile, doch der Kommandant kam nicht wieder heraus. Unruhig begannen die Gardisten miteinander zu sprechen.

»Da stimmt was nicht!«, sagte Felicitas leise. »Wir müssen noch einmal für Ablenkung sorgen.« Schon lief sie los, Clarissa und Arkadi folgten.

»Der Kommandant muss wohl mal aufs Örtchen«, flachste Arkadi.

Die Gardisten blieben ernst. Wenn das nur gut ging.

Leander war froh, dass er durch Kleidung und Maske unkenntlich war. Stumm bugsierte er Alexander aus dem Labor. Was gerade geschehen war, bedeutete vermutlich das Ende seiner Laufbahn am Kaiserhof. Aber für einen Herrn, der so etwas duldete, wollte er auch gar nicht arbeiten.

»Kannst du klettern?«, wisperte er Alexander zu.

»Ich hoffe es.«

Leander schob Alexander das Seil hoch und durch die Dachluke. Glücklicherweise war sein Freund nicht allzu lange gefangen gewesen. Das kurze Stück hinunter auf das nächste Dach schaffte Alexander allein.

Wieder trieb eine Windbö ihnen Worte zu. »Nun müsst ihr aber wirklich verschwinden! Der Kommandant kann jeden Augenblick zurückkommen. Aber sagt mal, ihr Damen, wo kann man euch denn sonst so treffen?« Der Gardist schien von dem nächtlichen Besuch begeistert zu sein. Eine weibliche Stimme sagte etwas, was Leander nicht verstand. »Nun zier dich doch nicht so …« Hoffentlich konnten Clarissa und seine Freunde die Gardisten noch ein wenig hinhalten. Wackelig kroch Alexander über den First voraus, rutschte ein paar Mal ab. Endlich hatten sie den Punkt erreicht, an dem sie sich abseilen konnten. Alexander zögerte, als er die Höhe ahnte. Der Wind zerrte an seinem Haar, und Leander sah im Mondlicht die Gänsehaut auf seinem Leib.

»Hier hinunter?«

»Anderenfalls riskieren wir, entdeckt zu werden.«

Sein Freund nahm das Seil. Leander pfiff wie ein Käuzchen. »Lass mich vorausklettern, dann kann ich dich stützen«, bot er an. Noch einmal prüfte er den Halt des Hakens, des Knotens und die Festigkeit des Seils. Dann begann er den Abstieg.

Als die Wachablösung nahte, entschlossen sich die Gardisten nun doch, nach ihrem Kommandanten zu schauen. Was sie entdeckten, machte in Windeseile auf der Burg die Runde und sollte noch wochenlang Gesprächsthema bleiben.

Der Rest ihrer Flucht war ohne weitere Zwischenfälle geglückt. Felicitas war selig gewesen, Alexander in Sicherheit zu wissen. Umso fassungsloser hatte sie reagiert, als er am nächsten Morgen darauf bestanden hatte, das Altstädter Rathaus aufzusuchen. Da Leander seinen Dienst in der Burg antreten musste, begleitete Clarissa das Paar. Leander war bei seinem Aufbruch etwas mulmig gewesen. Er glaubte zwar nicht, dass der Kommandant ihn erkannt hatte, aber man wusste ja nie. Während sie ihn anketteten, hatte der Kommandant versucht, die Schuld auf Jaro zu lenken, der ihm ja den Hinweis gegeben hatte, wo er Alexander finden könne. Aber natürlich hatte auch er eine Belohnung dafür kassiert, den Hermaphroditen wieder eingefangen zu haben, wie er sich ausdrückte. Jaro war verschwunden.

Im Altstädter Rathaus herrschte rege Betriebsamkeit. Boten kamen und gingen, Adelige berieten sich auf den Gängen, und Diener eilten von Zimmer zu Zimmer. Seit die Altstadt durch die Besetzung der Kleinseite quasi von der Kaiserburg abgeschnitten war, versammelten sich die böhmischen Stände hier. Felicitas hatte einen Boten gebeten, Peter Vok von Rosenberg eine Nachricht zu überbringen, und ihr Vertrauter hatte sich sogleich zu einem Gespräch eingefunden. Sie hatten sich in eine Kammer zurückgezogen. Der würdige alte Herr wirkte graugesichtig, als hätten die Beratungen Tag und Nacht angedauert. Er lauschte Alexanders Bericht sichtlich schockiert.

»Wie Ihr wisst, teile ich mit dem Kaiser das Interesse für Alchemie. Aber das geht wirklich zu weit! Ein solches Verhalten ist ein sicheres Indiz dafür, dass er nicht mehr zurechnungsfähig ist! Rudolf ist verbohrt, fanatisch!« Nachdenklich polierte er den goldenen Totenkopf, den er an einer Kette um den Hals trug. »Diese vertraulichen Informationen werden selbst die letzten Getreuen des Kaisers überzeugen, dass seine Abdankung unumgänglich ist. Erzherzog Leopold dient sich für die böhmische Krone an, aber kaum einer hält ihn für geeignet.«

Clarissa, die aufmerksam zugehört hatte, ergriff nun das Wort. Sie berichtete von der Verschwörung um Leopold und Pater Seraphim. »Das lässt also auch diesen Kandidaten endgültig ausscheiden. Tatsächlich stehen wir bereits in Verhandlungen mit König Matthias, der bereit scheint, uns unsere Rechte zu bestätigen – einschließlich der Religionsfreiheit. Außerdem müssen wir die Belagerer endlich loswerden …«, seufzte Peter Vok.

»Wir haben bereits in der Judenstadt gesammelt. Ich werde eine bedeutende Summe beisteuern«, sagte Felicitas.

»Und auch ich werde meinen Beitrag leisten, obgleich wir Prag so schnell wie möglich verlassen werden, bis … keine Gefahr mehr droht«, ergänzte Alexander. Clarissa horchte bei dieser Eröffnung auf. Wohin wollten die beiden reisen?

»Nur zu verständlich.« Mühsam kam Peter Vok auf die Füße. »Ich werde in der Sitzung gebraucht. Ich danke euch für euer Vertrauen und wünsche euch alles Gute. Auch, wenn ich Donna Felicitas nur ungern entbehre.«

Im Versammlungsraum der Leibwache herrschte ausgelassene Stimmung. Eifrig tuschelten und lachten die Gardisten. Leander wollte gerade fragen, was denn so lustig war, als das Gelächter verstummte. Der Kommandant war eingetreten.

»Mitkommen!«, befahl er Leander. Sie zogen sich in die Wachkammer zurück. Leander schwante Übles. Wütend funkelte ihn der Kommandant an. »Gebt es zu!«

»Was denn, Herr Kommandant?«

»Dass Ihr es gewesen seid, der das Mon… den Mann aus dem Mihulkaturm befreit hat.«

Leander stellte sich dumm. Schlimmer konnte es wohl ohnehin nicht kommen. »Im Mihulkaturm war ein Gefangener?«

Der Kommandant schlug die Fäuste auf den Tisch. »Ich lasse mich nicht zum Narren machen! Ihr habt meine Ehre verletzt. Mich zum Gespött gemacht. Nicht auszudenken, wenn der Kaiser mich gefunden hätte! Glücklicherweise sind es meine treuen Garden gewesen, und die können schweigen.« Wenn du wüsstest, dachte Leander, aber sein Mitleid hielt sich in Grenzen. »Wo seid Ihr gestern Abend gewesen? Gebt zu, dass Ihr es wart!«

»Ich war bei meiner Frau. Sagte ich schon, dass sie guter Hoffnung ist? Sie war nicht wohlauf. Ich mochte sie nicht allein lassen.«

Der Blick des Kommandanten blieb misstrauisch. »Seid gewiss, ich werde den Mann wieder aufspüren. Und ich werde einen Hinweis auf Eure Beteiligung an der Befreiung finden. Ich weiß, dass Ihr ihn kennt.«

»Ich weiß nicht, wovon Ihr sprecht, Kommandant.«

»Genug!«, fuhr der Kommandant ihn an. »Mein Vertrauen in Euch ist dahin. Ich werde beim Hartschierleibguardihauptmann um Eure Entlassung ersuchen. Verschwindet am besten gleich, ich will Euch nicht mehr sehen.«

Nur zu gerne, dachte Leander, fragte aber gespielt zerknirscht: »Und mein Sold?«

»Lasst Euch auszahlen. Und nun raus!« Der Kommandant stieß Leander hinaus und schlug die Tür hinter ihm zu.

Die anderen Leibwachen starrten ihn an. Grinsend hob Leander die Schultern und machte eine sprechende Handbewegung. Der erste Gardist prustete los; auch die anderen kicherten wieder. Vermutlich würde keiner von ihnen den Kommandanten noch ernst nehmen. Eine verdiente Strafe für sein schmähliches Verhalten, fand Leander.

Als Clarissa nach Carl sehen wollte, war das Bett leer. Wohin war er verschwunden? Im Haus war er nicht mehr. Sie eilte los, um nach ihm zu suchen. Noch immer wurde in der Stadt gekämpft, und vor allem von der Kleinseite erklangen nach wie vor Schüsse. Sogleich befragte sie Anwohner. Der Verwundete war ein markanter Anblick, und mancher hatte ihn gesehen. Clarissa folgte den Hinweisen bis zu einem stilleren Abschnitt des Moldauknies. Eine rote Spur fleckte das welke Gras. Sorge trieb sie an. Sie fand ihren Onkel an einen Felsen gelehnt. Er war tot, sein Hemd blutdurchtränkt. Er hatte sich den Verband vom Leib gerissen, und dabei war die Wunde wieder aufgeplatzt. Was für Schmerzen er gelitten haben musste! Dennoch wirkten seine Züge seltsam friedlich. Der Blick verlor sich in der Ferne. Sanft verschloss Clarissa seine Augen. Seine Finger hielten einen zerknüllten, verschmierten Zettel. Einige Zeilen in ungelenker Schrift standen darauf.

Fritjoff, du bist immer in meinem Herzen gewesen. Mein Holzkreuz ist für Maria, bitte häng es an ihr Grab. Es ist mein einziger Besitz. Sprich deiner Tochter meinen Dank aus. Clarissa ist ein guter Mensch. Ich verdiene ihr Mitleid nicht, genauso wenig wie die Hilfe der großherzigen Juden. Die Welt wird ohne mich eine bessere sein. Bitte Pater Jan von der Gesellschaft Jesu, für meine Seele zu beten. In Gott werden wir vereint. Carl

Clarissa weinte haltlos. Trotz Carls Untaten schmerzte sie sein trauriger, einsamer Tod. Kein Mensch hatte es verdient, so zu sterben. Was für ein Schicksal! Wären seine Wege doch nur anders verlaufen! Sie fühlte sich hilflos – aber immerhin konnte sie seine letzten Wünsche erfüllen.

Es stellte sich als schwierig heraus, jemanden zu finden, der ihr half, die Leiche zu bergen. Sie ließ Carls Körper zu den Jesuiten bringen und fragte nach Pater Jan.

»Wir haben hier lediglich einen Novizen dieses Namens. Bitte wartet einen Augenblick«, vertröstete ein Pater sie.

Ein junger Geistlicher kam heran. Als er Carls Leichnam auf den Steinfliesen erblickte, verschwamm zu ihrer Überraschung sein Blick. Er kniete sich auf den Boden und betete inbrünstig. Clarissa wartete ab, weil sie noch mit ihm reden wollte. Schließlich tupfte er sich das Gesicht und erhob sich. »Bruder Ignatius hat sich nie seiner Tränen geschämt. Ja, er notierte sogar in seinem Tagebuch, wie oft er geweint hat«, sagte Jan leise.

»Ihr kanntet meinen Onkel Carl gut?«

Großäugig blickte der Novize sie an. »Ich wusste nicht, dass Carl in Prag Familie hat. Wir haben eine Zeitlang zusammen dem Herrn gedient.«

»Unter Pater Seraphim?« Der Mundwinkel des Novizen zuckte. Clarissa entschied sich für Offenheit: »Mein Onkel sagte, der Pater plane …«

»Pater Seraphim ist tot«, fiel der junge Mann ihr ins Wort. »Er starb in diesen Hallen durch die Hände aufgebrachter Protestanten.«

Clarissa senkte ebenso erschrocken wie erleichtert den Blick. »Das ist schrecklich.«

»Wohl wahr. Seid versichert, dass ich Carl in meine Gebete einschließen werde. Wir, seine Brüder, werden für ein angemessenes Begräbnis sorgen.«

Dankbar nickte Clarissa. Der letzte Satz hatte sie etwas getröstet. Noch einmal richtete sie das Wort an den Novizen: »Was ist mein Onkel für ein Mensch gewesen?«

Einen Augenblick überlegte der junge Mann. »Als ich ihn das erste Mal traf, war er in einer Einsiedelei in den Bergen. Er stand einem Hirten bei, der im Sterben lag. Ich habe nie gesehen, dass er ein Schwert erhob. Er liebte die Einsamkeit, und wenn man ihn dort gelassen hätte, hätte er weiterhin auf seine Art und Weise der Schöpfung gehuldigt.«

Erzherzog Leopold hatte im Kapuzinerkloster am Loretoplatz Asyl gefunden. Eigentlich hatte er darauf spekuliert, in die Burg zu ziehen, aber der Kaiser empfing ihn nicht mehr. Dafür suchten ihn der päpstliche Nuntius und der spanische Botschafter hier auf. Leopold war nervös. Keiner seiner Pläne war aufgegangen. Die Prager erwiesen sich als widerspenstig. Das ständige Klagen und Kämpfen auf der Kleinseite machte ihm auch keine Freude. Er würde weitere Unterstützung benötigen, vor allem aber Geld. Wenn Oberst Ramee und seine Soldaten nicht bald ihren Sold bekamen, würden sie sich gegen ihn stellen. Er musste Optimismus versprühen, um seine Unterstützer bei der Stange zu halten.

»Es kann nicht mehr lange dauern, bis meine Männer den Altstädter Brückenturm in ihre Gewalt gebracht haben. Auch prüfen wir Möglichkeiten, an anderer Stelle die Mauern zu überwinden, damit ich das Stadtregiment endlich zum Wohle des Katholizismus an mich reißen kann«, sagte Leopold.

»Schweigt still, Bischof! Eure Worte sind unerträglich«, unterbrach ihn der päpstliche Nuntius. »Ihr habt dem Katholizismus in den letzten Monaten mehr Schaden zugefügt, als es die versammelten Ketzer konnten! Der Zug der Passauer und der Überfall auf Prag waren Teufelswerk!«

»Ihr habt Adel, Geistlichkeit und das einfache Volk gegen uns aufgebracht. Euer Übereifer hat uns um Jahre zurückgeworfen!«

»Ihr seid doch ebenfalls dafür gewesen, dass ich den böhmischen Thron und die Kaiserkrone erringe«, verteidigte sich Leopold.

»Das war, bevor Ihr Euch mit skrupellosen Militärführern eingelassen habt. Löst Euren Haufen so schnell wie möglich auf, und versucht, der katholischen Sache und der Casa d'Austria nicht noch mehr Schaden zuzufügen.«

Vor der Tür des Kapuzinerklosters standen Botschafter und Nuntius einen Augenblick zusammen.

»Man fühlt sich kaum mehr sicher in dieser Stadt. Gotteshäuser wurden ihrer Schätze beraubt und verwüstet. Unzählige Mönche und Nonnen wurden gemeuchelt oder von Kirchtürmen gestürzt. Allein beim Kloster der Jungfrau Maria Schnee fanden vierzehn Franziskaner den Tod.«

»Es wird Zeit, dass hier Ruhe einkehrt. Wir werden uns bis auf Weiteres mit König Matthias arrangieren müssen«, resümierte der Nuntius. »Es heißt, er rüstet sich bereits in Wien zum Aufbruch, um Rudolf vom Thron zu stoßen.«

»Dieses Mal wird es ihm gelingen. Niemand kann Matthias nach diesem Unglück mehr aufhalten.«

»Wir brauchen Geduld. In ein paar Jahren ist der Sohn meines Herrn, des spanischen Königs, alt genug, um über das Heilige Römische Reich zu herrschen. Die spanischen Habsburger sind glaubensfester und konsequenter im Umgang mit Ungläubigen als ihre österreichischen Verwandten.«

»Wie man jetzt ja gerade an der Behandlung der Moriscos sieht. Wie viele konvertierte Mauren habt ihr schon vertrieben?«

»Tausende. Etliche landen allerdings auch auf dem Scheiterhaufen, genau wie Juden, Lutheraner, Hexen, Ehebrecher …«

»Geduld, also, Geduld. Ertragen wir die Ungläubigen noch ein wenig länger …«

Anfang März brannte Oberst Ramee mit der Kriegskasse – gut gefüllt durch Peter Vok von Rosenberg – durch. Wenig später wollte Erzherzog Leopold mit den restlichen Truppen still und heimlich des Nachts aus der Stadt verschwinden. Doch die Fechter hatten davon erfahren und flankierten die Straßen. Sie wollten sicher sein, dass der Spuk ein Ende hatte. Als auch der letzte Söldner Prag verlassen hatte, reichten die Anführer der Federfechter und der Marxbrüder einander die Hände. Sie hatten in den letzten Wochen eng zusammengearbeitet, um die schwersten Ausschreitungen der Passauer zu verhindern. Clarissa und Leander, aber auch Alexander und Ezra standen dabei.

»Gut, sich auf so kundige und tapfere Kämpfer verlassen zu können«, sagte der Hauptmann der Marxbrüder.

»Das Kompliment gebe ich gerne zurück.« Der Hauptmann der Federfechter grinste. »Aber nächstes Mal, auf dem Fechtplatz, werden wir euch trotzdem das Katzenfell gerben.«

»Und wir euch die Federn ausrupfen.« Alle lachten in einer ungewohnten Einigkeit. Es gab nun mal nur diese zwei Fechtbruderschaften. Eine Konkurrenz war unausweichlich und spornte zudem an.

46

Wien, März 1611

Für den Einzug nach Prag würde Matthias, König von Ungarn und demnächst auch von Böhmen, seinen scharlachroten Umhang anlegen. Dorle hatte ihre Näherin angetrieben, ein farblich harmonierendes Kleid anzufertigen. Sie konnte ihren Auftritt als offizielle Mätresse des böhmischen Königs kaum erwarten. Nachdem Leopold in Prag gescheitert war, konnte niemand mehr ihrem Geliebten den Kaiserthron streitig machen. Der Leibgardist ließ sie jedoch nicht in Matthias' Gemächer ein.

»Was hat das zu bedeuten? Ich möchte zum König, bitte schön!«, schnappte sie. Der Gardist ignorierte sie. Dorle versuchte, sich an ihm vorbeizudrängen, doch er machte sich breit. »Lassen's mich sofort zum König!«

»Du hast hier gar nichts mehr zu sagen, meine Hübsche!« Der Gardist ließ seine Augen an ihrer Figur hinunterwandern.

Dorle schnappte nach Luft. »Ich will sofort zum König! Matthias, Geliebter, hörst du mich?«

Die Tür wurde aufgerissen, und Bischof Klesl trat Dorle entgegen. Er umfasste ihren Arm und führte sie ein Stück den Gang hinunter. »Hat er es Euch noch nicht gesagt?« Er schnalzte missbilligend. »Eure Dienste sind hier nicht mehr erwünscht.«

»Meine Dienste? Aber ich … Matthias und ich … er liebt mich!«, protestierte sie. Sie wollte schon zum Ankleidezimmer zurückeilen, als ihr zwei Gardisten den Weg vertraten. Dorle senkte die Stimme. »Ihr wisst doch genau, Ehrwürdigster Bischof, dass Matthias mich nicht entbehren kann. Ich bin ihm unverzichtbar.«

Von oben herab blickte der Bischof sie an. »Bildet Euch nur nicht zu viel ein. Jeder ist ersetzbar, vor allem ihr.«

»Aber Matthias …«

»Etwas mehr Hochachtung vor Eurem König!« Klesls Ton war scharf. »Der König wird nach seiner Krönung in den heiligen Stand der Ehe treten.«

Sie lachte auf. »Das glaubt Ihr doch selbst nicht! Wie oft hat König Matthias schon über eine Heirat verhandelt. Und wen hat er in sein Bett geholt? Mich!«

»Der Ehevertrag mit Anna von Österreich ist so gut wie unterschrieben«, sagte Klesl kalt. Nun flüsterte er: »Ihr habt die Wahl: Verlasst dieses Haus freiwillig, oder ich lasse Euch abführen.«

Trotzig starrte Dorle ihm ins Gesicht. Das konnte doch nicht wahr sein! Mattias würde es sich sicher noch einmal überlegen. Schließlich kannte sie seine besonderen Vorlieben. Außerdem würde sie nicht gehen, ohne dass sie eine Entschädigung erhalten hatte. Schließlich hatte sie Matthias ihre besten Jahre geopfert. »Ich fordere einen Lohn für meine Dienste.«

»Ihr habt in den Jahren gut gelebt, das ist Lohn genug. Und nun geht, bevor ich Euch verhaften lasse. Ein Grund findet sich immer. Denkt dran: Ihr habt niemanden mehr, der seine schützende Hand über Euch hält. Pater Seraphim ist tot.«

Dorle wich zurück. Klesl wusste von ihrer Verbindung zu Seraphim? Was war dem Pater zugestoßen? Aber so leicht würde Matthias sie nicht loswerden …

Unauffällig reiste Dorle mit dem Hofstaat des Königs weiter. Anscheinend hatte sich noch nicht überall herumgesprochen, dass sie in Ungnade gefallen war. Doch als König Matthias in seiner Prunkkarosse in Begleitung von achtzehntausend Mann Prag erreichte, war der Einzug in die böhmische Hauptstadt für Dorle kein Triumphzug, sondern ein Trauerspiel. Noch einmal suchte sie die Nähe ihres Geliebten, doch Matthias schmähte sie als Hure und jagte sie unter übelsten Beschimpfungen weg. Mit einem Mal waren die Schrecken des Straßenlebens wieder da: der Hunger, die Angst, die Kälte. Schon sah sie sich alt und verhärmt um Almosen betteln.

Deprimiert ließ sie sich durch die Prager Burg treiben, in der nach dem Einzug des zukünftigen Herrschers Chaos herrschte. Neues Dienstpersonal mischte sich in altes, Gardisten wurden ausgetauscht, Räume durchsucht und gelüftet. Einmal nur wollte sie durch diese Gänge streifen und sich ausmalen, wie es gewesen wäre, die geheime Herrscherin der Kaiserburg zu sein.

Ungewohnte Geräusche trieben sie vor die Tür. Hier musste Kaiser Rudolfs berühmter Tiergarten sein. Sicher würde sie gleich von seinen Leibwachen aufgehalten. Aber einen Blick, nur einen Blick wollte sie auf die Wunder erhaschen, die der Kaiser in seiner Burg versammelt hatte. Exotische Pflanzen, hohe Bäume sah sie. Eine große Gestalt saß in einem Käfig, das schwere Haupt eines Löwen auf den Knien. Zahnlos und müde, zum Sterben erschöpft und resigniert wirkten Mensch und Tier. Dorle hatte Porträts des Kaisers gesehen und erkannte ihn gleich. Es rührte sie, dass dieser bedeutende Mann sich zu seinen Tieren zurückgezogen hatte, weil er nicht mit ansehen konnte, wie man ihm nun auch noch die letzten Kronen entriss. Ein Kaiser ohne Reich, das würde er bald sein. Und doch war er ein Mann. Sie straffte ihre Schultern und schob die Brust vor. Kaiser Rudolf sah auf. Seine Augen weiteten sich, als er sie musterte. Das neue Kleid schmeichelte ihr, und trotz der verlorenen Jahre war sie noch immer verführerisch. Auf einmal wusste Dorle genau, wie sie sich an Matthias rächen konnte.

Im Frühjahr 1611 verließen Clarissa und Leander Prag. Ihre Wohnung im Goldmachergässchen hatte einen traurigen Anblick geboten. Die wenigen Möbel waren zerstört, das Geschirr zerschlagen und die schönen Vorhänge verschwunden. Jaro blieb verschwunden, es hieß, jemand habe ihn auf dem Weg nach Krakau gesehen. Das Buch mit dem Titel »Sohar« war auf dem Tandlmarkt aufgetaucht, und Felicitas hatte es zurückgekauft; es war nur ein wenig beschädigt. Felicitas hatte ihr Haus untervermietet und war mit Alexander und David nach Antwerpen gereist. Das Angebot, in die Leibgarde von Herzog Heinrich Julius einzutreten, der trotz des Machtwechsels Geheimrat bleiben und eine bedeutende Stellung bei Hofe behalten würde, hatte Leander ausgeschlagen. Dafür hatte Leander seinem Freund Arkadi Zugang zum Hofe des kunstsinnigen Herzogs verschaffen können.

Clarissa sehnte sich nach ihrer Heimat. Sie würden in Mecklenburg ihr Glück versuchen. Ihre Eltern hatten geschrieben: Nach dem Tod Herzog Karls bauten die Herzöge Adolf Friedrich und Johann Albrecht in Schwerin und Güstrow ihre Hofhaltungen auf. Fritjoff war überzeugt, dass Leander dort eine Anstellung finden könnte.

47

Rostock, April 1611

Durch die Altschmiedegasse ritten sie zum Alten Markt. Vom Pferd aus ließ Clarissa ihren Blick den Hügel hinunter in den Hafen schweifen, wo die Segel der Schiffe im Blau leuchteten. Es roch nach Meer und Weite. Aus den Fenstern vieler Häuser hingen zum Lüften die Decken. Die Fensterläden und die Tür des kleinen Geschäfts standen weit offen. Leander half Clarissa beim Absitzen. Im sechsten Monat ihrer Schwangerschaft waren die langen Reittage strapaziös gewesen. Oft hatte Leander seiner Frau abends im Gasthof Bauch und Rücken massiert. Sie banden ihre Pferde an und traten ein. In einem Regal an der Wand lehnten Messer und Schwerter verschiedener Größen. Werkzeuge und Schleifsteine befanden sich im hinteren Teil des Zimmers. An einem Tisch saß Lievke und nähte.

»Ich stehe Euch sogleich zu Diensten«, sagte Clarissas Mutter konzentriert weiternähend. Als sie endlich aufsah, entschlüpfte ihr ein Freudenschrei. Sie sprang ihnen entgegen und drückte sie lachend an sich. Erst jetzt bemerkte sie Clarissas vorgewölbten Bauch. Ein weiteres Mal juchzte sie. »Warum habt ihr nichts davon geschrieben! Was für eine wunderbare Überraschung! Wann ist es denn so weit – nein, lass mich raten … im Sommer! Ein Sommerkind! Was für ein Glück.« Lievke schob Clarissa zu einem Stuhl. »Setz dich doch, Liebes! Du musst dich ausruhen! Die Füße hochlegen. Nicht, dass du dich überanstrengst. Mit einer Schwangerschaft ist nicht zu spaßen.«

Clarissa legte den Arm um die Schulter ihrer Mutter. »Beruhige dich, es geht mir sehr gut. Ich bin springfidel. Das Reiten hat mir gar nichts …«

»Du bist geritten?« Lievke war schockiert. Erst jetzt schien sie sich wieder an Leander zu erinnern. »Wie konntest du das zulassen?«

»Ich habe ihr angeboten, dass wir eine Kutsche nehmen können, aber Clarissa meinte, sie könne reiten. Sie war sehr überzeugend.« Leander lächelte seine Frau an.

Fassungslos wiegte Lievke den Kopf. »Dennoch, Blümchen, bei deinem … wenn ich an die Geburt denke … was kann da alles …«

Die Schultern ihrer Mutter fest umfassend, sah Clarissa Lievke in die Augen. »Du brauchst dir keine Sorgen zu machen. Ich weiß schon, was ich mir zumuten kann.« Sie lachte. »Wie steht's, bekommen die Reisenden was zu trinken?«

Lievke schlug die Hände vor der Brust zusammen. »Natürlich! Was bin ich nur für eine Mutter! Kommt herein! Ihr müsst hungrig sein!«

Während sie eine Kleinigkeit aßen und tranken, berichteten Clarissa und Leander von ihrer Reise. Alles Weitere, insbesondere Carls Tod, wollten sie Fritjoff und Lievke gemeinsam berichten.

»Wo steckt Vater?«, fragte Clarissa schließlich.

»Er ist mit Alf in Warnemünde. Hier ist nicht viel zu tun, ihr seht es ja. Seine alte Arbeit fehlt Fritjoff sehr, aber das Fechten – nun ja, mit seinem Bein … Ich vermute, dass er erst am Abend wieder hier sein wird.«

So lange wollte Clarissa nicht warten. »Dann lass uns zu ihm reiten.«

Wieder stach die Schwertspitze in seine Brust. »Entschuldige, Meister«, sagte Alf zerknirscht, als er die Waffe zurückzog.

»Schon gut.« Fritjoff konnte nur mühsam seine Enttäuschung unterdrücken. Er sah auf die Weite der Ostsee hinaus. Manchmal wünschte er sich fort. Er übte und übte, aber die Schwäche in seinem Bein ließ sich nicht ausgleichen. Ebenso unerträglich war das Mitleid von Alf und Lievke. Er würde nie verwinden, dass er seine Befähigung als Fechtmeister verloren hatte. Doch er würde nicht aufgeben. Oft ritt er mit Alf zum Strand von Warnemünde, um zu üben. Der weiche Sand verringerte die Schmerzen in seinem Bein beim Auftreten. Außerdem kannte ihn hier niemand. Die Vorstellung, dass Gerold Grammig ihn beobachten könnte, war furchtbar. Spott wäre ihm sicher.

Reiter trabten heran. Auf einem Pferd saßen zwei Personen. Das konnte doch nicht wahr sein! Die Pferde kamen vor ihnen zum Stehen. »Lievke!«, rief Fritjoff ungläubig. Clarissa, Leander und seine Frau lachten sie an. Unbändige Freude durchströmte Fritjoff. Seine Tochter war zurück!

»Da staunst du, was?«, sagte Lievke, stolz über ihren Ritt, und fügte etwas ängstlicher hinzu: »Ich weiß nur nicht, wie ich hier runterkomme!«

Sogleich umfasste er ihre Taille und hob sie herunter. Liebevoll drückte er einen Kuss auf ihre Stirn. Leander half Clarissa ebenfalls vom Pferd. Als Fritjoff die Schwangerschaft seiner Tochter bemerkte, gab es für ihn kein Halten mehr. Erst gratulierte er Leander, dann schloss er Clarissa in die Arme. Auch Alf wurde von den Neuankömmlingen herzlich begrüßt.

»Schön, dich wohlbehalten wiederzusehen«, sagte Clarissa.

»Alf ist auf Freiersfüßen«, verriet Fritjoff. Seinem Gehilfen war das sichtlich peinlich, erst recht, als Clarissa nachhakte. Offenbar hatte Alf eine ansprechende Witwe kennengelernt.

»Du siehst aber auch gut aus«, sagte Clarissa zu ihrem Vater.

Fritjoff wies lachend auf seinen Bauch. »Fett bin ich geworden, sag es ruhig. Ich gehe in die Breite. Aber was soll man machen? Mich hat ja auch das Alter am Wickel. Aber erzählt! Ich bin begierig auf Neuigkeiten.«

Sie breiteten eine Decke im Sand aus und setzten sich. Die Sonne hatte schon Kraft, aber manche Windböen ließen die

Frauen erschauern, beobachtete Fritjoff. Während sie sprachen, legte ein Fischer zum Heringsfang ab. Clarissa und Leander berichteten abwechselnd. Besonders die Zusammenarbeit der Fechtbruderschaften begeisterte Fritjoff.

»Es ist dir tatsächlich gelungen, die Federfechter und die Marxbrüder zu vereinen! Das hat es wohl noch nie gegeben.« Sein Blick wurde kritisch. »In deinem Zustand hast du diese ganzen Dummheiten … äh … Großtaten vollbracht? Bist du verrückt? Trotzdem: Ich wäre gerne dabei gewesen.« Entschlossen drängte er den aufsteigenden Kummer weg. Die abenteuerliche Zeit seines Lebens war vorbei. »Das ist wirklich eine große Leistung«, lobte er seine Tochter.

»Natürlich werden die Zänkereien weitergehen, das haben die Fechtmeister sich gegenseitig versprochen, als sich die Lage beruhigt hatte«, sagte Clarissa.

»Pack fecht' sick, Pack verdreggt sick«, meinte Fritjoff breit grinsend.

»Mit irgendjemandem müssen wir uns ja auch messen. Apropos: Ist dieser Grammig noch in Rostock?«, wollte Leander wissen.

Alf nickte. »Dieser Lüderjahn!«

»Dann weiß ich ja, mit wem *ich* mich messen werde«, kündigte Leander an.

»Das ist gut, min Jung. Halt du die Familienehre hoch«, spornte Fritjoff seinen Schwiegersohn an.

Clarissa hatte derweil an ihrem Wams genestelt. Nun reichte sie Fritjoff einen Brief und eine Kette mit einem einfachen Holzkreuz daran. Überrascht begann er zu lesen. Als er den Brief beendet hatte, erhob er sich und ging ein paar Schritte auf das Meer zu. Leise klickerten die Kiesel im Ufersaum. Eine Möwe kreischte über sie hinweg. Fritjoff war es für einen Augenblick, als hätte sein Bruder ihn über die Unendlichkeit hinweg berührt. Er hatte nicht geahnt, dass ihn die Todesnachricht so hart treffen würde. Die Jahre der Trennung und des Zorns hatten die Bruderbande wohl doch nicht kappen können.

»Woran ist er gestorben?«, fragte Fritjoff rau.

Clarissa berichtete von dem Angriff des Offiziers und wie Carl sie gerettet hatte. Sie erzählte von seiner Pflege in Felicitas' Haus und Carls Verschwinden. Noch immer wandte Fritjoff seiner Familie den Rücken zu. Da spürte er Lievkes Hand auf seinem Schulterblatt. Auch Clarissa, Leander und Alf traten nun zu ihm.

»Es gab so vieles, was ich ihn fragen wollte«, sagte Fritjoff und spielte an Carls Kette, die er sich ums Handgelenk gebunden hatte.

»Ich glaube, dass Carl mit dieser Welt abgeschlossen hatte«, meinte Clarissa.

»Sein Unglück hat früh angefangen. Mit dem Mord an unserer Mutter.«

»Vielleicht. Aber du bist als Kind ebenfalls vom Schicksal gebeutelt gewesen und doch ein anderer Mensch geworden.« Clarissa zögerte. »Viele glauben, dass ihr Schicksal vorherbestimmt ist. Dass es ihnen geweissagt oder aus der Hand gelesen werden kann. Dass Gott den Stab über sie bricht. Ich glaube viel eher, dass es an jedem von uns liegt, zum eigenen Wohl und zum Wohl anderer zu wirken.«

Leander hob nun die Stimme. »Unser Kind soll sein Schicksal selbst in die Hand nehmen, so wie wir es getan haben. Wir wollen ihm einen leichten Weg bereiten.«

»Ich wünsche euch so sehr, dass dieses Vorhaben gelingt«, sagte Fritjoff mit ungewohnt rauer Stimme.

Lange sahen sie noch schweigend aufs Meer hinaus, bevor sie nach Rostock zurückritten.

Es waren anregende Monate in Rostock. Mit seiner modernen Fechttechnik sorgte Leander sogleich für Furore bei Adeligen und Patriziern. Fechtmeister Grammig auszustechen, war ihm ein Leichtes, worüber sich Fritjoff beinahe schon unanständig freute. Tatsächlich konnte Leander auch am Hof in Güstrow und Schwerin seine Künste zeigen. Bei der Gelegenheit deponierten sie Carls Kreuz an Marias Grab, eine letzte Geste der Verbundenheit, die Clarissa sehr rührte. Das junge Paar korrespondierte mit Felicitas und Alexander, die sich in Antwerpen wohlfühlten. Alexander hatte einen französischen Fechter namens Gérard Thibault kennengelernt, der eine durch das spanische Fechtsystem La Verdadera Destreza inspirierte Rapiertechnik entwickelt hatte. Eifrig nahm Alexander Fechtstunden und versuchte, die fast schon mathematische und an geometrischen Formen orientierte Technik zu durchdringen. Arkadi schrieb vom Hof des Herzogs, der ein Palais am Loretoplatz errichten ließ; seit König Matthias alle Privilegien bestätigt hatte, herrschte in Prag wieder Frieden. Auch Gallus und Engelin meldeten sich ab und an; Leanders Vater bekam immer größere Aufträge. Aber auch traurige Nachrichten trafen ein. Paulus und Irmel waren kurz nacheinander gestorben, Ursel ebenso.

Auf Alfs Hochzeit zu tanzen, war Clarissa wegen ihrer fortgeschrittenen Schwangerschaft schwergefallen. Als sie sich immer häufiger schonen musste, wurde Clarissa rührend von ihrer Mutter umsorgt. Tapfer versuchte Lievke, ihre Furcht vor den Gefahren der Geburt zu verbergen. Auch Clarissa plagten ab und an Sorgen, von denen sie nur Leanders Scherze ablenken konnten. Würde sie wieder fechten können, wenn das Kind geboren war? Würde Leander es überhaupt wollen? Oder erwartete er, dass sie sich fortan nur noch um Familie und Haushalt kümmerte? Würde sie wieder unterrichten? Sie dachte an ihre Schülerin in Prag zurück. Zuzana war das Fechten während der Belagerung nützlich gewesen, wie sie stolz berichtet hatte. Warum sollten nicht mehr Frauen fechten lernen? Konnte man das Fechten nicht noch leichtfüßiger und eleganter machen – und so auch interessanter für das weibliche Geschlecht? Auch David hatte von der Körperbeherrschung und dem neuen Bewusstsein für seine Kraft enorm profitiert. Zielstrebig bereitete er sein Medizinstudium vor, hatte er geschrieben.

Die Zeit der Niederkunft nahte. Entgegen aller Befürchtungen war es eine leichte Geburt. Clarissa und Leander bekamen eine gesunde Tochter, die sie Diana nannten. Sie hätten nicht glücklicher sein können. Zur Geburt schenkte Leander Clarissa einen Ring und ein gedrucktes Fechtbuch, das er anhand ihres Manuskripts hatte setzen lassen. Die Zeichnungen fehlten – einen Kupferstecher zu beschäftigen, wäre einfach zu teuer gewesen. Dennoch war Clarissa sehr gerührt über diese gedruckte Liebeserklärung.

48

Rostock, Mai 1612

Das Dünengras raschelte im Wind. Clarissa spürte den Sand zwischen ihren Zehen. Es war einer der ersten warmen Tage im Mai, sodass sie wieder an den Strand bei Warnemünde geritten waren. Clarissa und Leander saßen aneinandergelehnt im Sand und sahen zu, wie Diana auf den seichten Ostseesaum zukrabbelte. Clarissa wollte aus Sorge um ihre Tochter aufspringen, aber da eilten Fritjoff und Lievke schon zu ihrer Enkelin. Diana lachte ihnen ins Gesicht, als Fritjoff sie aufnahm. Im Sonnenlicht hatte ihr dunkelbraunes Haar einen leichten rötlichen Schimmer, ein Erbteil ihres Vaters. Die blauen Augen hatten sie hingegen von Clarissa. Eine Welle des Glücks und der Dankbarkeit überschwemmte die junge Mutter.

»Seit über einem Jahr sind wir schon hier. Ich glaube, so lange habe ich noch nie an einem Ort verbracht«, sagte Leander.

Clarissa kitzelte mit einem Grashalm seine Nase. »Höre ich etwa Bedauern in deiner Stimme?«

»Um Himmels willen, nein!« Er küsste sie zart.

Eine Kogge querte mit flatternden Segeln die Mündung der Warnow. Der Wind trug den Gesang der Seeleute zu ihnen. »Manche bleiben ihr ganzes Leben lang an einem Ort. Und sie vermissen nichts«, hielt sie fest.

Leander klang nicht überzeugt. »Manche, ja.«

»Und du bist in Güstrow und Schwerin gewesen, bei Hofe.«

»Auch das ist wahr.«

Clarissa wusste, dass es die Eintönigkeit war, die Leander fürchtete. Er genoss es, Neues zu erfahren, dazuzulernen, sich auszutauschen, den Umgang mit anderen Fechtern.

»Nicht mehr lange, und wir reisen zur Fechtschule nach Prag. Deine Approbation als Meister steht an. Felicitas wird sich sicher freuen, wenn wir ihr in den letzten Monaten ihrer Schwangerschaft beistehen.«

Nach dem Tod Kaiser Rudolfs im Januar 1612 waren Felicitas und Alexander nach Prag zurückgekehrt. In Ermangelung eines leiblichen Erben – Rudolf war kurz vor seinem Tod ein weiteres Mal Vater eines Bastards geworden, über die Mutter des Kindes schwieg man sich aus – war Matthias zum Kaiser des Heiligen Römischen Reiches gewählt worden. Prag erschien den Freunden wieder sicher. Dass Felicitas schwanger geworden war, war ein unerwartetes Geschenk.

»Deine Eltern sind nicht gerade begeistert, dass wir gemeinsam reisen.« Gedankenverloren setzte Leander sich auf und ließ den feinen Sand durch seine Finger rieseln. »Dabei war nicht alles schlecht damals. Ich wünschte, wir könnten das Beste aus beiden Welten vereinen.«

Auch Clarissa hatte schon oft über die scheinbaren Widersprüche in ihrem Leben nachgedacht. »Warum nicht? Manchmal habe ich das Gefühl, ich habe immer versucht, Gegensätze zu überwinden und Harmonie«, Clarissa stockte, als sie an den Kaiser dachte, »also Einklang, herzustellen. Ich habe als Kind gespürt, dass mir etwas fehlt, bis ich von meinem verstorbenen Bruder erfuhr. Ich habe meine Freude am Fechten gezügelt, weil ich nicht unweiblich sein wollte. Ich habe mich eins mit dir gespürt, obgleich ich dich nicht lieben durfte.« Diana krabbelte auf sie zu und fiel um, bevor sie sie erreicht hatte. Mit dem Gesicht landete sie im Sand. Leander nahm sie auf den Arm, strich ihr den Sand vom Mund und zog Grimassen, bis sie wieder lachte. Clarissa fiel etwas ein. Wie hatte sie das vergessen können? »Übrigens: Signore Fabris hat aus Padua geschrieben. Er hat so viele Schüler, dass er kaum mit dem Unterrichten nachkommt. Capo Ferro hat ebenfalls aus Bologna geschrieben.« Sie lächelte ihren Mann spitzbübisch an. »Zwei auf einen Streich …«

»Willst du damit sagen …«

»Wieso nicht? Es ist Sommer. Die schönste Zeit zum Reisen.«

Leanders Augen funkelten. »Nach Italien also? Warum nicht von den Besten lernen …«

Die Frau saß im Schneidersitz auf der Erde. Ruhig hielt sie die Hände im Schoß. Ihr Gesicht war unbewegt, der Blick in die Ferne gerichtet, als nähme sie ihre Gegner, die sich im Halbkreis um sie aufgereiht hatten, gar nicht wahr. Mit einem Mal kam Bewegung in die Gruppe. Einer der Gegner sprang, einen Schrei ausstoßend, auf und griff die Frau an. Beherzt versuchte er sie umzuwerfen, wurde jedoch mit einem lässigen Handgriff zur Seite abgelenkt. Der nächste nutzte die Ablenkung und stürzte ebenfalls auf die Frau zu, aber auch er landete hinter ihr auf der Erde. Jetzt gab es kein Halten mehr. Alle auf einmal warfen sich auf die Frau, die sich unter der Last nach hinten fallen ließ.

»Schon gut! Ihr habt gewonnen! Ich gebe auf!«, rief Clarissa und fing an, die Kinder durchzukitzeln. Eine Weile wuselte ein lachendes Knäuel aus Leibern über den Boden. Schließlich erhoben sie sich pustend. Zufrieden sah Clarissa in die Runde. Da sich um Leanders Unterricht die hohen Herren im ganzen Herzogtum rissen, kam er nicht dazu, Kinder auszubilden. Einige Eltern hatten sich jedoch nicht abweisen lassen, und Clarissa hatte die Aufgabe gerne übernommen. Zumal sie den Unterricht so gestalten konnte, wie es ihr richtig erschien: mit viel Körperertüchtigung, Beherrschung der Sinne und Spaß. Sechs Kinder kamen regelmäßig zu ihr zum Unterricht, und immer wieder kamen neue hinzu. »Ihr habt viel Geduld bewiesen. Es ist sehr wichtig, den richtigen Zeitpunkt abzuwarten – ob ihr nun spielt oder rangelt. Der Überraschungseffekt ist nicht zu unterschätzen«, lobte Clarissa die Kinder. Mit erhobener Stimme setzte sie hinzu: »Wir haben noch etwas Zeit. Also, legt die Schutzhemden an!«

Die Kinder jubelten. Nach einer Stunde, in der sie nur Schrittfolgen und Ausfallschritte geübt hatten, konnten sie es kaum erwarten, endlich die Übungswaffen in die Hände zu bekommen. Sie halfen sich gegenseitig, die wattierten Westen, die Clarissa und Lievke über den Winter genäht hatten, auf dem Rücken zuzubinden. Lederhandschuhe wurden übergestreift. Nur zum Schutz des Gesichts war Clarissa noch nichts eingefallen. Ein Metallhelm würde die Zehnjährigen zu sehr behindern. Aber auch dafür würde sie früher oder später eine Lösung finden.

Clarissa wies einen Jungen an, die Treffer zu zählen, und suchte zwei Mädchen aus, die den ersten Kampf ausfechten sollten. Es erstaunte sie noch immer, wie schnell sich ihre Fechtstunde herumgesprochen hatte. Die Kinder kamen gerne hierher. Heute war zum ersten Mal die kleine Herta mitgekommen, die sich mit Feuereifer in die Übungen geworfen hatte und nun neidisch zuschaute. Es würde einige Wochen dauern, bevor sie eine der Übungswaffen in die Hand bekam.

»Bleibt rechtschaffen und ehrlich im Kampf! Versucht immer vorauszusehen, was euer Gegenüber plant«, sagte Clarissa. Wie so oft beobachtete sie, wie überflüssig diese Mahnung war, da die Kinder einen natürlichen Gerechtigkeitssinn hatten. Sie liebten das Rangeln, das Kämpfen, man musste ihren Übermut einfach nur in die richtigen Wege leiten.

Die Glocke läutete, und Clarissa beendete nach dem Kampf den Unterricht. Bedauernd wischten die Kinder ihre Blechdegen ab und legten sie in die Kiste, dann schlüpften sie aus den Hemden.

Die Tür öffnete sich; Diana kam auf allen vieren in die Diele. Zielstrebig krabbelte sie auf Clarissa zu und zog sich an ihrem Rock hoch. Etwas wackelig stand sie da und schaute sich, an den Fingern nuckelnd, zu den Fechtschülern um. Nun kamen Fritjoff und Lievke herein. Clarissa nahm Diana auf den Arm. Schon hatte sie eine feuchte Patschhand im Gesicht. Sie lachte Diana an und wandte sich noch einmal ihren Schülern zu.

»Meinen Vater kennt ihr ja sicher alle. Meister Fritjoff wird euch in den nächsten Wochen unterrichten«, sagte sie. Fritjoff begrüßte die Kinder. Ihm war anzusehen, wie sehr er sich darauf freute, wieder Unterricht zu geben, und Clarissa war sehr froh, dass sie ihrem Vater dieses Geschenk machen konnte. Eifrig half Fritjoff, Waffen und Schutzkleidung zu verstauen.

Als sich die ersten Kinder verabschiedeten, trat ein Mann ein. »Herta, was hast du hier zu suchen?«, fuhr er das neue Mädchen an. Herta lief zu ihrem Vater, das Haupt gesenkt. Der Mann musterte Clarissa. »Was treibt Ihr hier? Es ist Euch nicht erlaubt, das Fechten zu unterrichten. Ihr seid kein Fechtmeister.«

Clarissa blieb gelassen, sie kannte diese Diskussion schon. »Nein, offensichtlich nicht«, sagte sie kühl.

»Wie kommt Ihr also dazu, Kinder im Fechten zu unterrichten? Das ist euch Frauen verboten!«

Sie setzte Diana ab und verschloss sicherheitshalber die Kiste mit den Übungswaffen. Dann zog sie ihre langen Lederhandschuhe aus. »Tatsächlich werden in den Statuten der Federfechter und der Marxbrüder fechtende Frauen nicht erwähnt. Also ist auch von keinem Verbot die Rede.« Diana zupfte an einem Lederhandschuh und spähte hinein, als erwartete sie, darin einen Schatz zu finden.

»Auf jeden Fall hat meine Tochter hier nichts zu suchen! Keine Frau, die etwas auf sich hält, würde fechten.«

»Ihr irrt, mein Herr.« Clarissa war erstaunt, dass Lievke sich in dieses Gespräch einmischte. »Es gibt sehr wohl Frauen, die das Fechten zur Körperertüchtigung nutzen. Gerade Damen von Adel haben diese Beschäftigung entdeckt. Deshalb wird meine Tochter sich ja auch auf den Weg in die Kaiserstadt Prag und nach Italien begeben, um diese Herrschaften zu unterrichten.«

Abwägend blickte der Mann von Mutter zu Tochter. »Ist das wahr?«, fragte er skeptisch. Leiser setzte er hinzu: »Neumodische Sitten! Komm, Herta, wir gehen. Frau Clarissa ist ja ohnehin erst einmal unterwegs.«

Herta sah ihn scheu an. »Also, ich würde gerne wieder herkommen«, wagte sie anzumerken.

Der Mann schob seine Tochter zur Tür. »Wir werden sehen.«

Clarissa winkte dem Mädchen nach, dann legte sie die Hand auf den Arm ihrer Mutter. »Du hast schamlos übertrieben«, wisperte sie lächelnd.

»Habe ich das?« Lievke schmunzelte. »Signore Fabris hat doch geschrieben, dass er auch eine adelige Schülerin hat.«

»Eine.«

»Wenn erst *eine* adelige Dame damit anfängt, dann wollen es alle, du wirst schon sehen.« Lievke wandte sich um. Sie hatte bei ihrem Eintreten etwas unter dem Arm getragen und auf einem Stuhl abgelegt. Jetzt öffnete sie den Sack. »Ich habe für euch genäht, für die Reise.« Entgegen Clarissas Befürchtungen entfaltete Lievke einen schlichten, weich fallenden, samtblauen Radmantel mit abgesteppten Seidenkanten. Sogleich warf Clarissa ihn über.

»Wie wunderbar!«, freute sie sich.

»Ich habe mir die Bilder in deinem Manuskript angeschaut. Und ich dachte mir, dass es diese Art Umhänge, die zum Fechten verwendet werden, sicher nicht für Damen gibt. Noch nicht.« Lievke holte noch ein weiteres Stoffstück hervor, das viel kleiner war. »Für Diana. Sie soll ja schließlich angemessen gekleidet sein auf ihrer ersten Reise.« Bei diesen Worten fiel ein Schatten über das Gesicht ihrer Mutter.

»Wir werden schon auf sie aufpassen!«, beruhigte Clarissa sie.

»Das weiß ich doch!« Lievke zwang sich zu einem Lächeln.

Clarissa schwang den Miniaturumhang. »Der ist ja wirklich reizend! Du bist ein Schatz«, dankte sie ihrer Mutter und sah sich um. »Wir müssen ihn sofort anprobieren. Diana? Wo steckt sie denn?« Das Mädchen war weder zu sehen noch zu hören.

Gemeinsam machten sie sich auf die Suche. Kurz überfiel Clarissa die Angst, ihre Tochter könnte auf die Straße gekrabbelt sein. Letztlich fand die Magd Hilde sie, schlafend in einem umgedrehten Brustharnisch. Dianas Wangen waren rot, Hände und Füße zuckten im Traum. Es war ein aufregender Tag für das kleine Mädchen gewesen. Gerührt beschlossen sie, Diana noch etwas schlafen zu lassen.

Am nächsten Morgen verabschiedeten Fritjoff und Lievke sie. Zum ersten Mal würden sie mit einem kleinen Wagen reisen; Leanders guter Verdienst machte diesen Luxus möglich. Nebeneinander saßen sie auf dem Kutschbock.

»Ich wünschte, ich könnte euch begleiten«, sagte Fritjoff.

Lievke lächelte ihn an. »Man bloß keinen Sorgenpott upstelln«, spottete sie zärtlich über sein trauriges Gesicht. »Du wirst hier gebraucht. Die Schüler sollen fleißig weiterüben.« Sie mochte ihre Enkelin kaum aus ihren Armen lassen. »Wollt ihr Diana nicht lieber hierlassen?«

»Ihr wird es gefallen, unterwegs zu sein, das hat sie im Blut. In ein paar Monaten sind wir ja schon wieder hier«, erwiderte Leander. Die Vorfreude auf die Reise war ihm anzusehen; Clarissa hätte ihn küssen mögen. Lievke reichte Diana zu Clarissa hinüber, die sie sich auf den Schoß setzte. Das Mädchen streckte gurrend die Hände nach den Zügeln aus. »Perd!«, juchzte sie.

Noch einmal winkten sie zum Abschied, dann legte Clarissa ihre Hand auf Leanders. Auch sie freute sich auf die Reise. Im Sommer unterwegs zu sein, war herrlich. Sie war glücklich, dass es ihnen gelang, das Schönste aus der Welt der Sesshaften und der Fahrenden zu verbinden. Vor allem aber freute sie sich darauf, ihre Freunde in Prag und Italien wiederzusehen und ihnen Diana vorzustellen: die Tochter des Fechtmeisters.

Glossar

Bezoar – Magenstein von Tieren, soll angeblich vor Vergiftungen schützen. Rudolf II. ließ mehrere kunstvoll zu Schmuck verarbeiten

Chanukka – jüdisches Weih- oder Lichterfest

Cilicium – Büßergewand, Bußgürtel

Dusack – einhändig geführte Hieb- und Stichwaffe mit gekrümmter Schneide

Gehilz – Gefäß des Schwerts, das aus Knauf, Griff und Kreuz oder Parierstange besteht

Hartschier – Leibwache zu Pferd

Hau – Haue und Huten, verschiedene Schwerthiebe

Hradschin – neben der Prager Burg gelegene Burgstadt

Kampfordal – Ausgang eines gerichtlichen Zweikampfs als Gottesurteil

Ketubba – jüdischer Ehevertrag

Kniesenack – Güstrower Bier

Läger – auch: Leger, gleichbedeutend mit Hut. Ausgangs- oder Endposition eines Angriffs

Malvasier – Rebsorte, beliebter Wein

Mikwe – rituelles Tauchbad im Judentum

Musketiere – mit der leichteren Muskete ausgestattete Fußtruppe. Beim Schießen wurde die Muskete auf einen tragbaren, zugespitzten Gabelstock gestützt, was die Treffgenauigkeit erhöhte

Pessach – eines der drei Wallfahrtsfeste des Judentums

Profos – für Strafverfolgung zuständiger Militärverwalter

Rapier – Degen, Stich und Hiebwaffe

Regentien – Studentenwohnheim
Schnebbe – dreieckige Frauenhaube
Schock Meißner Groschen – Prager Währung. Ein Schock = sechzig Groschen
Tefillin – Gebetsriemen mit Gebetskapseln, werden von religiösen jüdischen Männern beim Morgengebet getragen
Trabant – Leibwache zu Fuß
Tric-Trac – Brettspiel, ähnlich wie Backgammon
Welsch – Italienisch

Anmerkung und Dank

Vielen Lesern fallen vermutlich zuerst *Die drei Musketiere*, *Zorro* oder *Alatriste* ein, wenn sie an historisches Fechten denken. Weniger bekannt ist, dass es auch in Deutschland bereits seit dem 14. Jahrhundert eine ausgefeilte Fechtkunst gab, deren einflussreichster Vertreter der Fechtmeister Johann Liechtenauer war. Erwähnt wurde Liechtenauer erstmals 1389, überliefert wurde er vor allem durch Hans Talhoffer ab 1443. Damals verstand man unter Fechten allerdings noch nicht den leichtfüßigen Sport mit schlanker Klinge, sondern den Kampf mit dem Langschwert.

Beeindruckende Zeugnisse der historischen Fechtkunst sind handschriftliche Manuskripte und Fechtbücher, die in Archiven die Zeiten überdauert haben. Heidemarie Bodemer zählt in ihrer Doktorarbeit *Untersuchungen zur Entwicklungsgeschichte der bildkünstlerischen Darstellung der Fechtkunst in den Fechtbüchern des mediterranen und westeuropäischen Raumes vom Mittelalter bis zum Ende des achtzehnten Jahrhunderts* dreihundertdreißig Fechtbücher. Etwa fünfzig mittelalterliche deutsche Manuskripte sind erhalten, dazu kommen die Fechtbücher deutscher Meister. Die meisten dieser Fechtbücher sind selbst wahre Kunstwerke.

Obgleich die Hauptfiguren in *Die Tochter des Fechtmeisters* erfunden sind, hat es einige der in meinem Roman auftretenden Fechter wirklich gegeben. Joachim Meyer gilt heute als einer der bedeutendsten Vertreter der deutschen Fechtschule, gleichzeitig führte er das »modernere« italienische Fechten in Deutschland ein. Tatsächlich starb Joachim Meyer, wie von mir geschildert, in Schwerin, wo er als Fechtmeister für den mecklenburgischen Herzog Johann Albrecht arbeiten sollte. Exemplare seiner Schriften werden u.a. an den Universitäten in Rostock und Lund/Schweden verwahrt. Heute gibt es weltweit viele Sportler, die nach Joachim Meyers Lehren fechten. Ich kann jedem Interessierten nur empfehlen, einmal selbst Hand anzulegen – ob beim klassischen oder historischen Fechten. Informationen über Fechtclubs findet man im Internet und u.a. bei der Historical European Martial Arts Coalition, thearma.org sowie unter hroarr.com. Den theoretischen Hintergrund liefern Wolfgang Landwehrs Transkription *Joachim Meyer 1600* sowie Alexander Kiermayers *Joachim Meyers Kunst des Fechtens*. Eine allgemeine Einführung bietet Gustav Hergsell mit *Die Fechtkunst im XV. und XVI. Jahrhunderte*.

Die Verbindung von historischer Recherche und Sport ist besonders reizvoll. Ich hatte das Glück, in Hamburg auf den Verein Hammaborg – Historischer Schwertkampf e.V. zu treffen, dessen Trainingsleiter Dierk Hagedorn ein Experte für historisches Fechten ist. Er hat sein Wissen bereitwillig mit mir geteilt. Zu seinen lesenswerten Schriften gehören u.a. *Talhoffers Fechtbuch – Gerichtliche und andere Zweikämpfe darstellend*. Zudem unterstützte mich der Hammaborg-Trainer Björn Rüther, ein ausgewiesener Kenner von Meyers Fechttechnik, der mir ganz praktisch die Fechtkunst nahebrachte. Diesen beiden Trainern und den hilfreichen und geduldigen Fechtschülern, die mich bei meinen tapsigen ersten Versuchen unterstützten, bin ich zu großem Dank verpflichtet. Fehler in der Schilderung der Fechtkunst in *Die Tochter des Fechtmeisters* sind allein mir zuzuschreiben. Der besseren Lesbarkeit wegen habe ich fechterische Fachbegriffe manchmal angepasst und beispielsweise statt des korrekten Wortes »Ort« das klarere »Schwertspitze« verwendet.

Neben Meyer treten in meinem Roman auch die Fechtmeister Christoff Rösener, Capo Ferro und Salvator Fabris auf. Clarissas und Leanders Zeitgenossen sind auch die berühmten Fechter Gérard Thibault aus Antwerpen und der Spanier Jerónimo Sánchez de Carranza. Die Lehren auch dieser Fechtmeister werden heute noch weltweit geschätzt. Der Vergleich eines Fechters mit Löwe, Tiger, Luchs und Elefant stammt aus dem Manuskript des italienischen Fechtmeisters Fiori dei Liberi von 1409; ich zitiere es aus *Wortschätze europäischer Fechtkunst* von Christian Bott, Arne Schneider und Michael Schüle.

Näheres über die Fechtbruderschaften findet sich in *Sechs Fechtschulen der Marxbrüder und Federfechter aus den Jahren 1573 bis 1614* von Karl Wassmannsdorff. Aktuelle Forschungen betreibt u.a. Daniel Jaquet an der Universität Genf, dem ich für seinen Artikel *Fighting in the Fightschools late XVth, early XVI century* danke. Hilfreich waren auch Übersetzungen u.a. von Fechthandschriften durch die Gesellschaft für pragmatische Schriftlichkeit, insbesondere von Olivier Dupuis. Die Anekdote vom Fechtmeister, der seinem Schüler den Kopf abschlug, stammt aus *Schimpf und Ernst* von Johannes Pauli. Zitiert habe ich außerdem aus den Fechtsprüchen des Meistersängers Hans Sachs.

Wenn auch bereits im sogenannten Tower-Fechtbuch, dem Manuskript 1.33 von 1300, mit Walpurgis eine Fechterin abgebildet ist, ist das Fechten lange Zeit eine Männerdomäne gewesen. Doch es hat Frauen gegeben, die mit Schwert und Degen umgehen konnten, wie das Beispiel der »Braunschweigischen Heldenjungfrau« Gesche Meiburg zeigt, die 1615 half, ihre Stadt vor der Eroberung zu bewahren. Einen guten Überblick liefert David E. Jones in *Women Warriors.*

Der Kampf Mann gegen Frau in einem Kampfordal wird u.a. in Talhoffers Fechtbuch geschildert und bebildert. Bis in die Frühe Neuzeit haben gerichtliche Zweikämpfe stattgefunden, so berichtet Peter Dinzelbacher in *Das fremde Mittelalter. Gottesurteil und Tierprozess.* »Kämpfende Frauen fallen keineswegs aus der Rolle«, resümiert Sarah Neumann in *Der gerichtliche Zweikampf.*

Obgleich es diese Art Zweikämpfe schon früher gab, wurde

der Duell-Begriff in Deutschland erst ab 1616 verwendet, wie sich in *Das Duell* von Ulrike Ludwig et al. nachlesen lässt. Zum Waffenrecht, zu Unfällen mit Feuerwaffen und dem Waffentragen der Juden etc. gibt es interessante Hintergründe in *The Martial Ethic in Early Modern Germany* von B. Ann Tlutsy. Über das Leben der Juden gibt es sehr viel aufschlussreiche Literatur, herausheben möchte ich *Besitz, Geschäft und Frauenrechte. Jüdische und christliche Frauen in Dalmatien und Prag 1300 bis 1600* von Martha Keil.

Ganzekendorp wird man heute vergeblich auf einer Mecklenburg-Karte suchen, der Ort verfiel.

Zu den gesellschaftlichen und politischen Hintergründen dieses Romans und meinen ausufernden Recherchen könnte ich ein weiteres Buch verfassen, deshalb nur einige wenige Anmerkungen. Bewusst habe ich *Die Tochter des Fechtmeisters* zwischen Reformation und Dreißigjährigem Krieg angesiedelt. Es ist eine Zeit der Widersprüche, eine Zeit der aufbrechenden Konflikte. 1608 gilt manchem Historiker als Schicksalsjahr. »In jenem Jahr nahm die größte von Menschenhand verschuldete Katastrophe ihren Anfang, die Mitteleuropa bis in unser Jahrhundert hinein gesehen hat«, betont Axel Gotthard in *Konfession und Staatsräson: der Dreißigjährige Krieg*. Mit den Schrecken dieses Krieges habe ich mich bereits in meinem Roman *Das Geheimnis von Stralsund* auseinandergesetzt. Maßgeblicher Auslöser des Krieges waren Verstöße gegen den Majestätsbrief von 1609.

Dreh- und Angelpunkt der damaligen Politik ist Kaiser Rudolf II., eine schon zu Lebzeiten höchst umstrittene Persönlichkeit. Als Mäzen herausragend, versagte Rudolf als Politiker, was wohl auch auf seine schizophrene oder manisch-depressive Erkrankung zurückzuführen ist. Im Laufe seiner Regierungszeit gelang ihm das Kunststück, fast jeden seiner Verbündeten gegen sich aufzubringen. Alle seine näheren Verwandten träumten davon, Rudolf zu stürzen, was sich in zahllosen Dokumenten nachlesen lässt. Sogar der französische König und der spanische König liebäugelten mit dem Kaiserthron. Gewinner des Ringens um die Macht war Rudolfs Bruder Matthias. Dessen Nachfolger Ferdinand trieb das Reich 1618 in jene Katastrophe, die später als Dreißigjähriger Krieg bekannt werden sollte. Erzherzog Leopold machte nach seinem unrühmlichen Abenteuer mit dem Passauer Kriegsvolk übrigens weiter Politik, trieb die Gegenreformation voran und heiratete schließlich eine Medici. Der Machtkampf im Hause Habsburg inspirierte nicht nur den Dramatiker Franz Grillparzer, sondern beschäftigt nach wie vor Historiker, wie Veröffentlichungen wie *Ein Bruderzwist im Hause Habsburg*, herausgegeben von Václav Buzek, und *Religion und Politik im frühneuzeitlichen Böhmen*, herausgegeben von Jaroslava Hausenblasová, beweisen.

Die Umstände der Vergabe des Majestätsbriefs 1609 und vor allem die Motivation Kaiser Rudolfs II. sind auch heute noch unklar, wie überhaupt dieser schweigsame Kaiser in vielem ein Mysterium ist. Fest steht jedoch, dass seine Herrschaft eine Zeit des relativen Friedens und der Toleranz war, was nicht hoch genug geschätzt werden kann. Dabei waren die Kräfte der Gegenreformation um die päpstliche Kurie, den spanischen Hof und geistliche Orden wie Jesuiten und Kapuziner stark. Zu den wehrhaften Geistlichen dieser Zeit gehörte beispielsweise auch der Kapuziner Laurentius von Brindisi, der bei der Schlacht von Stuhlweißenburg die kaiserlichen Truppen unterstützte. Die Autobiografie *Bericht eines Pilgers* des Ordensgründers Ignatius von Loyola gibt einen Einblick in die Frühgeschichte des Jesuitenordens.

Rätselhaft ist auch die Abneigung der Habsburger Rudolf und Matthias gegen das Heiraten. Rudolf II. hat sechs uneheliche Kinder legitimiert, die jüngste Tochter wurde kurz vor seinem Tod geboren. Kaiser Rudolfs II. Weltabgeschiedenheit könnte auch auf seine Syphilis-Erkrankung zurückzuführen sein, unter der er vor allem in den letzten Jahren litt.

Eine meiner schwierigsten Aufgaben war es, aus den unzähligen faszinierenden Persönlichkeiten, die Rudolf II. an seinem Hof versammelt hat, die wenigen auszuwählen, die in *Die Tochter des Fechtmeisters* eine Rolle spielen. Ein historischer Roman ist eben immer auch Geschichte durch ein Brennglas betrachtet. Sich mit der Ansammlung von Kunst und Wissen an Rudolfs Hof zu beschäftigen, ist dennoch ein lohnendes Unterfangen. Gleiches gilt für die zahllosen Politiker jener Zeit, bei denen ich mich ebenfalls extrem beschränkt habe. Zu kurz gekommen ist sicher vor allem Melchior Klesl, ein früher »Spin-Doctor«.

Eine Figur, die in der Renaissance Hochkonjunktur hatte, ist der Hermaphrodit. In etlichen alchemistischen Schriften taucht dieses Mischwesen auf. In meiner Darstellung habe ich mich inspirieren lassen durch das Schicksal von Abel oder Herculine Barbin, der von 1838 bis 1868 lebte. Michael Maier, Alchemist und Hofarzt Kaiser Rudolfs II., huldigte dem Hermaphroditen u.a. in seinem legendären Werk *Atalanta fugiens*. Kaiser Rudolfs Vorliebe für Kuriositäten aller Art lässt sich anhand vieler Dokumente nachweisen. Den Mythos von Salmakis und Hermaphroditos versinnbildlichte der Hofmaler Bartholomäus Spranger für Rudolf. Noch vor zweihundert Jahren gab es übrigens im Allgemeinen Preußischen Landrecht einen »Zwitterparagrafen«, der die Rechte der Hermaphroditen regelte.

Wer tiefer in die angerissenen Themen einsteigen möchte, dem lege ich Eliska Fucíkovás Katalog *Rudolf II. und Prag* ans Herz, *Der Alchemist von Prag* von Jacqueline Dauxois, *Rudolf II. Der saturnische Kaiser* von Gertrude von Schwarzenfeld, *Rudolf II: Ohnmacht und Einsamkeit* von R.J.W. Evans sowie Peter Marshalls *The mercurial Emperor*. Außerdem sind *Kaiser Matthias – Bruderzwist und Glaubenskampf* von Bernd Rill und *Herzog Heinrich Julius zu Braunschweig und Lüneburg* von Hilda Lietzmann empfehlenswert. Einen Eindruck von Rostock aus dieser Zeit vermitteln am besten die kolorierte Federzeichnung des Krämers Vicke Schorler von 1586 sowie dessen Chronik. Um das Mecklenburger Platt hat sich Richard Wossidlo verdient gemacht. Zur Rostocker Universitätskultur bietet *Land, Stadt, Universität,* herausgegeben von Ernst Münch, einen Einstieg. Achim Aurnhammer widmete sich umfangreich dem Thema Androgynie.

Ich möchte den engagierten Kreativen um mich danken: dem Lübbe-Team, meiner Agentin Petra Herrmanns, der Lektorin Dr. Ulrike Strerath-Bolz und dem Grafiker Markus Weber. Insbesondere gilt mein Dank aber meinen Leserinnen und Lesern, die mich durch ihre Begeisterung anspornen. Und natürlich meiner Familie.